有爱的青春陪伴者

# 过雨

从羡 —— 著

江苏凤凰文艺出版社
JIANGSU PHOENIX LITERATURE AND ART PUBLISHING

**图书在版编目（CIP）数据**

过雨 / 从羡著. -- 南京 : 江苏凤凰文艺出版社, 2025. 1. -- ISBN 978-7-5594-7565-7

Ⅰ. I247.5

中国国家版本馆CIP数据核字第2024GF0156号

# 过雨

从羡 著

| 责任编辑 | 王昕宁 |
|---|---|
| 特约编辑 | 年　年 |
| 出版发行 | 江苏凤凰文艺出版社 |
|  | 南京市中央路165号，邮编：210009 |
| 网　　址 | http://www.jswenyi.com |
| 印　　刷 | 长沙鸿发印务实业有限公司 |
| 开　　本 | 880mm×1230mm　1/32 |
| 印　　张 | 11.5 |
| 字　　数 | 477千字 |
| 版　　次 | 2025年1月第1版 |
| 印　　次 | 2025年1月第1次印刷 |
| 书　　号 | ISBN 978-7-5594-7565-7 |
| 定　　价 | 45.80元 |

江苏凤凰文艺版图书凡印刷、装订错误，可向出版社调换，联系电话025-83280257

# 目/录

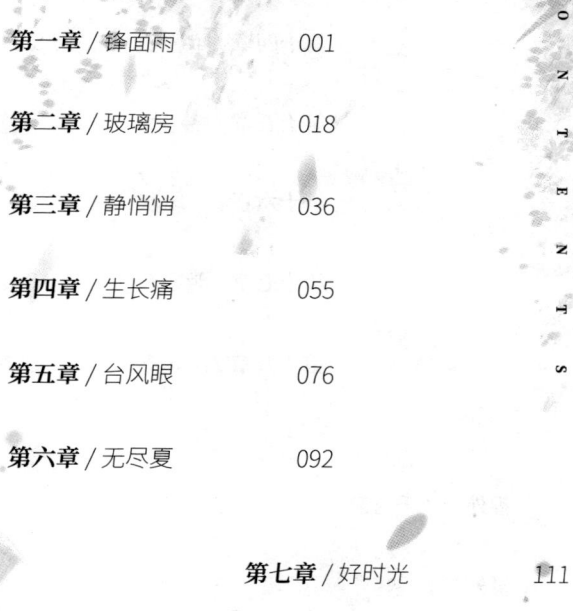

CONTENTS

第一章 / 锋面雨　　001

第二章 / 玻璃房　　018

第三章 / 静悄悄　　036

第四章 / 生长痛　　055

第五章 / 台风眼　　076

第六章 / 无尽夏　　092

第七章 / 好时光　　111

第八章 / 旧日雨　　129

第九章 / 穿堂风　　147

第十章 / 黄粱梦　　166

第十一章 / 月光灯　　184

第十二章 / 冬暮雪　　204

## 目录

CONTENTS

第十三章 / 薄冰上　　218

第十四章 / 绝谷下　　233

第十五章 / 烧不尽　　250

第十六章 / 一风吹　　264

第十七章 / 明日歌　　281

第十八章 / 少年无价　301

番外一 / 千百遍　　320

番外二 / 轻轻　　325

番外三 / 向一切追问　337

番外四 / 更远的梦　　343

番外五 / 霖霖　　347

番外六 / 在这里　　353

后　记 /　　362

## 第一章·锋面雨

我在生活里收集一块又一块的冰,
我需要一个太阳,把我晒融。

——斯托尔尼《一个太阳》

薄暮冥冥,阴云压窗盖日。

八月,暨城正值雨季,太阳沉没,天光混浊,云雾叠不拢牵不破,裹着绵密湿意。

宋亦霖被"滴答"雨声吵醒。

她睡眼惺忪,抬手往枕边摸索,却因为脱力将手机拨得更远。

指尖颤意几不可见,她皱了下眉,撑着胳膊够到手机,按亮锁屏,发现已经将近傍晚七点。

屏幕干净,除了软件推送,就只剩一条未读信息——

朱然:八点老地方,直接上二楼,别睡过头啊。

宋亦霖盯着那行字,回了个"好"。

身子沉,脑袋昏。她从日上中天睡到日落西山,反倒越睡越累。

宋亦霖闭了闭眼,想到时间紧迫,只能逼着自己拖动身体,下床收拾行头。外面乌云密布,她打量天色,正考虑要不要拿伞,就听见玄关处传来锁孔旋转的声响。

猜到来人是谁,她停顿稍许,走出卧室。

果不其然,只见宋景洲步履不稳地踏入客厅,在地板上留下一串泥泞脚印,随后跌进沙发里不省人事。

宋亦霖打量他片刻,去厨房泡了一杯蜂蜜水,递到他跟前。

宋景洲迷迷瞪瞪地接过蜂蜜水,喝完大半杯,抬眼瞧她一身行头,便问:"刚到家?"

"正要走,去见朋……"

"几点了还出门鬼混?"他打断道,语气烦躁,"别给我没事找事,死外边谁管你。"

交涉失败,宋亦霖沉默了下,兀自走到玄关处换鞋。

"作,又开始作!"见她这反应,宋景洲越发不满,"说你两句就摆谱,我欠你的？整天累死累活就为养个白眼狼！"

音量震得她指尖一颤，鞋带顿时缠成死结。

宋亦霖盯了几秒，缓声道："你醉得不轻。"

宋景洲勃然大怒："你疯狗病又犯了是吧？"

骂声聒噪刺耳，也不知到底谁犯病。

宋亦霖习以为常，没打算跟他吵，索性闭嘴，起身拿了钥匙离开，把隔在门后的声音甩脱。

"晦气东西！"

门合上的前一刻，男人仍嫌不够般冲她吼骂。宋亦霖充耳不闻，三步并作两步迈进楼道。

她垂眼往下走，一级一级地数。

水泥墙陈旧斑驳，声控灯明灭闪烁，隐约可见角落里散落着烟头、酒瓶，废品杂乱堆积。

狭隘的楼梯间本就容不得多少光，因此更显得拥挤，人被笼在其中，要窒息。

——三十三级，到楼梯口。

雨还没停，但势头转小，整座城被笼在雾里，像是失火。

宋亦霖拿出手机看了眼，时间还算宽裕，于是放弃打车的念头，步行去找朱然。

所谓的"老地方"，是指朱然她哥开的网吧。

休学快一年，算起来有段日子没见光，明天就要开学，估计朱然也是坐不住了，才要见她一面。

过了二十来分钟，宋亦霖抵达目的地，雨也刚好消停，衣衫带着些湿意，不知是淋的还是热的。

夏季的雨越下越燥，走了这一趟，嗓子都快冒烟，宋亦霖提起领口扇动，但毫无用处。

推开网吧的大门，空调冷风扑面而来，她舒了口气，余光瞥见柜台上摆着矿泉水，便顺手拿了一瓶，熟稔地叩响桌面，道："哥，拿瓶水。"

说完，她抬起头，却发现这网管挺眼生。

对方抱臂斜坐，一头利落短寸，微垂着头像在打盹，被她一扰，便略微不耐烦地掀起眼帘。

少年眉目英挺，眼眸深黑，掩着锋锐戾气，上眼睑薄削一道，冷然不驯。

宋亦霖没想到会是同龄人，不由得怔了怔。

下一瞬，对方顺着她的手瞧过去，目光落在那瓶矿泉水上。

宋亦霖觉得他看了自己一眼，又似乎没看。

随后就听他淡声道："这瓶我喝过的。"

宋亦霖面不改色地放下手中的矿泉水，又从旁边拿了一瓶新的，确认这瓶没开盖，才示意他结账。

少年随意地揉了揉发茬，仍是一副倦怠模样，将收款码挪过来，嗓音带点困顿的哑:"未成年不能上机。"

她正想着该怎么解释跟朱然的约定,耳畔就骤然传来一道洪亮的男声:"你小子是不是找事?"

话音刚落,又是一阵推搡响动,顿时吸引在场不少人的注意力。

入夜后,网吧鱼龙混杂,小打小闹实属常态,宋亦霖不感兴趣,目不斜视地扫码付款,准备上楼找人。

哪知道才走两步,人群又咋呼起来,她觉得不对,刚谨慎地扭过头,就见一个玻璃杯直冲面门砸来!

她暗骂倒霉,正想躲,就被人攥住手臂,一把扯开。

紧接着,玻璃杯"咻"地从眼前掠过,重击在墙上,碎裂满地。

变故不过发生在转瞬之间,宋亦霖惊魂未定,盯着那堆玻璃碴儿,额角不禁狠狠跳了下。

——今天真是点背。

她按下心底的烦躁,偏过头,对身边的人礼貌道:"谢谢。"

少年漫不经心地"嗯"了声,没看她,仿佛刚才只是顺手,随后起身,径自离开前台。

宋亦霖没想凑热闹,但那片喧闹区刚好就在楼梯口,她只能跟着过去。

离近了,才发现闹事者是个黄毛,形似社会青年,此时正揪着一个男生的衣领吵嚷着,估计刚才那水杯也是他砸的。

看了两秒,宋亦霖收回目光。

"你搁这儿跟我撒泼呢?"梁泽川原本好好打着游戏,莫名被找碴,这会儿也相当冒火,"打个游戏骂骂咧咧,我还没嫌你吵。不就撞了下你胳膊,你比姑娘还娇贵?"

黄毛被激怒,围观群众眼看他俩要动手,也不敢拉架,纷纷远离战场。

梁泽川正欲奉陪,余光瞥见熟悉的身影,当即眼睛一亮,喊:"逐哥!"

话音刚落,黄毛后方便走来一人,单手摁住他的椅背,骤然后扯,直接将黄毛掀了个趔趄。

黄毛险些摔坐在地,张口就骂:"我……"

谢逐攥住他的衣领,将人扯了过来,垂眼道:"再吵?"

黄毛猛地噎住,立即去掰谢逐的手腕,却发现根本掰不开,不禁恼羞成怒:"你算老几,管我的闲事?"

谢逐没搭理,随手把他丢开,转而询问梁泽川事情经过。

黄毛踉跄着站稳,咬牙狠啐了口。

从宋亦霖的角度,刚好能看到黄毛悄然背过手,从一旁的桌子上摸到了一个玻璃饮料瓶。

她迈上台阶的脚蓦地顿住。

电光石火间,黄毛暴起动手,围观人群惊叫出声。宋亦霖目光扫向旁边的椅子,果断一踹——快准狠,正中目标者的膝窝。

突然重心失衡,黄毛瞪眼大骂,还没稳住身形,又被谢逐扣住手腕,卸了力道。

玻璃瓶化成一地碎片,落入谢逐的眼底。

谢逐不与黄毛多做纠缠,反手便将人甩开。他松了松指节,忽然掀起眼帘,目光稳稳落向某处。

两人视线相撞,宋亦霖神情自若,不避不躲。

少女的五官俊秀漂亮,貌似无害,一双眼却乌黑沉寂,显出几分不易察觉的乖戾漠然。

二人对峙少顷,宋亦霖率先敛目,安静地撤场,仿佛无事发生。

她没再多停留,拾级而上,头也不回。

包间门被推开时,朱然正戴着耳机补网课。

宋亦霖在门口站立几秒,见朱然没反应,就过去轻踢两下椅子,道:"难怪乱成那样你都没下楼,学习呢。"

座椅冷不丁一颤,朱然吓得猛回头,见来人是宋亦霖,才心有余悸地摘掉耳机,说:"你就不能……等等,乱什么?"

宋亦霖耸肩,三言两语概括完刚才的事,有意略去自己出手相助那段。

听到事情已经解决,朱然舒了口气,靠回椅背,说:"正常。这儿是闹市区,晚上什么人都有,得亏有逐哥。"

"哥?"宋亦霖回想起那张脸,"他成年了?"

闻言,朱然险些被呛,无奈地瞥向她:"你才离校多久?这是校队的谢逐啊,低咱们一届,去年还在全运会夺金……你没看新闻?"

宋亦霖去年过得浑浑噩噩,哪还记事,经提醒才依稀记起。

"想起来了。"她颔首,"200米自由泳?有段时间每天手机上都有推送。"

朱然连连点头,说:"对,我记得他在十几班来着,具体忘了,不过他跟你同龄。"

宋亦霖入学早,年纪小于同级的人,即使休学一年,也不过是刚好回到同龄圈子。

"这样。"宋亦霖了然,随口问,"他来打暑假工?"

"来救场的。之前的小哥是他朋友,临时有事,所以托他替班。"

宋亦霖颔首,原本也不关心,就没再继续这个话题,扯过椅子坐到桌旁,问道:"你有事找我?"

说到正事,朱然清清嗓,一转椅子,笑吟吟地凑到宋亦霖跟前:"当然是慰问下学妹喽。妹妹这么漂亮,高二几班的啊?"

惨从同级变学妹,宋亦霖无奈道:"十六班。"

朱然打了个响指:"成,我抽空看你去,给你带好吃的。"

"还兴见面礼呢?"

"那必须，咱俩谁跟谁，别的不管，仪式感得到位。"

宋亦霖失笑。

"话说高二在南楼，咱们离得还挺远。"朱然沉吟，低喃道，"也好，换个新环境，省得再碰见那群家伙。"

最后那句虽然压着声，显然是随口说的，但仍被宋亦霖听清。

陈旧往事随之浮现在脑海中，谩骂、推搡、讥笑，阴魂不散，正如那些始作俑者。

——是附骨之疽，非死不得消停。

空调似乎开得太大，宋亦霖蜷起指尖，莫名感到冷。

"或许吧。"她说。

雨又落下来了。


闲聊过后，从网吧出来时，已过九点。

宋亦霖借了一把伞，站在门口观察雨势。

淅淅沥沥，雨水沾湿石阶，雨下得太久，寒气升腾堆积，带来潮湿冷意。

道路漫长，前面是黑的，后面也是。

宋亦霖垂下视线，闷头走着，途经街边葱郁的灌木，满地绿叶还鲜嫩着，淋一场雨却落了。

她轻点鞋尖，蹭掉粘在鞋上的落叶，忽然想起一件事——迟敏九点多才下班，得走慢些，省得回去又跟宋景洲吵架。

这么打算着，宋亦霖有意放慢脚步，余光突然瞥见街边的屋檐下，有一抹熟悉的身影。

那人斜倚在墙上，姿态随性散漫，正低头看着手机。

暗淡光线下，他微偏着头，侧脸轮廓深挺，眉梢眼尾线条凌厉，是种冷感的好看。

宋亦霖步履微滞。

下一刻，那人似有所觉，朝这边望来。

黑暗蚕食视野，月光微弱。

少女立在巷口，半个身子陷入阴影，眉目干净，瞳仁乌沉，与这片冷调相得益彰。

夜色横亘街道，雨丝细密，翻涌着淡薄潮气，寒意弥漫。

他们的视线被风吹在一起。

一方打量变成双方对视，现在回避只会显得心虚，于是宋亦霖继续望着谢逐，从容坦荡。

谢逐神色淡然，目光从她身上扫过，最终望向她的眼睛。

他五官凌厉分明，看人时不带情绪，眼瞳像化不开的浓墨，沉郁凛冽，相当疏离。

宋亦霖不过是随意一瞥，既然不小心对视上，又是同校同级，难保以后不会碰面，也不好闹个尴尬。

想到这儿，她牵起嘴角，熟练地勾了抹乖觉客套的笑，随后抬手挥了挥，算作道别，接着便朝巷子深处走去。

——倒是尽显礼貌。

谢逐眉梢略抬，只捕捉到她清瘦伶仃的背影，转瞬间就走过拐角，彻底消失不见。

他收回视线，没有再看。

两人坠进寂寥夜色，一个停驻一个前行，逐渐远了。

二十多分钟的路，宋亦霖拖拖沓沓，硬是半个小时才走完。

她又在楼下商铺买了一根火腿肠，掰成块喂给小区的流浪狗。她耐心地等它吃完，看它亲昵地蹭她的裤脚。

小狗是土狗，没有名字，不知来处。它到这儿不足两个月，宋亦霖平时经常投喂它，因此它对她格外亲近。

小狗贴着她磨蹭。宋亦霖轻笑，摸两下它的下巴，借着路灯却瞥见它身上有伤口，显然是人为。

她动作微顿，指尖无声地掐进掌心。直到小狗困惑地舔了舔她的手，她才回过神来。

她揉揉它的脑袋："……半年。"她低声道，"你再等等我，等我去集训，搬出来自己住，到时我们就有家了。"

嗓音很轻，仿佛是在说给她自己听。

…………

上楼后，迟敏果然已经在了。

她正收拾茶几，听到玄关处的动静，抬起头，笑着唤："霖霖回来啦。"

闻声，宋亦霖神情温和些许，回道："嗯，刚去见了朱然。"

"小然？好久没见了，她最近怎么样？"

"高三了，待在网吧补课，学得挺认真的。"

"那就行。"迟敏失笑，转而嘱咐，"明天开学，今晚就早点休息。药我给你放桌上了，睡前记得吃。"

宋亦霖笑着应"好"，转身往洗手间走去。

走到门口，却听到身后迟敏再次出声，语气带了几分踌躇："对了，霖霖，你是不是又跟你爸吵了？"

刚才那点笑意顿时消散。

宋亦霖握着门把手，沉默少顷，平静道："算是吧。"

迟敏看不见宋亦霖的表情，无奈地叹了口气，劝道："你爸今天公司应酬，喝得有点多。你也知道他醉了就那样，他说了什么，你都别往心里去。"

他醉不醉都那样吧。宋亦霖想。

况且酒后吐真言,她的确讨他嫌。

但迟敏是一位普通的母亲,温暾、善良、没主见,认为隐忍就能解决一切家庭矛盾,有着近乎残忍的天真。

所以,宋亦霖没法讲。

在原地停留了一会儿,宋亦霖偏过头,对迟敏若无其事地笑了笑:"我知道,没事。"

见她情绪还行,迟敏放下心来,宽慰道:"明早我就跟你爸谈谈,省得他再说话没个轻重。"

宋亦霖"嗯"了声,没多话,准备进洗手间洗漱:"妈,你也早点休息,明天不是上早班吗?"

"好好,这就歇了。"

随着迟敏话音落下,宋亦霖反手关门,仿佛劫后余生般轻呼一口气。

草草收拾过后,宋亦霖钻进卧室,把书包和校服准备好,又囫囵吃完药,终于能心平气和地躺下。

她太累,几乎沾床就合上眼,睡眠质量却是一如既往的低。

不知昏睡了多久,时间模糊,宋亦霖始终半梦半醒,总觉得很不安稳。

突然,耳畔鸣音乍响,她蓦地惊醒。

四周空荡,莫名的焦躁恐慌充斥胸腔,她有些喘不过气,起来看了眼时间,凌晨四点半。

屋内光线晦暗,黑魆魆的,窗外没半点动静。

指尖在颤,宋亦霖靠着床头缓神,脑袋"嗡嗡"作响,那阵聒噪的耳鸣还没停止,像要把她撕裂。

曙色黯淡,城市沉睡不醒,她却已经开始为新一天的到来感到焦头烂额。

宋亦霖靠着床头坐到了天亮。

六点半,迟敏准时叩响房门:"醒了吗?"

"……醒了。"她迟钝地回应,觉得声音太低,又道,"这就来。"

听到渐远的脚步声,她才翻身下床,倦怠地揉了两下额角,随手拎过校服,开始换。

校服是蓝色运动款,左胸印着暨城一中的校徽,后领印着"2020",代表入学年份。因为是复学生,所以早高二部一年,她也懒得再换新的。

洗漱过后,宋亦霖拎着书包来到客厅,见迟敏和宋景洲已经在用早餐。

两人正谈笑风生,气氛和睦得像个健康家庭。宋景洲瞥见她,便招手:"赶紧的,收拾好就来吃饭。"

她没动,转而看向迟敏,对方却略有疑惑地询问她:"有东西没拿?"

宋亦霖沉默了下,轻笑,摇摇头坐下,面色如常道:"没,刚在走神。"

饭桌氛围一派轻松，宋亦霖却毫无胃口，听着对面有说有笑，心中平静如常。没人提起昨晚的事，包括作出承诺的迟敏。

用过餐后，宋亦霖没让迟敏送，自己拎上书包就出了门。

晨风冲荡，树叶喧哗，滂沱阵雨刚刚停息，城市脏污被洗净，现出冷硬的骨。

宋亦霖在街边买了一杯豆浆，在公交车站边等车边喝豆浆，豆浆喝完，车也来了。她随手丢掉空杯，投币上车，坐到后排闭目养神。

车程不长，约莫十分钟就抵达站点。

暂别一年重返校园，宋亦霖有些迷蒙，问过门卫才找到高二部所在的南楼。

跟着人潮前行，周围都是结伴谈笑的学生，她独自一人，被衬得突兀。这感觉并不好受，她正要加快步伐，体育馆内便迎面走出一行人。

——倒也不怪宋亦霖打量，那群人目测人均身高一米八以上，想忽视都难。

如果非要有个理由，那就是她看见了谢逐。

他腕上搭着外套，身形修长挺拔。旁边几人正嬉笑说话，他漫不经心地听着，偶尔应两句，像是不会专注于任何事，散漫又倨傲。

似乎有所察觉，他眼眸微抬，捕捉到她没来得及收回的视线。

隔着人潮，两人目光交汇，定格。

宋亦霖立在原地，正犹豫要不要打招呼，那几名男生就已走近，个个身高腿长。她还没琢磨好，人都到了跟前。

即将擦肩而过时，谢逐忽然停下脚步。

同行的人见他落下，不由得纳闷地回过头："干吗呢，逐哥？"

谢逐没理，而是垂眼问她："不上楼？"

离得近，宋亦霖嗅到一阵清冷气息，是薄荷的味道。

她愣了愣，才说："上。"

他点头，不再多话，继续朝前走。

宋亦霖望着他的背影，后知后觉——刚刚在走近的过程中，他们的对视始终没有断开。

是明显超出礼貌界限的时长。

收回目光，她没有再想，爬楼梯去三楼办公室。

新班主任叫唐筱，宋亦霖只在之前办理复学手续时见过她，戴眼镜，及肩长发，柳眉杏目，看着很好相处。

两人见面后，唐筱并没询问她原班级的事，仅就新学年的事宜嘱咐了一番，态度耐心细致，瞬间就让宋亦霖产生了好感。

直到下一秒。

"对了，我是教数学的。"她说。

宋亦霖：救命。

随后，唐筱又委婉道："我看过你的成绩，放心，进步空间还是很大的。"

能不大吗？整套卷子做下来，她都考不到选择题的总分。

然而唐筱眼神坚定："千万不能就此放弃。新学期新开始，老师一定会好好帮你。"

宋亦霖沉默片刻，微笑地真挚回应："我也会努力让您帮得上我。"

时针转过七点，一中师生都已经陆续到校。

暑假过后，走廊上充斥着整理储物柜的学生们，一摞摞的学习资料往班里运，相当忙碌。

高二（16）班内，气氛热闹非凡。趁老师没来，众人谈笑风生打闹不断，满室哄闹喧嚷。

梁泽川昨晚通宵，怏怏地靠着椅背打盹，下一秒就被人用卷子轻敲脑袋。

他抬头，果然看到路予淇坐在跟前，旁边是一沓试卷，应该是刚收好的。

见他一脸苦相，她没好气道："还睡，作业补了吗你？"

梁泽川负隅顽抗："谢逐晨训还没回来，他交了我再交。"

路予淇冷笑："他早就把卷子搁办公室了。"

梁泽川正想继续挣扎，却听到教室里轰然响起一句话——

"咱班好像要来个插班生！"

二人的注意力瞬间被转移。

开学正是无聊的时候，难得听闻趣事，不论有心无心，大伙多少都忍不住好奇。

"真的假的，是外校的还是本校的啊？"

"听说是本校复学的，就现在高三那届，一个女生。"

"复学？什么来头？"

"好像是去年有事休学了，具体原因不清楚，人估计待会儿就到。"

梁泽川正听得津津有味，教室的后门冷不丁被推开，他歪头去瞧，随即吹了声口哨。

只见谢逐拎着外套，发尾眉梢还带着没干透的水汽，朝这边走来。

他校服没好好穿，衣领纽扣松散，露出脖颈和锁骨，一股散漫劲儿。

梁泽川打量了少顷，转而问路予淇："他这算不算勾小姑娘？"

"他那张脸，穿老头衫都勾小姑娘。"路予淇说。

梁泽川"啧"了声，觉得言之有理。

他靠着椅背往后仰，招呼道："逐哥，来了啊？"

谢逐"嗯"了声，拉出椅子坐下。晨训结束实在兴致缺缺，他随意将外套一拢，就开始补觉。

梁泽川习以为常，校队的训练量本就大，尤其是谢逐，十月底还得参加全国游泳锦标赛，教练对他更是严格管控。

约莫两三分钟后，预备铃声响起，班内自觉恢复安静——当然，是出于对新同学的好奇。

唐筱准时踩铃抵达，却没有像小道消息传的那样，带着插班生。

"太阳打西边出来了啊。"唐筱觉得稀罕,"今天都这么老实?"

前排学生嘀咕:"还不是期待新同学。"

闻言,唐筱明白过来,笑骂:"咱班情报贩子的消息还挺灵通。"

"那当然,上至办公室秘辛,下至校园传闻,都能给您弄来,触底师生价!"有人插科打诨。

唐筱横对方一眼,倒也没发火,反问:"给你能得,下周收心考又有底气了是吧?"

班内顿时哀号声一片。

宋亦霖倚在门口,恰好处于室内众人视线范围之外,她听着教室里的声音,百无聊赖地盯着走廊外。

夏天太阳真毒,白天时间也长。

阳光洒落,坠在葱郁枝丫间,风一掠,树影晃动,刺得人眼睛生疼。

整纪也在此刻结束。

唐筱轻叩桌面,终于谈起正事:"行了,那就不负众望,确实有位新同学要介绍给你们。"

语罢,她望向门外,唤道:"进来吧,跟大家认识一下。"

听到这儿,宋亦霖直起身,朝教室里走去。

身影在地面拉长又缩短,她走上讲台,在各种好奇打量的目光下,拿起讲桌上的半截粉笔。

板书声窸窣,她在黑板上写下自己的姓名,收笔时指尖微扬,最后一捺流畅利落。

——宋亦霖。

随后,她回过头,对台下众人笑了笑,缓声道:"大家好,我是宋亦霖,今后请多指教。"

嗓音清澈干净,眉眼乖巧漂亮,哪儿都讨喜。

梁泽川见了她,全然忘记谢逐还在补觉,下意识地就往后倚,低声道:"这不是昨晚那妹妹吗?"

谢逐正犯困,闻言轻蹙起眉,倦懒地掀起眼帘,朝前方看去。

讲台上,少女笑容温煦。

她生得白净,深蓝校服更衬肤色,身形清瘦笔挺,投在地面的影子都好看。

谢逐视线移向黑板,停在那三个字上。

唐筱打量班里的座位排列,随后对宋亦霖道:"班里空座少,先坐末排靠窗那里,可以吗?"

宋亦霖顺势望去,随后就看清未来同桌的长相,十二小时内第四次碰见,实在让人难以忘怀。

属于是巧到离谱了。

唐筱以为她默许,又转头征询谢逐的意见:"谢逐,方便吗?"

毕竟这位……嗯，作息和性情都特立独行，依前车之鉴，如果不是安分的主，跟他做同桌会挺危险。

梁泽川自然也清楚这点，盘算着要不自己主动要求换座位，也好收场。

这么想着，他正打算开口，却听身后传来一阵窸窣声响。

梁泽川一愣，匪夷所思地回头，见谢逐将放在空桌上的杂乱课本挪开，仍是一副疏懒模样。

他没有回答唐筱，而是望向宋亦霖，微抬下颌，言简意赅：

"你来。"

宋亦霖就这么跟谢逐成了半路同桌。

落座后，她把书包放进桌洞，不过一分钟的工夫，再扭头，旁边这位已经重新趴下去会周公了。

讲台上，唐筱针对开学事宜简要说了两句，随后便离开，晨读继续。

到底是开学第一天，学生态度总归浮躁，朗读声没能坚持多久，就有压着嗓偷摸聊天的。

梁泽川也趁这机会转身，跟宋亦霖攀谈："欸，这么巧啊妹妹，咱们居然同班！"

"嗓门小点，你也不怕吵到人。"路予淇提醒他，又好奇地询问，"小同学，你们认识？"

宋亦霖正收拾着书立，闻言点头，道："我们昨晚刚见过。"

为防止衍生多余的误会，她又示意旁边补觉的谢逐，轻声说："还有他。"

路予淇瞬间被勾起兴趣，打听道："怎么回事，跟我聊聊？"

"嗐，别提了，太晦气。"

梁泽川说着，满面悲催地讲述昨晚事情的来龙去脉，包括宋亦霖那一下关键的助攻。

说到最后，他"啧啧"总结："要不是这位妹妹见义勇为，美救英雄，咱逐哥指不定得见血。"

说得像要给她发锦旗，宋亦霖不好意思地笑笑。

她五官生得漂亮无害，眉目虽然清冷，却不显得疏离，此时展露笑意，更衬得腼腆乖巧。

路予淇望着她，忍不住感慨："小同学，你好乖啊。"

宋亦霖眨眨眼，刚想张口回应，唐筱就来突击巡查，班内读书声瞬间放大，简直欲盖弥彰。

前座两人也机敏地转身，话题就此搁置。

宋亦霖安静地低着头，翻开手中的课本。

没了社交需要，她脸上多余的情绪顷刻退散，全无踪迹。

上完前两节主课，下课铃一响，班里瞬间热闹起来。

宋亦霖把课本夹进书立，余光不着痕迹地落在旁边，谢逐仍然没有动静。

这人从早读睡到大课间，睡得都快没生命迹象了。

她正想收回视线，就见谢逐略一抬头，眼帘微掀，带点儿初醒的懒意，眉清目冷。

他问她："怎么？"

"下课了。"宋亦霖垂着眸，全无偷瞄被抓包的尴尬，镇静地回应，"现在是大课间。"

谢逐扫一眼时间，懒散地"嗯"了声，这才直起身来，看样子是补觉结束。

炙热的日光漫过窗框，流淌满桌。

宋亦霖觉得晒，起身去拉帘子，站立瞬间却突然一阵头晕目眩，闭眼缓了两秒才好。

她清早没吃几口饭，只空腹喝了杯豆浆，挨到现在，大概是低血糖犯了。以前都会带糖应急，但太久没回学校，就给忘了。

心悸还没平复，宋亦霖坐回位置，揉着额角休息。路予淇扭头看到她的脸色，当即被吓到："不舒服吗？"

宋亦霖摆手，笑得若无其事，温声回话："坐太久，刚才起得急了，缓缓就行。"

话音刚落，就感觉有道视线落在身上，仿佛有实质。

她侧首，见谢逐散漫地倚在那儿，眉梢轻挑望着她，眼底没什么情绪。

好像看破不说破。

宋亦霖回了他一个挺无辜的笑，泰然自若地继续跟路予淇聊天。

路予淇不疑有他，没再追问，转而道："对了，学校走班制没变，你选的哪三科？"

新高考初步推行，暨城属于3+3区域，合格考结束后，高二正式选科，科目组合五花八门，以层为单位实行走班制授课。

宋亦霖"嗯"了声："我是全文。"

"那敢情巧，我跟你就差门生物。待会儿的课在十八班，你还不熟悉排课表，我带你去。"

"好啊。"她笑，"那我以后可就跟着你了。"

适当的俏皮话确实上道，路予淇吃这套，当即爽快地应下："没问题，我吃喝玩乐学均沾，你跟着我准没错。"

二人正聊着，那边梁泽川推门而入，见谢逐醒了，于是上前搭他肩膀："起了啊逐哥，打球去不？"

语罢，他还揶揄宋亦霖："欸，小同学，要不你也来？别被昨晚的事吓着了，其实我们逐哥是三好青年。"

宋亦霖思索少顷，婉拒的话刚到嘴边，谢逐便将梁泽川拎开，替她回绝："别黏人，要去就去。"

说着，就起身朝外走去。

"谢逐你语文烂别瞎讲，什么叫我黏人？"梁泽川不满地叫屈，却也没当回事，朝她俩挥挥手，就快步离开。

……性子还挺跳脱。

似乎看穿宋亦霖的想法，路予淇忍俊不禁道："习惯就好，别说咱班，这层到处都是'社牛'。隔壁班有个叫薄酩的，是我朋友，她才有意思，可惜还没返校，得晚点介绍你们认识了。"

"还没返校？"宋亦霖捕捉到重点。

"啊。"路予淇摆手，语气稀松寻常，"新生报到那天她当志愿者，结果出了点岔子，校长让她在家里反省一周。"

说着，她又忍不住惋惜："她特喜欢跟漂亮妹妹玩，如果她在这儿，肯定得黏着你不放。"

……高二部人才辈出啊。

不过这个新环境，倒是比宋亦霖预想中友好很多。

路予淇很会聊天，从学习到生活，方方面面都涉及。两人谈得正欢，宋亦霖身边倏地坐下一人。

本以为是谢逐，她转头，却发现是个面生的。

路予淇看见来人，心中警铃大作，蹙眉道："郑晖，你凑过来干吗？"

这郑晖是班里的刺头，平时最爱惹是生非，尤其嘴贱得离谱，三两句话就能气得人一佛出世二佛升天。

"我这不是来跟新同学熟悉一下吗，那么大反应干吗？"郑晖若无其事地回答，随后嬉皮笑脸地对宋亦霖说，"哎，听说你是复学生啊？那不就是高三那届的吗？学习怎么样，去年为什么休学啊，方便的话透露一下？"

宋亦霖总算明白路予淇那反应是为什么了。

她没搭理他，抿唇低头，拒绝的态度很明显，表示事关隐私，无可奉告。

然而对方实在没什么眼力见，还在那儿喋喋不休地追问："喂，晾人就不好了吧，别闷着，说句话呗？"

宋亦霖觉得这个人是在挑战她的耐性。

路予淇实在听不下去了，出声赶人："你……"

话还没说完，郑晖却从两人眼前消失了。

宋亦霖也愣住，抬头去看，发现是谢逐拎着那人后领拽起，毫不留情地往过道一摆。

他领口敞开着，发丝带些湿意，晨光下可见额角处有细微的汗珠，显然是刚从球场回来。

没搭理郑晖，他目光扫向宋亦霖，捕捉到她眼底还没收敛的冷厉。

宋亦霖分明从他眼中看出"总算不演了"的意思。

感觉哪里不爽，但确实该谢他解围，于是她对他感激地笑了笑，演得很真挚。

于是谢逐不再看，径自落座，道："要查户口去居委会，别在我这儿吵。"

他这话没指名道姓，但大家都明白是跟郑晖说的。

郑晖一贯欺软怕硬，当下敢怒不敢言，只好悻悻离开。

他们这边动静挺大，直到事情结束，宋亦霖才发现有不少人在暗中打量，气氛格外微妙。

谢逐好像习以为常，手腕一翻，就朝她丢来一包东西，说："买多了。"

宋亦霖定睛一看，发现是一包旺仔牛奶糖。她拎起糖来，狐疑地端详两秒，转而看向谢逐。

谢逐买时也不过随手一拿，察觉到她的复杂情绪，才注意到那是什么糖，蹙起眉来。

以不变应万变，他坦然自若，倒让她无话可说。

"谢谢。"这回是真心实意。

宋亦霖含了块糖，身体终于舒服些，感受到班里气氛仍然拘谨，后知后觉地发现，他们似乎很怕谢逐，或者说，整个年级都挺怵他的。

倒也是。谢逐年少有为，跟常人自带隔阂，五官又出挑，冷漠的表情极具侵略性，任谁都敬而远之。

寡言性冷，不说话的时候看起来很凶，但——宋亦霖扫了眼那包糖。

浓郁奶香弥漫齿间，她若有所思，又很快被周围微妙的氛围弄得不自在。

梁泽川就在这时打破尴尬。

"嗯？"他前脚刚进班，后脚又退出，纳闷地打量了两眼门牌，确认后才重新走入，"怎么这么安静，吓得我以为串明德班去了？"

这人说话尾音轻扬，自带诙谐效果，活跃气氛立竿见影，众人瞬间恢复常态，不再把注意力聚焦在一处。

宋亦霖不着痕迹地松了口气。

"真倒霉。"路予淇小声说了一句，又对宋亦霖道，"刚才那人叫郑晖，是班里的烦人精，说话不过脑子，你别往心里去，也不用接他茬。"

宋亦霖确实被冒犯到，也就没装好脾气，颔首应下："我知道了。"

梁泽川神经大条，没感觉有什么不对，过来时她们已经结束话题，他便将注意力放在那包糖上。

"嘿。"他望向谢逐，揶揄道，"怎么在宋亦霖这儿，这不是你……"

"买错了。"谢逐不耐烦地打断他。

梁泽川做牙酸状，识趣地闭上了嘴，回到座位上准备下节课的学习资料。

确实快上课了，路予淇见时间不早，也去翻自己的暑假作业，待会儿好应付老师的抽查。

人都散去，宋亦霖的东西早就收拾好，闲来无事，便随口问："到底是买多了，还是买错了？"

她声音放得低，也没对着人说，但这话显然是跟谢逐说的。

对方没理。

她扭头，却猝不及防对上他的目光，不禁微微怔住。

原先没觉得，现在近距离接触，她才发现谢逐给人的压迫感这样强。

那双眼睛深邃漠然，不带情绪时冰冷，和他对视着，很难坚持下去。

逗狼招狼咬，宋亦霖自作孽，率先败下阵来。

见她心虚地挪开视线，谢逐轻挑了下眉，轻声问："你不是低血糖？"

她愣了愣，迟疑着承认："是。"

"那就收着。"

话音刚落，预备铃打响，谢逐扫了眼钟表，抄起课本起身，径自离开座位。

宋亦霖望着他的背影，少顷，才转回头。

指尖无意识地摩挲着糖纸，不动声色，蹭过封边锯齿。

酥痒。

一天课程说快也快，从楼层东边赶到西边，再上三节晚自习，就画上句号。

晚上九点五十放学，宋亦霖在楼底喂完狗，到家时已经快十点半。

宋景洲睡了，迟敏也准备休息，宋亦霖打过招呼，洗漱完就回到卧室。

她拿出手机，看见几分钟前，比她先到家的朱然发来消息：霖霖，我才想起来，你们班是学校有名的颜值班！

语气还挺激动。

宋亦霖回想一番，谢逐当然不用说，寸头酷哥。除此之外，梁泽川长得也很养眼，朗目疏眉，轻佻得恰到好处，是这个年纪最讨喜的类型。

而路予淇，长相标致，明媚漂亮，朋友遍布整个年段，恣意又朝气，走到哪儿都是焦点。

确实"群英荟萃"。

如此想着，她回复：没夸大。

那边秒回：何止啊，高二那几个厉害的都在你们楼层。而且我问了下，谢逐居然跟你同班？这也太巧了。

宋亦霖：我跟他同桌。

朱然静默两秒。

语音电话打来，宋亦霖接起，听到对方激动的声音："你俩同桌？"

"嗯，班里没其他空位。"宋亦霖将听筒挪远些，问，"怎么了？"

"没什么。"朱然语气欣慰，"就是觉得，你数学有救了。"

感受到宋亦霖的困惑，朱然解释道："你可能没注意过，咱教学区门口不是有成绩墙吗，那个滚动的电子屏幕。打从谢逐那届入学，他们年级数学第一的头像就没换过，大小考都不例外，没见过这么离谱的。"

一中流传着一句话：

——什么比钻石更恒久远？

——考试后，谢逐那张面无表情的脸。

在校公示牌数学单科首位处占据一整年，从未被撼动。

宋亦霖：确实厉害。

之后两人又闲聊了几句，得知宋亦霖开学一切顺利，朱然才放下心来。朱然说还要补卷子，就结束了通话。

宋亦霖无所事事，也提不起玩手机的兴致，于是吃过药便躺下，开始酝酿困意。

药效还没发挥，入睡依旧艰难，她闭眼默数，止不住思绪发散，莫名想起早晨时郑晖的问题。

"高三那届的？"

"为什么休学，透露下？"

宋亦霖呼吸一滞。

瞬间，视野铺满颤动的词汇，粗黑线条混乱张狂，污秽恶心，她倏地翻过身，趴在床边干呕。

喉间泛酸，胃绞得生疼，她狠狠揉了把脸，抢在情绪上头前，强行掐灭那些幻觉。

……别想了。

次日，宋亦霖起床时，头脑格外昏沉。

太阳穴刺痛，她心烦意乱，索性去卫生间接了盆凉水，将整张脸埋进去。

许久，她从窒息中挣脱，撑着台子缓了缓呼吸，才随手把水珠擦干净。

镜中映着虚影，宋亦霖面无表情地望着自己，看那双眼被浸得冰冷深沉，不见半点活气。

她盯了两秒，厌恶地蹙眉，重新低头，洗漱完去用早餐。

因为吃药的关系，宋亦霖食欲不振，吃饭对她来说堪比受刑，但怕宋景洲借此发作，也怕迟敏担心，所以她每天都象征性地吃几口。

跟迟敏道别后，她穿鞋出门。

不知为什么，今天眼皮总隐隐有些跳，像有什么事要发生。

而这份不安止于她踏进校园——该说巧还是不巧，她又赶上了谢逐他们晨训结束。

相同的地点，相同的人，只是这次，谢逐没有看到她。

宋亦霖走近两步，发现他正跟一名女孩交谈，眉清目冷，有些不耐烦。

挪动视线，落在女孩校服的后领——2022届，原来是新生。

宋亦霖瞬间明白过来。

她听那女孩嗓音温软，大方询问："学长，可以留个微信吗？"

"家里穷，没智能机。"谢逐道。

女孩："……你是公众人物呀。"

他"嗯"了声："社会资助。"

宋亦霖险些没绷住,就这么目睹高一新生搭讪失败,悻悻离开。

谢逐的队友原本在旁边看戏,见人走了,就都过去调侃他睁眼说瞎话。

宋亦霖没再多留,抬脚就准备往楼里走。

然而为时已晚,谢逐似有所觉,目光越过人群,精准地看向她。

队友也顺势看过去,认出她是昨天清早那小姑娘,其中一人拍了下谢逐的肩膀,说了句什么,被谢逐轻"啧"一声抵开。

对方嬉皮笑脸地避让,末了拉着剩下几人进楼,临走时还不忘留下个相当暧昧的眼神。

……这人身边活宝挺多。宋亦霖想。

屡次碰面确实微妙,但也不好掉头就走,她只得上前几步,从容地同谢逐问好:"早。"

他"嗯"了声,没多说什么,两人就这么一前一后往教学楼走去。

如果有其他话题还好,偏偏彼此沉默,弄得她更加煎熬,难言的焦躁感在胸腔升腾翻涌。

到底没能绷住,宋亦霖止步,澄清道:"真的是偶遇。"

前方,谢逐闻声停下,微一偏头。

他站在那儿,身形挺拔,于人潮中独树一帜,连余光都被他吸引。

清晨日光尚未着色,微风拂过,少年眉峰一挑,便透出三分桀骜。

时间被无限延展,那人望着她,像是轻笑了声,稍纵即逝的玩味。

"我没说不是。"他道。

## 第二章·玻璃房

跟谢逐同桌是件很省心的事。

早读结束，宋亦霖盯着旁边那人的头顶，如是想着。

话少觉多，不用她强行社交，而且有他坐镇，周围三米内都相当安分，没人敢打扰这尊大佛。

上午四节课都是主科，听得人百无聊赖。

随着午休铃响起，班里瞬间沸腾，都蜂拥着往外挤，赶去食堂抢占先机。

宋亦霖原本想回家应付一顿，但路予淇主动邀请，她校卡里也还剩些钱，就应了下来。

食堂里人头攒动，喧哗热闹，各个窗口都排起长队。宋亦霖要了份冷面，路予淇同样。

梁泽川逛完一圈，选择困难，求助道："逐哥，你说我吃什么？"

"炒饭。"谢逐拿了杯冷饮，随意提议。

"别吧，就咱食堂那炒饭，一碗饭里几条鸡蛋丝，是给人吃的？"

"那随便。"谢逐烦了。

梁泽川委屈，最终舍弃了仅有几条鸡蛋丝的炒饭，选择了十几条鸡蛋丝的炒面。

路予淇："我看你是跟鸡蛋过不去。"

"补充营养。"他示意旁边的谢逐，"同龄，186cm，我的目标，懂？"

"你吃的是蛋白质，长个要钙。"路予淇指正，"元素怎么学的？我能笑你一辈子。"

"这都能一辈子。"梁泽川轻噗，"你可真浪漫。"

这两人跟活宝似的，宋亦霖被逗乐，饶有兴致地听他们拌嘴，也没觉得吵闹。

谢逐吃饭快，几分钟就解决完午餐，坐那儿玩手机。

一中虽然是重点中学，但是只要不在上课时间堂而皇之地玩手机，老师一般是不会管的，这一点上学校给了学生足够的自由。

宋亦霖也吃完了，见梁、路二人吵得正热，更衬得这边静得突兀，她怕尴尬，就随意提了个话茬："你186cm？"

谢逐掀起眼帘看她，像是在说有什么问题。

"挺巧。"她胡乱找话，"我168cm。"

成功把天聊得更尬。

谢逐闻言，扫了眼桌下，语调懒散："我是净身高。"

这回直接聊死了。宋亦霖面不改色地踩着自己那双内增高鞋，决定以后少跟这人搭腔。

刚好，那边路予淇和梁泽川也结束斗嘴。路予淇言笑晏晏地凑近，对她道："对啦，宋亦霖，我还没你联系方式呢。"

宋亦霖了然："加微信吧。"

她没带手机，于是告知微信号，让路予淇搜索添加，旁边的梁泽川也顺便搜索起来。

两人正忙着，还差了一个。

宋亦霖侧首，见谢逐没什么动作，照旧玩着手机，似乎并无相关意向。

她便索性略过。

下午四节课，前三节都需要走班，最后才是自习。

在楼层转来转去，宋亦霖疲惫地回到班里，发现谢逐正在补觉，课本和卷子凌乱地堆在桌面上。

她刚到座位，就见学习委员朝她招手，示意她过去。

宋亦霖于是搁下书，上前询问："有事吗？"

"唐姐喊你呢，在办公室。"学习委员是个长相乖巧的女孩，娇小内敛，嗓音温软，"逐哥在睡觉，我不敢过去。"

宋亦霖：何至于此。

她微笑颔首，道过谢，便朝办公室走去。

大概能猜到唐筱要谈些什么。

不出她所料，办公室里只有唐筱一个人，见她来了，就温和地招呼她落座。看这架势是要长谈，宋亦霖客套一嘴，顺势坐到办公桌旁。

跟前摆着一杯水，水面漾着波纹，与窗外景象重叠，太阳正溺在里面。

她盯了少顷，抬头，冲唐筱笑："老师好，您找我？"

唐筱态度如常，贴心地询问她这两天是否跟得上学习进度，以及适应班级氛围种种。

得到了肯定的回答后，终于进入正题。

"有事一定要及时跟老师沟通。"唐筱温声道，"我对你的情况有些了解，如果感觉不舒服，随时来办公室，我基本都在。"

"不开心也可以告诉我，我不会给你父母通风报信。"她信誓旦旦，又补充，"要是说不出口，沉默也行，我不问。"

语气诚恳真挚，让宋亦霖备好的腹稿直接报废大半。

宋亦霖沉默片刻，委婉拒绝道："这太麻烦您了。"

"怎么会，你是我的学生。"唐筱摆手，不好意思地笑了，"其实这是我头回做班主任，如果顺利，你们就是我带的第一届毕业班。我希望大家以后回忆起这三年，都是开心事。"

病耻感能杀人，可此刻唐筱却告诉她，"沉默也行，我不问"。

宋亦霖目光微敛，落在桌面的水杯上，见太阳沉得更深。

可惜，她不敢信。

"我明白了。"再开口时，宋亦霖恢复常态，笑得轻快，"谢谢唐姐。"

这个称谓巧妙地拉近了彼此之间的距离，唐筱果然不再担忧，转而谈起学校近期的安排。

宋亦霖低眉颔首地听着，余光不经意间瞥见办公室门口一抹身影迅速闪过。

有些熟悉，但对不上号，她就没有多想。

聊完，课间也过去大半，宋亦霖得到许可，才重新回到班级。

正考虑待会儿自习要学什么，她迈过门槛，忽然察觉有几道微妙的视线落在身上。

她几乎瞬间回视过去，对方心虚地避开，郑晖正跟人谈笑风生，偶尔笑着看向她，意味揶揄。

离得远，但宋亦霖还是听到了他们对话的关键词："精神病"。

联想到之前在办公室看到的身影，她瞬间明白过来，面无表情地回到座位。

路予淇和梁泽川都不在，谢逐正在补觉，她闲来无事摊开习题册，准备做题。

她拿起笔，却发现手在颤。

宋亦霖微怔，顿时有些想笑，但太过神经质，被她强行压制。

桌面落下阴影，是前方站了人，她头都不用抬，就知道是哪个晦气东西。

郑晖轻叩桌子，眉眼带笑，声音刚好能被全班听到——

"同学，听说你有精神疾病啊？"

话音刚落，周遭嬉笑声瞬间停止，众人复杂的目光朝她扎来，如芒在背。

宋亦霖没抬头，笔尖顿在纸面，浸出乌痕，缓慢延展开来。

"精神疾病有好多种类型，你是哪种？"郑晖好奇地询问，"人不可貌相啊，看你平时挺正常，难道去年就为这休学的？你不会犯了什么事吧？"

宋亦霖觉得恶心透顶，一阵反胃。

她抬头看他，神色漠然，扫过一眼就收回，十足的目中无人。

郑晖被看得恼怒，当即跳脚："你那什么眼神？"

话音未落，旁边谢逐突然动了。

他不耐烦地"啧"了声，揉着头发坐正，冷声道："吵什么？"

嗓音还带着将醒未醒的哑。

郑晖轻嗤，讥讽不加掩饰："来关心你新同桌的情况，没想到她还不给面子……"

谢逐侧目，见宋亦霖动也没动，低着头表情难以分明，攥着笔的指尖却泛着白，情绪可想而知。

他蓦地感到烦躁。

"闭嘴。"他打断郑晖。

郑晖接二连三被拂面子,火气瞬间就上来了,张口就骂:"这楼是你捐的?我爱怎么就怎……"

剩余的话还没说出口,谢逐骤然起身,众人都没来得及反应,下一秒,郑晖就已经被谢逐攥着衣领,抵在门上。

人撞门,门撞墙,接连迸发巨响。

他眼底冰冷,逐字逐句地说:"让你闭嘴,听不懂?"

郑晖发不出声,喉骨被压得剧痛,脸因缺氧而涨红,挣扎着去掰谢逐掐在他颈间的手。

变故横生,谁都没料到这个情况,大家一时都傻在原地。走廊聚集起众多围观学生,没人敢过来干涉。

好在隔壁班老师及时赶到,没好气地遣散众人,强行将他俩分开:"刚开学,干什么呢!"

谢逐利索收手,郑晖随之滑落在地,狼狈地捂着脖颈咳嗽,仿佛劫后余生。

二人被带到年级组后,梁泽川和路予淇才抱着资料慢悠悠地回来。

见教室门口满目狼藉,梁泽川怔住:"这……谁大开杀戒了?"

路予淇比他反应快:"逐哥呢?"

闻声,僵坐许久的宋亦霖回神,她缓慢地将思绪归拢,搁下笔起身,顾不得解答他们的疑惑,快步离开教室。

她也没心思再管,那些人会在她离开后怎样议论。


年级组内。

"这是开学第几天?"主任抿一口茶,心平气和地提问。

没得到答案。

他深呼吸,努力平复心情:"回答。"

"第二天。"郑晖干巴巴地道。

"第二天!"主任再也绷不住,拍桌怒吼,"你俩拆迁队的?新校区还没竣工就打起主意了是吧!"

语罢缓过气,他按住额角,头疼道:"为什么打架?"

郑晖说:"他有病。"

"彼此彼此。"谢逐道。

主任:"……都给我闭嘴!"

他实在心累,血压急速飙升,直冲天灵盖。正好唐筱闻讯赶来,他索性将事情交给她。

唐筱已经了解了事情的前因后果,她先训诫了两人几句,随后因为偷听谈话和恶意调侃同学,冲郑晖一顿训斥。

郑晖表情不耐烦,哼哈应声,摆明了左耳进右耳出,气得唐筱更加冒火。

谢逐见没自己的事了，懒得再浪费时间，便走了。

反手带上门，隔绝后方训斥声响，他掀起眼帘，随即停下脚步。

宋亦霖伫立在几步之外，望着他。

两人安静对视。

时长随距离呈反比增长，直到断开，彼此衣摆被穿堂风缠绕，在空中悄然相蹭，分离。

"谢逐，"她低声说，"谢谢你。"

没做戏，没客套，难得诚恳。

谢逐低头看她。

接触到对方审视的目光，宋亦霖习惯性地牵起嘴角，摆出些许笑意。

谢逐却不发一语，眼帘半合，自上而下地望着她，幽黑瞳仁被眼睫遮挡，衬得更深，难以捉摸。

窗缝间暮色涌动，流泻满地，在两人之间画出一道昭然的界线，半明半暗。

谢逐在此时开口。

"那就别朝我这么笑。"他道。

宋亦霖怔住。

随后见少年收回视线，径自迈步离去，只丢下简短的两个字："走了。"

宋亦霖回到班里时，明显察觉到旁人打量自己的目光变得微妙。

算不上恶意，但很别扭。

她若无其事地落座，低头继续写之前没做完的题目。

还是同样的白纸黑字，此刻她却觉得陌生，怎么都读不懂似的，不由得烦躁地握紧笔杆。

头疼，脑子乱。

世界没完没了，情绪接踵而至，乱七八糟地碰撞、争吵，在胸腔中撕裂膨胀。

强撑了整天的正常情绪岌岌可危，宋亦霖止不住地想，从她离开到回来，这中间的时间足够旁人了解来龙去脉，郑晖挑事是事实，那他口中的"精神病"呢？

说不准。

自习就在这种怪异的氛围中度过。

而她精疲力竭。

翌日，郑晖跟谢逐这件事就传遍全年级。

十几岁的少年正是有棱角的时候，这事倒也正常，但毕竟刚开学不久，当事人之一又是谢逐，就更引人关注。

可奇怪的是动手的原因，居然半点不曾提到宋亦霖的名字，都只传是郑晖跟谢逐呛声，才引发这场事端，也不知道中间谁改了口风。

宋亦霖昨夜失眠，怏怏地来到班里，见谢逐照旧睡得毫无生命迹象。

她很想加入补觉行列，但显然只能想想。

做了一晚思想准备，她甚至打算破罐破摔，哪知道目标对象压根就没提昨天那茬。

"这黑眼圈。"路予淇"啧"了声，提议，"要不你睡会儿？我帮你盯着唐姐。"

梁泽川闻言也回头，见宋亦霖脸色难看，表示赞同："反正你跟逐哥位置好，不容易被看到，放心睡。"

他俩这样自然，倒让她没话可讲。

"……好。"宋亦霖应声，把包塞进桌洞。

踌躇少顷，她又很轻地说："谢谢啊。"

梁泽川纳闷："怎么这么客气？"

路予淇心思比他细腻，当然明白宋亦霖意有所指，笑着揉了一把宋亦霖的脑袋，说："没什么。"

一语双关，两人心里都明白。

心底的阴霾被扫去些许，宋亦霖朝路予淇笑了笑，十足真挚。

路予淇没忍住，又轻戳宋亦霖的手背，暗自嘀咕："多好一姑娘，招人疼还来不及……"

宋亦霖没听清："什么？"

"没事。"路予淇摇头，说，"赶紧补觉，不然早读都结束啦。"

宋亦霖本来也困，闻言乖乖趴下，很快睡意涌来。

迷迷糊糊间，她却听梁泽川突然开口，语气诧异："郑晖他妈来了！"

宋亦霖瞬间觉得这觉是别想补了。她彻底清醒，头疼地拿起语文课本，背文言文消磨时间。

约莫半小时后，唐筱过来了，喊宋亦霖和谢逐去办公室。

想到事情会棘手，果然，刚推开门，就见郑母气势汹汹地坐在沙发上，冷脸打量他们。

不等唐筱开口，郑母便先发制人道："我家孩子跟我讲了，他只是开几句玩笑而已，你就跟他动手了？"

话是朝着谢逐说的，理都没理宋亦霖。

谢逐补觉被扰，本就兴致缺缺，被她这么质问，更是倦烦："教他说话，不用谢。"

宋亦霖：挺会呛人。

郑母瞪眼，被他的态度激得更加恼火，张嘴就要开骂，唐筱忙不迭拦住："欸，您先坐好，其实郑晖吧，玩笑开得过分了。"

"我儿子说错了？"郑母反问，声音尖锐刺耳，"你们班的新生不是有病？她要是没有还怕说？如果真有，那更危险，祸害正常人！"

字字戳人肺管子，毫不顾忌当事人就在场，唐筱闻言神色微变，隐约浮现出怒意。

宋亦霖倒是情绪如常。

类似的言论她听得耳朵生茧，近乎免疫，横竖几句话而已，听过且过，又伤不着她。

然而下一瞬，谢逐却突然迈步上前。

他本就身高腿长，疏冷五官配着短寸，气场极具压迫性，走到女人面前，身影几乎将她笼罩。

他压低眼帘，睨着她，没什么情绪地道："我刚没听清，重新说。"

郑母对上他的目光，瞬间卡壳，下意识地闭了嘴，没再出声。

意识到自己被一个小孩唬住，她有些恼羞成怒，却也没敢生事，只悻悻地撂了句"没素质"，随后摔门而去。

让人很难不质疑究竟谁没素质。

可算把这位送走，唐筱不再隐藏疲惫，坐回办公椅，捏着眉骨，叹息："真跟她孩子如出一辙。"

虽说过程曲折了点，但总归多亏谢逐，否则还不知道要纠缠到什么时候。

正想着，唐筱便听谢逐问："还有事？"

唐筱无语："人家爸妈叫你道歉。"

"我没爸没妈，喊他给我磕头。"他略显不耐烦。

唐筱心累，扶额朝他俩挥手："算了，这事我处理，你们先回去吧。"

话音刚落，谢逐转身就走，宋亦霖对唐筱抱歉地点了点头，而后快步追了出去。

上课铃早已打响，走廊漫长寂静，只剩二人的脚步声交错微响。

双双沉默。

宋亦霖跟在谢逐身后，眉目低垂，琢磨着他刚才说的那句话。

哪有人会拿自己的父母调侃，更别说谢逐这秉性……倒也不是好奇，只是多少有些惊讶。

但归根结底是别人的私事，与她无关。

正像谢逐也没过问她的事。

正出着神，她没注意到前方那人停住脚步，闷头便撞上，不由得疑惑地看向他。

身高差摆在那儿，压迫感更强，宋亦霖有些待不住，正要往后退，就被谢逐攥住手臂，给拽了回去。

因此离得更近。

甚至过于近了。宋亦霖盯着他的领口，想。

薄荷冷调将她包围，带着几分侵略性，也占据彼此这方天地。

少年眉骨凌厉，眸底深邃，看不清情绪，望着她不发一语。

好似确认了什么，他眼梢轻敛，道："不怕我。"又问，"怕她？"

中间缺个"反而"，但玩味语气恰好填补。

灰白窗框虚掩，簌簌漏着风，湿润潮热的气流拂过颈侧，蹭得肌肤酥痒。

宋亦霖愣怔少顷，很轻地笑了。

"没。"她道，"实际上，我想指着他们的鼻子骂。"

左右没有旁人，宋亦霖懒得再演，没再笑，眼底平静漠然，像根本不以为意。

"刚才的事，谢谢你。"她嗓音轻缓，平静地坦白，"但是刚开学，我不想明面上跟谁起冲突。"

间接承认自己睚眦必报，从没考虑过就这么算了。

她有自己的想法，反正那些算盘也没什么可瞒的，不如干脆和盘托出，也好迅速结束话题。

而直球果然是万能堵话方式，谢逐略一挑眉，难说意外还是其他，松了手上的力道，她顺势后退半步。

危险距离终于回归正常。

她不着痕迹地松了口气。

第一节是语文课，两人回班时，已经开始上课。

负责授课的是名老教师，严肃端正，老成持重，扭头看见他们，神色稍显不悦。

"铃都响多久了，怎么才来？"他蹙眉，"干什么去了？"

兴许是看宋亦霖是新生，所以这问题是指向谢逐。

谢逐却没打算应付，随意俯首，问宋亦霖："我们刚才干什么了？"

他的问法实在离谱，众人眼神瞬间变得微妙，仿佛他俩刚去的不是办公室。

梁泽川在教室后排咳得惊天动地，旁边的路予淇满脸恍然。

……只有宋亦霖明白，这人是在报刚才她噎话的仇呢！

秉持着跟同桌求同存异、友好共处的原则，宋亦霖诚恳真挚地跟老师道了歉，又解释清楚迟到的原因，这才免了罚站，回到位置。

谢逐落座就睡，气得老教师在讲台上吹胡子瞪眼，最终也没话可讲，似乎被迫习以为常。

宋亦霖可算清静了。

由于那场单方面的镇压，接下来几天，郑晖都没再来找碴。

但也仅限于谢逐在的时候。

一旦有闲暇，不论课间、走班，或者外堂，郑晖总见缝插针地到宋亦霖跟前刷存在感。路予淇和梁泽川在场时，他还收敛几分，而当她落单时，他又死性不改。

宋亦霖原本不打算搭理，直到她偶然发现，郑晖试图打探她休学前的事。

宋亦霖终于开始审视这个人。

"想什么呢？"

路予淇的询问传入耳朵，宋亦霖倏然回神，笑笑："没事，就发呆。"

"聊着聊着突然没声了，吓我一跳。"路予淇凑近些许，再次确认，"真的没事？"

宋亦霖眨眨眼，无辜地反问："你看着有假？"

段位太低，路予淇分辨不出，只能悻悻作罢："你可别笑，太犯规了。"

宋亦霖很轻地笑了。

这堂是体育课，正是自由活动的时间，她俩犯懒躲在树荫下乘凉。郑晖碍于路予淇在，就没来找事。

宋亦霖面上不显，心底却盘算着，刚巧，就听路予淇嘟囔道："话说郑晖也忒烦了，纯属没事找事，怎么偏缠着你不放。"

宋亦霖没应，只是掉转视线，"嗯"了声。

"他高一就特能作，还专挑校规边缘试探，通报没见停过，结果现在才记了两次大过。"路予淇语气烦闷，"简直是老鼠屎。"

捕捉到关键信息，宋亦霖想了想，问："一中不是三次记过劝退，四次勒令退学吗？"

"是啊，我就等着他再犯两次事，赶紧滚远点。"路予淇愤愤道。

两次没必要，一次就够了。

宋亦霖睫毛低垂，阴影盖在眼底，遮挡深处的隐秘情绪。

当晚，自习课课间，年级部临时下发通知。

"省领导明日来校视察，各班利用最后一节课，彻查卫生，进行大扫除。"

唐筱念完这则公示，无奈地望着底下蠢蠢欲动的学生："……你们至于吗，宁愿干活都不想学习？"

梁泽川插科打诨："唐姐，我们可是一心为班级奉献，顺便让新同学见识一下咱班的凝聚力。"说着，他轻拍宋亦霖的肩膀，大言不惭，"不瞒你说，除了学习，十六班什么都能做到最好。"

讲台上，唐筱表情木然："唯一值得炫耀的事都被你剔除在外。"

闻言，大伙都哄笑起来，被提及的宋亦霖也有些忍俊不禁。

她眼形显乖，上眼睑褶皱细窄，笑起来的时候眼梢微扬，更衬得灵秀漂亮。

因为之前郑晖的事，众人对这位新同学印象微妙，此时见她反应，才纷纷发觉，她其实很好相处。

爱笑，会来事，更何况漂亮本身就是加分项，乖巧知趣就更讨喜了。

宋亦霖向来熟练运用这些。

笑闹过后，整体氛围明显比从前融洽。卫生委员分派各组的任务，宋亦霖负责走廊清扫，因为要合作，同组的人主动过来搭话。

宋亦霖含笑应付着，余光无意间掠过窗外，稍作停顿。

谢逐不知何时离队回来，懒散地倚着走廊护栏，锋利的眉目隐在阴影中，正漫不经心地和队友闲谈。

他似有所觉，略一偏首，朝这边望过来。

两人视线短暂交汇，她怔了怔，若无其事地背过身。

"这不是之前那姑娘吗?"魏余谌探头,也看清楚宋亦霖,"她跟你同班?"

谢逐收回目光:"同桌。"

"稀罕。"魏余谌"啧啧"道,"我之前就觉得眼熟,她是不是2020届的?叫宋……"

"宋亦霖。"

"对,是她。"魏余谌打了个响指,"就前年,我朋友压线入围了一场全国比赛,这姑娘是民乐组第一,分高得离谱,我记得特清楚。"

谢逐轻叩栏杆,语调微沉:"学音乐的。"

"古筝。"魏余谌补充,"好像还代表咱学校拿过奖,挺厉害的。"

谢逐没应,只往教室扫去一眼。

宋亦霖正陷在人堆里与人交谈,好脾气似的,对谁都友善,眼尾噙着三分笑,不像虚情假意。

"是挺厉害。"他懒声道。

虽说动用一整节课,但最终还是拖了半刻钟才放学。

热闹散去,大伙各回各家,宋亦霖家近,倒是不急,所以先去楼层卫生间洗了手。

不过几分钟的间隙,再回班时,自己的桌子就惨遭毒手。

满是粉笔灰的抹布被丢在桌面上,可怜兮兮一团,扑得书本乱七八糟,满目狼藉。

人早都走光了,但她不用想,也清楚这是出自谁手。

幼稚归幼稚,却足够烦人。宋亦霖将桌面收拾干净,原本照旧打算无视,却突然想起那则通知。

心思一转,宋亦霖拎起包,朝郑晖的位置走去。

她把那块布展开抖了两下,确认多数粉尘均匀分布,再将整块布丢在桌面。随后,她抽了张湿巾擦干净手,抬脚离开。

到家时,迟敏跟宋景洲已经睡下,客厅还留着灯,宋亦霖放轻手脚,进入卧室。

将书包丢在地板上,她扫向摆在桌上的水和药,拿起药囫囵吞下。

没咽好,药片卡在舌根,苦涩恶心。

她蹙眉,勉强压下反胃感,随后撑起手臂攀上窗台,推开窗,腿搭着边框坐好。眼帘低垂,她盯着下方地面,估量距离,数米高,之间毫无障碍,触之可及。没什么意思。

宋亦霖闭了闭眼,心中也有所定夺。

——她得先发制人。

趁郑晖重翻旧事前。

正如宋亦霖所料,第二天早晨她刚抵达教室,就见郑晖怒火中烧地盯着自己。

但碍于今天全校戒备，情况特殊不好闹事，他也只能忍气吞声。

宋亦霖倒是坦然自若，扫了一眼他的桌面，挺整洁，看来是自个儿收拾好了。

跟郑晖纠缠仿佛幼儿园闹架，太没意思，见初步计划达成，她兴致缺缺地落座，从书立里抽出早读要背的资料。

路予淇姗姗来迟，跟宋亦霖打过招呼，就去收数学作业。

谢逐是跟梁泽川一道来的，随着谈话声渐近，她隐约听到"比赛""教练"等词汇，具体内容模糊。

"欸，今儿这么早到？"梁泽川搁下包，朝她笑道，"正好有事跟你说，咱们班游泳课表排出来了，两周一轮，我听说往届都没有？"

宋亦霖表情瞬间微妙。

一中前年说要开展素质教育，从新生那届开始安排游泳课，并设为必修，纳入学期末综合成绩考核。

作为制度实行前的最后一届，她当初还幸灾乐祸了挺久。

报应虽迟但到。

梁泽川见她神色不对，瞬间明白过来，震惊："宋亦霖，你难道不会游泳？"

……谁给他惊讶的底气，谢逐吗？

"没试过。"宋亦霖哂笑两声，试图挣扎，"游泳课能旷掉吗？"

"教练点名，算学分。"谢逐在旁边落座，无情地扼杀她的念头。

宋亦霖心如死灰。

梁泽川安慰她说："没事儿，你旁边就坐着新晋泳坛大佬，我说服他给你同桌价。"

"别给我找事。"谢逐拧开一瓶水，头也不抬道，"你们上课我训练。"

"那也成。"梁泽川颔首，转向宋亦霖，"逐哥现场实操教学，来就看体育生一绝身材，免费欣赏，不容错过。"

话音刚落，谢逐眼帘微掀。

"你没作业要补？"他问。

梁泽川瞬间消停，蔫头耷脑的："咱友谊要走到尽头了啊。"

"那从头再来。"谢逐淡声道。

话题就此强行中断，梁泽川心不甘情不愿地去补作业，留给二人一个憋屈的背影。

宋亦霖有些好笑，垂下目光，眼前却抛来一包东西，"啪"的一声响。

是一包水果糖。

她拾起，打量两秒，随后望向丢东西的人。

谢逐仍旧吝啬表情，随性散漫地坐在那儿，连"买多买错"都懒得敷衍，仿佛单纯顺手而已。

宋亦霖撕开糖果袋，见里面是分装的，于是拎出两颗，抛回他怀里。

他接住，侧首。

宋亦霖含着颗柠檬味的，没对上他的视线，缓声道："借花献佛。"

没见过拔了花再献的，谢逐眉梢轻挑："行。"

倒也收下了。


省领导大概在大课间抵达，不用打听，学校就事先跟各班嘱咐个遍。

这阵仗每年总得来一回，学生们习以为常，但架不住校方严阵以待，只好被迫安分起来。

随着铃声打响，第二堂课结束，宋亦霖将笔搁下。

任课老师下课前，还不忘叮嘱他们别惹事，随后才拿起资料离开，教室内瞬间恢复喧哗。

宋亦霖简单整理过桌面，想了想，起身准备出去。

"欸，干什么去？"路予淇见她起身，连忙说，"带我一个！"

"去图书馆借本书。"她道，"下节数学课，你不得去找趟唐姐？"

经她提醒，路予淇才记起这茬，不禁为难地叹了口气。她还是有点担忧，看了眼几步外跟狐朋狗友谈笑的郑晖。

宋亦霖明白她的意思，失笑道："没事，就这么段路，再说今天领导视察，他哪敢惹事。"

"也对……除非他蠢。"路予淇嘟囔，终于肯让宋亦霖走，"那快去快回啊，待会儿带你去小卖部买吃的。"

宋亦霖温声应下。

临走前，她扫了眼旁边空荡的座位。校队另有安排，谢逐早读结束后就离开了，直到现在也没回来。

希望待会儿别碰面，宋亦霖想，否则这出戏就难演了。

她挪开视线，没再思索，抬脚迈出教室，一路下了楼。

图书馆正对着学校南门，离教学区有些距离，抄林荫小道最近，她优先选择这条路线。

步履不急不缓，约莫三四分钟，她如愿听到身后传来逐渐逼近的脚步声。

宋亦霖不禁想起路予淇那句"除非他蠢"——还真是这样。

对方走得快，她恍若未觉，就在迈出路口的前一刻，右肩蓦地被按住。

不等她反应，对方接着便狠狠将她掼向墙面。

墙是石砖砌的，夏季衣衫单薄，磕上去痛感强烈。宋亦霖蹙起眉，眼都没抬，问："郑晖，你到底有多闲？"

郑晖平时习惯她逆来顺受，这会儿不仅没见她惊慌失措，反而被冷声回怼，当即就噎住，随后才怒道："我桌子是不是你弄的？"

"礼尚往来而已。"她嗓音平静，"这种程度的小打小闹，你至于吗？"

郑晖怒火中烧："你阴阳怪气什么？"

宋亦霖轻笑，不疾不徐地抬起头，耐心地询问："那我闭嘴，你就能消停吗？"

简单几个字，被她说得温暾客气，称得上礼貌至极，偏偏眼底寒意堆积，端着十足的漠视。

郑晖被激得气急败坏，当即揪起她的衣领，骂道："我看你是真神经，去年为这休学的吧，想重新来过？看我怎么把你以前那些破事都翻出来！"

脖颈被锁着，呼吸有些困难，宋亦霖却没挣扎，闻言甚至还笑了。

"你说你大清早干什么不行，"她问，"偏要找我麻烦？"

郑晖没想到这种话会从她嘴里蹦出，瞪眼愣在原地，匪夷所思地盯着她。

半晌，他终于后知后觉："你在这儿跟我演戏？"

呼吸有些不畅，宋亦霖闷声低咳，勉力去观察南门的状况，随即轻嗤一声。

"郑晖。"她唤，语气平静，"一般来讲，遇见晦气的事，别人只会骂倒霉，但我不一样。

"——我能让你倒霉。"

郑晖或许听不懂人话，但肯定听得懂嘲讽。

他暴跳如雷，仅存的理智也彻底崩盘，抬手正要有所动作，宋亦霖就率先挣开桎梏，膝盖一软跌倒在地。

她狼狈地蜷起身，蹙眉闷哼，模样十分痛苦，抵在墙边瑟瑟发抖，格外委屈可怜。

郑晖目瞪口呆。

然而事情还没完，他还在迷茫状态，背后脚步声就纷至沓来，同时伴随着一声呵斥："你们在做什么？"

宋亦霖目光扫去，见为首的是校长，后方则跟随着众多陌生面孔，大概就是前来视察的省级领导们。从他们脸上看到阴沉怒色，她满意地半闭上眼，敛去眼底转瞬的情绪。

郑晖被带走时，或许是没见过这么大阵仗，他神情仓皇，也不敢狡辩什么，闷头就跟随众人离开。

一名女领导将宋亦霖扶起，担忧地询问需不需要去医务室，她可以陪着一起，或者帮忙联系班主任。

宋亦霖拍掉衣服上的灰尘，闻言朝她拘谨地笑笑，低声婉拒："不用，这也不是一次两次……"

似是想到什么，她及时住嘴，转而道："谢谢，我自己去就可以，您不是还有事要处理吗？"

闻言，领导看她的眼神更加怜惜，打量着跟前这位小姑娘："我不急……你真的没关系吗？"

宋亦霖重申自己不要紧，领导只得作罢，但还是把她送到图书馆门口，才放心离开。

宋亦霖目送着她的背影远去，确定他们走向的是校长办公室的方向后，脸上的怯懦顷刻间散尽。她随手抚平领口的褶皱,头也不回地踏进图书馆大门。

而郑晖,最终被停课两周,严重记过。由于他的个人记过已满三次,学校给出劝退警告,虽说不至于开除,但也岌岌可危。

宋亦霖拿着书走到南楼的长廊时,广播里正严肃批评郑晖的行为,并公示惩处结果,以儆效尤。

走道空旷,她踩着广播声前行,瞥见几步外的身影,脚步忽地停住。

细微动静在此刻无限放大,听见后方戛然而止的步伐声,对方略微侧首,漫不经心地投来一眼,落在她的眉眼间。

四目相对的刹那,宋亦霖不由得怔住。

少年背倚晨光,穿着蓝黑色的队服,拉链半开,袒露出笔直的脖颈线条和突兀的锁骨。

零星水迹缀在眉棱,锋锐凌厉,他眼神淡漠,看向她时说不清有无情绪。

宋亦霖第一次见谢逐穿队服。

看这拉链位置,很难评价正经与否,但当对方望过来时,她忽然觉得——谢逐这么受追捧,并非全无道理。

他五官过分好看,疏冷中带着攻击性,却叫人挪不开眼。

宋亦霖没出息地看了那么几秒。

很快她就回过神,面色如常地走近。广播还在继续,已经是第三遍,想来也是最后一遍。

彼此止于礼貌距离,掺杂电流的人声也消失。

谢逐轻抬下颌,示意头顶的音响,语气很淡:"我听了一路。"

宋亦霖沉默。

他打量她,似有几分玩味:"挺厉害的。"

宋亦霖:"应该的。"

这种事实在没夸赞的必要,太没劲,她目光挪开几分,身高差摆在那儿,正对着谢逐微敞的领口。

少年正值抽条期,身形挺拔修长,又因为是体育生,肌肉较其他同龄男生更结实有力,有着与年纪不符的侵略感。

近观比远看冲击力更大,到底没忍住,她提醒:"拉链。"

谢逐眼帘稍敛,像是觉得她关注点独特,短促地笑了声,倒也真顺了她的意,把拉链往上提。

那笑声拂得耳尖发痒,宋亦霖克制自己没抬头,径自迈步往前走。

谢逐却在此刻开口。

"处理好你的伤。"他道,"宋亦霖,太明显了。"

第一次从这人口中听到自己的名字,宋亦霖愣住,随后反应过来,伸手去摸脖颈,感到些许刺痛。

虽然看不见,但可想而知是肿了。

果然还是得去趟医务室。宋亦霖认命。

"帮我捎回去,"她只得原路折返,顺势把书塞给他,"搁桌上就可以。"

谢逐接住,挑眉看向她,没应。

"谢谢你,同桌。"宋亦霖抬起脸,面无表情,"给你带糖,旺仔可以吗?"

谢逐:挺有脾气。

没了郑晖讨嫌,宋亦霖才算彻底清静。

同时,高二部也迎来了收心考。

六科,连考两天,结束当天晚自习暂停,算是校方抠搜着给的甜头。

考完最后一门,宋亦霖拎着笔袋回班。值日生已经开始收拾教室,桌子被摆正,省得她再挪。

把堆在走廊窗台上的书立搬回座位,刚松手,她就听到熟悉的声音渐近,于是抬起头来。

只见路予淇走来,正跟梁泽川吐槽:"真好,我考完直接加2022级大群。"

"听力什么玩意儿啊?那两人绝了。"梁泽川也苦着脸,"播音员跟把舌头放平底锅里煎过似的,根本听不清。"

路予淇深表赞同,总结道:"临时抱佛脚,佛踢你一脚。"

他们两个的对话跟说相声似的,宋亦霖没绷住,低笑出声。

"欸,宋亦霖?"路予淇注意到她,"你也回来啦,待会儿有空没?"

想起今晚宋景洲在家,宋亦霖摇头,抱歉道:"我有别的安排,不好意思啊。"

"没事没事,下次一起也行。"路予淇连忙摆手,解释,"本来想拉你去池椿街吃饭呢,那等你有空再去吧。"

池椿街是暨城市区著名的小吃街,常年熙攘热闹,就在商圈附近,离宋亦霖家倒是不远。

可惜去不成了。

考试结束后没有其他事,搬完书,宋亦霖就告别梁、路二人,离校回家了。

公交车上,同级生聊得热火朝天,都商量着去哪儿放松。宋亦霖坐在末排角落,听着他们聊天,倦怠地合上眼。

她的筋疲力尽总比别人来得轻易,也更频繁。

到家时,时针刚转过五点,客厅灯光明亮,迟敏正在厨房忙碌,菜香氤氲满室。

宋亦霖打过招呼,便回卧室将自己丢进床榻,扯着被子将脸盖住,呼吸被捂得迟缓。

心跳慢得像停了。

没多久,玄关处再次传来动静,房门也被敲响,迟敏叫她:"霖霖,你爸回来了,吃饭吧。"

她这才起身,来到客厅用餐。

饭桌上,迟敏简单了解过考试情况,得知她发挥正常,笑着夸她努力,又给她夹菜。

宋亦霖心底一暖,尽管胃口差,也多吃了几口。

"对了。"迟敏温声询问,"开学一周了吧,在新班级还适应吗?跟同学相处得怎么样?"

不等她回答,宋景洲便轻嗤:"都给她换新环境了,还能出什么问题,除非她自己没事找事。"

宋亦霖动作顿住。

她默了默,问:"万一就有人无缘无故针对我呢?"

"针对你做什么,你是学习好还是怎么着?"宋景洲满不在意道,"去年那事你还没给我解释清楚,现在还成天想一些没用的。人际关系都搞不好,你还能干吗?心思那么多,就不从自身找原因,现在小孩都给惯得。"

指尖倏地掐紧,迟敏在场,宋亦霖不想跟他吵架,但头太疼,耳鸣聒噪吵人,闹得她头昏脑涨。

她听见自己说:"那就是我有病。"

或许带着笑,显得过于神经质,否则宋景洲不会这样怒目而视,就像被踩中痛脚。

"你有什么病?"他呵斥道,"成天睡觉也叫病?不跟人交流也叫病?窝家里发霉也叫病?废物似的,不就是懒还矫情!"

宋亦霖疲惫地垂眼。

她想解释,解释那是整夜失眠,是回避社交,是人群恐惧。

但宋景洲不会听。

他向来厌恶她提及这些,即使有诊断书,即使她吃药,他也拒绝承认事实,并且引以为耻。

"嗯。"宋亦霖颔首,平静道,"我错了。"

可宋景洲还不肯罢休。

"你什么态度?"他咄咄逼人,"难得一家人一起吃饭,你非得跟我摆谱是吧,整天垮着张脸,逼死全家你才高兴?"

刺耳的骂声回荡,宋亦霖被"死"字刺中,她僵坐着,呼吸困难,杂音几乎要撕裂耳膜。

——糟透了。

所有东西,顷刻间全轰然倒塌,她动弹不得,看着自己艰难建立的正常毁于一旦。

她歇斯底里,她又要疯了。

察觉状态不对,宋亦霖抢在失控前搁下筷子,但没能很好地收住力道,响声略重。

"还敢摔东西了!"宋景洲暴跳如雷,直接拍桌起身,"给你脸了,家里你最厉害？"

话音刚落，手就已经挥向她。

迟敏震惊，刚要阻止却为时已晚，巴掌清脆地落在宋亦霖的侧脸，打得她偏过头去。

满室寂静。

少顷，宋亦霖抬手捂住脸颊，没哭也没声，不带情绪地望着他们二人。

"你们吃吧。"她低声撂下话，快步走到门口，拿起钥匙离开。

犯病太丑了，她不想吓到迟敏。

残阳将暮，宋亦霖步履杂乱地踩过满地橘红，分不清自己是在走还是在跑，只管闷头往前。

直到双脚酸痛，翻涌情绪趋于平息，她才踉跄着止步。

难说倒霉还是幸运，她并没有闯红灯。

缓过神，宋亦霖环顾四周，发现是一片繁华的街区，人潮汹涌热闹，跟自己隔阂分明。

脑中重现刚才的情景，众多细节被放大，包括离开前，迟敏疲惫为难的目光。

她不想这样的，宋景洲那些话她听得耳朵生茧，本该习以为常、装聋作哑。

可她控制不住自己的言行，被大脑谋杀，神志恍惚。

宋亦霖靠在墙边，身体剧烈颤抖。她低头深呼吸，越呼越急，最后还是没能忍住，眼泪夺眶而出。

她抱膝蹲下，咬牙呜咽出声。

街头熙来攘往，路边候车的人都在打量她，但没谁上前递一张纸。

宋亦霖想，要是有人问她为什么哭，她就借口说胃疼。

不过幸好，没有人问。

街边人潮涌动，宋亦霖没给自己太多脆弱的时间，她实在不想被人过多关注。

勉强站起身，腿有些麻，她扶住身旁的树干，做了个深呼吸，抬起头。

被宋景洲扇过的脸颊隐隐作痛，她懒得猜测自己现在有多狼狈，兀自前往附近药店，买了消肿贴遮盖。

好歹被人瞧见，也不至于显得太惨。

按亮手机屏幕，宋亦霖发现已经六点半，而锁屏界面空空荡荡，没有未接来电，甚至连消息栏都空着。

她垂下眼帘，继续朝前走。

现在回去肯定会挨宋景洲的骂，她清楚自己情绪内耗严重，犯不着再去自找麻烦，然而思来想去，宋亦霖居然想不到一处可供她栖身的地方，不免觉得有些好笑。

她轻按眉间，眼底才划过几分寒意，就听巷口传来人声："宋亦霖？"

嗓音陌生又熟悉,她微怔,心中有所猜测,转过头求证。

"真是你啊。"路予淇逆光而立,笑意盈盈地望着她。

彼此离得远,路予淇迈近几步,却也因此看清宋亦霖,当即停住步伐。

街边路灯昏黄,只肯施舍深巷星点明亮,将她们分隔两处,泾渭分明。

宋亦霖半边身子隐在阴影中,眉清目冽,神情冷淡。

暮色晦暗,凉意渐笼,在与她对视的一瞬间,路予淇真实地触到了她的坚硬与破碎。

路予淇顿在原地。

气氛微妙,宋亦霖瞥了一眼路予淇,疲倦地合上眼。已经错过转换表情的最佳时机,她没再装,直起身,不带情绪地侧过脸。

路予淇怔住,被对方从未展现过的疏离感牵制住了步伐。

下一刻,宋亦霖望向她,唤:"路予淇。"

分明是问候的语气,路予淇却觉得,这人像在跟自己道别。

她缓慢眨眼,在短暂出神后,面不改色地抬脚走近。

宋亦霖始料未及,迟疑地望着她。

"我刚出来买吃的。"路予淇示意手中的章鱼丸子,解释,"路过这儿,觉得像你就喊了声。"

愣怔片刻,宋亦霖道:"这样。"

路予淇眨了眨眼:"你不开心吧。"

"……是有点。"

"那找我呀。"她说,"我可会玩了,以后带你一起,总比一个人闷着好。"

宋亦霖哑然,少顷才开口:"你没有要问的?"

"为什么要问?"路予淇插起一颗丸子,"你是我朋友,难过了我关心还来不及,干吗戳你痛处。"

她道:"我们霖霖这么好,哪能受委屈啊。"

少女眉眼澄澈带笑,语气真挚,友善到让宋亦霖感觉惭愧。

路予淇又问道:"你现在着急走吗?我带你去吃饭?大家都在。"

她确实还空着肚子,但多少有些犹豫,正考虑着,路予淇就突然袭击,把手中的小吃递到她嘴边。

宋亦霖下意识地咬住。

章鱼丸子口感绵软,余香萦绕齿间,她怔住,随即听路予淇道:"吃了我的丸子,就是我的人,以后在高二部,有我罩你!"

语气得意,宋亦霖闻言不禁失笑。

"终于笑啦?"路予淇挑眉,揽过她,"怎么样,现在愿意跟我走了吧?"

大家都在,不是吗。

宋亦霖颔首,轻声应:"好。"

## 第三章·静悄悄

刚入夜，商圈附近车水马龙，人声鼎沸。

池椿街就隔了一条街道，过个红绿灯就到，两人在人行道那儿等倒计时。

之前光线暗，路予淇没仔细观察，这时才瞧见宋亦霖的脸颊，疑惑道："怎么贴着药，受伤了？"

"蹭到了而已。"宋亦霖如常笑着，"不严重。"

她从容坦荡，路予淇不疑有他，叮嘱："注意护理啊，可别留疤。"

宋亦霖连声应好，余光瞥见路灯转绿，顺势就结束话题，拉着路予淇穿过马路。

二人的目的地是家咖啡馆，面积不大，二层小楼带庭院。院里绿植繁茂，玻璃铺盖暖光，坐落在人潮汹涌的街头，像一处温暖的栖息地。

端详少顷，宋亦霖抬眸，目光落在招牌上——

老地方。

路予淇驾轻就熟地推门而入，她跟随其后，简略环视四周。"老地方"氛围如其名，美式复古风，多是木质摆设，隐约显露岁月痕迹，陈旧感恰到好处。

吧台后的店员正擦拭着杯子，闻声抬首，冲这边招呼："来了，怎么还领回个漂亮妹妹？"

"路边逮着的。"路予淇笑着应声，转而对宋亦霖道，"包厢在二楼，我带你上去。"

宋亦霖点头，想起店员熟稔的语气，就问："你是常客？"

路予淇"嗯"了声："我是老板。"

宋亦霖闭嘴。

"'老地方'原本是我认识的一个姐姐开的。"路予淇被她的神情逗乐，解释道，"后来她定居外地，我舍不得馆子转租，就托家里人接手了。店员都是旧人，交给他们很放心。"

池椿街地段优越，店面租金格外昂贵，路予淇却轻而易举地盘下，家境可想而知。宋亦霖拾级而上，垂眼收拢发散的思维。

二楼空间宽敞，还单独设了包厢，路予淇推开门时，里头正聊得火热。

宋亦霖跟在后面，还没露面，就听梁泽川懒声道："你再晚几分钟，我就要去警局报案了。"

"那我谢谢你。"路予淇没好气地呛他。

"这话说的，"梁泽川从容地摆手，"跟我客气什么？"

路予淇忍下骂人的念头，侧身把宋亦霖揽过来，言归正传："懒得跟你争，瞧谁来了？"

猝不及防暴露在众人眼前，宋亦霖卡壳半秒，随即友善地笑了笑，不着痕迹地打量在场人员。

——梁泽川、谢逐，还有一名同龄少年，五官有些熟悉，似乎也是游泳队队员。

其中谢逐离她稍远，正站在窗前跟人通电话，闻声也没有回头，只留了道挺拔的背影。

梁泽川见了她，不由得讶异地挑眉："路予淇你可以啊，还把宋亦霖给拐来了？"

话音刚落，倚在窗边的谢逐稍作停顿，侧首望了过来。

不偏不倚，攫住宋亦霖还没来得及收回的视线。

宋亦霖正想跟他问好，就见他目光微移，不带情绪地问她："脸怎么了？"

"蹭到的。"她谎话信手拈来，"擦伤而已，不严重。"

谢逐眼尾轻挑，不置可否地侧过脸，对着电话撂了句"再说"，就利落挂断。

路予淇拉宋亦霖进屋，余光瞥见她还穿着外套，便指向某处，提醒道："衣架在那儿呢。"

"不用。"她笑笑，"我怕冷，这样正好。"

路予淇想起她平时在学校也裹得严实，不疑有他，了然地道了句"难怪"。

"欸，小同学！"梁泽川对面的少年朝她招手，兴致勃勃地说，"咱们之前打过照面，就刚开学那会儿，有印象没？"

宋亦霖想了想："体育馆门口？"

"对对，我叫魏余谌，逐哥队友！"

"我叫宋亦霖。"她轻笑，照搬他的格式，"逐哥同桌。"

谢逐淡淡乜她一眼。

魏余谌愣了下，随即笑得前俯后仰，连连夸她上道，招呼她赶紧落座。

宋亦霖看了眼仅剩的空位，没得选，便挨着谢逐坐下。

谢逐正被梁泽川喊着看菜单，对她的举动没什么反应，倒是梁泽川"哦吼"一声，跟魏余谌拱火："瞧见没，咱逐哥身边也能坐人了。"

"稀罕。"魏余谌积极接茬，"小同学，我作为娘家人说两句，谢逐就那臭脾气，和他做同桌你多担待啊。"

宋亦霖有些好笑，轻咳一声："不至于，他挺好的。"

魏余谌摆手，捏腔捏调地道："那要看人……"

不等他说完，谢逐就"啧"了声，掀起眼帘睨他："后天训练赛，我们一组？"

魏余谌当即老实闭嘴，双手合十地讨饶："错了错了，怪我嘴瓢，哥你放过我吧。"

宋亦霖闻言疑惑："怎么了？"

"他不是人啊。"魏余谌一脸苦大仇深,示意正翻着菜单的谢逐,朝她吐苦水,"游个200米自由泳甩我半截泳道,太打击自尊了,我差点有心理阴影。"

"你主攻混合。"谢逐头也不抬,揭他老底,"非来凑自由泳的热闹,不是没事找事?"

魏余谌被拆穿,当即噎住,打着哈哈揭过这茬,又哥俩好地挪到谢逐旁边,问:"哎,不说这些,十月底的全国锦标赛,教练刚给你来电话怎么说?"

"保持状态。"谢逐道,"国家队来人了。"

"这就联系上了?"魏余谌讶异,"谁啊?"

"邵承致。"

魏余谌:"……嘶。"

宋亦霖身为外行,自然不懂那人名代表了什么,但看魏余谌这副神情,应该是个厉害角色。

她想起去年的新闻,谢逐那场200米自由泳比赛的成绩,与大赛纪录仅差十毫秒。

天之骄子。

或许是近在咫尺,从没深想,此时宋亦霖才发觉,这人是真的离自己很远,像阵风,留不住,更追不上。

她垂眸抿了口水,手臂忽然被轻轻抵住,下意识转头,就见谢逐将册子递近,没看她:"不清楚你忌口,自己挑。"

宋亦霖微怔,手还捧着水杯,一时没能反应。见她愣神,谢逐侧目望过来,两人视线不偏不倚地对上。

停滞少顷,谢逐收回视线。

他先一步偏过脸,语气隐有不耐烦:"看菜单,别看我。"

摸不准这人怎么又开始不耐烦,宋亦霖忙不迭腾出手接过,应声:"好。"

那阵风又落回她身边了。

对面路予淇将这两人的互动尽收眼底,跟魏余谌对视一眼,都从对方眼里瞧出些许不对味。

宋亦霖本以为"老地方"作为咖啡馆,以饮品、甜点居多,没想到菜单密密麻麻,主食足有三页。

触及她的知识盲区:"怎么这么多吃的?"

"'老地方'白天是咖啡馆,晚上是餐厅。"路予淇晃晃手指,笑得狡黠,"赚双份钱,多好?"

……不愧是老板。

菜品西式居多,宋亦霖胃口小,只点了份意面,饮品随大流,交给他们决定。

梁泽川许久没来这里,饶有兴致地跟路予淇打听新上的菜品,问最近店里有什么热销。魏余谌也来凑热闹,加入讨论队伍。

气氛正好,宋亦霖看他们插科打诨,嘴角也带了几分笑。而就在此时,兜里的手机响了,她拿出来看了眼,神色微变。

转瞬间,情绪漏洞百出。不等众人反应,她就垂下眼帘,掩住眼底暗色。

再抬脸时,宋亦霖已经恢复如常,对大伙道了句"接个电话",便推门而出。

语气轻松,步伐却是乱的。

梁泽川若有所思,暂且搁下手头的事情,往前挪了挪,打听:"感觉不太对啊,你俩是同桌,你知道点什么?"

谢逐言简意赅:"没了解。"

"都一周了,一点沟通都没有?"

"没沟通,不说话。"他略显烦躁,"你没完了?"

梁泽川有被凶到,耸了耸肩,嘟囔道:"你这个狗脾气,还搞迁怒,你俩没沟通赖我?"

谢逐将菜单丢回梁泽川跟前:"点你的单,闭嘴。"

说着,他起身走向门口。旁边魏余谌见此挑眉,隐约有了猜测,但还是问了一嘴:"你干吗去?"

谢逐头也不回,道:"逮人。"


一楼庭院空荡无人,宋亦霖迈下几级台阶,滑动屏幕接听:"喂。"

"现在在哪儿,还不回家吗?"听筒里传来迟敏的声音,语气温和,仿佛无事发生。

她默了默,才道:"再说吧,会回的。"

"别太晚,我好给你留灯。"

"不用。你先休息。"

随着话音落下,双方陷入静默。

"霖霖。"许久,迟敏唤她,像压着哭腔,"你最疼妈妈了,对不对?你不要吓妈妈。"

太阳穴猛地一跳,坠得生疼,宋亦霖狠狠闭眼。

她听到水声,听到游鱼的吐息,被玻璃收束着,让人很想打碎。

"你要我怎么做呢?"她问,"我道歉了,知道错了,就当是我矫情,挨不起骂就躲。你睁只眼闭只眼这么多年,这次不能也无视吗?"

既不愿意离婚,又不想她难过,那她就成全对方,凡事能忍则忍。

她退得还不够吗?

千言万语堵在喉间,哽得反胃,宋亦霖几次开口,最终只无力地道出一句:"妈,我很累了。"

"别逼我行吗?"她哑声。

挂断电话后,宋亦霖蹲在台阶上,捏着手机怔怔出神。

眼眶酸涩滚烫,情绪像在烧,之前融入人群的快乐变成罪恶感,压得她近乎窒息。

宋亦霖狠揉一下眼睛，撑起身，回头却见谢逐站在屋檐下，手还搭在门把手上，像是刚出来。

两人目光相撞，他眼帘压低，眼底映着街角昏黄的灯光，光里载着她。

宋亦霖没动，谢逐便走近，视线掠过她的眉目："哭过？"

"风大，飞虫迷眼了。"她胡扯。

谢逐颔首，理解似的说："一边一只？"

宋亦霖被噎得没话讲，撇开脸，生硬地转移话题："你怎么下来了？"

他没给她回避的机会，不答反问："你要走？"

宋亦霖确实想走，因为刚才离开得太仓促，没顾得上情绪管理，她怕自己现在回去，会被追问原因。

到底是她不识好歹，又当又立，分明渴望善意，又受不得别人半分好心。

心思被猜中，她犹疑道："你……"

却在撞见谢逐那双眼后，忘了接下来的话。

少年神色很淡，垂眸俯视她，却不显得倨傲，上眼睑印着道浅淡褶皱，眸色深邃冽然，给人专注的错觉。

好像她是他目之所及的所有。

一瞬间，心跳停了半拍，那些犹疑自动解开，宋亦霖终于确认了某件事。

她笃定道："你是来找我的。"

谢逐不置可否，少顷，忽然伸手揉了把她的脑袋。

"还走吗？"他问她。

头顶温热的触感转瞬即逝，牵连胸腔涩然满溢，连同那些烦闷与难堪，一同消散，再没有踪迹。

宋亦霖睫毛轻颤，捕捉到他衣摆上散落的光影，零碎的、近在咫尺的。

几秒，或者更久，她才"嗯"了声，说："跟你走。"

暨城九月，暑气未消，晚风却已经裹上凉意。

庭院花草香气馥郁，掺着湿润水汽，拂得人心尖潮热。宋亦霖眼帘低垂，走到门口，想推门走入。

然而，她握着门把手左拧右拧，愣是怎么推，都纹丝不动。

"怎么回事？"她蹙眉，刚偏过头，就被人按住。

"别乱动。"

低沉清朗的声音从身后传来，宋亦霖微怔，才发觉彼此距离过近，余光所及是少年的衣襟，领口稍坠，显露突兀的锁骨。

一小簇光落进沟壑，衬得阴影更深。

宋亦霖撇开眼。

谢逐右手搭在门把手上，左手随性地插着兜，无声断绝她所有退路，将她困在这狭小的空间里。

下一瞬，他手臂蹭过她的衣摆，门锁转动，随着一声轻响，大门徐徐敞开——是用拉的。

……宋亦霖额角微跳。

不等她缓过这阵尴尬，身后就传来声低笑，温热呼吸拂过耳畔，是不加掩饰的玩味："会开了吗？"

"会了。"她面不改色，"上楼吧，别让人等急了。"

她说完，就抬脚迈入室内，迅速朝楼梯方向走去，只甩给他个憋屈的背影。

谢逐看她两条腿各走各的，略一抬眉，心生几分好笑，不疾不徐地跟上。

屋里的氛围还和宋亦霖离开前一样，并没有多大变化。三人聊得正欢，听见开门声，梁泽川率先招呼道："把人逮回来了？"

魏余谌装模作样地纠正："瞎说什么，是沟通回来了。"

梁泽川当即做恍然大悟状，跟谢逐道歉："口误口误。"

谢逐淡淡地扫了他一眼。

路予淇见他表情像耐性告急，忙不迭忍着笑制止两人，把话题转移到吃饭上，喊他们落座。

宋亦霖重新融入集体，刚才的插曲仿佛无人在意，彼此都默契地揭过不提。

饭桌话题继续，路予淇边蘸番茄酱边道："来来来，接着唠，据说咱们新校区这个月中旬就能竣工了，月底全校搬过去。"

宋亦霖将意面挪到跟前，闻言颔首："我记得是在北郊。"

"对，斥资几个亿来着，圈了几百亩地。"魏余谌"啧"了声，"一中财大气粗啊。"

"建得再豪华宿舍也没插头，"梁泽川摆手，"我还得在周围小区租房住。"

"我家在那边正好有几套，"路予淇不紧不慢地插话，"带软装，你租的话押一付一。"

梁泽川当即坐正身子，一句"路老板大气"还没说出口，就听路予淇慢悠悠地补充道："押一年付一年。"

梁泽川脑袋上的问号近乎实质。

路予淇见他这副表情，有点没绷住，宽慰似的改口："逗你的。放心，只要有我一口肉吃，就有你一根骨头啃。"

魏余谌笑得乐不可支，揶揄梁泽川把老婆本掏出来租房，又像想起什么，扭头问谢逐："我记得你家也在那附近？"

"学校西门对面。"谢逐道，余光瞥见宋亦霖端起杯子喝水，他眼皮轻抬，提醒，"那杯我喝过的。"

然而为时已晚，宋亦霖水都到嘴里了，吐也不是咽也不是，险些被呛着。

似曾相识的提醒与尴尬。当初没喝到的矿泉水，终究成了此刻的凉白开。

她咳得红了脸，眼尾都染上湿意："谁来咖啡馆喝白开水啊？"

谢逐乜她一眼。

宋亦霖当即反应过来，闭嘴收声，忍辱负重地换了个新杯子，倒好水给他："当我没说。"

魏余谌在旁边围观全程，他瞧了瞧路予淇跟梁泽川，又瞧了瞧这俩，最终沉默地思考起来，觉得自己有点儿多余。

时针不知不觉转过十点，几人终于散场，道别后各自打道回府。

宋亦霖没人同行，她走到暗处，斟酌今晚是否要回家，谁知刚拿出手机，耳畔就传来渐近的脚步声。

她收住动作，朝身侧瞥一眼，见来人是谢逐，不由得微怔。

手机屏幕有些亮，停在附近酒店的筛选界面，察觉到他的视线淡淡扫过自己，她从容地熄灭屏幕，胡扯道："广告弹窗。"

谢逐很轻地挑了下眉，似乎接受了这个说法，但宋亦霖知道他没信。

不过她也不在意，毕竟对方向来吝啬提问。

沿街道不疾不徐地走着，宋亦霖自然地转移话题："你怎么走这边？"

"顺路。"

她疑惑道："你不是住北郊？"

谢逐闻言轻哂，像觉得这话有意思："谁跟你说我只有那一套房？"

……可以，行。

今晚数不清被这人呛过几回，宋亦霖平心静气，默不作声地往前走。

夜色寂静昏暗，蝉鸣依稀，空气中翻涌闷沉潮意，热量沉淀堆积。

两人一路无话，气氛介于安谧与微妙之间，却并不难熬。宋亦霖住处近，没多久就抵达小区门口，她侧首跟他说了声，就朝里面走去。

影子铺盖地面，被拉得很长，她走出一段距离，听着耳畔单调的脚步声，忽地察觉到什么。

回过头，正如她所料，谢逐仍旧立在原地，单手插兜，目光懒散地望着她。

小区布景陈旧，满是岁月的痕迹，他仅是站在那儿，就跟这里格格不入。

两人目光相接，他神情不变，微抬下颌示意："我看你进去。"

宋亦霖却没有动。

诸多细节编织成微妙的直觉，电光石火间，她忽然想到了另一种可能。

或许，不多过问的原因并非只有不感兴趣，还有……早已了解。

想到这儿，宋亦霖微眯起眼，看了他少顷，突然没头没尾地问了句——

"那天在网吧，是我们第一次见吗？"

路灯伫立在一侧，光那么亮，她站在底下，衬得影子更暗。

灯光的尽头，谢逐与她相对而立，身形挺拔，仿佛彼此之间泾渭分明。

像是没想到她会这么问，他很轻地挑了下眉，眼底泛起些微兴味。

"是你第一次见我。"他道。

意料之中的答案。

宋亦霖点头，脸上瞧不出多余的情绪，只对他笑笑："这样。"

仿佛不过随口一提，她没有再追问更多，只是冲他摆了摆手，礼貌地说了句"晚安"，就往楼道里走去，没再回过头。

谢逐微眯起眼，目送她的身影没入夜色，最终消失不见。他伫立在原地，少顷，垂眸短促地笑了声，意味难辨。

宋亦霖这个人很简单，至少她展现给旁人的是这样。

乖巧，见人总带着三分笑，性格和善好相处，十足的好学生姿态，温文内敛。

但谢逐见过她截然相反的模样。

——在她还是他"学姐"的时候。


宋亦霖暂时不想回家，就在楼梯间坐了会儿。

指尖冰冷，她摩挲两下，仍旧回忆不起自己什么时候与谢逐有过交集，不禁心生几分烦躁。

她不喜欢失控感，而谢逐就是那个变量，并且重点是，立场未知。

宋亦霖只想安稳度过高中剩余两年，休学前那段日子不论好坏，她都不愿意重提，也不愿去拔那根鲜血淋漓的刺。

但显然，人对意外无计可施，只能边走边看。她索性放弃思考，按了按眉骨，起身拍去裤腿上的灰尘，朝楼上走去。

声控灯过于老旧，灯丝烧得脆弱，影子时断时续。宋亦霖拾级而上，走到最后一级，视野随之陷入昏暗。

光销声匿迹，她眼里只剩漆黑一片。

推开家门时，客厅满目寂色，空旷无人。宋亦霖没开灯，放轻动作，换了鞋径自往卧室走去。

撕掉脸侧的消肿贴，她去厨房包了袋冰，用来给脸冷敷，又回屋吃过药，才满身疲惫地躺倒在床。

正面情绪的持续时效过于短暂，她只觉得现在头脑昏沉，呼吸都是累赘。

窗外月色清亮，冷光孱弱，星辰浸在云层里，像已经溺毙。

药效开始发作，困意缓缓浮现，宋亦霖倦怠地偏过脸，避开那抹光，将自己蜷到影子里去。


翌日，一中开学典礼姗姗来迟，早上八点在礼堂举办。

开学第二周，随着高年级摸底考落幕，新生们也结束军训，校方例行公事，把三个年级聚到一处，做开学动员。

宋亦霖昨晚没看班级群，错过了通知，因此进校时发现学生们都往礼堂走，还觉得疑惑。

到班里问过路予淇，才知道是要办开学典礼。

好在为时不晚，她搁下书包，抵达礼堂时还有不少空位，就和路予淇挑了中后排的位置落座。

四周人声喧嚷，学生络绎不绝，满目充斥着校服的蓝色，宋亦霖不着痕迹地蹙眉，问路予淇："三个年级都在这一层吗？"

"不啊。"路予淇抬手，示意上面隔断的二层，"高三都在上面，只有高一和高二在一楼。"

心底微松，她笑笑，仿佛只是随口一问，点头说知道了。

谢逐跟梁泽川来得迟，人差不多坐满了才入场。梁泽川望着满席黑压压的学生，当即牙酸地低头，给路予淇发消息问具体位置。

这个点校领导都快到齐，谢逐拎着外套从入口现身，顿时吸引了无数目光。

他显然刚结束晨训，零星水渍从发梢下坠，又沿着锋利的眉骨滑落，被他略微不耐烦地抬手拂去。

高一新生都在前排，蠢蠢欲动的声响当即明显起来。

梁泽川还在那儿确定方位，谢逐漫不经心地环视全场，轻易就锁定目标。

少女眉眼安静漂亮，带点疏离冷淡，在人群中格外显眼。一旁的路予淇不知说了什么，宋亦霖偏过脸看她，很轻地笑，吊灯的碎光落在她眼角。

他敛了目光，抬脚便朝她的方向走去。

路予淇老远就看到梁泽川，正想招手示意，就见谢逐一眼望见这边，抬脚走近。路予淇确信自己没跟谢逐有任何目光交汇，他到底是凭谁锁定的方位？

宋亦霖刚看过时间，抬头就见路予淇神情微妙地端详自己，便问："怎么了？"

"……没什么。"路予淇摆手，转移话题，"他们来了。"

宋亦霖微征，朝阶梯走道望去。谢逐身高腿长，轻松几步就跨完半数台阶，似有所觉，他眼帘微掀，俯视与仰望间，两人视线平直交汇。

对峙几秒，宋亦霖神色如常地移开目光。

宋亦霖坐得靠里，而路予淇身侧又正好有位置，所以她想当然地认为自己旁边的空位没人会坐，于是动也没动。

结果下一秒，腿侧就被人抵住。

视野光源被截断，宋亦霖顿了顿，抬起脸，透过错落的光影，看清少年深邃的眉目。

"让让。"他声音很低地道。

她听话地往后缩腿，那边梁泽川见此，探身纳闷道："逐哥，你坐那么靠里干吗？"

"困。"谢逐言简意赅，说罢，便迈过宋亦霖落座。

典礼即将开始，工作人员调试话筒，周遭学生聊得热火朝天，礼堂喧嚷嘈杂。

谢逐姿态散漫地坐着，正拿手机回谁的消息。宋亦霖有意分散注意力，盯住演讲台的幕帘，看褶皱被冷气吹得泛起涟漪。

思绪游离，她余光瞥过身旁，不经意撞上他的目光，一方谨慎，一方坦荡。

在这关头对视，很难说清是谁先开始窥伺。

谢逐望着她，少顷，微压低身子。

两人之间的距离卡在危险边缘，呼吸都隐约纠缠。

"要看就看。"他语调懒散，狭长眼尾略垂，目光锁着她，"不是不怕我？躲什么？"

语气和态度一致，侵略性尽显。

宋亦霖不喜欢受制于人，下意识地就要避开，却在电光石火间，蓦地明白了什么。

她随即止住动作，眯眼跟他对峙，片刻后，很轻地笑了。

"谢逐，"她沉声道，"你少激我。"

下一刻，典礼开始，全场恢复沉寂。

话题无疾而终，这场隐秘的周旋也仅双方知晓。谢逐眉梢轻挑，不置可否，倒也适可而止地直起身。

于是，宋亦霖神色如常地转回头，注意力重回演讲台，看发言人登场。

厅堂内的白炽灯灯光汇聚，到处都亮堂堂的。台上少女身姿颀长，一头长发微卷，披在肩颈。

她随意翻过演讲稿，抬首，目光掠过台下，远山眉，桃花眸，有种近乎嚣张的漂亮。

"我是高二年级十七班的薄酪。"她道，嗓音通过音响扩散开来，荡出回响。

"很抱歉以这样的开场来迎接新学期。今天，我怀着愧疚的心情站在这儿，向大家检讨过错。我很懊悔，因一时冲动跟同学起了冲突，触犯了校规……"

一番检讨读得诚恳，情感真挚，仿佛由内而外改邪归正。

不多时，检讨完毕，她却没像众人预想的那样下场，而是慢条斯理地拿出另一张纸，展开，掸了掸。

再抬头，她就换了副神情，端正骄矜，十足的三好学生做派。她清清嗓，缓声道——

"尊敬的老师们，亲爱的同学们，大家上午好。

"自我介绍不再重复，接下来，我将作为优秀学生代表，进行开学演讲。"

席间陷入一片寂静。

路予淇到底没绷住，埋头笑出声来。

梁泽川扫过校长发绿的脸，只觉得对方实属冤种，不禁感慨："论排场还得是咱酪姐。"

原本让人昏昏欲睡的典礼，在薄酪戏剧性地开场后，变得格外有趣。

当然，这份趣味与在座的各位校领导无关。

典礼结束后，宋亦霖陪路予淇去后台，正巧赶上主任对薄酪耳提面命："我不是让你下周升旗仪式再做检讨吗！"

"先后顺序有意义吗？"薄酪的表情好似主任在无理取闹，"横竖都是喜剧效果,李哥,您想开点。"

李曜血压飙升,扶额深呼吸:"行,这事翻篇,你别再整幺蛾子,好好准备月底的公开赛。"

薄酩打了个响指,笑吟吟地回:"好说。"

余光瞥到路予淇一行人,她当即开溜:"欸,我朋友找我,有空再聊!"

李曜面对薄酩已经够头疼,转身看到谢逐更觉眼晕,两个"优等差生"立在眼前,他生怕多看两眼就脑出血,扶额离去。

梁泽川瞅了眼主任的背影,压低声音说:"老李这血压得直冲天灵盖了吧。"

李曜忍无可忍:"……梁泽川,我能听见!"

梁泽川麻利地闭嘴。

典礼已经散场,几人结伴往出口走。薄酩自来熟,见到宋亦霖,当场就聊到了一块,等走出礼堂,联系方式都已经要到手。

路予淇感慨她的效率,"啧啧"道:"你这不是社交牛人,而是社交悍匪。"

"交友广泛有问题?"她理所当然。

"不是集邮漂亮妹妹?"

薄酩:"小嘴真会说话。"

他们聊得热络,笑闹都坦然,晴空烈阳下,少年人的谈笑声传得很远。

宋亦霖也融入其中,一行人有说有笑地离开场地,满目身穿湛蓝校服的学生往教学楼方向走去。

而就在此时,宋亦霖察觉到些许异样。

后背落了道视线,她向来敏感,立刻就确定有人在暗处盯梢。顾不得喊住同伴,宋亦霖蹙眉停下,正想回头,却忽然感知到什么,浑身僵住。

那道目光戏谑轻佻,揣着冰冷恶意,毒蛇一般缠上她,又深狠绞住。

久违,但熟悉至极。

血液仿佛瞬间逆流,宋亦霖后背生寒,动作倏然停滞。

人潮汹涌,她淹没其中,呼吸困难像要溺毙。直到那阵森冷消失不见,她才指尖轻颤,松开攥得发白的掌心。

冷汗淋漓。

缓过神,宋亦霖迟钝地注意到周围的环境,陌生人群喧嚷嘈杂,都结伴而行,只剩她自己像是抽离。

人有社会性,惯于随波逐流,都向光向热,她偏是唯一掉队的那个,不明缘由又笨拙,像颗突兀固执的顽石。

脑中"嗡"的一声,耳鸣吵得她烦躁,发觉状态不对,宋亦霖连忙低头深呼吸,脚却无法挪动半步。

她紧闭上眼。

下一瞬,手腕被人攥紧,宋亦霖始料未及,被带得向前几步,撞上对方肩膀。

额头痛感清晰，她吃痛地蹙眉，腾出另一只手捂住，混乱的思绪这才开始回笼。

头顶传来少年清朗淡漠的嗓音："发什么愣？"

如同感官迟钝，宋亦霖愣怔少顷，缓慢抬起脸。

日光落在眼皮上，热得发烫。

谢逐眉目深邃，自上而下地看她，轻蹙着眉像不耐烦，又像掺了其他不想袒露的情感。

"说话。"他道。

被他握住的那片肌肤隐隐发烫，热度趋于躁动，牵得她脉搏都要混乱。

"……我不知道。"宋亦霖很轻地开口，略带滞涩，"我找不到你们了。"

她神情如常，除了喑哑的嗓音，情绪听不出半分低落，却让人感觉快支离破碎。

谢逐望着她，少顷，握住她手腕的指尖微紧。

"我找到你就行。"

他不容置喙地将她扯进光里。

直到脱离涌动人潮，谢逐才松开手。

热源突然消失，宋亦霖下意识地想留住，又生硬地压住自己的动作。见跟前人站定，她也停了脚步。

谢逐侧过身，语气不带情绪，言简意赅地问："刚才怎么回事？"

宋亦霖眨了眨眼，张嘴正要答，却被他淡声打断。

"宋亦霖，"谢逐眼帘压低，目光锁住她，"说实话，别跟我演。"

游云缓缓挪动，日光敞亮，两人相对而立，脚下水泥地被晒得发烫，空气似乎都变得黏稠。

夏风闷热，距离过近，宋亦霖被拘在原地，呼吸都生涩，一阵头昏脑涨。

她觉得自己好像比刚才更不清醒。

"我刚才，很不舒服。"半晌，她才出声回应，滞涩得仿佛语言系统重组，"……我不知道怎么说。"

难得袒露弱势，好像走投无路。

谢逐看了她片刻，逆着光，微眯起眼："行。那就攒着。"

宋亦霖闻言愣住，没能明白他的意思。

什么意思，日后再清算？

她正思考着，谢逐却不给她半分空闲，丢下句"走了"，就径自迈步向前。

宋亦霖边想刚才的事，边想谢逐，思绪混乱一片，就没能及时跟上他。

走出段距离，谢逐侧首，见她还停在原地，难得迟钝的模样。

他眼皮轻抬，懒声问："还要我牵着？"

话音刚落，宋亦霖瞬间回神，顿时耳根滚烫起来，立刻拧巴地回了句"不用"，快步追到他身旁。

谢逐乜她一眼。宋亦霖听见耳畔传来一声短促的低笑,更觉得耳热,不懂这人到底感觉哪里有趣。

等走到操场,她遥遥听见有人喊自己的名字,抬头望去,迎着清亮日光看清对面。

草坪葱郁,被烈阳炙烤得发烫,灿色跃动其中,晃入她眼底。澄净的天光下,余下三人站在那儿,路予淇正笑着朝她招手,要她过去。

光有些刺眼,将视野映得敞亮。

"怎么说着话人就丢了?"路予淇几步迎上前,嘟囔道,"吓得我不轻。"

她歉意地笑笑,解释:"走了会儿神,再抬头就找不到你们了。"

"我说呢。"梁泽川了然地颔首,"本来想去找你,结果逐哥让我们等着,撂了话就往回走,连点反应时间都不给。"

他全然不觉这是在拱火,当事人谢逐"啧"了声,不耐烦地扯开他:"闭嘴。"

薄酪观察细致,没跟他们插科打诨,皱眉问她:"脸色不太好看,不舒服?"

宋亦霖顿了顿:"没事,低血糖,都习——"

话未说完,掌心就被塞了个塑料质感的东西,她低头,是颗蜜桃味的硬糖。

"幸好我带了糖。"薄酪轻晃手中的包装袋,眉眼弯起,"快吃,低血糖可是大事,人哪能习惯受苦?"

人哪能习惯受苦。

指腹摩挲过封边锯齿,用力过度,有些疼。宋亦霖神色如常,剥开糖,对薄酪笑了笑:"谢谢。"

之前的局促感被扫去大半,也许是受周围朋友的影响,她过度紧绷的状态也慢慢放松。

几人一路聊一路走,等回到班级时,离上课还有一段时间。

班级门口站着个人,像是在等谁,宋亦霖扫过一眼,立刻停住步伐,喊道:"朱然?"

朱然正漫无目的地趴在栏杆上走神,闻声迅速扭头,轻快的笑意涌入眼底,亲昵地揽住她:"可算蹲到你了!"

宋亦霖向同伴介绍了朱然,互相认识后,就和她找了个偏僻角落闲聊。

两人一周没见,各忙各的考试,这会儿难得有时间,多的是话可说。而朱然也言出必行,带着兜零食来找她,二话不说先塞了满怀。

宋亦霖哭笑不得,倒也接下:"还真给见面礼啊?"

"不说了吗,仪式感得到位。"说着,朱然煞有其事地拍拍她,"祝贺我们亦霖小同学重启校园生活。"

"行了你。"她挑眉,"不就想占我便宜吗?"

"那喊声学姐听听?"

宋亦霖直接装聋作哑,慢条斯理地拆了颗糖,堵朱然嘴里。

朱然哼了哼，咬着糖含混不清地道："不过话说，你们班不愧是出名的颜值班，刚我一扭头，简直是视觉盛宴。"

宋亦霖失笑："确实，都是顶配级别。"

课间时间紧凑，两人没能聊多久，就被预备铃声打断。

走廊上的学生们陆续各回各班，宋亦霖见时候不早，正要开口，却见朱然满脸的欲言又止。

"怎么？"

"就是……"朱然迟疑出声，"高三在二层嘛，所以我们是在你们之后出的礼堂。"

似有所觉，宋亦霖大概猜出她想说什么。

朱然斟酌片刻，到底没法直截了当，于是委婉地询问："那谁，好像看见你了？"

晨风冲荡，树梢枝叶飘晃，响声窸窣，一片落叶坠在宋亦霖肩颈处。

她垂着眼，拈起它，很轻地折断。

少顷，她才反问："你说宁念楚？"

听见这名字，朱然下意识地蹙眉，显然不想提起，但还是点头。

"估计是。"宋亦霖漫不经心地笑，"我那时候感觉有人瞪我，怪不舒服的，除了她没谁。"

好歹曾经是朋友，虽然后期关系崩得彻底，熟悉感还是在的。但如今再回想，她对那伙人已经印象模糊，记不清从什么时候开始，只充斥着刁难、讥讽与戾气。

右臂的旧伤像在发烫，灼痛感清晰，宋亦霖隐蔽地屈起指尖，直攥到发白。

猜想被证实，朱然有些焦躁："那你怎么办？"

"这不取决于我啊。"她嗓音温和，淡声道，"要看他们。"

朱然还想再问什么，上课铃却在此时打响，格外不合时宜。

眼看着老师要往这边来，她只好暂且搁置这个话题，低声又叮嘱了几句，才不情愿地走了。

直到朱然离开视野，宋亦霖才垂眸，摩挲自己印着掐痕的指腹，神色静默寡淡。

其实也没什么，她想。

——如果破罐破摔是唯一解法，那干脆彻底打碎。

总不能到头来，只有她自己不好过吧。


上课刚两分钟，宋亦霖踏进教室时，班上一阵鬼哭狼嚎。

这节课归唐姐，却不见她的踪影，宋亦霖不明情况，先回到自己位置坐下。

谢逐不在，梁泽川见宋亦霖回来了，于是沉痛地通知："语数成绩出来了。"

谁都没料到，周一才考完的语数，周三就公布成绩。

宋亦霖震惊于老师的阅卷效率，除此之外没有多余念头，还算从容地应声："行吧。"

"你怎么这么平静啊？"路予淇哭丧着脸，"我摆烂一暑假，考完试答案都没敢对。唐姐还把答题卡拿来了，写着分，这不公开处刑？"

闻言，宋亦霖耸肩，无奈道："主要我这两科一直都……"

话还没说完，语文答题卡已经发到桌面，她低头看了眼分，凑合，正常发挥。

梁泽川好奇地凑近，等看清分数后，他凝滞几秒，突然震声道："厉害啊！宋亦霖，你语文考了138？"

全班瞬间寂静，或震惊或迷茫地朝这边看过来，视线都聚焦于宋亦霖。

宋亦霖：救命。

"我天。"路予淇也瞠目结舌，问她，"你刚才不会想说，你这两科一直都很好吧？"

"不——"

然而话头再次被打断，这回是数学答题卡到手，宋亦霖只能闭嘴看分。

嗯……算超常发挥了。

见主角二号亮相，梁泽川迫不及待地揭晓答案，随后整个人愣住。

他看看语文，再看看数学，最后看宋亦霖。

路予淇被他这反应弄得云里雾里，也探身凑过来，接着两人都陷入微妙的沉默。

"你……"

许久，梁泽川才艰涩开口："你数学，是你语文的零头？"

宋亦霖照旧淡定："我刚才就想说，我这两科一直都发挥稳定。"

"……更厉害了。"梁泽川说，"某种意义上。"

宋亦霖坦然接受夸赞，正要把自己惨不忍睹的数学答题卡收好，下一刻，它就被人从手中抽走。

她抬起脸，见谢逐不知何时回了教室，神色很淡地扫过纸张正反面，最终目光落在鲜明的"38"上。

多少沾点匪夷所思。

他挑眉，淡声道："答题卡放地上踩一脚，都考不出你这分。"

宋亦霖气结，起身抢回自己的答题卡，索性摆烂："我数学就这样，比你零头高就行。"

谢逐落座，闻言懒散地扫她一眼，没回话，只将手中的东西丢给她。

宋亦霖定睛一看，是他的数学答题卡，卷面字体苍劲有力，步骤简明清晰，分数——145。

真就不够他零头。

宋亦霖闭了闭眼，心平气和地坐回位置，正打算装无事发生，却听梁泽川倒抽一口冷气："逐哥，你语文这回72？"

意料之内，谢逐接过自己的答题卡，随手放到桌角，接着，就听身旁宋亦霖不疾不徐地道:"72?"

她望向他,笑意温和:"我就算作文空着,都考不出你这分。"

谢逐:还挺记仇。

班里正就成绩话题讨论得火热,忽然听见一阵清脆声,是高跟鞋踏过地板的声响。

唐筱终于姗姗来迟。

谈笑声瞬间消停,她扫视全班,确认没人缺席后,便将成绩单连同讲义一起放到讲桌上,神情莫测地端详着众人。

台下学生个个仿佛鹌鹑,满堂心虚,愣是没几人敢抬头跟唐筱对视。

"行啊。"她徐徐开口,"知道你们暑假玩飘了,所以开学一周才质检,结果还真让人意外。

"我也不多说了,成绩摆在这儿,好不好看自己知道。其他几科明后天也会陆续出分,都收收心,各自调整好状态。"

唐筱不是喜欢耳提面命絮叨学习的人,敲打几句后,就不再多话,叫他们自己考虑以后该怎么学。

此时距离开课已经十五分钟,她没再耽搁,让众人拿出试卷,过一遍知识点和大题思路。

宋亦霖翻出卷子,勉强跟着听完前三道选择题,之后就开始云里雾里,感觉在听天书。

"38"大剌剌地缀在答题卡中央,她捏了捏眉心,无声地叹了口气。

数学始终是她的死穴,三四十分是常态,五十分可遇不可求。再说她本来就基础薄弱,又将近一年没学,现在更无从补救。

宋亦霖捏起卷子边角,正出着神,就听讲台上的唐筱道:"宋亦霖,你说下讲到哪问了。"

她尴尬地起身,在胡诌与坦白走神之间犹豫,随后,桌面传来笔尖轻叩的声响。

宋亦霖顿了顿,垂眸。

谢逐神色散漫地半倚在座位,没看她,修长的指尖扣着笔,不轻不重地敲向某道大题。

他嗓音略沉,语气不掺多余情绪:"求和。"

宋亦霖瞬间了然,轻咳一声,答道:"数列求和。"

回答正确。

唐筱颔首,半温和半严厉地提醒她:"坐下吧,注意力要集中。"

自知理亏,宋亦霖低眉顺眼地应声,抬脚钩过椅子,准备落座。

下一瞬,谢逐不甚明显地滞了滞,扫了眼桌下,挑眉望向她。

——椅子腿没钩到,反而钩到了他。

她额角一跳,迅速收脚,佯装若无其事地坐好。刚整理妥当,就听谢逐懒声问:"你求的哪个和?"

宋亦霖头都大了。

她装听不懂，抬手示意卷面，生硬地转移话题："听课。"

望着她隐约泛红的耳郭，少顷，谢逐短促地笑了声，没再逗人。

周四。

尽管宋亦霖再不情愿，两周一次的游泳课还是如期而至。

出于个人原因，她事先让迟敏跟唐筱请过假，说自己对消毒水过敏，不方便下水，到时候坐看台观课。

她排斥成为特例，但又没其他办法，好在拿假条时还有几名女生请假，不至于让她做唯一的那个。

游泳课安排在下午，宋亦霖回班时，同学们正陆续前往体育馆，她刚推开后门，迎面便撞上一人。

熟悉的凛冽气息将她包围，宋亦霖微怔，不着痕迹地避开，抬起脸看向对方。

谢逐眼帘半合，自上而下望着她，半张脸没在光影里，更显眉目深邃，他神情冷淡倦怠，距离感明显。

只在看见她后，眉梢轻挑，现出几分隐约的痞气。

鼻尖有些疼，宋亦霖揉了揉，垂下眼，问："路予淇呢？"

谢逐微抬下颌，言简意赅："班里等着。"

"这么快就回来了？"梁泽川从他身后探头，也示意后方，"怕你不认路，让路予淇带你去。逐哥他们队里得早点集合，我跟他先去找魏余谌，咱们待会儿游泳馆见。"

宋亦霖颔首应好，没再耽搁时间，快步回到班里，果然看到路予淇正收拾背包。

"来啦？"听见动静，路予淇朝她招呼，让她先坐，"先等我会儿，还没拿齐东西。"

"不急。"宋亦霖摆手，倚在桌旁等着，顺手拿过自己的水杯，拧开盖看了眼里面，才放到嘴边。

这行为好像在确认什么，路予淇注意到她的动作，不禁疑惑道："之前就发现了，你喝水前还习惯先看杯子？"

"嗯，看里面有没有东西。"

"杯子里还能有什么？"

闻言，宋亦霖略微顿住，很快就恢复如常，随手将水杯放回原处。

"……没准有玻璃碴儿呢？"她笑了笑，很温和。

宋亦霖语气太稀松寻常，更何况还带着笑，路予淇自然就以为这是玩笑，于是拍了她一下，嘟囔："怎么可能，别乱咒自己，真有玻璃碴儿可不是开玩笑的。"

她"嗯"了声，没再多说，语气如常地转移话题："快上课了，收拾好了吧，咱们现在过去？"

"哦对！"路予淇这才反应过来，看了眼钟表，当即慌慌张张地拉着她下楼，"我都没注意，要迟到了，赶紧赶紧！"

二人紧赶慢赶，抵达游泳馆时，距离上课只剩两分钟。

路予淇先去更衣室换衣服，宋亦霖把假条交给老师，对方似乎也习以为常，让请假的在旁边休息，便去安排课程了。

她这是头回来游泳馆，游泳馆里宽敞明亮，两个泳池泾渭分明，一边是教学专用，男女泳池各分两侧；另一边是校队专用，布局规划显然更具规模。

看台设置在泳池岸边，宋亦霖坐在中间位置，刚好两边都能看清。

椅背上搭着件外套，大概是哪个学生的，她没在意，撑着下巴旁听，虽然没兴趣，但多少觉得新奇。

旁边请假的几名女生聊得正欢，宋亦霖也被拉进话题，偶尔应和几句，既不冷淡，也不怎么热衷。

其中有人带了饮料，分给她一盒，宋亦霖接过，笑着道谢，伸手将吸管插上。

她边喝饮料，边听她们闲聊。

"唉，怎么两周才上一节游泳课，根本不够。"

"你盯校队那边盯得眼睛都直了，我都不好直接点你，还拐弯抹角嫌课少。"

"咳……我这叫勤奋好学，有问题？"

闻言，宋亦霖掀起眼帘，往校队泳池的方向望去。

约莫五六个人，都已经下水训练，教练站在岸边拿着计时器和记录簿，神情严肃，偶尔勾画几笔。

没什么好瞧。她正想收回目光，却见谢逐率先游完五十米，双手撑住岸边，略一发力，就轻松上了岸。

他身材非常出挑，肩腰比例漂亮，腰部肌肉结实有力，腹肌分明，是恰到好处的流线型身材。

水渍沿着胸膛流淌，埋入更深的肌理沟壑，他漫不经心地摘下泳镜，似有所觉，朝看台看来一眼。

四目相对的刹那，宋亦霖不甚明显地滞了下。

她淡然地移开视线，仿佛无事发生，却无意识地将吸管咬得发瘪，等反应过来，早就已经咬形怪状。

不太好看。她垂眸，又偷偷尝试咬回原状。

这堂课莫名变得有些难挨，好在她之前怕无聊，带了本书来，这会儿刚好派上用场。

喝完饮料，宋亦霖将空盒抛入垃圾桶，随后就百无聊赖地翻开书，从序言开始看。

同时，耳畔传来那几名女生的交谈——

"谢逐不愧是谢逾岸的儿子，天赋这东西果然会遗传。"

"是啊，听说国家队都来联系了。下个月不还有场锦标赛吗？估计到时就选入国家队了。"

"谢逾岸也是十几岁进的国家队吧？可惜走得早。他在泳坛风光那么多年，也算后继有人。"

"但谢逐毕竟是私生……"

宋亦霖拈着纸页的指尖倏然顿住。

然而不等那女生把话讲完，旁边的人便手忙脚乱地打断道："嘘！谢逐来了！"

下一瞬，光源被遮挡，宋亦霖那页书到底没能翻过去，她掀起眼帘，正望见刚才话题的当事人。

不知道刚刚的对话被他听去多少，那几名女生尴尬地坐去另一端，隔着这边八丈远。

谢逐倒是照旧吝啬表露情绪，没理会旁人，只对她道："让让，我拿衣服。"

宋亦霖这才想起椅背上那件外套，闻言应了声，将书放到一旁，侧开身，好方便他拿。

谢逐扯了下，纹丝未动，淡声道："你压住了。"

因为两人站位的缘故，宋亦霖不好起身，只能又挪了挪，但似乎还是位置错误。

谢逐仿佛没了耐性，不等她有所反应，便压低身子，单手撑在她身侧，另一只手拎住外套衣摆。

距离骤然拉近，宋亦霖始料未及，刚要退，却被他攥住手腕，低声道了句："别乱动。"

于是离得更近。

动作间，一滴水珠沿着谢逐的下颌坠落，辗转勾连她的发梢，又缓缓向下。

剔透水珠淌过眉梢，转瞬间就洇在眼睫之间，淹得她瞳色濡湿，像蒙了层雾。

睫毛很轻地颤了下，宋亦霖抬起脸，望向他。

咫尺之间，不知道是谁的呼吸先失了平稳。

对视少顷，谢逐敛目，没什么情绪地直起身，拎走那件外套。

距离瞬间归于正常。

宋亦霖照旧坐在原位，没有动，目送他重新回到校队，如往常般跟队友交谈训练事宜。

那滴水的温度好像还残留在肌肤，她抬手抹过眼尾，用指腹凉意去遮盖那抹温热，却烧得更烫。心脏不受管控，在胸腔内发疯。

——她毫无道理地兵荒马乱。

## 第四章·生长痛

一堂课说慢也慢，说快也快。

在经历之前的尴尬局面后，同班的几名女生没再谈论谢逐，转而聊起其他。宋亦霖心底揣着事，没怎么注意，连下课铃打响都没听见。

等回过神，不少学生已经换好衣服往食堂去，游泳馆内只剩下零零散散的几个身影。

该是吃晚饭的时间，她环视全场，正搜寻着路予淇的踪迹，耳畔就传来一阵熟悉的打闹声。

"——梁泽川！"

宋亦霖挑眉，闻声回头，果然看见路予淇正跟梁泽川互相折腾，也不知道又怎么招惹起来的。

路予淇捉着梁泽川的手臂，抬脚就踩，劲儿虽然收着，但应该也不轻，梁泽川的鞋面当即留下印子。

梁泽川"嘶"了声，退了半步避开："祖宗，我新买的鞋，踩脏了你洗？"

路予淇气极："我洗你个头！"

"洗头？"他笑，"也行。"

路予淇气得又踩他。

成天看这两人闹，宋亦霖习以为常，喊了他们一声，问："先歇会儿，去食堂再吵？"

"就来！"路予淇这才记起正事，忙不迭应道，"霖霖，你先去喊逐哥，咱们待会儿食堂门口见！"

"……我喊？"

路予淇没听清，以为她说好，便大声补充道："在二楼最东边房间！"

宋亦霖见他俩正忙着较劲，估计一时半会儿没完，只能站起身来，往楼梯间走去。

二楼莫名冷清，她不明就里，只当学生们都去吃饭了，没多想，径直走到最东边的房间前，叩了叩门。

房间隔音很好，听不见里面的动静。

宋亦霖等待半晌，还是无事发生，她下意识地以为没人在，打算转身离开。

就在此时，门被打开。

蒸腾的热气裹挟着湿气，瞬间环绕她周身，宋亦霖眸光微动，仰起脸。

谢逐穿着件黑T恤，像是刚套上，还没整理妥当。衣摆掀在腰间，袒露小片坚实的腹部，深凹的人鱼线若隐若现。

有水珠顺着他发梢滴坠，沿眉骨滚落，淌过脖颈，最终没入深色领口。

他垂眸看她，目光慵懒。

宋亦霖忽然感觉喉间有些痒。

她抿了抿唇，移开目光，神色如常地解释道："路予淇没告诉我，这里是男更衣室。"

表面泰然自若，嗓音却掺着哑，不自在显而易见。

见她这样，谢逐眉梢轻抬，懒声道："我又不是没穿衣服。你紧张什么？"

鼻尖萦绕着那人清洌的气息，掺杂没散净的水汽，很淡，却经久不散，烧得人胸腔滚烫。

——分明热量在消散。

宋亦霖却觉得，自己触到了这个盛夏前所未有的高热。

她蓦地闭眼，再睁开时，几乎是从牙缝中挤出一句话："那你倒是好好穿衣服。"

把人逗急了，看着像要咬他。

见她这样，谢逐很轻地笑了声，慢条斯理地将衣摆理好，没再继续。

他不爱看她总装若无其事的模样，但也适可而止。

宋亦霖被他那声笑惹得更心烦意乱，偏着脸没看他，开门见山直述来意："路予淇和梁泽川在食堂门口等着，你收拾好了没？"

"不用等我。"

他神情和语气同样散漫，听不出差别，宋亦霖却察觉不对，掀起眼帘。

谢逐迎上她，淡声问："看什么？"

——他心情不好。

宋亦霖笃定这个事实，也对他坏心情的缘由有所猜测。

"……没事。"她退开半步，貌似无意地询问，"你还有训练的话，不吃饭没问题？"

谢逐却没答，只垂眸看着她，目光慵懒，带着几分隐晦的侵略性。

"最近不是挺避着我的。"他道，"关心我？"

问题又被他避重就轻抛回来，宋亦霖耐性彻底告罄，懒得再装："你试了我这么多次，我不能试回来？"

倒是牙尖嘴利。谢逐很轻地挑了下眉。

就在此时，屋内传来一道男声："逐哥，谁敲的门啊？"

随话音一同落下的，还有渐行渐近的脚步声。

宋亦霖料想是游泳队的队员，正思考该怎么打招呼，紧接着，就见谢逐从门侧的衣架上拿了顶棒球帽。

随后他手腕一翻,帽子便扣到了她头上。

视线顿时被遮盖大半,宋亦霖始料未及:"做什么?"

"头发还没干,替我戴着。"他漫不经心地道。

说着,还顺手将帽檐压得更低。

男款棒球帽本就不合尺寸,又被他往下摁,宋亦霖视野受限,根本看不见来人,目之所及只有谢逐线条凌厉的下颔。

她正疑惑,就听那男生震惊道:"怎么是个姑娘,我还没套衣服!"

宋亦霖险些呛住。

"闭嘴。"谢逐嫌他聒噪,"换好衣服再出来。"

乔觉起先还想回避,定睛一看,见那小姑娘脑袋上扣着顶帽子,还是谢逐的,当即从容起来:"得,看谁不是看,逐哥你刚才不也衣冠不整地开了门,怎么这会儿还挡着人家?"

更衣间里的魏余谌刚换上衣服,听见动静,头也顾不得吹就来凑热闹:"哎,这不宋亦霖吗?"

乔觉刚才只是打趣,这会儿才真觉得不对劲:"阿谌你认识?"

"这是逐哥同桌,待会儿跟你们仔细唠唠……小同学,你来找逐哥?"

听见魏余谌的声音,宋亦霖下意识地抬头应声:"我——"

然而话还没说出口,就被谢逐按着帽檐压了回去。

随即,少年低沉的嗓音在她头顶响起,带了几分冷意:"你们话挺多。"

识时务者为俊杰,乔觉跟魏余谌见此,顿时打着哈哈往里间走去,还贴心地补充道:"你们聊,放心,没人偷听。"

信了他俩的鬼话。

确认人走了,宋亦霖这才抬起脸,挥开谢逐始终控在跟前的手腕:"行了吧。"

他没应,扫了眼搭在自己腕上的手指。

修长纤细,骨节分明,指腹略有些粗糙,应该是多年练琴留下的茧。

宋亦霖似乎也察觉两人接触时间过久,不甚明显地怔了怔,将手收回。

"那我走了。"她道。

谢逐神色未变分毫,随意揉了下她的脑袋,仍是副淡漠散漫的模样:"去吧。"

宋亦霖看了他少顷,到底没多话,转身离开。

关门声在后方响起,长廊空旷冷寂,白炽灯明亮,她迈出几步,停在楼道口。

没来由地,她抬手抚过刚才被对方触碰的地方,很轻地摩挲。

然而不等思绪发散,指腹忽然触到一个三角形的标志,有些微妙。

她顿了顿,将帽子摘下来看,只见熟悉的三角标闯入视野,Prada。

宋亦霖觉得脑袋都重了起来。

走出体育馆时，太阳已经彻底销声匿迹。

其实今天原本也没什么亮光。宋亦霖抬起帽檐，目光落在深灰的天际。

天色阴沉，晦暗的雨云将暨城笼罩，像随时要引发一场暴雨。

操场上行人寥落，她站在檐下，大片阴影盖在她身上，自上而下，从头到脚。

良久，宋亦霖收回视线，往食堂走去。

路予淇跟梁泽川等候多时，见她一个人来的，梁泽川不禁疑惑："逐哥还在队里？"

她"嗯"了声："他说不用等他。"

"也没听魏余谌他们说有训练啊……"梁泽川纳闷，没多想，"那咱们先去吃吧。"

这个点基本错过高峰期，虽然食堂仍旧喧嚷，但不至于拥挤，三人很快就打好饭落座。

动筷前，宋亦霖嫌棒球帽碍事，摘下放到一旁。路予淇眼尖地瞥见那帽子，随口问："这不是谢逐早上戴的那顶？"

她颔首："临走前他扣我头上的。"

讲到这儿，宋亦霖又被迫回忆起刚才的事，不由得捏了捏眉骨，道："……你不说我都忘了。

"路予淇。"她无奈，"你让我去喊他之前，可没告诉我那是男更衣室。"

"——咳咳！"梁泽川一口饮料没咽好，呛个半死。

路予淇仿佛才记起这茬，当即尴尬地打起哈哈，抱歉道："对不住对不住，我给忘了，你没、没看到什么不该看的吧？"

没看到不该看的，能看的倒是都看了。

宋亦霖面无表情："……没有。"

梁泽川见她这微妙神色，在旁边笑得乐不可支："我可算弄懂逐哥怎么把帽子给你了，乔觉那小子换衣服磨蹭，你不会撞见他了吧？"

宋亦霖越想越头大，给路予淇使个眼色，对方精准接收，火速让梁泽川闭嘴收声。

她可算清静。

晚自习宋亦霖百无聊赖，整整两节课，她身旁的位置都空着。

下课铃打响，她把做完的题收进书包，拉链扯到半截，忽然觉得落下了什么。

她蹙眉，重新翻了一遍，确认自己下午带走的那本书没了踪影。

大概是当时随手一放，忘游泳馆里了。

不清楚场馆落没落锁，自习课还剩最后一节，坐在教室也是无聊，不如出去逛逛。

想到这儿，宋亦霖将包塞回桌洞，跟路予淇说了声，便起身前往游泳馆。

场馆没锁，但熄了灯。

馆内寂寥冷清，莹白月光透过整面玻璃墙，映入水波，漾起粼粼光泽。

她推门而入，果然在池边看台上看到自己的书。她没想多留，拿起书就打算离开。

下一瞬，水花溅落声响起。

宋亦霖步履微滞，侧目望去。

一人从池中抬首，随意甩了下头发，零星水痕划过空中，被月色裹挟，倏然撞进她眼底。

池水深蓝，穹顶之下，尽是涟漪错落的光影。

当那抹身影再次俯入水中，画面如同被慢放，少年披着光，驰骋在这方天地，落拓随性，不受拘束。

宋亦霖站在暗色中，难得怔然。

恍惚间，她觉得自己也成为其中一个。

——被他照亮的存在。

场馆万籁俱寂，只剩水声回荡。

深蓝池面波纹清浅，推开又依偎，镀着层不甚真实的银辉，像是私藏的月光。

谢逐站在池中，水珠从他发梢滴落，滑过眉弓，掠过唇畔，凝在线条凌厉的下颌，停顿半秒，继而向下。

在那滴水消逝之前，宋亦霖移开了视线。

书已经拿到手，她没道理多留，抬脚就准备离开。

却见谢逐拂去脸上的水渍，抬手撑住池边，他低头平复呼吸，眉目掩在阴影中。

宋亦霖收住步伐，没有再动。

凝视少顷，她自己都不知道出于什么想法，故意把书往墙上一磕，弄出突兀的响动。

下一瞬，谢逐眼帘微掀，朝声源处望过去。

夜色昏沉晦暗，他望向她的那双眼却凛如锋刃，冽然深邃，彰显十足的冷厉不驯。

压迫感席卷而来。宋亦霖恍若未觉，不避不躲，平静地走到岸边，低头迎上他的目光。

果然是心情差，她想。

看清来人，谢逐微眯起眼，淡声问："什么时候来的？"

"刚刚。"她道，"两三分钟前。"

"有事？"他问。

这语气。宋亦霖"嗯"了声，示意手中物品，道："书落这儿了，我来拿。"

谢逐没什么情绪地挑眉。

平时因为身高的缘故，两人视角多半固定，此时难得逆转，他处在低位，任凭她打量。

宋亦霖站在岸边,校服穿得规整妥帖,眉清目净,长睫低垂,乖觉又漂亮,俨然温文内秀的好学生。

只有在俯视他人时,才显露出几分疏离秉性,骄矜漠然。

彼此情绪都不显山露水,对峙片刻,宋亦霖率先偏开脸。

她有些后悔刚才的冲动,不该露面的。

但事已至此,她总要找个话题:"你一直在这儿?"

谢逐单手搭在岸边,懒声回她:"水里安静。"

闻言,宋亦霖下意识地看了眼时间,距离晚休已经过了两个多小时。

……体力真好。

见她神色微妙,谢逐轻敲瓷砖,像是在问有什么问题。

"没什么。"她坦诚道,"就是在想,你在水里是与世隔绝,我只会与世长辞。"

谢逐没有说话,忽地手臂发力,撑身从水中上岸。

动作太过突然,宋亦霖猝不及防,当即避开几步,情急之下却忘记地板湿滑,步履一乱,便往后栽去。

她瞳孔微缩,正暗骂谢逐不按常理出牌,下一瞬,一只手就握住她的腰身,将她扶稳。

濡湿水汽迎面而来,刹那间,她听到心跳重重的声响。

惊魂未定,宋亦霖低声喃喃:"好险。"

谢逐眼帘略垂,视线掠过她的眉目,最终停在那微张的唇上,柔软红润。

距离过近,能感受到彼此的体温,扶在她腰上的指尖微动,他的力道不松反紧。

"是挺险的。"他嗓音很低地道。

也不知道他又险在哪里。

理智逐渐回归,宋亦霖这才发觉掌心触感微妙,她愣怔少顷,看到自己正扶着他的臂弯。

掌中的微凉水珠,趋于温热。

她鼻尖几乎抵住他,目光上移,是少年突兀的喉结,下落,是线条流畅的胸膛,每一处都过分冲击,她难得大脑空白,僵在原地。

而腰间那只手纹丝不动,封锁她所有退路,仿佛只要他想,随时都可以掌控她。

——过于暧昧了。宋亦霖后知后觉生出几分荒诞。

心跳怦然,呼吸滞缓,她甚至不知道这些是因为刚才的意外,还是因为他。

直到抬头与谢逐视线相撞,探到他眼底浅淡的玩味,宋亦霖才陡然清醒过来。

"谢逐。"她低声道,隐约有些咬牙,"你放手。"

闻言,谢逐眉梢轻抬,也真松开她,让彼此回归礼貌距离。

"你慌什么?"他道。

宋亦霖只恨不得咬他一口。

逗弄适可而止,谢逐随手拿过搭在椅背上的毛巾,漫不经心地擦了两下,迈步向外走去："不走？"

她蹙眉："你还回去？"

"我早退。"

预料之中的答案，宋亦霖并不意外。

她站在原地，望着他，指腹很轻地摩挲过手中书本。

许久，她才平静地陈述道："下午那些话，你都听见了。"

谢逐闻言止步。

他不置可否，略一偏首，侧脸掩在阴影中，依稀只见低敛眼尾，情绪莫辨。

"宋亦霖。"他懒声唤她。

"——想知道我的事，就拿你的来换。"

从游泳馆回到班里，直到放学回家，宋亦霖仍有些心不在焉。

走进卧室，她脱掉外套，随意将书包丢到一旁，便坐没坐相地倚在椅子上。

少顷，她深深舒了口气。

谢逐的话犹在耳畔，扰得她心烦意乱。

宋亦霖按了按额角，若有所思地垂眸，目光落在右臂上，那道旧伤仍然刺眼。

疤早就不会疼，但每次触碰，都会将她重新拖入那场噩梦。

宋亦霖倏然闭眼。

——那些虚幻的影，常年依附在回忆里，不断燃烧着，反复灼伤她，也不见能熄灭。

她嫌恶地蹙眉，指甲深陷入掌心，强烈的痛感这才勉强唤回零星的清醒。

心头涌现些许无力感，宋亦霖强硬掐断，再次回想起谢逐的话，只觉得好笑。

又不是能随意宣之于口的故事，说得轻巧。

手机电量不多，正搁在床边充电，于是她打开跟前的电脑。

冷蓝光影散落，她打开浏览器，指尖搭在键盘上，犹豫片刻，在搜索框敲下几个字：谢逾岸。

毕竟是家喻户晓的泳坛巨星，百科罗列的荣耀与成就宋亦霖也有所耳闻，包括——那场令他丧生的意外事故。

即使年岁久远，宋亦霖也记得，谢逾岸是在她六七岁时去世的。那段时间新闻铺天盖地，这名字几乎被所有人记住。

而车祸纯属偶然，谢逾岸深夜疲劳驾驶，不知是走神还是怎么，从而酿成惨剧。

都是耳熟能详的事，宋亦霖一目十行，稀松掠过。

人死后就成为故事，无论篇章好坏，总有迹可循。她很快就找到那条陈旧报道，淹没在无数信息中，不甚起眼。

——谢逾岸被曝出轨多年，且在外有一私生子。

注视着那行字，宋亦霖迟疑半晌，到底没点进去。

再往下看就不礼貌了，确认当时不是自己听错，她就打算关闭页面，洗漱睡觉。

结果她不小心碰到了笔记本电脑的触控板,浏览器跳转到一个新的页面。

她原本想退出,余光瞥见关键词是去年全运会,动作不由得顿住。

而就在这间隙,视频已经自动播放。

内容赫然是那场影响广泛的男子200米自由泳比赛,谢逐在第四泳道,镜头下的他从容沉着,好整以暇。

裁判一声号令,各就各位,他躬身撤步,蓄势待发。

下一瞬,电笛声起,全场呼声鼎沸。水花四溅中,谢逐身居首位,与后方选手差距愈加显著,直到遥遥领先。

一场毫无悬念的赛事。

听闻与亲眼所见确实不同,宋亦霖想。

她看他夺得冠军,看他摘下泳镜,在人声鼎沸中望向屏幕,眉目湿润,眼底却熠然。

她看他站在颁奖台上,俯身被授予金牌,那一刻场馆内沸反盈天,庆贺泳坛新星踏上征程。

少年立于高处,肃立挺拔,肩头担得起清穹烈阳。

让人眼里盛不下其他。

少年正当时,无畏前程远。意气风发,敢闯敢争,眼底不熄的野心,最是不可方物。

颁奖台上的谢逐,是骄矜倨傲的,熠熠生辉的。

是她曾经有过的。

宋亦霖沉默少顷,按动鼠标,关闭了视频页面。

——她低头太久,也怀念脊梁挺直的感受。

呆坐片刻,她疲惫地捏了捏眉骨,起身喝水吃药,钻进被窝。

这晚,噩梦并没有继续纠缠,宋亦霖梦到了久远的情景。

舞台盛大,穹顶灯光璀璨,台下众多目光,或赞赏或艳羡。她从容地屹立首席,接过这场比赛的最高荣耀。

无数镜头闪烁,她望着金色的雨洒落,缀满自己的肩颈,好像伸手就能摘星。

——时间过了太久。

她都快要忘记,自己也曾备受期待,满怀希望,在深爱的舞台上发过光。

窗外阵雨滂沱,梦境初醒,宋亦霖缓缓睁开眼,看闪电撕裂云层,晃入她静默的眼底。

头痛欲裂,她坐起身来。

雨声嘈杂,天光晦暗,浩大的黑暗将她吞噬,缓缓蚕食,像一场缄默的溺毙。

枕边手机屏幕亮起,是一条迟来的推送消息——**暨城气象台于今夜23:00发布雷雨大风黄色预警,请各位市民注意防范。**

宋亦霖是被争吵声吵醒的。

她没睡好，蹙眉望向窗外，看天光晦暗，阵雨滂沱浩大，阴云沉积如连山。

客厅隐约传来人声，丝毫没收着音量，尽数落入她耳中——

"让你买个东西都能买错，什么脑子！"

"你又没跟我说哪家店，我怎么知道？"

"那你不会打电话问我？什么事都得我千叮咛万嘱咐？"

"就差十几块钱，你非计较到这种地步？"

好吧。宋亦霖按了按额角，倦怠地坐起身来。

屋外争吵还在继续，从生活中鸡毛蒜皮的小事，逐渐牵扯出多年种种怨怼，然后一发不可收。

双方都声嘶力竭地数落着对方，义愤填膺，好像今天不死一个不肯罢休。

她只觉得又吵又困。

父母永远在为生计争吵，也总能轻易粉饰太平。过几天又会装出和和美美的样子，仿佛只有她难以消化那些负面情绪。

东西摔落的闷响传来，乱七八糟，混在骂声里，更让人焦躁。

太阳穴坠痛，宋亦霖烦躁地蹙眉，起身揉了把头发，面无表情地跨步走到门前，抬脚便狠狠一踹！

震响惊人，客厅短暂陷入静默。

"别吵了。"她嗓音疲惫，让两人休战，"该上班上班，少在这儿闹。"

"有你什么事？"宋景洲正在气头上，闻言冲她怒目而视，"你……"

"干吗？"宋亦霖掀起眼帘，平静地对上他的视线，"今天非得争到底是吧？"

她嘴角铺平，眼神凉薄漠然。宋景洲的理智逐渐回归，他沉着脸不再多话，把衣服褶皱抚平，朝玄关走去。

"家里养了个疯子。"他冷嗤，摔门离开。

宋亦霖稀松地收回目光，扫过沙发上沉默落泪的迟敏，很轻地笑了声。

她低喃："我看是三个疯子。"

这个家从不缺戾气。客厅狼藉，玻璃碎片散落一地，满是歇斯底里后的斑驳痕迹。

像她的人生，一眼望去，尽是不堪。

宋亦霖神色淡然，转身走回卧室，利落地洗漱完换好衣服，才拎着书包出来。

将地面散落的东西拾起摆好，她看了眼钟表，见耽搁不起，便抬脸看向迟敏。

"妈。"她唤，"我去上学了。"

意料中的没有回应。

宋亦霖想了想，还是走到迟敏跟前，轻抚两下她的头顶，以表安慰。

再多也没什么可做了。宋亦霖拿起钥匙，朝门口走去。

没迈出几步，身后就传来迟敏沙哑的嗓音："霖霖。"

宋亦霖闻声回过头。

迟敏神情疲倦，垂着眼，轻声问："你是不是觉得妈妈不离婚，是自作自受？"

"你是不是……"她顿了顿，声线显露几分颤意，"也恨过妈妈？"

宋亦霖注视着她，眸底空旷坦荡，并没多余的情绪。

她没有否认。迟敏抿唇，眼眶再次酸涩起来。

但下一瞬，她听到宋亦霖开口，语调平缓："妈，没必要。"

说着，宋亦霖走到玄关，拧开门。

临走之前，宋亦霖脚步停了停，还是偏过脸。

她的话低而轻地落入迟敏的耳朵——

"这么多年都习惯了，你问那些，没意义。"

雷声滚动，阴云笼天罩地。

骤雨疯狂冲刷着玻璃窗，水幕层叠流淌，融化了景物线条，虚而晃。

窗外空气黏稠，水汽涌动，白昼昏暗如黑夜。一只淋湿的蝴蝶慌不择路，摇晃着撞上玻璃。

挺可怜。宋亦霖将窗缝推开些许，探出手，引它落在指尖。

冷雨沾湿肌肤，她恍若未觉，把蝴蝶带进来，等它晾干。

路予淇刚进教室，就看到这一人一蝶面面相觑的场景。

她步履止住，望着此情此景，总有种微妙的感觉。

宋亦霖身上有种很独特的劲儿。看起来没什么热衷的事情，情绪也不多，平时人前温和爱笑，人后独处时，却像跟整个世界有隔阂。

似有所觉，宋亦霖顿了顿，目光往她这边投来，笑着问好："早啊。"

那种破碎感又消失了。

路予淇蓦地回神，走近落座，正想开口，梁泽川的声音就从后门传来——

"这天闷死了，路予淇，开空调！"

路予淇额角一跳，当即没好气地道："开开开，懒得你！"

"这不刚好你在嘛。"梁泽川跟朋友进班，朝路予淇示意手中纸袋，挑眉，"给你带了厚蛋烧，没见我这么晚来？"

话音未落，路予淇当即去打开空调，随后凑到梁泽川跟前，双眼亮晶晶地接过纸袋。

"难怪今儿起个大早，梁泽川，够宠的啊。"旁边男生见此，揶揄道。

梁泽川骂了声滚："我跟路予淇认识多少年了，少撮弄事。"

宋亦霖旁听许久，闻言，有些意外地挑眉。

空调已经打开，冷气四溢，驱散室内潮闷的气息，逐渐清爽起来。

后门还敞着，梁泽川边跟人说话边走近，漫不经心地抬腿一踹，把门给带上。

门缝倏然合拢，与此同时被遮盖的，还有——年级主任的脸。

只听"砰"一声闷响，伴随着主任踉跄后退的步伐声，全班万籁俱寂。

尴尬肆意蔓延。

少顷，门外的李曜幽幽地开口，咬牙切齿："梁、泽、川！"

少年人的快乐总是肤浅，一丁点事，惹得全场哄堂大笑。宋亦霖也被这出变故惊住，失笑出声。

学校总归还是比家里好，之前沉积的郁气都消散几分，她心情短暂明朗。

人是要肤浅的快乐，要清清楚楚，要避重就轻。

"行了，我碰个头看把你们乐得。"李曜推开门，揉着额头不满道，"都安静！说正事。"

"这学期的《英语周报》开始征订了，课代表统计好人数，把名单交到年级部。"

"李哥，我们唐班呢？"有人发问。

"唐老师今天有事请假，我代她通知。"李曜道，"我那儿还一堆事，没空管你们，别无法无天了啊，听到没？"

十六班擅长作天作地在高二部很是出名，但偏偏成绩好看，一群"优等差生"让人又恨又爱，压根没法管。

梁泽川吊儿郎当地应声："得令。"

李曜被他气得不轻，一巴掌抽他背上："你小子！以后关门好好关！"

晨读就在哄闹中度过大半。

谢逐回来时，班内正统计着周报征订人数。

名单刚好传到宋亦霖手中，她桌面太乱，笔不知所终，余光瞥见谢逐的，就借来一用。

刚签完名，身旁椅子便被拉开，划出一道声响。

谢逐将包扔在桌上，垂眼看那张纸，问："这是什么？"

"《英语周报》。"宋亦霖抬起脸，道，"你订吗？要签名。"

他颔首，随意将东西塞入桌洞，半倚着椅背，好整以暇地望着她。

目光仿佛具有实质，宋亦霖下意识地侧首，问："怎么了？"

"笔。"他言简意赅。

她反应慢了半拍："什么？"

谢逐轻叩桌面，示意她："你要我握着你的手写？"

指尖微紧，宋亦霖这才想起他的笔还在自己手中，登时一松，卸了力道。

仓促间，两人手背相碰，她一顿，不着痕迹地避开，将笔递还给他。

谢逐并未多言，看也不看地接过，在统计单上几笔签完名，随手把单子递给前桌。

之后趴下补觉，一如既往。

宋亦霖收回目光，整理好书立，也开始看书。

梁泽川回头时，就见这同桌俩一个睡觉一个学习，宛如两张图片，倒也意外的和谐。

谢逐起床气忒大,梁泽川压低声音,问:"宋亦霖,翘晚自习吗?"

宋亦霖一顿,挑眉:"刚才你怎么答应主任的?"

"难得唐姐不在,放松放松,顺带喊上薄酪、魏余谌他们。"

分明开学才半个月,说得跟过了一学期了似的。宋亦霖斟酌少顷,道:"也行,那我写完作业过去找你们。"

梁泽川刚应声,又想起什么,问:"欸,你自己能出去吗?"

"东门操场后墙那儿,我知道。"她没多想,随口答。

梁泽川震惊:"你这么清楚?"

话说得太快,宋亦霖险些露了底,她轻咳,正色搪塞道:"听朋友说过。"

梁泽川也是好骗,信以为真,了然地转回身。

当晚,晚休时分。

因为路予淇跟梁泽川提前离开,所以宋亦霖自己去食堂用餐。

用完餐后已近七点,天际半明不暗,正是与夜色交接的阶段,空气濡湿且潮闷。

骤雨初歇,零星水渍附着在石砖上,宋亦霖踩着边缘迈过去,抄近道来到教学楼楼侧。

变故就在此刻突生。

这里比较偏僻,宋亦霖又没注意周围动静,因此被人揪住后领时,也没能及时做出反应。

她挣扎了几下,猝不及防地,额角擦过砖面,传来了火辣的痛感。

下一瞬,她回过头,对上那双再熟悉不过的眼睛。

宁念楚漠然审视她片刻,红唇微弯。

"宋亦霖。"她柔声轻唤道,"你还敢回来啊?"

她身后还有两三人,宋亦霖逐一扫过,都是熟悉的面孔。宋亦霖过往每一段耻辱的回忆,都能与眼前这些人对上号。

宋亦霖想拍开对方揪住自己领口的手。

"难为你快一年了还惦记着我。"她讥讽道,"等挺久了?"

"确实。"宁念楚无奈地耸肩,眉目噙着清浅笑意,"这么久不见,你过得不错啊,听说在高二部交了新朋友?"

宋亦霖没作声,冷冷地望着她。

宁念楚睨着她,很惋惜似的,温声唤:"宋亦霖,看来你记性不太好。"

"我说过,要么你离开一中,要么这事儿没完。"

说罢,她俯身,盯住宋亦霖的双眼,逐字逐句道:"你的新朋友们,如果知道你从前那些事……还会信你吗?"

楼外夜色弥漫,楼内灯火通明。

谢逐神色冷沉，目光正透过窗玻璃，向下望去。

几人的纠缠被尽收眼底，他看了已经有一会儿了，从头到尾。

少顷，他低骂一句，抬脚踹开椅子，离开教室。

与此同时，宋亦霖仍在跟宁念楚对峙。

脖颈受制，她呼吸不畅，嘴角弧度却讽刺："怎么，严成远不搭理你了？"

仿佛被戳中痛处，宁念楚浑身一僵。

"为了那种人犯浑。"宋亦霖眯眼，几乎从牙缝中挤出一句话，"宁念楚，你不觉得自己滑稽？"

宁念楚阴晴不定地打量着宋亦霖，片刻，失笑道："你还真是……"

她眸光一狠，骤然抬起手——

宋亦霖下意识地闭眼，然而等来的不是疼痛，而是一阵凌厉的风。

她怔怔地掀起眼帘。来人站定在她身前，身影将她遮蔽，挡住光，也遮了暗。

心底蓦地一松，指尖浅浅地陷入砖墙缝隙，宋亦霖垂着头，听谢逐淡声道："要么再叫几个人，要么滚。"

宁念楚蹙眉，刚才被他甩开的手腕已经泛红，隐隐作痛。她望着谢逐，眸中诧异与冷意交织。

另外几名女生在看清来人后，也陷入迟疑。

毕竟谢逐的名声全校皆知，特立独行，天之骄子，还没人不惧他三分。

对峙片刻，宁念楚轻笑，满不在乎地捏了捏手腕，道："行啊，那就先这样。"

临走之际，她意味深长地道："宋亦霖，手段挺高。"

闻言，宋亦霖神色不变，谢逐更是连余光都欠奉。实在没意思，宁念楚撇撇嘴，扬长而去。

直到几抹身影彻底消失，宋亦霖紧绷的神经才得以松懈。

谢逐神色清冷，转过身，自上而下地打量她，情绪莫辨。

气氛有些微妙，宋亦霖隐有察觉，抬脸迎上他。

少女发丝散乱，分明处境狼狈，一双眼却平静沉稳，像破碎无数次，也无数次拼合。

谢逐眉宇轻蹙，心中烦躁更甚。

下一刻，他迈步朝她走来，少年身高腿长，几步就逼至身前。

压迫感扑面而来，宋亦霖顿了顿，不避不躲。

随后，头顶传来他冷淡的嗓音："你不会喊人？"

没想到会是这种问题，她微怔，自嘲地反问："有用吗？"

谢逐却问她："我叫什么？"

心脏蓦地重坠，发出砰然沉响。

电光石火间，宋亦霖明白了他的意思。

理智警告她不要回应，但嘴更快一步，她迟疑开口，唤道："……谢逐。"

谢逐目不转睛地望着她，眼帘低垂间，有几近专注的错觉。

他淡声道:"喊谢逐,就有用。"

宋亦霖呼吸有些乱。

有莫名的情绪从心底蔓延,缓缓侵占她的骨血,流向四肢百骸。

很危险。她为这场失控而警觉。

"刚才谢谢你了。"她试图回避,偏过脸不再看他,道,"那我先回去了。"

谢逐略一眯眼:"不怕再被堵?"

宋亦霖没答话,身侧垂落的手有些发紧。

少顷,谢逐短促地笑了声,语调微冷:"行。"他侧身,面无表情地示意她,"那你就走。"

她点头,倒也真听话地往教学楼里去,身影在地面拖长又缩短,像随时要坠落。

走到第三步,宋亦霖手臂猛然一紧,被人扯着拖了回去。

事发突然,她抬起头,撞进谢逐那双沉郁疏冷的眼。手腕被攥得生疼,可见对方心情之差。

他眉目间满是不耐烦,像无计可施,又像烦躁:"宋亦霖,学不会服软?"

"……你让我走的。"她说。

谢逐冷道:"我让你走你就走?"

平时也没见这么听话。

宋亦霖没再犟,眉眼低垂,仿佛任凭处置。

她头发散乱,额角也殷红,整个人伤痕累累,却还透着股倔劲。

见鬼的可怜。

看宋亦霖这副模样,谢逐气势稍减。

目光在她脸上停留几秒,他手上的力道突然加大,将她拉近。

踉跄两步,宋亦霖被他扯走,方向却不是教学楼,她想开口,却又犹豫着放弃。

宋亦霖头脑发热,只被谢逐领着,不愿再想其他。

大概是中暑了。她自暴自弃地想。

医务室内。

白炽灯光洒落,宋亦霖微抬下颌,被晃得眼酸,索性闭眼,任凭医生处理额角伤口。

"摔得不轻啊。"消过毒,医生丢掉棉签,蹙眉,"小姑娘,你怎么弄的?"

宋亦霖坦然地笑笑:"雨天路滑,没注意摔了。"

谎话信手拈来。

谢逐抱臂斜靠在一旁,神色淡然地看她演。

处理好擦伤,两人离开医务室。上课铃早就打响,校园空旷寂寥,宋亦霖正想开口,就被谢逐打断:"有没有要拿的东西?"

她顿了顿:"没有。"

他微一颔首:"那走。"

"去找梁泽川他们？"宋亦霖问。

谢逐简短地道了声"是"就不再多话，径自迈步往东门方向去。

看出对方心情不佳，宋亦霖没摸清这人时好时坏的脾性，索性闭嘴，只管闷头跟着。

谢逐偏首乜她一眼，见她远远跟在后方，将彼此距离隔得八丈远，他忽然止步，眉宇轻蹙。

宋亦霖正默不作声地低头走，听前方没了声响，她疑惑地抬起头，随即手臂被一股力道牵扯，她猝不及防地跌近几步，险些撞到对方怀里。

"你离我近点是不会死的。"谢逐并未看她，语调平直。

宋亦霖怔了怔，抬首望向他。

夜色稀薄，冷光自少年的侧脸分割而过，勾勒出清晰英挺的轮廓。他立于光影交汇处，眉眼锋锐凌厉，像近在咫尺的一捧月光。

距离有些近，宋亦霖指尖紧绷，呼吸间只剩身前人的气息，不容抗拒。她聆听胸膛中兵荒马乱的心跳，抿唇没有回话。

天太热，她耳尖像在烧。

"老地方"。

包厢门一推开，宋亦霖稀松朝里扫了眼，路予淇、梁泽川、薄酩、魏余谌，之前见过的乔觉居然也在。

倒是热闹。

魏余谌看见他们，没正形地吹了声口哨："一起来的啊？"

谢逐懒得搭理，径自落座。

路予淇眼尖，目光落在宋亦霖额角上，惊讶道："怎么了这是？"

宋亦霖对此早有预料，正要故技重施，谢逐就替她答："摔了。"

谎话自己说还好，从他人口中说出来，总觉得微妙。她神色自若地点头，说了声"没大事"，就走到预留的位置坐好。

想起她上次也是伤在脸上，路予淇心疼得不行："以后注意点，留疤怎么办？"

"伤口不深，放心。"宋亦霖笑笑，耍赖似的挨住她，"怎么，留疤丑了就嫌弃我？"

路予淇果然被转移话题，没好气地捏她脸："就这么想我？"

"不敢不敢，路姐爱我至深。"

宋亦霖在大事化小这方面很有一套，三言两语就将自己带过，引导众人继续之前的话题。

而她也轻松融入，十足上道，即使是后来者，也丝毫不见有隔阂，仿佛性格原本就是这样的热情。

谈笑间，只有薄酩若有所思地扫过她的领口，衣领立起，几乎遮严颈部的肌肤。

她做得多,见得也多,因此对某些事有精准的直觉,将探询的目光转向谢逐,后者只漫不经心地挑眉,不置可否。

于是薄酪心中有数,了然地抿了口饮料,也笑着加入群聊,仿佛无事发生。

每年国庆假后,一中都会举行秋季运动会,眼看仅剩大半个月,几人就这事聊得热络。

"要不赌这次谁班第一?"薄酪提议。

同班的乔觉踊跃地附议:"我觉得行。"

魏余谌第一个坐不住:"你们班四个体育生,好意思赌啊!"

计谋被识破,薄酪打着哈哈:"有吗?"

"当初乔觉还忽悠我,说短跑基本都是普考生。"梁泽川也翻旧账,愤愤道,"结果我往检录处一站,扭头就见这小子冲我笑,真服气。"

路予淇也想起这茬,忍俊不禁:"那你这回报长跑。"

"可别。那痛苦程度,我在黄泉路上连干三碗孟婆汤都忘不掉。"梁泽川恶寒,"长跑和跳高还是给逐哥包揽吧,我躺赢。"

说到项目,路予淇问宋亦霖:"你要参加吗?"

"我都行。"她"嗯"了声,"以前都是报八百米和接力,短跑看情况。"

"八百米?"路予淇两眼放光,"这项目每次咱班都是猜拳决定的,这回就靠你了!"

"我也就耐力还行,不一定第一,别抱太大希望。"

"那有什么。"路予淇满不在乎地摆手,"你得第几在我们这儿都算第一。"

"就是。"梁泽川附和,"团宠待遇!"

宋亦霖闻言微怔,哑然失笑。

谢逐从手机中抬眼,映入的就是她眉舒目展的模样。

没有平时的敷衍客套,她是真的在笑,眼尾微弯,眼神明亮,整个人都柔软起来,鲜明又生动。

她很少这样毫无戒备,像是冰冷瓷器,此时终于有了温度。

这才与他久远记忆中的身影重合。

眼梢低敛,谢逐不带情绪地收回目光,不再看。

时间流逝,不知不觉已经将近十点。

宋亦霖离开包厢,去了趟洗手间。

站在洗漱台前,她接了捧冷水扑脸,听见后方大门开合声响,也没多在意。

她抹掉水渍,再睁眼,却看到来人是薄酪。

薄酪抱臂倚在墙边,姿态闲适松散。她身段姣好,校服都能穿出独有风情,一双桃花眸似笑非笑,好不招摇地明艳。

见宋亦霖发现自己,她从容地招手,道:"时间不早,他们先下楼了,我来找你。"

宋亦霖"嗯"了声，垂眸抽了张纸擦拭手上的水迹，随后对薄酪笑了笑。

宋亦霖问："是有事要说吗？"

闻言，薄酪很轻地挑眉，显然察觉到宋亦霖此时的笑，跟之前在包厢时不同。

——这小姑娘很有意思。

生得标致，言行规矩，眉眼总带着笑，似乎很好相处。但仔细想想，其实宋亦霖从没有过多余的情绪。

温和浮于表面，笑也不达眼底，如果不深究，很难察觉到她兴致缺缺，好像天生缺乏热度。

偏偏又偶尔流露出几分乖张的痕迹，让人想探寻更多。

薄酪若有所思地端详她，突然示意她领口位置，问："你在学校被谁欺负了？"

宋亦霖神色一怔。

转瞬间，她暗道不好，迅速调整表情，然而在对上少女隐约含笑的双眼后，只能认栽。

薄酪太聪明，跟她演，犯不着。

"以前的同学。"宋亦霖无奈地坦白，"你别这样，弄得我以后不敢跟你说话了。"

"抱歉抱歉。"薄酪轻笑出声，冲宋亦霖眨眨眼，"你也不是一诈就露馅啊，我差点装不下去。"

对这种貌美无赖没辙，宋亦霖叹了口气。

"老同学的话……高三那届，我想想。"薄酪轻掰手指，思索片刻，"啧，不会是宁念楚那帮人吧？"

薄酪是生来备受瞩目的那类人，骄矜恣意成绩好，百里挑一的漂亮，社交圈广泛，因此她会知道宁念楚，宋亦霖并不意外。

她不置可否，只问："你跟她认识？"

"可熟了。"薄酪把玩着颈侧落发，笑，"我高一时，那小丫头还堵过我呢。"

分明对方是学姐，这称谓和语气，倒像成了她的后辈。

"这种事再有下次，跟我说声。"她摩挲宋亦霖额角的纱布，点了两下，"疼就得说，受委屈得喊，哪能总憋着。"

望着少女近在咫尺的精致眉眼，宋亦霖从中看不出半分假意，好像真的只是疼惜。

她心软了软，问："为什么帮我？"

薄酪"嗯"了声，正色道："因为你漂亮。"

这答案出乎意料，宋亦霖微愣，实诚地回应："你更漂亮。"

这回轮到薄酪怔住。

她哑然失笑，忍不住捏捏宋亦霖的脸颊，说："哎，你怎么这么有趣。"

"你吧。"她笑意未散，倒也终于正色，回答宋亦霖刚才的问题，"心思太重。把你当朋友，护着你，哪要什么理由？"

说着，薄酪将宋亦霖脸侧濡湿的碎发钩起，别到耳后。她眼梢轻挑，望着宋亦霖逐字逐句——

"我看上的妹妹，谁都别想欺负。"

直到要回去了，宋亦霖还在想谈话最后，薄酪说的那句话。

"——学校就这么大，只要有朋友，一切好说。"

确实有道理。

宋亦霖正暗自思索，身旁薄酪看出她走神，唤了声："想什么呢？"

她顿了顿："没事。"

薄酪也没追问，轻哂一声，忽然探身凑近，言笑晏晏地道："话说，谢逐从到了这儿就一直臭着脸，你们俩怎么了？"

宋亦霖想说他难道不是每天都臭脸，话到嘴边又咽回去，答："不清楚，他都没理我。"

"他帮你解完围，什么都没说？"

"没说，也没问。"

薄酪饶有兴致地挑眉，少顷，忍俊不禁似的，轻拍她肩膀："他大概是真的在组织语言，不过组织失败了。"

见宋亦霖面露茫然，薄酪点到即止，笑而不语地结束话题，拉她下楼离开。

走到庭院，只见路予淇正被梁泽川拎着，她不耐烦地挣扎："你别总拽我书包带。"

梁泽川通情达理："你想让我拽哪儿？"

路予淇没好气地骂他："不要脸！"

"哦，除了脸，哪儿都行？"

路予淇一噎，气得手脚并用地挠他。

乔觉跟魏余谌对此司空见惯，见宋亦霖和薄酪来了，便招呼道："不用管他俩了，路予淇有梁泽川，你们怎么回去？"

薄酪散漫地伸个懒腰："我还有别的事，不急。"

乔觉并不意外，"啧"了一声，随后转向宋亦霖："那用不用我……"

"你小子有点眼力见。"魏余谌及时打断，挤眉弄眼地冲乔觉使眼色，"看谁来了？"

脚步声渐近，几人听见动静，纷纷往声源处望去。

薄酪吹了声口哨，将宋亦霖往前推了推，笑："谢逐诱捕器。"

被迫迎上两步，宋亦霖无奈地抬头，撞入来人那双疏冷的眼。

谢逐举步走近，目的明确地向她而来，少年劲瘦笔挺的身形在猎猎风中一览无遗。

"戴好。"他将头盔抛给她，语气很淡，"送你回家。"

宋亦霖接住，从善如流地扣稳，三两下就佩戴妥当，转而朝几人道别："那我先走了？"

"晚安。"薄酩弯唇，懒声应，"一路顺风，明天见。"

宋亦霖正想再回两句，谢逐却像等得不耐烦，蓦地攥住她的手臂，拎着人径自离去。

直到二人身影彻底消失在视野，乔觉才恍然回神，怔怔地询问："真的假的？"

薄酩耸肩，拿出手机拨电话，随性一挥手，算作道别。

"认清现实。"魏余谌拍拍他，语重心长道。

街道空旷寂寥，路灯昏黄，铺了一地微弱的暖光。

车辆风驰电掣，宋亦霖坐在后座，双手攥着谢逐腰侧的衣服，距离礼貌，偶尔颠簸时，才很轻地蹭上。

狂风之外，有细碎的星光洒落。

耳畔满是喧嚣，谢逐的声音随风而至："薄酩找你了？"

宋亦霖"嗯"了声："她看出我有伤，问我情况。"

忽然想起某件事，她稍作停顿，斟酌着向他确认："你之前说，你以前就见过我？"

"是。"谢逐简短回答，又问，"你跟薄酩很熟？"

"刚认识。"她回答，继而道，"什么时候，地点呢？"

"高一，天台。"他淡声说，"刚认识你就跟她聊那么欢？"

宋亦霖解释："就挺合得来……"

话说到一半，她戛然而止，后知后觉发现此刻的对话模式十分微妙。

不是，怎么各聊各的？

"能不能挨个说。"她备感头大，重新归拢问题，"薄酩怎么了？"

谢逐嗓音不带情绪："你跟她认识不久，倒是什么都跟她说。"

他语气如常沉冽，但鬼使神差地，宋亦霖隐约明白他言下之意，神情顿时浮现几抹古怪。

少顷，她咕哝："她脾气比你好。"

谢逐听完，脸色更冷，见已经抵达小区门口，便言简意赅地示意："到了，下车。"

宋亦霖将头盔还给他，抬脚落地。刚站稳，她扭过头，一声"谢谢"还没说出口，对方就驱车绝尘而去。

只剩月光皎白。

她愣怔片刻，哭笑不得地敛目，低声喃喃："臭脾气。"

九月下旬，秋老虎肆虐，攀着夏日尾声飘晃。

清晨，窗外树影堆叠，教室空荡静谧，只剩风扇"嗡嗡"响动。

宋亦霖趴在桌面，半张脸埋入臂弯，双眼闭合，嘴角抿着冷淡的弧度，眉也轻蹙。

平日里有意藏匿的倦怠与疏离，难得显露出来。

这时间，即使是住校生也都还在食堂用餐，谢逐刚踏入教室，就见她睡得正熟。

看了几秒，他将旁边的窗帘拉上，挡住过于刺目的光。

宋亦霖觉浅，即使在睡梦中也警惕，细微的响动就惊醒，睡眼惺忪地抬头，望向他。

停留少顷，谢逐移开目光，随意拉开她对面的椅子，落座。

"你怎么来这么早？"宋亦霖眼里锁着清浅的困意，嗓音低哑，"这才几点。"

"我每天都来这么早。"

她迟钝地"噢"了声："也是，你有晨训。"

城市刚苏醒，日光从窗帘罅隙中流泻，她拎起一角，端详外面的天色，为时尚早。

她刚收回手，就听谢逐问："吃完饭了？"

"没。"宋亦霖倚着椅背，快快道，"今天出门早，懒得在路上买，就直接来了。"

话音未落，对面便抛来一样东西，她下意识地接住，定睛一看，是个纸袋。

展开，见里面装着蛋包吐司，香气扑鼻，还带着热度，显然刚买不久。

犹豫片刻，宋亦霖问："你还有训练，给了我，你能行吗？"

谢逐漫不经心地翻看手机，头也不抬地说："吃多了犯困，影响我精力集中。"

听完，她这才放心，心安理得地拆了包装，咬上一口。

动作间，发丝柔软垂下，依偎在她脸侧。她衣领上端的纽扣没扣，俯首时牵动松敞的领口，显露出纤细的锁骨和小片莹润的肌肤。

白得晃眼。

谢逐将眼帘压低，分明喝过水，却还觉得渴。

略有些烦躁地蹙起眉，他屈指叩响桌面，道："餐费呢？"

宋亦霖没想到他在这儿等着自己，动作顿住，无言以对地抿了抿唇。

"……行吧。"她妥协，"多少？"

谢逐却不予答复，手腕一翻，只把手机递给她，惜字如金："自己输。"

宋亦霖不明所以："什么？"

"你的微信。"他淡声说。

窗扇晃动，潮热的风撞过来，温暾困倦。

碎发拂过脸颊，痒意酥麻，宋亦霖眼睫轻颤，目不转睛地望向他。

谢逐坦然相对，目光沉着，幽黑眼眸里映着她，直白且利落，像不容置喙，又像留有余地。

日光敞亮得烫人，在这场对视里，她终究做不到不为所动。

调出输入法，在搜索栏输入自己的号码，宋亦霖点击添加，盯着账号页面，片刻出神。

她想起当初在食堂，少年疏冷散漫的侧影，彼时好像心无旁骛，对她没有丝毫兴趣。

"谢逐。"她唤他，轻声问，"你怎么这么别扭？"

谢逐未置一词，懒得搭理。

他仍旧是那副眉清目冷的模样，见添加完毕，就收回手机，起身离开教室。

没得到回应，宋亦霖轻哂，不甚在意地叩了下桌面。

她突然萌生前所未有的念头。

——薄酪说得没错，她想。

这次复学回来，她确实需要许多交好的朋友。

以及——

宋亦霖眼帘微掀，望向谢逐的背影。

一个靠山。

## 第五章·台风眼

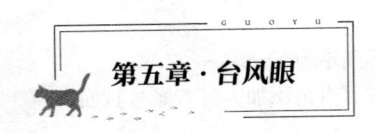

太阳正盛，空气都发烫。

体育课，艳阳天熬人，老师也觉得乏，因此基础热身过后，便解散让学生自由活动。

十六班、十七班都是体育课，闲来无事，宋亦霖、薄酩和路予淇前往篮球场，坐在台阶上放风。

秋分时节，白昼仍然漫长无边际，时间不疾不徐地流淌，乏味又难挨。

午时风拂过，宋亦霖微眯起眼，忽地察觉有道视线落在身上，她略一侧目，回望向对方。

两相对峙，郑晖神情微僵，撇开脸没再盯梢。

她便漫不经心地垂眸，如常平静。

"话说郑晖这次回来，老实不少。"路予淇也瞥见他的小动作，撑着下巴道，"没再来找麻烦，可算清静了。"

宋亦霖轻敲指尖，随口应："怕被勒令退学吧。"

"那小子居然又被记过了？"薄酩挑眉，"是我在家思过期间出的事？"

路予淇点头，三言两语给她概括事情的来龙去脉，随后对宋亦霖咕哝："你也是，当时该等我一起的。幸好赶上领导视察，不然郑晖指不定要怎么对你。"

宋亦霖"嗯"了声，点头附和："是啊。"

她很轻地笑："幸好。"

树梢被风吹得晃动，枝叶喧嚣，阳光刺目，充斥每个角落，让人想闭眼躲避。

被晒得有些犯懒，她偏开脸，视线移到球场，看少年们意气风发、热热闹闹。

都是熟面孔，随便拎出哪个都是年段内的佼佼者。场外不少女孩驻足，被朋友撺掇着送水搭话。

两队分数不相上下，索性中场休息，谢逐随手将球抛到场中央，撩起衣摆擦了把汗，往休息区走去。

一名低年级的女孩踌躇多时，捏着矿泉水瓶不敢上前，被身边闺蜜推搡几次，才鼓起勇气接近。

太阳炽烈，少女眼神也澄净，羞涩又坦然，清澈漂亮。

隔得远，宋亦霖听不清他们交谈的内容。

打量少顷，她正想着转移注意力，谢逐却若有所觉，眼帘微掀，越过那女孩锁住她。

那道目光清冽淡漠,透过热气,一瞬望进她眼底。

宋亦霖没躲,睫毛压低迎上他,从容不迫,对他大方地笑了笑。

巧合似的。

球场,女孩将水递出,紧张等待着谢逐的答复,局促地唤:"学长?"

他将视线收回,扫过那瓶水,淡声道了句谢,却并没有接受,而是侧身越过她。

期望落空,女孩略显失望地低头,叹口气走回闺蜜那边,讪讪地离开了球场。

预料之内。宋亦霖垂眸,却见谢逐朝看台这边走近,目光掠过她身侧的物品,最终停在她的眉眼上。

她看到他眼梢轻挑,仍是一副疏懒的态度,向着她开口。

他说:"没接她的,你的给我。"

四目相对,宋亦霖微怔,没来由地生出几分微妙的感觉,像心尖发痒。

不敢多想,她抿唇,拎起身旁还没启封的矿泉水,手腕略一用力,稳稳地抛给他。

谢逐单手接过,神色未变分毫,拧开盖喝了两口,便转身回到队友那边,不再看她。

好像仅此而已。

水是冰镇的。宋亦霖捻了捻指腹,上面还残留着瓶身的湿意,已经被体温暖得温热。

"——啧。"

路予淇突然出声,像是十分牙酸。

她全程目睹这两个人的互动,实在是怎么看怎么不对劲。

"其实我之前就想问了。"她表情复杂地转向宋亦霖,道,"你们两个真的只是同桌?"

"感觉像路边莫名其妙被踢了一脚的狗。"薄酩也"啧"了声,抬起胳膊拱路予淇,"是这心情吧?我懂你。"

她们唱双簧似的,宋亦霖哭笑不得,赶紧打住:"我就扔瓶水,你们能脑补成这样?"

"可不是吗。"薄酩耸肩。

宋亦霖没办法,最后连哄带威胁,才把话题从自己身上转移开。

原本就是打趣,玩笑也适可而止。校园虽然丁点大,但能聊的事情却很多,三人很快又热闹起来。

聊着聊着,路予淇突然想起什么,道:"话说,咱们接下来可有得忙了。"

宋亦霖不明就里:"什么意思?"

"你看啊。"路予淇掰着手指给她细数,"过几天要搬新校区,然后国庆假,等收心考结束,又是全校运动会,还有最重要的……"

"十月底的全国游泳锦标赛。"薄酩不疾不徐地接话,笑着看向她,"去不去？"

宋亦霖微怔。

之前的比赛视频再次浮现脑海，盛大辉煌，少年意气风发、志得意满的模样，她也只透过狭小屏幕见证。

她从未了解过游泳竞技，那是谢逐的世界，与她隔阂分明。

但现在触手可及。

顿了顿，她最终没能拒绝，问："今年赛事在哪儿举办？"

"C市，刚好不远。"薄酪道，"高铁列车转两站就到了，几个小时。"

"到时候请假去？但唐姐……"

"这你放心。"旁边路予淇摆手，悠闲道，"一两天的不算耽搁，而且这次比赛刚好在双休日，也就相当于请几节习。唐姐在这事上向来睁只眼闭只眼，也不是头一次了。"

闻言，宋亦霖"嗯"了声，还没考虑好，铃声就在此刻打响，余音缭绕操场。

下课了。

学生们陆续往回走，她望向球场，见那边也结束，几个少年谈笑着朝教学楼方向去，恣意张扬，一路吸引众多女生注目。

谢逐被朋友们簇拥着，闲聊也漫不经心，像没什么值得他专注。旁边的人不知说到什么，他短促地低笑，锋利眉目轻佻，显出几分慵懒痞气。

隐约感知到什么，他步履稍滞，略一侧首。

看台上，宋亦霖神情自若，正笑着和薄酪、路予淇讲话，睫毛压得很低，从始至终不曾抬起。

像是他的错觉。

注视半秒，谢逐正准备收回视线，却见宋亦霖撑起手臂，利落地从高台跃下。

动作间，少女衣摆被风掀起，露出一截削薄细白的腰，窄而柔韧，线条流畅漂亮。

不过转瞬，又被衣衫褶皱遮盖。

"——逐哥？"

乔觉喊他一声，抬手招呼道："看什么呢？"

收回视线，谢逐散漫地回了句"没"，便迈步拾级而上。

他插在兜内的手轻拢，指尖收敛，攥了攥，又缓慢松开。

下课铃刚打响，午休时间，教室一阵喧嚷。

学生们迫不及待地冲向食堂，宋亦霖跟薄酪和路予淇说好，待会儿一起用午餐，因此不疾不徐等人会合。

薄酪收拾东西快，没多久就来到十六班，招呼她们："走走，师太今天难得没拖堂，我感觉食堂阿姨会多给我盛点菜。"

宋亦霖："这两件事有必然联系？"

"都百年难遇啊！"

宋亦霖忍俊不禁。旁边路予淇嘟囔着"快把孩子饿疯了"，揽着宋亦霖走向薄酪，三人下楼往食堂去。

刚到楼梯口，却听后方有人唤薄酪的名字，是道陌生男声。

路予淇八卦心起，当即回头打量，不由得愣住："这不是高三那学长吗？"

闻言，宋亦霖动作微僵，不着痕迹地将脸往楼道拐角里偏了偏。

幅度很小，无人发现。

得知对方是来找薄酪约饭的，路予淇饶有兴致，打听："我记得他之前被你拒绝了？"

薄酪懒散地点头，道："但好像还没放弃。"

"啧，少男收割机。"

"扯淡呢。"薄酪弹她额头，没好气地说，"等着，我去回绝下。"

路予淇摆摆手："去吧去吧，待会儿见。"说着，又愁眉苦脸地转向宋亦霖，"咱们得快点，不然真抢不上饭了。"

"嗯？"宋亦霖好似刚回神，迟钝了半秒，才笑，"那赶紧走，孩子不快被饿疯了吗？"

她语气轻松，还打趣路予淇，看起来一如往常，薄酪却隐约察觉些许异样，多看了她一眼。

但不等她观察更多，路予淇就赶着去食堂，拉宋亦霖快步下楼，二人身影很快消失在视野中。

薄酪若有所思地敛目，片刻后，才走向那位学长。

却听对方狐疑地询问："刚才那个女生……是不是你们年段复学的？叫宋亦霖？"

她挑眉："你认识？"

"高三谁不知道她？"学长蹙眉，反感道，"你少跟她来往比较好，她当初的事迹我听说了不少，别看她表面像个好学生，人品可不怎样。"

薄酪忽然停下脚步。

"哦。'听说'。"她了然地颔首，语调懒散，"所以你不是当事人？"

"当然不是，我怎么可能跟那种人扯上关系。学生会主席你记得吧，就……"

"严成远？"薄酪稀松打断他，低笑一声，像瞬间想通了什么，"我说呢，原来是这么回事。"

宁念楚，严成远。

"行，我知道了。"她略一摆手，"至于宋亦霖……你满嘴的'听说'，我半个字都不信。"

"还有……"停顿少顷，薄酪眼帘微掀，对他很轻地笑，"少对我朋友指点点。"

吃过饭后,见时间还早,路予淇便拉着宋亦霖去了趟小卖部,买点零嘴吃。

正是午休期间,小卖部熙来攘往,人满为患,宋亦霖在货架前挑挑拣拣,拎了两袋糖去结账。

人太多,收银台刚好挨着出入口,学生们摩肩接踵,排队都不安分,宋亦霖时不时就被推搡两下。

耳畔尽是嘈杂哄闹声,宋亦霖有些不适,才往前进了一位,手臂就被路过的学生撞到,东西掉落在地。

她蹙眉,下意识地蹲下去捡,却忘了周围人潮涌动,这个行为过于危险。

指尖刚捏紧包装袋,下一瞬,她就被人从后面拎起,站直。

整个过程不过几秒钟,宋亦霖站稳时,还有些没反应过来。

——她好歹也是一米六几的人,就这么被拎起来了?

"谢……"她正要回头道谢,肩膀却倏地一紧,被人略强硬地扳过身子,猝不及防撞见那双熟悉的眉眼。

谢逐神色不豫,似不耐烦地将她从头到脚打量一遍,才松手放人:"你蹲这儿干什么?"

宋亦霖回过神,示意手中物品:"捡东西。"

"东西掉了不会重新拿?"他语气泛冷。

有点凶。宋亦霖自觉理亏,声音放缓些许:"……我错了,刚才没多想。"

正好轮到她结账,她迅速付款,随后转过身,自然地将其中一袋糖塞给他。

"分你一袋。"她说,"别凶了。"

动作间,宽松袖口沿着她小臂滑落,露出一截白皙纤细的手腕,骨感分明,隐约可见伏于皮肤下的青紫脉络。

扫过那片肌肤,谢逐目光略沉。

他不再看她,握着那袋糖眉宇轻蹙,良久才回:"……没凶你。"

气势稍缓,像隐晦妥协。

宋亦霖这才笑了笑。

小卖部入口人潮拥挤,好不容易突出重围,她环顾四周,见路予淇正跟魏余谌、乔觉他们谈笑风生,聊得热络。

余光瞥到这边,路予淇连忙踮起脚,朝她招呼:"霖霖,这里!"

宋亦霖挥手回应,走近后打量一圈,发现缺个人,便随口问:"梁泽川呢?"

"去图书馆了。"乔觉道。

旁边魏余谌望向宋亦霖身后:"逐哥?你们一起来的啊,人这么多都能碰上。"

"巧了。"谢逐漫不经心地答。

"正好,刚聊着抢票的事儿呢。"魏余谌说罢,搭上乔觉的肩膀,笑,"就咱们十月底的锦标赛。"

"对对。"乔觉也附和道,"路予淇说这次宋亦霖也去,但她是新手嘛,没抢过票，手慢了就只能买黄牛票了，所以我觉得最好找个代抢。"

闻言，谢逐眉梢轻抬，俯首看向宋亦霖。

宋亦霖原本还在犹豫，但触到他的目光后顿了顿，最终微一点头，算是默认。

谢逐不置可否，像是不以为意。旁边魏余谌跟乔觉还在商量着："我得给我爸妈抢，时间太紧，要不你来？"

"没问题。"乔觉想也没想就答应，转而对宋亦霖道，"我们加个好友，到时你把个人信息发我就行，我买好票直接给你。"

宋亦霖本意并不想麻烦别人，正要开口，身旁谢逐就漫不经心地抛来一句："你不是要帮你哥抢吗？"

被他提醒，乔觉才想起这茬，头疼地按住额角："差点儿忘了……那是挺紧张的，要不——"

"行。"谢逐简短撂下一个字。

乔觉那句还未出口的"我提前教她吧"，就这么硬生生哽在喉间，上不去下不来。

他们安排得太快，宋亦霖犹豫少顷，还是对谢逐道："其实，我去网上搜流程也可以。"

像觉得这话有意思，谢逐略一挑眉，垂眸。

"好学生。"他语调懒散，"可能在工作日开票，你上课抢？"

……那真有点难度。她识相地闭嘴。

"好吧。"宋亦霖干脆承他的情，道，"那我到时提前把信息给你。"

语罢，她想了想，又客气一句："麻烦你了。"

谢逐没应，只朝她扫来一眼，手腕轻翻，掌心的包装袋抛起又落回，发出一声响。

"没。"他淡声说，"不是给糖了吗？"

好像真是什么等价交换似的。

路予淇默默见证全程，怎么看怎么觉得微妙，不禁凑到魏余谌旁边，轻撞了下他的肩膀。

"我怀疑谢逐是想知道霖霖的生日。"她低声道。

"……不用怀疑。"魏余谌道，"他就是。"

当晚，自习课。

今晚年级部教研组开会，任教老师离开大半，没了人管控，教室里比平日热闹不少。

宋亦霖接水回来时，正见路予淇跟梁泽川聊着，神色隐有无奈："哥，我喊你哥，我不会告诉阿姨你没住校的，你别念叨了成吗？"

"万一呢？"梁泽川不放心，"你再跟我串一遍词，如果她问你就说……"

路予淇要板书布置数学作业，被他黏得难以落笔，崩溃道："行了行了，我都倒背如流了！"

梁泽川："那你倒背一遍我听听？"

路予淇气得一佛出世二佛升天，当即从讲桌抄了根粉笔，挥手精准击中梁泽川的脑门。

梁泽川"嗷"一声，夸张地捂住额头，委屈地卖惨："路姐，运动会你报个标枪吧，凭砸我这准头，绝对第一。"

路予淇简直想把整盒粉笔扣他头上。

宋亦霖见惯他俩闹腾，习以为常地敛目，也思考起新校区搬迁在即，自己该住校还是租房。

新宿舍是四人间，环境不错，但终究是集体生活，又要处理社交关系，她想想都觉得头疼。

而迟敏也不会放心把一周剂量的药给她，因此肯定租房更合适，可还得问宋景洲的意见，他那脾性……

宋亦霖额角微跳，懒得再想，不如走一步看一步。

她轻舒了口气，拎着水杯回座位，见谢逐正倚着椅背，眉清目冷，折着新发的试卷在看。

倒挺像个好学生。

她收回视线，正想绕过桌椅落座，周遭却倏地一黑，目之所及顿时被暗色笼罩，阴沉一片。

"什么情况？停电了？"

"怎么一点光都没有？整栋楼全停了？"

"服了，谁的福报，这电不会停到放学吧？"

教室里充斥着哄闹的人声，宋亦霖还没能适应突如其来的黑暗，处在半失明状态，她站在原地没敢挪动，等双眼适应光线。

她缓了几秒，隐约能看见些许轮廓，艰难地回想自己的站位，谨慎地分析过后，才迈出一步。

——然而却一脚勾到了桌腿。

宋亦霖：服了！

重心瞬间失衡，她暗骂倒霉，顾不得手里还拿着水杯，当即慌不择路地去按课桌，试图拿它当作支撑。

然而黑暗中什么都看不清，她整个身体朝前摔去，忙乱间不知碰到什么，只听有人很轻地"啧"了一声，随即，她的视野一晃。

水杯脱离指尖滑落，与地板擦出清脆的响，戛然突兀。

她被一双手稳稳接住。

本能地，宋亦霖攥紧对方，借力稳住身形，但到底没能克服惯性，鼻尖避无可避地撞在那人胸膛上。

撞得太结实，她吃痛，眼眶都酸涩起来，忍不住腾出一只手去揉，闷声说：

"这都是什么事……"

她顾着疼,却忘记双手正维持平衡,着力点瞬间偏移,连带身前的人被迫俯身,彼此距离更近。

她也因此察觉到熟悉的气息。

宋亦霖瞬间顿住,没敢再动。

阴影中,谢逐神色莫辨,只略一偏首,在她耳畔低声道:"松手。"

离得近,呼吸都抵着颈侧拂过,痒意酥麻,像要蔓到骨子里。

宋亦霖敏感地避了下,掌心攥出些微湿意,她默不作声地按住桌角,撑起身来——却发现并没那么容易。

少年双手扶在她腰侧,由于之前事发突然,力道并没能掌控好,严丝合缝地紧贴,温度透过薄薄衣料烙上她的肌肤。

好热。宋亦霖抿唇。

是停了空调的原因吗?

难得生出几分局促,她压着声提醒他:"你先松啊。"

闻言,谢逐目光略沉,透过昏暗光影,只看到她低垂的睫羽,纤长脆弱。

扣在她腰间的指尖微紧。他漫不经心地想,她的腰很薄。

白天在操场时,他就有这种想法。

易碎品似的。谢逐淡然地松了力道,方便她起身。

宋亦霖如同得了特赦令,当即撑臂站起,姿势稍有些别扭。关键还没来电,她摸索得艰难,生怕再摔一跤。

从停电到现在也有段时间,学生们本以为很快就能恢复,哪知这会儿还没来电,不禁都商量起来。

"这么黑着也不是回事,刚发的卷子我还没做呢,唐姐不是说她回来检查?"

"打着手电筒写呗,卷子支棱起来!"

"行了别闹,来个人去隔壁楼喊声值班老师吧,不然真得黑一整晚。"

"……不是,主要这大晚上的,有点吓人啊。"

听着他们讨论,宋亦霖想了想,主动请缨道:"我去吧。"

"你自己一个人安不安全?毕竟是个女孩子。"有男生觉得不妥,"事先声明不是性别歧视啊!咱班姑娘最重要,要不还是我去吧?"

旁边女同学也连连点头:"是啊,或者我陪你一起?我不怕黑的。"

"没事。"她失笑,示意自己拿着手机,"有手电筒,就下个楼而已,很快就能回来。"

"成吧……那霖姐冲!下楼时多注意,慢点不要紧,千万别摔了!"

十六班的氛围向来很好,如今一个月过去,宋亦霖已经融入其中,因此也没跟他们客套。

"行啊。"她随口应道,"回来记得给我发个锦旗什么的。"

"嘁，给你扯条横幅都行，扯到咱主任办公室门口。"

他们班确实能干出这种事，以防万一，宋亦霖临走前特地声明只是玩笑，免得过两天自己直接校内走红。

路予淇这边刚摸黑回位，看宋亦霖往教室外走去，她不太放心，正准备将人喊住，就见后座的谢逐不疾不徐地起身。

她瞬间了然，于是没再动弹，倒是梁泽川疑惑地唤道："逐哥？"

谢逐简短撂下一句："我陪她去。"

"啊？"梁泽川更疑惑了，但不知道哪儿不对，只好问，"为什么？"

谢逐已经扯开椅子往外走，闻言似乎懒得答复，只稍作停滞，漫不经心道："女孩子一个人不安全。"

——挺合理。

但出自谢逐之口，又不那么合理，于是梁泽川头上的问号宛如实质。

然而就在他百思不得其解时，谢逐的身影已经消失在后门处，压根没给他追问的机会。

"不是。"梁泽川纳闷，"以前没见他这么爱护姑娘啊？"

断电范围是整栋楼，因此长廊不见半点亮光，只能靠着些许自然光，来填充视野的明亮度。

应付走廊绰绰有余，宋亦霖开着手机的手电筒，往尽头方向去。

走廊空旷，但称不上静谧，途经各班都能听见谈笑声，倒也没多少恐怖因素，她一路来到楼梯间，才觉得过于安静。

脚步声单调，在狭隘空间荡出回响，宋亦霖迈下几级，突然发觉耳畔出现新的声音。

一步一步，朝她接近。

宋亦霖一不怕黑，二不怕鬼，需要躲避的人也远在高三那栋楼，因此她停下步伐，淡定地偏转手机，借着手机的光打量来人。

随后她很轻地怔住。

谢逐单手插兜，正顺阶而下，猝然被强光刺眼，他略一眯眼，不耐烦地蹙眉："手机放下。"

宋亦霖回过神，敛目应了声，听话地将手机下压，让光落在他脚边。

由浓渐淡，延伸向自己。

谢逐身高腿长，三两步便稀松迈完台阶。宋亦霖见他走近，才把手电筒照向下一层楼梯。

"……你怎么来了？"她问。

之前用来敷衍梁泽川的话，谢逐不可能再重复，因此并未作答，只道："下楼，别耽搁时间。"

于是宋亦霖懒得再问，多个人陪总归安心，她举起手机，往楼下走去。

先前单调的脚步声,也变成两相交错。

虽然面上不显,但宋亦霖心底隐约萌生猜想,缄默少顷,她还是开口:"你不会是怕我又遇见宁念楚她们吧?"

本以为得不到回应,但随即谢逐的声音从后方传来,语气淡然:"那是谁?"

她闻言微愣,这才想起,他似乎并不关注这些。

宁念楚是高三部的风云人物,家境富裕、漂亮、行事张扬,可谓尽人皆知,跨年段耳熟她的人也不在少数。

但谢逐对宁念楚印象全无,却也合理。

敛了思绪,宋亦霖平静地解释道:"上次堵我的人。"

仿佛只是单纯地说明,语罢,她没再交代更多,继续往下走。

空旷的楼道却只响起她自己的脚步声。

似有所觉,宋亦霖驻足,侧首望向谢逐。

少年站在几步外,身形修长挺拔,不减矜傲,锋利的眉目隐在黑暗中,清冷深邃。

两人目光相撞,他眼帘压低,不带情绪地对上她,淡声说:"之前说的,考虑得怎么样了?"

宋亦霖没应,倒是先把视线偏开了。

不用过多思索,她自然记得那晚在游泳馆,同样汹涌的暗色里,他对她说——

"想知道我的事,就拿你的来换。"

当下发展正合她意,宋亦霖却不知怎的,有几分濒临失控的烦躁。

少顷,她很轻地按了按额角,才道:"可以。那你要先告诉我,你当初……"

话未说完,只见楼道顶灯忽闪两下,接着,敞亮的光将他们笼罩。

视野冷不丁亮起,宋亦霖不适地眯眼,还没搞清状况,就听到有脚步声朝这层逼近。

她蹙眉去看,居然是值班老师。

对方还在爬楼,她趁这空当,瞬间摁灭手机收入口袋,动作之迅速,谢逐散漫睨来一眼,她权当没看见。

"欸,同学?"值班老师刚抬头,就看到二人,很快反应过来,"你们是来问电的?"

宋亦霖乖巧点头,礼貌问道:"老师,现在是顺利通电了吗?"

"对,刚才线路烧了,刚检修好,我正准备挨个楼层通知呢。难为你们还摸黑下楼。"

宋亦霖攥着口袋中的手机,面不改色地笑:"没事,主要我们班急着做卷子,就想先问问情况。"

"好孩子啊。"老师感慨,"一楼那群崽子都玩疯了,我刚……算了不说这些,不耽搁你们学习了,赶紧回去吧。"

宋亦霖便从善如流地领首,扯扯谢逐的衣摆,示意他走了。

先前暗着，没注意，此时察觉她的动作，谢逐目光略垂，落在她腕间宽松的袖口。

"你很怕冷？"他问。

宋亦霖疑惑地看了他一眼，道："对，我之前就说过。"

语气如常，好似没有其他隐情。

谢逐便不再多话，仿佛只随口问过，淡然地拎她一把："行。走了。"

今天晚自习有够折腾，等回到家，已经快十点半。

宋亦霖疲惫地走进客厅，随手把包搁到沙发上，端起杯子喝水。

宋景洲今晚不在，她难得觉得这屋子惬意，打量周围，最终在卫生间找到迟敏。

"妈，"她唤，"我有事跟你商量。"

迟敏正收拾洗衣机，闻言应了声："好，等我把衣服晾完。"

迟敏腰不好，宋亦霖见不得她独自忙活，索性去搭把手，几分钟就把湿衣服都处理利索。

"我们要搬新校区了。"她边整理衣架，边道，"家长群应该也有通知，过两天就搬，你们想我住校还是走读？"

迟敏看着女儿在阳台忙忙碌碌，无奈地笑笑，叹息："马上都十七岁的人了，这种事看你自己的想法，不用总顾及我们。"

有水珠沿指尖滚落，淌过掌心，宋亦霖很轻地甩掉，没有作声。

许久，她才道："我要走读。"

"好。"迟敏欣然应允，像早有预料，"就知道你会选走读，所以房子已经租好啦，在你们学校西门对面，上学也方便。"

宋亦霖闻言微愣，稍显愣怔地望向她，没反应过来似的。

"傻了？"迟敏失笑，"我同事刚好在那边有房，不过只有基础软装，我回头让她拍段视频，你看看有什么需要带去的。"

"……好。"她迟疑地点头，"宋景……我爸那边呢？"

"这你不用担心，我去跟他讲，你好好在那儿住着就行。"

心底微松，宋亦霖这才安下心来，又问："那租金多少？我之前有帮老师代课，攒了点钱，转给你吧。"

"哪能让你掏钱？自己赚的就该投资自己，我又不是没工作。"迟敏佯装生气，"有这钱多买点好吃的，瞧你瘦的。"

拗不过她，宋亦霖只得作罢，连连应着好，让她放心。

衣服都收拾妥当，宋亦霖擦干净手，正要扯晾衣绳，却听身后迟敏轻叹了声，像苦笑。

"……妈妈也知道，你一直都想从这个家里逃出去。"她温声道，嗓音很低，"是妈妈没用，什么都不敢，只能为你做这些。霖霖，只要你开心健康就好，其他都不重要。"

眼眶泛酸，宋亦霖听不得她讲这些，抿了抿唇，才半开玩笑道："大半夜说什么煽情话？真要哭了，明早都别出门了。"

"赶紧去睡觉。"她催促，"迟女士，养生懂不懂？"

迟敏被她逗乐，无奈地起身："好好，听你的。"

待走到卧室门口，却听后方再次传来宋亦霖的声音，很轻，但铿锵有力——

"我都知道，我也会努力。"她顿了顿，说，"妈，晚安。"

迟敏瞬间红了眼眶。

她笑着回："嗯，做个好梦。"

临睡前，宋亦霖习惯性地翻了遍未读消息。

大多是推送，没新意，她划拉几下便觉得无趣，打算最后看一眼年级群，然后休息。

却见通讯录处标着红，提醒她有未通过的好友申请。

眉间轻皱，宋亦霖点进去，见对方头像是纯色，微信号也是乱码，显然是个小号。

接着，视线挪到备注信息上。

熟悉的话语映入眼帘，她望着几行白底黑字，如坠冰窟。

呼吸发紧，宋亦霖倏地摁灭手机，却止不住胃中翻涌，剧烈的不适感转瞬将她吞没。

——霖霖，听说你回来了？

——宁念楚没再找你麻烦吧？有困难可以找我，你在高二几班？

——之前是我不对，我错了，你别不理我。

——霖霖，通过一下好不好？

指尖冰凉，她攥着手机松了又紧，重复几次，仍然压制不住愈演愈烈的颤抖。

久远的记忆涌现，宋亦霖好像又回到那段日子，被撕扯，被疏远，被踩进泥里折断脊梁。

心里一阵悸动，宋亦霖撑住桌角起身，眼前却一阵发黑，她只好踉跄着蹲下缓解，可耳鸣喧嚣，吵得她快要崩溃。

眼泪止不住地掉，她浑身冰凉地蜷在桌底，发作时的濒死感太煎熬，她攥紧领口，靠着窒息感才找回些许清醒。

自我厌恶像泥潭，只见深，不见浅。她痛恨太多东西，首先痛恨她自己。

"……别想了。"手颤得不成样，宋亦霖呼吸紊乱，哑着声不知在求谁，"别想了行不行。"

她好难受。

每次犯病都是浪费时间。

宋亦霖看着已经挪向"2"的时针，倦怠地收拾满地狼藉。

她刚吃过药,现在精神状态稳定许多,但过耗的情绪无法缓解,只能硬熬。

之前哭到干呕,这会儿胃泛酸眼也酸,宋亦霖疲惫地躺倒在床,又想起明早有课,只得去拿来冰袋,敷眼睛上。

真难!她边敷边想。

药物有效地控制了情绪,她百无聊赖地拿过手机,再看那几条好友申请也只是蹙眉,连个"滚"都懒得回,径自拉黑。

宋亦霖筋疲力尽,放空大脑,抵触回忆那些往事。她本来打算就此休息,却在临睡前突然坐起,想到自己的数学卷子还没做。

因为今晚停电,所以原本要求放学前上交的卷子,改到了明天早读再交。

服了。宋亦霖更觉得头疼,又拖着身子下床,从包里翻出卷子。

她才写几道选择题,题还都是唐姐原创的,没法搜,她通宵都不见得能搞定。

没办法,她只得求助外援,给路予淇发消息:救急,数学卷子发我一下。

可惜对方显然已经睡下。

总不能去班级群要,宋亦霖扶额,不抱希望地点开和谢逐的聊天框,页面还停留在那句"可以开始聊天了"。

她发:明早你晨训前,可以把数学卷子放桌上吗?

没指望能等来回复,搁下手机,她敷着冰袋准备睡觉。

下一瞬,屏幕亮起,弹出一条未读提醒。

宋亦霖动作微滞,解锁,看到谢逐回了个"OK"的表情。

她再次确认时间,确实已经两点:你怎么还不睡?

谢逐:熬夜。

行,废话文学。

宋亦霖发送:那我睡了。你不是还有晨训?也早点休息,晚安。

最后两个字完全出于顺手,她刚发出就觉得不妥,但也不好再撤回,干脆就放着了。

由于侧着脸,冰袋总往下坠,宋亦霖蹙眉扶稳,目光短暂移开聊天框,因此错过了那句"晚安"。

等她再看向屏幕,只剩一条对方撤回消息的提示,和一个言简意赅的"嗯"。

托谢逐的福,次日一早,宋亦霖便抵达班级,顺利完成了数学作业。

遵循拒绝摆烂的宗旨,她摆下卷子,开始逐道题往后重做,再求证自己的思路是否正确。

但事实上,思路正确与否并不重要。

最痛苦的是她根本就没思路,审完题干,也只能写个"解"。

宋亦霖备感头疼,万分后悔大清早学数学,又硬算了半晌,直到同学们陆续到齐,早读开始,整张卷子才做出零星几题。

她只得翻出课本,从基础公式看起,但知识储备不足,看完也不懂如何运用。

头更疼了。她蹙眉,索性把书盖在脸上,靠着椅背缓解烦躁。

"你这补觉姿势挺独特。"路予淇瞥见她的状态,不禁调侃,"知识洗脸呢?"

宋亦霖蔫蔫地回:"我在跟它亲近。"

路予淇被逗乐,看出她学得浮躁,便安慰几句,之后被唐姐喊走,去办公室帮忙备课。

周遭恢复安静,只剩琅琅读书声。休息了会儿,宋亦霖正犯困,课本就被人轻叩了一下,发出一声闷响。

以为是路予淇回来了,她伸手攥住对方,辩解道:"我在背公式。"

话音刚落,却察觉掌心触感不太对。

这只手拥有力量感,指节修长分明,骨感清晰,宋亦霖甚至不能完整地牵住。

不等她察看,头顶便传来一道男声,熟悉的低冷:"睡着背?"

她愣怔,脸上的书本随之滑落,坠在腿面,她抬眼,正对上谢逐压低的目光。

视线移向彼此紧贴的双手,他淡声说:"还握着?"

宋亦霖这才回神,面不改色地松开,恍若无事地拾起书,将身子坐正。

谢逐落座,视线扫过她桌面上的试卷,稍作停滞。

"做题?"他问。

宋亦霖"嗯"了声,疲惫地按着额角,回:"读都读不懂。"

没看她,谢逐折起卷子,只道:"你不会问?"

"路予淇又不在。"她蔫着,"我问谁?"

话音未落,谢逐轻蹙起眉,像是不耐烦,随手抽过自己的成绩单,摁在桌面。

宋亦霖注视着那个"145",有片刻的沉默,随后,她看向他。

"好好想,到底该找谁。"他冷声道。

宋亦霖腹诽这人拽脾气,但现成的理科学神,不用白不用。想罢,她从善如流地捞过自己的试卷,摊开在桌面上。

"行,那我就问了。"执起笔,她随口唤了声,"小老师。"

听见这称呼,谢逐眼底略沉,暗色转瞬即逝,他没什么情绪地敛目,落在卷面。

宋亦霖不会的太多,从基础题问起。谢逐讲解逻辑清晰,分析由点及面,三两句就带出所需的知识点。

三角函数是宋亦霖的死穴,也提问得最多。他索性在题目旁用红笔标注,填补她知识框架的空缺。

将选择题、填空题能讲的讲完,翻到第二面,谢逐扫了眼她的验算纸:"你数列不错。"

宋亦霖点头,她集合、数列都还好,几何勉强够用,唯独函数相关一窍不通。

"高一没认真学。"她解释,话里有几分心虚,"当初学函数时我请了假,回来后跟不上,就没再听课。"

言下之意也明显:跟不上,所以没再听,于是恶性循环,更不想学了。

难怪不像基础差,倒像没基础。

谢逐不置可否,清楚大题第二、三小问教也没用,于是就只给她讲第一小问,将思路与步骤拆细划分,难得有耐性。

几道题下来,宋亦霖的知识框架填充不少,经过查漏补缺,收获了挺多。

"谢了。"她将验算纸折叠收起,又像想起什么,从包内翻出本笔记,递给他。

谢逐掂在掌心,打量:"什么?"

"语文答题模板和写作素材套路。"宋亦霖道。

微一停顿,他挑眉看向她。

"还有信息类文本阅读技巧。"见他在听,宋亦霖便好心补充,"之前就想说,你选择题实在错太多了,全理赋分再高,也不能都用来补语文的窟窿。"

也算礼尚往来,谢逐翻看几页,见确实整理全面,就收着了。

教室外。

隔着窗,将室内情景尽收眼底,梁泽川若有所思,道:"这不相处得挺好吗?平时不见他们两个说话,看来经过这段时间相处,关系近了不少。"他下定义。

那近得可不是一星半点,旁边路予淇心想,放弃跟这位"情商盆地"解释。

薄酪先前刚好路过,反正两个班离得近,索性也来凑热闹,虽然听不到谈话内容,但看得饶有兴致。

"是近。"稀松收回目光,她意有所指,"他看人的眼神就算不上清白。"

闻言,梁泽川头顶的问号宛如实质,感觉自己像个局外人:"清白?谁跟谁?"

薄酪却没深讲,不再看教室里那对,转而将梁、路二人打量一番,笑了:"你俩啊。"

满嘴跑火车。路予淇无奈地横她一眼,薄酪装没看见,只随意挥挥手,走进十七班。


今晚轮到宋亦霖值日,等整理完毕,已经过了十点。

楼层灯光陆续熄灭,人也几乎走光了,偏偏天公不作美,挑离校这时候落起雨来。

好在碰见隔壁班的学生,成功借到备用伞,宋亦霖笑着道过谢,便回班熄灯,拎包走人。

入夜后校园内空旷寂寥,雨丝细密,下得不大,但没多少学生逗留,都匆匆往外赶,生怕待久了雨势更大。

宋亦霖不疾不徐地下楼,边走向大门,边准备撑伞,余光一瞥,却见到一抹熟悉的身影,颀长挺拔。

谢逐散漫地倚在檐下,眉目隐没在阴影中,依稀只望见嘴角,平直冷淡。

听到声响,他将视线从雨幕移开,落向这边。

不知怎的,宋亦霖感到他情绪不佳。

——事实上,从早晨那声"小老师"开始,她就隐约察觉这人的低气压,但不明缘故。

思索少顷,她还是走近,问:"没带伞?"

"等你。"谢逐简短答,语气不带情绪。

"我们谈谈。"

捏着伞柄的手微紧,宋亦霖打量天色,半晌,才平静道:"好。"

夏末秋初,晚风已然裹上凉意。

屋檐巧妙地遮了雨,雨水静静地流淌,这时段也不见师生,难得静谧。

宋亦霖从贩卖机买了两罐饮料,回来时,见谢逐坐在石阶上。她走近,将冷饮递给他。

谢逐眼帘微掀,抬手接过。

瓶身湿凉,凝了几滴水珠,沿着她指尖滑落,再到他的手指,带几分温热,像是一次体温的交换。

"啪"一声,谢逐扯开拉环,碳酸汽水泡沫翻涌,跃动着炸裂。

宋亦霖坐到一旁,低头正要将饮料开瓶,手中的冷饮便被人取走,取而代之的是刚被他启封的那瓶。

这番行为很自然,仿佛理应如此。宋亦霖怔了怔,注视着掌心的饮料,瓶口的拉环蹭在她指尖,她摩挲着冰冷锋利的触感,脑海中短暂闪过几分熟悉感,转瞬即逝。

没有多想,宋亦霖摒除那些错觉,开口道:"谢谢。"

闻言,谢逐懒散地投来一眼,幽黑瞳仁映着夜色,沉得更深,情绪莫辨。

冷饮瓶身湿润,冷气凝结的水珠渗入指缝,像掌心掬住一场涨潮。宋亦霖接住他的视线,如同某种本能反应,她无意识地将指尖收得更紧,仿佛心底也涨了潮。

晚风由浓渐淡,落雨声丝丝缕缕地笼下,宋亦霖却听不太清晰,也只来得及想,谢逐似乎心情更差了。

不明缘由。

少顷,谢逐垂目短促地笑了声,嗓音很淡,像觉得有意思:"行。"

话音刚落,少年修长的指尖翻转,牵起她手边那枚多余的拉环,抬指钩去。

铁环摘落的声响清脆,比风轻,比雨沉,猝不及防荡过宋亦霖耳畔,她忽然怔住。

脑中有什么倏然崩断。

久远的回忆被唤醒,宋亦霖蓦地想起什么,抬头看向他。

"宋亦霖。"谢逐唤她,嗓音低沉。

"——你忘得挺快。"

## 第六章·无尽夏

二〇二一年,十月深秋。

冷雨湿寒。

刚因为比赛的事跟教练吵完,谢逐烦躁地挂断电话,没回班,径自去了学校天台。

天台在图书馆顶层,夜间无人值守,他压了压帽檐,从楼道拾级而上,走廊空荡,只剩脚步声回响。

抵达顶楼,谢逐推门而入,寒风瞬间凌厉席卷,撕扯着衣摆猎猎作响。

他踩着呼啸的风走入。

天台不见星点光亮,朝下俯瞰,才能借周遭景物半分光。迈出几步,谢逐眼帘微掀,随即止住。

晚风喧嚣里,少女坐在横栏上,与风触之可及。

月色沁凉,洌白的光勾勒她的眉目,不甚清晰。远方灯火灿然,光影错落中,他看到她很轻地侧开脸。

眼皮轻抬,她似有短暂的讶异,目不转睛地望向他。

少年眉眼掩在帽檐下,夜幕昏沉,依稀只见线条凌厉的下颌,冷感突兀。

看不分明。宋亦霖挑眉,等人走近,才问他:"高几的?逃课啊。"

谢逐不答,只扫她校服后领,远方有灯亮起,映在他深邃的眉目上,棱角清厉。

宋亦霖耐心等候他开口,她一手捏着罐饮料,一手插在外套兜内,悬空的脚在护栏外轻晃,踝骨雪白纤细,脆弱易折。

偏偏这行为又很不怕死,毫无顾忌。

到底是六层高楼,谢逐蹙眉,不耐地出声:"你非要坐在那儿?"

"嗯?"宋亦霖顿住,像明白他的意思,失笑着单手撑住栏杆,翻身落地。

动作利索,显然是老手。

"好好,小酷哥,听你的。"她懒声道,拍去掌心灰尘,"我又不跳楼,慌什么。"

语罢,她手腕一翻,朝他丢去一样东西:"接着。"

谢逐稳稳接住,指腹摩挲,是湿凉的触感,那罐未启封的冷饮抵在他掌心,还带着些余温。

谢逐眉峰轻挑,看向她。

然而就在这间隙,少女忽然迈步靠近,彼此距离骤缩,瞬间从礼貌变为不那么礼貌。

似乎没想到身高差距这样明显,她短暂地愣怔,但很快踮起脚,偏过脸扫向他后领。

目的达成。

"哦,不是小酷哥。"宋亦霖轻笑,了然唤道,"是小学弟。"

颈侧温热转瞬即逝,带来些微痒意,方才呼吸轻拂的触感仍然清晰,像经久不散。

饮料瓶身湿润,凝结的水珠浸湿掌心,谢逐指尖微紧。

"你话挺多。"他不耐烦道。

宋亦霖懒声回怼:"是你先看了我校牌,别以为我没发现。"

话音刚落,天空便淅淅沥沥地落起雨,零星几滴,浸湿衣衫。

也不知会不会越下越大,宋亦霖轻啧,随意将手中的冷饮启封,换走了他掌心的那罐。她径自迈向天台门,在彼此擦肩的片刻,她勾手将那枚拉环扯下,稀松套在指尖。

"送你了。"她挥了下手,没回头,语调懒散,"拜拜,小学弟。"

从始至终,两人没有一瞬对视。

直到那抹身影彻底消失,谢逐淡然敛目,打量掌心那罐饮料。

许久,指尖收拢,他不再看。


再见到宋亦霖,是三天后。

游泳馆内,谢逐完成日常训练,擦去眉目间濡湿的水渍,撑臂上岸。

教练掐表记录,敲了敲笔,欣慰道:"不错啊你小子,又破个人纪录!"

谢逐拎过毛巾,随意擦两下湿发,闻言扫了眼记录簿,神色疏懒。

"差点。"他淡声道,"还有一秒空间。"

教练木然:"意思是你逗我?这还没认真游?"

谢逐不置可否,反手将毛巾搭在肩头,往落地窗走去。

"算了,看在成绩的份上,这回不批你,反正照这状态,之后的全运会你稳控场……"

教练仍在分析数据,谢逐懒声应了两句,从架子上拿了瓶水,正要拧,余光却瞥见不远处艺术楼里,走出了一行人。

男女都有,约莫五六个人,个个外貌都出挑,引来众多学生注目。

宋亦霖也在其中,校服没老实穿,松垮地套着件冷灰色针织衫,神色疏懒,正低头翻看手机。

朋友们插科打诨,她轻笑,满不在意地照单全收,一行人谈笑风生,笑闹都坦然,轻狂张扬。

日光敞亮,谢逐眼帘压低,视线越过玻璃窗,落在她身上。

少女言笑自若,一双眼清澈干净,隔着层不易察觉的疏离,像阻隔旁人,又恰好合群。

掩不住地矜傲。

谢逐注视半响,不等他再多想,教练拔高的嗓门就将他思绪唤回:"臭小子——"

"继续说。"他面不改色地打断,收回视线,拧盖喝水,"废话太多,我在听。"

教练心想,在听就有鬼了。

谢逐曾见过宋亦霖很多次,单方面的。

她处事圆滑,交友广泛,性子锋芒有棱角,似乎是艺考生,身旁总不缺热闹,跟老师也交好。

时间久了,谢逐也慢慢习惯她在他这儿占据更多的存在感。

然而不知从何时开始,她逐渐不再出现在人群中。

——直到两人再遇。

时隔九个月,两百多个重复日夜,如今的宋亦霖乖顺温和,一副好脾气,棱角被磨得干净。

像是不愿意给任何人留下痕迹。

她清楚自身的优势,也利用得当,很会先入为主给自己贴好标签,再供人结识。

但这招对谢逐无效。

因为从一开始,他就知道她是什么模样。

雨还在下。

寒凉水汽将散未散,夜幕被细密雨丝冲刷,薄烟似的灰云堆积,星月都被遮蔽。

天际不见半点亮。阴影中,谢逐自上而下地凝视她,眼潭深邃,像与漆黑雨夜相融。

陈旧记忆铺开延展,一帧帧浮现脑海,她下意识地用余光打量,将眼前的少年与印象中做比较。

要说变了,其实也没有。

——最起码还是那个万年扑克脸的拽哥。

然而初见时那样戏谑的称呼,宋亦霖现在已经叫不出口。少顷,她才略显僵硬地憋出一句:"挺好,你又长高了。"

"两厘米。"他神色冷清,像是不耐,"你要跟我说这个?"

当然不可能,交换总要对等。

宋亦霖清楚这个原则,只得按了按眉骨,无奈道:"好吧,你想问我什么?"

谢逐未答,注视她片刻,像是看出什么,很轻地挑了下眉。

他说:"我不需要真假参半的答案。"

心思被勘破，宋亦霖主动坦白："这个不能保证。"

"那就挑能说的。"他淡声道，"我只听实话。"

实话。宋亦霖心底默念这两个字，偏过头，去看层叠不断的雨幕。

少顷，她才开口："我是去年年底办的休学。私人原因吧，其实早就有苗头，但后来实在待不下去了。至于发生什么事，之前在教学楼后墙，你也见过了。"

"说实话，那些东西我实在不想回忆，但可以概括着告诉你一句，"她顿了顿，不疾不徐道，"我的名声在高三部，很烂。"

那些流言蜚语不忍卒听，满含恶意与蔑视，却都是曾焊在她身上的烙印。

有些胸闷，宋亦霖觉得冷，蹙眉攥起衣袖。

下一瞬，一件外套兜头抛来，她始料未及，手忙脚乱地抱住，见谢逐仍旧一副吝啬情绪的模样，看也没看自己。

半响，宋亦霖将外套披上，男生校服尺码偏大，可以将她整个笼住，内侧余温尚存，带着少年清冽的气息，严丝合缝地将她包围。

没来由地让人安心熨帖。

谢逐这才问："跟那个宁楚有关？"

"……宁念楚。"她纠正道，"她在一中挺出名的，你真没印象？"

他望过来，神色疏淡："如果不是你，我记不起这号人。"

话落在耳畔，宋亦霖听得指尖微紧。

谢逐就是这种人。她想，让人很难招架得住。

原本想敷衍了事的。宋亦霖叹了口气，道："他们都说，是我刻意挑拨她和朋友的关系。"

"她也这么认为，于是后来所有人都信了。"她轻笑，"包括我的朋友们。"

小团体是很可怕的。

身处其中与被剔除在外，全然是两种境况。而当流言蜚语传开，就没人会去在意真相，她们依然很开心，像当初与她一起时那样。

挺好笑的，宋亦霖按住额角，强行从过往回忆中抽身，倦怠地垂下眼。

"没有下次。"身侧传来少年的声音，语调散漫。

她反应慢了半拍，问："什么？"

"你说的事，"谢逐懒声道，"你现在的朋友，没人会信这些。"

宋亦霖微怔，类似安慰的话从对方口中说出，她有种不真实感。

正欲开口，却见谢逐似乎不打算再多谈，径自起身。

接着，一只手出现在她视野中。

干净修长，骨节分明，恰到好处的力量感，她白天才误牵过。

宋亦霖没动，下颔轻抬，仰起脸看向他。

谢逐神色未变分毫，光影错落在他眼底，暗芒沉邃，里面载着她。

"走了。"他说，"送你回家。"

片刻，宋亦霖搭住他的手，借力起身。

两人掌心短暂相贴，脉搏也只交错一瞬，雨滴坠落的间隙，他们就已经分离。

谢逐自然地拎起她的书包，撑伞，宋亦霖钻进去，发现伞不大，却更多地倾向她。

肩头还披着少年的外套，她无声地紧了紧，指尖温热。

夜幕四合，秋雨寒凉。

雨滴"滴滴答答"，落在地面缓慢流淌，像正悄然流逝着什么。

她想，夏天是真的过去了。

九月末尾，一中正式搬迁至新校区。

由于不少家住得远的学生都需要搬行李入住，因此学校特意安排前两节课自由活动，走读生逛逛校园，住校生收拾宿舍，各忙各的。

大课间结束前，校门始终开放，宋亦霖本想睡个懒觉再去学校，但薄酩大清早就给她狂打电话，好像她不接就不肯罢休。

挣扎着摸过枕边的手机，宋亦霖哑声："喂？"

"还没起呢？"薄酩听见她的嗓音，轻笑道，"宝贝儿，该下乡了，赶紧的。"

——新校区在北郊，附近人迹罕至，更别提商圈广场，因此一中学子们亲切地称其为"下乡入村"。

宋亦霖睡眼惺忪，正要应话，就听见路予淇的声音："梁泽川你老实点，别碰我东西！"

她愣住，一时没反应过来什么情况。

"不就是看了下你桌子……"梁泽川道，"我错了错了，疼！"

"你俩搬个家可够闹腾的。"薄酩意有所指。

"还不是她行李太多，我妈让我来帮忙？"梁泽川说，"祖宗，衣服都两箱了，你拿校服当摆设啊？"

人声太热闹，宋亦霖初醒，脑袋还昏沉，就听耳畔倏然传来一道男声："她又睡了？"

低沉朗润，是谢逐的嗓音。

宋亦霖倏然清醒，这才挪开手机，见屏幕上赫然是微信的群通话页面，五人在线。

也不知什么时候拉的群，她尴尬地坐起身，道："没，我已经起了。"

可惜忘记清嗓，声线还掺带些许困顿，显而易见是刚醒。

谢逐轻哂，倒没说什么。

说多错多，宋亦霖索性闭嘴。她翻身下床，通话没挂，花十来分钟收拾利索，边扎头发边听他们闲聊，似乎都还没出门。

"怎么想起来打电话了？"她问。

"你不是租房吗，我跟薄酩想着帮你搬行李。"路予淇道，"结果你居然还没醒。"

宋亦霖咳了声，解释赖床原因："我昨天就把东西放过去了，中午放学回去收拾就好。"

"那成。"薄酷语气轻快，"我马上出门，一起去？"

路予淇应得爽利："行啊，我没东西带，给梁泽川就OK。"

"敢情我就一工具人？"梁泽川不忿。

"你吃我的住我的，房租都没收，搬趟行李有问题？"她反问。

梁泽川瞬间偃旗息鼓："没问题。"

听完二人对话，薄酷懒散地说："谢逐，要不开车接应下你兄弟？"

"我会骑车，不会开车。"谢逐漫不经心地回。

言下之意，叫他自己解决。

梁泽川："行，我打车。"

人的悲喜并不相通，薄酷只说："那没问题了，出发。"

宋亦霖听他们插科打诨，嘴角也不自觉带了笑，问："好，怎么去？"

"我骑——不对，没法带两个人。"薄酷轻啧，"共享'电驴'吧。霖霖，发个定位，我跟予淇去接你。"

宋亦霖应声，点开群聊界面，丢了个定位过去。

挂断通话后，没多久，薄酷她们便到了。宋亦霖拎包出门，三两步迈下楼梯。

阵雨将歇，朝阳初升的时候，日光落了满地，像铺着层碎金。

树影婆娑堆叠，随风晃进她眼底，宋亦霖抬头望，见二人遥遥候在门口，路予淇笑着朝她招手。

"霖霖，这里！"她唤。

宋亦霖想，其实阳光也没有那么刺眼。

她抬脚走近，却怎么都觉得慢，最后干脆跑了起来，深蓝校服被风扬起，衣摆猎猎。

踏过满地敞亮的光，她像任何一个平凡的高中生，笑着奔向朋友——

"来了！"


骑车比坐车快些，但从市区到北郊，还是用了近半个小时。

校门口人潮汹涌，都是开车前来的学生家长，拎着大包小包，往学校宿舍楼去。

原本空旷宽敞的街道车水马龙，深蓝校服填满视野，占据学校内外，堵得马路水泄不通。好在这是郊区，工作日也没多少车辆，因此并没喧嚷聒噪的鸣笛声。

三人将车停靠在路边，刷卡入校。

新校区的确修得大，虽然航拍图早就不知看过多少遍，但亲眼所见，还是觉得设施优越到夸张。

"……一中是不是又背着我们收高价生了？"路予淇打量周遭，见又是亭台造景，又是高楼天桥，不禁怀疑道。

"政府拨款。"薄酪道，但也觉得意外，"这回学校真得欠政府不少钱了。"

闲话少说，路予淇给梁泽川打去电话，问他那边进度如何，得知刚到门口，于是打算去接应下。

薄酪闲来无事，本想陪宋亦霖逛逛，结果被路过的李曜逮住，拎去审问竞赛备赛的情况。

薄酪头都大了，但公开赛在即，也不好推辞，只好对宋亦霖抱歉道："要不等等路予淇？"

"不用。"她好笑道，"还能迷路不成，我就去音乐楼转转，你忙你的。"

"那行吧，我用不了太久，待会儿来找你。"

说着，薄酪朝她挥手作别，随李曜往教学楼方向去，边走边催，还抱怨他占用自己的休息时间。

李曜气得脸色发绿，遥遥甩开两步，眼不见心不烦。

宋亦霖收回目光，看了眼周遭奔忙谈笑的学生，也离开了这里。

新校区绿化做得很好，甚至栽了一片银杏林，音乐楼就坐落其中。

随着地段渐偏，人烟也稀少起来，大多数学生都还没往这边逛。她到时，见音乐楼前摆着架钢琴，似乎是公用。

宋亦霖本来只想闲逛，但见了琴，就有些舍不得离开。

迟疑片刻，她环顾四周，确认没其他人后，才走近坐到琴前，掀起琴盖。

八十八键，两全一半，指腹摩挲过键皮，熟悉至极的触感。

黑白琴键就在掌下，被日光映得莹亮。她落座少顷，还是将指尖压下，轻灵前奏渐渐响起。

琴音温柔，风也缱绻，音符悄然间拂散，绕满林间。

她坐在光里，安静地弹完一首曲子。

曲毕，等到余音散尽，宋亦霖才眼帘低垂，抚过琴键，将盖子轻缓扣合。

她演奏时向来是沉浸式，现在抽离而出，才后知后觉有道视线落在身上，像有实质。

宋亦霖微微怔住，循着感觉望去。

漆黑琴身铺满斑驳的树影，风一掠，碎阳散落，枝叶窸窣，满目银杏翻涌，将眼底也浸染成琥珀色。

几步之外，少年散漫地倚着树干，清亮日光搭在他发梢，映着他眉目轮廓，疏懒矜傲。

四目相对间，他略一眯眼，不疾不徐地直起身，迈步向她而来。

宋亦霖望着他走近，问："来多久了？"

"你弹到一半的时候。"他道，目光扫过琴架，没见五线谱，看来是即兴演奏，"什么曲子？"

"德彪西的 *Clair De Lune*。"宋亦霖听话地回答，又想起对方是非专业人士，补充道,"也叫《月光》。"

谢逐闻言颔首,却不只是随口一问,道:"弹得很好。"

太久没在人前演奏过,虽然不是自己的专业,宋亦霖也难免紧张,这会儿听对方毫不吝啬地称赞,她不禁微愣。

"……凑合吧。"她轻咳一声,不在意似的,"我很久没正经练过了,退步不少。"

话虽这么说,眼里却有清浅的笑意。

小孩儿似的,夸一句就开心。谢逐眉峰稍抬,也没点破。

"你是民乐专业。"他说。

"嗯,但音乐生还要学小三门。"明白他言下之意,宋亦霖解释道,"这些都需要钢琴,练多了也就会了,我是特意学过的。"

谈及这些时,她眼底盛了光,生动且清亮,难得热忱。

谢逐望着她,淡声道:"你很喜欢音乐。"

像问句,却又很笃定。

闻言,宋亦霖顿住,没有立刻回话。

——她开不了口。

一句承认而已,她也觉得艰涩,就好像不够格,自己都感到羞耻。

人生正当时,最难启齿的竟是理想。

而她没出声,谢逐就始终站在那儿,不催促也不离开,垂眸看她,像耐心等她一个答案。

许久,宋亦霖才叹了口气,低声说:"是。

"——我很喜欢音乐。"

这句话她曾经宣之于口无数遍,也有过好时候,在热爱的领域发光发亮,苦累都觉得值得。

不像现在,热忱蒙了灰,就算擦干净,也只够苟延残喘。

宋亦霖敛目,不想再提及更多,刚起身,就听谢逐漫不经心地道:"也挺有天赋。"

闻言,她不禁笑了:"你今天怎么总夸我?"

"实话实说。"他淡声道。

话音刚落,手机轻微响动,他扫了眼,简短地撂给她两个字:"走了。"

宋亦霖将琴凳推回原处:"他们都收拾好了?"

"差不多。"谢逐收起手机,目光扫过她发梢,微作停滞。

不明就里,宋亦霖正想问,就见他走近两步。少年独有的清冽气息近在咫尺,她往后避,却抵在琴前,退无可退。

侧脸发丝被轻拢,她闭了闭眼,是触之即离的温热。

下一瞬,视野晃进一小片银杏叶。

谢逐神色疏懒,见她看清楚,便将落叶随意丢给她。

宋亦霖捏住，愣怔半秒，看他已经径自走出段距离，才忙不迭把叶子放在琴盖上，快步跟上。

"——学长？"

身旁女孩疑惑地出声，严成远回过神，对她笑了笑："怎么？"

他身形笔挺，校服穿得妥帖规整，眉目温文俊逸，戴着无框眼镜。镜片之下，狭长眼尾低垂，噙着笑。

早就听说严成远高岭之花的名声，对视间，少女禁不住有些脸热。

"没、没什么。"她道，"部门安排没问题的话，我就发群里通知他们啦？"

严成远温声应好，又道："辛苦你了。"

她摆手："应该的，学长你才是辛苦，刚搬新校区，很多事都要重新安排。"

严成远不置可否，只拈起钢琴上那片银杏，指间轻转了转，似乎若有所思。

女孩没忍住好奇，问："学长，你刚才在看什么呢？"

"没什么。"他轻笑，微抬下颌，示意远处两抹身影，"那个男生挺眼熟的。"

她顺势望去，端详少顷，面色稍显惊讶："那不是谢逐吗？跟我一个年级，在十六班。"她说着，又狐疑道，"但我朋友说他高冷得很……怎么身边还有个女孩子？"

稀松收回目光，严成远指腹用力，那片银杏叶承受不住，断作两半。

"是吗。"他低声道。


上午只有两节课，便显得时间流逝得格外快。

下课铃打响，宋亦霖简单将书收整好，便打算回去收拾行李。

路予淇见她要走，于是喊了声："唉，霖霖，你中午怎么吃？"

步履稍滞，宋亦霖这才想起，自己还没考虑过这个问题。

北郊偏远，外卖不好点，而等她回去收拾好行李，估计也没饭可吃了。

见她这表情，路予淇面露无奈："……你不会彻底忘了吧？"

宋亦霖轻咳一声，倒是从容："这不是想起来了吗？"

商量过后，正好路予淇待会儿也要忙着收拾屋子，没空吃饭，两人一拍即合，干脆在食堂用过餐再各回各家。

新食堂到底是新，厨师添了不少，菜品也花样百出。宋亦霖原本还打算买袋泡面回家，现在觉得每天吃食堂也不错。

饭后，宋亦霖跟路予淇在校门口道别，就回到自己所住的小区。

迟敏租的房子确实方便，与学校不过两条人行道的距离。她穿过林立高楼，很快找到居住的那栋。

回到出租屋后，宋亦霖开了灯，随意将鞋脱在玄关，开始整理堆在客厅的行李箱。

——说多不多，说少不少，毕竟每周有一天假，她或许会回市区那边。

收拾行李很无聊,又麻烦,更别提还要拆包分类。宋亦霖耐性不好,独处时更是这样,索性中途就搁置,刷起手机来。

微信小群有消息提示,她点击查看。

薄酩:都收拾新家呢?怎么样?

路予淇回得挺快:很好,麻烦到我想请家政。

同病相怜,宋亦霖失笑,也回:谁不是呢?

薄酩:差点忘了问,你们两个住哪儿?

薄酩:东西南北四道门,不会就我住东边吧?

梁泽川:不错,紫气东来,配得上咱酩姐。

梁泽川:我跟路予淇一个小区,都在南边。

宋亦霖更干脆,直接丢了个定位到群里。

然而下一瞬,聊天页面却陷入沉寂。

宋亦霖:?

等了几秒没动静,她没再看,搁下手机,继续自己的扫除大业。

房子到底许久不住,整理出不少灰尘垃圾,等收拾得差不多,宋亦霖便拎起垃圾袋,打算先放门外,免得下午忘记扔。

推开门,刚把东西搁地上,就听楼道电梯"叮"的一声,徐徐敞开。

宋亦霖没在意,只掀起眼帘,瞥见对方踩着双价值不菲的品牌球鞋,她了解不多,却也认出这是有钱难买的限量款。

似有所觉,她顿住,视线缓缓上移。

深蓝校服,松散领口,流畅利落的颈线,目光最终停在那人眉眼上,熟悉的英挺深邃,疏冷散漫。

她僵在原地。

电梯门缓慢合拢,碰撞出闷响,谢逐没动作,望着她略一挑眉,难说意外与否。

沉默是今晚的康桥。宋亦霖捏着门把手起身,指尖不自觉地收紧。

她哑口无言,只能道:"好巧。"

——半个午休的时间,同桌就变成邻居。

"宋亦霖,"谢逐不作回应,只唤她,嗓音很淡,"你不穿鞋吗?"

宋亦霖微愣,低头看了眼自己踩在门槛上的脚,才反应过来,听话地去将拖鞋穿好,又走到门外。

做完这套动作,她才觉得自己幼稚,好像给家长检阅着装的小孩儿,而谢逐显然也意识到这点,垂眼轻哂一声。

"我回屋了。"她耳尖生热,面不改色地道,"还有东西没收拾完。"

谢逐没再看她,漫不经心地"嗯"了声,就径自走向楼道另一端,开锁进屋。

关门声响起,宋亦霖轻舒了一口气,也回到自家客厅。

她重新拿起手机,就见群里赫然三条新消息,整整齐齐——

路予淇:哇。

薄酩：喷。
梁泽川：你跟逐哥住一起？
……有这么四舍五入的吗？
宋亦霖：我跟他住一栋楼。
宋亦霖有气无力地纠正，想起定位并不十分具体，于是没再细讲。
结果下一秒，就见谢逐简短地发了两个字：邻居。
路予淇：［强］
薄酩：［抱拳］
梁泽川：嚯，这么巧！
……宋亦霖服了。

新校区生活第一天，新鲜劲还在，连上课也不觉得那么难熬。
晚饭过后，薄酩还要去忙竞赛的事，就先行离开。而距离自习开始还有段时间，梁泽川打算去趟游泳馆，于是问宋亦霖和路予淇的想法。
"行，正好看看建得怎么样。"路予淇应得爽利，转向食堂某窗口，大声道，"霖霖你呢？"
宋亦霖刚买完奶茶，氤氲热气从杯口缭升，闻言，她抬眸，神色被白雾半遮掩，望不分明。
"我都可以。"她抿了口奶茶，说。
达成共识，于是梁泽川给乔觉发了条信息，确认他们还在训练后，三人便一道过去。
途中，路予淇像想起什么，问梁泽川："这两天怎么又能见着你了？"
"的确。"宋亦霖也笑，"不陪学妹去图书馆了。"
"多久的事了。"梁泽川摆手。
宋亦霖打量他们二人，想了想，不经意道："路予淇，之前体育课，我记得有个男生问你要联系方式来着？怎么样？"
"啊，你说那个。"隔得有些久，路予淇回忆了少顷才记起来，但她分明当场就婉拒了，"我……"
话未出口，一旁的梁泽川就蹙起眉，追问："我怎么不知道？"
路予淇古怪地看他一眼："跟你说做什么？"
"我……"梁泽川噎了下，理不直气也壮，"男的最懂男的，我帮你审核啊！哪个班的？叫什么？"
路予淇见他这反应，反而不想说自己跟对方没下文，好笑地逗他："我也没这么关注过你的私生活啊，梁泽川，将心比心。"
梁泽川彻底没话讲，泄气般低声道："能一样吗？你是根本不在乎。"
这话落在耳畔，宋亦霖随意地瞥他一眼，默不作声地喝了口奶茶。
路予淇没听清，但看他俨然一副淋雨小狗的委屈样，于是轻咳一声："行了，不逗你,我根本没加那个人,哪用得着你审核。"

闻言,梁泽川微怔,还没反应过来,头顶便传来乔觉的声音——

"你们来这么快啊,上楼就行!"

宋亦霖循声抬头,见游泳馆二层,乔觉正半探出窗户,朝他们挥手示意。

刚才搁置的话题无人再提,路予淇远远比了个 OK 的手势,三人迈入场馆,前往训练区。

游泳毕竟是一个备受关注的体育项目,场馆建设得相当豪华。如果说先前的游泳馆只是初具规模,那眼前这个则是专业且完备了。

空气中氤氲着消毒水的气息,不浓烈,身处其中很快能适应。宋亦霖刚一踏入,就被白炽灯光晃得轻轻眯起眼。

泳馆穹顶挑高,两侧的射灯明亮,将深蓝池水映亮,翻涌着粼粼波光。

泳池是标准的五十米长,二十一米宽,隐约可见其中几道起伏的身影,是正在训练的队员。宋亦霖视线挪动,见一名身穿黑色运动服的男子站在岸边,正掐表记录各项数据,应该是教练。

乔觉刚结束个人任务,正休息着,见他们来了,便跟身旁队友知会一声,上前招呼他们。

梁泽川跟队里另外几人也是朋友,哥俩好地热闹一番,才发现不见谢逐和魏余谌,就问:"逐哥、阿谌呢?他俩怎么不见影?"

"谌子锦标赛不是报了蝶泳吗?"队员微抬下颔,示意泳池,"逐哥的蝶泳可是破过赛事纪录的,喏,一百米,教练让他俩切磋一下。"

"成,有竞技可看了。"梁泽川了然,"临近比赛氛围就是不一样。"

宋亦霖也听见这消息,于是转而看向泳池,见教练正跟话题主角的两人谈话,几句过后,便退回原处,示意他俩各就各位。

戴泳镜时,魏余谌遥遥瞥见三位"新增观众",笑着通知谢逐,后者神色未变,只朝这边略一侧首,嘴角弧度冷淡。

接着,两人踏上起跳台,单脚后撤,俯身就绪。

下一瞬,哨声响起。

水花飞溅,紧张氛围迅速蔓延,在场众人纷纷噤声,专注于这场较量。

乔觉认真看着,低声道:"逐哥的出发反应时间更短。"

"我看着没区别,难不成因为是外行?"路予淇疑惑,也盯着两人身影,"现在也没拉开差距。"

"计时单位都是毫秒。"乔觉摇了摇头,简略地答,"前七十米拉不开明显差距,尤其是逐哥喜欢后半段爆发……你们继续看就知道了。"

宋亦霖始终没作声,目光追随着池中那抹身影,不自觉抿唇,奶茶吸管被咬在齿间,微紧。

都是一级运动员,说神仙打架也不为过。魏余谌的实力显然不容小觑,直到第二程泳道过半,两人还近乎并驾齐驱,不相上下。

但正如乔觉所说，最后二十五米冲刺阶段，谢逐陡然爆发，瞬间就将差距拉开，触壁终结比赛。

宋亦霖心底一松，很轻地舒了口气。

100米蝶泳本就不长，教练迅速掐表，抬笔在纸上记录两道数据。

魏余谌从水下探出，气息尚且不稳，无奈道："谢逐，你的体力也太好了，怎么这么能冲？"

谢逐神色很淡，随意将泳具摘下，闻言微一摇头，只简短地问："差多少？"

教练撂下笔，冲两人比了个"4"，满意道："很不错，魏余谌，你刷新个人纪录了。"

魏余谌愣住，随即笑着拍击水面："好！"

对结果早有预料，谢逐并不意外，利落地撑臂上岸，抬手捋了把额发，拂去残留水珠。

魏余谌也紧随其后，边摘泳镜，边好奇询问："差这么点儿的话，是我起跳慢了？"

"不在起跳。"谢逐道，"翻滚转身不够利索。"

"谢逐说得对。"教练也赞同道，"你这转身时快时慢，还得继续练。总体没问题，待会儿看看摄像记录，看有没有技术动作需要改进。"

"好说，您老看哪儿不顺眼尽管提！"魏余谌对这次成绩相当满意，摩拳擦掌准备逐一攻克弱项。

这边，看完两人竞技，宋亦霖奶茶也喝完，她刚扔掉空杯，就冷不丁被毛巾塞了满手。

反应不及，她暂且先接住。

她蹙眉抬头，见乔觉一脸正色地清了清嗓，道："送毛巾的任务就交给你了。"

宋亦霖疑惑："为什么？"

"你们是同桌嘛。"他理所当然。

"是啊。"路予淇见梁泽川要开口，果断撇开他，笑，"我们去多不合适。"

宋亦霖并不迟钝，对他们的意图也门儿清。她也没拆穿，索性走了过去，有些无奈地掂了掂手上的东西。

魏余谌从架子那儿拿水，刚抛给谢逐一瓶，扭头就见宋亦霖走近，不禁揶揄地示意他："你小同桌来了。"

谢逐拧盖的动作微滞，侧目看过去。少女对上他的视线，步履不着痕迹地顿了顿，最终还是走上前，停在两步之外。

他抬眉，嗓音很淡："怎么？"

"给你的。"宋亦霖将毛巾递去，想了想，还是决定出卖乔觉，"你队友觉得他来不合适。"

够扯。魏余谌憋着笑咳嗽，与不远处的几人交换眼神。

谢逐不置可否，抬手接过。彼此指尖掩在干燥柔软的面料下，不经意间触碰，又转瞬分离。

微妙的隐秘。宋亦霖收手时,不着痕迹地摩挲了下指腹。

"欸,小同学,"魏余谌热衷于挑事,凑近卖惨道,"就没有我的吗?"

这个当然有。宋亦霖点头。

乔觉给了两条毛巾,她正要把另一条给魏余谌,谢逐便手腕一翻,随意将毛巾抄起,抛向他——兜了魏余谌满头满脸。

"你小子行啊。"教练正摆弄水下摄像机,余光瞥见这边,不由得惊讶,"新面孔?看着就像好学生,你朋友?"

宋亦霖闻言怔住,泳队另外几人也被吸引,纷纷朝她投来八卦的视线,很是火热。

"……您好。"她先礼貌问候,然后解释道,"我是他同桌。"

原来是同桌,教练了然地颔首,低头重新查看起屏幕录像。

看了没几秒,他又猛然想起谢逐的个性,后知后觉感到荒诞——那小子居然有了同桌,还是个小姑娘,这是什么稀罕事?

教练越想越不对味,怀疑地扫了眼谢逐,看着倒是神色淡然,压根瞧不出什么。

"那我先回去了。"宋亦霖低头看手机,时间不早,"上课有一会儿了。"

谢逐简短地"嗯"了声,语气不带情绪,漫不经心地擦了两下头发,迈步朝场馆里间走去。

她不明就里,下意识地问:"去哪儿?"

话音刚落,谢逐稍一站定,侧目朝她望来,眉眼水迹濡湿,将清冷感减弱不少。

"更衣室。"他懒声问,"你要跟着?"

宋亦霖噎住,权当自己没问过,面不改色地道:"没事了,你忙。"

说完,她当即转身离开,步履迈得快,还有点负气的成分在内。

谢逐笑了一声,收回视线。

清浅的兴味转瞬即逝,教练成功捕捉,更觉得有猫腻,狐疑地询问:"你们俩只是同桌?"

"不熟。"谢逐睨他一眼,又恢复冷淡神色,不耐烦道,"别说废话。"

在新校区上过两天课,便迎来国庆假期。

离校当天,晚自习取消,下午最后一堂课用来给各科课代表分发作业,教室里学生们聊得热络。

话题无非是去哪儿玩,怎么玩,横竖就七天假,再加上满书包作业,时间也就够在本地兜兜转转。

上节课是数学,课后留了几道例题,宋亦霖没理会周遭热闹,兀自跟题目较着劲儿。

但有些东西不是掏空脑袋就能想明白的,比如数学。

接连算错两次，宋亦霖磨得脾气快没了，冷不防想起上次解决问题的方式，她朝身旁投去一眼。

　　谢逐坐在位置上，身子稍向后倚。梁泽川正问他假期安排，他言简意赅地应了几句，指间有一搭没一搭地转着中性笔，松散懒怠。

　　看他正跟人交谈，宋亦霖思忖少顷，到底没开口。

　　"——盯着我干什么？"

　　她正要低头，下巴却被谢逐用手中的笔抬了下，始料未及，她还没整理好表情，那些踌躇就被他尽收眼底。

　　似有所觉，谢逐眉梢略抬，语气很淡地道："有话就说。"

　　被当场抓包，宋亦霖不自在地往后挪，但事已至此，她索性开口："……我有道题不会。"

　　语罢，她顿了顿："你能不能教我一下？"

　　因为是求人办事，嗓音也放得很缓。

　　笔尖轻叩在桌面，细微的一声响。谢逐眼帘压低，垂眸看向她。

　　宋亦霖眼型显乖，睫毛纤长浓密，上眼睑褶弯而浅，给人感觉温顺可欺，毫无攻击性。

　　能轻易让人心软。

　　谢逐收回视线，略有不耐烦地蹙眉，道："好好说话。"

　　她哪句话没好好说了？

　　然而不待她反问，谢逐便拎过她的错题本，简短问话："哪道？"

　　人在屋檐下不得不低头。宋亦霖只好抬手指向其中一道，说："二倍角公式这里，突然就卡住了。"

　　谢逐扫了眼题干，几秒后，随意从笔记本上撕下一张，从"由题意得"开始，逐一写明分析步骤和解题思路。

　　"不懂再问。"他道，"多刷类似题型，有套路。"

　　宋亦霖应了声，接过纸张。谢逐字如其人，笔迹苍劲洒脱，字和书写者都不像有耐性，却又将烦琐步骤拆分开来，写得细致。

　　她比对着原题研究，很快就有所领悟，顺利解出这道题。

　　而就在此时，不知哪个学生倏然喊道："快看外面的天！有火烧云！"

　　话音未落，所有人齐刷刷地朝窗外望去，而就在此刻，铃声打响，大伙一股脑地拥入走廊，拿出手机拍照，说笑声传得很远。

　　学校就是这么个地方，丁点大的事，不算稀罕，却能激起千层浪。

　　日头西移，太阳抵着地平线将落不落，在浮云里溺毙，天际被浸染成橘红，难得的好景色。

　　谢逐没什么兴趣，淡淡扫过一眼，视线落在身旁。

　　动静闹得大，宋亦霖也侧过脸，看向窗外。她却不像周围的学生那样惊喜，端详几秒就收回，波澜不惊地整理自己的桌面。

夕阳余晖洒下，透过纤长的睫羽坠进她眼底，仿佛落了层光。

而这光与她无关。

她只是安静地坐在那里，从始至终旁观别人的热闹，透着直观却隐晦的疏离感。

谢逐望着，没来由地感到心烦意乱。

宋亦霖正收拾书包，桌面突然被人叩了下，她闻声抬头，疑惑地对上谢逐的眼睛，问："怎么了？"

"十一有什么安排？"他问。

她闻言怔住，有那么一瞬间，以为对方在约自己。

但首先，对方是谢逐；其次，谢逐还是那副不太耐烦的模样；最后……这人是谢逐。

综上所述，宋亦霖很快得出结论：他只是随口一问。

"没什么安排。"她说，低头继续往包里装书，神色看不分明，"家里蹲吧，习惯了。"

将刚发的作业一份份收起，谢逐没再搭理，她便也不作声，最后将文具袋放入书包。

然而就在她拉拉链的时候，身侧传来少年清冷的嗓音，情绪很淡："三号我去C市训练。"

宋亦霖动作顿住。

隐约间，好像明白了他的言下之意，她问："去几天？"

"七号一早回。"他言简意赅。

宋亦霖了然，于是挺客气地道："那祝你一路顺风。"

见谢逐又蹙起眉，她垂眼，很轻地笑了声。

谢逐眉间便蹙得更深，显然意识到她是故意这样。

好在宋亦霖适可而止，没再继续装傻，问："知道了，四天是吧，有谁去？"

他神色稍缓，语气却还有些泛冷："除了薄酩。"

薄酩最近忙于公开赛，成功晋级一轮，假期也有得忙。宋亦霖颔首，表示知道了。

"我赶赶作业，差不多可以。"她应着，拉好书包，临走前垂眸，目光落在谢逐身上。

到底没直接离开，她思索少顷，伸出手，很轻地扯了扯他肩头的衣服。

"开玩笑的。"她低声道，"小酩哥，别生气。"

久违的称谓落在耳畔，少女的尾音懒散，以一种恰到好处的余调，引人往深处联想。

谢逐眼皮轻抬，眸底情绪莫辨。宋亦霖却并没打算多留，说完这句话，就拎起包离开。

但比她动作更快的，是谢逐将她扯回的手。

手腕倏然一紧,宋亦霖没设防,被力道拽得退回,险些就要摔进他怀里,她当即腾出另一只手扶住课桌,这才站稳。

算不得狼狈,教室里人声喧嚷,各有各的热闹,也无人在意这片角落正发生什么。

她无声地叹了口气,轻晃手腕,意料之内没能挣开。

见人始终侧对着,谢逐耐心告罄,略一施力,将她扯得面向自己,问道:"喊我什么?"

四目相对,两人一站一坐,宋亦霖作为俯视方,却觉得自己更像被审视。

默了默,她若无其事地唤:"同桌……"

"假期愉快。"她诚挚地祝福道。

室外自然光透过窗户,少女眼帘低垂,眼眸被染成浅浅的琥珀色,波光轻晃,清澈且无害。

片刻,谢逐将人松开,未置一词。

宋亦霖也没再多话,抬起方才滑落的书包,一如往常跟梁、路二人道过别,就迈步离开。

清瘦身影穿过教室门,彻底不见。

谢逐眸底微沉,不带情绪地收回视线,没有再看。

渐入秋,天擦黑得快,宋亦霖在便利店吃完关东煮,再出来时,夜幕就已经降临。

到出租屋已经快七点,中午开窗通风,临走前忘记关,她打开门,对流的风相撞,凉意浅薄。

换了鞋,宋亦霖随手将包搁在柜子上,灯也懒得开,边脱外套,边将自己整个扔进沙发。

屋里四下寂静,客厅与阳台之间是扇推拉门,玻璃材质,很大,刚好够将外界灯火收拢其中,再铺满室内。

好像这样就能偷来半分别人家的烟火气。

独居的第二天,宋亦霖才有些许实感。无聊、安静,但适合她,孤单就等同于自在。

才刚入夜,她躺了会儿便觉得困,防止睡太早凌晨失眠,宋亦霖只得又睁开眼,拿出手机。

年级群、班级群都显示"99+"的消息,预览框还在不断刷新消息,她点进去翻两页,没什么意思,反而看得眼皮更沉。

脑袋空泛,意识趋于朦胧,宋亦霖试图强撑着清醒,但不知是不是由于假期刚开始,身体也跟着犯懒,她最终还是陷入睡眠。

这一觉难得没有梦,原本该质量不错,直到耳畔轰然炸起闷雷。

睡时醒时屋里都是黑的,宋亦霖惺忪坐起身,有些分不清晨昏,按亮手机,才发现刚过十一点。

未读消息寥寥，迟敏的挂在最上方：霖霖，记得睡前吃药。

她回：好。

发完觉得冷漠，于是又发了个爱心表情包。没再看别的，宋亦霖从沙发起身，洗完澡换身衣服，之后翻出迟敏备好的药，就着水囫囵吞下。

任务彻底完成，她无所事事，于是习惯性地爬上阳台的防护栏吹风。

十几楼就是不同，宋亦霖打量脚下的景色，无趣地垂下眼帘。

风声猎猎，她坐在栏上，万事不去想，只安静地等一声雷，或者一滴雨。

——却没想到先等来一道推门声响。

她闻声偏过脸，隔着风与夜色，微眯起眼。

谢逐站定在阳台门前，手搭着门把手，穿着件无袖黑衫，同色系卫裤，整个人慵倦疏懒。

他发梢还湿着，正拿毛巾擦拭，似乎是刚从浴室出来。动作间，手臂肌肉线条绷起，恰到好处的力量感，流畅利落。

似有所觉，他抬眼望向她，眼底冽然潮暗。

这边阳台都是露天，两边隔得不远不近，只有数米，宋亦霖反应半秒，才想起两人已经是邻居。

正要开口，天际却倏然划过一道闪电，过度填补了视野的明度，她下意识地闭了闭眼。

少女坐在护栏上，前后都空旷，脚荡在空中。晚风穿堂而过，掀起她的衣摆，朝后牵扯着，像要拽住她，又像要将她吹落。

散落发丝被拂乱，宋亦霖微低下头，雪白纤细的后颈袒露在空中。她淡然地扯下手腕上的皮筋，三两下将头发扎拢。

天边积雨云沉浮堆积，电闪雷鸣接踵而至，是落雨的前兆。

宋亦霖不慌不忙，遥遥眺望沉暗的天际，道："要下雨了。"

空气也潮湿起来，像伸手就能掬一捧水。

说这话时，她双腿还闲适地轻晃，睡衣衣摆宽松地堆在膝前，小腿细瘦匀直，踝骨不盈一握，浸在晦暗夜色中，更白得晃眼。

让人很想伸手握住，叫她别再乱动。

谢逐眉头轻蹙，语调没来由地有些泛冷："你非要挑这种地方坐？"

似曾相识的对话，宋亦霖微愣。考虑到旁人的心情，她顺从地从护栏上跃下。

"抱歉，个人习惯。"她说，"放心，我掉不下去。"

掉不下去，不是不会跳下去。

答案太过模棱两可，谢逐眸色深暗，望着她不发一语，眉目清冷。

就在此时，又是一声闷雷落下，雨点渐密，裹进风里卷过来，凉意一寸寸蔓延。

"刚说完要下雨。"宋亦霖蹙眉，往后避了避风，"算了，我先进屋。"

说着，她就朝他简单一挥手，算作道别："你也早点休息，晚安。"

谢逐不是会随意跟人讲晚安的人，她清楚这一点，也不过客气一句，转身朝屋内走去。

没迈出几步，就听谢逐的声音传来，低沉清冷。

"宋亦霖，"他嗓音很淡，"有事要说。"

话音刚落，宋亦霖步履稍滞。

少顷，她偏过头，神情无奈不像作假，对他解释："数学太难，学烦了来透气而已。"

"我能有什么事。"她笑了笑，说。

## 第七章·好时光

雨下了整夜。

翌日也不算放晴,天气预报仍标注 90% 雷电暴雨,整个暨城都笼罩在阴云之下。

宋亦霖睡醒时已经十点多,完美错过了早餐,可喜可贺的是午餐也没胃口,她不用出门觅食。

睡满十小时还是觉得困,她惺忪着眼,咬着牙刷去阳台打量天色,阴沉得像已经入夜。

楼底小路纵横,道路中央栽了棵树,看起来伶仃脆弱,经过一夜暴雨摧折,枝干蔫蔫地耷拉着,满地泥泞中落叶散乱。

反观其他绿植,都喝饱了水,欣欣向荣,生命力对比显著。

宋亦霖靠在护栏边,垂眸端详几秒,没来由地觉得自己就像那棵树。

——不会枝繁叶茂,又满身疮疤的废木。

起床后低落的情绪到此为止,她收回视线,去卫生间洗漱过后,便回到卧室,翻出假期作业开始写。

宋景洲有假期,而迟敏今天上早班,她要回市区,最好等迟敏下班后再去。

如今开始独居,未来两年都要在这儿度过,她考虑许久,决定把小区那只小狗带过来,也算有个家人。

认真刷题时,时间总是流逝飞快,待宋亦霖写完历史和政治,再拿起手机时,居然已经三点过半。

微信上冒出不少未读消息,尤其小群格外热闹,她点进去,发现乔觉和魏余谌居然也进来了。

都是熟人,话题东扯西扯,其中不乏调侃互骂,她看得嘴角微一勾起,见他们聊的正是后天去 C 市的事。

薄酩:别嘀嘀了,你们几个能去的拉个小群行不行?非要在我跟前舞?

梁泽川:这题我会,少数服从多数,不如你直接退群吧。

乔觉:什么意思,宋亦霖也去?

路予淇:好耶!@宋 10

梁泽川:?

魏余谌:?

薄酪：谐音梗国家级水平啊。

路予淇：……手滑没用系统艾特，这备注多可爱，有问题？

薄酪：@宋10 @：）帮你艾特原主，勿谢，你们继续聊，我刷题。

魏余谌：酪姐实惨啊！所以宋亦霖呢？

底下又是许多条艾特，最后终结于谢逐的一句：估计在睡。

……倒是很清楚她。

时间不早，宋亦霖站起身，换好衣服出门，下楼正赶上公交车抵达站台，便快步刷卡上车。

在位置上坐好后，她拿出手机，回：之前没看手机，怎么了？

发完这条，又顺手翻了下前面的记录，她想了想，觉得路予淇那个备注挺有意思，于是点开个人信息页更改微信名，——"10"。

魏余谌：@10 来了。

魏余谌：？

薄酪：很会宠姐妹，你真的，我哭了。

梁泽川：楼上不是在刷题？

路予淇：哇，霖霖！你三号也去C市玩吗？

宋亦霖思索少顷，照自己这作业进度，估计差不多能在去之前写完，于是回：嗯，坐高铁列车去吗？

路予淇给她说明：对，到时要转一站。我待会儿把几个近期班次发给你，你看看就清楚了。

宋亦霖回了个OK，又问：什么时候订票？急吗？

路予淇：还没订呢，今明两天确认下来就行。他们省队都坐飞机嘛，肯定到得比我们早，所以没必要卡时间。

又聊了会儿，正讨论订哪个时间段，公交站点提示音就响起，宋亦霖见抵达目的地，于是回了句"待会儿说"，便收起手机。

走进小区后，她原本打算带上狗就离开，结果搜寻半个多小时无果，只好暂且上楼，去问迟敏。

楼道依然陈旧斑驳，她拾级而上，余光扫到楼梯外沿，缀着些许暗红痕迹，已经干了。

宋亦霖没在意，回到家，将钥匙搁在柜子上，边去茶几倒水边问："妈，那条经常在楼底晃悠的小狗呢？"

耳畔却传来宋景洲的声音："你妈今天换班了，还没回来。"

动作一滞，她抬头，见他正坐在书房刷手机，头也不抬。

他继续说着："最近创城，那只狗赖在咱家楼底不肯走，清早刚被打死，你问它干吗？"

脑袋里"嗡"的一声，宋亦霖突然不会动了，僵在原地。身体以不可思议的速度转冷，她下意识地蜷起指尖。

没任何想法，几秒，或者更久，她听到自己问："尸体呢？"

嗓音干涩，喑哑难听。

"早就拖走了，还能搁着？"宋景洲随口道，瞥见她转身要走，不禁蹙眉，"你干什么去？"

"擦血，楼道没清干净。"宋亦霖简短地答。

"你有病？"他放下手机，匪夷所思道，"脏兮兮的你管那些？"

稍微平复下呼吸，宋亦霖耐着性子解释："我喂了它很久……"

"那也不是你的狗，少折腾这些有的没的。"宋景洲兀自打断她，语气不耐烦，"难怪经常晚回来，原来是在外面招猫逗狗去了？成天干这种影响学习的事，它死了正好。"

宋亦霖站着没动。她在想楼道里那些暗红痕迹，想自己为什么昨晚没回来，想小狗赖在楼底不肯走，是不是在等谁接它回家。

她想得头都痛了，也想不出更多。

"是吗？"她喃喃道，"我也死了正好。"

"你就不能正常点！"

宋景洲最烦她说这些，当即砸了手机，骂："为一只狗都能要死要活，谁欠了你的！你看我平时给自己买什么了？赚点钱都攒给你，好吃好喝地供着，家里关心你还不够？

"你妈说我讲话不好听，是，但你整天臭着张脸给谁看？我不也是为你好？你要是听话，按我说的路子走，我还骂你？"

宋亦霖倦烦地蹙起眉。

近十年过去，她仍旧没搞懂，为什么每次无论从哪种话题开始吵，他总能扯到这些。

放在以往，她都会选择直接走人，但眼下，她突然觉得很没意思。

宋亦霖叹了口气，转回身，没什么情绪地对着他，道："学费都是我自己代课攒的，我想走什么路，还轮不到你评判对错。"

"最起码我能走得直，"她逐字逐句道，"不会半路出轨。"

宋景洲似乎没想到她知道这些，愣怔少顷，才后知后觉地恼羞成怒，倏然起身，阔步向她而来。

他步伐迈得大，宋亦霖没来得及反应，就被他狠推一把，踉跄着跌倒在地。

茶几被撞得歪斜，也不知磕到哪儿，疼得太阳穴一跳，她却没皱眉，反而笑出了声。

"行，那不说了。"她道，"这事我挑明都嫌恶心。"

这种腌臜事，她发现时年纪尚小，宁愿恶心自己都不愿意说出口，现在破罐子破摔，反倒觉得一身轻松。

那些成年人的世界中见不得光的东西，她替他们承担了太多不必要的羞耻与自厌，到头来反而把自己弄得半死不活。

"我还你的够多了。"宋亦霖倦怠道,"……爸,你放过我吧。"

她摔得不巧,额角刚好磕在茶几边缘,蹭出一道鲜红的血口。

宋景洲动完手,气头过去,见宋亦霖坐在地上垂着脸,表情看不分明,沉默又脆弱。

心下芜杂,他想将人扶起来,听到那句话又没能动作,最终还是撇开视线,径自回屋。

摔门声震响,宋亦霖坐在地上,伤口开始冒血,她却觉得虚脱,抬手都费劲。

她想起久远的事。

想起初记事时,自己曾坐在他的肩膀上够太阳;想起儿时逛街,他背着迟敏偷偷给自己买雪糕;想起家庭和睦,他和迟敏耐心陪自己玩幼稚游戏,三人总是欢笑更多。

只是真的过去太久了,她几乎快要记不清了。

后来裂缝从何时开始出现,父母从何时频繁争吵,宋亦霖想得累了,就不再追问自己。

——因为有过好时候,因为被爱过、被呵护过,所以即使行至今日,也做不到真正舍弃。

爱是最大的沉没成本。

宋亦霖哑然失笑,疲惫地抵着额头,将自己蜷缩起来,没有再动。

与此同时。

个人训练任务结束,谢逐漫不经心地坐在岸边,手臂搭在膝上,正垂眼翻阅微信群消息。

路予淇:图我发啦,你看看哪个时间段合适?@10

路予淇:一个小时了,你还没到家吗?[凋谢]

路予淇:霖霖,你怎么还不接电话了?[流泪]

这已经是十分钟前的消息。

"逐哥,看什么呢?"乔觉从水底探出,好奇地凑近,"有人发消息?"

没人发消息,倒是有人等消息。

谢逐神色未变分毫,将手机随意扣下,淡声说:"没什么。"

"休息得怎么样?"教练刚跟魏余谌沟通完问题,朝谢逐走来,"你根据自己的情况,待会儿游个两百米或四百米,我做个赛前参考。"

"四百米吧。"谢逐简短道,戴上泳镜。

旁边乔觉闻言,不禁出声:"哥你搞完体能训练才多久,这就缓过来了?"

在场都是大老爷们儿,没什么可见外的,教练面不改色地说:"男高中生嘛,精神体力都充沛。"

谢逐淡淡乜教练一眼。

挺唬人的。教练轻咳了声,没再调侃,转而喊他就位预备,准备好就开始。

秒表跳动的瞬间，谢逐俯身入水，展臂，换气，转肩，相当利落。他游法很凶，有着不符年纪的压迫感。教练是泳坛多年老手，看着不禁心生感慨。

人人都拿谢逐与谢逾岸比较，说能从谢逐身上看见谢逾岸的影子，他倒从不这么认为。

谢逐的水感得天独厚，天赋与努力齐备，甚至比他父亲更具潜力。

但这话到底说不出口，谢逾岸三个字是谢逐的禁忌，关系稍近些的，都自觉闭口不谈。

思绪短暂偏移，见谢逐游程已过大半，他重新凝神，在谢逐拍岸的同时，精准卡表。

谢逐抹了把脸上的水，俯首稍作平复。少顷，他抬手摘下泳镜，撑身上岸。

然而上岸后，他却一反常态地没去问成绩，反倒径自拿起手机，指尖在屏幕上轻点几下，不知在看什么。

这小子怎么开始沉迷网络了？教练心中警铃大作。

"谢逐！"他扬声喊，"你——"

他指着人正要训斥态度不端，低头瞥了眼计时器上的数字，又陷入沉默，表情一时十分精彩。

谢逐嫌聒噪，蹙眉头也不抬地道："有话直说。"

"你……"教练憋了半响，最终，指着谢逐的食指变为竖起拇指。

他皮笑肉不笑地道："很棒，我说你很棒。"

旁边几名队员见证他变脸的全过程，都纷纷笑作一团。教练老脸挂不住，喊臭小子们滚去训练。

谢逐却未置一词，目光停在群聊界面上，眼底倏然深暗。

——没有回复。

剧烈运动后的心跳还没完全安稳，呼吸也有些乱，他没来由地感到烦躁。

不耐烦地上滑翻页，他扫过宋亦霖最后那条消息：*我先回家，待会儿聊。*

没有犹豫，他点开聊天小窗，发：*在哪儿？*

三分钟过去，仍没有回应。

天际遥遥传来一声雷鸣，闷沉迫人，阴云压窗盖日，严丝合缝地笼罩下来。

——要下雨了。他想起她这样说过。

许多片段闪过：落日下的那双眼、荡在空中的脚踝，以及不久前在学校超市时，她抬手的瞬间，袖口遮掩下的手腕。

疤痕横亘交错。

谢逐倏地蹙紧眉。

教练刚连接好水下摄像头，正要喊人过来，抬眼就见谢逐收起手机，简单擦过头发，似乎要离开。

"你干吗去？"他不禁询问。

谢逐步履未停，只道："下雨了。"

115

明眼人都看得出来。教练心说废话,愈加疑惑:"所以?"

谢逐身高腿长,几句话的时间,就已经走到门口,闻言也不曾回头,利落地推门而出。

"我去接人。"

他这么说。

滂沱雷雨冲刷城市,风裹着雨,每一丝空气都潮湿。

阴沉了整天,暴雨突然而至,又值下班高峰,不少行人忘记带伞,狼狈地朝家跑去。

平日热闹喧嚷的广场只剩树叶吹打,城市是动态,人各有各的奔忙,宋亦霖是静态,坐在长椅上,像一片沉默的影子。

额角伤口原本已经结痂,现在被雨水浸湿,又冒出血丝。她懒得管,只垂下头,稍微裹紧外套。

上方有石檐,将将够避雨,但风太大,她的衣衫很快就铺了一层湿意。

宋亦霖拿出手机,点开打车软件,正要确认地点为北郊,却后知后觉想起什么,摸向自己口袋,空空如也。

——她在那个家里待不下去,混混沌沌地离开,竟然什么都没有带。

霉运似乎总喜欢连在一起。宋亦霖愣怔片刻,哑然失笑。

她越发觉得厌烦又没劲,正要将手机关机,却瞥见通知栏里,有一条谢逐的未读消息。

谢逐:在哪儿?

发送时间是半小时前。

目光停在聊天框,她垂眸看了许久,直到有些认不清这两个字,才慢吞吞地抬起指尖,发了个定位过去。

之后她又发了很久的呆,没想任何。雨势转急,她盯着出神,少顷,又发去两条消息。

——谢逐。

——你什么时候能来啊?

她有些累了。

雨点越落越密,砸在后颈,冷意潮湿黏腻,快要压弯她的脊梁。

脚步声渐近,来人踏过满地淅沥,宋亦霖睫羽轻颤,一道身影便压入视野,一寸一寸将她尽数笼罩。

谢逐没撑伞,一场雨将两人淋得透彻,他却恍若未觉,只目光锁着她,气息仍有些不稳。

掌心的手机屏幕还亮着,上面显示着那两条信息,等一个答复。

他说:"现在。"

阵雨滂沱,敲击石檐又溅落,"滴答"作响。

宋亦霖坐在长椅上，眉眼被雨淋得濡湿，水珠串成线从发梢坠落，凝在她睫尾，晶莹的一小簇。

轻易就碎了。

"……怎么来这么快？"她低声问，嗓音哑得厉害。

谢逐眼帘压低，眸底被阴雨浸得深暗，里面只够盛一个宋亦霖。

冷意透过衣衫蔓延，缓缓蚕食骨血，无一不在告诉他，这次是如何破了例，近乎不计后果。

不再想更多，谢逐忽然扣住她的手臂，重重一扯。

两人撞在一起，湿透的衣服严密紧贴，同样狼狈。

"怕你随便找个坑把自己埋了。"他哑声，"我来找你。"

来时路上急切，谢逐没有闲暇去想，自己究竟在规避一场怎样的意外。心跳和呼吸都是乱的，焦躁着颠倒，雨也浇不清醒。

现在他得到了答案。

当年深夜无意一瞥，后来街角辗转再遇，宋亦霖在他这儿，就是逻辑断层，思维空缺。

他早在不自觉中为她妥协无数次。

也不差这一次。谢逐说："你跟我走。"

雨水遮眼，浩浩荡荡洗刷一切。宋亦霖视线凝在他攥紧自己的手，很低地应了声"好"。

发丝被打湿，水渍接连往下流淌，她下意识地抬手擦掉，之前始终垂着的脸因为这个动作略微仰起。

额角伤口就这么袒露在空气中，淌着血丝，被雨稀释成淡粉，经少女瓷白肤色一衬，更显得浓郁。

他倏然蹙起眉，语气泛冷："谁打的？"

宋亦霖动作顿住，像刚记起这茬，缄默两秒正要开口，就被谢逐先一步打断。

"宋亦霖，"他淡声说，"别跟我撒谎。"

于是她又闭上嘴。但怕他离开似的，她扯住他的衣摆，看似攥紧，实际只需要随手一拂。

谢逐不带情绪地扫过，眼帘微掀。

"……跟我爸吵架，他推了我一下，磕到茶几了。"宋亦霖有些艰涩地说，"其实还好，问题不大。"

事关私人，他蹙了蹙眉，到底没再问更多，气势稍缓，道："先去趟医院。"

"也不用。"她摇头，"回家消毒贴个创可贴就行了，没有那么疼。"

"你这伤口大小只能用纱布。"他冷声道。

宋亦霖噎了噎："那就用纱布。"

没再多言，谢逐随她的意，问她："回哪儿？"

"北郊。"她道，又想起什么，尴尬地补充，"但我没带钥匙，要去找我妈拿备用的。"

谢逐闻言不发一语，自上而下地打量她，神色很淡。

他只问："你这个样子去？"

宋亦霖愣了愣，下意识低头看自己，不是落汤鸡胜似落汤鸡，精神状态也快快，脸上还挂了彩，的确不合适。

她抿唇："那怎么办？"

"去我家。"谢逐言简意赅，"收拾得差不多后，给你家里发条消息，再去拿钥匙。"

逻辑自洽，很有道理，但……宋亦霖看向他。

只待一会儿，又不是过夜，应该没什么问题。

这样想着，她犹疑地答应下来："好，那打扰你了。"

谢逐不置可否，没必要一直在外面淋雨，他拿出手机搜索附近车辆："吃完饭了？"

"还没。"宋亦霖如实回答，又忽然想起什么，后知后觉地问，"你从哪儿过来的？"

"训练基地。"

意思是他也没吃。

宋亦霖环视四周，早就空荡无人："可附近的店基本都关了。"

谢逐神色不改："那就回家吃。"

习惯了他的祈使句，宋亦霖下意识地应了声好。

应完又觉得哪儿不对，她侧目，却见少年仍是副疏懒模样，眉眼一如既往的冷淡。

一句两句的，怎么总感觉自己始终被他带着走？

错觉吧。她想。

北郊。小区诊所。

到底还是找专业人士处理了伤口。宋亦霖对伤口的预估比较准确，额角与其说是磕伤，更像是擦伤，并不严重。

医生是位四十多岁的中年女人，热心肠，见他们被雨淋成这样，特意提供吹风机，让他们把衣服吹干。

谢逐没用，反手塞给宋亦霖。她也的确称得上一身狼狈，就在诊所里间折腾了会儿，总算没有了那种潮冷黏腻的感觉。

整理妥当，宋亦霖从里间走出来，将吹风机还给医生："我吹干了，谢谢您。"

对方说没事，又给她开了消炎和外用的药膏，嘱咐她相关注意事项，还顺便塞给他们一把备用伞。

二人临走前，医生打量谢逐，忽然觉得似曾相识："欸，我是不是见过你？"

总觉得眼熟。"

"可能。我在这儿住。"他语气平静，掂了掂伞，道过谢，便推门离开。

诊所日常本就清静，这会儿又下着雨，更忙不起来，医生闲来无事坐在桌前，翻看手机。

推送消息五花八门，什么都有，她挨个删除，看到有条在讲月底的全国游泳锦标赛，想起女儿关注这些，便点进去看。

文章介绍了比赛规模与地点，以及大众最关注的几名选手，她指尖轻滑，目光停在其中一张照片上。

图中少年五官深邃，眉清目冷，他似乎刚参加完颁奖，绶带缠绕腕间，金牌握在掌心，正神色疏懒地跟队友交谈，矜傲自显。

时间正是去年的全运会。

俨然就是刚才那名少年。医生愣怔几秒，瞥见"谢逐"两个字，这才反应过来。

——确实是见过。

在电视上见过。


冷雨密密匝匝地掉下来。

回去中途，宋亦霖看到有家小面馆还营业，便去买了两份，拎在手里。

刚扫码付完款，屏幕就弹出来电页面，显示为迟敏。

她顿了顿，跟谢逐示意了一下后，走到外面将电话接起："妈？"

"霖霖，你没带钥匙？"迟敏的语气听起来有些着急，"那你现在在哪儿，路上没淋雨吧？"

"在北郊。我同学也在这边住，我先去他家待着。"宋亦霖挑拣着问题回答，"你下班后能给我送备用钥匙吗？"

"可以，我这会儿不忙，现在给你送来也行。"

宋亦霖打量天色："雨太大了，等等吧，不急。"

"好……那你的伤呢？去医院了吗？"

眸色稍暗，宋亦霖没有回应。

少顷，她才反问："你怎么知道这些的？"

迟敏犹豫片刻，还是如实解释："你爸给我打电话说的。说你伞和钥匙都没拿，还有伤，他出门也没找到你，不知道去哪儿了。"

不带情绪地抬起眼，宋亦霖望着雨幕，有些茫然，视线找不到任何落脚点。

精疲力竭感再度涌现，她闭了闭眼，呼吸都觉得倦，勉强开口："没事，都挺好的。妈，你上班吧。"

挂断通话，她站在屋檐下，看雨水氤氲成雾，阴云聚拢堆积，严丝合缝地压着光，见不到星点亮。

一簇水花沿雨搭砸下，她不避不躲，望着它坠向自己，逐渐铺满视野。

下一瞬，水花消失，取而代之的是深黑伞面。

她微怔，侧过脸，正对上谢逐低垂的目光："发什么愣？"

雨势渐弱，却还是落个不停，耳畔溢满淅沥声响，嘈杂却轻。

宋亦霖在少年眼底看到自己。

胸腔沉响，像被什么撞击。症状为呼吸困难，余痛绵密，似乎很难康复。

沉默少顷，她轻轻摇头，说："没事。"

回到小区已经是七点，各楼层却都暗着，不见光。问过门卫，才知道是暨城连续降雨，城市电力故障，稍后才能恢复通电。

一天下来都是倒霉事，多一件也不算多，宋亦霖没什么表情，迈步往楼梯间走去，也不拿手机照亮。

谢逐便将人拎回来，平静地打量她少顷，随后拿过她手中的东西，打开手电，先一步上楼。

宋亦霖望着空荡荡的掌心，指腹还印着淡粉勒痕，边缘泛白。

敛目，她抬脚跟上他。

两人一路无话，楼梯漫长而昏暗，时间也像被无限延展。宋亦霖低头看台阶，神色并不分明。

直到不知第几次踏上平地，谢逐的嗓音才响起："我妈是谢逾岸的第三者。

"谢逾岸死后，她再婚出国没管我，现在儿女双全，没回来过。

"上次来电话是一年前，因为看到我夺冠，她想起了谢逾岸。"

他语调毫无起伏："就算我哪天死了，她也只会怀念前夫，可惜他后继无人。"

随着话音消散，宋亦霖很轻地低下头。谢逐似有所觉，没再开口，有些烦躁地蹙眉。他从未想过自己这样苛刻，她哭她笑，他都不舒坦。

谢逐走近，俯身与她平视，少顷，他平静道："你要哭了吗？"

伪装本就不稳固，情绪分崩离析只在转瞬间。宋亦霖没回话，退开半步，让自己紧贴墙壁，不肯给他看。

但手电光束微抬，她有些无奈地蹙眉，抿唇偏开脸，沾湿的睫毛轻颤着，眼梢泛红，一片脆弱的水色。

下一瞬，光彻底熄灭。

视野迅速被黑暗蚕食，宋亦霖抵着墙，指尖攥得很紧。过了许久，她才听到谢逐的声音。

"……我说错话了。"他嗓音很低，"你不要哭。"

吵架没哭，受伤没哭，淋雨也没哭，那么多糟心事熬过来，宋亦霖却在这句话后掉了泪。

酸涩感陡然涌现，她将脸埋得更低。眼泪簌簌往下落，她抬手去擦，从始至终连一声哽咽都不曾有。

谢逐却透过昏沉暗影，看到她哭得在抖。

无端让人觉得很难过。

沉默少顷，他伸出手，动作有些生疏，很轻地拍了拍她的后背。

感知到这份安慰，宋亦霖一僵，哭得却更加厉害，额头抵在他肩膀上，很快湿热一片。

她甚至啜泣出声，哽咽着攥紧他的衣袖，如同想留住什么，却半句话也不肯讲，眼泪好似止不住，打湿衣服覆在他肩头，像发烫。

谢逐微微顿住。

他第一次感到无措，焦躁的同时，又觉得无力。

他叹了口气，抬手为她擦眼泪。那些泪水不等被干净柔软的纸巾接住，便争先恐后地跌落在他掌心，余温渐渐转凉，却如同反复将他灼烫。

谢逐顿了顿，再开口时，嗓音带了几分哑："宋亦霖，别哭了。求你，行不行。"

过了许久，宋亦霖逐渐平复下来。

她哭得实在厉害，缓过劲，才后知后觉感到眼眶酸痛，头也昏沉，很难受。

谢逐还揽着她，手搭在她后背，隔着衣衫，覆盖着浅薄的温度。她稍稍抬头，眼底是少年被浸湿的衣衫，已经起了褶皱。

有些看不下去自己的杰作，宋亦霖沉默地撇开脸，伸手抵住他的肩膀，微微退开。

发丝很轻地蹭过脖颈，勾绕间，带出几分痒意，谢逐眼梢低敛，松了手。

"我今天情绪不太好。"宋亦霖低声说，"对不起。"

太久没开口，嗓音干涩沙哑，她低头，闷闷咳了声。

谢逐按着微僵的肩膀，闻言，淡淡看她一眼："你哪来那么多对不起。"

于是，宋亦霖瓮声瓮气地说："那谢谢。"

谢逐不知道她是不是把情商也哭没了，没应。

宋亦霖见他按着肩膀，冷不丁想起自己一直抵着哭，额头都有些痛，更别提他始终没动作，肯定更不舒服。

全运会游泳冠军的肩膀可不是闹着玩的，她心生紧张，蹙眉问："很不舒服吗？你不是还有训练，用不用……"

"没事。"谢逐打断她，语气平静，"不影响。"

只是血液循环不畅，稍有点僵麻，他松了松，便示意她："上楼。"

给人添了不少麻烦，宋亦霖自觉赧然，没再耽搁时间，听话地拿出手机，打开手电继续往楼上走。

没两层，就到了谢逐家。

开锁进屋，谢逐试了试灯，还没有恢复通电，他便拎着东西径自朝屋内走去。

宋亦霖站在玄关，正要开口，就听谢逐头也不回地撂下一句："没客用拖鞋，直接进。"

她顿了顿，有些奇怪："没有别人来过？"

"我不喜欢私人空间被冒犯。"

闻言,宋亦霖看了看自己,想,那自己这算什么。

但也没多话,她依言跟随其后,来到客厅。

简单打量过四周。谢逐家很大,入目无非黑白灰三种色彩,冷淡单调,个人风格显著,对于独居来讲,这套房子实在称得上空旷。

没忍住,宋亦霖问:"你收拾得过来?"

谢逐将东西搁在桌面,言简意赅地道:"每周固定有人打扫。"

忘记这人有钱,宋亦霖"噢"了声,乖乖坐到饭桌前,拆起包装袋。

他们在楼道耽搁了不少时间,小面已经由热转温,但好在汤汁与面是分装,倒不影响食用。

到底一天没吃饭,虽然没什么胃口,但宋亦霖也硬逼着自己动筷。她胃本就不好,又着了凉,如果半夜疼起来就糟了。

"今天真挺麻烦你的。"她犹豫少顷,道,"我……不高兴时会特别轴,其实别搭理我就好,过段时间就没事了。"

谢逐吃饭比她利索,已经收拾完靠着椅背,正垂眼回消息,五官被黯淡光线映着,深挺凌厉。

闻言,他眉梢轻抬,看向她。

"如果我没去,你打算在那儿坐一晚?"

问题难以回答,宋亦霖沉默半秒,道:"我不确定。"

预料之中的答案,谢逐未置一词,神色仍旧疏懒,目光重新移到屏幕。

宋亦霖也没再作声,安静吃完饭,将残余空盒收拾好,正要起身丢掉,就被谢逐伸手截获。

"坐着。"他简短地抛给她两个字,便起身去厨房丢东西。

太自然了,好像他们本该如此。

室内太暗,任何事物都只能依稀捕捉到轮廓。宋亦霖坐在原处,望着少年修长挺拔的身影,眸光轻晃。

良久,她低声道:"我是不是挺糟的?"

这话不合时宜,也莫名其妙,她几乎说完就感到后悔,但已经不能收回。

谢逐却只是稀松地投来一眼,眼底情绪很淡,道:"所以得看好你。"

胸腔涌溢些许酸涩,宋亦霖垂下脸,将神色掩在阴影中,低低"噢"了声。

谢逐说:"你别再哭。"

"没有。"她这次答得迅速,也有些尴尬,"之前是没忍住。"

她向来能忍则忍,哭这种事太不体面,如果当时不是谢逐开口,她原本能调节好情绪。

委屈可以自己咽,被人发现才无处躲藏。

谢逐微一挑眉,没说信与不信,但见她状态如常,就没再管,转身去处理自己的事。

离迟敏下班还有近两个小时,宋亦霖摁灭手机,走到窗前看天气,雨较来时收敛不少。

还没通电,她坐在沙发上无所事事,偏过脸去看窗户,见雨水敲击玻璃,留下蜿蜒曲折的痕迹。

太安静,宋亦霖端详片刻,眼皮便不自觉发沉,昏昏欲睡。

她强撑着坐正,但到底没能抵挡困意,意识趋于模糊。

谢逐从卧室出来时,看到的便是少女熟睡的模样,姿势稍显别扭,也不知道怎么能睡着。

或许是真的累了。

宋亦霖睡得并不安稳,她半张脸埋进沙发柔软的布料,眉宇轻蹙着,嘴角也抿得平直,看起来很难过。

谢逐眼梢低敛,视线落在她眼尾,那片皮肤因哭过而泛红,他还记得那些眼泪淌过指尖的触感。

像确认什么,他弯下腰,抬手轻蹭过那处,温热的、干燥的。

一个平和的宋亦霖。


潺潺水流声似有若无,萦绕耳畔,不甚清晰。

宋亦霖睡眼惺忪地醒来,屋里屋外还是黑的,让人不知今夕是何夕,有些昏沉。

大脑正滞涩地重启,余光就瞥见谢逐从某间屋里推门而出,裸着上半身,眉眼发梢还挂着水珠。

听闻响动,谢逐擦拭头发的手一顿,对她道:"醒了?"

宋亦霖还处在思绪加载阶段,愣怔地追随他的行动轨迹,直到扫过对方精瘦有力的腰腹,才倏然清醒过来。

下意识地,她迅速坐正身子,却被沙发扶手挡了下,撞到额角伤口。

顾不得疼痛,她翻身就要起来,却因为动作匆忙,小腿不偏不倚地磕在茶几边缘。

当即吃痛拧眉,宋亦霖倒吸一口冷气,捂着痛处重新跌坐回去。

谢逐没什么情绪地看她在那儿做无用功,半天也没能真正起身。

宋亦霖刚揉完隐隐作痛的小腿,手臂就被人冷不丁一扯,她踉跄着站定,抬眼正对上谢逐。

"你在拆沙发?"他淡声问。

"刚睡醒,身体反应慢。"她尴尬地解释,话音刚落,兜里手机就响起,她看了眼,是迟敏。

原来不知不觉已经九点多了。

冷静许多,宋亦霖按下静音,望向他:"我家里人来了。"

她顿了顿:"今晚谢谢你,我就先走了?"

谢逐漫不经心地"嗯"了声,没再多言,撂下她,径自朝卧室走去。

分神间,屏幕已经熄灭,宋亦霖转回注意力,不欲多留,也推门而出。

迟敏就在门口等着,见她从楼层另一端出来,还有些惊讶:"霖霖?你跟你同学是邻居?"

宋亦霖僵硬地回了句"是",好在迟敏没问对方是男是女,只将备用钥匙递给她,叫她收好。

折腾半天总算能回家,宋亦霖舒了口气,赶紧开门进屋,去客厅给自己倒杯水喝。

"雨还没停。"她扫了眼窗外,转而问迟敏,"你歇会儿吗?"

"不用。"迟敏笑了笑,似乎有些勉强。

宋亦霖向来对旁人情绪十分敏感,似有所觉,她端水的动作顿住,几秒后,将水杯搁回桌面。

同一时间,迟敏也开了口。

"霖霖,你今天跟你爸说的那些……"

她犹豫半响,没能再讲下去,只用沉默概括:"……原来你都知道。"

原来你都知道。宋亦霖望着她,也这么想。

还真是一刻不得清闲。

有些好笑,但她懒得追问更多,只道:"是。本来没想说,毕竟都过去了。"

闻言,迟敏微松了口气:"你现在大了,很多事是看开不少。"

"可是妈妈,"宋亦霖却继续道,"我从来没说自己释怀过。

"——我只是累了。"

迟敏看着她的神色,也有些不忍,语重心长地劝慰:"很多事不是不跟你说,而是你还小,想法太理想化、太极端,等你到妈妈这个年纪就懂了。"

宋亦霖没有作声。

类似的话她听过千万遍,此刻突然觉得很烦,更多还是累。

"好。"横竖都已经坦白,宋亦霖不介意暴露更多,"那说点你不知道的吧。"

她逐字逐句地说:"自八岁那年开始,我经常做噩梦,梦到你满手血,被吓醒后整夜失眠。"

闻言,迟敏迟钝地反应了两秒,似乎明白她在说哪件事,脸色逐渐苍白。

"当初非要让我做MECT(改良无抽搐电休克治疗),是想让我忘了吗?"宋亦霖没看迟敏,盯着外面的瓢泼大雨,无奈道,"但电疗如果有效,我为什么现在还在吃药啊?妈妈。"

许多事她不想说,不代表不记得。比如宋景洲曾出轨家暴、迟敏曾自杀未遂,以及更多琐碎小事。

好的坏的,构成她整个童年,仅此而已。

"没必要。"宋亦霖像是累了,疲惫地按住眉骨,"都到这份上了,是想比谁更难堪吗？"

迟敏说不出任何话，望着她的眼神似乎很悲伤。太暗了，宋亦霖看不清，也不想再看。

"就这样吧。"她结束话题，"我今天真的很累，想早点休息。外面还在下雨，你要留一晚吗？"

"……我回去。"迟敏艰难地开口，拎着包转过身，将门打开，却没有更多动作。

宋亦霖偏过脸，就听她低声喃喃："霖霖，爸妈都对不起你。"

宋亦霖叹了口气。

"别。"她平静道，"我不怨谁。"

家庭本身就很难定位，道德、法律、人言、血缘，牵扯这些，即使爱都消耗殆尽，也藕断丝连。

不相爱却仍在维系的家庭太多，父母和孩子各有各的不幸，谁都在怨，没完没了。她是真的精疲力竭，恨得累了，就算了。

"路上小心。"宋亦霖没再多说，"晚安。"

话音落下不久，迟敏也离开了。

宋亦霖又坐着出了会儿神，很快便放弃发呆，起身去浴室洗漱，换好睡衣吃过药，径自钻进被窝。

身体受了整天的凉，寒意像顺着雨水浸入骨血，很难再暖热。

偌大房间如今只剩她自己，半盏灯也没开，宋亦霖合着眼，听着窗外淅淅沥沥的声响，大脑格外昏沉。

半梦半醒阶段，似乎总是回忆最汹涌的时刻，今天所有事在她脑海中纷飞闪过，都朦胧模糊，捉不到重点。

最后只定格在骤雨之下，谢逐攥紧她的那只手，还有那双沉暗深邃、怎样都看不透情绪的眼。

宋亦霖想着，眼皮越发沉重，睡了过去。

十月二日，宋亦霖用了整个白天，终于把所有作业赶完。

高铁列车票最终订在明早八点，下午之前大概能抵达C市，回程票订在六号下午，只待四天三夜，横竖没多少行李可带。

省队今晚的飞机，到C市安顿一夜，明天正式开始训练。梁泽川要给几位兄弟送行，在群里喊人：路总速回，一起去趟机场呗？

路予淇：你自己不会去吗？[微笑]

梁泽川：他们三个都要走啊，大半夜的，我一个人从机场回来多孤单。

薄酪：#梁泽川 独立男性#

梁泽川：？

路予淇：好吧，反正闲着也是闲着。薄酪你来不来？完事请你吃饭。

薄酪：成，路总大气，我这就出门。
路予淇：霖霖你呢，在忙吗？@10
宋亦霖正安静地看他们聊天，莫名其妙被点到，愣了下，回：在家闲着。
路予淇：那咱们凑一桌夜宵？
宋亦霖想了想，问：老地方？
"老地方"。
咖啡馆的名字取得不错，简单的问答，总让人觉得有种归属感。
宋亦霖嘴角微勾，回她：OK，等着。
事情就这么敲定下来。

几人先前往机场，正值国庆假期，大厅喧哗一片，满是拎着行李箱排队值机的游客，热闹非凡。

这次前往 C 市是省队特训，一中只有谢逐、魏余谌和乔觉，其余两三人都是外校生，此时正陆续办理值机手续，准备稍后安检。

谢逐今天穿得休闲，黑色 T 恤、深灰五分卫裤，踩着双黑白篮球鞋，他身形修长挺拔，仅是站在那儿，便吸引无数路人余光。

见此，梁泽川轻啧："谢逐这私服，他的衣柜里只有黑白灰？"

衣柜不清楚，反正家里是这样。宋亦霖想，但不能讲。

谢逐值机办得快，他单肩挎着尼龙登山包，没其他行李，插兜站在闸口，等其余几人。

魏余谌随后办完，走到谢逐身边，掂着机票同他说了句什么。谢逐便挑眉，漫不经心地朝这边投来一眼。

少年的眉目原本掩在帽檐下，一抬下颌，光影错落里，五官更显得冷感清厉。

分明同行有几人，宋亦霖却径直同他对上视线，好像从始至终，对方的目标就是自己。

顿了顿，她简单挥手示意。

然而下一瞬，对视便被迫终止。一名女生走近谢逐，仰起脸笑着对他说了些什么，随后从容不迫地晃了晃手机，想来是要联系方式。

女孩约莫二十岁出头，身材曼妙，明眸皓齿，举手投足间已然初备风情，她身为同性都免不了多看几眼。

"美女啊。"路予淇由衷感慨，"谢逐还真是校内校外都不缺桃花，酷哥就是吃香。"

薄酪看了眼宋亦霖，倒是失笑："那也没用啊，人家铁树不肯开花。"

"就没见他开过。"梁泽川司空见惯，道，"顶多再过五秒，等那姑娘把话讲完，逐哥就得拒绝了。"

话音未落，果然如他所说，只见谢逐冷淡地将人回绝。那女生也没在意，利落转身，前往值机。

"行啊。"魏余谌见人走远了，拱火道，"从进机场到现在，这是第三个了吧？"

谢逐懒得搭理，眼帘微掀，对几人示意："来了。"

"第三个？"梁泽川听见魏余谌的话，也来凑热闹，"打不打赌，你们落地前最起码能满五个。"

废话说起来没完。谢逐不耐烦地蹙眉："你闲的？"

乔觉这会儿也跟其余队友过来，闻言，当即附和道："就是，嫂……"

宋亦霖看向他。

"嫂……不是，少、"他突然磕巴了一下，"少拱火啊，逐哥搞事业，对这可没兴趣。"

话音落下，在场的除了作为话题当事人的谢逐，都若有所思地将目光落向他。

"几点登机来着？"乔觉在心底痛骂自己嘴瓢，生硬地转移话题，"好像该安检了。"

"确实。"魏余谌帮好哥们儿解围，贴心地甩了甩手中的机票，"九点半起飞，这都八点四十了。"

"这么赶？"梁泽川听罢，立马恢复正形，"那你们赶紧安检吧，反正明天C市见，到时再聊。"

魏余谌领首，又跟队友们确认了一遍事宜，见没什么问题，便招呼大家去安检候机。

就在此时，谢逐忽然问宋亦霖："明天几点到？"

离得近，宋亦霖抬起脸才能看清他，回答："下午一点左右。"

闻言，谢逐神色未改，照旧疏懒散漫，只抽出始终插在兜内的手，指间捏了个东西，卡片状，垂着挂绳。

"低头。"他言简意赅。

虽然没看清那是什么，但宋亦霖还是听话地低头。接着，脖颈被挂绳轻蹭，有几分痒，她下意识地摩挲，见那张卡片坠在自己身前。

挂绳长度是适合谢逐的，对她而言有些长，宋亦霖拎起它，问："这是什么？"

"我的证件。"他语气很淡，"训练基地有出入限制。"

宋亦霖眨了眨眼，端详少顷，似乎明白什么，将视线从卡片移开，望向他。

"知道了。"她有些想笑，眉眼很轻地弯起，"我会去看的。"

"随你。"谢逐道。

还是那副疏冷淡漠的模样。

时间确实紧凑，没再多言，谢逐示意了下魏余谌，率先前往安检。

简单道别后，少年们身影渐行渐远。最后一眼，是谢逐迈入通道，宋亦霖用口型对他说："再见。"

只是太远，什么都看不分明。

他们之间总是如此，隔着眼神都无法辨认的距离。

宋亦霖站在闸口，目送几人彻底消失在视野，才垂了眼。
"吃饭去。"薄酪伸个懒腰，惬意道，"最近竞赛竞得烦死了。"
"当给你庆祝入围一类赛了。"梁泽川说，"酪姐，可要给一中长脸啊。"
薄酪一噎："得，老李念叨完换你念叨，你俩拜把子吧。"
"走喽。"路予淇揽过宋亦霖，笑吟吟地说，"快乐时光开始了，老地方！"
宋亦霖也忍俊不禁，眼底带了几分笑："走，路总带队。"
"好说，老板请你们吃夜宵去！"

## 第八章·旧日雨

　　翌日一早，宋亦霖便背着包前往高铁站，与梁、路二人会合。
　　前往 C 市的路上有些无趣，打麻将都三缺一，梁泽川犯困小憩，路予淇戴耳机追剧，宋亦霖百无聊赖，索性也听着歌闭目养神。
　　四个多小时，转过一站，才终于抵达目的地 C 市。
　　坐这么久高铁列车实在是累，没其他安排，三人率先前往酒店下榻。路予淇和宋亦霖住双人间，梁泽川住单人间，各自回各房后，不约而同先补午觉。
　　大半个白天就这么耗完。再醒来时，宋亦霖迷迷瞪瞪地去摸手机，按亮，发现已经快四点。
　　她睡得头重脚轻，坐起身来，隔壁床的路予淇模糊听见响声，也惺忪地睁开双眼。
　　"几点了？"路予淇还有些迷糊。
　　"三点二十。"宋亦霖道，去接了杯水，"也没睡多久。"
　　"还行。"路予淇伸个懒腰，揉着眼翻身下床，"咱们午饭都没吃呢……有点饿了。"
　　宋亦霖失笑："这个点吃饭，下午茶？"
　　路予淇一想也是，便决定暂且忍着，等晚点再说，随后去卫生间洗脸醒神。
　　微信小群里，半小时前有乔觉的未读消息，问他们：人呢？怎么下车就没动静了？
　　宋亦霖这才回：刚睡醒。
　　没等来乔觉，倒是见魏余谌的消息冒出：好家伙，一觉睡到现在？
　　梁泽川也醒了，突然闪现小群：何止，午饭都还没吃。
　　魏余谌发了一个定位：那正好，待会儿过来一起撮一顿。
　　魏余谌：我们这儿大概五点结束，来就行。
　　梁泽川：OK，直接进去找人？
　　魏余谌：有工作人员查出入，这就不用管了，不是有宋亦霖吗？见她如见咱逐哥。
　　这话说得。宋亦霖有些好笑地熄灭锁屏，刚好路予淇也收拾利索，按魏余谌给的定位一查，发现打车过去要半小时，现在出门刚好。梁泽川也在微信上问她俩情况，见都没事了，三人便约车前往训练基地。

129

基地正是月底全国游泳锦标赛的举办地，市奥体中心建筑宏大，颇具规模，三人绕了半晌，才抵达游泳馆。

走近时，正有名中年男子通过门禁，往馆内迈去。工作人员看见他们，按惯例要求出示入场证明。

宋亦霖便从衣袋里拿出那张证件，工作人员接过查看，道："谢逐？"

话音刚落，前方那名男子忽然止步，侧首朝他们望来。

目光首先便落在拿着证件的宋亦霖身上，他眉梢轻扬，似乎有几分意外。

宋亦霖不避不躲，抬眼从容地迎上他，给予同等打量。男子约莫不过四十，五官俊逸英挺，穿着身黑色运动服，插兜站在原地，整个人透着股倨傲散漫的劲儿。

他神色慵懒，给人感觉却锋利，宋亦霖瞧出对方并非普通人，于是礼貌客气地一笑，权当问好。

小姑娘刚才还冷眼回视，这会儿又变脸挺快，男人像是觉得有意思，问："你们是谢逐的朋友？"

"同学。"宋亦霖道，从工作人员手中接过证件，通过门禁，"您是？"

男人挑眉，然而不待他开口，旁边的梁泽川便倒抽一口冷气："你是邵承致？"

路予淇也陡然反应过来："难怪我总觉得眼熟……"

邵承致。宋亦霖微怔，目光复杂地看向男人。

——国家游泳队总教练。

"是我。"邵承致随和地应下，懒声道，"既然目的地一样，那小朋友们，一起走吧。"

能在这儿碰见邵承致，其实仔细想来，并不意外。

时间隔得有些远，但宋亦霖依旧记得，自己第一次去"老地方"时，邵承致的名字就出现在对话中。

她原本对游泳竞技一知半解，但托周围几人的福，也算或主动或被动地了解到不少专业相关，因此对邵承致的经历有些印象。

天赋型选手，二十岁出头就获得泳坛金满贯，与谢逾岸虽然是队友，却王不见王，后来退役转为教练，依旧成绩斐然。

看来这次赛后国家队要来挑人，是板上钉钉的了。宋亦霖若有所思地垂眸，往场馆内走去。

邵承致显然轻车熟路，脚步顿也不顿，就推门而入。

敞亮的灯光瞬间铺满视野，池水深蓝，荡漾着晃动，在吊顶映出斑驳的光。到底是能容纳几千人的综合体育馆，此时虽然看台空旷，却也不难想象座无虚席的盛况。

以往都是在视频中打量，宋亦霖初次亲历现场，眼底不禁划过一丝震撼。

这会儿训练的都是省队运动员，也不是全到场了，大概二十人，各有各的训练项目。省队教练站在岸边，正对着白板斟酌队员任务。

他们几人站在二楼看台，邵承致散漫地倚着护栏，冲底下唤："老刘！"

他嗓音不大，偏偏是全场都能听清的程度，余音在场馆内散开，众人视线都转向他。

刘昭白板笔都险些摔掉，他蹙眉回头，看清楚来人也只惊讶了一瞬，之后没好气地骂："咋呼什么！就不能低调点，少影响我们队训练！"

"什么你们队我们队。"邵承致轻嗔，"我当年也是从这儿出来的，看看后辈而已，碍着你了？"

刘昭只丢去一个白眼，示意他要说话滚下来说。

邵承致笑骂了一句臭脾气，转而对三人道："他们训练估计快结束了，我下去看看，你们自便。"

说着，他就摆摆手，转身走下看台。

这会儿已经四点多，宋亦霖将目光从时钟移开，往下落，刚好见谢逐从池里上岸，教练老远抛给他一瓶水，示意他过来。

谢逐稀松接过，拧盖喝了两口，就迈步走近白板，听教练同他商量训练事宜。

他漫不经心地扫过内容，稍一停顿，似有所觉般掀起眼帘，利落地抓住对方尚未收回的视线。

二楼看台，宋亦霖垂眸与他对上。隔得太远，彼此的距离感突显，好像又重回到最初的泾渭分明。

少年站在她触不到的地方，她只能远远地望一眼。

正出神，就见谢逐眉梢略抬，没什么情绪地对她道："下来等着。"

声音听不分明，却看懂了。宋亦霖愣怔半秒，下意识地点头。

邵承致的重点关注对象本就是谢逐，自然也将两人的互动尽收眼底。他饶有兴致地挑眉，朝刘昭走去。

"跟谁说话呢？"刘昭还蒙着，但谢逐已经收回目光，转而对渐行渐近的来人淡声说："不务正业？"

刘昭也顺势望过去，见是邵承致，也附和："就是，赛前不去关怀自家队员，跑这儿来溜达。"

"刺探军情也算正业。"邵承致没正形地回他一句，"还想跟你们拉个友谊赛呢。"

够扯。谢逐懒得理，径自将水往架子上一抛，下水去做最后一组训练。

"……这小子脾气还这么臭。"邵承致牙酸道，"你带他都不觉得头疼？"

"习惯就好。"刘昭不觉得有什么，反而斥道，"天才脾气差点怎么了？有天赋还认真练，多好一苗子。你事倒挺多。"

邵承致看他的眼神仿佛在看一个被洗脑的可怜人："运动员太有自己的想法不是好事，这需要我说？"

闻言，刘昭眸色微沉，情绪复杂地叹了口气。

"谢逐还是不游蝶泳。"他道。

意料之内，邵承致不置可否，只问："跟谢逾岸差距很大？"

"不大，甚至几次超越他的纪录，"刘昭摇头，"但不够稳定。"

这倒让邵承致备感意外，压着嗓问："他个人纪录破过谢逾岸的？"

到底跟谢逾岸做了多年队友兼对手，更清楚对方实力不容小觑，而谢逐年纪轻轻就有如此成绩，实在出乎他意料。

"三次。"刘昭又是一击。

这不是老天赏饭，是老天求着他吃饭。邵承致想。

"你也关注谢逐这么些年了，他迟早要进国家队，不然我也不跟你提这些。"刘昭叹息道，"谢逐这小子……难管，但目标和执行力确实强，以后归你训，你看着来。"

邵承致也正色起来，盯着池中的谢逐，眉宇轻蹙。

"有信念是好事，成执念就麻烦了。"他"啧"了声，"你就没跟他聊过？队员心理健康很重要的，你这玩忽职守可够严重。"

刘昭怒不可遏："他是那么好沟通的人吗？你厉害你去！"

这种事儿还是得脱敏。邵承致抱臂沉思，他跟姓谢的臭小子差不多高，真起争执应该不至于气势弱……吧？

他就没带过这种运动员，还没收编入队，就先考虑以后万一意见不合该怎么办了。

另一边，训练任务进入尾声，梁泽川索性从观众席下来，去跟几个熟人打招呼。路予淇见终于能吃饭，忙不迭拉着宋亦霖研究附近美食，讨论待会儿吃什么。

宋亦霖没忌口，于是路予淇又去问另外几人的意见，巴不得当场就把饭店预订好，速战速决。

看来是饿狠了，宋亦霖忍俊不禁，余光瞥见谢逐摘下泳镜，似乎也结束训练，她思索少顷，还是迈步走近。

顺手从架子那儿取了条崭新的毛巾，她过去时，谢逐刚好抬手按在岸边，准备撑身上岸。

当初在游泳馆的意外历历在目，宋亦霖下意识地就后退两步，谨慎地保持安全距离。

动静挺大，谢逐朝她扫来一眼："站稳点。"

宋亦霖有被内涵到："我站得很稳，那次是你突然——"

不对，她急什么，这人明明什么都没说。

宋亦霖察觉自己上了套，当即闭嘴，气结地瞪他。

反应还挺快。谢逐短促地笑了声，手臂倏地发力，便从池子里上来。

宋亦霖记仇，隔着不远不近的距离，有脾气地将手中的毛巾抛向他。

谢逐看也没看，抬手拦下，随意地搭在颈后，漫不经心地道："还生气了。"

简直一拳打在棉花上。宋亦霖深呼吸，决定转移话题："省队训练时段是几点到几点？"

"早七晚五。"谢逐擦着湿发，懒声回，"怎么？"

这话有意思。宋亦霖同样采用问句："不是你让我来的吗？"

不置可否，谢逐眼帘压低，望着她。

似乎成功扳回一局。少顷，宋亦霖若无其事地从衣兜中拿出一样东西，递到他跟前。

"对了。"她语气如常，"你的证件。"

意思是那就只来这一天了。

谢逐自然没接，也看出宋亦霖的意图，他不带情绪地挑眉，又听她在那儿装没事人："不是说随我吗？"

就非得招他。

谢逐敛目。

视线相撞间，宋亦霖审时度势的技能迅速生效，她本能地感知到危机，正要收回手，手腕就被攥住，不容她后退分毫。

缎带绕在掌心，牵扯证件轻晃，谢逐拎起扫过一眼，低哂："这么听我话？"

少年自上而下地望着她，眸色深暗，分明还是副疏懒模样，侵略感却不容忽视。

腕间力道不容挣脱，宋亦霖想挣，反而被他又抬高了几分。她被迫走近半步，更缩减了彼此的距离。

"那我让你就待在我眼皮子底下，哪儿都别去。"谢逐嗓音很淡，"宋亦霖，你也照做？"

逗狼招狼咬。宋亦霖算是明白得彻底。

她又觉得他意有所指，好像从那个雨夜开始，就有什么悄然改变。

但她没空多想，话题突然从玩笑转为正经，她目光无处安放，总不能落在他身上，只得退而求其次，偏过脸。

"……我还能去哪儿。"再开口时，嗓音居然有些哑。

谢逐看她的眼神太沉，她很难辨清更多，只觉得仿佛在对她说——

别让我找不到你。

毫无缘由地，宋亦霖心慌意乱。

谢逐却不再多言，松开她，眼底透着冷意，径自朝某个方向望去。

她也下意识地侧首，正撞见刘昭和邵承致转回脑袋，动作之迅速，十分整齐。

于是显得更加欲盖弥彰。


"这小子还挺敏锐。"刘昭低骂，"你扭什么头，这不更心虚了吗？"

"我还不是看你扭头就跟着了？"邵承致甩锅，"他俩什么情况这是？"

"我还纳闷呢,你问我?"

"你这教练怎么当的,都不关心队员日常生活?"

"你说得好听,又是心理健康又是日常生活的,你怎么不改行去当咨询师?"

言之有理,邵承致当即闭嘴,佯装无事地转移话题:"哎,老刘,都几点了,你饿不饿?"

刘昭:"饿,走,先吃饭。"

翌日,C市。

白天去小吃街逛过,又去奥体中心探了班,一行人用完午饭,便各自打道回府休息。

午睡醒来已经是下午两点,宋亦霖看完时间就将手机放下,闭目养神五分钟,这才艰难地离开枕头。

结果刚抬头,就见路予淇背对自己坐在桌前,似乎在奋笔疾书着什么。

宋亦霖看得莫名:"你在干吗?"

路予淇的声音冷静且沉痛:"写作业。"

槽点太多,宋亦霖一时不知道从哪儿开始说起。

"你竟然还带着作业。"她匪夷所思,"不会就我一个人写完再来的吧?"

"应该是的,梁泽川也带了。"路予淇如丧考妣,"霖霖你太勇了,我前两天都在外面玩,回去后还要约饭,哪有空写作业啊?"

宋亦霖哭笑不得,提议道:"下午加晚上够用了,你今天搞定吧。"

"真的吗!"路予淇当即回首,眼睛亮了一瞬,又暗下来,"但这样的话,我就没法陪你出去玩了。"

"那就不出门。"宋亦霖没什么所谓,"晚饭点外卖不就好了,空调房里待着也舒服。"

路予淇深受感动,险些就要抱着她落泪。宋亦霖一句"有这工夫不如写作业",又将她老实摁回去。

背影还怪可怜。宋亦霖无奈地笑笑,拿出手机,给谢逐发消息:今天下午就不去了。

想起昨天那茬,她顿了顿,又补充:情况特殊,没有故意鸽你。

等了会儿,没有回复,料想对方大抵是在训练,宋亦霖便切到其他App,刷了起来。

三点整,谢逐回她:在哪儿?

宋亦霖如实告知:酒店。

宋亦霖:陪路予淇补作业。

谢逐:你也补?

宋亦霖:没,我二号就赶完了,但她还差挺多,不好陪我出门,我就也待屋里了。

谢逐言简意赅：我五点结束。

谢逐：之后过来。

宋亦霖望着他的消息，端详少顷，才将指尖落向键盘。

她问：你陪我啊？

谢逐只要结论：来不来？

这三个字映入眼帘，宋亦霖轻笑了声，朝后倚在床头。

她应得干脆：OK。

宋亦霖：准点去接你。

谢逐便没再回复。

奥体中心游泳馆，正是休息时间，几个队友张罗着待会儿训练结束，一起去撮顿晚饭。

商量得差不多，乔觉扭头问："逐哥，你一起吗？"

谢逐正看手机，闻言眼也不抬，只淡声说："我有人接。"

话音刚落，众人头顶的问号近乎实质。

虽说准点过去，但宋亦霖还是提前出了门，约车前往奥体中心。

临走前，路予淇还挺纳闷地问她："去吃晚饭吗？"

"不是。"宋亦霖道，告知她行程，"去接……找谢逐。"

路予淇瞬间了然，重新低头开始奋笔疾书，不忘给她来一句："好嘞，玩得愉快，今晚记得回来。"

第二句和第三句怎么听怎么古怪。

路予淇刚才也是顺嘴一说，说完才觉得不对，连忙给自己找补："呸，不是，祝你们两个有愉快的一晚。"

更怪了。

宋亦霖道："……你还是别说了。"

路予淇显然也深以为然，默默沉浸回题海当中。

抵达场馆后，训练还没结束，宋亦霖坐在观众席等候。刘昭却怕她无聊似的，将她喊到底下聊天。

"之前没见过你啊，第一次来？"他和蔼地询问，端足了长辈架势。

"嗯。"宋亦霖点头，"我也在一中上学。"

"哦哦，都是同学啊。"刘昭轻咳了声，又问，"跟谢逐关系不错？我看那小子把自己的出入证件都给你了。"

他自以为装作无意，宋亦霖却看出端倪，不由得忍俊不禁，随口道："可能因为我是他同桌。"

"同桌？"刘昭震惊，"他那臭脾气还能有同桌？"

"也不好说，才坐一起一个月。"宋亦霖半真半假地猜测，"可能以后就不是了吧。"

怎么可能。刘昭心想，就谢逐那性格，一周都觉得离谱，更别提一个月了。

但嘴上还是不能这么说，他适时地转移话题，改谈论起其他，如同每个没话找话的长辈，问起学习爱好之类的。

刘昭话语之多，语气之微妙，宋亦霖本来就敏感，自然就察觉到他的意思，有些好笑地陪他闲聊起来。

小姑娘温和懂礼，言谈大方妥当，这类孩子最讨长辈喜欢，刘昭谈着谈着，就越发感到欣慰。

"年轻真好啊。"他叹息道，"你们要好好的。"

宋亦霖微笑之中隐约流露些许疑问。

"刘昭，"谢逐倏然出声，不耐烦道，"你聊个没完了？"

刘昭一愣，扭头就见谢逐单手搭在岸边，眉清目冷地打量自己。

"臭小子，要叫教练！"他自觉心虚，佯装恼火地训回去，转而对宋亦霖道，"那我先去忙，你也不用等多久，他们训练马上就结束了。"

"好的。"宋亦霖乖巧回应，"您辛苦了。"

多懂礼貌。刘昭心中老泪纵横，将她跟谢逐对比，越发觉得自家队员气得他折寿。

而刘昭的确说得不错，宋亦霖又刷了小十分钟手机，队员们就陆续上岸，往更衣室方向去。

跟他们打过招呼，宋亦霖就起身前往场馆出口，在通道处等谢逐出来。

倒也不久，但没想到最先进入眼帘的是乔觉。他也看见宋亦霖，乐呵呵地冲她招手，快步走到她跟前。

"你来接逐哥？"他问，"怎么就你自己，另外那两个呢？"

宋亦霖最初只是在聊天框顺手发了句"接你"，却也没想到，都用上这字了。她只好点头，随后回答他另一个问题："路予淇跟梁泽川要赶作业，没空来。"

多少有些离谱，乔觉被噎住，实在没法评判，于是道："那你还没吃饭吧？我们待会儿有场聚餐，来不来？"

宋亦霖顿了顿，不好意思地婉拒："我有其他安排，下次吧。"

正说着，谢逐就从旁边走过，神色疏懒，好像并不在意他们聊些什么。

乔觉还在惋惜，退而求其次地预约："唉，那要不明天？正好他俩写完作业也丢半条命，吃大餐调理下。"

"这个可以。"宋亦霖失笑。

话音刚落，几步外的谢逐就站定，侧首看向他们，冷声道："那就过来。"

说完，他继续往前走去。

"……啊。"乔觉没来由地感到一股寒意，"你今晚有约，原来是跟逐哥吗……"

宋亦霖望着那抹背影，少顷，神色如常地笑了声，道："嗯，专程来接他的。"

嗓音有些低，没能落在前方那人耳畔。

魏余谌跟谢逐一道出来，旁听完刚才的对话，忍不住挤眉弄眼地拱火："好酸啊，逐哥，你用柠檬汁当漱口水？"

谢逐淡淡乜他一眼："我不介意用你脸皮当鞋垫。"

魏余谌很识大体地闭嘴。

谢逐走得并不快，不知道是否刻意等谁，总之，宋亦霖迈了几步就跟到他身旁。

魏余谌嬉皮笑脸地跟她打了声招呼，又问："来接逐哥啊？"

一次两次，宋亦霖听多了便总觉过于微妙："你们怎么都在说我接他？"

"噢，这个。"魏余谌张口就来，"还不是——"

"走了。"谢逐淡声打断，伸手拎过宋亦霖，不带情绪地道，"跟他们不顺路。"

宋亦霖满头问号，说去哪儿了吗就不顺路？

她疑心更重，古怪地看了眼后方的魏余谌，见对方满脸尴尬，当即折返找难兄难弟乔觉去了。

宋亦霖有些好笑地收回目光，没再追问，扯了扯谢逐的衣摆："先去吃饭吗？"

"随……"谢逐稍一停顿，改口，"你决定。"

宋亦霖确信他刚才又想说"随你"。

也算有进步。她笑了笑，说："那就先吃饭，你不是训练一下午了吗？"

谢逐漫不经心地"嗯"了声，没看她，迈步朝大门走去，只撂下句："挑你喜欢的，我都行。"

少年身高腿长，以往一步赶她两步，现在宋亦霖却跟得轻松，好像对方在适应她的步调。

不必她追，他自然会过来。

人似乎总容易被细节触动，宋亦霖敛目，看两人叠在地面上的影子，靠得很近。

"那饭后呢？"她问，"你有没有想去的地方？"

话音刚落，谢逐步履微顿，站定在原地。

宋亦霖始料未及，停得不及时，只好回头疑惑地看向他。

谢逐神色很淡，望着她的眼却深暗，眸底也只有她一道身影，不再盛其他，给人专注的错觉。

又或许并非错觉。

"宋亦霖，"他唤，"是我在陪你。你该说你要去做什么，我不会拒绝。"

指尖动了动，像是除了心跳加速，奇怪的连锁反应。宋亦霖跟他对视几秒，慢吞吞地挪开目光。

"你要把地板盯穿吗？"谢逐语气平静。

她顿住，这才抬起头，却也没看他，只低声说："……那就去市中心。"

"C市的观景楼在那里。"说着，她稍作停顿，嗓音轻缓，"我想去。"

"那就去。"他淡声说。

宋亦霖睫毛压低,"嗯"了声。

她习惯附和他人,过早将自己的意愿丢弃,久而久之就习以为常。

没人告诉过她,该说自己想要什么。

——而那个人不会拒绝。

从街边拦了辆车,目的地定为市中心的商圈,毕竟要先解决晚餐,闹市店铺总是最多。

上车后,宋亦霖拿出手机,做起当地美食功课,以防稍后耽搁时间还踩雷。

谢逐抱臂倚在位置,未置一词,闭目养神。司机几次想搭话闲聊,都被他那副冷淡神色劝退,讪讪闭嘴。

宋亦霖看得好笑,锁定目标饭馆后,就预约位置,随即收起手机,看起窗外飞逝的街景。

不多久,就听谢逐的声音传来,疏懒散漫:"刘昭跟你说了什么?"

没想到他会问这个,她偏过脸,见人仍旧在小憩,眉目清冷深邃,辨不出有无情绪。

宋亦霖怀疑他早就想问,但没什么证据。

"也没什么,"她道,"就说年轻真好。"后面那句离谱的话就没必要提了。思索片刻,她又概括性补充:"还说你脾气差,居然会有同桌。"

哪知话音刚落,谢逐就眼眸略抬,望向她。

"我脾气哪儿差了?"他道。

宋亦霖心想,哥,心里有点儿数。

"……说实话,其实还好。"她仅发表个人观点,"也没见你怎么凶过我。"

谢逐乜她一眼,不予置评,重新进入休憩状态。

车程漫长,正赶上堵车高峰期,挨过四十多分钟,才抵达目的地。

打表计费并不便宜,宋亦霖正要扫码付款,谢逐就抬手将她拎去车外,另一只手利落地在屏幕上点两下,交了费。

宋亦霖已经数不清是第几次被他单手制裁,无奈道:"能不能别总拎我,我也不轻吧。"

"就你,"谢逐敛目,懒声道,"体训热身都不够。"

就当他在说自己瘦了,宋亦霖想。

餐厅在商场四层,位置挺隐蔽,店铺面积不大,却有许多人推荐,是家私人小厨。

刚入夜,正是客流量上升期,人声喧嚷,到处都热闹。宋亦霖事先从 App 订了位置,二人倒没耽搁时间。

店里人虽然不少,上菜速度却挺快。宋亦霖拿出手机拍了张照片,习惯性地想要发给迟敏,却突然想起什么,指尖顿住。

她动作停滞得太明显,谢逐眼帘微掀:"怎么?"

"没事。"宋亦霖若无其事地笑笑，将手机搁下，"本来想发小群的，又突然觉得，别再气薄酪了。"

谢逐眉梢轻挑，不置可否，瞧不出信还是没信，只道："她在暨城玩得不比你差。"

倒也言之有理，宋亦霖耸肩，原本就是随口搪塞，也没再继续这个话题。

但提起这茬，她不禁想起酒店里奋笔疾书的二人，于是将照片发给了路予淇。

直到快吃完饭，才收到回复——

路予淇：[微笑]你是替薄酪来寻仇的吗？

写完作业的人就是爽。宋亦霖失笑，丢个表情包，又承诺给她带奶茶回去，才勉强安抚了对方受伤的心。

饭后，两人离开四层，转而去楼下转了转。宋亦霖从古着店买了点小东西，准备付款时，看到挂饰架上有个石塑黏土挂件，模样怪有意思。

小人不足巴掌大，戴着顶棒球帽，灰T恤、黑裤、篮球鞋，插着兜表情冷酷，既视感很强。

拽里拽气的，宋亦霖一眼就锁定它，于是拿起来打量，问身边人："怎么样？"

谢逐拎起挂钩，小人就在指尖旋转半圈，他言简意赅："玩具？"

一时不知该吐槽什么，宋亦霖无语："是挂件，我想买来送你。"

"陪玩费用？"

"……这么理解也行。"

他短促地笑了声，嗓音很低："我这么不值钱？"

话虽这么说，他却也没把东西放回去。宋亦霖瞥他一眼，说："不要算了，换个衬你身价的。"

谢逐却道："它旁边还有一个。"

闻言，宋亦霖疑惑地侧首，才注意到小人挂件旁还有个同款，只不过是长发，穿着条黑白背带裤，笑吟吟地比着"耶"，脸颊还带腮红。

石塑黏土光泽漂亮，她拿起看了看，觉得给自己买一个也未尝不可，于是就一起拿去收银台结账了。

三百多块钱如水流走。

两个小人跟其他物件都装在袋子里，宋亦霖腾出手，拿出属于谢逐的那个，刚要递给他，结果这人却将袋子一起拎着了。

掌心还摊开着，此时空闲下来，她抬头看他，他冷淡地看向别处。

商场吊顶缀着几条横幅，其中一条是宣传一场大型地区赛事，民乐专项，月中将在市音乐厅举办。

原本只稀松掠过，谢逐却略一眯眼，微抬下颌，示意："那是你？"

这话说得突然，宋亦霖怔了怔，也顺着他的目光望过去，果真在宣传横幅上看到几抹身影，格外熟悉。

都是往届的优秀选手，而她也在其中。

这场赛事一至两年一届，举办地多数时候定在 C 市，因此看到这个，宋亦霖并不意外。

"是我。"她颔首，"都是去年暑假的事了。"

"拿的一等奖？"谢逐问。

"不，一等奖有很多名额。"她轻笑，挑眉道，"我是特等奖，仅此一个。"

说这话时，她眼底晶亮，刚好与横幅上捧着奖杯和证书的少女重合，眉眼藏不住的恣意矜傲。

谢逐垂眸看她，没有多言。

宋亦霖是骄傲的，与意气自满无关，是锋芒内敛，脊骨不折，投在地面的影子都向上。

"嗯。"他收回目光，淡声说，"仅此一个。"

这时才八点刚过半，正是入夜最繁华的时段，宋亦霖给路予淇买完奶茶，就打算去 C 市的观景台看看。

但一路听到不少游客都在讨论前往，不难想象那里的盛况。她思忖少顷，在手机上搜了搜，迅速改变主意。

最终去了商场顶楼。

顶楼其实理论上不能进，但她在 App 上看到不少人探过路，还给出了相应路径，就畅通无阻地上去了。

推门迈入天台，宋亦霖哑然失笑："果然。"

斜对面就是观景楼，隔着段距离都能看到密密麻麻的手机灯光，反观这里，偌大天台只有十几个人，格外空旷。

晚风猎猎喧嚣，C 市夜里比暨城清凉，风拂过耳畔，发丝也散乱，宋亦霖却感到久违的舒心，轻快地倚在护栏上。

谢逐不疾不徐地站定在一侧，他对俯瞰夜景没什么兴趣，目光只落向她的眉眼，见那里浮现清浅笑意，是真切的自在坦荡。

淡然收回视线，他道："离开暨城，你好像很开心。"

闻言，宋亦霖微愣，随后笑着回他："是。

"——我讨厌那个地方。"

冰冷，桎梏，回忆到处不堪，在暨城日复一日地麻木着，那些阴暗像望不到尽头。

现在她短暂逃离，站在台阶上向下望。万家灯火通明，整座城市将视野点亮，是热腾腾的烟火气，是难得的栖息地。

地面行人如蝼蚁，热闹地簇拥在明灭的光里，宋亦霖想，如果从这儿坠落，大概也要被光吞没。

"今天还是谢谢你。"她偏过脸，对谢逐道，"C 市的夜景很漂亮。"

她的眼睛被映成琥珀色，灯火人间被笼在其中，飘晃着破碎，又散成星点，淹得眼眸更深。

谢逐看了她半晌，才懒声道："的确。"

"你根本就没看，还敷衍。"宋亦霖失笑，语气无奈，"再不看都要错过了。"

谢逐却懒得多言，漫不经心地朝远方眺去，想着：今晚最值得入眼的景，自己半分都没错过。

宋亦霖站在高楼之上，从几十米的高度向下俯瞰，璀璨灯火尽收眼底，风就绕在耳畔，温度触感都陌生。

让人毫无道理地想停留在这里。

"你之前不是说，可以互换事情吗？"她忽然道，嗓音很轻，被风吹散到几不可闻。

谢逐眉梢略抬，倒是不置可否："现在？"

宋亦霖"嗯"了声，率先开门见山，抛出个问题："你明明蝶泳破过赛事纪录，为什么后来不游了？"

"没破谢逾岸的纪录。"他回得简短干脆，道，"你之前拍完照，想发给谁？"

"我妈。你很在乎能不能超越谢逾岸？"

"多少。"谢逐言简意赅，见她想问原因，于是淡声道，"从我开始游泳，媒体就把我跟他捆绑对比。那女人给我取名，也是要我追逐他的脚步。"

他难得讲这么多，宋亦霖听得微怔，少顷才平静地点头，示意明白了："欠你一个问题，问吧。"

"你的休学原因。"谢逐道，"我只听真话。"

虽说早有预料，但听见"休学"两个字，宋亦霖还是下意识地掐紧掌心，感到些许焦躁难安。

下一瞬，手腕被攥住，收拢的指尖也被人逐一松开，以不容置喙的力度。

"不能说就不说。"谢逐冷声道。

"……没有。"她轻声道，"就是没跟人提过这些，不知道怎么讲。"

说完，宋亦霖停顿几秒，从头开始概括："之前提过的宁念楚，我曾经跟她是朋友。她在重点班有个关系不错的人，叫严成远。

"最开始没什么，我跟严成远交集不深，因为一起玩的朋友都认识，所以他加我微信，我就直接通过了。

"但后来……他找我聊天太频繁，经常越过宁念楚找我。周围朋友都觉得不对，宁念楚也开始疏远怀疑我。"

其实她已经有意避嫌，平时尽量避免与严成远碰面，却不懂为什么在他人口中就是"做贼心虚"。

直到高二那年。

"大概是十一月。"宋亦霖说，"我不希望别人误会我和他的关系，所以单方面删掉了他的联系方式，想划清界限。"

那是一切流言蜚语的开端。

即使时隔近一年，宋亦霖回想起来，仍觉得好笑："他可能是觉得没面子，所以先下手为强，告诉朋友当初是我主动找他，后来一传十十传百，就彻底闹大。"

并不是多有趣的故事，宋亦霖长话短说，省去多余的描述，客观且冷漠，像在讲述旁人的经历。

却也闭口不提休学前那段日子，她究竟受过什么苦，她似乎早已消化那些委屈，或者，只是不愿听旁人安慰。

谢逐看了她少顷，才语气很淡地撂下句："算你抵消两问。"

"还挺大度。"宋亦霖哑然失笑，随口道，"我说真话千字三百，这次便宜你了。"

"我现在可以转你三万。"

宋亦霖一噎，利落地切换话题："你游泳是因为喜欢，还是只想超过那个人？"

代称用得隐晦，但问题也难掩尖锐，谢逐不带情绪地扫了她一眼，后者兀自看风景，又装作若无其事。

"这题多选。"他懒声说，"我要的，都会得到。"

恣肆轻狂，语调散漫，少年矜傲显而易见，掷地有声。

听罢，宋亦霖了然地笑笑，并不意外。

谢逐本就是这样的人，她想。天之骄子，备受瞩目，注定有更敞亮的路等他去走。

即使近在咫尺，也像她触不到的风。

"最后一问。"收敛多余心绪，宋亦霖看了眼时间，道，"答完我们也该走了。"

压轴题向来最难，她迅速为任何可能打好腹稿，就等他开口。

——而谢逐并不是合格的出题人。

他问："今天你是真的开心，还是敷衍？"

超纲了。宋亦霖没准备这道题的答案。

她怔然看向身边人，少年眉目疏冷深邃，目不转睛地望着她，眼底情绪很淡，正耐心地等她一个答案。

在这场对视里，宋亦霖听到胸腔传来闷钝的响，是心跳不听话。

"……是真的。"她开口，嗓音不自觉有些低，"真的开心。"

尽管很快就要回到暨城，家里的糟心事乱七八糟，她还不知该怎样面对迟敏和宋景洲，更头疼那些还没了结的旧人旧事。但管他的。她始终有许多不明白，至今也是。

至于明天跟未来，还是晚点来扫她的兴吧。

"走吧。"宋亦霖从台阶跃下，"奶茶都该放成常温了，路予淇待会儿要生我气。"

谢逐没应，只用行动表示答复，朝顶楼出口走去。

夜景本就只够欣赏片刻，这会儿天台游客们都拍完照，走得干净，只剩风裹着谈笑声拂来，吹散很远。

二人身影映在地面，短短长长，不规则地晃。宋亦霖紧紧跟在谢逐身后，注视那两道影子，半晌，很轻地开口。

"谢逐。"她唤，"你既然知道这些，就该清楚，其实不该跟我走这么近。"

有些话只有对着背影才好讲，偏偏对方不肯配合，略一侧身，打量的目光就落在她眉眼上。

睫毛轻颤，宋亦霖下意识地偏开脸，不着痕迹地避了避。

然而，下颌随即被抵住，以不轻不重的力道，谢逐掌心稍加一抬，她也随之仰起脸。

少年眼帘压低，自上而下望着她，漫不经心地道："那是我的事。

"——我只需要清楚这点。"

说完，谢逐就利落松手，没再多言，径自转身离开。

风静。宋亦霖站定原地，张了张口，最终却归于沉默。

胸腔有难言情愫在沸腾，滚烫，久久不肯停歇。

而她不敢去探究其中原因。

回到酒店时，奶茶果然已经从正常冰变成了去冰。

路予淇倒没异议，只是感慨："都快十点了，我真就差打电话问你还回不回来了。"

宋亦霖无可奈何，解释："国庆假，人多堵车。"

"好的好的。"路予淇一通点头，根本没放心上，转而八卦道，"你们今晚都干什么了？"

宋亦霖正收拾换洗衣服，闻言手上动作不停，只示意拎回来的纸袋："吃饭，逛街，看夜景，顺便买了点小东西。"

路予淇"啪"地插好吸管，喝了口奶茶，稍显遗憾："这么常规啊。"

这话说得。宋亦霖看她一眼，挑眉："还有不常规的？"

路予淇当即轻咳几声，掩藏自己有问题的思想："怎么会，我就随口一说……欸，我作业写完了！我们明后天出去玩！"

话题转得还挺生涩。

宋亦霖笑笑，应了声好，随后去浴室洗漱一番，等换过睡衣，便一身清爽地栽进床里。

从古着店买的东西先前被她随手放在床头，动作间，袋子倾斜歪倒，里面的物品散落而出，她给拎正，余光瞥过那个石塑黏土小人，滞了滞。

指尖钩住挂环，宋亦霖拎起这小东西，搁在掌心打量，若有所思。

她不迟钝，在人情世故方面往往通透，对他人态度更是敏感，也正因如此，她才感到些许迷茫。

宋亦霖最初只是想跟谢逐交好，为自己谋个靠山，却从来没往其他层面考虑过。

局面似乎又往失控边缘靠拢几分。她索性不再想,将小人塞回纸袋,扯过被子,睡觉。

反正他们本就不是同路人,厘不清,就不厘了。

C市四日游转瞬即逝。

开学当日,迎接他们的就是假期过后的收心考,接连两日,还要上晚自习。

假期摆烂是人之常情,更何况考试后还有校运动会等着,学生们更没心思全力赴考。唐筱也清楚这一点,因此没在班里扯什么官腔鼓励,只叫他们多少做些考前复习。

回到C市后,宋亦霖始终没跟家里联系,搁久了也就忘了。她忙着临时抱佛脚刷题,争取这次让自己的数学成绩好看些。

考试结束当天,十六班晚自习时欢呼放纵,仗着运动会在即,各班老师睁只眼闭只眼,干脆得寸进尺蹬鼻子上脸,自行热闹起来。

班长带头掏钱买零食分发,讨论十号运动会开幕式的事。刚好运动员报名表也该开始填写,班里讨论得一片热闹。

"死亡三千米,猜拳定生死,是男人就跟我划一划!"

"不就三千米,期末体测乘二而已,没出息的……剪子包袱锤!"

"你们演小品呢,赶紧报名!运动员才有资格吃零食!"

梁泽川先下手为强,压根没掺和他们插科打诨,兀自"唰唰"几笔写上自己的姓名,抢占了短跑和接力名额。

有男生骂:"梁泽川你狗不狗啊!快给哥们儿也写上!"

梁泽川拒绝加入纷争,搁笔让他们自个儿争去,转头正要问谢逐的想法,就见他从桌洞里拎出包,似乎要走。

他一愣:"逐哥你早退?"

"队里开会。"谢逐散漫地扯开椅子,"怎么?"

"没,就是问你打算报哪个项目?"

"无所谓。"他简短道,"剩哪个就报哪个。"

梁泽川恨不得拿喇叭录下来循环播放,冲一众猜拳定生死的男生道:"听见没,啊?什么是十六班荣光?"

"闭嘴吧你。"路予淇正打量女生项目,闻言头也不抬地道,"就报个短跑接力还好意思说别人。"

梁泽川理所当然:"三千米给体育生承包,我凑什么热闹。"

"你可以报一千五百米。"旁边的宋亦霖温馨提示。

梁泽川面如死灰。

男子三千米和女子一千五百米都不是必报项目,多分给各位体育生来顶,没什么可躲,但一千五百米和八百米——

"八百米每班最少一个名额。"宋亦霖看了眼单子,道,"我报吧。"

话音刚落,瞬间一众女生过来捏肩送零食,就差给她发个十六班英雄奖。

宋亦霖哭笑不得,没见过这么大阵势,连忙声明:"我就随便一报,拿不到奖的。"

"那有什么,报女子八百米的都是我们班的宝贝!"

"就是,你到时只管冲,累了就走两圈,我们给你喊加油!"

想象了下那场面,宋亦霖默了默,委婉地让她们呵护嗓子,不用太注重这些仪式感。

于是运动员名单基本敲定。

放学后,宋亦霖背了满书包零食离校,都是来自同学的投喂,足以看出班里女生对八百米的深恶痛绝。

回家路上,她掂了掂背带,颇有重量,不由得有些好笑,轻轻地弯起嘴角。

"想到什么了?"

低哑的男声自耳畔响起,距离很近。

反应只需半秒,宋亦霖敛了笑意,转身就要往有光的地方走,然而来人仿佛早有预料,更快地扣住她的肩膀,把她扯了回去。

男女力量终究悬殊,宋亦霖踉跄几步,也没打算就这么顺他意,当即蹙眉喊:"严——"

话音才出,就被对方不容置喙地捂住嘴,一把按在墙边。

她挣不开,索性不再白费力气,垂下手臂,冷冷地注视着他。

许久不见,严成远还是那副光风霁月的模样,鼻梁上架着一副眼镜,遮掩几分眸底暗色,从容不迫。

"在新班级很开心吗?"他低声说,"笑得那么好看。"

宋亦霖眉间拧得更紧,趁他松懈力道的瞬间,将他的手拍开:"关你什么事。"

严成远闻言,神色浮现些许无奈,问:"好吧,那换个问题,为什么不通过好友申请,还在生我气吗?"

"严成远。"宋亦霖真的困惑,"你装得累不累?当初跟别人说谎的是你,现在纠缠不放的还是你,怎么,怕我旧事重提?"

"霖霖,我真的错了。"严成远握住她的手腕,语气染上急切,"当初是我不对,我太要面子,我和你道歉,你不要怪我,好不好?"

宋亦霖突然觉得没劲,手腕被攥得生疼,她垂眸想甩开,却没能成功,不由得更加烦躁。

"那当时你怎么不说呢?"她问,"你,你们,还有那群看热闹不嫌事大的人,是不是觉得我挺有意思?"

话说到最后有些颤,宋亦霖及时住嘴,没让情绪流露得太明显。

她分明催眠自己快忘记,有人偏要重新将那段回忆挖出来。

宋亦霖倏然闭眼，想得头疼，胃里都开始翻涌。

"不会再有那种情况出现了。"严成远哑声道，眼底是近乎病态的偏执，"我向你保证，你回来好吗？别跟那个……"

话未说完，只听耳畔脚步声渐近，似乎有人正往这边走，他蓦地闭上嘴。

宋亦霖懒得搭理，看他率先收手退开，神情相当谨慎，结合方才的发言更显得可笑。

"太晚了，我先走了。"严成远短促地道，"你好好休息。"

话音刚落，人已经转过拐角，抄近路离开。

时间卡得不错，严成远前脚刚走，来人后脚就踏入这条小道，是个女生，看见宋亦霖还惊了下。

宋亦霖面色如常地扯起背包，对女孩礼貌地笑笑，随后与她擦肩而过。

直到走出很远一段距离，走到路灯敞亮处，过往有学生嬉闹谈笑时，她才站定在原地。

指尖仍然冰凉，宋亦霖将手插进外套口袋，触到一支金属触感的东西，确认它还在。

攥紧几分，她拿出来，没什么情绪地打量。

——一支处于开启状态的录音笔。

回到家后，宋亦霖挂好外套，将录音笔搁在卧室桌面。

没急着查看内容，她洗漱过后，才坐到电脑桌前，开机将录音笔连接。

戴上耳机，确认音频清晰无损后，宋亦霖拷贝几份到网盘与电脑，随后将其中一份拖到某个加密文件夹，保存。

文件夹内有四五个音频文件，其余的上传时间截至去年她休学，最新的则是今晚。

挨个听过，耳机内是她重复过千百万遍的内容，纷乱的人声掺杂着噪声，她却能清楚辨认出各自是谁。

冷蓝光影洒落，映在宋亦霖眼底，光点沉浮又埋没。她轻叩了叩桌面，若有所思。

录音是从去年开始收集的。

她向来不是什么逆来顺受的人，既然对方人多，她抵抗无效，那就自寻出路，总不能只有她自己不好过。

宁念楚，严成远……来日方长，他们走着瞧。

摘掉耳机，宋亦霖疲倦地捏了捏眉骨，抬手合上电脑。

今夜过于疲惫，她靠着椅背，不带情绪地注视着窗外昏暗的夜色，许久，才倦怠地合眼。

## 第九章·穿堂风

运动会举办两天,高三作为毕业班,没有参与资格,因此是只属于低年级的热闹。

八点半开幕仪式正式开始,在此之前除了有节目展示的社团,所有学生都要在各班照常上早自习。

当然也没人真的会学习。班里吵闹一片,话题五花八门,宋亦霖昨晚没睡好,早自习索性用来补觉,进班后就盖上校服闭目养神,两耳不闻窗外事。

太困,外界喧闹也没有影响她眼皮发沉,很快就昏昏欲睡。

"梁泽川,你的项目是不是在早上?"路予淇从体育委员那儿借来运动会时间安排表,边翻阅边问,"我看今天上午基本都是短跑。"

"是啊,十点有一场预赛。"梁泽川答完,又反问,"你问这个做什么,要给我加油送水?"

"你跑的是六十米。"路予淇面无表情,打碎他的念想,"还加油送水,我刚开口你人都到终点了,扯什么呢。"

梁泽川一想也是,不禁懊恼地骂了声:"早知道报长跑了,我能不能替跑?"

"那倒不用。"路予淇优哉游哉地提议,"谢逐不有个男子三千米吗?你在内圈全程陪跑不就行了,我在终点接你。"

梁泽川:"……拿担架接,直接送火葬场火化的那种?"

路予淇憋着笑了声,没搭理他。

游泳队今天照常晨训,谢逐七点半才踏入班级,见满室的喧闹中,只有宋亦霖安静得突兀。

也不知道怎么能睡着。

"昨晚没睡好,补觉呢。"路予淇见他看向宋亦霖,便低声解释,"趴了有一会儿了。"

的确,压低声也没什么用,班里更闹腾的大有人在。

谢逐简短地"嗯"了声,像并不在意,径自落座,扯座椅的动作却是轻的。

早自习转瞬即逝,下课铃一响,学生们瞬间都蜂拥着往教室外去。路予淇原本想把宋亦霖喊醒,结果门口有朋友喊她,就先去了趟外面。

八点要求全体学生入座,谢逐正要起身离开,余光瞥见旁边人还一动未动,于是叩了叩桌面,轻声唤:"宋亦霖。"

宋亦霖似乎还没醒，听见声响，也只有埋在校服下的脑袋动了动，幅度甚微。

谢逐蹙眉，抬手将校服掀开半边，而宋亦霖刚好半梦半醒地睁开眼，慢吞吞地抬起头。

她是侧着脸睡的，不偏不倚，正对着谢逐的方向。

眼看她迷迷糊糊要撞上自己，谢逐按了按她的额头，推开几分。

宋亦霖本来就刚醒，反应跟思考能力都掉线，下意识地便压下那只挡住自己的手，皱着眉仰起脸。

下一瞬，她很轻地滞住。

二人近乎鼻尖相抵，距离堪比纸薄。少年眼帘压低，眸底被眼睫掩出小片暗影，衬得更深，里面盛住她。

周围尽是嘈杂声响，人声、脚步声，仿佛世界苏醒，向着耳畔纷乱而至。而此时此刻，也无人有闲暇去在意教室后排的情景。

宋亦霖僵住，大脑短暂放空，醒是醒了，思绪还是迟缓的，不知道自己该推还是该退。

迟钝地感知到氛围的微妙，她睫毛轻颤，自乱阵脚地垂下眼。

目光扫过她绯红的耳尖，谢逐眸色微沉。

"逐哥，干吗呢？"

梁泽川的声音突然传来，他人在正前方，几步之外。

从他的角度，宋亦霖刚好被校服遮挡，看不分明，他于是瞬间了然："宋亦霖还睡着呢？"

谢逐没应，只淡淡乜他一眼，随后将校服松开，径自扯开椅子起身，离开教室。

与此同时，校服落下，宋亦霖也慢吞吞地坐正，眼底不见半分困意，分明是早就醒了。

但耳尖是红的，不明缘由。

不待梁泽川思考，那边路予淇就已经回来，见宋亦霖起来，忙不迭唤她："霖霖，快点，该集合了！"

宋亦霖这才回神，顾不得其他，迅速穿上外套："这就来！"

下楼途中，刚才的热意似乎仍未消退，她不自在地揉了揉耳朵。路予淇瞥见那抹红，不禁疑惑："这都入秋了，你这么热？"

"没有。"宋亦霖当即放下手，一本正经地胡诌道，"可能是睡觉睡的。"

路予淇虽然觉得微妙，但好像也合理，于是接受这个解释。

运动会本就管得松，走上操场放眼望去，基本人手一部手机，个个都放飞自我。不少女生都化了妆，跟好友一起拍照。

操场广阔，观众席围满半周，各班班旗迎风飘荡，框入视野相当漂亮。十六班位置不错，正安排在主席台一侧，绝佳的观赛地段。

落座后，体育委员立即给每人发了一张纸，按惯例让写运动员的加油稿。宋亦霖现场搜索，抄了几句不那么中二的上交，之后就清闲下来。

运动员方阵需要各班推送几名代表，体育委员来问时，旁边几名女生跃跃欲试，顺道喊宋亦霖一起。宋亦霖笑着说想补觉，就没掺和。

路予淇和梁泽川都有社团方阵要走，他们在班里待了没几分钟，就被工作人员喊去后场准备。宋亦霖看一众人来往忙碌，自己倒成了最闲散的那个。

运动会前其实还有个小插曲，那就是郑晖转班了。自从上次被宋亦霖算计过后，他便老实不少，但因为人缘差，随着宋亦霖融入集体，和大家打成一片，他自然成了那个边缘体，没多久就愤愤转走。

班级氛围倒也更轻松。

天气晴朗，日光敞亮，风也吹拂得温和，宋亦霖陷在朝气蓬勃的同龄人里，沉默着发了会儿呆，闭眼靠着背后台阶。

换作从前，她还能打起精神融入集体，但如今太久没参加集体活动，她只觉得无所适从，更有些累。

这种想法持续到下一秒。

她被人轻揉了下脑袋。

宋亦霖愣怔抬眼，猝不及防被阳光晃了一下，又不适应地蹙眉微闭。接着，头顶微沉，阴影瞬间遮盖而下，替她挡住那些过于刺目的光。

"戴着。"谢逐低沉冷淡的嗓音自上方传来，"待会儿还我。"

宋亦霖"嗯"了声，稍微调整帽檐，抬头看他："你要出席方阵吗？"

"那必须！"体育委员刚收完稿子，闻言来凑热闹插话，"逐哥可是咱班的排面担当，我求了他快半个月呢，为班级做贡献。"

"也是为新生妹妹们做贡献。"旁边的女生感慨，"但逐哥你放心，这次我们一定严防死守，你的联系方式绝对不会出现在校墙评论区。"

女生叫叶嘉瑜，是班里的文艺委员，同为音乐生，平日跟宋亦霖走得近。

听完这话，宋亦霖哑然失笑："意思是有前车之鉴？"

"那可不。"叶嘉瑜说着，当即拿出手机，"那两天表白墙都被他刷屏了，简直盛况，我给你翻翻。"

"去年应该大部分是学姐吧。"宋亦霖好奇，转而问谢逐，"你收到多少条好友申请？"

揶揄意味太明显。谢逐扫她一眼："一条没通过。"

似乎这才是重点。

宋亦霖愣了愣，还没说他答非所问，谢逐就抬手将她的帽檐按低，懒声道："走了，你们聊。"

最后一句其实完全不必加的。

但直到他离开看台，走出很远的距离，宋亦霖跟同学插科打诨半响，才明白过来他的用意。

正出神，耳畔就传来一道提议："欸，正好人都在，咱们几个拍张照嘛。"

"就等这句话了，没看我特意化了妆。"叶嘉瑜欣然道，"来来，宋亦霖，不负咱们颜值班的名声，美女快来合影！"

宋亦霖忍俊不禁，久违地感受到些许刚入学时的快乐，也没推辞，坐过去跟她们一起。

照片中，几名少女笑闹着挨在一起，光也明媚，眉眼笑意都干净清亮，定格在手机屏幕。

正是十几岁该有的样子。

下一瞬，开幕式音乐响起，响彻整个操场，众人纷纷停下交谈，朝场中央望去。

宋亦霖坐在看台偏上方，观景的好位置，她的视线稀松地扫过满场攒动的人群，一眼就锁定自己正在寻找的人。

暨城一中校服平平无奇，穿在谢逐身上，却出挑得让人挪不开眼。

少年身形笔挺，五官深邃，神色疏冷，仅仅是漫不经心地伫立在那儿，就吸引了无数人的目光。

方阵所处的位置靠着高一部，宋亦霖看到不少女生的手机方向一致，都朝着他，想来是在拍照。联想刚才提起的表白墙，她不由得轻轻笑了声。

而不知是有什么默契，谢逐眼帘微掀，稳稳同她对上。

他似乎总能在茫茫人海中一瞬间找到她。

没来由地，宋亦霖嘴角的笑意更深，随心所至，她蛮幼稚地招招手，用口型对他说："有人在拍你。"

谢逐眉梢轻挑，似乎低哂一声。

"不管别人。"他说。

他只看向她。

一中这两届学生很会整活。

各班学生方队走完后，正式进入社团展演环节。红黄青蓝紫的被套舞，广场转扇子舞，社团COS施工队，一个赛一个离谱，在场学生们的呼声也一阵比一阵高。

但大概没有校领导的血压高。

展演结束后，便轮到校领导逐个发言，先前走方阵的学生也都陆续回来。宋亦霖事先留了位置，招手示意。

此时看台坐得拥挤，稍有不慎就容易碰到旁人，谢逐却没这个顾虑，腿长，三两步便跨过半数台阶，走到她跟前。

宋亦霖没起身，颇为自然地拍拍身边空位："走了四百米辛苦了，坐。"

听语调是挺轻快，谢逐略一挑眉，在她身侧落座。

宋亦霖取下帽子，反手递给他，随后疑惑道："运动员方阵不是按班级排序吗，你怎么站队首？"

"当然是魏余谌办的好事了。"梁泽川跟路予淇也姗姗来迟，闻言忍俊不禁，"魏余谌不是运动员代表吗？非说逐哥是高二部排面，得搁最前排。你是没见走方队的时候,我感觉那些姑娘快把他盯穿了。"

宋亦霖了然,据她观察当时也的确如此,便侧首对谢逐道:"确实,挺多学妹在拍你。"

谢逐随意将帽子戴好,漫不经心地回:"你倒替我注意了。"

他对周遭余光都欠奉,向来如此。

宋亦霖正欲开口,耳畔便冷不丁传来唐筱幽幽的警告声:"你们几个,偷着聊天也该有偷着聊天的样吧。"

刚才的确忘记压着嗓音,宋亦霖轻咳了声,抬头对唐筱心虚地笑了笑,悄声说:"不说啦。"

路予淇也挨着坐过来,双手合十,学着她悄声说:"唐姐饶命啊。"

她俩实在是爱演,唐筱看得哭笑不得,却也心生几分欣慰,对宋亦霖。

开学一个多月,她见证这小姑娘从满身防备,到现在坦荡爱笑,周围也有了许多朋友,不难看出正逐渐敞开心扉。

挺好的。她笑了笑。

"待会儿再热闹,"唐筱微微俯身,做出噤声动作,也配合她们压低声音,"不然要扣咱们班纪律分的。"

宋亦霖颔首,比了个 OK 手势,表示从现在开始配合。

与此同时,校领导发言结束,主持人清澈明朗的嗓音自广播响起,环绕操场:"大会进行第五项,升国旗奏国歌,全体起立,行注目礼。"

都是基础环节,众学生依言起身,面朝看台正前方位置,看国旗伴随音乐飘然升起,精准定格顶端。

"礼毕。"待全场静坐,主持人施施然开口道,"大会进行第六项。

"我宣布,暨城一中 2022 届秋季运动会——现在开始!"

话音刚落,只听"砰"一声沉响,彩色喷气云骤然飞升,勾勒数道烟桥,弥漫大半天际。

视野蓦地被丰富色彩侵袭,如同惊喜慢放,相当辉煌壮阔。

"啊?啊?"

"愣着干什么,快录视频啊!"

"一——中——万——岁!"

场面太过盛大,学生们顿时欢呼一片,遍地笑闹声,沸反盈天。

梁泽川震惊地盯着那层彩雾,喃喃:"……学费在天上飞呢。"

"这不是校运会吧。"路予淇也由衷感慨,"这是奥运会啊,视频录下来传网上,一中绝对能火。"

宋亦霖当年没赶上这规模,也被学校正式到夸张的开幕式惊住。周遭喧哗不绝中,她愣怔少顷,弯起眉眼笑了。

好热闹。这才是青春。

日光澄亮,晴空明朗,朝阳浮云之下,她笑得干净坦荡,眼底都盛满光,熠熠生辉。

谢逐偏首看向她，片刻，举目眺望满场盛况，听风声猎猎，看红旗翻动，吹散满天弥漫的云雾。

许久，他轻笑一声。

运动会第一天，上午安排的是男子组和女子组的短跑预赛，而常规长跑不设预赛，一场定胜负，因此放在当天下午。

梁泽川最终还是选择了被体育生垄断的短跑项目，他的体育虽说数中上游，但同批次对手中有两个专业人员，因此只拿了第三。

而其中一个专业人员就是乔觉。

"我服了！"梁泽川冲过终点后，第一句便是朝着已经在从容喝水的乔觉，"怎么又是你小子跟我比啊！"

"缘分嘛，妙不可言。"乔觉丢给他一个自行体会的眼神。

路予淇去给班级运动员发水。宋亦霖站在草坪上等，望着主席台电子屏幕上的排名数据，不由得感慨："体育生乱杀啊。"

"运动会不就这样吗？"薄酩优哉游哉地盘膝坐着，嘴里叼着一根百奇，"谢逐人呢？有项目？"

"他挺忙的。"宋亦霖道，"上午有跳高和110米栏，下午有男子400米，明天还有接力和3000米。"

薄酩其实就随口一问，没想到宋亦霖记得这么详细，不由得愣了下。

三两口将百奇吃完，她哑然失笑："你比你们班的体育委员记得都清楚啊。"

宋亦霖顿住，似乎也有些后知后觉，面不改色地解释："主要是没见过能把个人参赛额报满的。"

"噢。"薄酩佯装恍然大悟，"心疼你同桌了？"

揶揄意味太明显，宋亦霖无奈地低头看她："行了啊。"

"好好，不说不说。"薄酩乐了，"但你们……嗯？那个是不是你们班的体育委员？"

说着，她微抬下颔，示意宋亦霖右后侧方向："好像还真是。"

宋亦霖顺着她的视线望去，定睛一看，确实是体育委员，似乎正冲自己走过来，手里还拿着些东西，看不分明。

"宋亦霖！"体育委员三步并作两步上前，急匆匆地将其中一份塞给她，"这是逐哥的号码牌，我刚才光顾着发短跑的号码牌了，其他的给忘了，你帮我把号码牌给他。"

宋亦霖接过，只来得及说声"好"，体育委员便抱着剩余的号码牌飞奔而去，大抵是去寻找其他运动员了。

"我刚听检录处有广播，跳高。"薄酩挑眉，"人估计已经在那儿了，你过去看看？"

检录已经开始的话，时间确实有些紧。宋亦霖没再耽搁，颔首应下："那待会儿路予淇回来时，你跟她说声。"
　　薄酩已经又拆了包百奇，闻言比个 OK 的手势，让她放心去。
　　检录处在操场另一端，宋亦霖赶到时，只觉得人山人海，有项目的运动员都在排队签字确认。
　　她扫过一眼，便看到谢逐，他前面还排着两人，后面没有运动员，她快步走近，唤了他一声。
　　"谢逐。"宋亦霖示意手中的号码牌，"你的。体育委员刚发下来。"
　　运动员签过字后就要按顺序一道前往比赛场地，时间已经有些赶了，谢逐扫过号码牌，正欲接过，便轮到自己签字确认。
　　他蹙眉轻"啧"了声，执起笔，眼也不抬地撂下句："帮我弄，我签字。"
　　宋亦霖愣怔一瞬，怕耽搁时间，也没敢犹豫，将号码牌扣在他胸前的衣服上。
　　谢逐倒是很配合，半侧着身，垂眸利落地写完班级、姓名以及分组，便将笔搁下。
　　号码牌刚扣好一边，他微低下头，眼帘压低，看宋亦霖认真打开别针，动作间，她的发丝很轻地蹭过他的下颌，带来几分痒意。
　　宋亦霖动作利索，指尖也始终保持得当的距离，没有分毫触碰。待扣好号码牌，她退开半步："好了。"
　　"参加男子跳高的同学准备去场地了啊！"工作人员在检录口招呼，"过来集合！"
　　宋亦霖偏首往那边瞧了瞧，谢逐自然也听见动静，略过她，迈步朝领队走去。
　　即将擦肩而过时，他步履忽滞，抬手揉两下她的头，不带情绪地道："头发乱了。"
　　宋亦霖很难理解他这是提醒还是事后告知。
　　"你一揉不更乱了吗……"她摸了摸头，忍不住低喃，抬眸看对方已然去往比赛场地，便收回目光。
　　跳高那边，围观的学生里三层外三层，宋亦霖实在不愿去凑热闹，跟路予淇和薄酩坐在外围的草坪上，晒着太阳聊天。
　　人群中偶尔传来欢呼声，宋亦霖下意识地抬头看，然而却被重重观众挡住，只得作罢。
　　"想看就去看嘛。"路予淇忍不住道，"我感觉你眼睛都快粘在那边了。"
　　"正好这儿有水。"薄酩从手边的箱子里拎出瓶新的，塞给她，"人家跳高很累的，多关心下。"
　　这两人挺会撺掇，宋亦霖不由得好笑："跳高哪儿累了？"
　　"助跑不算跑？"薄酩理所当然，"反正我走两步都嫌累，需要漂亮妹妹给我送水送关怀。"
　　宋亦霖无奈地摇摇头，掂了掂掌心的矿泉水，思忖少顷，还是决定过去看看，免得自己总分神。

比赛已经进行到中后段，她走近时，看到谢逐在等待区就位，漫不经心地放松热身，正同身边几名体队的朋友交谈什么。

围观群众很多，前排位置已经占满，宋亦霖没再向前，插兜站定原地，安静地观赛。

凭动作，不难看出参赛者有专业的有业余的，横杆抬得已经算高，应当是决赛圈。在谢逐前面，三名运动员只通过一名，轮到他时，宋亦霖稍凝了凝注意力。

场地近百道视线落在身上，谢逐仍是副八风不动的淡漠模样。裁判一声哨响，他助跑向前，后段四步利落冲刺，蹬地跃起。

转体动作近乎在同时完成，腾空瞬间，少年松垮衣摆上掀，袒露劲瘦有力的腰腹，线条紧实，腹肌分明。

宋亦霖清楚谢逐身材好，也在有意无意中看过无数次，因此心中不起波澜，倒是观众爆发出一阵呼声，语气成分各不好说。

谢逐落地同样干脆，顺势借力起身，他散漫扫过纹丝不动的横杆，迈下场，跟等待的朋友击掌。

恣意随性，少年意气更招人注目。

不多久，比赛结束，记录员去统计数据进行排名上报。人群散去些许，却仍然称得上拥挤。

毕竟一中体队出了名的盛产高帅运动员，在场就占据几名，自然有胆大的女孩去要联系方式，试试总不吃亏。

谢逐神色淡漠，深邃五官配着短寸，更衬得冷然不驯，难以接近。为数不多敢上前送水搭话的人，也被他言简意赅地回绝。

"这福气给我行不行啊。"旁边的朋友酸酸地道，"刚才那妹妹多可爱，怎么就没找我要微信呢？"

"你现在送上门也来得及。"谢逐懒声说。

"我是那种祸祸学妹的人吗？"男生"啧"了声，"就没见你应过谁，眼光真高。"

谢逐微一侧目，望见不远处人群中的宋亦霖正不疾不徐朝这边走来，一手插兜，一手拿着瓶矿泉水。

彼此视线相汇，她懒散地挥了挥手，算打过照面。

朋友仍在沉浸式感慨："那得什么样的姑娘才能入你眼？"

闻言，谢逐眉峰略抬，将目光从宋亦霖身上收回。

"漂亮的。"他漫不经心地答。


宋亦霖走近时，男生正迷茫于那句"漂亮的"，听到动静，下意识地侧目打量。

是个小姑娘，校服穿得板正，五官干净俊秀，日光下白得晃眼，神色寡淡，显出几分疏离的冷感。

两人突然对视,她微愣,随后对他笑了笑,虎牙隐现,瞬间消除了先前的距离感,格外漂亮。

"学妹,你也是来送水的?"他心底一动,惋惜道,"你送这小子不如送我,他可从来不接这些。"

闻言,宋亦霖眨了眨眼,似有所悟地点头:"噢,这样啊。"

"可我等了好久。"她演得逼真,就像初次见面般,低声询问当事人的想法,"你真的不能收下吗?"

谢逐看她演,懒得搭理,抬手自行将矿泉水从她掌心抽出,淡声对朋友道:"我同桌。"

一句两句的信息量太大,男生一时不知道是该回刚才那句"漂亮的",还是这句"我同桌"。

……不过他同桌确实漂亮。

逻辑链似乎没什么问题,男生有些傻眼地望着二人,像是还没反应过来。宋亦霖就对他笑了笑,主动问候:"你好。"

"你你你好。"男生接连磕巴几次,险些不会说话,"原、原来是逐哥的同桌啊,哈哈,第一次见啊。"

说完,他再次打量二人,试图用眼神向谢逐询问情况,哪知对方不为所动,只漫不经心地道:"怎么?"

跟刚才说什么"漂亮"的人不是他似的。

"没事,就突然想起我待会儿还有项目。"男生皮笑肉不笑,原本还想跟谢逐要这女生的微信,此刻也被迫作罢。

面对宋亦霖,他又换了副微妙的神色:"那个……小同学,我先走了,你们聊。"

宋亦霖神情不改,微笑着同他道别,全程礼貌大方,乖学生人设立得稳妥。

待目送人走远,她才放松表情,疑惑地询问谢逐:"他怎么见了我跑这么快?你们之前说什么了?"

她刚才来时,就见谢逐将视线从自己这儿移开后,跟那男生说了句什么,可惜距离远,没能听清。

直觉倒是挺准。谢逐眼神淡漠地扫过她,不露声色地道:"估计要缓缓。"

宋亦霖疑惑更深:"缓什么?"

"没想到我脾气差,居然会有同桌。"他语气平静。

这话听着耳熟,宋亦霖费劲地想了想,才记起这是自己先前在 C 市说的话。

她有些忍俊不禁:"你——"

"你们都在这儿呢?"话还没说完,梁泽川的声音便传来,似乎并不远。

闻声望去,只见他跟乔觉朝这边走来,后方则是薄酪和路予淇。薄酪往这边看了一眼,笑笑:"打扰你们了?"

宋亦霖无奈道:"闲聊而已,你们怎么来了?"

"逐哥待会儿不有 110 米栏的比赛吗?"梁泽川解释,"魏余谌也有这项目,还有半小时检录,我喊他俩去看看场地。"

步骤烦琐,谢逐稍显不耐地蹙眉。宋亦霖看了看他,说:"加油,待会儿终点等你。"

顺毛捋的效果立竿见影,谢逐垂眸扫她一眼,不置可否,随后就同梁泽川去跟魏余谌会合。

余下三人回看台那边休息。不多久,跳高成绩排名在大屏幕上显示,谢逐果然名列前茅,意料之中。

此时已近正午,还有两三个项目,就要迎来午休。阳光热烈,风也裹挟着暖意,吹拂间惹人困倦。

就在此时,看台走道出现一人,是名男生,朝这边问:"请问宋亦霖在吗?"

宋亦霖仔细将对方打量一番,确认是素未谋面的陌生人,不由得心下微动。

"是我。"她道,"有事吗?"

"刚才有个女生让我来喊你,让你去图书馆那儿找她。"男生努力回想少顷,补充说,"哦对,她说她叫朱然!"

"朱然?"路予淇蹙眉,"好耳熟啊。"

薄酩记性好,有所印象,问宋亦霖:"是不是刚开学那会儿,你那位朋友?"

宋亦霖点头,面上不动声色,心底却另有计较。

朱然找不到自己,大可以打电话询问,犯不着亲自过来,更何况高三部正在上课,她没有要紧事,根本不可能逃课。

而男生坦然的语气不像作假,想来就是个传话的。宋亦霖没打算再追问更多,横竖已经猜到是怎么回事。

"好的。"她对男生笑笑,"图书馆是吧?我知道了,谢谢你。"

她笑时眼尾微弯,清俊漂亮,男生看得不大好意思,连连说着没事没事,就回到自己班级。

路予淇不觉得有异常,只叮嘱她快去快回。一旁的薄酩却问:"用我陪你去吗?"

说这话时,她神色自若,还是副言笑晏晏的模样,瞧不出其他意味。

都是心事重的,宋亦霖瞬间就明白,薄酩大概是已经知道了什么。

——但还是愿意信她帮她。

宋亦霖有些愣怔,彼此视线相碰,薄酩嘴角笑意散漫,眼底却认真,像要她仔细考虑。

"不用。"宋亦霖很轻地摇头,笑,"没事的。"

薄酩只得作罢:"好吧,那你快去快回。"

路予淇隐约听出不对,又说不出是哪儿,只得疑惑地目送宋亦霖离开,询问薄酩:"你们对什么暗号呢?"

"小孩子不要偷听大人聊天。"薄酩懒声道。

运动会期间,图书馆上锁,只有一处开放。

——天台。

新校区图书楼未经涉足,宋亦霖试了试电梯,发现能到四楼,于是中途转楼梯间而上,前往目的地。

她抬手推开天台大门,与此同时,早有预料地攥住那只拦到眼前的手。

一握一推,对方当即退开几步,她不甚在意地将门带上,眼帘微掀。

宁念楚抱臂站在不远处,天台风声猎猎,她眉目慵懒,凝视着宋亦霖。

右臂那道伤口记忆性地开始作痛,宋亦霖面上不显,目光却泛起警惕的冷意。

"没打算对你怎样,"宁念楚轻笑,"叙旧而已,这么大敌意做什么?"

"是吗?"宋亦霖客客气气地回,"我倒也才知道,我们是有旧可叙的关系。"

宁念楚闻言,半笑不笑地挑眉,索性也开门见山:"严成远前两天找你去了?"

宋亦霖料想到她会找人看着自己,却不承想严成远也在她掌控之下,不由得感到几分好笑。

她懒得多废话,问:"你就想问这个?"

"怎么会。"宁念楚笑了声。

宋亦霖敛目,余光瞥过斜后方,那是天台的输送通道,从顶层直通一楼地面,竣工后大概是忘了,因此通道口并未加封。

她垂眸,不着痕迹地退了两步。

"我以前说过,要么你离开一中,要么这事儿没完,这话现在也一样。"宁念楚缓声道,不疾不徐地朝她逼近,"上次忘了问你答案,你想选哪个?"

宋亦霖顺势又退后些许,脚踩在通道口边缘,岌岌可危。

二十多米的高度,层层楼梯盘旋其中,望下去令人胆寒。

"凭什么我选?"宋亦霖轻笑,盯着她,眼底不见分毫怯意,甚至燃了几分亮,"宁念楚,你不觉得你很搞笑吗?"

是她被折辱,被流言缠身,那阴暗的两个月成为她的一道旧伤,至今难以愈合。她有路可选吗?

"行啊。"宁念楚冷下神色,朝她伸手,"你——"

"砰!"

电光石火间,宁念楚揪住宋亦霖的领口,宋亦霖握住她的手臂,天台大门被人蓦地踹开。

尘土四起。

所有人停住动作。

那股劲仍未收回,宋亦霖喘着气,指尖颤着松了又紧,脑中乱作一团,而她身后就是足以致死的高度。

谢逐漫不经心地踢开碍事的铁门,站定,视线扫过全场,异常冷厉。

直到目光扫过要找的人，他的眼神才有所变换，倏然一凛。

"——宋亦霖，过来。"

语气中带着几分咬牙切齿。

宁念楚微眯起眼。

审时度势的本事她还是有的，松开宋亦霖，反手扯掉宋亦霖攥着自己的手，用劲将人甩开。

指尖空荡，宋亦霖被挥退了几步，两人都彻底远离那个通道口。

她敛目，不着痕迹地呼出一口气，抿唇望向数米之外的少年。

"谢逐，"宁念楚压了压手，示意一旁的同伴少安毋躁，从容道，"我们老朋友叙旧而已，你这样不合适吧？"

谢逐并未理会，闻言仅是淡淡看向她，深邃眉目冷沉，寒意骤现。

压迫感太强，宁念楚被他看得心底一悸，强撑着没有避退。

"我的事不用别人多嘴。"他语调寒意尽显，"还有话要说？"

这话问得不客气，宁念楚闻言轻轻蹙眉，最终她只是笑笑，状似友好地示意："暂时没有了。"

话已至此，谢逐懒得再浪费时间，他面无表情地拽起宋亦霖，离开天台。

他步伐迈得猛，宋亦霖被带得忙乱，几次险些踏空台阶，挣也挣不开，于是蹙眉："……谢逐。"

少年恍若未闻，未置一词，攥着她的力道却不松反紧，好像染了怒意。

楼道窗缝狭窄，没灯，光线昏暗，不知道下了几层阶梯，宋亦霖终于忍不住，嗓音抬高些许："谢逐！"

"……你弄得我很痛。"她平了平呼吸，不知什么缘由，尾音有些颤。

这句话却不知怎么激起火，谢逐仿佛耐性彻底告罄，止步回身，毫不客气地将她扯向自己。

宋亦霖始料未及，趔趄着跌近几步，只能抬眼对上他。

谢逐神色冰冷，眼底的冷戾未褪，眉间不耐烦地蹙起，盯住她，侵略感相当迫人。

"宋亦霖，"他寒声道，"你故意来的。"

没见过他这样凶，宋亦霖原本心底也有火，经他这么一看，顿时熄灭大半。

谢逐平时虽然秉性冷酷，但对她的态度却堪称惯着，她相当清楚这一点，因此现在才更加哑口无言。

谢逐看了她少顷，道："不是想让我做你靠山吗？"

开口就是一锤重击。

宋亦霖瞳孔微震，瞬间丢了刚才那股犟劲，惊疑不定地望着他。

"慌什么。"谢逐短促地笑了声，嗓音很低，"这不是你想要的吗？

"——接近我，引导我，利用我。故意把事打散了说，只提人名，因为知道我会去查。还主动示弱，清楚我肯定不会放着你不管。"

虽然早知道谢逐很可能有所察觉，但卑劣的想法被当面点破，宋亦霖仍旧感到难堪，措手不及。

她艰涩地开口："我……"

"无所谓。"谢逐却打断她，淡声说，"宋亦霖，我是自投罗网。"

明知是陷阱，还往里跳，算不上被蒙骗，不过是他自己认栽。

"所以，你给我好好活着。"他望着她，冷声道，"我现在护得住你，以后也一样。"

喉间干涩，宋亦霖抿唇，攥紧他衣襟，过了许久，才轻声说："……凡事无绝对。"

"我答应你就是绝对。"

谢逐视线一错不错，眼底情绪很深，近乎将她淹没："回话。我要你好好的。"

我要你好好的。

分明是强硬命令的口吻，宋亦霖听着却像请求。

心底那道防线终于崩溃，崩断得彻底，她后知后觉想清楚许多事，包括那些兵荒马乱，那些心跳失衡，以及黑暗中的眼泪。

指尖终于松懈，她有些哑："……好，答应你。"

谢逐看了她片刻，松开手。

手腕隐约作痛，他刚才是真的动怒，宋亦霖垂下脸揉了揉，没说话。

倒也不委屈，本就是她偏激在先，但没想到，谢逐会这样生气。

……好像还是脱轨了，她想。

两人一语不发地继续朝下走，宋亦霖默默跟着，这次谢逐气势稍缓，步履也迁就她几分，让她追得没那么艰难。

沉默良久，她才低声地问："你怎么来了？"

谢逐步履未停，头也不回地冷声道："你没等我。"

的确，明明说要在终点等他的。

宋亦霖愈加心虚，又问："那你，名次怎么样啊？"

"小组第一。"他语气仍旧淡漠，"别问没用的。"

……还挺凶，宋亦霖嘀咕："这不是想弥补一下嘛。"

于是谢逐突然止步，目光落向她，情绪很淡地道："弥补？"

听出对方语气不对，宋亦霖轻敛眼眸，回话："你想要什么？"

谢逐却不答。晦暗光线里，所有都模糊，他只看见她淡粉的唇瓣一启一合，柔软且饱满。

少顷，他眼帘压低，插兜顺阶而下。

"算了。"他只简短撂下两个字。

宋亦霖不明就里，也没再问，忙不迭抬脚快步跟上。

回到班级时，运动会正进行到尾声，只剩最后一个项目。

"回来了？"薄酷串班串得如鱼得水，跟十六班的众人打成一片，余光瞥见两人，就侧首问，"有点慢了啊。"

宋亦霖轻咳了声："稍微耽搁了下。"

"宋亦霖你可算来了！"梁泽川夸张地道，语气愤愤，"你是不知道逐哥比完赛那会儿，没看见你，立刻就问我人哪儿去了？

"路予淇不是跟我说你被朋友喊走了吗，我就跟他一提，结果他丢下我就走了，我话都还没说两句！"

听起来像对她的失踪应激了。

宋亦霖感想微妙，看了眼身旁的谢逐，对方目不斜视，冷且凶地让梁泽川闭嘴："话别那么多。"

得，梁泽川看出他心情不佳，识趣地收声。

路予淇悄悄地问："你俩吵架啦？"

宋亦霖实话实说："……我单方面惹他了。"

没想到他们居然还会有这时候，路予淇拍了拍宋亦霖的肩膀，语重心长道："要和好啊，冷战很不好的。"

宋亦霖无奈地笑笑，心想谢逐这人总是一记直球打得自己出乎意料，实在冷战不起来。

上午的项目就这样结束，午休期间，几人一同在食堂用过餐，便各自打道回府休息。

宋亦霖跟谢逐是邻居，自然同路。

三十多秒的红灯总觉格外漫长，她出了会儿神，再看居然还剩二十多秒，下意识轻仰起脸，目光移向身旁人。

因为身高差，视野只能扫到少年线条凌厉的下颌，以及平直冷淡的嘴角。

下一瞬，她看到他喉结微动，声音自上方响起。

"有话就说。"他道，嗓音很淡。

宋亦霖顿了顿，视线缓缓挪向红绿灯，看红色小人停在显示屏上，直愣愣地站定原地，怎样都不肯动。

缄默半秒，她才问："你很早就知道了吗？"

那些伎俩，她自觉并没有那么明显。

"你自己想，"谢逐语气平静，"你对他们几个的态度，跟对我一样？"

确实更亲昵些，暴露得也更多，但……

"那也是因为你对我态度不一样。"宋亦霖给自己找补，低声说。

有理有据。

"所以我上钩了。"他道。

宋亦霖眸光微动，终于抬起头，看向谢逐。

少年神色未变分毫，眉清目冷地凝望倒计时，眼底情绪沉得很深。

眼梢微敛,他扫过她,简短道:"走了。"

宋亦霖一怔,便望向红绿灯。

正赶上交错一瞬,两个小人短暂相遇,又迅速分离。绿色小人不疾不徐地走,也只坚定一个方向,不知是往前还是往后,更不知在朝着谁。

也许是那个固执不动,又沉默内敛的红灯。

也许。

宋亦霖虽然知道自己下午有场八百米比赛,但没想到会这么快。

她一觉睡醒优哉游哉地去学校,刚到班级,就被体育委员塞来号码牌,让她别上。

宋亦霖不明就里,倒也利索地脱了外套,将号码牌别在胸前,固定稳妥。

她提前在手腕上戴了运动护腕,作为运动员搭配,也并无不妥,没有人注意到这点小细节。

"难得见你脱外套。"路予淇觉得稀罕,凑近看了看,羡慕地感慨,"教科书级别的冷白皮啊。"

"我们霖霖肤白貌美嘛。"薄酩坐在一旁,懒散地倚着台阶,双腿随意叠搭,道,"待会儿第二个项目就是八百米,你要不要先去热身?"

"这么快?"宋亦霖稍有讶异,实实在在地愣了下,"检录什么时候开始?"

体育委员看了眼手表,给她吃定心丸:"也不算多急,还有一个小时呢。"

正说着,叶嘉瑜突然又窜出来,笑吟吟地朝她示意手中东西:"当当!看,到时你绝对全场最有排面!"

宋亦霖定睛打量,居然是个喇叭。

喇叭。

她向来泰山崩于前而色不变,此时却也不禁神情微滞:"你们要用这个给我喊加油?"

"没错,咱班长跑运动员的专属待遇!"有男生欣然回答,"哪回运动会精彩片段总结,都少不了咱班这段。"

"统共也就去年那次。"旁边女同学温馨提示。

"嗐,今天不就有第二回了吗?宋亦霖你待会儿走还是跑都随意,我们给你加油打气!"

十六班到底在整个年段都出名,各个方面。开学至今,宋亦霖基本也融入班里跳脱活跃的氛围,且适应良好。

但……

她哭笑不得:"我都多久没跑了,很可能垫底啊,别搞捧杀。"

"那有什么?"叶嘉瑜满不在乎地摆手,"一中的常规长跑赛规定不许体育生参加,还是很有希望的,再说,垫底辣妹也很酷的好吗!"

"比如我。"薄酩优哉游哉地对号入座,"去年跨栏我直接最后一名。"

"姐，你那是因为踩踏跨栏扰乱比赛纪律，被取消成绩了。"体育委员道。

"那都不重要。"路予淇揽过宋亦霖，"宝贝儿放心飞，十六班永相随！"

一中运动会有明确规定，女子八百米与男子一千五百米都禁止体育生报名。毕竟奖牌不能全被体育生包揽，校方人性化地将获奖名额分给广大普通学生。

但这两个项目也正是广大普通学生的噩梦。

比赛当前，说不紧张是不可能的，但被簇拥在笑声与鼓励中，宋亦霖无奈地失笑，心底却感到从未有过的松快。

"好。"她道，"那也不能愧对你们的应援，我争取拿个前六，给我们班级加分。"

"我们班"向来是个有归属感的用语，她过去十几年都没能体会过，现在却能自然地说出口。

就像是她的底气。

距离比赛开始还剩四十多分钟，宋亦霖扎好头发，路予淇跟薄酩陪她去操场简单热身，稍后直接去检录处备赛。

谢逐姗姗来迟，走到看台时，宋亦霖正准备离开，两人站在阶梯两端，仰视与俯视间，目光一错不错地对上。

身后是加油鼓劲的十六班众人，她眼底还噙着未散的笑意，望见他后，转瞬变得微亮。

"终点等我？"她问。

谢逐眉梢轻挑："终点等你。"

他从来不会失约。

宋亦霖笑意更深，虎牙衬得乖巧漂亮，真切的生动，光就落在她肩颈，坦然敞亮。

擦肩而过的瞬间，她听到少年淡声道："加油。"

她弯唇，没再回头，跟朋友去往操场。

排在前列的项目已经开场，一众学生的情绪全然不输上午，加油呐喊声络绎不绝，中央草坪也尽是奔忙的学生，到处都热闹。

八百米不需要过多热身，毕竟还要留存体力。许久未曾运动，宋亦霖简单将关节活动得舒服些，便也到了检录的时候。

女子八百米共二十六名参赛运动员，刚好拆分两组，各十三人，宋亦霖在第二组。

她在等候区站定，看第一组各就各位，枪响开跑，四百米的操场好似变得格外宽广漫长，心跳随时间流逝而逐渐加快。

"别紧张。"薄酩拍了拍她，懒声说，"有后盾呢，哪来这么大压力，放心。"

四五分钟转瞬即逝，宋亦霖舒了口气，清理赛道很快，工作人员引领参赛队员们上跑道，她被分在外道。

路予淇跟薄酪站在草坪边缘，冲她竖起拇指，言笑晏晏地喊："宋亦霖！加油——"

加油。宋亦霖朝她们比了个OK，便准备就绪，打量着跑道，估测大概切入时间。

下一瞬，枪声响起。

她冲出起跑线，步伐迈得很稳，从较短半圈外侧领跑，随后过弯，分道切入内道，稳在前五。

起跑排名刚现雏形，看台上的学生们的呼声就骤然热烈起来，各自喊着自己班上运动员的姓名，一声高过一声。

其中一道气贯山河，格外彰显存在感："——宋！亦！霖！"

即使事先知道，但用喇叭喊加油还是有够嚣张，顿时镇压全场，宋亦霖听得险些乱了步伐。

刚好经过十六班这边，她余光一扫，发现居然还有横幅，更夸张了。

"宋亦霖！加油！"

"霖姐向前冲！十六班应援团来了！"

呐喊声络绎不绝，宋亦霖忍俊不禁，却也无暇顾及其他班级是什么反应，沉下心调整呼吸，在一圈过半时，超至第四位。

八百米不过两圈，看似轻巧，分层却是在第二圈断开。宋亦霖跑完四百米下来还算从容，便提步加速，逐一赶超。

第三，第二。

最后四百米，她连过三人，成为领跑。

全场欢呼更盛，十六班的呐喊助威声有些远，听不分明，也或许是身体开始疲惫，精力有限。

呼吸已经有些费劲，喉咙干涩，肺也在灼烧，宋亦霖短暂地闭了闭眼，望着还剩近乎整圈的跑程，心底一瞬沉重。

"跑。"薄酪的声音却在此刻传入耳畔，"最后一圈了，来点领跑精神。"

她听得微愣，脚下未停，匀出精力看了眼身侧，薄酪居然在陪跑，似乎还挺轻松。

"路予淇呢？"她下意识问。

"她那体力。"薄酪轻嗤，"我怕到时比赛结束，要抬你们两个。"

有些好笑，宋亦霖及时绷住，此刻不宜说话，岔气就麻烦了。

"你们班估计又要被剪进官方视频了，喇叭一喊，都快听不见别人的名字。"薄酪道，随即看了眼后方，笑了。

"宋亦霖。"薄酪忽然唤她，说，"——往前跑，她们都追不上你。"

宋亦霖微怔，很轻地笑了声。

那就跑。


最后半程太累，也是考验耐力的节点，大脑空白，所有人都只能机械性地迈动步伐,宋亦霖也不例外。

第二名耐力不错,过弯的间隙,已经近乎跟她并驾齐驱,时刻都要赶超。

但最后一百米,她听到同学们越发振奋的呼喊,还看到赛道终点,那么多人里,谢逐在望着她。

或许也只望过她。

宋亦霖深深地规律呼吸,轻一咬牙,忽然迈步提速,将第二名远远甩开,转瞬拉开数十米。

冲过终点的瞬间,观众席沸反盈天,她心跳如擂鼓,双腿酸麻快没知觉,听见十六班遥遥地喊:"跑进三分!宋亦霖厉害啊!"

那真挺厉害的。她自己都没想到会这么快。

"三分?"梁泽川也瞠目结舌,"宋亦霖你神仙啊,艺体双全?"

宋亦霖不由得笑了声,但呼吸间嗓子不适,没法立刻回话。

路予淇早有准备,将干净毛巾递给她,叮嘱:"先别忙着说话,顺顺气,休息一下。"

她颔首接过,随意搭在头顶,剧烈运动后,思绪混沌一片,视野模糊晃动,她双手抵在膝盖,低头喘得厉害。

似乎是要缓一会儿。毛巾将宋亦霖的脸整个笼罩,起伏微弱。谢逐拎起一角,替她擦去眉目间濡湿的汗水。

力道很轻,随后他手腕一翻,将挡在她额前的那片掀起。

宋亦霖有些蒙,还没反应过来,顺着光线倾泻的方向仰起脸,正对上俯首敛目的谢逐。

两人视线猝然相撞,离得近,她睫毛颤了颤,眼梢泛着浅淡薄红,或许是因为呼吸急促,眼底有水光在涌动。

"我是第一。"她对他笑,双眸粲然明亮。

像邀功等待夸奖的小孩儿。

"嗯。"谢逐手搁在她头顶,指腹轻移,隔着毛巾揉了揉,"厉害。"

之后缄默无话,宋亦霖急促不稳的喘息声落在彼此之间,便更放大无数倍。

谢逐眸色稍暗,许久,他嗓音很低地道:"别喘了。"

声线有些哑,不明缘由。

宋亦霖当他是专业人员,以为自己这样对身体有害,当即敛了声音,却因为太急,闷闷咳嗽起来,眼尾烧得更红。

谢逐闭了闭眼,率先移开视线,径自直起身不再多言,先前垂落的毛巾也被他松开,再度遮挡视野。

宋亦霖咳完,简单平复呼吸,抬手将毛巾拎起,转而攥进掌心。

略显疑惑地看了眼谢逐,她说不出哪里有异样,但很快便后知后觉反应过来什么。

她微怔,恰逢薄酩将水拧开递过来,蹙眉打量她,问:"耳朵怎么这么红,蹭哪儿了?"

宋亦霖僵硬地接过水，信口胡诌："……热的，跑八百米太累了。"

回到班级后，迎接她的自然是铺天盖地的吹捧夸赞，不乏嘘寒问暖，宋亦霖仿佛坐实团宠身份，坐在那儿受着一众人投食倒水。

"宋亦霖你也太谦虚了。"体育委员由衷地感慨，"每个名次的加油词都给你想好了，就是没想过第一，可给我喊不会了。"

"第一还能喊什么？"叶嘉瑜问，"不就一句话？"

"宋亦霖厉害！"全班当即捧场高呼。

隔壁班的乔觉跟魏余谌全程围观，也跟着凑热闹喊，都被自家班长凶神恶煞地摁了回去，只得委屈闭嘴。

宋亦霖被逗笑，听他们在那儿兴致勃勃地计算目前班级总分，估测运动会结束后，能在年级拿到怎样的名次。

宋亦霖数学拉胯，自觉地不参与这种加分减分项目，便坐到谢逐身旁，偷几分安静惬意。

谢逐正跟人打电话，见她过来，神色也未变分毫，随她在自己旁边落座。

宋亦霖动作轻，听他谈的是月底比赛事宜，想来是教练来电，便移开注意力。

下午太阳不见收敛，她嫌热，便将外套散漫地盖在膝前，反正横竖戴了护腕，没什么可谨慎的。

坐在看台顶端，迎着温暾吹拂的风，她头枕着手臂，倚着背后方格网栏。

太阳晒得人困乏，耳畔是少年低沉朗润的嗓音，她眼帘微合，正昏昏欲睡，连何时人声停止都不曾发觉。

直到下一瞬，右臂被人不轻不重地抬了下。

力道不显，没耽搁宋亦霖的动作，她疑惑地侧过脸，见谢逐的视线落在某处，眉宇轻蹙。

思绪只迷茫了少顷，她很快明白过来，将手臂抬到跟前，肘间那道疤便明晃晃地袒露在光下。

谢逐毕竟是知情人士，宋亦霖便没藏着掖着，对他如实坦白："去年休学前弄的。"

时隔太久，她语气平静，谢逐却眼底泛起冷意，问："天台那个？"

宋亦霖颔首："他们总喜欢一群人对付一个，没办法，我又争不过。"

说得轻描淡写，其实她也曾无数次午夜梦回，想起那晚阴雨滂沱，想起满地脏污的雨水，想起那些眼泪与痛苦。

时隔太久了。宋亦霖按住那道疤，些许出神。

大概是因为周围太热闹，也可能是阳光太温暖，又或者，是谢逐就在她触手可及的地方。总之，宋亦霖不再觉得那样痛了。

"反正以后不会了。"她轻声说。

谢逐敛目看她。

"你不是我靠山吗？"她笑笑，懒声唤，"逐哥。"

## 第十章·黄粱梦

运动会这两日过得飞快。

在枯燥的高中生活中，放松的时刻本就寥寥无几，还没玩得畅快，运动会就已经到尾声。

十六班的男女接力都成绩斐然，两天下来，跟隔壁十七班互争高下。两班平日是出了名的友谊班，但比赛当前，情谊还是得放旁边。

运动会最后，是惯例压轴的男子三千米。待运动员们依次站上跑道，主席台也很上道地切歌，流行曲的鼓点节奏跃动在操场，荡出很轻的回响。

"今年谁点的歌？"薄酩吹了声哨，笑，"电音啊，比去年那首《为你加油》好多了。"

"去年校长点的。"宋亦霖也有印象，的确接地气，"这次估计是学生。"

她们站在起跑线旁的草坪上，周遭尽是攒动的人群，学生们都一窝蜂往操场赶，近距离应援拍摄。

谢逐换了件黑色无袖运动衫，魏余谌同样轻装上阵，旁边几名装束专业的体育生都彼此熟悉，聊得轻松随意。

直到示意跑道清扫完毕的红旗落下，裁判员示意各就各位，众人才敛了神色，准备就绪。

谢逐活动了一下踝骨，眼帘微掀，看向宋亦霖。

宋亦霖拿着瓶水，单手插兜，安静地站在蜂拥的人群里，像唯一一抹静态。她对他挑眉，唇轻启，无声地说了句话——

"加油，小酷哥。"

胆子倒越来越大了。谢逐略一眯眼。

发令枪响的瞬间，十几道身影瞬间冲出起跑线，操场遍地都是声嘶力竭的加油声，此起彼伏。

男子三千米向来最夸张，各班都举着班旗轮流陪跑，数面红底白字的旗帜迎风猎猎，音乐混着鼎沸人声，场面一度十分壮观。

梁泽川当真去英勇陪跑，跑前叮嘱路予淇务必来接自己，起码得享受到送水待遇。路予淇哭笑不得地应下，目送他转身毅然跑远。

草坪太拥挤，不好观察名次变动，宋亦霖简短思索后，干脆踩着足球门框，三两下便翻到上面。

的确是绝佳位置。路予淇看得目瞪口呆,薄酪挑眉揶揄:"厉害啊,宋亦霖。"

"就地取材。"她坦然道,最终三人都坐在球门框上,观察赛道情况。

前三都是体育生,谢逐也在其中。魏余谌体力很好,紧随其后,却在过弯时瞥见她们三人,险些脚底一个踉跄。

大抵是没想到她们会这样离经叛道。

长跑考验耐力,领跑阵形不代表最后名次,待四圈过后,断层就正式出现,前五名都追得很紧。

谢逐从始至终保持第二,步伐节奏稳定,游刃有余。待跑第六圈时,第一名逐渐提步加速,将后方差距甩开数米。谢逐的节奏被打乱,眉宇轻蹙,也提速紧跟其后。

位居第三的魏余谌看起来像要骂人,起先还能保持前三领跑的阵形,第七圈实在体力不支,便仅剩前二遥遥领先。

最后两百米。宋亦霖撑身跃下球门,朝终点跑去。

最后一百米。她站在终点线后,用力朝谢逐招了招手。

——这次没有失约。

三千米即使对体育生来说也并不轻松,谢逐呼吸稍沉,汗水滑过眉棱,看到终点后挥手的宋亦霖,他嘴角微扺,倏然做最后冲刺,转瞬便跟第一名并驾齐驱。

鼎沸的呐喊声中,两人近乎同时跨过终点。

"我……"梁泽川累得喘息不止,见此仍笑出声来,"好!"

宋亦霖紧绷的神经也得以松懈,当即迎上几步。谢逐正俯首调整呼吸,她便勾勾手,示意他弯点腰。

谢逐居然也真的听话了。

少年眉目濡湿,眼底光泽锋利,略有不稳的气息近在咫尺。隔着过近的距离,他注视着她,专注且坦荡,像容不下其他。

有一瞬,宋亦霖头脑空白,听到自己心脏骤然沉落的声响。

她愣神,随即轻笑。

将毛巾搭在他头顶,细细替他擦去汗水。这才是让人弯腰的真正目的。

"恭喜你。"宋亦霖言笑晏晏地道,"冠军。"

喉结微动,谢逐眸色沉晦地看了她片刻,才压低眼帘,敛去那股几欲而出的侵略性,直起身来。

"还真跑全程啊你。"另一旁,路予淇如约接到梁泽川,蹙眉给他擦汗,"赶紧歇歇。"

梁泽川享受着难得的待遇,笑着看向路予淇:"你关心我,这趟就值了。"

路予淇微愣,当即把毛巾一扯,挡住他望着自己的眼:"……扯什么。"

比赛结束后,众人拍集体照庆祝,宋亦霖在草坪等待集合,谢逐这会儿已经恢复得差不多，神色很淡，根本看不出刚跑完三千米。

剧烈运动后不能立刻喝水，宋亦霖偏过脸看他，示意手中的矿泉水："差不多了吧？"

谢逐抬手接过，拧开盖喝了几口，突然漫不经心地道了句："小酷哥？"

宋亦霖心想，这人怎么这么记仇？

"重点是加油。"她面不改色。

谢逐散漫地垂下眼，宋亦霖本想不着痕迹地打量他的神情，不料被逮个正着，不禁微怔，迅速偏开脸。

遥遥望见十六班众人朝这边跑来，她扯了下他的衣摆，转移话题道："他们来了。"

貌似若无其事，耳尖却飘着不自在的红。

谢逐见状，眉梢轻抬，短促地笑了声。

"——拍拍拍，就是这时候！"

不远处，摄影社盯梢良久，举单反的学生当即按下快门，将此情此景定格。

"太出片了。"几人围上前来看，感叹，"酷哥美女果然自带构图。"

至于这张照片，被一中官方公众号采用，用作2022届校运会风采合集封面，已是后话。

照片中，草坪广阔，天空湛蓝，到处都是欢声笑语。明媚的日光下，少女轻扯少年衣摆，望向蜂拥而至的同学，少年却只低头看她，眼底有淡淡的笑。

这就是那天的全部了。

校运会结束后，预料之中，一中表白墙被疯狂刷屏。

十六班作为出现率最高的班级，再加上先前用喇叭喊加油的操作，自然在各个年段都火了一番。

运动会的兴奋劲还没过去，最后一节晚自习，唐筱不在，便有不少学生偷摸拿出手机来玩。

谢逐现在比赛在即，早晚都有训练。宋亦霖独自坐在最后一排，埋首安静写题，听周围都在积极认领表白墙偷拍对象。

路予淇也在刷，还不忘感叹："复刻去年了，不愧是谢逐。"

"又刷屏了？"宋亦霖随口问。

"何止，我感觉够给他出套他拍合集。"

宋亦霖被逗笑，没再说什么，继续做手上的事。

十六班毕竟声名在外，再加上风格张扬，好几张熟悉面孔都出现在表白墙上，路予淇也看到自己，司空见惯地翻过。

结果下一条就看到了宋亦霖。

投稿人是在八百米预备时拍的，斜侧角度，图中宋亦霖微偏着脸，眉眼笑意很淡，冲旁边比出 OK 手势。

路予淇莫名有种吾家有女初长成的欣慰，戳进去查看详情，见投稿人是女生：不匿，这个学姐好漂亮！求联系方式！

评论区也一堆人回复——

△谢邀，人在隔壁班，本人的确好看，他们全班都好看。

△楼上一开口我就知道说的是哪个班了。

△所以这是第几个十六班的了？有没有天理？有没有联系方式？

△只有我发现她的朋友是路予淇跟薄酩吗？美女的朋友果然都是美女……

路予淇正看得津津有味，放学铃声便响起。宋亦霖收拾好书包，见她还在刷手机，便没有打扰。

评论区快翻到底，路予淇看到后排一条评论：我记得是叫宋yilin？不清楚具体名字。

底下还有一人回复：怎么感觉这么熟悉……

本想说明那个读音的正确名字，但输入法都打出来了，路予淇又觉得不妥当，要保护个人信息，于是退了出去。

收起手机，她正想跟宋亦霖说这个消息，才发现放学多时，人早就走了。

路予淇连铃声都没听见，不由得懊恼地"啧"了声，连忙收拾起桌面，也准备回家。

作业在晚自习就已经写完，宋亦霖到家后，径自搁了书包，去卫生间洗漱更衣。满身清爽地回到卧室，她拿起手机，思索半晌，还是拨出一通电话。

等待只有数秒，对方接起，语气稍显诧异："霖霖？"

近一年没听到这道嗓音，宋亦霖张口，总觉得艰涩："……顾老师。"

"欸！"顾舒很欣喜地应下，笑道，"可算舍得给我打电话了，还当你不认我了呢。"

女声仍旧温柔亲昵，与记忆中无甚差别，宋亦霖心底的紧张散去些许，闻言也轻笑："怎么会，我都跟了你这么久。"

顾舒是知名音院古筝硕士，能成为宋亦霖的老师纯属机缘巧合。

宋亦霖四岁开始学琴，迟敏舍得给她砸钱，老师也是名校出身。七岁那年，老师出省比赛，将她暂时交给好友顾舒来带，谁料再回来时，自家学生就被顾舒"忽悠"走了。

说来也巧，那时顾舒已经奔三，打拼多年钱也赚够，未婚夫是暨城人，而暨城作为新一线，发展前途也敞亮，她便生出在这儿安家落户的念头。

职业选择自然是去大学任教，她这高度，学历与经历摆在那儿就是铁饭碗。入职前，闺蜜向她托付学生，她闲来无事便应下。

音乐这行本就看天赋，顾舒见过太多天才，但带了宋亦霖几节课，仍觉得眼前一亮，于是便有了后来"抢学生"的事。

直至今日，顾舒仍旧主业是大学讲师，副业是带学生。学生不多，单手便能数过来。宋亦霖还调侃过她挑剔,她反倒理直气壮地讲自己只培养两种学生:有天赋,或肯练。

而宋亦霖两种兼备。

回想起往事,顾舒不由得叹了口气:"霖霖,我以为你真打算放弃了。"

宋亦霖的消沉实在突然,自去年底开始,她便不再上课,还说什么不学了。顾舒怎么可能信,但原因又问不出,只得作罢。

"可能还是觉得不甘心。"宋亦霖说,"所以老师,我的位置还有吗?"

"当然有。"顾舒没好气地道,"你走之后都没人帮我代课……不对,你这么久没碰琴,不会让我从头教吧?"

这倒不至于。宋亦霖轻咳一声:"我有练的。一周,一周内绝对恢复去年的水平。"

"行,那周末你来我这儿,曲子弹不好,我可不让你下课啊。"

"没问题。"宋亦霖失笑,"以后还是要拜托你了,老师。"

"跟我客气什么。"顾舒也笑了,"不是说最想去师大吗?还等着你明年拿证呢。霖霖,要加油啊。"

宋亦霖捏紧手机,心尖眼眶都泛起热。

她轻声说:"会的。"

走出暨城,从泥沼挣出来,往后坦坦荡荡站在光里,重新开始。

她还有更远的梦,不该腐烂在这里。

之后的日子,宋亦霖忙碌起来。

周末去找顾舒上课,每晚去琴行练习,还要挤出时间来应付即将到来的期中考试,她整个连轴转,顾不得多余的事情。

期间除了必要联系,宋亦霖没回过市区那边的家里,两边暂时各自安好,她也乐得清闲。

这日下午,最后一节是体育课,宋亦霖偷懒回教室补觉,满室空荡只有她自己,于是心安理得地拉上窗帘。

不知道睡了多久,耳畔隐约传来遥遥人声,似乎很热闹。教室窗帘没合拢,再加上她向来觉浅,宋亦霖就迷糊着醒来。

教室仍然空旷无人,应该是还没下课,宋亦霖睡眼惺忪地打起哈欠,正准备趴下继续睡,就再次听到外面传来一阵喧哗。

无可奈何地站起身,她掀开窗帘一角,原本想关上窗户讨个安静,视线不经意落向声源处,却微微顿住。

新校区,高二楼旁就是篮球场,此刻正围满了人,呼声热烈,喝彩不绝。

比赛似乎正值白热化阶段,隔着不短的距离,宋亦霖也能感受到观众的紧张。她望向球场中央,见几道身影奔跑其中,半数都很眼熟。

少年人恣意张扬,晴空烈阳下,鲜活的朝气好似永不枯竭,光芒万丈。

宋亦霖看到人群的焦点，谢逐动作利落，带球过人毫不拖泥带水，随后被对面严防死守，阻断攻势。

本以为要被翻盘，变故却在转瞬间发生，他顺势撤步，抬臂随性一抛，就是三分入篮。观战的学生们瞬间踊跃喝彩，热闹的人声里，谢逐眉峰轻挑，粲然日光落在他眼梢，现出几分恣肆桀骜。

——少年该当此，与平庸相斥。

谢逐似乎是生来就注定受追捧的人。宋亦霖望着他，如是想着。

他只是站在那里，就成为许多人的目光所及，她也无法例外。

队友走向谢逐，笑着同他说了句什么，然后将手抬起。谢逐短促地低哂，随意与他击过掌。

比赛还没结束，下一轮即将开始，就在此时，谢逐却似有所觉，抬头朝这边看了过来，轻易攫住她没来得及收回的目光。

彼此视线相撞，隔着人群与距离，宋亦霖看到他微一眯眼，稍纵即逝的玩味。

他开口，无声地问话："偷看我？"

那一刻，所有光都落在他眼底，而他在看她。

少年意气风发，坦然站在阳光下，金灿的落叶纷飞，风在悄然间温和无声，那几帧画面像是从电影中剪出来的。

宋亦霖愣住，在其他人察觉之前，"唰"地后退几步，远离那扇窗户。

太匆忙，动作间碰到身后的椅子，划过地板传来尖锐的声响，她这才回过神来，敛目将座椅扶正。

好吵。

声声沉响扰得人烦乱，甚至有加速的趋势，宋亦霖低头站定原地，后知后觉那是自己的心跳。

像场仅限人体感知的"自然灾害"，来势汹汹，容不得人抵抗。

她试图自我调节，但刚才转瞬对视的刹那还扎根在脑海，心跳也愈演愈烈，根本不受控制。

而宋亦霖不可能不清楚这意味什么。

她深呼出一口气，缓缓蹲下身，将脸埋进膝盖，低喃了句什么。

"看谁呢？"队友疑惑道，走到谢逐身边，顺着他刚才看的方向望去，结果目之所及是一片窗户。

哦，有个例外，某扇窗的窗帘拉上了，看不清里面。

"没人啊。"他更觉得纳闷，"你刚才不还跟人隔空说话吗？"

谢逐扫了眼那扇窗，语调懒散："胆小，藏起来了。"

队友还没来得及追问更多，就被谢逐扯回篮下，继续比赛。

体育课结束后，就是晚饭时间。泳队加训，因此接下来一整晚，宋亦霖都没再见过谢逐。

最近时间排得满,她无暇再去想其他的,整个晚自习都用来写作业,放学后按惯例去附近琴行练了一个多小时,才满身疲惫地回到家中。

洗漱过后,她翻了翻书包,左思右想,还是将唐筱单独给她的基础卷拿出来,抄起笔开始慢慢做。

唐筱对她的确是上了心,开学报到那天说的也不是客套话,之前开学考的成绩虽然进步甚微,但也初见成效,唐筱更是让她趁热打铁。

三四十分的基础做起题来实在艰难,宋亦霖连翻书带胡诌,才勉强做完第一页,随后拿手机搜了搜答案,正确率居然还可以。

微弱的成就感也算成就感,宋亦霖舒了口气,又认真地用红笔将错题改正,看不懂的就抄到错题本上,打算明天找谢逐问。

……她动作微滞,想了想,还是决定改问唐筱。

没来由地,她现在有些不知道怎么跟谢逐打交道。

头更疼了,她按了按眉骨,索性放弃思考,将卷子塞回书包,整理过后就吃药躺回床上。

床头灯还亮着,宋亦霖正准备关掉,拖着疲惫的身体入睡,放在枕边的手机便传来轻响,是消息推送。

她解锁查看,发现居然是谢逐的消息,言简意赅:身份证、手机号。

宋亦霖没反应过来,疑惑地调出输入法,打字发送:要这些做什么?

谢逐没回。

等了大概半分钟,聊天消息才再度更新,他这次的消息更简短,只有一个问号。

不对。宋亦霖突然警觉,下拉状态栏确认日期,总算明白要这些个人信息做什么用。

月底的全国游泳锦标赛在即,这是要开票了。她最近忙得连轴转,险些忘记这件事。

宋亦霖连忙给自己找补:开玩笑的。

为了不让破绽更明显,她当即利索地将所需信息发给他。

谢逐依然没有秒回,大概是惜字如金,拿到信息后不打算再说废话。

这么想着,宋亦霖就准备关手机睡觉,结果指腹刚贴上锁屏键,微信通话的界面"唰"地弹出来,来电人正是惜字如金的某人。

她这回真情实感地愣了下,确认了两遍来电人,才迟疑地接起:"信息有什么问题吗?"

"宋亦霖。"谢逐嗓音低沉,漫不经心地说,"你生日是二月四日?"

她微顿,不明白这问题的意义,但还是回答:"对,怎么了?"

话音刚落,谢逐似是低哂一声,通过听筒送到耳畔,质感更挠人心痒,她下意识地蜷了蜷指尖。

"是吗?"他懒声问,情绪莫辨,"我十一月二十二日,在你上一年。"

宋亦霖总算反应过来。

"小学弟""小酷哥"等称呼灌入脑海,她从未提过自己跟周围人是同龄人,何况也没人特意询问,谁知坑居然在这儿等着。

车翻得太突然,以前装学姐时的从容揶揄一帧帧浮现,画面格外清晰,宋亦霖都不知道原来自己记性这样好,闭眼扶额。

不愿再尴尬,她负隅顽抗,挣扎着狡辩:"……不提这个,凭辈分我的确算你学姐。"

说完便觉得自己占理,于是底气也足了起来,先下手为强:"再说你又没喊过我学姐!当初见了我要么'喂'要么'你'的,看过我校牌也没多尊重前辈,我都没说什么。"

"顶多占了你两句便宜。"她最后总结,顿了顿,又底气不那么足地补充,"还送了你一罐饮料。"

谢逐还没开口,宋亦霖这儿就噼里啪啦讲完一通,他不由得挑眉:"我说什么了?"

……好像确实还没说什么。

困意早就烟消云散,宋亦霖揉着额角坐起身,心虚地减弱声音:"你说。"

"电子凭证过两天发你。"谢逐语气很淡,"进赛馆时直接出示。"

话题转得有些快,宋亦霖"啊"了一声,迟钝半秒才应:"好的,那麻烦你了,票钱多少?我现在转你。"

"不用。抵在我这儿。"

"抵它做什么?"她不明就里。

"真话千字三百。"谢逐散漫道。

……服了,怎么还强买强卖的。

宋亦霖揉了揉眉骨,正要说什么,脑中却突然想起某事,疑惑地询问:"你在北郊吗?"

说着,她看向邻居的方向,不明白彼此就隔着几堵墙,还打什么电话。

似乎是知她所想,谢逐不予答复,只道:"现在几点?"

"快十二点了。"宋亦霖乖乖听话报时,"怎么?"

还怎么。

"宋亦霖,"他唤她,语调疏懒,"你确定要在这个时间单独见我吗?"

少年嗓音低沉,带着几分漫不经心的哑,就响在耳侧,仿佛近在咫尺。

宋亦霖这才意识到此刻夜深人静,的确不合适。她腹诽自己大晚上不清醒,不露声色地找补:"就随口一问。你这个点给我打电话,肯定是看到我屋里的灯还亮着吧?"

谢逐不置可否。

似乎也没有多余的话可说,通话陷入短暂静默,满室安谧中,听筒里也只剩彼此的呼吸,似有若无,隔着难说远近的距离,纠缠在一起。

宋亦霖抬手，将灯按灭，视野便坠入朦胧暗色。

顿了顿，她轻声说："那……晚安。"

像是在试探什么。

谢逐短促地笑了声，嗓音很低。

"晚安。"他道，"——小同桌。"

期中考试，宋亦霖也算不负众望，其余科目正常发挥，数学将将过了六十。

也是她高中以来第一次过六十。

虽然还是不算很高，但总算不用再感受语文成绩名列前茅，数学成绩垫底的尴尬落差，她还是比较满意。

宋亦霖平时小三科稳定压线及格，语文王者，英语在及格线上下飘忽，唯独数学稳定且持续拉分，因此这次排名出来，她直接从班里底层蹿到了中下游附近。

对普考生来说平平无奇的分数，对艺术生来说却堪称难得，于是年段排名一出来，十六班欢天喜地仿佛是过年。

以梁泽川和数学课代表为首，定制了一条红底白字的横幅，上书"祝贺高二（16）班宋亦霖同学数学破60分大关"，用以庆祝宋亦霖终于摆脱偏科王者的称号。

虽然摆脱得不算那么彻底就是了。

横幅扯得宽且长，宋亦霖清早到学校，还困得不行，结果一抬头，就被班级门口自己的名字砸了满脸。

宋亦霖瞬间半分瞌睡都没了，向来不起波澜的神色也难得变化，表情格外精彩地愣在原地。

"不错啊。"薄酩等候多时，见她来了，便从隔壁班走出，言笑晏晏地将人揽住，"太争气了，不愧是我们宋亦霖！"

"……考六百多分的人就别说话了。"宋亦霖木然道，突然后悔今天来校，"我现在能申请让你们班给你扯条状元横幅吗？"

"哎呀，我这不是比年级第一还低十几分吗？"薄酩满不在乎地道，半推半哄地让她进班，"怎么还不进去，他们肯定都等着迎接你呢。"

就是知道肯定都等着迎接她，所以她才迈不动腿啊。

宋亦霖哭笑不得，但该面对的还得面对，只好推开班门，抬脚迈入。

果不其然，迎面而来的就是一阵彩带筒喷响声，无数细碎纸片落在她肩颈，像下了场彩色的雨。

宋亦霖微眯起眼，在满目缭乱的颜色中，看到十六班众人的笑脸，纯粹且敞亮，鲜明生动。

少年人总能被轻易带动情绪，丁点大的事，都值得他们欣喜庆祝。却好像，这才是青春该有的肆意模样。

班长率先将锦旗塞了她满怀，宋亦霖没想到还有这一项，不由得一愣。

"祝贺霖姐数学过六十！咱班语文王牌翻身做地主了！"

"有没有年段艺体生排名啊？宋亦霖绝对名列前茅！我这就上书给李哥！"

"谁听了不落泪？开学两个月不到突飞猛进，值得裱在唐姐的教师生涯中！"

一堆人热闹地向她拥来，欢声笑语，本该是吵闹的人声，此刻落满她耳畔，却觉得是恰到好处的轻快。

掌心的锦旗被无声攥紧，宋亦霖很轻地失笑，眉眼弯起，袒露真切的笑意。

是十六班值得。她想。

不多久，唐筱也来了。看着满地狼藉，她真实地震惊了一下，但转眼看到宋亦霖手里的锦旗，又联想起刚才进班前看到的横幅，就明白过来怎么回事。

她有些好笑，无奈地让他们赶紧收拾利索。众学生嬉皮笑脸地应下，她随后喊宋亦霖单独去了趟办公室。

蓝色校服被彩纸缀得花花绿绿，宋亦霖拎着外套掸干净，临走前不忘叮嘱众人，把那条过于夸张的横幅撤下来，之后才跟在唐筱身后离开。

原本也不是谈什么严肃的事，唐筱当老师当得像朋友，刚进办公室，就随性地招呼宋亦霖快坐，自己则将包包挂好，去倒了两杯水。

到底已经开学两个月，也不是第一次来，宋亦霖没有起初的拘谨，自觉拎了把椅子在桌旁落座。见桌面上摆着详细的单科年级排名，她就拿起细看。

自己的成绩除了数学并没有很大波动，语文仍旧排年段前三，政治这次发挥不错，排名比上次提高不少，其他就没什么可评价的。

倒是谢逐，语文七十多还能上五百，看得她匪夷所思。理科的等级赋分多少有点离谱，宋亦霖怀疑自己看的到底是不是艺体生的成绩。

唐筱将水搁下，见她拿着纸认真打量，于是问："看排名呢？"

"在想一件事。"宋亦霖实话实说，"刚才班里有人说要上书李曜，弄个艺体生排名，我觉得我们班真的会名列前茅。"

唐筱被她逗笑："你们是巴不得李曜血压更高吧？"

那倒没有。宋亦霖放下排名表，轻咳："唐姐，你不会也是来夸我的吧？"

"原本是这么打算的。"唐筱正色道，"但班里那群闹腾的又是横幅又是锦旗，我还是不夸了，怕你飘。"

闻言，宋亦霖忍俊不禁："这次有点运气成分，我争取期末上七十，你到时候再夸吧。"

小姑娘还会得寸进尺预约了，唐筱挑眉，爽快应下："行，等你高考那会儿数学要能及格，我在办公室门口给你扯横幅。"

俗话说什么样的班主任带出什么样的班，宋亦霖想的确如此。

而唐筱确实也不是完全找她来闲聊的，针对这次期中卷子，同她分析接下来从哪些知识点入手，会提分比较快，之后又解答了几道难题，宋亦霖才收获颇丰地回到班里。

早自习已经过了大半，走廊有视察纪律的老师，因此回去时，十六班众人只得用激励的眼神迎接她。

宋亦霖有些好笑，刚坐回位置不久，班级后门就被推开，脚步声渐近，随后则是背包被摆在桌面的声响。

她正叠着锦旗，闻声偏过头，见谢逐的目光正落在那面锦旗上，似乎也有几分复杂。

"话说，是不是也得给逐哥弄个？"前排，梁泽川小声提议，"宋亦霖这数学进步可离不了咱哥。"

话音刚落，谢逐不带情绪地扫他一眼。

路予淇感受到这道目光，表示言之有理："你想挨揍吗？"

梁泽川安静地闭嘴，黯然委屈。

结合方才谢逐的微妙眼神，宋亦霖将锦旗收进课桌，直觉作祟，低声问他："你不会也收到过吧？"

"去年全运会，"谢逐嗓音很淡，没看她，径自抽了本书，"他们把横幅从校门口扯到了班门口。"

宋亦霖腹诽，不愧是十六班。

十月事情多，时间过得格外快。

转眼就到了全国游泳锦标赛开赛当日，为期六天，谢逐的自由泳决赛刚好在周末，乔觉的赶不上，魏余谌的蝶泳决赛能赶上一场。

事先跟唐筱请过假，顾舒那边的课暂时改到工作日，宋亦霖便跟路予淇和梁泽川坐上高铁列车，赶在赛前抵达 C 市。

拿电子凭证入场，三人都是 A 档票，落座后，宋亦霖朝场地简单观望，望见省队教练刘昭，以及国家队教练邵承致。

空气中弥漫着浅浅的消毒水味，泳池水波碧蓝透底，场馆座无虚席，场边诸多正在调试设备的工作人员，高清摄像机早已架好，准备就绪。

距离开场还有半个多小时，观众席的气氛却已经很热闹，哪队的粉丝都有，但放眼望去，仍然是国家队的居多。

宋亦霖看到许多女孩子戴着应援发箍，闪闪发光，有不少上面都写着谢逐的名字。

路予淇自然也阔气地买好应援物，梁泽川宁死不戴，负责举灯牌，她便将发箍戴到宋亦霖头上，点亮。

上面还有两个会晃的装饰物，稍稍转头，就会弹来跳去。

到底是全国赛事，规模盛大，通过屏幕看和亲眼所见的确不同，周围人声盖过一切，宋亦霖只好也微抬音量："这场是 100 米自由泳吧？"

路予淇点头，道："半决赛。预赛咱们上课没法来，明晚是决赛。"

"100 米自由泳？"梁泽川却格外震惊，他的票是路予淇帮买的，来之前还没仔细看过,"逐哥报了100米自由泳?"

话音刚落,路予淇的表情也微妙起来,宋亦霖不禁蹙了蹙眉,问:"怎么了?"

梁泽川抹了把脸,觉得这应该能说,于是低声道:"男子100米自由泳的全国纪录保持者,是谢逾岸。"

宋亦霖眸光微动,明白了这两人为什么会是这种态度。

谢逐和谢逾岸的名字绑定在一起太多年了,已故者的过往与荣耀压在谢逐的肩头,无数媒体与网友都在盯着他,看他究竟能成长到何种地步。

谢逐参赛并不频繁,时隔一年,才再度现身国内大型赛事,而这场100米自由泳,意义绝非胜负排名这样简单。

旁人都在给他过大的要求与压力。

宋亦霖轻蹙起眉,心底微沉。

不多久,比赛正式开场,选手按泳道顺序逐一入场,播报员道出一个个耳熟能详的名字,观众席呼声热烈,无数应援条幅高举,场面颇为壮观。

谢逐入场时,观众的反响程度堪比迎接国家队员,呐喊助威声震得宋亦霖耳膜发麻。她这才后知后觉,这个人远比她想象中站得更高,也离她更远。

隔着观众席与赛场的距离,宋亦霖抿唇,望着那抹颀长身影落座,随意脱掉外套,伸臂简短热身。

下一瞬,谢逐眼帘微掀,目光只在观众席扫过一瞬,就轻易定格在她身上。

那么多人,重重叠叠的影,都快要模糊不清,他还是一眼就找到了她,眼神专注,一错不错。

耳畔忽然变得寂静,只剩剧烈的心跳砸在胸腔,宋亦霖怔怔地同他对视两秒,随后弯起嘴角。

"我来了。"她低声道,淹没在无数人声里,自己都听得不甚分明。

谢逐却似乎听到了,眼底闪过稍纵即逝的笑意,很淡,却被摄像组精准捕捉。

高清直播摄像异常懂事,当即略微掉转角度,顺着他目光所至,对准观众席,三人身影当即便出现在荧幕上方。

实在出乎意料,宋亦霖在荧幕上看到自己时还愣了下,头顶"谢逐"二字闪亮发光,路予淇跟梁泽川倒是从容,还朝着镜头挥手致意。

很快,本组运动员入场完毕,各自检查泳具和起跳台后,一切准备就绪。

紧张氛围转瞬间弥漫全场,观众席人声弱下,四声哨响后,运动员走到泳道岸前。

谢逐在第五道,第四道是国际健将,而同组还有两名国家队员,实在称得上神仙打架。

长哨声响,比赛即将开始,梁泽川紧张地道:"完了完了,我怎么这么慌?"

"谁不慌啊?"路予淇也蹙眉紧盯台下,语气难掩焦躁,"我明天真要带着速效救心丸来……这组压力好大。"

宋亦霖没作声,望着谢逐登上起跳台,神色沉着疏冷,他俯身撤步,握住跳台边缘,已经准备就绪。

下一瞬,电笛声起。

谢逐入水动作利落,起跳就已经初步与其他选手拉开差距。观众席再次呐喊激昂,喧哗人声不绝于耳。

100米自由泳本就赛程短暂,泳道还没过半,选手都进入起速状态,谢逐与三、四道近乎并驾齐驱,肉眼难分胜负。

"看不出哪个在领头啊!"梁泽川略显抓狂,"怎么追那么紧!"

宋亦霖紧紧抿着唇,精神持续紧绷,无暇腾出多余心力去附和。眨眼间到了选手转身时刻,不少观众忍不住站起身来。

后程五十米,高下陡然立现。

谢逐明显位居首位,领先后者半臂距离,展臂,转肩,动作完成得相当迅速干脆,是一贯强势且凶的游法,气势迫人。

水花四溅中,他与第二名的差距不减反增,以绝对压制的气场稳居第一。台上尽是愈演愈烈的高喊,让人再听不到其他。

后段二十米冲刺,浪花激扬,本该是疲惫的阶段,谢逐却游出比前半程更迅猛的速度,水感仿佛得天独厚,转瞬将后方的选手甩脱更远。

"他怎么这么猛啊?"旁边一名男子目瞪口呆,手中还举着某国家队员的灯牌。

"这才是为游泳而生啊……"男子的朋友也瞠目结舌,忍不住激动起来,"不管了,体育竞技成绩说话,冲!"

最后五米。

宋亦霖紧张得指尖发凉,盯住那段趋于缩减的距离,呼吸不自觉放缓停滞。

"逐哥!冲!"梁泽川恨不得拿个喇叭,喊得险些破嗓,"第一!我们是第一!"

心跳快得近乎失常,宋亦霖轻咬下唇,在谢逐触壁抬身的同时,也倏地从位置站起。

"赢了!"无数人欢呼喝彩,喊声近乎冲破整座场馆。

鼎沸喧嚣中,谢逐从水底抬头,缺氧已久,他剧烈地喘息,随后摘了泳帽和泳镜,往水面一甩。

缓过少顷,他抓起濡湿的碎发,眼神清冽,举目望向背后。

场馆的大荧幕已然在首位亮起谢逐的名字,而他的成绩随之落进所有人眼底。

——48秒13。

台下的邵承致忍不住激动:"这成绩……"

——已经达到奥运A标。

而有同样心情的不止他一人。

梁泽川盯着屏幕大喊:"厉害啊!"

路予淇也被这成绩震撼，呆愣在原地："这、这能游出来？"

观众席显然也被这成绩惊住，全场凝滞半秒，倏然爆发出前所未有的欢呼声与掌声，盛大宏壮，沸反盈天。

原来天才登场，真的会让一切都黯然失色。

甚至有人热泪盈眶，高举横幅声嘶力竭地喊谢逐的姓名，嗓音中带着哽咽。

宋亦霖却充耳不闻，怔怔地站在前排，呼吸和心跳都过速，眼里只剩谢逐的身影，再盛不下其他。

她看着他，又像透过他看到了别的什么。

那一刻，光有了明晰的形状。

48 秒 13，不仅达到奥运 A 标，更是打破了该场的赛事纪录。

而谢逐甚至下个月才满 17 岁。

看到荧幕上的成绩，旁边泳道的选手也忍不住"啧啧"感慨，隔着泳道线祝贺谢逐，比起艳羡，更多的是欣赏与赞叹。

没人不嫉妒天才，也没人不爱天才。

谢逐倒是神色如常，平淡地面对祝贺，只颔首道谢，礼貌客套过几句，就上了岸。

披上浴巾，他边擦拭头发边往前走，瞬间被"长枪短炮"围住。记者询问他赛后感想、比赛发挥种种，问题密密麻麻，不乏挑事的话题出现。

到底不是初次参赛的新手，数台摄影机下，谢逐熟练自然地应付过几句，刘昭就过来顶住采访，打起了官腔。

谢逐得了闲，离开比赛场地，冲完澡换过衣服，才重新现身台下，又惹得观众席小幅度的轰动。

他换了身黑色运动服，身形挺拔修长，眉目疏冷，短寸，五官英挺深邃，若不是正身处游泳赛事场馆，说是台模也有人信。

在工作人员的带领下，他落座运动员专属席，离观众席很近，身上的距离感却很远。

宋亦霖看他拿出手机，有防窥屏，望不清具体内容，但很快，她衣袋中的手机就传来振动。

愣了下，她似有所觉，拿出手机查看，果然是谢逐的消息。

明明距离这样近，但碍于摄像头与公众，还要靠微信才能对话。

观感有些微妙，很难让人不联想到其他。宋亦霖及时打住，指腹轻戳通知栏，点进聊天框。

谢逐：住哪儿？

宋亦霖的确不清楚，于是侧首询问路予淇："酒店订在哪里了？"

路予淇说了个名字，宋亦霖就在手机上搜索，随后发给谢逐。

"跟人聊天呢？"路予淇见她在打字，礼貌地没有凑近偷看，问，"家里人问的？"

宋亦霖摇摇头："谢逐。"

这答案放在任何场景下都十分自然，唯独此时此刻，显得格外微妙。

一个是刚震惊全场的天才选手，一个是他亲自买票选座的观众，结果现在台上台下，两人还在微信上聊起天来了。

路予淇憋住自己的小心思，忍笑说道："对了，那你正好问下他们还有没有训练什么的，咱们明天下午就走了，今晚有空吃顿饭吗？"

宋亦霖想了想觉得有理，于是低头打字问谢逐：你们省队之后还有安排吗？

谢逐回：下午有场赛前会议。

意思是晚上有时间了。

跟这人讲话还要延伸思维，宋亦霖有些好笑地敲了敲屏幕，打字发送：魏余谌下午刚好决赛，结束后一起出去吃饭？

谢逐却没有很快回复。

她下意识地朝运动员专座望去，原来是刘昭来找谢逐，似乎有事要谈。

谢逐情绪很淡地回他两句，随后抬起手机，指腹按在屏幕上两秒，松开收起。

近乎同时，宋亦霖看到聊天框更新，对方发来一条短暂的语音。

他说："好。"

事情便这么敲定下来。

比赛期间，泳队事务繁多，运动员也有必要社交，到场的诸多上级领导干部与赞助商，都需要打过照面走个流程。

尤其是谢逐，显而易见的国家队预备役，年纪尚轻又游出了过人的成绩，自然就成为交谈的中心。

宋亦霖望着台下，看少年游刃有余地应对攀谈，骨子里的倨傲冷淡被妥当地掩藏，正是轻狂意气的年纪，却也初具了成人的从容。

才更让人挪不开眼。

宋亦霖想，他这样的人，像是不会属于任何人。

——十年如一日站在期望与瞩目里，有广阔敞亮的未来，不会愿意被限在一方小天地。

而她单是活着就要竭尽全力。

目光不受控制，但宋亦霖依然逼迫自己将眼帘压低，没有再看。

人拥有理智，本就该用来压制本能。


赛程来到下午，100米蝶泳决赛，魏余谌被分到五组三道。

同组竞争压力较大，但他稳定发挥，拿下全场第三，也令观众震撼了一把。

按理讲，只有项目冠亚军才有资格入选国家队，魏余谌虽差了半分，但也前途敞亮，刘昭整天下来笑容就没放下过。

于是比赛结束后，几个小孩儿要出去单独聚餐，他也没拦着，只嘱咐注意饮食安全，就利索放了人。

毕竟翌日还有比赛，选手在饮食方面忌口众多，因此路予淇精挑细选，才将餐厅敲定下来。

乔觉和谢逐都还有比赛，在场的只有魏余谌彻底没了安排，但刘昭下过死命令，赛前只准喝水，不准喝饮料，因此饭也吃得索然无味。

"等比赛结束回暨城，多的是机会。"路予淇道，"到时候去'老地方'再聚嘛。"

"赛前就谨慎饮食吧。"梁泽川摆手，"乔觉你也好好加油啊！我明晚看央视隔空给你应援，咱们回来再聚。"

乔觉报了200米混合泳，决赛刚好设在周日晚，完美错过三人在C市的最后期限，只得"孤军奋战"。

"好说。"乔觉比了个OK，"逐哥、谌子名次都这么好，我哪能落下，等着吧。"

晚饭就在一众揶揄打趣中度过。

毕竟明早就开赛，几人不敢滞留太晚，因此九点过半，便各自打道回府。

无奈的是临走前，路予淇拉着梁泽川去商圈逛街，而乔觉跟魏余谌也组队离开，连"不同路"这种借口都胡诌出来，生怕别人看不出是故意为之。

旁边还有个谢逐呢，到底哪里来的不同路。

瞧出几人意图，宋亦霖制止的话还没来得及说出口，这几个人就溜得干净，于是只好作罢。

不过，刚好省队入住的酒店跟他们所在的地方仅隔一条街，步行也不远，于是宋亦霖提议："走回去吧。"

话说完她自己先顿住。以前习惯跟随别人的想法，不知道从何时起，她面对谢逐时多了几分自我。

而谢逐也不会拒绝，淡声答应，就陪她沿街道前行。

夜色弥漫，路灯昏黄，餐馆暖色的光透过玻璃窗，安然铺盖长街一角，难得静谧。

两人无话，气氛倒是安静自然。余光微移，宋亦霖不着痕迹地扫过身边人，见帽檐下，少年锋利眉目掩在影中，冷感清厉。

谢逐秉性冷淡，平时也言简意赅，但刚才在饭桌上，她依旧敏感地察觉到他兴致缺缺。

而原因多少也能猜到。

但宋亦霖不是心理专家，自己都医不好更遑论旁人，只能抿了抿唇，不知该怎样开口。

正思索着，下一瞬，头顶就传来谢逐疏懒的嗓音："有话就说。"

不是初次偷看被抓包，宋亦霖照旧坦然，瞥见巷口旁的便利店，于是顺势扯谎："我想去买瓶水，你等我一下。"

谢逐不置可否，没说信或不信，只敛目看她，眉梢轻抬。

宋亦霖当他默认，于是兀自从容地走进便利店。她也确实有些渴，从冷藏柜拿了瓶矿泉水。

准备去收银台结账时，一道身影自旁边笼下，熟悉气息将她围绕，她才发现不知何时谢逐也过来了。

他拿了瓶冰矿泉水，连同她的那份一并结账。宋亦霖微怔，还没开口道谢，就见谢逐推门走出，侧首向她微抬下颌，算作简短示意。

她似有所觉，抿唇举步跟上，二人身影埋入店旁的深巷。

窄巷深不见光，只剩月光斑驳。四下寂静，似乎是该说些什么的时刻。

宋亦霖停在墙边，犹豫是否该开口。谢逐罕见地耐心，从始至终眼帘低垂，却只望住她，眼底沉得深暗。

巷口窄，风灌入，吹拂得她心绪也缭乱。

沉默少顷，宋亦霖偏过脸，低声说："……你不要给自己太大压力。"

刘昭说不了，邵承致说不了，别人都说不了。夜色是沟通媒介，昏沉的光影能遮掩许多东西，包括情绪。

而他们类似。

"你才十七岁，还有许多机会。"顿了顿，宋亦霖生涩地转述顾舒曾对自己讲过的话，"总会得到你想要的。"

谢逐散漫地倚在墙边，暗巷不见光，又有帽檐遮挡，依稀只能望见他凌厉的下颌，以及冷淡的嘴角。

"半秒。"他道。

宋亦霖顿了顿。

"我今天的成绩，跟谢逾岸的最高纪录差半秒。"谢逐语气不带情绪，"明天很难再突破。"

宋亦霖没忍住："那是他二十三岁时游出来的。谢逐，"她认真道，"你已经是很多人心中的冠军了。"

晚风从巷口吹拂而入，有些急，也将话音吹散。谢逐眼帘压低，目光盛住她。

长街，深巷，贫瘠月光，少年迈近半步，垂眸望。

"有你吗？"昏暗夜色里，她听他嗓音很低地道。

——"很多人"里。

睫羽轻颤，宋亦霖陡然生出几分难以自制的无奈。

"……有。"她听见自己回答。

那些情愫究竟从何时起，宋亦霖自省自问过许多遍。

最深刻的记忆却是透过狭小的屏幕，看到广阔的天与光，少年夺冠加冕，被鼎沸人声拥簇，从容且矜傲。

原来已经那样早。

"很久以前,你就是我的冠军了。"她轻声道,几不可闻的音量,也只有她自己听见。

——人人都觊觎光,而她有幸被照亮。

但终究不敢冒犯。

## 第十一章·月光灯

男子百米自由泳决赛设在周末上午九点，横竖没带什么行李，三人从酒店退房后，便打车前往市奥体中心。

他们特意到得早，但观众席仍旧已经有不少人落座，讨论话题也多为谢逐。

宋亦霖按门票位置入座后，听旁边几名组团来观赛的男女，正聊得热闹——

"谢逐昨天那场100米自由泳上热搜了，你看没看？还有他往年成绩对比，成长好快啊。"

"毕竟是谢逾岸的儿子，天赋多少会遗传嘛……谢逾岸十七岁时百米自由泳多久来着？"

"早忘了，反正最高纪录比谢逐高不少，长江后浪推不起前浪啊。"

"还是怀念谢逾岸跟邵承致那会儿，有看头。但谢逐虽然差点，跟谢逾岸还挺像的。"

"那也出不来第二个谢逾岸了，唉。"

一番对话落在耳畔，其中不乏惋惜之情，好像感慨人才零落似的，宋亦霖不禁蹙眉。

但她还是礼貌地等几人讲完话，才侧首开口。

"他才十七岁。"她发表客观想法，"有自己的竞技风格，也比同龄人出彩，没必要只跟谢逾岸比较吧。"

"那哪能一样，他毕竟是谢逾岸的儿子。"都是观众，意见不合很正常，其中一名男子见她年纪小，便语重心长道，"小妹妹，这你就不懂了。谢逾岸那是时代的遗憾，多少人等着谢逐重现他父亲的荣耀呢。"

宋亦霖听得更冒火，想说他游出来就属于他自己，但路予淇很轻地扯了扯她的衣袖，示意算了。

冷静些许，她也觉得争论这些不合时宜，于是颔首不再多话。

"他们游泳圈里有这种想法很多年了。"路予淇低声解释，也很无奈，"……没办法。"

"我也跟人争过，还差点儿打起来。"梁泽川按了按眉心，叹息，"媒体也成天煽风点火，搞不懂一个两个的脑子里都在想什么。"

宋亦霖沉默敛目，视线落在赛场。现在场馆里座无虚席，偌大一个平台，那样多的注视，却没人知道有几成是在期待他成为替代品。

宋亦霖略显阴沉的心情持续到比赛开场。

谢逐站定在众望所归的第四泳道，戴好泳镜，随长哨落下，众选手迈上起跳台，各就各位。

电笛声响，入水声随之点燃全场观众呐喊，谢逐实力近乎压制，赛程过半就已经领先显著，同组国家队员紧随其后，却也没能赶超。

100米自由泳赛程太短，紧绷感随距离缩减而愈演愈烈，之后在冲刺阶段陡然爆发，全场助威加油声不绝于耳，相当热烈。

谢逐始终是第一位。

最终拍壁结束比赛，他冲出水面，剧烈喘息后，摘掉泳镜望向荧幕。

——47秒91。

项目的赛事纪录被同一个人再次刷新。

梁泽川忍不住狂吼："二次刷新！"

但这声音随即就被淹没在茫茫人声里，震耳欲聋的呼声中，有人震撼惊叹，也有人感慨唏嘘。

体育竞技，人们总归更在乎成绩，凭成绩分出高下。

可宋亦霖却只扫了一眼荧幕，视线就落向谢逐。

太远了，看不分明。少年似乎反应很淡，看完成绩便转身上岸。蜂拥而至的记者们将他的身影遮挡，她望不到更多。

旁边有观众失望地叹息，叹他已经尽力，还叹他到底没能胜过谢逾岸。

可唯一有资格失望的人不在观众席。

刘昭照常来挡记者的尖锐问题，谢逐没什么情绪地侧身经过，随工作人员离开比赛场地。

几步过后，他微一停滞，侧首朝某方向望去。

偏偏与此同时，前排观众站起身来，将宋亦霖的视线遮挡。她愣了下，再转过角度时，已经只剩少年清冷的背影。

只半秒的错过。

他最后那一眼，宋亦霖想，谢逐会不会是看向自己。

可直到离开C市，她都没能再见谢逐一面，也没能当面告诉他："你依旧是今天的冠军。"

十一月初。

全国游泳锦标赛为期六天，省队要参加最后的颁奖仪式，还要做赛后总结以及后续安排，才能各自打道回府。

回到暨城后，宋亦霖身旁的位置有三天都是空的。

而谢逐前后两次刷新赛事纪录，也在热搜挂了许久，词条官媒博文控评良好，个媒的评论区则是讨论居多。

争论点不见新意，还是有关谢逐与谢逾岸的差距。两派各执一词，这边说谢逐还年轻未来可期,那边说就事论事他确实比不上谢逾岸,其中也不乏看热闹的路人,随机站队指点江山,总体来讲乌烟瘴气。

这天晚自习放学,梁泽川忧心忡忡道:"我问了乔觉,他们省队今晚刚落地,明天就来学校了。"

"那不是挺好的,"路予淇道,"恢复日常嘛。"

"我这不是在想逐哥那事吗?"梁泽川纠结,"也不知道他看不看网上那些东西。"

路予淇想了想:"刘教练不会让他看的吧。"

"手机在他那儿,谁知道他看没看。"

很有道理。

"而且该是邵教练了。"梁泽川补充,"乔觉跟我说国家队那边文件已经下来,在办手续了。"

"也皆大欢喜嘛。"路予淇忍不住嘟囔,"不知道那群人怎么好意思说失望,谁欠他们的。"

宋亦霖安静听完全程,没发表个人感想,跟他们道过别,就拎着包离开学校。

结果刚到居民楼下,就看见电梯那儿贴着条通告,声明电梯因意外暂停使用,检修师傅正在路上,将尽快修复。

旁边还贴了张更大的纸,提醒各位家长看好孩子,请勿频繁开关电梯门。感叹号硕大,恨不得把"熊孩子退退退"这话直接写上。

宋亦霖只得无奈地爬楼梯,她不疾不徐地拾级而上,楼道里是声控灯,并不十分灵敏,脚步轻些就毫无反应。

宋亦霖于是每登一级就加重一声脚步,光亮起灭下的几秒,刚好够上楼,如此重复不知道几遍,她开始走神思索另外的事。

梁泽川应该是多虑了,她想。

谢逐并不会在任何人面前流露失意,这人秉性疏冷,骨子里就矜傲自负,示弱大概不存在于他的人生履历。

否则也不会让教练那样头疼,毕竟根本没有安慰开导的契机。

大概没谁会成为特例,宋亦霖想着,不知不觉已经快到了。她定了定神,照旧将灯踏响,准备登上最后一级台阶。

她无意间抬起眼,却看到楼梯尽头坐了道身影,疏懒散漫。对方也听见声响,微一抬头。

帽檐下眉目清厉,错落光影坠入少年眼底,沉静深邃。

宋亦霖顿在原地。

……特例。她想,太出人意料了。

下一秒,声控灯暗下,视野再次被无边的暗色蚕食笼罩。

黑暗给人不安,也能给人毫无道理的勇气。宋亦霖步履放轻,迈过数道台阶,停在谢逐身前。

少顷,她缓缓蹲下,望着他。

太暗了,轮廓都是模糊的。于是她低声道:"可以小声说,灯听不见。"

话讲得很像小孩子,谢逐似乎短促地笑了声。

好像还是离得太近,呼吸温热分明,宋亦霖睫毛轻合,藏在阴影里,难捕捉。

沉默并未持续太久,片刻后,耳畔传来谢逐低沉的嗓音:"之前那场破纪录的蝶泳,跟这次一样。

"他们怀念谢逾岸,从过去到现在。而我身体里流着他的血,理所应当天赋异禀,被拿来跟他比较。

"即使我从未想过成为谁。"

他语气很淡,不带多少情绪,也没有想象中那些落魄失意,平静且坦荡。

宋亦霖后知后觉,这个人的确不需要安慰。

但她知道自己该给什么。

"我遇见你才开始了解游泳竞技,其实还不太懂那些。"她缓声道,"但有件事还是能确定的。"

话音将落,宋亦霖伸手,很轻地摸了摸他的帽顶,稀松寻常。

"这几天很累吧?辛苦了。"她说。

谢逐微一顿住。

"刷新两次纪录,在赛场留下名字和成绩,或许之后的很多年都是其他人追赶的目标。"

停滞少顷,宋亦霖低喃:"还有……其实那天我想当面说的,但没能见你。

"——谢逐,恭喜夺冠。"

十一月,已是深秋。

天气逐渐转凉,忙碌的十月过后,宋亦霖在一中的学习生活便趋于稳定。

宋亦霖三点一线,学校、家、专业课教室,虽然有些累,但也还算充实。期间跟迟敏偶尔联系,高三部那边也短暂消停,她难得度过一段平静的校园生活。

这天上午数学课,年级部临时召开教研组会议,唐筱只得给他们发了套卷子,说晚些时候收。

卷子是常规卷,算不上很难,宋亦霖现在有一定基础,写起来没有最开始那样困难,但偶尔还是有种要会不会的感觉。

遇题不决问同桌,她已经养成习惯,下意识就指尖略抬,拿笔在桌面轻敲了敲。

成功换来对方简短的四个字:"有事说事。"

……臭脾气。

宋亦霖看了眼谢逐的卷面,见他都快比她领先半页,不由得顿了顿,收回笔杆,说:"算了,要不你先——"

话还没说完,手中那支笔就被按住,谢逐没看她,目光扫过卷子,自然也看清那些纠结的圈圈画画。

"哪题又不会？"他语气很淡。

宋亦霖心想，怎么还用个"又"？

但讲题的就得供着，她将那道困扰自己许久的填空题示意给他："这个，我算一半算不出了。"

又是函数。谢逐眉梢轻抬，没说什么，只将笔拿起，在验算纸上细写这道题的分析过程。

教室内人声不大，他嗓音也压得低，落在耳畔格外近，宋亦霖不免有几分出神。下一瞬，笔尖叩在桌面，响声略显清脆。

"宋亦霖，"谢逐敛目，嗓音低沉，"别只听不看。"

倏然回过神，她轻咳一声，迅速正色道："没，我在想这道题的解题过程挺熟悉的，好像能做出来。"

"因为同样的题型我讲过三遍。"他淡声说。

宋亦霖负隅顽抗，抬起脸，认真地嘴硬："我不知道它还能这么出题。"

"我也不知道你不会举一反三。"说完，谢逐将她的脑袋摁回，言简意赅，"看题。"

最终这道题还是被完整详细地解答完，宋亦霖研究过演算过程，又自己将题重做一遍，得出答案跟谢逐的相同。

她这才松了口气。

写数学题写得头昏脑涨，她短暂偷懒休息，拿笔在验算纸角落随手画了画。

原本毫无想法，纯属随手一画，结果等回过神来，宋亦霖才发现自己画的居然是个小人，只有基础轮廓。

她想了想，反正也无聊，索性又加了几笔，添了点儿人物细节，画完后就没再管，继续往下做题。

没多久，宋亦霖正写到数列，就见前排梁泽川略微往后靠了靠，压低声音问："宋亦霖，你填空第三道做出来没？"

她看了眼，正是自己刚才求助谢逐的那道题："做出来了。"

"怎么算的？有过程没？"

"你旁边就是数学课代表。"她温馨提醒。

梁泽川委屈巴巴："我问路予淇了，她让我少烦她。"

这么比较，谢逐态度的确算不错了。

没再多话，宋亦霖干脆将演算本递给他，道："都在上面，你翻翻便能找到。"

梁泽川如同接圣旨，感恩戴德地用双手接过本子，转过身去跟题目死磕。

不过一段小插曲，宋亦霖没放在心上，低头继续做题，哪知梁泽川突然"咦"了一声："怎么有个小人儿？"

她指尖倏地顿住，这才想起自己刚才画的是什么。宋亦霖心道不好，还没来得及让人把演算本还回来，就听梁泽川没憋住笑。

"臭脾气？"他瞧得乐不可支，"你说逐哥啊？"

旁边奋笔疾书的路予淇闻言，也来了劲儿："什么什么？"

宋亦霖鲜有这么尴尬的时刻："不是，我随手画的——"

说着就探身要去销毁证据，谢逐却比她更快地踩住座椅下方的横栏，在她停顿的间隙，伸手从梁泽川那儿将演算本拿了过来。

纸张右下角，一个简笔画小人栩栩如生，寸头扑克脸，旁边还用箭头示意三个字：臭脾气。

他不辨情绪地抬眉。

这人面无表情，宋亦霖更觉得跟纸上小人相似，正想把本子抢过来，谢逐便顺势将手抬高，让她扑了个空。

这时，唐筱开完会姗姗来迟，刚走进班里，就目睹后排两人的互动。

她着实愣了下："你俩干吗呢？"

全班瞬间八卦地回过头，谢逐仍是副漫不经心的模样，只将宋亦霖按回位置，懒声答："交流学习。"

宋亦霖勉强维持从容神色，若无其事地对唐筱笑了笑："嗯，交流学习。"

于是，演算本就这么被谢逐给拿走了。

直到这堂课结束，梁泽川喊谢逐去打球，宋亦霖才抓住机会，将自己的本子拿了回来。

为一幅画折腾成这样，宋亦霖暗骂自己不清醒，正准备将演算本收起，余光不经意瞥过纸张角落，却顿住。

只见小人旁，不知何时多了个小女孩，表情很凶，却类似虚张声势。

旁边画了一个箭头，写着三个字，字迹苍劲有力，内容却跟书写风格不太搭。

——幼稚鬼。

宋亦霖眼帘压低，敛目看了许久，才将本子合起。

……说谁呢？


课后正是大课间，路予淇闲来无事，想去小卖部买点儿零食，于是喊宋亦霖一起下楼。

"怎么没喊薄酪？"宋亦霖边扯外套拉链，边随口问。

"啊，刚想告诉你来着。"路予淇解释，"她请了长假，还不知道什么时候能回来。"

宋亦霖动作一顿，轻蹙起眉："长假？"

"说是家里有事。"提起这茬，路予淇也有些无奈，"我觉得挺严重的，不然怎么可能请长假，但她总打马虎眼，也不跟我说实情。"

薄酪骨子里自负，可如果真遇到什么棘手问题，也是会找朋友商量的人，这次不愿意说，或许是有她自己的想法。

"再问问吧。"宋亦霖道，"她做事有数，如果真不打算说，应该是有自己的打算。"

路予淇一想,觉得言之有理:"也是,就没见她被什么难事绊住过。"

正说着,两人不知不觉已经走到操场。小卖部和食堂离得近,有学生端着关东煮从食堂走出,宋亦霖见此,不由得停下脚步。

"食堂今天有关东煮?"路予淇也瞧见了,有些嘴馋,"待会儿我也去买。"

"你不是要吃雪糕吗?"宋亦霖无情地打消她的念头,"一冷一热不怕胃疼?中午再见吧。"

路予淇一想也是,只好遗憾作罢,提议:"我看食堂排队的人挺多的,要不你先去买,待会儿门口集合?也省时间。"

横竖离得近,不怕找不到人,宋亦霖就点头答应,于是两人分开行动,各买各的。

关东煮并不是每天都有,因此食堂格外热闹,大家都在窗口排着队。等了约莫三四分钟,宋亦霖见轮到自己,就取了纸碗拿串,随后刷卡付款。

她转身正打算离开,肩膀却蓦地被人用力撞了一下,她猝不及防,趔趄着后退两步,背撞上点餐口的不锈钢台面,顿时一阵痛麻。

关东煮也随着动作洒出些许,好在她反应及时,外套只被泼到一小片。

宋亦霖眼底微冷,看向对方。

少女没穿校服,此时正略显戏谑地打量着她,看着就不好相与。

老同学,宁念楚的众多好友之一。

"刚才还不确定。"女生失笑,饶有兴致道,"还真是你啊宋亦霖,居然回来了?"

音量不见压低,落在食堂内,引得众人都纷纷朝这边望过来,或疑惑或惊讶,共同点是都在看戏。

大课间,食堂里哪个年段的学生都有,宋亦霖并不意外,但多少感觉有点烦躁。

"以后走路看路。"她平静道,随后侧身与女生擦肩而过。

没想到她这么硬气,女生愣怔半秒,瞬间觉得自己没了面子,当即伸手将宋亦霖拽回来。

"还教育我呢?"她好笑道,"怎么,一年不见不认识我了?"

路予淇或许还在外面等,宋亦霖耗到现在是真有些烦,反手挥开她,冷声说:"我们很熟?"

女生闻言怒极反笑,咬牙道:"你——"

气氛紧绷一触即发,不少学生察觉到这边氛围不太对,都犹豫着该不该过来劝架。

刚好有保安在吃饭,闻声不由得警觉,当即大喊:"那边干吗呢?"

女生充耳不闻,实在被宋亦霖气得不轻,陡然攥紧她的衣领扯近。宋亦霖早有预料,与此同时后退避开,顺势将手中的关东煮摔下,滚热汤汁瞬间飞溅而起,浸透了女生的衣摆。

对方满身狼狈,宋亦霖倒照旧冷静,只退开了两步,蹙眉按按有些发疼的脖颈:"我说了,走路要看路。"

女生怒火中烧,正要开口回敬,保安就已经冲过来,严肃地将她抵开,训斥:"忘了自己还在学校吗?"

"你这孩子也是!"他转而面向宋亦霖,"怎么能……"

"是她先拽了我。"宋亦霖示意自己泛红的脖颈,平静道,"我只是手滑。"

保安无话可说,到底两人都吃了亏,况且也是高三女生先挑事,他只得严肃地将人带离现场。

临走前,女生瞪她一眼,咬牙道:"行,走着瞧。"

宋亦霖懒得搭理。

没了吃东西的心情,她转过身,抬脚朝门口走去,没两步,就望见正朝这边赶来的路予淇。

"怎么回事?"路予淇着急道,"我听说有人找你麻烦?"

宋亦霖这边还没开口,就被问题给堵住,她顿了顿,随后若无其事地笑笑。

"没事,都解决好了。"她道,语气稀松平常,"就是你要先回去了,我得去卫生间擦下衣服。"

"欸……"路予淇还想再问什么,却又没能说出口,踌躇似的。

宋亦霖原本已经走出一段,闻声又回过头,无奈地安慰道:"真的没事,放心。"

少女眉眼温和,语调也轻,仿佛的确如她所说,真的没事。

实在做不到继续追问,路予淇只好目送人渐行渐远。

宋亦霖其实真没撒谎。

这种伎俩于她而言不过小打小闹,她向来会审时度势,如果不是眼尖看到有保安在场,也不会这么轻易就反击。

将外套上的污渍擦得差不多,她又拿冷水洗了把脸,安静地在原地站定少顷。

多少还是有些烦。烦许多未知,以及需要解释的麻烦。

等回到班级时,后门虚掩着,宋亦霖正要推,却听见里面传来路予淇的声音:"霖霖到底经历过什么啊?"

宋亦霖动作倏地顿住,片刻,收回手。

路予淇语气失落,捎带几分藏不住的委屈:"刚才吓死我了,幸好没出什么事,早知道我就陪她一起去食堂了。"

"主要她有事也不跟咱们说。"梁泽川也叹了口气,"都是朋友。"

"对啊。"路予淇说,"我们都会信她帮她的。"

话落在耳畔,宋亦霖睫羽轻颤,心底蓦地泛起几分酸涩。

下一瞬,她听到谢逐的嗓音,语气不起波澜:"她不是不想融入,是不懂怎么做。"他淡声说,"笨。"

而笨蛋就停在教室外,也没有动弹,或过去反驳。

指尖很轻地攥起，宋亦霖低头站着，眉眼神色掩在阴影里，并不分明。

——她不仅笨，还是个胆小鬼。

休学前那些事并不好讲，都是普通学生，他们本该有寻常快乐的高中回忆，宋亦霖不想让那些事打扰他们，横竖自己能承受，没什么所谓。

她到底骨子里也自负，学着接受旁人的好意已经够艰难，让她再去接受怜悯，就太难为人了。

最终，食堂那出闹剧也无疾而终。

之后一段日子还算平稳，没人再来找碴，宋亦霖乐得清闲，在专业课和文化课上下功夫。人一旦有目标，做什么都有动力。

随着时间流逝，日期朝她在日历上标画的红圈逼近，终于，到了当天。

——11月22日，谢逐生日。

可惜国家队另有安排，他前天一早被召去总局，今晚九点飞机才落地，回到暨城。时间太晚，梁泽川本想拉着一伙人翘了自习去"老地方"，也没能如愿。

"进了国家队就是忙。"晚自习快下课时，梁泽川搁了笔，由衷感慨，"专业人士啊。"

临近放学，教师们陆续下班离校，班里也不似受看管时那样安静，都开始收拾书包，准备铃一响立刻走人。

"明年这时候才有得忙。"路予淇刷题刷累了，索性也合上册子，道，"有亚运会和亚洲锦标赛，听刘教练说，邵承致好像打算让谢逐参赛。"

"这么紧？"梁泽川不由得震惊，"明年高三备考啊，认真的？逐哥同意？"

宋亦霖原本在跟数学死磕，闻言抬起头，温馨提示："有没有一种可能，他有免试资格。"

言之有理，令人信服。梁泽川长叹了口气，黯然神伤："果然高考见真章，我从来没这么羡慕过天才。"

"对了，霖霖，"路予淇却突然想起某事，"你不是艺考生吗，高三是不是要集训？"

宋亦霖点头："明年年底统考，我大概六月份离校，要集训半年。"

"谢逐备赛的话估计也不来了。"路予淇咕哝道，"你们同桌俩真是一个比一个忙……欸，音乐生有没有免试？"

"政策早就取消了。"宋亦霖无奈地笑笑，解释，"统考名单里的大学成绩通用，校考还是要自己挨个报名参加。"

梁泽川认识的艺体生不少，对这些规矩稍有了解："你们是不是都报一二十个校考，用来保底？"

"大部分是吧。"宋亦霖回想机构里那些前辈，"我没打算报那么多，到时就打算报两三个。"

梁泽川疑惑地问："两三个还能算保底吗？"

宋亦霖正打算回答，旁边路予淇就自然接话："这不明摆着吗，统考就是霖霖的保底。"

还能这么理解？梁泽川震惊。

他这会儿才反应过来，后知后觉地问她："你校考打算报哪几所？"

宋亦霖说了三所院校。

果不其然，其中两所是国内知名211大学，剩下那所则在音乐八大院中名列前茅。

梁泽川忽然有种普通人竟是我自己的感觉。

就在此时，宋亦霖的手机突然振动，她拿出看了眼，接起后简短地跟对方说明位置，就拎了包准备走。

路予淇听着对话像外卖，不由得纳闷："什么呀？"

宋亦霖"嗯"了声，模棱两可地答："买了吃的。"

说完就朝他俩挥手道别，匆匆赶去拿自己买的东西。

"夜宵？"梁泽川了然，"那是得赶紧。"

仿佛被点醒，路予淇忽然想起宋亦霖的住处，又看了眼时间，神色略显微妙，隐约猜到那份"吃的"是什么。

宋亦霖让外卖员将蛋糕搁在小区门卫室。

取到蛋糕后，她打量一番，包装的确精致，别出心裁，对得起它的价钱。

同门卫大叔道过谢，宋亦霖拎着蛋糕离开，结果刚走出两步，忽然意识到一个重要问题。

她默了默，掏出手机，给谢逐发消息：你今晚还回北郊吗？

下一瞬，小区门口晃来两道车灯，她指尖微滞，似有所觉地侧首，见那辆车停稳，随后走下一人，身影格外熟悉。

谢逐单手插兜，俯身搭住车窗，漫不经心地同司机说过什么，随后就不再管，垂眸拿出手机。

冷光映在他深邃的五官上，他眉峰略抬，眼帘微掀，目光落向她，随后又滑到她手中的包装盒上。

宋亦霖藏也不是递也不是，只能伫立在原地，看少年迈步走到跟前，低头淡声说："回来了。"

似曾相识的场面。

指尖轻动，宋亦霖没看他，只很慢地"嗯"了一声，将蛋糕提起几分，向他示意。

"生日快乐。"她轻声说。

谢逐却一反常态地要求很多："看着我说。"

宋亦霖只好仰起脸，同样干巴巴地丢回四个字："你事好多。"

她说这话时还是没看他，目光稀松落下几分，就不肯跟他对视，犟且别扭。

谢逐低哂一声。

他接过她手中的蛋糕盒，又将人松垮搭在肩头的书包拎起，才迈步朝小区内走去，简短道："走了。"

身上重量瞬间被转移，宋亦霖愣了一下，忙不迭抬脚跟上："你拿我书包做什么？"

"蛋糕吃不完，"谢逐懒声道，"陪我吃。"

分明才四寸，唬谁。

她暗自腹诽，也如实讲出来："你就是想让我陪你过生日。"

这回谢逐不置可否，只低眸看她一眼。

暨城昨夜又落了雨，清早也淅淅沥沥地下了一阵，地面水痕斑驳，空气掺带几分寒凉潮气。

已近十二月，晚风袭来，冷意明显，宋亦霖不由得将衣服裹紧，手也插进兜里。

刚走到楼下，就听路旁草丛中传来几声细小的哼唧声，太低弱，甚至让人怀疑是幻听。她下意识地停了脚步，谢逐似乎也听见声响，眉宇轻蹙，朝声源处望去。

又是两声哼唧，草丛还动了动。

宋亦霖这回能确定了，当即走近蹲下，伸手拨开凌乱的枝杈，看到一小团瑟瑟发抖的毛茸茸。

她试探性地将手指递近，小东西察觉到热度，当即殷切地贴过来，蹭着不肯退。宋亦霖将它拎出来，借昏暗路灯打量，是只小狗，但毛发沾了泥水，打成一缕一缕，脏兮兮的瞧不出品种。

"这是什么？"她不禁狐疑。

一道身影从后方压来，一寸寸将她笼罩，谢逐从旁站定，言简意赅："狗。"

"我说的是品种。"宋亦霖无奈，提溜着小狗后颈，让它蹲坐在自己掌心，扒了扒它晃来晃去的尾巴。

小狗有些蔫巴，看模样顶多两个月，也不知道这么冷的天在外面待了多久，好不容易碰见人，它努力讨好地蹭她的掌心。

哼哼唧唧的怪可怜，宋亦霖不由得有些动摇。谢逐似乎看出她所想，淡声问："想养？"

宋亦霖纠结少顷："先问问业主群吧。"

"明天周六。"说着，她顿了顿，"如果下午还没人认领，我放学后就带它去宠物医院看看。"

"然后？"他问。

"……它太小了，我自己精力可能不够。"

话音刚落，笼在跟前的身影就有所动作，谢逐蹲下身，将那只小狗拎到自己手上。小狗倒也很有眼力见，当即跟他的手背贴贴。

谢逐不避不躲，没什么情绪地挑眉："挺好玩。"

若有所觉,宋亦霖偏过脸看他,对方不曾抬眼,屈指有一搭没一搭地逗弄小狗。

随后他道："那就两个人养。"

虽然隐约猜测到，但亲耳听见又是不同的感受，宋亦霖愣怔片刻，第一反应是提醒他："养狗没那么容易，烧钱还耗时间，你要考虑清楚。"

"如果它真是被抛弃的，那不能再有第二次了。"她蹙眉，正色询问，"你确定自己能陪它很久？"

闻言，谢逐却漫不经心地掀起眼帘，看向她："这该问你。

"——宋亦霖，你能陪它多久？"

问题似乎很有难度，答题人瞬间沉默下来，偏开脸，表情半隐在阴影中，不甚分明。

而谢逐虽然耐性差，却擅于等她。他神色很淡地望着她，执着于一个确切的答案。

半晌，宋亦霖才开口："……最起码到它离开我吧。"

范围模糊，但已经是一份需要用时间承担的责任。

谢逐收回目光，将小狗拎着，不疾不徐地起身。

宋亦霖正想随之站起，头顶便传来少年的嗓音，很低，不带情绪。

"你不能骗它。"他道。

宋亦霖却觉得对方仿佛是在说——"你不能骗我。"

有些好笑，但更多的是心尖酸软，她动作稍滞，少顷"嗯"了一声，撑膝站了起来。

她从谢逐手中接过那只小狗，小家伙似乎有些困倦，脑袋一点一点的，尾巴却还坚持晃着，像期待有人带它走。

恍惚间她又看到楼底那只流浪狗，总安静地等她放学回家，陪她经历无数次难过低落，最后又成为她的遗憾。

宋亦霖想，这次不能再迟了。

"不骗它。"她低声道，带几分哑，"……也不骗你。"


宋亦霖在小区业主群里发了消息，之后就安静地等回音。

上楼后她先拿湿巾将小狗简单擦了擦，约莫看出毛发真实颜色，她前后打量一番，怎么看怎么像边牧。

……这年头还能捡到边牧？

虽然心下狐疑，但看小狗困得脑袋一点一点，她便从家里翻出个箱子，铺上薄毯和暖宝宝，将它放进去。

小狗很乖，也没叫唤，不多久就蜷成一团睡得正熟。

宋亦霖于是没再管，重新回到客厅，见谢逐坐在沙发上，蛋糕盒还没拆。她坐到他对面，动手开始拆包装盒。

谢逐抬眉，见她将包装拆开，搁在一旁，蛋糕的模样就映入视野。

四寸简约款，蓝白渐变，除此之外并没有其他多余的装饰，只有顶层画着个简笔小人，扑克脸面无表情，极具象征意义。

宋亦霖也是刚看见实体，有些出乎意料，抬头瞥了眼眉清目冷的某人，不禁"噗"了声："还挺像。"

谢逐淡淡扫她一眼。

她轻咳，相当上道地将"17"的蜡烛插好。打火机现场就有，她随手拿过，点燃蜡烛。

客厅没开灯，除了落地窗外的朦胧月光，深暗夜色中就只剩一簇星火烈烈，灼进彼此眼底。

焰红的影飘晃，宋亦霖撑着下颌，问谢逐："要不要许个愿？"

虽然这人看起来像连生日都不会过，更别提许愿。

而她的猜想果然正确，谢逐闻言扫她一眼，根本懒得搭理："没你那么幼稚。"

"我连生日都不过，哪有机会幼稚。"宋亦霖没所谓地道，"不许白不许嘛，一般人不都这样？没准心诚则灵。"语气随性坦然，意味却有些深。

谢逐稍一停滞，眼帘微掀，望着她没什么情绪。

后知后觉自己袒露得太多，宋亦霖略显懊恼地低眸。

她岔开话题："算了，你——"

话未说完，就被对面的人懒声打断："你有什么愿望？"

她很轻地顿住。

刚才想说的话瞬间被遗忘，宋亦霖沉默少顷，才答非所问："……我还没见过给别人许愿的。"

"现在你见到了。"谢逐语气很淡，"愿望呢？"

这人总在出乎意料的时刻让她招架不住，宋亦霖如是想。

她视线低垂，盯住那簇晃动的火苗，也是目之所及唯一的亮色，好像再停留片刻，就要熄灭。

宋亦霖想，自己该怎么说。

她的愿望有太多，摆脱过去，走出困境，别再流泪流血，别再靠吃药才能勉强维系正常。

但此时此刻，她只想谢逐能在一年中最特殊的这天，像寻常同龄人那样许一个愿望。

可这个愿望似乎即将实现，于是她想，还是要眼前少年往后的路平坦敞亮，即使他会去更远的地方。

谢逐该是阵恣意洒脱的风，不属于任何人，落拓自由，有他既定的方向。

"……我希望，"她终究开口，逐字逐句地道，"有朝一日，谢逐能站在最高处，被所有人看到。"

她讲得认真,似乎这就是心愿的全部。

烛影错落,谢逐眼底盛住光与她,沉得深暗,难以辨清更多。

少顷,他眼帘压低,淡声说:"你呢?"

宋亦霖顿了顿:"什么?"

"'所有人'里,有没有你?"

这问题。好像没有她,再多注视都没意义似的。

可惜她没法许诺未来,宋亦霖实话实说:"不想骗你,这个我不确定。"

谢逐却不打算就此带过:"定个期限。"

宋亦霖也没想到他居然会在这种问题上较真,只好随口粗略地答:"二十岁之前。"

很短,结合愿望本身似乎相当有难度,她却听少年简短道:"好。"

言简意赅,但有力度,尽管不知道是答应了什么。

蜡烛熄灭,视野归于黑暗的瞬间,她听见自己心跳落拍的声响。

微一合眼,宋亦霖告诉自己,没有贪心的资格。


翌日,直到下午放学,小区业主群内也没有任何回应。

这只小边牧居然还真是被抛弃的。

宋亦霖虽然心生困惑,但还是如昨天所说,准备带它去趟宠物医院。

谢逐作为主人之一,自然也陪同一道。当他们抵达宠物医院,给小狗检查一番后,宋亦霖终于明白为什么这只小边牧会被原主人抛弃。

"狗狗有细小。"医生半扯下口罩,看过检查结果后,便蹙眉对二人道,"好在发现还算及时,但也不能再拖了。"

宋亦霖垂眸,看着趴在桌角的小狗。桌面那么宽敞,小家伙却执意要贴着她的手背,好似极度缺乏安全感。

它还是一副精神恹恹的模样,昨晚以为是困倦,现在才明白是生了病,难怪没精打采的。

已经知晓这是意外捡到的小狗,于是医生问:"你们考虑好是否收养了吗?"

宋亦霖望向谢逐,见对方神色未变分毫,勾手轻抬小狗下巴,看小家伙很慢地舔了舔他的指尖。

他揉两下它的脑袋,淡声说:"有什么治疗方案?"

"细小的存活率比较低,我是建议住院的。"医生道,"开药带回家也可以,但注意事项很多,两位考虑一下。"

没什么可考虑的,都是学生,还都是忙人,当然交给医院更合适。

接下来的流程无非是缴费,填联系方式,三千多块钱对有存款的宋亦霖来说不算大数目,但谢逐利落地付了全款,只叫她负责日后的狗粮费用。

两笔钱孰轻孰重她还是清楚的,但钱都付了没必要再争,她只得作罢。

填信息时要给小边牧取名,宋亦霖想到11月22日,便写了个"一二"上去,简单粗暴。

家里就这么多了个新成员。

已近年底,日子如流水般过去。宋亦霖手感恢复得快,闲来无事就帮顾舒代课赚点钱,顺带物色几场来年比较可观的比赛,好让高考前的履历更好看些。

顾舒名声在外,手底下的学生也都出色,大小赛事自然第一时间就拿到消息。宋亦霖下了课,闲来无事翻阅起简章,对比规模。

顾舒见此还挺意外,忍不住道:"这才有当年的样子嘛。"

宋亦霖闻言一顿,指腹拈着纸页,后知后觉的确如此。

从跌落谷底到重新爬起,也就三个多月,她却拥有了不少东西,甚至前所未有。

朋友、恩师、枯燥但有趣的平凡高中生活,以及……

倏然掐断念头,她闭了闭眼,若无其事地将注意力重新放到比赛简章上,道:"躺了快一整年,再怎么也该重新振作了。"

"明年反正都是集训,比起成天练琴,还不如多参加两场比赛。"宋亦霖说着,挑了有意向的简章拍照备份,"大型的都在暑期,刚好。"

顾舒凉凉一笑:"你是忘了你烂到离谱的乐理跟和弦了吗?"

"也没那么烂。"宋亦霖垂死挣扎,"百分制我能考八十多呢,您要求太高了吧?"

"满分可多了去了,你调式调性十道错四道,听音和弦更差,这就是拉分……"

宋亦霖自知理亏,心虚地拎起包,不等人说完就打算溜之大吉:"欸,都这个点了,太晚了,老师您早点休息啊。"

"臭丫头。"顾舒被她气笑,看着人眨眼间就窜到门口,大声说,"赶紧回家给我练去!艺考这两门不过九十五别来见我!"

"好好!"宋亦霖忙不迭应下,当即反手将门关上,防止顾舒将要求提到满分。

今天顾舒临时有事,把课调到了七点,晚风寒意刺骨,她手插进口袋,从网上约了车,安静地站在路边等待。

顺便翻看自己的短信箱,其中一个未知号码的消息断断续续,她逐条滑过,眼底冷漠沉静。

——为什么突然见不到你了?

——霖霖,别躲我好不好,我只是想看看你。

——之前都是误会,能见我一面吗?我们好好谈谈。

才多久,严成远看来是急昏头了。宋亦霖垂眸,想。

她关了所有社交软件添加好友途径,他没处可寻,居然连这种法子都使出来了,还真当她怕事不敢报警。

有些无趣地将页面滑到底,宋亦霖本打算切到约车软件,结果目光扫过最新的那条短信,不由得凝住。

——霖霖,你和那个谢逐很熟吗?

她倏地蹙眉。

不等她考虑更多，司机的来电便将她的注意力转移，宋亦霖接起，确认车辆后上车，隔绝外界冰冷的空气。

窗外夜景飞逝，她却没什么心思观赏，垂眸望着短信界面，捏着手机的指尖渐渐收紧。

不知是暖风开得低，还是没缓过来，她没来由地遍体生寒。

抵达北郊已经九点多。

宋亦霖在手机上付款后，便朝小区内走去。郊区本就地广人稀，入夜更显得寂寥，晚风呼啸中，仅剩树叶簌簌作响。

昏黄路灯将影子拖长，她垂眸踩过，单调的脚步声在夜色里很轻地回荡，格外安静。

那阵没来由的心慌更甚，宋亦霖轻蹙起眉。严成远最后两条短信观感怪异，导致她总觉得有人在暗处盯梢自己，相当不自在。

想得烦了，索性不再去想，她踏着满地黯淡的灯光，熟练地抄小路，朝自家楼栋走去。

天际擦黑，高楼间灯火明亮，她攥紧兜内的手机，刚走过拐角，斜侧方大道上就出现抹修长身影，格外熟悉。

谢逐单肩斜挎着运动包，似乎刚结束训练回来，深灰卫衣、黑色工装裤、黑色棒球帽，疏懒利落。

余光捕捉到她，他步履稍顿，说不上意外与否，只眉梢轻抬。

没来由地，她指尖微松，好像看到对方就觉得心安，宋亦霖不着痕迹地舒了口气，走近几步："队里有训练？"

谢逐不置可否，问："怎么走这条路？"

这人总能一语中的，宋亦霖又不好说是为了躲人，只能含糊地敷衍："多走两步，减肥。"

又扯谎。谢逐不带情绪地看她，下一刻，却若有所觉，轻蹙起眉。

少年眼底的冷意转瞬即逝，宋亦霖看得微愣，还没来得及确认，脑袋上就被扣了顶棒球帽。她下意识要抬起，谢逐却将帽檐压得更低。

宋亦霖感觉自己大半张脸都快被盖住，然而反抗无效，她只得无奈道："你把帽子给我干吗？"

"碍事。"谢逐言简意赅。

宋亦霖纳了闷："碍什么……"

"少在这儿闲逛。"他打断她，语气很淡，"'一二'还等着喂。"

"一二"治疗一周后便痊愈，打针洗澡一通操作完，就香香软软地被宋亦霖抱回家养着了。

"这都几点了，它还吃夜宵？"宋亦霖忍不住反驳，但小狗黏人，她确实得多陪伴,"那我回去了,你不一起?"

"有事。"

一会儿碍事一会儿有事的,她虽然觉得莫名,但还是乖乖点头,听话地朝自家楼栋走去。

目送人渐行渐远,谢逐收回视线,抬脚朝巷口走去。鞋底踩在地面的下一秒,他蓦地伸手拽住靠在墙边的人,利落地将其扯进拐角背光处。

严成远见谢逐似乎要离开,本打算继续去跟宋亦霖,哪知出师不利,没来得及反应就被摁在墙上狠磕了下,随后脖子被紧紧掐住。

迎面一片阴影笼罩下来,谢逐垂眸审视他,眼底蛰伏锋锐戾气,深邃五官被晦暗夜色笼住,更显沉厉寒意。

"你想干什么?"谢逐沉声道,手上力度加重,严成远当即挣扎起来。

喉管被指骨抵住,窒息感强烈,严成远却挣不开分毫,尽管对方已经算留有余地。

谢逐揪住他的衣领,利落地一扯一摔,严成远便结结实实被砸在墙上。他后脑脊背都生疼,不由得咬紧牙关。

谢逐没什么情绪地说:"跟踪她多久了。"

陈述句,甚至没问是不是跟踪。严成远蹙眉,恼怒地否认:"什么跟踪?我只是路过,是你直接动的手!"

谢逐向来对无关紧要的人吝啬记忆,但宋亦霖讲过,因此那些苦难的施加者他都记得清楚,即使时隔久远,也印象深刻。

他微一眯眼,寒声道:"严成远。"

"你怎么知——"严成远惊异半秒,又瞬间了然,"她居然连这些都告诉你。"

既然已经败露,他索性不再抵赖,轻嗤了声:"才多久,她就这么信你,你们什么关系?我告诉你,高三谁不知道宋亦霖这个人,当年的事提起来她别想好过,识相的……"

他话没说完,抵在颈间的力道就骤然加重,将他整个摁在墙上。

"重新说。"谢逐淡声说。

压迫感席卷而来,严成远头脑发胀喘不过气,不敢再硬碰硬:"……我什么都没做,她不回消息也不肯见我,我只能这样!"

"然后呢?"

"什、什么然后?"

谢逐不耐烦地蹙眉。

严成远看得一震,担心谢逐再动手,没敢蒙混过关,说:"好吧,当年是我找的霖……"

话未说完,衣领便是一紧,勒得他闷咳几声,听对面冷声道:"喊她什么?"

"宋亦霖,宋亦霖当时就拒绝了。"严成远连忙改口,狼狈地解释,"我怕她跟别人说,所以就……把这件事翻转了一下,告诉了朋友。但我没跟几个人提过这事,更没想到居然会传出去!谁知道宁念楚那帮人会那样!"

话里话外都在为自己开脱。

夜色晦暗,窄巷暗涩,昏黄路灯投进半缕光,映得谢逐侧脸半暗半明,眉目深邃凌厉。

严成远并非表里如一的好学生,却也从没见识过这样狠戾迫人的气场,早就已经开始发怵,没敢抬眼。

"我、我找她道歉了,想跟她单独谈谈这事。"他勉强给自己找补,"可她不理我,还躲着我……我一直找不到机会,能怎么办?"

一直。谢逐品过这两个字,低哂:"跟挺久了。"

自知暴露,严成远当即闭嘴,冷汗淋漓。

下一瞬,他还没来得及反应,就被陡然掀翻在地,头昏脑涨相当狼狈。

步履声渐近,谢逐停在他跟前,鞋沿距他鼻尖咫尺近,干净不染尘,即使未有动作,也足够震慑。

严成远遍体生寒,没敢动弹,听上方传来少年冷沉的嗓音:"没下次。

"——再跟着她,别怪我不客气。"


夜色渐浓。

宋亦霖回到家,还没开灯,就听见"一二""啪嗒啪嗒"踩在地板的声响,踊跃奔向自己。

边牧很聪明,刚回家那会儿总叫唤,在她威逼利诱下,现在已经老实巴交不怎么闹动静。

蹲下身,宋亦霖揉了揉它的脑袋,"一二"蹭着她下颌,松软毛发温热,她被蹭得轻笑,将小家伙抱起亲了口。

放下书包,她坐在沙发上。"一二"还没腻歪够,趴在她腿上拱来拱去。宋亦霖有一搭没一搭地给它顺毛,腾出手将头顶的棒球帽摘下。

端详少顷,她眸色微沉。

——总觉得,隐约能猜到谢逐所谓的"有事"是什么。

心底莫名浮现几分烦躁,宋亦霖闭眼,长舒了口气。室内没开灯,她也懒得开,看冷白月光透过玻璃窗,浅淡映亮视野,色调淡漠。

她在等外面走廊的动静。

但许久未果,宋亦霖心里那股不安更甚,拿起手机看了眼时间,距离自己到家已经过去快二十分钟。

她轻蹙起眉,抬指轻抚"一二"的脑袋,低喃:"……他怎么还不回来?"

怀疑是自己没听清响动,宋亦霖犹豫片刻,到底还是打算开门朝外看一眼。

"一二"原本半睡半醒,迷迷瞪瞪感知到她站起,当即也抖擞精神,跳下沙发,寸步不离地跟在她后方。

相当黏人。她无奈又好笑地瞥了眼它。

将门推开，宋亦霖刚踏出半步，电梯抵达本楼层的铃声便响起，她登时愣住，实在没想到这么巧，当即就要关门缩回去。

然而为时已晚。

下一瞬，后领被人不轻不重地拎住，她有些无奈，刚退进室内的半边身子也被揪出，只得重新站定。

"一二"望见来人，忙不迭兴冲冲地跑过去，在地面绕来绕去，好不高兴。

"去哪儿？"谢逐漫不经心地问她。

心跳瞬间停了一拍，宋亦霖闭了闭眼，自己都不知道自己在扯什么谎："我扔东西。"

头都不敢回，跟他在这儿瞎扯。谢逐短促地笑了声，问："东西呢？"

……怎么还追问起来了？

实在没辙，宋亦霖感觉再聊下去大事不妙，正想躲进屋里逃避事实，谁知谢逐仿佛早有预料，比她更快地按住她后颈，将人掉转过来，面朝自己。

动作发生太快，四目相对的刹那，她面上愣怔还没来得及收敛，被他一五一十地收入眼底。

"宋亦霖，"他眼帘压低，"——你想见我，这句话很难说？"

可只有心无旁骛的人，才有底气坦坦荡荡，宋亦霖想。

但也不是没应对方法，她掀起眼帘，不避不躲地对上他，问："那你做什么去了，这么久才回来？"

论一针见血的本事，两人不相上下，谢逐果真被她一句话堵住，眉梢轻抬，将人松开。

宋亦霖却没打算就这么把人放走，二话不说攥住他的手腕，抬头打量。

谢逐微一眯眼，抬手就要抽离，但宋亦霖凉凉飞来一眼，分明没什么威慑力，他却停住动作。

还挺听话。宋亦霖腹诽，目光重新落回他手上。

少年手指干净修长，骨感分明，楼道光线并不十分明亮，她却看清他指节处隐约泛红，很淡，但足够坐实某个猜想。

——果然是跟人动手了。

"怎么弄的？"她还是问。

谢逐言简意赅："冻的。"

宋亦霖简直无语："你唬谁呢？是不是见到严成远了？"

话音刚落，谢逐眉宇轻蹙，嗓音也沉下："你知道他要来？"

"猜的。"听出他语气不善，她莫名地扫去一眼，"你不会以为我想见他吧？我躲了他很久，觉得这人应该是要慌了而已。"

谢逐不置可否，眉间冷意却尽数收敛，淡然地"嗯"了声，算是回应。

……别扭鬼。

虽然知道他跟严成远对上，肯定不会吃亏，但宋亦霖仍旧心绪芜杂，胸腔涩然满溢。

　　她敛目，盯着那处泛红指骨，少顷，很轻地揉了揉。

　　少女指腹温热柔软，羽毛般轻拂过，带几分难以言喻的痒。谢逐眸光微动，反手将她攥住，终止这股近乎凌迟的感受。

　　"别乱摸。"他语气稍显不耐烦。

　　宋亦霖瞬间什么情绪都没了，她干脆利落地收回手，想跟他理论"乱摸"的定义，又觉得太怪，索性强行忽略这茬。

　　按了按额角，她言归正传："……还是谢谢你。"

　　他垂眸："生疏成这样。"

　　"这叫礼貌。"宋亦霖低声道，"下次别这样了，我能应付得来，你毕竟也算公众人——"

　　话未说完，脑袋便被人揉了两下，她愣住，剩下的话瞬间忘得一干二净。

　　"想得太多。"谢逐懒声道，"走了。"

　　说完，便转身离开。

　　"一二"屁颠屁颠地想跟上，他抬眉，俯身将它抱起，揉了揉。

　　手法跟刚才揉她时类似，宋亦霖面无表情地看着。

　　"你儿子。"谢逐把"一二"还给她，"收好。"

　　宋亦霖接过，当即被"一二"舔了满脸，只得无奈地将它的脑袋压下，顺嘴道："也是你儿……"

　　触到少年眼底稍纵即逝的玩味，她倏地打住，生硬地改口："那什么，时间不早了，你快回去休息吧。"

　　看出她没话找话，谢逐低哂一声，倒也没多言，信步朝楼道另一端走去。

　　直到关门声响起，宋亦霖才恍然回神，低下头跟怀中的"一二"四目相对。

　　少顷，她无奈地笑了声。

## 第十二章·冬暮雪

十二月的天气说变就变。

从棒球服到棉服,从衬衫到毛衣,似乎只一夜就完成过渡,降温降得人猝不及防。

凛冽冬风寒凉,刮过侧脸带来轻微痛感,如刀割似的,宋亦霖略垂下头,吸进肺里的空气才温和些许。

昨夜睡前忘记吃药,导致一晚上都没睡好,她困得不行,到班级后便将书包塞进桌洞,外套一披,趴下补觉。

半梦半醒中,隐约听到路予淇的声音,她眼皮发沉,意识没能清醒两秒,就再次模糊起来。

直到班里朗读背诵声大了起来,宋亦霖才悠悠转醒,慢吞吞地揉了揉惺忪睡眼,掀开外套,抬起头来。

"醒啦?"路予淇偏过脸,见她还神色恍惚,不由得失笑道,"这是还做着梦呢。"

宋亦霖"嗯"了声,按两下额角,勉强将注意力归拢几分:"我睡了多久?"

"半小时,还没下课,你这就醒了。"

还行。宋亦霖懒懒地将外套披在肩头,刚睡醒有些冷,扫去她仅剩的困乏。

耳畔传来渐近的脚步声,宋亦霖微一侧首,发现是谢逐和梁泽川来了,随后则是唐筱。

"先停一停。"唐筱走上讲台,拍了下手,"早自习最后十分钟,占用下你们的时间,有件事需要商量下。元旦晚会的通知刚下来,还是老规矩,只有高一高二参加。每个年级名额有限,审过一个就是给咱们班加分,你们都给我踊跃起来啊。"

"审过一个?唐姐你太看不起我们了吧,至少三个!"台下有人嚷嚷。

"行啊。"唐筱挑眉,"都说说有什么节目打算往上报?"

回应自然是五花八门,路予淇突然想到宋亦霖的专业,忙不迭问她:"霖霖,你要不要报个古筝啊?我都没听过你弹琴!"

原本音量不算很大,但偏偏赶上唐筱整顿纪律,于是这话就被衬得格外清晰。

宋亦霖瞬间迎上众人期待的目光。

路予淇也没料到这场面,尬在原地,倒是唐筱经提醒,也记起宋亦霖的过往履历实在称得上光鲜亮丽。

"哦对,宋亦霖,你不是学古筝的吗?"她当即一拍掌,问,"学几年了?"

"四岁……十二年。"

唐筱眼底一亮,还没开口,叶嘉瑜就兴致勃勃地拉拢道:"哇,宋亦霖,民乐社准备报个合奏大曲,正好缺古筝大佬,你来嘛!"

拒绝的话到底说不出口。

曾经,宋亦霖不愿回应任何人的期待,也将那些欣赏和喜爱视作麻烦。

但现在想来,那些抗拒似乎都是很久远的事了。

"可以啊。"思索少顷,她颔首应下,"待会儿找你拿谱子。"

"好哎!"

于是事情就这么敲定。

"逐哥,你要不报个吉他?"梁泽川提议,"一准能过审。"

宋亦霖闻言挑眉,有些出乎意料地望向谢逐:"你会弹吉他?"

她向来什么乐器都爱碰一碰,吉他自然也在其中,但准备艺考已经够忙,哪有时间再去找老师。

"想学?"谢逐忽然问。

"想学。"宋亦霖撑着脸,稍显遗憾,"可惜根本没时间。"

"有空教你。"

她闻言微怔,侧过脸,却见这人已经漫不经心地趴在桌上补觉了,方才的话仿佛是自己的幻听。

她不由得抬手戳戳他:"不是随口一说吧?"

话音未落,不安分的手指就被对方提住,谢逐眼帘微掀,扫向她,言简意赅:"不是。"


距离元旦晚会只有半个月时间。

合奏曲排练时间有限,每逢自习,宋亦霖便跟团体去音乐楼的演奏厅练习,尽快培养默契。

曲子排的是《十面埋伏》,新编合奏,是首大曲目,节奏谱调都需要经过无数次反复配合练习。

叶嘉瑜主项是琵琶,当年以第一名的成绩考入学校,另外两人也是民乐社的佼佼者,专业素质都过硬。但宋亦霖到底有十二年功力在,又师出名门,赛事经验足,合奏时便与其他三人高下立见。

"姐,你真是我姐。"叶嘉瑜无奈道,"跟你合奏就跟被带躺赢似的,你老师是谁呀?"

"顾舒。"

"顾舒?"另外一名女生惊道,"她收学生要求超级高,我表妹当初送礼都没能跟她学。"

宋亦霖"嗯"了声："我运气比较好？"

"王者的经典谦词。"叶嘉瑜"啧啧"道，叹息，"来来来，继续练！"

一首曲子时长三分钟，但挨段处理起细节，时间便流逝得极快，不知不觉就过去大半上午。

练也练累了，劳逸结合，四人决定今天暂且到此为止。宋亦霖拆掉义甲，随手收进弦轴盒里，捏了捏被胶带缠得紧绷的指尖。

就在此时，负责二胡的女生突然惊喜道："下雪了！"

瞬间将几人的视线成功吸引到窗外。

雪花纷扬，初初降临就来势盛大。天际空荡不见云，雪色清透冷冽，轻柔飘晃而下，像网一般将这座城市笼罩。

宋亦霖这时候才有了一年到头的实感。

"刚过冬至，今年雪来得还挺早啊！"

"明天周末，刚好圣诞节欸，还能出去玩，这雪太上道了！"

这场雪来得突然，也浩荡，不过半小时，草木与地面就堆了层薄薄雪色。

下课铃一响，另外三人便兴冲冲飞奔出演奏厅，应该都是去找朋友分享喜悦。宋亦霖倒不急，将窗户推开一些，被掺着冰晶的寒风迎了满面。

有些冷，她扯了扯外套衣领，将下巴收进去，伸手摊开掌心，垂眸打量。

雪下得确实大，她甚至能看清冰晶的轮廓，尽管转瞬就被体温融化。

宋亦霖想，自己果然更喜欢冬天。

这个季节与丰富多彩无关，清冷且单调，雪也落得安静，比热夏嘈杂黏腻的雨好上太多。

谢逐踏入厅内时，看到的就是宋亦霖的背影。

窗外雪花纷扬，细碎零落转瞬即逝。入目色彩单一，饱和度极低，视线很难在苍茫中寻到专注点。

似乎也就能解释，为何视野像对焦错误的相机，万物都模糊——只剩那抹清瘦背影，不讲道理地清晰。

宋亦霖坐在桌沿，风从窗缝灌入，挽起她散落在耳畔的发丝，清冷干净，缀几片莹白。

长发被拂乱，她没理会，只漫不经心地微一偏首，后颈纤细，脆弱得像易碎品。

清冽的雪光落在她身上，照亮荧子寂静的身影。

似有所觉，宋亦霖回过头，微怔，随后很轻地笑。

"谢逐。"她唤他。

一瞬，衬白皑皑的雪，胜过人间。

谢逐漫不经心地收起手机，迈入演奏厅。

这个点该是去吃午饭的时间，宋亦霖正欲开口询问，就见对方走到乐器架前，拎了把吉他出来。

谢逐随意抄过椅子，掀起眼帘扫向她，简短撂话："过来。"

还真是吉他教学。宋亦霖从桌上跃下，外套随意搭在一旁，边走近边问："所以你是来找我的？"

"不然，"谢逐试着调试吉他弦调，语气很淡，"你以为我为什么会来这儿。"

她"嗯"了声，刚落座，吉他便被递到怀中。宋亦霖没吃过猪肉也见过猪跑，姑且将吉他有模有样地抱好，只是稍显生涩。

她正努力回想正确姿势，手肘就被人握住。谢逐从后方贴近，手越过她，将错误点纠正："放这儿。"

两人到底身高差摆在那儿，体型差便格外显著，宋亦霖原本觉得自己是正常身高，此刻被谢逐从后面环住，却有种陷入他怀里的错觉。

少年特有的清冷气息将她包围，带几分不甚明显的侵略性，她身体微僵，强迫自己将注意力放在教学上，可反应却有些迟钝。

谢逐耐性不佳，索性捉住她忙乱的手，牵起指尖，引导她如何正确拨弦。

"6开始，最下面是1。"

低沉的嗓音落在耳畔，比预想中清晰太多，宋亦霖睫毛轻颤，指端随之一抹，勾出短暂的乐音。

距离过近，室内没开空调，因此拂过颈侧的呼吸热度显著，酥痒之余，又掺了些缱绻意味。

心神稍定，她微一闭眼，迅速摒弃多余杂念，低头认真研究起吉他弹法。

说难不难，无非是扫与挑。这些年古筝不算白学，没几分钟，宋亦霖就已经顺利掌握基础手法，琴弦与对应音名记得熟练，就连按弦也相当自然。

谢逐眉梢轻抬，倒是初次领略到她的音乐天赋，的确得天独厚。

宋亦霖初学吉他，还有几分生疏，但基本感觉已经找到。她认真试过弦，又尝试半音，仅凭三言两语的指导与摸索，就迅速上道。

谢逐掌心还覆在她手背，隔着似有若无的间距，不经意间交换体温，宋亦霖专注于学习，先前的僵硬与紧张被尽数抛之脑后。

"……之后弹练习曲。"说完最后一句，谢逐眼帘压低，听她乖巧"嗯"了声。

她似乎忘记彼此姿势过于暧昧，正色熟悉着手法音调。从谢逐的角度，恰好能望见她低垂的眼睫。

宋亦霖低着头，发丝柔软垂落，袒露出小片后颈，肌肤被深色外套映衬，胜雪白，修长纤细。

少顷，谢逐移开视线，松开她，起身离开。

热源突然消失，宋亦霖愣了下，扭头见人走向演奏厅一侧，是饮水机方向："就没了？"

"没了。"谢逐简短道，仍是散漫语调，拿一次性纸杯接水。

大冬天飘着雪，她居然还接冷的喝。

宋亦霖觉得莫名其妙，倒也没再多问。望着窗外雪色，她忽然想到什么，试着背谱弹奏某首曲目。

可惜难度有些高,对吉他新手来说还是强求了,曲成调却不成个,谢逐微一眯眼,有些熟悉。

"不行,吉他还是太生疏了。"再次转折生硬,宋亦霖简直不忍卒听,想了想,索性将吉他搁下,走到钢琴前落座。

谢逐看她动作,没什么情绪地挑眉。

宋亦霖也是突发奇想,按记忆随意试了试片段,确认无误后,就嘴角微弯,侧首望向他。

"就当交学费了。"她道。

窗外鹅毛大雪纷飞,少女端坐在钢琴前,纤长手指覆于琴键,有光落在她眉眼,干净清亮,却很远。

琴音轻柔,比起曲目,更像婉转诗篇。

旋律由浅至深,娓娓道来,奏洁白的雪,清冷的月,跳音沉而烈,情绪却敛得稳且静,是她特有的演奏风格。指尖掠过黑白琴键,曲目耳熟能详,除去节奏被放缓,给人的感受与原曲出入甚微,就是专业人士听了也该称赞。

谢逐却心底一滞,望向她。

或许是因为她笑意太浅淡,又或是因为湮没在她睫毛的光,像无端埋藏几分难过。

直到曲终,最后尾音也消散,宋亦霖才很轻地舒了口气,将琴盖合拢。

"《圣诞快乐,劳伦斯先生》。"她道,没看他,不疾不徐起身,"好久不弹了,没想到还没忘记。"

这座城市仍在下雪。

谢逐抬手拎起她的外套,走近。宋亦霖眨了眨眼,正要接,衣服就已经披到她肩头。谢逐低眸看她。

"你在难过。"他语气很淡。

"那时弹到一半,"宋亦霖若无其事地笑笑,"怕你不喜欢。"

又在撒谎。谢逐不置可否,神色未变分毫,只慢条斯理地拢了拢她的衣服,道:"明年初雪,再弹给我听。"

"我喜欢。"他望着她,逐字逐句。

说这三个字时,少年眼底只盛着她,沉暗深邃,专注到近乎让人错觉深情。少年人的喜欢太坦然,将尽未尽几个字,却像把该说的话都说完了。

宋亦霖有些哑然。

如果可以,她本该这样保守回答。

可话到嘴边,却不由自主地成了低低一句:"好,明年。"

但有些话,她想,自己永远不会告诉他。

譬如初雪时的第一眼,我只想到你;譬如我原本踏不进这个冬天,却因为你,有幸得见一场雪。

以及，如果可以——
我不想，只与你看这一场雪。

元旦当天，暨城飘起小雪。
虽然放假，但一中上下气氛活跃，新校区礼堂建得宽敞豪华，场内场外尽是奔忙的学生，都在为稍后的晚会做准备。
天空还在落雪，势头不大，风却盛，将梁泽川颈间的围巾吹散，荡在肩后。
他轻"啧"了声。路予淇也瞥见他那不安分的围巾，便问："你干吗不系上啊？"
梁泽川心思微动，弯腰凑到她眼前，道："我不会这个，你帮我系下？"
路予淇跟他平视，少顷，颔首缓声："可以啊。"
她答应得干脆，梁泽川反倒一愣，然而随后，路予淇便熟稔地将围巾系好，打了个简洁漂亮的结。
全程不过十来秒而已，梁泽川垂眸打量，不由得言笑晏晏地道："还挺好……"
"看"字还未出口，下一秒，路予淇就把那个结转到后面，伸手一提——
梁泽川心想，你遛狗呢！
"你俩干吗呢？"魏余谌跟谢逐一道来，刚走近，就看见二人又在掐架。
谢逐未置一词，只懒声问："乔觉呢？"
"后台，给我们班委跑腿去了。"梁泽川道，似乎想起什么，"噢，宋亦霖这个点也在后台准备吧？"
谢逐没什么情绪地乜他一眼，没搭理，径自迈步朝礼堂走去。

礼堂后台。
晚会正值准备阶段，到处都忙碌，学生会工作人员安排着稍后事宜，有节目的学生则在等候区整理妆造。
合奏曲是压轴节目，因此时间较其他人充裕。叶嘉瑜还在更衣间换礼裙，宋亦霖收拾得快些，正坐在桌前调整义甲。
化妆组还没排到，她无所事事，边缠胶布，边朝等候区打量一眼。
余光扫过入口处，一道熟悉的身影吸引了她的注意力，宋亦霖略微顿住，眨了眨眼，望着来人。
后台熙来攘往，好不热闹，谢逐却没怎么费工夫，就找到了自己要找的人。
少女一身酒红礼裙，长发散落肩颈，红与黑相撞，更衬得肤色莹白剔透，整个人漂亮得招摇，即使陷入人潮，仍是独一份的出挑。
四目相对，谢逐步履稍滞，朝她而来。
这人身高腿长，稀松几步就走到她跟前，宋亦霖仰起脸看他，正要开口，就见谢逐抬手拎起她披在肩头的外套，眉峰轻挑。

外套显而易见是男款,他垂眸,语气很淡:"谁的?"

宋亦霖愣了愣,乖乖地答:"乔觉的。"

礼裙是平肩抹胸设计,她掀起外套一角向他示意,解释道:"这身太冷了,他就借我穿一下。"

领口开得低,修长颈部与锁骨裸露在空气中,谢逐只扫过一眼就收回,半分没多看。

下一秒,他利落地将外套脱下,反手将乔觉那件拿起,给她披上自己的。

动作太快,不过短暂数秒,她肩头就换了件衣服,宋亦霖不由得愣了愣,随即有些好笑。

——醋精。

从善如流地接受后,她也没多话,继续缠之前没绑好的义甲,顺便提醒:"那你记得帮我把外套还给乔觉,他还在后场忙。"

"待会儿再说。"谢逐漫不经心地应。

"霖霖!"不远处叶嘉瑜朝她招呼,"把头发扎一下,待会儿该搞妆造了!"

散着头发不好上妆,宋亦霖忘记这茬,但义甲都快戴完,跟谢逐聊天又耽搁了时间,她索性就地取材,勾起桌角的发绳,递给谢逐。

脚尖点地,宋亦霖将座椅转了个向,偏过脸道:"扎头发会吧?"

谢逐略一抬眉,指端穿过那根发绳,不轻不重地一扯:"你说呢。"

宋亦霖顿了顿,也觉得酷哥跟"扎头发"实在违和。

但——

她手指轻绕,转瞬就将发绳留在他指间,道:"低马尾就行,没什么技术含量的。"

说着,就径自忙活起自己手上的事,任由他发挥。

又是还外套又是扎头发,一件两件,谢逐倒也依着她,淡声说:"使唤我倒挺熟练。"

少女发丝柔软,拂过他的指腹,任凭摆布,好似轻易就能掌控。

"知道。"宋亦霖缠着胶布,随口应,"逐哥可不就是惯着——"

话到嘴边,她陡然意识到越界,当即后悔打住,却为时已晚。

谢逐低沉嗓音落在耳畔,语调散漫:"说完。"

"……惯着我。"她只得把话补全。

"还知道什么?"

宋亦霖:不想知道了。

低马尾的确毫无技术含量,发绳勾绕几圈,就稀松完成。谢逐眼帘压低,见她显然陷入回避的沉默,看都不敢看他。

"最后一组呢?来来来,搞妆造!"

好在化妆组及时入场,打断了此刻的沉默。

女生拎着化妆箱赶来,撞见两人之间微妙的氛围,还愣了下,看清谢逐后更是瞳孔地震，结结巴巴道："那、那个，你们先谈？"

"没事。"宋亦霖如同得了特赦令，当即松了口气，对谢逐道，"晚会快开始了，班里不是要点名吗？你先回去吧。"

显而易见的心虚。

谢逐挑眉，情绪莫辨地扫她一眼，倒没再多言，颇有秋后算账的意思。

见人转身离开，宋亦霖才心底微松，又突然想起某事："外套……"

"穿着。"他简短道，"之后还我。"

宋亦霖没有作声，只很轻地攥了攥衣服。

目送少年身影渐行渐远，少顷，她移开视线，垂下眼帘。

心跳如擂鼓，像场失衡的人体灾害，昭示那些隐秘情愫。

——是她最不愿面对的糟糕场面。


元旦晚会大获成功。

节目虽然准备时间不长，最终效果却出乎意料。宋亦霖料想到传播范围大概不限于参会年级，但在《暨城日报》看到晚会照片时，还是忍不住额角一跳。

晚会落幕后，一中官方公众号发布了活动拍摄合集，翌日，校园风采墙同步更新。

电子屏幕屹立在校门处，硕大明亮，滚动播放会演期间拍摄的照片。其中一张赫然是后台工作照，来往学生忙碌，场面相当正经。

而照片角落，谢逐侧对镜头，正神色淡然地给她扎头发。

宋亦霖做梦都没想到会在这儿暴露。

屏幕就在校门口正对面，上班上学的师生但凡经过都要瞥几眼，其中不乏眼尖的，仿佛三观重塑般盯着那张后台照。

"谢逐？那是谢逐吧？"

"是……吧？我感觉自己没睡醒。"

"那是元旦晚会上最后弹古筝的女孩子吧？糊图都这么漂亮，以前怎么没见过呢？"

周围传来窸窸窣窣的议论声，宋亦霖不得不将卫衣帽子戴上，勉强遮一下眉眼。

到底还是不习惯被人讨论。

扯低帽檐，她正朝教学楼方向走去，书包带却猝不及防被人从后拎住，迈出一半的步伐也被迫收回。

猜到来人是谁，宋亦霖身子微僵，有些头疼地盯着地面。

谢逐的声音自头顶响起，语气平静："躲我？"

"没有。"她答得飞快，解释道，"风采墙那张照片容易被误会，我这是避嫌。"

有理有据。谢逐眼帘压低，目光锁住她。

"也不算误会。"他淡声道。

宋亦霖一噎。

谢逐没打算轻易将人放过，但兜内的手机却不合时宜地振动起来，是来电提醒。

他懒得搭理，正要挂断，目光扫过来电人姓名，不由得动作微滞，他蹙眉接起来。

"你小子！"邵承致的问候声气势十足，"元旦晚会的照片怎么回事？"

离得近，宋亦霖也听见他的话，没什么表情地挪开视线，紧了紧书包带。

邵承致头疼道："说了要注意影响，你得清楚你现在是公众人物，这么多人都在看你，谨慎点准没错。"

邵承致叮嘱不断，谢逐耐性不佳，只惜字如金地应付了几个字，就将电话挂断。

而宋亦霖早就已经溜得没影。

其他不提，躲人倒挺擅长。谢逐眉梢轻抬，漫不经心地收起手机。

——同桌、邻居、"一二"，还有那些照片。

他们早就被绑在一起，联系太深，藕断也会丝连。

宋亦霖躲不了太久。

元旦晚会过后，就是紧张的期末备考阶段。

距离成为准毕业班仅剩半年，高二部的氛围显然比刚开学时紧绷，各科小考也接踵而至，时间赶趟似的流逝。

一月中旬，期末考试最后一场落幕，学生们纷纷欢呼着抄起书包奔出考场，蜂拥着朝校门外冲。

夕阳染红天际，宋亦霖随着人潮前行，迈出教学楼，看人影绰绰，四处充满欢声笑语。

她与热闹有天然的隔阂，似乎很难真正地融入，待在人群里总像被抽离。

对感知情绪的疑惑，似乎比对期末考的数学卷子还要多。宋亦霖不再想，拿出手机看了眼时间，随后打开约车软件。

暮色中，候鸟展翅迁徙，方向坚定，好像它们从未迟疑。

收回视线，她没再耽搁，朝人头攒动的校门口走去，准备去找顾舒上课。

距离艺考只剩不到一年时间，课程量也从每周两节变成四节，宋亦霖由于期末考欠了节课时，因此今晚要多上一节课。

说不累是假的。宋景洲不支持她艺考，迟敏工资又有限，她只得自己勤工俭学，靠着高考那点希望，熬一天是一天。

下课已经是八点，宋亦霖如常将上课用品收拾好，拎包打算走人，顾舒却将她喊住："霖霖。"

宋亦霖闻声停下脚步，偏过脸。

"别给自己太大压力。"顾舒看她神色疲惫，忍不住道，"你最近是不是太累了？"

"还好，就是忙着学文化课。"宋亦霖摇头，语气轻松自若，"这不期末考完了，之后就没事了。"

"那就行，趁寒假好好放松下。你师妹也是压力大，她爸妈就打算假期带她去旅游，你也可以试试，别太焦虑。"

顾舒不知道她家里的情况，想当然地给出根本不可能的建议。宋亦霖只是笑了笑，应道："好啊，我问下他们。"

话音刚落，门铃就被按响，她将门打开，见是下节课的学生，正是刚才话题中的那位"师妹"。

她有家长来送，见了宋亦霖，高兴地打招呼。宋亦霖笑着回应，便道别离开。

手机上没有未读消息，宋景洲和迟敏肯定都看到了家长群里的寒假通知，却没人问她回不回市区住。宋亦霖垂眸盯着屏幕，直到楼道声控灯熄灭，身影被暗色吞没。

少顷，她面色如常地锁屏，不再看。

从顾舒家离开，宋亦霖照旧抄近道朝大马路上走去。不赶巧，小路旁的灯不知是坏了还是没开，显得这条路格外深暗。

人的危机感总是微妙，她感觉不对，转身正要换条敞亮的路走，就突然被人从后方掐住脖子。

暗骂一声倒霉，宋亦霖虽然有所预料，却毫无准备，硬生生被拖进阴暗的巷子。

熟悉的女声带着几分笑意，轻巧地落在耳畔："让我等了挺久啊，宋亦霖。"

宋亦霖眼底一冷，本能地屈肘向后击去，只听对方"啧"了声，力道随即减弱，她迅速顺势抽身而出，站定在对面。

太暗了，宋亦霖眯起眼，看清来人果真是宁念楚。她背后还有几名男女，都面色不善地盯着自己。

……人太多了。

还没能思考更多，后方冷不丁传来一股力道，陡然将她推搡在地。宋亦霖猝不及防，吃痛地咬牙，立刻强撑着直起身子。

"想见你可真不容易。"宁念楚尾音拖得散漫，"成天跟你那几个朋友在一起，就这么不想见我？"

宋亦霖没想到宁念楚能找到这儿，心下微紧。

但她没有考虑对策的时间。

"所以你来找我'叙旧'了？"她勉强维持从容。

说着，她暗自将手摸进兜内，刚碰了两下手机，就被人冷不防拦住了动作，背后随即传来一道男声："宁姐，她想打电话。"

闻言，宁念楚挑眉，饶有兴致地问："打给谁，薄酪还是谢逐？"

宋亦霖闻言一顿，宁念楚那张漂亮的脸凑近，眼底的嘲弄毫不掩饰。

"还做梦呢。"她懒声道，"谢逐敢替你出头吗？他一举一动都在媒体的眼皮子底下，怎么可能愿意为你承担风险？"

宋亦霖没什么表情地对上她，看她张扬自得的眉眼，突然有些想笑。

她本就没想打电话,刚才不过是下意识想按快捷键录音,就是因为知道如果电话拨出,无论谁接都会来。

她的通讯录里没父母没老师,只有那几名好友。他们太干净,重新来过这半年,已经给她足够的好,不该再来蹚她的浑水。

"没人来才更好。"宋亦霖轻笑,"跟你们纠缠,掉价。"

"掉、价?"宁念楚重复她的话,眼底戏谑更浓。

"真以为还有人能帮你?"宁念楚嗓音很轻,含着笑意,"我告诉你,薄酩现在自顾不暇,没时间来插手我们的事。

"听说她家里一团乱,你要想告状,就跟她说到时破产了来找我,我家倒是缺几个用人。"

这里有监控吗?宋亦霖想。

不知道。无所谓。

下一瞬,宋亦霖蓦地攥住宁念楚的手腕,狠狠将她掼在墙上!

谁都没想到宋亦霖会突然行动,众人被这出变故惊愣住。

或许是一群人动静闹得太大,立刻吸引来好心的路人。有两名结伴的成年人闻声而来,明白了现场的情况,高声喝道:"干什么呢!再继续报警了啊!"

闹剧似的结尾,宁念楚气得咬牙,冷然将宋亦霖掀倒在地,临走前不忘狠声说:"宋亦霖,你等着。"

宋亦霖累极,摔伤的地方也痛,她眼神却清亮,逐字逐句地回:"你今天放过我,会后悔。"

宁念楚被激得冒火,同行的人见那两名路人拿起手机要摄像,连忙谨慎地将她拉走,迅速离开此处。

身上疼脑袋昏,宋亦霖后知后觉脸颊很痛,抬手触碰到一片温热湿润,似乎是刚才跌倒时蹭伤的。她垂下手,疲倦地闭上眼。

"小姑娘,你没事吧?"

问话的人停在她跟前,她掀起眼帘扫过,发现是对情侣,女孩子正忧心忡忡地蹲在她面前,似乎想扶又不敢。

"没事。"宋亦霖强打起精神,自己撑着墙站起身,"谢谢你们。"

"需不需要去医院?"女孩子问,"你还能走吗?"

宋亦霖摆了摆手,示意自己没关系,又说这就准备联系朋友,两人便将她送到大马路上,这才离去。

外套和裤子上都是灰尘,她粗略地拍了拍,虽然不能恢复干净,勉强也算看得过去。大概是模样太狼狈,路人或多或少朝她投来打量的目光,她懒得在意。

站在路边发了会儿呆,宋亦霖拿出手机,想给迟敏打电话。

好像大家都是受了委屈,就想去找妈妈。

但指尖停在屏幕上方,她最终还是没能将电话拨出去。

算了。宋亦霖想,算了。

拦了辆车,司机见她脸上挂着彩,问她是不是要去医院,宋亦霖面不改色地摇摇头,说去北郊。

已经晚上九点多,堵车并不严重,宋亦霖倚在窗边,脑袋空空提不起想法,唯一的念头就是回家抱抱"一二",然后睡觉。

手机却在此时忽然振动起来。

她眸光微动,目光落向屏幕,看清楚来电显示后,整个人僵在位置上。

响铃六次,这么久不接听,该是挂断的时候,对方却仍旧拨着,不难猜测如果自动挂断,还会有下一通。

宋亦霖只好将电话接起,想出声,嗓子却干涩疼痛,讲不出话来。

双双静默少顷,对方才平静开口。

"没回家。"谢逐语气很淡,嗓音有些低。

"……嗯。"她轻声说,"我在市区这边,还在上课。"

不明缘由地,尽管身上再疼,当面对谢逐时,语调就不自觉放缓,是她自己都陌生的温和。

"今晚就不回北郊那边了。"顿了顿,宋亦霖道,"之后估计就回市区住了,那个……寒假快乐。"

谢逐没有答复。

好像就没什么要说的了。她正想道别结束这段通话,就听他漫不经心地开口——

"我问过路予淇,你今晚八点下课。"

"小姑娘,到了。"

司机的话在同一时间响起。

宋亦霖僵坐在原位,没有动,思绪仿佛一瞬间全断了。

接着,副驾车门被人从外面打开。

谢逐低头看她,没有一丝表情。

通话中的手机还亮着,他按下挂断键,宋亦霖的手机随即轻振,页面转为主屏幕。

气氛有些冷,司机暗自打量车外的少年,眉清目冷相当深沉,出挑的五官有些眼熟,但气场太迫人,他没敢仔细瞧。

就这会儿出神的工夫,对方已经扫过打表机,利落地扫码付过车费,将副驾的小姑娘给拎走。

"欸……"司机原本还想将人喊住,又觉得没必要,摇摇头,开车离开。

郊区入夜格外静谧,不见行人,只剩高楼一户户冷白灯光安静地亮着。

宋亦霖站在马路边,刚才在车里就没敢抬头,这会儿更不敢,怕伤口暴露。

尽管也暴露得差不多了。

谢逐没管她是低头还是抬头,只抬起她的手腕,淡声说:"流血了。"

宋亦霖微怔,闻言看向自己的手掌,的确有擦伤后凝固的血迹:"没……"话没说完,身子忽然一轻。谢逐伸手握住她的腰,宋亦霖还来不及反应,就已经被轻易拎起,放到旁边的石台上。

左腿着力有些困难,大概之前磕得重,她反应迅速地掩盖这份不自然,但不确定是否被跟前人察觉。

二人视角翻转,谢逐抬头看了她少顷,眼底沉得很深,不辨情绪,随后捏住她左边裤脚。

瞬间明白他的意图,宋亦霖当即要退,却被不容置喙地握住脚踝,扯回原处。

裤腿被掀起,小腿处的伤口随之暴露在空气中,殷红一片,还带着新鲜血丝。

她皮肤白,半点伤痕都显得严重,宋亦霖不自在地敛目,从她的角度,只能望见少年高挺的鼻梁,还有抿得平直的嘴角。

气压前所未有地低,她有些不敢多话。

"不用这么看我。"谢逐嗓音低沉,没什么情绪地道,"我不问你是谁。我自己查。"

说着,就将她松开,宋亦霖以为他要走,下意识地将他拉住,动作太急扯到伤口,她也只不着痕迹地蹙眉。

"真的没什么。"她有些匆忙地道,"我有录音,摄像也可以查,总能找到痕迹,你不要……"

——不要管我。

她本该这么说的,可话到嘴边,却难以说出口。

宋亦霖垂下脑袋,手扶在膝前,示弱般地泄了气。她抿唇沉默地望着他,脸上身上都带伤,整个人可怜兮兮。

谢逐神色淡然,看了她很久。

"宋亦霖,"良久,他低声唤,"我有时想把你关起来。"

语气好像还挺认真,按理来说该有些恐怖,宋亦霖却默了默,垂眸。

"……好啊。"她说。

谢逐眼帘微掀,不带情绪地看向她。

"真的。"宋亦霖轻扯嘴角,似乎很累,"要能被关起来就好了。"

语调很轻,风一掠,就这么散了。

"谢逐,"她喃喃,"不要蹚我的浑水。"

——你们都该有很好的未来。所以,不要救我。

算了。宋亦霖最擅长的事就是劝自己算了,她按了按眉心,平静道:"你让开点,我要下去。"

谢逐却不动,反而俯身将手撑在她两侧,目光锁住她:"再说一次。"

"什么?"

"刚才那句。"他淡声说,"我只听实话。"

距离近,所有情绪都无所遁形,宋亦霖避无可避,同他对视少顷,蹙眉将唇抿得死紧,很烦躁的模样。

不像生气,倒像快哭了。

胸腔没来由地溢满难过,身上早就麻木的痛感又喧嚣起来,哪儿哪儿都疼,委屈得要命。

她疲惫地低下头,再开口时,嗓音很哑:"……对不起。"

也不知道在抱歉什么,分明什么都没做错,口不对心也只是习惯使然。

"宋亦霖,想哭就哭,难受就说。"谢逐道,"没人教你这些,我告诉你。"

他说:"我惯着你。"

她清楚自己就是一堆碎玻璃,却还跪在地上拼合自己。碎片拼起又落,于是她遮住被割破的手,对别人解释,其实她只是有裂痕而已。

他会在她每个破碎的时候把她捧起来。

眼眶发热,宋亦霖想藏起来,也只有谢逐身边一个去处。

眼泪好多,哪来这么多难过,其实早就习惯孤立无援,以及妈妈给的却不足够的爱。

她也只是个十几岁的小孩,也想被爱,想下课有人接,想被催促快快回家,可是都没有,她什么都没有,还要一直忍受失去。

宋亦霖攥紧谢逐的衣襟,哭得悄无声息,头也痛,哽咽着唤他:"……谢逐。"我很难过。

"嗯。"

"谢逐。"我好委屈。

"知道。"

什么都没说,却又像什么都说完了。

而少年句句有所回应。

## 第十三章·薄冰上

"喏,寒假礼物。"

将U盘递近,薄酪嘴里叼着根糖,散漫说道。

此刻正是寒假期间,宋亦霖没想到她大老远从市区过来,登门拜访就为给个U盘,不禁愣怔少顷,才伸手接过。

不用问也知道,这是那天自己被宁念楚一行人围堵的录像。

"那条街不是没有摄像头吗?"她疑惑,"我问过附近公安。"

"那条道旁边有家小卖部,店主在店里店外都装了摄像。"薄酪若无其事地道,"我就去调了下。"

虽然薄酪闭口不提过程,但总归是件费劲的事,宋亦霖忍不住问:"为什么?"

"嗯……我看了录像。"

薄酪耸肩,散漫地给出答复:"你反击得太漂亮,让我难以忘怀?"

怎么还是疑问句。宋亦霖有些无奈,随即却想起自己反击的缘由,后知后觉地顿住。

——是宁念楚骂了薄酪,气得她上头来着。

见宋亦霖神色隐有触动,薄酪笑了笑,抬手轻揉她的脑袋,温热柔软。

"谢谢你啊。"她挑眉,"小10。"

宋亦霖眨了眨眼,也笑了。

"谢什么?不是说了吗,都是朋友。"

闻言,薄酪满意地颔首,这会儿正题结束,才有闲暇凑近些许,打量宋亦霖脸上的瘀青,已经不怎么明显,但细看还是没好全。

"记得好好养伤,长这么漂亮。"她半开玩笑地讲,眼神却不善,带几分烦躁的冷意,不明显,但依旧被宋亦霖察觉到。

"你既然看过录像,那应该也知道宁念楚没讨着好。"她将薄酪的嘴角抬了抬,笑,"这不好好的吗,还气起来了。"

薄酪被她逗乐:"那确实。这录像追踪一路还挺不容易的,也多亏有人帮忙。"

有人帮忙?

宋亦霖愣住:"什么?"

"出事那天,我在外地。"薄酪"嗯"了声,"本来调录像没那么快,但有人事先把时间地点查清楚了，就顺利很多。"

都是聪明人，点到即止，就什么都明白过来了。

宋亦霖眸光微动，难说得知这个消息，更想笑还是更酸涩。

……他真的去查了。

他去帮她了。

"这事换作路予淇、梁泽川，还有乔觉、魏余谌，甚至你们班随便哪个人，都会帮你。"

薄酩捏了捏她的脸颊，道："原因嘛，大概都跟我当初说的没差。"

——把你当朋友，护着你，哪要什么理由。

宋亦霖对这句话记忆犹新。

你值得一切好的。他们都在这样告诉她，或用语言，或用行动。

"至于谢逐……"薄酩尾音微拖，意味深长。

并未将话讲得明白，她言尽于此地笑了笑，只问："霖霖，你真的不清楚吗？"

宋亦霖指尖微蜷，薄酩却也没打算要她回答什么，只退开半步，笑着一抬下颔，说："走了。"

说完，人就已经朝电梯走去，相当利落。

两人从始至终都默契地不提她的家事。电梯门徐徐敞开，在她迈入的前一秒，宋亦霖问："你还回来吗？"

"等我忙完。"薄酩"嗯"了声，临走前冲她一摆手，笑得恣意。

"到时请你们吃饭。"

她这样讲。

关上门，"一二"颠颠地凑到脚边，跟着宋亦霖回卧室。

打量一番U盘，宋亦霖将它接入笔记本电脑，开机，随后俯身捞过"一二"，抱到自己腿上。

U盘里只有个视频文件，简明利落，时长有些夸张，想来薄酩是直接将调出的原件拷贝进来，并未进行剪辑。

宋亦霖没什么情绪地观看这段录像，看了三遍过后，她很低地笑了声，按下暂停。

视频毫无问题，宋亦霖备份后，就将笔记本电脑关机，靠在椅子里长舒一口气。

这些乱七八糟的人和事，很快就能结束了。

"一二"见她忙完，就缠着她玩。宋亦霖低头逗弄几下，小家伙得寸进尺地趴到她身上，亲昵地又舔又蹭。

兴许是因为有被抛弃的经历，"一二"比其他小狗更缺乏安全感，睡个觉都要确认她在家，格外黏人。

宋亦霖喜欢这种被需要的感觉，她将"一二"抱在怀中，走到落地窗前打量天色。

近年关,暨城开始飘雪,时盛时弱,总归是没断过,地上的雪刚融化,新的雪便覆上来。

喜庆热烈的红色也逐渐出现在各家各户的窗户和门上,似乎许多租房的学生都回家住了,小区因此显得有几分空荡。

迟敏在寒假第三天才发来消息,问她打算什么时候回市区住。宋亦霖原本可以回去,但现在负伤挂彩,就懒得回家找不痛快,索性拖着了。

能不回去才更好,毕竟一年到头,她最厌恶的就是过年。

中断思绪,宋亦霖拿出手机,翻阅未读消息。挺多,她挨个看过,但不想有多余的对话,所以没有给谁回复。

戳戳点点,不知怎的就点进了跟谢逐的聊天框,她指尖微滞。

自从进了国家队,谢逐的个人时间就相对没那么充裕,即使假期,也远在A市的国家体育总局训练,忙得很。

大白天的,不知道他是不是正在训练,宋亦霖犹豫到底要不要给人发消息问候下,正出神,搭在屏幕上的指尖便误触对方头像,替她做了选择。

——我拍了拍"谢逐"。

不慌,还有得救。她镇静依旧,迅速长按消息,刚按下撤回,手机便一振。

——"谢逐"拍了拍我。

没撤回还好,撤回成功就更显得尴尬,宋亦霖硬着头皮装没事人:你没在训练吗?

消息刚发出去,语音通话就跳出来,她顿了顿,慢吞吞地接听。

"今天只有体训,能看手机。"谢逐简短道,语气很淡,"怎么了?"

"就是,跟你说声,之前那件事薄酪弄到清晰录像了。"宋亦霖犹豫着讲。

其实还想对他说谢谢,但好像无论是感激还是道谢,在他们之间,都没什么必要。

谢逐似乎并不意外,只"嗯"了声,话题就转到她身上:"伤怎么样了?"

距离受伤那天已经有段时间,宋亦霖碰了碰脸颊,如实道:"快好了,现在基本看不出痕迹。"

话音未落,就听到听筒里传来邵承致幽幽的提醒声:"训练期间,这位队员,注意影响啊。"

"你去忙吧。"闻言,她下意识道,"不是还要备赛吗?训练要紧。"

谢逐却并未挂断。

似乎不以为然,他漫不经心地道了句:"我们多久没见了?"

问得突然,宋亦霖微怔,回答:"一周左右,怎么了?"

"没怎么。"

他说:"想见你。"

耳尖陡然发烫,手一抖险些要把通话挂断,她只好匆忙撂下句"还有事",

随后堂而皇之地做了逃兵。

心跳如擂鼓，凛冬寒风那样冷，却吹不散愈演愈烈的热度。她胡乱揉了揉头发，自暴自弃地将脸埋在"一二"身上。

薄酪的问题再度浮现在脑海中——

"霖霖，你真的不清楚吗？"

……反正是清楚自己没救了，她想。

一月底，宋亦霖最不期待的除夕还是来了。

清早八点，她正缩在被窝里睡着，枕边的手机便尖叫起来，吵得她心烦。

不耐烦地睁开眼，来电显示果然是宋景洲，她没什么表情地盯了会儿，才接起："喂。"

"过年了还不回来？在外头玩野了？"宋景洲劈头盖脸就是一通训，"不喊你，你真就一声不吭是吧，还没成年呢就整天在外面鬼混，以后还了得？人家孩子放假就回家，你呢？"

"人家家长不会大清早就劈头盖脸一顿骂。"宋亦霖有起床气，这会儿戾气重得很，听他不好好说话，自然也就回敬，"不尊不孝我们彼此彼此。"

宋景洲被她一噎，或许是因为上次冲突，他有所心虚，因此怒火也矮了一截，没再继续嚷嚷。

"赶紧回来，我跟你妈中午就回你爷爷家那边帮忙。"他道，"都十几岁的人了，不知道提前过来打打下手。你奶奶身体又不好，也不多回去陪陪她。"

她又不乐意见我，指不定还觉得晦气，宋亦霖啼笑皆非地想。

老宋家四个孩子，大女儿，以及三个儿子，宋景洲排老幺。孙辈有四个孩子，偏偏只有孩子随夫姓的大姐生了儿子，其余三个弟弟都是生的闺女，可把老太太跟老爷子气得不轻。

宋亦霖幼时偶尔由老太太带，没少挨过毫无缘由的打骂。她性子又不像上面两位姐姐那样软，因此跟老太太格外相看两厌。

也就宋景洲这个愚孝子，明知这些隔阂还非要拉着人往跟前凑，搞什么尽忠尽孝子孙和睦的无趣戏码。

这样想着，宋亦霖无奈道："我年底就要考试了，最近课多……"

"该学的时候不学，真行。"不等她说完，宋景洲就打断道，"赶紧的，成天磨磨叽叽。在北郊那边自己住没人管你，谁知道你是在玩还是在学习？当初你妈说让你租房我就……"

没来由地有些犯恶心，头也痛，她想吐。

宋景洲又说了什么，宋亦霖听得不清晰，耳鸣吵得她浑身发冷，也不明白怎么大清早就要这样。

她原本打算认真对待难得的休息日，晒晒太阳打起精神迎接生活，就算是装也得开心起来。

毕竟都说"总会好的",万一现在就是新开始呢。她每天都这样想,重复想。可现在全完了。

"假期还天天窝家里,这不高兴那不高兴,你不动弹怎么高兴?"宋景洲仍在喋喋不休地说教,"多运动啊,放松下心情,哪来那么多不开心的事。

"——要我说就是懒病,正好趁假期,赶紧把你那毛病改了,还能增强身体素质。"

好像迟敏没叮嘱,自己已经很久没吃药了。宋亦霖有些迟钝地想。

"……知道了。"她低声,"我收拾收拾就去。"

宋景洲这才满意地将电话挂断。

日落西山,商场街道正是人满为患的时候,四处张灯结彩,热热闹闹,红火一片。

屋里长辈们聊得热闹,十来口人,男人抽烟谈笑,女人在厨房忙碌,宋亦霖帮忙清洗水果,仍旧逃不过话题往自己身上撞。

"霖霖明年也该高三了吧,毕业班啊,学习怎么样?"

"艺考生啊……有好学校吗?我还真不清楚这些。"

"现在艺考二三百分就能上本科,路子虽然不正,但起点低嘛。我好些朋友的孩子就是学习不好,学艺术。"

对不了解的事情妄加评价,絮絮叨叨的,宋亦霖习以为常,左耳进右耳出,刚将果盘搁下,就听门口传来人声——

"拖拖拖,成天就知道睡,在家也不学习!"

是二婶。宋亦霖抬眼,见对方面色不悦地踩着高跟鞋进屋,身旁跟着个面无表情的人,是二姐宋亦霏。

"我自假期开始就在上班,今天休息一天,到你儿就成好吃懒做了。"宋亦霏不耐烦地反驳。

"行,反正你说什么都有理,我说什么都是错的呗?我什么都不懂,就你厉害,用不着我管!"

老宋家的氛围向来如此,宋亦霖早就习惯,笑吟吟地上前,乖巧地唤:"二婶,姐。"

"霖霖来这么早啊?"二婶瞬间变脸,亲昵道,"哎,怎么又瘦了?学习再累也得注意休息,劳逸结合嘛。"

宋亦霖笑容不变,又驾轻就熟地攀谈几句,就随意寻了个由头,拉着宋亦霏出门透风。

天色早已经擦黑。

"刚才憋死我了。"宋亦霏长舒了口气,快快道,"真不想回来。"

离开那块地,宋亦霖也懒得再笑,没什么表情地反问:"谁想回来?"

宋亦霏被问住,少顷叹息:"也是。"

宋亦霏比宋亦霖年长五岁，两人却没什么代沟，家庭氛围又类似，每次被迫组亲戚局，都会一起单飞。

夜色已深，正是阖家团圆时，大街上空荡无人。

"还是羡慕大姐。"宋亦霏忽然说，声音很轻，"找外地的工作，逢年过节有正当理由不回来……可能真的工作后就好了吧？"

"你问我？"宋亦霖没看她，懒声说，"你现在读研一年到头也就假期回来，大部分时间都自己在外面，觉得好过吗？"

话不好听，但相当有理。

宋亦霏没好气地敲她脑袋："……说什么实话。"

"你在一中怎么样？"宋亦霏偏过头问她，"三叔没说，他们也记不清，我记得你这是算留级了？"

"休学。小一年，九月干脆就重新跟着高二上了。"

宋亦霏闻言愣了愣，打量她神色，见没什么波澜，就颔首："我说呢，明明那个谢逐是你学弟。"

冷不丁听见这名字，宋亦霖呼吸一滞，瞬间就被呛到，好一阵咳。

宋亦霏被她吓一跳，好笑地给人拍背顺气："干吗呢这是，反应这么大，你俩有问题？"

宋亦霖勉强顺过呼吸："好端端的怎么忽然提他——不对，你怎么知道他？"

"我也是一中毕业的好吧，后辈里出了个这么有名的，谁不知道？"

说着，宋亦霏又解释："不过也就偶尔关注。但我舍友是他粉丝，去年十月不有场锦标赛吗？我跟她一起看直播来着。"

"那也——"宋亦霖正想说那也看不见坐在观众席的自己，话说半截又陡然想起什么，微妙地闭上嘴。

"是吧，我当时都傻了。"宋亦霏见她这副表情，就知道她也记起来，打趣道，"现场人那么多，谢逐可是直接朝你看的，转播屏都放着呢。"

"……我跟他朋友坐一起，他不一定就是看我。"宋亦霖嘴硬。


惯例的团圆饭总是躲不过的。

没多久，二婶就打电话催两人回去，她们便原路折返。

之后就是百无聊赖的饭局，毫无营养的话题。

意料之中地，饭局过半，老太太慢悠悠地开口："唉，老刘昨天来串门，带着他小孙子来的。"

又来了。宋亦霏暗自翻个白眼，朝旁边面无表情的宋亦霖投去担忧的眼神。

老宋家三个儿子，宋景洲排老幺，催生二胎儿子的压力自然就落到他肩上，隔三岔五就得被念叨。

迟敏装听不见，抿唇看手机。宋亦霖看了她一眼，没说话。

宋景洲自然也没这想法，但又不好明说，只得打着哈哈道："单位事太多，哪有那时间？"

"孩子给我们带呀，你们忙你们的。"老太太忍不住道，"看人家抱孙子看了这么多年，也等不到，可羡慕死我了。"

二婶轻咳了声，试图帮忙转移话题："嗐，这不有宝贝孙女吗，也不错啊。"

"那跟孙子哪能一样？"坐在主位的老爷子下意识地反驳，说完觉得有歧义，又尴尬地找补，"咱老宋家都是姑娘，这不是想要个小子吗。"

这话说得。宋亦霖看见大姑的脸色黯然下去。

敢情外姓的孙子就直接被开除族谱了。

宋景洲似乎也没法应付，索性道："没办法，这也不是简单事，我想也不管用，迟敏跟亦霖的意见也很重要啊。"

直接把她俩拉出来挡枪了。宋亦霖动作一顿，瞬间就接收到老太太反感厌恶的目光。

"这有什么好不同意的？"老太太不满道，"多个孩子多个手足，以后可以互相帮衬，哪里不好？"

宋亦霖被缠得有些不耐烦，堵她："生育权是我妈的。她生我时落下病根，身体不好，再说我都快成年了他们再要二胎，他们养孩子还是我养孩子？"

"别的女人都能生，哪来那么多特殊情况。"老太太轻嗤，理直气壮，"你也是，什么养不养孩子的，做人可不能只想着自己，姐姐帮弟弟不是应该的？"

迟敏仍然低着头，只是局促地笑笑，缓解尴尬般给宋亦霖夹菜，似乎并不在意对方言语中的恶意。

宋亦霖沉默少顷，随后淡声说："人不为己，天诛地灭。"

餐桌气氛微妙，似乎在话音落下的瞬间，就有某些东西开始暗自发酵。

宋景洲沉声提醒："宋亦霖。"

迟敏也很轻地推了推她，示意不要这样。

宋亦霖烦得不行，简直窝火，却还是蹙眉闭嘴。

"这性子。"老爷子摇摇头，批评道，"哪能这么跟长辈说话，没大没小的，以后迟早吃亏。"

"可不是。"老太太睨她一眼，语重心长，"老三，孩子可不能惯，该怎么说话办事都得懂，不然进入社会可怎么办？"

眼看话题好不容易从催生转移到其他，二婶连忙笑着附和："就是说啊，现在的小孩儿，还是日子过得太好，比咱们那会儿差远了。"

"唉，咱们做父母的哪个不比他们苦，当年吃不上饭的时候都有，那日子啊……"

"哈哈，没办法，现在的孩子都是温室里长大的，承受能力也差。我同事他孩子就因为被训了几句，寻死觅活的，家里都快愁死了。"

"他们年轻人有个词，叫什么'玻璃心'？一点挫折压力都受不住。说白了就是没吃过苦，要放在山区或咱们那年代，哪还这么脆弱？"

话题又转向新方向,恶心程度却没比刚才好到哪儿去,一堆中年人高谈阔论,高高在上地指摘,听得人想吐。

旁边宋亦霏也听得眉间紧蹙,正思索怎么打断他们,就听"啪"一声轻响,是宋亦霖不紧不慢地撂了筷子。

没说半个字,但这行径已经足够不尊敬长辈,因此宋景洲顿时就冷声道:"宋亦霖!"

"吃饱了。"宋亦霖道,旁若无人地起身,"我就不在这儿碍眼了,你们继续。"

"你什么意思?"老太太脸色难看起来,"你给谁摆谱呢?"

宋亦霖像真的疑惑:"不是你给我摆谱吗?"

"霖霖……"迟敏低声唤她,扯她衣角,"说什么呢,快给奶奶道歉。"

宋亦霖看不惯迟敏一再软弱退让,因此理都没理,转身就要走人。

"这死丫头……"老太太被她气得不轻,捂住胸口哀叹,"我真是造了孽哦,难得一家人凑一起吃顿饭,怎么就这么遭罪啊……"

她本就身体不好,去年刚动过场大手术,此时一副不适的模样,直接吓得其他人都慌张起来,纷纷围了过去。

"刚才不还中气十足的。"宋亦霏没忍住,"啧"了声。

二叔当即冲她怒目而视,斥道:"宋亦霏犯浑,你也跟着?老三你也是,闺女怎么教的?万一妈真出事了怎么办?"

宋景洲也又惊又恼,拍桌将宋亦霖喊住:"过来跟你奶奶道歉!"

宋亦霖站在原地没动。

他本就喝了酒,情绪更容易上头,孩子又当众忤逆自己,宋景洲顿时觉得脸面全无:"当爹的都喊不动你是吧?大过年的你非给全家找晦气!滚过来道歉!"

气氛一度降至冰点,大姑作为中间人,也劝道:"霖霖,别那么倔,也不是小孩子了。"

所有人都让她道歉,甚至还包括她试图维护的迟敏。

于是宋亦霖望着老太太,面无表情地道:"你不就是烦我吗,我陈述事实……"

"啪!"

话未说完,震怒的宋景洲已经掐住她,一耳光扇去。成年男子的力气,完全没收着劲,如果不是有宋亦霏扶住,宋亦霖险些就要摔倒在地。

打得太重,五指分明的巴掌印,宋亦霖甚至晕眩了几秒,才勉强重新听见外界声响。

"三叔!"宋亦霏慌忙将人护好,"有话好好说,你这是干吗啊?"

"我干吗?"宋景洲怒道,"她反了天了这是!成天犯什么疯病,逮着人就乱咬,我今天就要教训她!"

宋景洲怒火中烧,抄起酒瓶就要朝宋亦霖砸,好在被迟敏及时推开,最终酒瓶只落在桌上,碎得满目狼藉。

一众人忙着拦他,宋亦霖这边,居然仅剩自己的姐姐护着。

宋亦霁压根拦不住她,眼看事态要失控,自家妹妹精神状态也不稳定,不由得焦急道:"别上头,算了我们先出去……"

宋景洲仍在怒不可遏地怒斥,宋亦霖麻木地听着,一瞬间仿佛与外界隔离,那些刺耳的言语变成耳鸣,吵得她头昏脑涨。

她忽然觉得很没意思,那些激烈的情绪如死水一般沉下,宋亦霖慢吞吞地起身,从头到脚都是麻痹的。她安静地朝门口走去,一步一步踩得很稳,像来时那样。

没人留她。

走出段距离,身后传来门被打开的响动,她顿了顿,站定原地,回过头。

迟敏神色匆忙,望着她似乎想说什么,张开嘴嗫嚅片刻,却又没能出声。

宋亦霖耐心等了会儿,确认她的确没话讲,才平静地询问:"你走吗?"

迟敏眸光闪烁一瞬。

"……你先回家吧。"最终她这样答道,声线还带着惊魂未定的颤,"我、我得帮忙收拾一下。"

宋亦霖没什么情绪地注视她。

迟敏站在路灯光晕的缺口处,前后都亮堂,唯独她陷进阴影里,被黑暗缓缓蚕食,没人拉她一把。

许久,宋亦霖很轻地笑了。

"好。"应完,她就转身离去。

迟敏似乎又喊了她一声,宋亦霖没回头,加快步伐,三步并作两步,转过拐角。

直到确认自己离开对方视野,她才彻底没了力气,走不动路,抬手撑住墙,低头深呼吸。

怔怔地盯了几秒,她忽然失笑,分不清哪儿更难受,心脏揪得快喘不过气,眼泪噼里啪啦往下掉,毫无征兆。

方才,迟敏望着她,眼神闪烁的那一瞬,分明是畏惧与害怕。

她感知清晰,因为那是她的妈妈。

……那是她的妈妈。

人从三岁开始拥有记事能力。

似乎许多人回忆童年,只能记起大概轮廓。宋亦霖却能定格到具体节点,季节、天气、时间,以及情绪。

记得迟敏曾边哭边对她说,说如果不是你,妈妈早就解脱;记得凌晨很冷,迟敏自杀,她蹲在门外,透过缝隙看满地鲜血;记得那年春节团圆夜,她偷玩宋景洲的手机,却发现另一个女人的存在。

记性太好,宋亦霖时常想,不该这样好。

但细细想,并没有什么摧毁式的磨难,有的只是无数不起眼的失望与难过,堆砌成她短暂的十来年。

错就错在某个瞬间,她真的以为自己好了。

钥匙在外套兜里,外套落在那个排除她的家里,手机也因低电量自动关机,如今只能算块"板砖"。

宋亦霖掂了掂手机,慢吞吞地直起身,开始往前走。

除夕夜,人们都忙着阖家欢乐,街道商圈都寂寥。店铺多数已经打烊,门面贴着红火的对联,还有挂彩灯的,明灭闪亮。

城市像空了似的,宋亦霖这才明白,原来安静到无声的程度,能这么吵。

虽然很久前就想过,迟早要跟那群人撕破脸闹一通,但真到了这时,却发现还是有落差。

现实就是永远都比最坏的预想更差一点。

实在不知道往哪儿去,暨城又开始下雪,还有转盛的趋势,她走了半晌,才找到家营业的便利店,给手机充上电。

可能是因为模样太狼狈,店主小心翼翼地询问需不需要报警,宋亦霖微怔,才摇头说谢谢,又说不用。

等待的时间太漫长,她透过玻璃窗数雪花,从几十到上百,数着数着,莫名感到冷。

电视机中正播放春晚,店主却全然没有再看的心思,时不时就犹豫地朝门口方向打量一眼。

少女只穿着件单薄卫衣,十六七岁的模样,眉眼干净漂亮,沉默地望着屋外大雪,不知是在思考还是出神。

白炽灯灯光下,人被映得比雪白,那些伤就更突兀,偏偏当事人还是副淡然模样,像是不以为意。

微妙的气氛持续片刻,似乎传来声很轻的叹息,少女仿佛妥协了什么,随后偏过头,抱歉地笑笑。

"……请问,可以借下手机吗?"她说,"我想打个电话。"

店主当即连连答应,宋亦霖轻声道谢,随后点开手机的拨号界面,她没怎么思索,就将那串不知何时熟记于心的号码拨出。

什么都没想,只是听着等待接通的提示音,她默默数,直到耳畔传来"嗒"一声轻响。

"——哪位?"

少年清冷散漫的嗓音从听筒传来,宋亦霖指尖轻颤,没有作声。

其实不想怎样,只是格外想他。而这是别人的号码,她甚至不敢说一句"新年快乐",怕身份暴露。

像个贪得无厌的贼,分明已经偷到自己想要的,却还觊觎对方更多。

一片缄默中,连呼吸声都格外微弱。宋亦霖闭了闭眼,指腹挪向挂断键,按下。

"在哪儿?"他忽然道。

动作倏地止住,她僵在原地,听电话对面传来窸窣响动,似乎是对方有所动作。

下一瞬,谢逐再次开口,语气很沉,逐字逐句地唤她:"宋亦霖。"

"——你在哪儿？"

怎么又哭了？宋亦霖低下头，徒劳地揉眼睛。
该挂断的，或许就不该拨给他，她想，又当又立还自私，太难看了。
人生来有套机制，是求生本能，宋亦霖不知道，更没想过，但当她低声喊出那个名字，就是答案。
"谢逐。"她轻声唤，声音哑得不像话，有些颤。
"你能不能……来接我？"

雪越下越大。
谢逐来时，便利店已经关门，只剩门口台阶上的一道身影。
四下不见光亮，宋亦霖安静地坐着，脸埋进臂弯，蜷成很小的一团。
今夜没有月光，寒夜寂静，只剩踏雪声而来，在白茫茫的地面，留下通向她的路。
像反应迟钝，直到来人走到面前，挡住那些过于刺骨的风，宋亦霖才后知后觉地动了动。
脊梁仿佛难以承受雪花的重量，压得她抬不起头。正想将自己撑起来，谢逐就俯低身子，单膝落地，一语不发将外套给她披上。
有他的体温。宋亦霖拢紧衣服，冷了一整天，此刻才感觉到暖。
她抬眼看他。
左侧脸颊已经青紫，嘴角伤口凝着血，无一不彰显着她刚遭受了怎样的暴力。
太暗了，半分光都不见。宋亦霖看不清谢逐此刻是什么表情，只能感受到对方抚上她伤处，力道格外轻。
指尖居然是颤的，像怕把她碰碎了。
——那么多委屈与难过，好像一见到他，就什么都没关系了。
每看向他一眼，她就从深渊爬上去一点。
寒风裹挟碎雪，落在她眉睫，凝出模糊的雾气，浸得眼梢濡湿一片，水色清浅。
比眼泪更让人难过。
宋亦霖不哭不怨，只是简单地坐在那儿，没有歇斯底里，平静到坦然，尽管她在缓慢走向黯淡。
像残烛屠弱的火光，无从阻止它渐昏渐暗，但在最后一刻，宋亦霖掌心温热，是因为被人坚定地握紧。
"先回家。"谢逐哑声说，"……我先带你回家。"
在熄灭前，他抓住了她。

深夜，雪覆了满城。
没钥匙没外套，手机也电量低危，除了狼狈伤痕一无所有的宋亦霖，被谢逐捡回了家。

她这才知道当初不是说笑，他真的不止北郊那一套房子。

高档住宅区与宋亦霖自小长大的地方判若云泥，分明在同一座城市，却能被这样清晰地划分为两个世界。

走进玄关，谢逐将灯打开，光线被调成昏暗的暖光，并不刺目，宋亦霖这才稍稍生出几分安全感。

没什么精神去打量周围环境，但不论是气息还是房屋布局，各处都透露着昂贵的熨帖。她肩头还搭着谢逐的外套，站在门口不知该做什么。

谢逐让她坐，她就听话地去沙发上待着，给她接了热水，她就乖乖端起杯子喝掉，从始至终都一副任凭安排的模样。

"待着。"他言简意赅地道，然后在空调控制面板上按了两下后，就进了某个房间。

房子是中央空调，谢逐出门时没关，室内温度正适宜。宋亦霖捧着陶瓷杯，感受水温附着掌心，暖意缓缓将自己渗透。

情绪过耗的疲惫姗姗来迟，她低头按了按眉骨，却不小心牵动到伤处，疼得双眉紧蹙，缓缓放下手。

余光瞥见熟悉身影走近，她刚掀起眼帘，就见什么东西被递到跟前，定睛一看，是件……浴袍？

宋亦霖愣了下，伸手接过，抬眼望向身前人。

谢逐逆光而立，神色被掩得看不分明，语气平静依旧："新的，没用过。"

倒像是把选择权交给她。毕竟夜深人静孤男寡女，即使她提防也是理所应当。

宋亦霖想了想，问："浴室在哪儿？"

谢逐眉梢轻抬，示意一个方向："左手边第二间。"

她点点头，抱着浴袍朝那边走去，也不知是自愿还是为完成指令，整个人都显得空泛。

等洗去满身寒意，柔软的浴袍将身体裹得严丝合缝，宋亦霖才有种从这个凛冬雪夜里走了出来的感觉。

精神恢复少许，她吹干头发，慢吞吞地走回客厅，刚落座没几秒，就见谢逐从某个房间出来，手里还拿着什么物品。

她下意识要起身去接，结果谢逐直接抬手将她按回原处，顺道把东西抵在她红肿的那侧脸颊，言简意赅："摁着。"

是冰袋。宋亦霖被激得缩了下，倒也乖乖"噢"了声，听话地将冰袋敷着。

比起脖颈惨烈的瘀青掐痕，她被扇的那巴掌实在算轻伤，冰敷就能缓解。

谢逐看了几秒，蹙眉收回视线，按着她下颔略微上抬，用温热毛巾覆盖住那些骇人的痕迹。

力道很轻，像对待什么该被轻拿轻放的珍贵物品，尽管宋亦霖知道自己哪个都没资格。

但还是忍不住心底微涩,她不敢再看他,近乎匆忙地垂下眼帘。

人对恶意习以为常后,再感受到珍重,只会更加难过,甚至无所适从。

像被从小打到大的狗,恶语相向拳脚相加都无法造成半分伤害,但只要一个温柔的抚摸,就会慌不择路地想要逃。

宋亦霖就想逃,也再次后悔今晚拨出那通电话。

"——我本来是该死在去年夏天的。"

话语不受控地吐露,或许是慌不择路的表现形式,她听见自己说:"或者更早。"

言下之意并不隐晦,谢逐低下眼帘,望着她。

宋亦霖没抬头,兀自平铺直叙道:"去学校天台的那天,我在日历上画了一个句号。我原本是要跳下去的。"

那时她在想什么?想楼足够高,底下接住她的不会是冰冷粗糙的水泥地,而是绵软的云,轻飘的雾,是她烂透人生的最优解。

可谢逐来了。于是句号之后,她的人生另起一行。

早有预谋结束一切,却阴错阳差重新开始。

也不知道是好是坏。宋亦霖有些倦怠地垂眼,感觉自己说得太多,偏激的话题并不适用于正常人,自己现在太不正常。

可谢逐偏偏有所回应。

"我会拉住你,"他说,"不论几次。"

宋亦霖看到自己就在他眼里,始终不曾被回避。

没来由地,她指尖微蜷,像什么毫无道理的条件反射,牵动心跳也跟着一沉。

温暖的房间、昏暗的光、舒适的栖息地,还有颈间热度舒适的毛巾,这些安逸又奢侈,都是不该属于她的东西。

而赠予者就在近在咫尺的地方,理所应当地把所有好都送给她。

"谢逐,"沉默片刻,宋亦霖声音很低地唤他,"你……不要怕我。"

说得没头没尾,也缺乏前因后果,谢逐眼梢轻敛,似有所觉地端详她少顷,抬手随意一揉她的脑袋。

"不会。"他起身,淡声撂下答案。

很奇怪,这人就是有令她无条件信服的本事,好像即使她暴露更多,他都会接受。

可宋亦霖没那个勇气。

谢逐换了身衣服,再回到客厅时,发现宋亦霖已经窝在沙发一角,抱着靠枕睡熟。

即使在梦里,她眉间也始终紧蹙,半张脸抵着靠枕,好似潜意识里要给自己找一个依靠。

宋亦霖其实并非温和的人,只是平时总带着笑,才给人好相处的错觉。她五官虽然漂亮,却冷感更多,嘴角弧度也天然略垂,没什么表情时就显得格外冷漠。

看多了她在人前的温良友好,此时稍带攻击性的模样,或许才是她的本性。

时针正逐渐迫近表盘中央。

谢逐站在沙发旁,插兜垂眸看了她片刻,到底还是无奈地俯身,将人打横抱起。

少女安静地闭着眼时,才难得袒露那些以往掩藏很深的脆弱厌倦,眉一皱,就已经是示弱,像从没被人疼过爱过。

毫无道理的苦倒没少受。谢逐面无表情地打量她的伤痕,看得缓慢仔细。

早在第一次在"老地方",见到她被路予淇半路拉来,还欲盖弥彰地遮着脸时,他就察觉到异样,后来国庆假发生的事更是直接落实猜测。

宋亦霖藏了太多事,从里到外都是残破的,总在人以为她承受足够多时,又掉落新的碎片。

埋了整夜的冰冷戾气转瞬划过眼底,谢逐略有烦躁地蹙眉。

……能把她藏起来该多好。

宋亦霖做了场不太好的梦。

梦里阴暗不见边际,空气潮湿黏腻,她快要被脚下的深渊吞噬殆尽,只能朝着未知方向奔跑,却许久都望不到光。

海水深黑,她无数次挣扎而出,又无数次被浪卷回,好像在生死一线的临界点摇晃太久,久到她觉得,就这么淹死也不错。

有光透过水面,微弱的一缕,落到她跟前,一明一暗泾渭分明,宋亦霖只是看着,任由自己往下沉。

梦境最后,却有人用力握住她的手,拉她向上。

宋亦霖呼吸一滞,倏地睁开双眼。

谢逐力道放得很轻,但对于觉浅的人来说,任何动静都能触发紧绷的神经,从睡眠状态中瞬间脱出。

昏黄暖光温和地浸染视野,宋亦霖心跳有些过速,见还是熟悉的环境,才确认自己在安全地带,缓缓放松下来。

接着反应了半秒,她才后知后觉地意识到自己是腾空的,谢逐正抱着她朝卧室走去。

愣怔少顷,她眼尾低了低。

或许是因为刚从噩梦中脱身,她思路短暂空白,直到身体陷入柔软的床铺,宋亦霖才稍微生出几分清醒,抬手攥住他的袖口。

谢逐原本要离开,被她这么留了下,于是眉梢轻抬,顺她的意坐到床沿。

"我钥匙不在身上,五金店也都没开门。"宋亦霖道,语气平静地解释今晚狼狈的原因,"店家大概都过年去了……我明天看看有没有在营业的,尽量少打扰你。"

说这话时,她半张脸埋入柔软的被子,语气像蒙了层雾,轻轻软软,很快就散了。

少女长发散在枕间，几乎与暗色布料融为一体，更衬得她肤色冷白，瓷器似的，不经碰。

有一缕发丝拂绕指尖，谢逐敛目，屈指动了动，却似乎缠得更多，就像她这个人。

进退两难、瞻前顾后、举步维艰……过往十七年从未体会过的感受，这都是宋亦霖教他的东西。

不太好，也没有标准答案。但唯一确信的是，他不想再见到她这副模样。

"你可以一直住着。"谢逐淡声道，嗓音很低。

"——我在这儿，你就不会没处可去。"

随着话音融入夜里，宋亦霖不发一语，捏着他衣袖的指尖却悄然攥紧。

呼吸变得酸涩，心动和喜欢原来这样难过，像场突如其来的人体灾难，而影响似乎是永久性的。

"谢逐，"她喃喃，"……你一定会后悔的。"

许多埋在最深处生锈腐烂的东西，宋亦霖想，自己真的要完整地揭开给他看，给他看自己是个怎样的破烂。

"宋亦霖，你推不开我，后悔也没用。"

——之前那句"你一定会后悔"，看似是从她嘴里说出的，其实就是她在讲给自己听。

没想到连这个想法都被洞悉，宋亦霖还能说什么，她无话可说。

她早就跌落在地，跟淤泥不分彼此，可怎么就有人要把她捧起来，仔仔细细地擦拭干净，还想把她带回家。

难以理解。她不敢信，却又已经在信。

情绪大起大落，宋亦霖不知道自己还能怎么办，只好逃避般将大脑放空，闭上双眼。

周遭充斥着熟悉的气息，清冷淡薄，将她尽数笼住，以前觉得危险的沉溺感，现在倒成了安眠药。

身体与精神都相当疲惫，合眼没多久，意识就开始模糊，她却没来由地记起去年夏天，八月底的潮湿雨夜。

宋亦霖始终讨厌夏天。

漫长，枯燥，潮热的风过分黏腻，太阳刺眼，雨也绵密。穿长袖会被怪异打量，睡再久都褪不去乏累，以及漫长无边际的枯燥难挨。

那曾是她决定离开的季节。

所以，宋亦霖想——

如果没遇见谢逐，她一定熬不过那个夏天。

## 第十四章 · 绝谷下

除夕夜那晚过后,宋亦霖就单方面断联,没再跟家里联系。

宋亦霏的电话不好不接,她说明自己目前在同学家借住,宋亦霏确认她安然无恙,才放下心来,多的也没再问。

迟敏后来又是电话又是短信,大概也意识到自己当时不该用那种眼神看女儿,发消息长篇大论给她道歉。宋亦霖没看,只回复一句"没事",就删了聊天框。

值得一提的是宋景洲,难得耐着性子问她:你到底怎么了?跟我好好谈谈。

也不是没谈过。实际上,宋亦霖还清楚地记得当时的情景。

她哭着掏心掏肺地把自己的难过与痛苦告诉他,讲了好多好多,而宋景洲只不耐烦地撂下一句:"说你一句就跟我犟半天,能得你。"

也不知道他还记不记得。

跟家里断联也并非全无好处,最起码初一不用再回去。没有那群烦人亲戚,宋亦霖还乐得自在,安生休养了一整天。

谢逐在A市的训练安排紧凑,隔天就被邵承致喊回去,毕竟半年后还有两场重要赛事,他没有太多休息时间。

而当宋亦霖醒时,就在床头发现了一枚钥匙。

谢逐已经离开,却给她留下了莫大的难题。宋亦霖蒙了会儿,目光凝在那枚钥匙上,想都不用想,肯定是这个房子的。

……这人真是。

宋亦霖攥紧它,直到掌心被金属硌得有些发疼,她才叹了口气,放弃般重新躺了回去。

万幸的是,第二天宋亦霖就找到了一家恢复营业的配钥匙铺。

折腾了大半天,又是联系业主又是城郊市区两边跑,才终于把钥匙重新配出来。

挂断店家电话后,宋亦霖临走前,犹豫了少顷,最后打量一眼这个房子。

分明是单调的独居风格,她短暂借住两天,却有种快要习惯融入这里的感觉,连离开都有些踌躇。

但最终,她还是将那枚钥匙从兜里取出,搁在玄关柜上。

手收得很快,像怕自己反悔,她头也不回地关门离开。

记挂着家里的"一二",拿到钥匙后,宋亦霖第一时间赶回北郊,好在除夕当天走之前给足了狗粮和水,没什么大问题。

"一二"太久没见她,踮起脚不停地朝她蹦跶。宋亦霖听它哼哼唧唧像快哭了,抱起来哄了好久,它才委屈巴巴地安生下来。

"以后再也不会留你一个人了。"她蹭蹭"一二"的脑袋,抱着它蜷坐在沙发上,"……对不起。"

从今往后,她真的就只剩小狗了。

"一二"仿佛察觉到她低落的情绪,仰起头慢吞吞地去舔她的下巴,温热的一小片,让宋亦霖短暂地抬起嘴角。

但她没什么喘息的时间,还有许多事情等着处理。

之前就跟顾舒约好了下午恢复上课,这会儿已经快到时间,她迅速将上课用品收拾好,临出门前又从镜子里打量自己,最终还是戴了口罩。

脖子上的伤可以用高领毛衣掩盖,脸上的只能将就着遮了。

揉揉"一二"的脑袋,她便拎着包出了门。

抵达顾舒家时,顾舒倒没急着给她上课,而是将自己的手机递过来,让她先好好看看上面的内容。

宋亦霖心下疑惑,接过手机查看,发现是音大一名教授发给顾舒的消息,一场全国性赛事的简短介绍,问她有没有学生要带。

音协举办的国乐大赛。宋亦霖曾在三年前参加过一次,可惜二轮游,输给了同组音大附中的一名选手。

算算年份,确实又是新一届的举办时间。

"时间有点不好。"顾舒愁眉苦脸地靠在沙发上,"按理来说,你们都是六月开始集训,最早也就五月……结果这回要求初赛三月报视频,四五月就要去A市线下备赛。"

这种规模的比赛,向来是天赋型选手和努力型天赋选手乱杀。宋亦霖也有些犹豫,问:"参赛的话,我挂在谁名下?"

"参赛表上算我的。"顾舒示意聊天页面的头像,"但实际代课是这位,所以我才不想让你们错过这次机会。她是我师姐,你要能跟她上几节课,绝对大有收获。"

宋亦霖精准地捕捉到"你们"两个字,想了想:"许希也去吗?"

许希是她的师妹,今年高二,跟她同届艺考,但因为晚她几年跟顾舒上课,所以辈分还是在那儿的。

"嗯,你们两个今年都要艺考,多的我也不好麻烦我师姐。许希家里说还要考虑下,你也可以再想想,毕竟要耽搁一两个月呢。"

宋亦霖垂眸,若有所思地重新看了遍赛事简章,随后将手机还给顾舒:"我想想吧,报视频什么时候?"

"三月中。"顾舒接过手机,这才注意到她一直没摘口罩,不由得纳闷,"怎么一直戴着这个？"

"感冒了。"宋亦霖语气如常，不论是叹气还是抱怨都相当自然，"暨城下雪天怎么这么冷，少穿一件都不行。"

顾舒于是了然地点头，没好气地点了点她的脑袋："小姑娘逢年过节都喜欢穿漂亮衣服嘛，我年轻那会儿也是，但还是得注意保暖。"

宋亦霖笑笑，嘴上应着好，轻松转移话题，坐到琴前准备开始上课。

缠着义甲，她心里思索着那场国乐大赛，究竟该不该参加。

名师指导是一方面，这种全国赛事往往意味着高度曝光，以她现在的处境来说……

刺。胶带边缘勾出一条余线，宋亦霖敛目，没什么情绪地扯掉它，由一丝的端点，最终牵引出过长的线。

或许可以利用这次比赛。她想。

之后的日子无非是上课与回家两点一线，寒假本来也短，还没来得及有什么实感，就已经到了尾声。

高二部作为准毕业班，就这么结束了最后一个完整的寒假，在二月中旬迎来了报到。

不那么情愿地改掉假期作息，宋亦霖艰难地在闹钟响后将自己从被窝里拔出来，懒洋洋地洗漱穿校服，照了照镜子。

那些伤已经好全，所以她没再戴口罩，照旧裹了件松软的棉服，衣领竖起刚好能将下巴埋进去。她怕冷，所以额外又绕了条围巾，这才全副武装地收拾妥当。

临走前又对着"一二"一顿揉揉抱抱，添好狗粮和水，她便背上书包出了门。

不论从哪方面看，这都是与以往相同的平静的一个早晨。

——至少在踏入一中前，是这样的。

一中校门是刷脸打卡，起初排队时，宋亦霖就觉得有不少人在暗中打量自己。她对这方面的直觉向来精准，但当她回视过去，却被欲盖弥彰地回避，根本瞧不出什么异样。

没来得及多想，很快就轮到她打卡入校，宋亦霖只好暂时收起满腹狐疑，过了检测门，朝教学楼走去。

她来得不早不晚，刚好是所有学生都爱挑的中间时段，因此人流量更多，越是靠近教学区，周围的人越密集，那种微妙感就越强烈。

不只是暗中打量，甚至有惊讶地指着她窃窃私语的，神态动作不一，唯一共通点是，毫无善意。

没人比宋亦霖更熟悉这种感觉。

短短几分钟的路，她走得仿佛时光倒流，像重新回到去年那时候，天那么亮，人那么多，就她陷在阴影里，被推着踩着沉不见底。

明明穿得挺多了，怎么还是那么冷，冷得她发颤，恨不得原地蹲下将自己整个蜷缩起来。

脑中像有根弦不断拧紧,耳鸣也在这时笼罩下来,她又盲又聋,甚至还哑,等宋亦霖掐着掌心缓过来时,才发现自己一直都没能呼吸。

她低下头,感觉有细密的冷汗从额角滑落,凝在眼睫间,冰冷濡湿一片,颤巍巍的。

短暂丧失的视觉与听觉也重新回归,她听到有人在讲——

"那个宋亦霖是她吧?我看着好像跟照片里的人一样。"

"我看是。当初元旦晚会我还奇怪,怎么不记得高二有这号人,敢情是从高三留级下来的?"

"亏我当初还打听她的联系方式来着,没想到居然是那种人?"

不是错觉,不是被害妄想。

宋亦霖呼吸都快停了,动弹不得,开始后悔自己怎么没戴口罩,又在想不是早就经历过这些,该从容一些了。

她真的以为事情过去这么久,自己已经能屏蔽这些冷言冷语,但再听他人旧事重提,她仍旧想要躲藏起来。

——她什么话都说不出。

宋亦霖再也待不下去,低下头攥紧背包带,三步并作两步,逃也似的进了教学楼。

"怎么还跑了,做了还怕人说啊?真是。"

那些人的话还回荡在耳边挥之不去,宋亦霖藏进厕所,随便找了个隔间,低头深呼吸过几轮,才稍微恢复些许清醒。

这种情况她早就预料到了,宁念楚不可能就此罢休,没能翻篇的旧事一定会被宁念楚拿出来讲。

……可她没想到,即使做好准备,还是不能坦然面对。

躲了不知多久,直到晨读开始的铃声打响,她才动了动僵硬的手臂,将手机从兜里拿出来。

她给唐筱发短信:老师,可以给我开个假条吗?

不多久,等来的不是短信,而是唐筱的电话。

犹豫半响,在自动挂断的前一秒,宋亦霖才接起。

"开假条?你现在是在学校吗?"唐筱语气里满是担忧,"怎么回事,是身体不舒服?班里也没看见你。"

宋亦霖默了默,艰难地解释道:"我现在的状态,不太能去班里。"

说得模糊委婉,但唐筱想到她的情况,自然就明白了大概,当即答应:"好,我这边给你开电子假条……你现在在哪儿呢?用不用我领你出去?没事吧?"

问题那么多,都是真真切切的关心与在意,宋亦霖张开嘴,却没来由地说不出话。

眼泪就这么突兀地开始往下掉。

"我没事。"她又在说谎,边擦眼泪边狼狈地握着手机,"能不能不要跟我家里联系?我真的没事。"

"唐姐……"她嗓音有些颤,"求求你了。"

唐筱听她哭了,连忙慌张地安慰道:"好好好,我现在就给你开假条,你等几分钟啊,系统录入后我发消息给你。"

宋亦霖低声道谢。挂断电话后不久,唐筱就在微信上告诉她可以离校了,又叮嘱她好好休息,随时联系。

吸了吸鼻子,宋亦霖犹豫着推开隔间门,朝走廊望了望。

即使确认四下无人,她仍旧忍不住将衣领扯高,尽可能地将脸遮住,低头快步走向校门口,过门禁离校。

从那里出来,她才像能活了一般。


"气死我了!"叶嘉瑜丝毫不顾及自己文艺大方的形象,气急败坏地破口大骂,就差把手机砸桌上,"到底是哪群狗在乱吠啊!"

路予淇也难得没在晨读学习,咬牙切齿地刷着手机:"传什么就信什么?高一高二根本不清楚高三的事,都跟着乱叫,什么东西。"

"我要骂不过来了。"梁泽川头疼道,"宋亦霖呢?不对,发生这糟心事换我也不乐意来……"

事情是从昨晚开始发酵。

校园本就丁点大,任何传闻都传播得飞快,更别说投稿人先后在校墙、学校贴吧、超话都发了帖,把能利用的校内资源用得彻底,之后一传十十传百,让人想不知道都难。

内容自然指名道姓——高二(16)班宋亦霖,原高三(13)班学生。投稿人显然有备而来,将当年校墙的截图,还有评论都准备得齐全。于是,旧时的流言蜚语再次传开,各路群众都信以为真。

哪怕不过一夜之间。

好在十六班同仇敌忾,坚信自家团宠的人品,隔壁十七班也有魏余谌跟乔觉坐镇,两个班今早联合骂退了众多其他班来打探风声的人。

"……我去给她打个电话。"路予淇担心宋亦霖的情况,当即就要起身,结果余光扫过教室后门,不由得顿住。

梁泽川本想问怎么了,一眼看过去,也自觉闭嘴,迅速搁下手机当事没发生。

谢逐凌晨的飞机,刚落地暨城还没怎么休息,就来学校报到。头有些疼,可能是着凉了,他没在意。

倒是班里氛围微妙,他蹙眉走到自己位置,见座位空着,便问:"宋亦霖呢?"

"霖霖……今早请假了。"路予淇不清楚详情,也还没来得及问唐筱,只得模棱两可地转移话题,"你刚从A市回来吗?"

谢逐不答,没什么情绪地撂下包,看向梁泽川:"瞒我什么了?"

梁泽川本想着要么说了算了,但一看谢逐眉眼间隐有疲色,到嘴边的话瞬间又给压了回去,相当认真道:"没啊,她真请假了,唐姐可以作证。"

——不算说谎,毕竟宋亦霖缺席,肯定要先跟唐筱报备,他充其量算是说了部分事实。

谢逐眸色微冷,总觉得梁泽川还有所隐瞒,但太阳穴一阵坠痛,他蹙眉不耐烦地按了按,到底没再说什么。

"不是,逐哥你几点的飞机啊?"梁泽川打量他一番,忍不住问,"你不会一晚上没睡觉吧?"

"一点半。"

一点半落地,从机场到北郊得快三点,梁泽川默然无语:"……你这跟没睡有区别?"

谢逐不置可否,也的确有些累,就压低帽檐开始补觉。

见他这样,路予淇也觉得先不说为好,跟梁泽川互换过眼神,就决定搁置一会儿,等晨读结束再看。

注定是兵荒马乱的一天。

回到家后,宋亦霖第一时间翻找出劳拉西泮的药盒,拆出一粒服下,又含了一粒在嘴里。

惊恐发作的感觉不好受,她整个人浑身麻痹,像被冷汗浸透。她坐在椅子上,脚分明踩在地面,却觉得自己沉浮不定。

有些不能呼吸,心跳也快得失常,又是眼晕又是耳鸣,每次躯体化加重都是场凌迟,宋亦霖将脸埋起来,手掐得很紧。

镇定药物含服的药效比吞服快很多,不出十几分钟,她就感到喧嚣的身体安静下来,世界缓慢恢复正常。

疲惫困意如同温柔潮水,一点点将她溺在里面,但宋亦霖的精神还没完全松懈,实在没办法休息。

即便如此,也比刚才发作时要好受得多。

她疲惫地撑起身,才发现不知何时"一二"进了卧室,下巴乖巧地抵在她鞋尖,安安静静地趴在地板上陪着她。

宋亦霖冷汗淋漓,像刚从水里捞出来,劫后余生般舒了口气。她弯腰抱起"一二",靠着怀中温热的毛团子取暖,才觉得自己又短暂变回了正常人。

药物开始生效,她犹豫少顷,到底还是拿出手机,查看校内学生交流的几个平台,果然看到了有关自己的讨论,所有陈年旧事被重新翻出来。

宋亦霖将手机丢在一旁,脱了外套将自己埋进被子里,裹得严丝合缝。

——浏览量五千,转发量五百,两个槛。她不仅要等,还要逼着自己去观察那些增长数量。

她知道自己不能打碎玻璃，要一点点往外倒水，等水流尽，才能顺理成章地打碎它。

可她不知道，这个过程会这么艰难。

不该尝试脱敏。她经历再多，也还只是个意志脆弱的普通人，懦弱又无能。

宋亦霖疲惫地闭紧双眼，将自己裹起来，蜷缩着，不再动弹。

学校的日子千篇一律，无聊乏味，偶尔有新鲜事，但也类似蜻蜓点水，很快就会淡却。

可如果朝平静水面投入一枚石子，牵出的波澜就远不止两三道痕迹。

宋亦霖的事最终还是传到了谢逐耳中。

下午两节课刚过，唐筱回到办公室不久，正喝着水，余光就瞥见一道熟悉的身影推门而入。

少年身高腿长，她刚放下杯子，人就到了跟前，言简意赅地撂下一句："开下假条，头疼。"

唐筱愣住："啊？"

谢逐神色未变分毫，拿起办公桌上的体温枪测了下，扫过一眼，给她看："低烧。"

唐筱当即上网开假条，不忘询问："怎么回事，中午着凉了？"

"今早的事。"

短短一分钟内被噎两次，唐筱简直匪夷所思："不是，那你怎么现在才来请假啊？"

头似乎更痛了。冷热交替，谢逐没什么心情回答问题，只道："宋亦霖怎么没来？"

操作页面的鼠标顿了下。

唐筱这才想起这同桌两人关系不错，但出于保护学生隐私的想法，她还是斟酌着道："她今天有事，请假了。"

"说去哪儿了没？"

"啊，你有事找她？"唐筱闻言微愣，"应该在家吧……打电话问问？"

有事，应该在家。这二者搭配起来显得格外不协调。

但谢逐没说什么，电子假条开好后，他就压低帽檐离开，回了家。

电话也自然是打不通。

三次无人接听后，谢逐看了几秒手机屏幕上的号码，没再继续拨出。

又按了门铃，没动静，"一二"的也没有，一人一狗都不在。

在空荡的楼道站了会儿，他有些烦躁地按了按眉骨，回家随便找了颗退烧药服下，稍作休息。

睡眠不足加上低烧，不知道昏沉多久，他再睁开眼时，室内已经被一片黯然暮色笼罩。

四下静谧，只剩空调运作的细微声响，在此刻无限放大，有些吵人。

空调开着也作用甚微，窗户忘记关，热风冷风一起往屋里灌，退烧药吃得毫无用处。

头没那么疼了，眼睑却在发烫，谢逐测过体温，果不其然，38.4℃。

成高烧了。

放下体温计，他看了眼时间，没什么情绪地起身，拎起挂在椅背上的外套和帽子，出门。

斜阳压入地平线，影子在地面被拖得很长，宋亦霖从超市采购完食材，就去宠物美容店里接上"一二"。

边牧长得很快，刚领回家还是小不点，现在三个多月大，已经是成年小型犬的体型，宋亦霖没办法再把它放口袋里，需要拿绳牵着。

睡了一个上午，又给自己找事做，忙了整个下午，才算把漫长的今天熬过去大半。

宋亦霖拎着购物袋，牵引绳挂在手腕上，看"一二"活蹦乱跳地四处打量，心情不由得稍微松快了些。

全程步行，路程并不短，但她带着"一二"遛遛逛逛，也就这么走回了小区。乘电梯上楼，宋亦霖腾出手，边从口袋里翻找钥匙，边走出电梯间，踏入楼道。

声控灯冷不丁闪烁，她掀起眼帘，怔在原地。

视野明亮起来，映出两道身影。

"一二"挣脱牵引绳，兴高采烈地飞奔过去，哼哼唧唧地在那人脚边蹭，随后被俯身拎抱起来。

光影错落间，少年微抬下颌，英挺眉目深邃清冷，映入她眼底。

"去哪儿了？"他嗓音低哑。

宋亦霖微微张口，却没能说出话来，像被什么哽住，酸软涩然，很难讲。

但随后她就发现异样，对方往日锋利的眉眼似乎有些病态，眼梢也覆着层病感的绯色，她回过神，当即快步上前查看。

她抬手正要将帽檐抬高，就被谢逐紧紧攥住，有些疼，但更让她在意的是他掌心过高的温度，显而易见他在发烧。

她蹙眉："你……"

"宋亦霖。"不等她说完，他便低声打断，唤她的名字。

少年很轻地俯首，将额头抵在她手背，神色被尽数掩在阴影里，只剩低哑嗓音落在耳畔。

"……我一直在等你。"

白炽灯光冷漠地覆盖每个角落，亮的、暗的，都无所遁形。

那些情绪也坦然地暴露在光里，直白的、隐晦的，都盛在少年眼底。

宋亦霖在里面也看到自己，在最中央。

问题有好多，她哑然半晌，却挑了个最无关紧要的："……你请假了吗？"

谢逐"嗯"了声，又说："找不到你。"

心尖泛起褶皱，宋亦霖有些鼻酸，抿唇稳了稳心神，才迟疑地重新探出手，去碰他的额头。

触感一片滚烫，果然是异常的温度，也不知道这人究竟是烧到了什么程度。

得吃药。宋亦霖蹙眉，想腾出手来开门，但动了动，却发现那股牵制着自己的力道始终没有松懈。

她只得无奈地掀起眼帘。

谢逐低眸，幽黑瞳孔掩在阴影里，并不十分清晰。他还握着她的手腕，力道不重，但不容她挣脱。

"谢逐，"她没有再挣扎，声音很低，语气放缓陈述着事实，"你发烧了。"

"嗯。"

"……那你没吃退烧药吗？"

"吃了。"他淡声说，"但忘了关窗户。"

宋亦霖："松手，我要开门。"

顿了顿，她又轻声说："我不会走的，你找得到我。"

话音落下，谢逐稍作停顿，松开了她的手。

掏出钥匙打开门，她将室内的灯按亮，随后便揪了揪谢逐的衣摆，示意他跟着进来。他虽然未置一词，却也照做不误。

很听话。

从抽屉里翻出退烧药跟体温枪，宋亦霖试了下还有电，便给谢逐测过体温，随后望着屏幕上的"38.6℃"陷入沉默。

有点儿想训人，但当她低头，见坐在沙发上的少年抬眼看她，仍是副漫不经心的散漫模样，视线却始终追随她，沉默不动。

……见鬼的可怜。

宋亦霖还能说什么重话，话都快说不出，只得连忙将空调温度调高，又递了条毛毯给他，正色叮嘱他好好盖着。

随后她就去研究退烧药说明书，确认服用剂量后，便端了杯子去厨房冲泡。

待再回到客厅时，却见谢逐正端详着茶几上的药箱，桌面上瓶罐盒子散落不均，是她早上翻药时忘记收拾。

宋亦霖脚步一顿，实在想不出该摆什么表情，于是问："……有什么好看的？"

视线微滞，谢逐侧首看向她，道："药很多。"

的确。抗抑郁的、抗狂躁的，再加一箩筐镇定和安眠的，还有用于躯体化严重时的去痛片，她就是个药篓子。

"苦吗？"他又问，似乎真的很在意这个她从未想过的问题。

端着水杯走近，宋亦霖垂眸递给他，语气平淡："苦，咽下去还反胃，所以我哪种药都不想吃。"

但更不想做不成正常人。她没将这句话讲出。

药剂冲泡开，正氤氲着热气，谢逐接过杯子，顿了顿："那给你买糖。"

宋亦霖微怔，很快地移开与他对视的目光。

"……买什么糖，我又不是小孩，吃药还要哄。"她想笑得轻松点，但不太成功，"你休息吧，我刚好买了点食材，先去准备晚饭。"

说完，她转身拎起购物袋，步履匆忙地进了厨房。

发着烧的谢逐说出口的话怎么比清醒时更让她想逃。

宋亦霖勉强屏退纷乱思绪，想起外面还有个病号需要吃清淡的，于是便从袋子里翻出几样素菜。

熟练地洗菜淘米，宋亦霖大致在脑海中确认今晚的菜单，便开始有条不紊地操作起来。

烧上水，她正在备菜，便听见厨房门口传来渐近的脚步声，还没来得及回头，熟悉的气息已经从身后笼罩。

……谢逐生病时，原来这么黏人吗？

宋亦霖有些茫然地忙着，不忘问他："不是让你好好休息吗？"

谢逐充耳未闻，微一低头，淡声道："吃什么？"

这问题被问出了毫不关心答案的语气。

离得近，低沉嗓音贴着耳畔拂过，吐息轻缓，附带高热中的灼烫温度，她耳尖瞬间浮现不自然的薄红。

心跳快得乱七八糟，宋亦霖稳了稳气息，才镇定地答："清粥小菜，你现在只能吃这些。"

宋亦霖没让谢逐在厨房待太久。

没什么原因，只是不想浪费食材，毕竟如果他在现场监工，她完全有信心做毁所有食材。

熬粥的时间有些长，约莫半小时左右才关火，还需要再焖几分钟。

看了看时间，宋亦霖离开厨房，谁知刚走到客厅，就见谢逐窝在沙发角落，旁边还趴了个"一二"，都睡着。

毛毯分配均匀，他盖一半，"一二"盖一半，场景竟也意外和谐。

她望了片刻，还是决定先不打扰，放轻动作，将客厅的灯悄悄关掉。

有通明灯火映过落地窗，温柔淌入室内，夜色静谧，月光也清亮，时间难得安逸。

今天发生太多变故，宋亦霖以为自己会烦闷，但此刻静下来，看着沙发上的两道身影，心情居然前所未有的平和。

什么都不想算计了。还有那些不开心的事。

之后的几天，宋亦霖任凭事情发酵，置之不理，照旧请假在家。

当人身陷舆论中心，你开口就是狡辩，沉默就是心虚。她坦然做了逃兵，自然引起更多落井下石的讨伐。

大众对煽动性内容无比执着，享受着随意攻击他人的快感，这种刺激高高在上，相当愉悦。人们需要发泄对生活的不满，于是她成为靶子。

都在意料之内，所以宋亦霖没有管那些言论。

期间还接了通路予淇的电话，宋亦霖想了想，还是将事情的原委简单告知。结果自己作为当事人还没怎么，听的人居然掉了眼泪，她只好哭笑不得地安慰了许久。

挂断电话后，她又想，至少重新来过的这半年，并非一无所获。

……也有人会替她委屈。

这事在学校各个平台沸沸扬扬闹了一整周，在热度即将降低的时间点，宋亦霖终于点进去，挨个查看。

不仅是浏览量与转发量，还有评论区，但看来看去还是那些东西，把宁念楚和严成远塑造成完美受害人，才更好地将枪口对准她。

——没人会想光明正大地干坏事。

人们需要为自己的落井下石，找一个冠冕堂皇的借口。说服自己，说服他人，以获取自我满足的正义感。

量刑标准已经达成，宋亦霖耐心截图取证，也不怕号主后期删除，随后挑了个平台发布早就准备好的几份截取文件，半个字没打，成功后就点了退出。

所有的证据都已齐备，她去了趟公安局，虽说未成年人需要监护人在场才能立案，但提交证据后，可以先进入报警备案流程。

现在最头疼的，就是还得再联系迟敏，让她陪自己去一趟公安局。

当事人一发声，无论是摄像视频，还是针对严成远的录音文件，都清晰地揭露了事件真相。站在宋亦霖这边的人越来越多，虽说不知道有多少是最初跟着骂过她的，宋亦霖也懒得关心这些。

此事在网络上掀起不小的波澜，愈演愈烈。直到终于不能再试图息事宁人，学校高层才决定商议解决方案，紧急将各位当事人召集回学校。

宋亦霖被喊回一中的那天，是个晴朗的天气。

校长亲自出面，找唐筱要了宋亦霖和迟敏的联系方式，挨个好声好气地打电话，请他们去办公室谈一谈近期这场风波。

宋亦霖原本还没想好怎么跟迟敏开口，现在也不用想了，这边她刚挂电话，那边迟敏就匆忙请了假，赶来见她。

时隔近一个月不见，迟敏见了她，眼眶瞬间就红了，忍着泪好好将她打量一番，嘴里还念着"没事就好，没事就好"。

宋亦霖还心存芥蒂，面对迟敏这副担忧模样，她多少有些无措，垂眸道："没事，你不用担心。"

"霖霖，你——"迟敏蹙眉，望着她欲言又止，到底说不出重话，只能无奈地问她，"这么严重的事，你为什么从来没跟妈妈说过？"

宋亦霖顿了顿，很慢地掀起眼帘，看向她。

好像过了许久，她才听见自己开口："我没说过吗？"

迟敏也怔住，随后反应过来，神色闪过一丝悔意。

"我说过的。"宋亦霖轻声说，"我对你，还有我爸，都说过的，在我最开始被欺负的时候。"

只是，没人当回事，让她自己处理，甚至让她自我反省。

"……是我的错，我当时工作太忙，没能顾上你。"迟敏揽住她，颤着手拍拍她的后背，"妈妈相信你，妈妈一定会帮你，霖霖，最后信妈妈一次，好不好？"

好不好？

宋亦霖有些茫然，没有回答。

理智告诉她，不该再对亲情抱有希望，否则最后难堪的只会是自己。可心底又有道微弱声音在讲，最后一次，给她一个机会，也给自己一个吧。

宋亦霖张了张口，没有正面回答问题，只是道："走吧。去学校。"

前往目的地的路上，宋亦霖遇见不少闻讯赶来的学生，还有蠢蠢欲动拿着手机想录视频的。

赶时间，她没多在意，径自跟迟敏走到校长室前，推门而入。

除了校领导，在场有四人。其中一名中年女子妆容精致，举止雍容，看见她和迟敏，女子温柔地笑了笑，颔首致意。

她的手包是高奢限定，足以在不经意间显露家世一角，看人时虽表现出足够礼貌，眼底却隐约闪过不耐烦与冷漠。

跟宁念楚有七成相似的眉眼，不必想，宋亦霖就知道她什么身份。

而另一边，严成远偏开脸回避她的视线，身旁一男一女，是他那对高知父母，神色平静，始终没任何表示。

宋亦霖就知道，今天这场谈判会很累。

"喀，来啦？"校长身边是高三部主任，男人穿着一丝不苟的正装，对她笑了笑，"亦霖妈妈好，先坐。"

没必要客气，宋亦霖跟迟敏落座，听他们究竟要说什么东西。

"各位也都知道，一中是教书育人的地方，管理严格。出了这种事情，学校这边也很内疚，当初没能尽早调解学生间的矛盾，我更是难辞其咎。"

校长清了清嗓子，语气温和道："高二跟高三，都是至关重要的时候啊，可不能被外界干扰考学状态。今天打扰各位，就是想来商量商量，这件事怎么解决。"

"赔偿和道歉我们这边都可以。"严成远的父亲淡声道，没看宋亦霖，而是对着校长，"确实是我们做家长的没教好孩子，但现在距高考还剩三个多月，成远的成绩老师有目共睹,所以我不希望他在关键时刻被琐事影响,后续再需要跟进,我和孩子妈出面就好。"

严成远成绩优异,人前向来是品学兼优的好学生,一中还指望升学率好看,自然舍不得这好苗子。年级主任当即点头:"好的好的,毕竟还是学生,当然以学习为重。"

宋亦霖冷眼旁观,看几个大人完全无视自己,在那儿决定解决方案。

"对,学生还是以学习为重。"校长也颔首,委婉地转向迟敏,"亦霖家长,我们共同出发点都是为孩子好,大家都不想看到这种局面。孩子嘛,有什么误会和矛盾,可以沟通解决的。"

宋亦霖看着他们的嘴脸,感到恶心。

"我也是这样想。"宁念楚的母亲施施然开口,抱歉地望着宋亦霖,"我替我家孩子向你道歉,楚楚被家里惯坏了,比较任性。但她也没坏心的,听说你们以前是朋友,可能是矛盾没能及时解决,楚楚误会你了,真的不好意思。"

话里话外,都是在维护她的女儿。

这个家长有跟她同龄的孩子,但与她不同,她的孩子生在富足家庭,被溺爱着长大,有资格任性,有资格颐指气使。

所以她不会想,这番话对宋亦霖来说有多刺耳。

"任性就是随意伤人的理由吗?"迟敏忍不住寒声反驳,"这不是小孩子间的矛盾,是校园暴力!你也是位母亲,如果你的女儿遭受这种事情,你会接受这种轻飘飘的道歉?"

"各位,先冷静一下。"校长无奈地道,"咱们现在就是要坐下来,把误会解……"

"——把误会解开?"

宋亦霖从踏入这里后,便一语不发,现在一开口,就利落地打断了校长的话。

"我已经够沉默了,结果休学一年回来还是这样,你们到底要我怎么做?宁念楚,还有你。"她望向严成远,话语近乎是从牙缝里挤出来的,"我尽量不出现在你们眼前,我是怕了,我自己滚,你们爱怎么编派都无所谓,但为什么还要找上我?"

严成远心虚地低下头,自然是不敢回话。

宋亦霖原本想更从容些,但真当她开口,还是很难维持冷静。

"小打小闹,矛盾误会?"宋亦霖重复他们用过的描述词,简直快笑出声,"说得真轻巧。

"我不想解决任何事,我想你们都得到应有的惩罚!"

"霖霖,好了,我们不说了。"迟敏将她抱在怀里,颤抖着哄她,"没事,没事,我们回家,不受委屈了。"

直到迟敏抬手擦拭她的脸颊,宋亦霖才发现,自己不知何时泪流满面。

忍了这么久的委屈,她终于不想再妥协。

"这事没完。"

她冷冷撂下四个字,便拉着迟敏,头也不回地离开此地。

事情闹这么大,校方自然不可能只联系迟敏一人。

宋景洲也接到了消息。

宋亦霖很累,想独自回去休息,可迟敏坚持要带她回市区一趟,说一家三口好好谈谈这件事,要走流程报警。

她默了默,最终还是听从迟敏的话,打车跟她一起回去。

抵达市区临近中午,宋景洲平时傍晚才下班回来,因此宋亦霖先回卧室睡觉,也没让迟敏准备午餐。

再醒来时,是迟敏轻声喊她,宋亦霖这才发现自己睡了整个下午,醒了会儿神,才推门走到客厅。

宋景洲正坐在沙发上,似乎等候已久的模样。

彼此目光对上,不约而同又错开,都有些无话可讲。

回不去就是回不去了,没必要。

宋景洲却显然不这么想,难得将语气放软,对她道:"学校给我打电话了,我也了解得差不多……过来坐吧,聊聊这事。"

宋亦霖已经许多年没听过他这样耐心的语气,更别提谈话对象还是自己。

掀起眼帘看了他一眼,她默不作声地挪动脚步,坐到他对面的椅子上,迟敏则坐到他身旁。

"我要报警。"她开门见山,语气平静道,"证据都收集好了,但未成年人不能单独立案,所以还需要你们支持。"

迟敏也颔首,对宋景洲解释:"我上午陪霖霖去了趟学校,跟那几个学生的家长真是没法沟通,学校也想息事宁人,我觉得报警比较好,这不是小事。"

宋景洲听二人说完,一时陷入沉默,神情似乎有些犹豫,举棋不定一般。

宋亦霖蓦地感到有些不对。

"……你是不是不想我报警?"她问。

宋景洲闻言顿了顿,有些无可奈何地叹了口气,看着她道:"不是,主要这种事……说小不小,但说大其实也不严重,你也还好好的。"

好好的?

宋亦霖觉得荒诞,罕见地说不出话,就这么望着宋景洲,一错不错。

"你不是年底要艺考了?下学期就高三,这么重要的时候,真打起官司肯定又耗钱又耗时间,得不偿失。"他语重心长地劝道,"而且这种事,报警后邻里亲戚之间不就都知道了?又不是什么光彩事,到时肯定一堆人来问,没这个必要,你说是不是?宋亦霖,你也长大了,明年就成年了,得分清孰轻孰重,凡事不能这么较真,既然没什么大问题,可以适当退一退。"

那么苦口婆心,那么耐心指点。

多少人都在对她说,事情已经过去了,别再揪着不放,别钻牛角尖。

至于吗?有必要吗?

被一遍遍诘问,她都开始觉得自己真的有错。

她只是想给自己讨个公平,是错吗?宋亦霖这么想,也就这么问了。

"成年人的世界哪会讲究公平,你这还是小孩子的想法。"宋景洲摇摇头,"你那个同学……是叫宁念楚吧?她爸爸上午就来联系我了,非得亲自当面道歉,也承诺说愿意配合一切补偿方式,哪能伸手打笑脸人?"

——"配合一切补偿方式"。

宋亦霖算是明白了。说了这么多,铺垫半天,又是学习又是亲戚的,这句才是重点。

"你也知道,咱们家庭条件比不上人家,这种小案件,就算真走法律程序,你同学家里也会想办法拖延?"

听着宋景洲的话,她并没有第一时间给出反应,而是看向迟敏。

却望见迟敏眼底转瞬即逝的犹豫,类似动摇。

虽然只有短暂片刻,但也足够让宋亦霖如坠冰窖。

"是吗?"她听见自己问,"他给你十几万,或者几十万?"

宋景洲愣了下。

"还真是啊。"宋亦霖哑然失笑,按了按额角,"我还这么值钱呢?"

"你怎么就这么死心眼呢?"宋景洲难以理解,语气也急促起来,"就算闹下去也没结果,事情到这地步该适可而止了,再继续都不好受!"

宋亦霖不管他,只目光炯炯地盯着迟敏,逐字逐句:"妈,你觉得呢?"

迟敏心绪一团乱麻,一方面想维护女儿,一方面又觉得宋景洲言之有理,因此有些踌躇:"我……"

到底也没能"我"出个什么来。

行。

"不报了。"

宋亦霖低笑,起身说:"那就听你们的,我不报警了。"

事已至此,没必要再待下去,她走到玄关,边换鞋边对他们道:"之后我要开始备考,会很忙,先走了。"

说完,就推门而出,没再多说半句话,也不再去关注他们此刻会是什么反应。

二月底,暨城分明已经入春,被凛冬埋没的生机开始重新萌发,街道的风却还是那样冷。

今天是周六,又天气晴朗,街上到处都是结伴笑闹的小孩子,也有一家三口出行,总之人们都是笑着的。

当宋亦霖身陷热闹人群时,才发觉自己孤单到突兀。

她想起上午刚见面,迟敏抱着她,字字都诚恳,让她最后信妈妈一次,问她好不好。

又想起几年前,那晚难得宋景洲不在家,只有她们二人,迟敏给她梳头发,温柔地说:"他可以有别的女人和孩子,可以忽视你,但我不可以,我舍不得。我只希望我的女儿健康快乐地长大,不论她是怎样的人,在我眼里永远优秀。"

她还说:"因为我是妈妈。"

煽情又真挚。因为你是妈妈。

可你先是自己,才是一名母亲。

人都是自私的,宋亦霖知道,也努力理解。

宋亦霖知道,都知道。可再次抱有希望,却被对方丢进泥里的感觉,太难堪了。

宋亦霖打车回了北郊。

今天折腾了两趟,她实在又累又烦,好在有"一二"陪着她,至少没那么孤单。

一整天都没吃饭,入夜了还是没胃口,宋亦霖只喝了些水,就打开窗户吹风。

她正出神,兜里手机就振动起来,是朱然。

朱然是编导生,这时刚忙完校考不久,该是抓紧文化课的时候,很少会在这个时间点打给她。

宋亦霖接起,还没开口问好,就被劈头盖脸砸来一堆问题:"霖霖你今天来学校了?没事吧?他们是不是说什么了?你不要管他们!"

她一噎,有些好笑地道:"到底让我回答哪个?"

朱然平静了一下情绪:"……现在情况怎么样?"

问得很模棱两可,宋亦霖只能回答:"都还好。"

朱然似乎欲言又止,几次想开口都没出声,她等了会儿,终于忍不住道:"没事,想说就说。"

"你……报没报警啊?"

宋亦霖指尖微顿,淡声道:"当然报了,怎么了?"

"那就好,那就好。"朱然闻言才舒了口气,"我听那几个小妮子说,宁念楚家里不打算让她参加高考了,要她退学出国。"

退学出国?

宋亦霖沉默少顷,盯着窗外夜色,不紧不慢地开口。

"哪能让她这么顺利啊。"她道。

"那我可放心了,还以为你今天受委屈了……这周我请你吃顿饭怎么样!咱们也好久不见了。"

听着对方生疏的安慰,宋亦霖轻笑:"我还忙艺考呢,天天连轴转,等你考完再聚也不晚。"

朱然"嗯"了声:"说得也是,那我可预约好了啊。"

"然然,"她突然唤道,轻声说,"高考加油。"

朱然自信地应下,随后上课铃打响,这通电话便就此结束,成为手机顶端一条平淡的记录。

宋亦霖敛目，若有所思地敲了敲屏幕。

退、学、出、国。

那她只能自己想办法了。

宋亦霖垂眸，听到楼下家庭传来模糊的人声，散入风中听不真切，但那家的小女孩似乎很开心，笑声清脆。

到处都灯火通明，阖家欢乐，而她独自在想，如何能不那么不开心，如何不从这儿坠落。

曾经想被听到、被在意、被重视，现在她不想了。

宋亦霖打开微信，阅读顾舒之前发给她的赛事详细章程，在比赛流程最后，看到决赛三日后公布排名，并举行颁奖仪式。

算算时间，刚好在五月。

点出输入法，她敲出一行字，发送：老师，我参加比赛。

最后一局，让她赢一次吧。

## 第十五章 · 烧不尽

九月亚运会，十一月亚洲游泳锦标赛，随着赛事越发逼近，队里训练也逐渐多了起来。

谢逐每个月有半个月时间回总局参训，人经常不在学校，这是宋亦霖跟魏余谌打听到的。

毕竟她自己也不在学校。

出了那堆糟心事，她索性请了月假，直接提前开始专业课集训，横竖文化课进展已经差不多，她在家也可以解决。

三月中旬报视频，宋亦霖问过顾舒，得知可以提前去A市上课，毕竟有过参赛经验，初赛筛选对她来说并非难事，早做准备更好。

现在只剩一件事了。

日历已经划到三月初，她不能确认谢逐是否已经回到暨城，只好发消息给他。

——你现在在队里吗？

——"一二"要你照顾一段时间，我之后不在暨城。

发完消息，宋亦霖吐出一口气，朝窗外望了望，阴沉沉的，不见半分光。

灰云堆积着，色调冷漠，太阳被严丝合缝地遮拢，像随时都会降一场暴雨。

正是倒春寒，风冷得透骨。她合上窗缝，垂眸望着窝里正酣睡的"一二"，它似乎做了场好梦，无忧无虑的。

挺好的。她想，自己没资格舍不得。

不多久，预料之中的，手机振动起来，是谢逐的电话。

宋亦霖做足心理建设，才按下接听，问："看消息了吗？"

谢逐沉默少顷，只冷声撂下三个字："见面谈。"

宋亦霖愣了愣："你在暨城？"

"今晚八点落地。"

宋亦霖不想见面，怕造成些难以挽回的局面，但拒绝的话到了嘴边，她又想，其实该见。

……要彻底断干净。

没来由地有些冷，她盯着窗外阴云密布的天，蜷起指尖，直攥到发白。

"好。"她很低地应下。

本该就这么挂断电话的，可本能比理智更先一步，等她反应过来，已经开口：

"暨城今天阴天，可能有雨，你记得……带把伞。"

尾音显然中气不足，谢逐闻言，语气这才稍缓，对她道："等我回来。"

挂断电话后，宋亦霖出神片刻，才将手机缓慢放下。

从没觉得一天会这样难熬。

实在没胃口，她再次三餐齐缺，挨到傍晚觉得胃疼，就去接了杯热水，吃药缓解。

六点整，一道雷鸣划破暨城乌沉天际，闪电乍现，携着阴雨陡然而至。

这场雨，终究是落下来了。

雨势滂沱，空气迅速潮湿起来，寒凉晚风裹挟雨滴，冷意料峭。

临出门前，宋亦霖给"一二"穿上雨衣，想了想，又拿了一把备用伞。

雨天堵车厉害，但她出门早，抵达机场时，距离谢逐所乘航班落地还有十多分钟，她就站在机场门口等，没有进去。

到时候说完就走，宋亦霖想着，低头看地面蜿蜒的水痕，有落叶浮在上面。

雨滴不断砸落，坠在伞面，跌在脚边，又裂出细碎的光，溅湿她裤脚。

还真是下得没完没了，雨势这么凶，像要将城市淹没。宋亦霖有一搭没一搭地想着，也没注意时间流逝，等回过神来时，谢逐已经走到她跟前，身影将她笼罩。

分明也没分别很久，但再次感知到熟悉的清冷气息，她仍旧有些恍惚，后知后觉，自己是真的很想他。

身高原因，她第一眼望见的，是他被雨浸湿的深色衣襟。

宋亦霖默了默，将伞高高抬起，塞进他手里："不是让你带伞吗？"

谢逐垂眸看她，发梢还在朝下滴水，深邃眉目也蒙上湿意："忘了。"

宋亦霖没辙，好在早有准备，她撑起备用伞，稍微退了退，不着痕迹地拉开彼此的距离，远离他伞下的范围。

谢逐微一蹙眉，抬手要将她扯回来，宋亦霖却很轻地避开，抬眼望着他，眼底很干净，只映着一片阴沉雨幕。

定定看了她几秒，谢逐不再走近，淡声问："之后不在暨城，是什么意思？"

"字面意思。"宋亦霖抿唇，"我要走了。有场重要比赛得准备，我想把重心放到有结果的事情上。"

她顿了顿，又稍稍移开目光，说："之后，应该也不会再回学校了。"

这些话早就预演过无数次，可当真正讲出，她还是感到格外艰难，胸腔被近乎窒息的涩然占满。

胃好像又开始疼，明明吃过药，却还疼得她想蜷缩起来。

谢逐望着她，像在透过话语理解更多。

可夜色本就深暗，雨也滂沱，像密不透风的墙，隔在彼此之间，他们什么都不剩。

许久，他才开口，嗓音带了几分哑："我呢？"

宋亦霖忍耐那么久，却在听到这两个字后溃不成军。她匆忙压下伞面，将将遮住自己泛红的眼尾。

她想起初中时，自己曾在街边捡到一只断翅的鸟，它陪她熬过漫长寒冬，在春芽初绽时，她打开窗户，它再也没回来。

这很好，她想，谢逐也应该如此。

自由、坚定、一往无前，永远别为谁停下脚步。

而她这样的人，追逐月亮，能被月光眷顾一瞬，就已经很好。

眼眶发热，视野模糊起来，人难过到极点原来呼吸都困难，宋亦霖颤抖着开口，快要说不出话。

但终究还是说出口了。

"谢逐，"她低声唤他，"我很累了……抱歉。"

不知道哪处在疼，范围似乎是五脏六腑，好冷，她话音都在颤，眼泪扑簌簌往下掉，跟雨混在一起。

还有。宋亦霖低下头，将手中的牵引绳递出去："'一二'，你也带走吧。"

"一二"似乎察觉到什么，原本玩雨玩得欢快，此刻也蔫下来，茫然地抬起脑袋看他们。

谢逐没有接。

宋亦霖不敢看他，也不知道僵持了多久，她咬唇掉着泪，倔强地不肯收回手。

"你不能这样。"

许久，她才听到谢逐的嗓音，又沉又哑："宋亦霖，你不能……"

他顿了顿，低声说："你骗它。"

真的，很疼。

眼泪止不住地落，雨声嘈杂，很快就将少年最后一点话音淹没，不剩半分踪迹。

心脏每次砸落，都牵引痛楚涌向四肢百骸，宋亦霖浑身发冷，想将自己蜷缩起来，或就这么淹进雨里。

原来人真的能感受到撕心裂肺。

"一二"的牵引绳终究还是被接过。

"骗就骗了。"谢逐低声道，"……别哭了。"

随话音落下，宋亦霖到底没能忍住。

她哭得乱七八糟，讲不出话来，一遍遍地默念，谢逐，谢逐。

怎么会有这种人，被这样拒绝，被欺骗，喜欢被弃如敝屣，最后还只叫她不要哭。

……怎么会有这种人。

对她好，给她关爱，把光给她，让她知道自己值得被拯救，到底怎么……

不能再贪求更多，宋亦霖对自己说。

她没有看谢逐的神色，撑起仅存的理智与力气，转过头也不回地离开。

雨势丝毫不见缓，寒夜风冷，脚步声清晰，比雨声响，比心跳沉。

走出十来步，宋亦霖抿唇，泪水盈满眼眶，酸涩疼痛。

她突然止步，颤抖着张口，却没能出声，直到艰难地再次尝试，才带着哭腔低喊："别跟着我！"

这次，再朝前走，就只剩自己的脚步声了。

宋亦霖哭得喘不过气，昏沉得头疼，她闭眼狠狠仰头，逼着自己继续走，直到彻底与那人背道而驰。

谢逐站在雨幕中，眉目深暗地望着她的背影，嘴角紧抿。

雨夜的风太冷了。

他终究红了眼眶。


这晚，暨城暴雨倾盆，像要倾覆整座城市。

雾茫茫的，不见光。

像天再也不会亮。


——雨真的太大了。

宋亦霖觉得自己有些走不下去，胃很疼，又好像不止它在疼。她费解地合上眼，停下脚步。

别想了。

可他跟随她的脚步声，一直在耳畔反复回响，坦荡又固执，说不出半句软话，只会跟着她，再如何都不想放弃她。

手指攥成拳，触碰到掌心，却是空落落的一片，什么都不剩。

宋亦霖微怔，垂眸盯了少顷，失笑。

她真是丢得干干净净。

回到家后，或许是受了风寒，又或许是因为身体受消沉情绪影响，总之，她发了场高烧。

除了跟顾舒请假，宋亦霖没再联系任何人，也没去诊所或医院，吃了药就将自己裹在床上，混混沌沌地熬。

汗起了又干，难受极了她也没哭，所有眼泪与委屈似乎都留在那个雨夜里了，她也被搬空。


雨下了整夜，天亮也不曾放晴。

"逐哥，逐哥？"

梁泽川喊人不应，只得再次提高声音，这才成功引得对方掀起眼帘，冷淡扫向他，兴致缺缺。

从早晨到校开始，谢逐就一副散漫倦怠的模样，虽说和平时也相差无几，但今天似乎格外低气压。

路予淇跟梁泽川对视一眼，确认对方都不清楚内情。

"你这状态不对啊。"最终还是魏余谌没忍住,道,"晨训的时候就是,都没见你休息,遇到烦心事了?"

"对啊,逐哥。"乔觉也连连点头,"是不是队里学校两边跑太累了?可以请假休息下。"

谢逐却并未如他们所想,给出回答,而是问了一个全然不相干的问题:"宋亦霖有比赛?"

"是有这回事来着。"路予淇领首,回想着道,"但霖霖没跟我说去哪儿,总之是去外地集训了,怎么问这个?"

魏余谌若有所觉,想起宋亦霖曾跟自己打听谢逐的训练安排,不由得小心猜测:"你们……不会是吵架了吧?"

谢逐眼梢轻敛,往日锋利的眉目似有倦意,又像是更细微的情绪。

魏余谌正琢磨那情绪是什么,随后就听谢逐淡声开口,嗓音很低:"她不想见我了,怎么办?"

……怎么办。

难过。魏余谌终于明白过来,自己感受到的,是难过。

察觉到事情的严肃性,几人不约而同陷入沉默,可他们面面相觑,没人能给谢逐答案。

答案如今正远在不知何处的外地,不得联系。

在被窝里硬生生焐了两天,宋亦霖再次睁开眼,才觉得身体有所好转。

感冒来势汹汹,她这两天在家自生自灭,饭也没吃水也没喝,整个人都虚脱,下床时险些栽倒在地。

勉强扶住床柜,她按了按眉骨,先去给自己补充水分,又简单下了碗汤面,才算安抚好抗议的身体。

接着就第一时间联系顾舒,问什么时候可以去A市。顾舒给她分享了教授的名片,说随时可以。

教授姓汪,宋亦霖加上好友改备注。参赛视频对方已经看过,两人聊了聊比赛相关,又商议上课时间,最终定在明天。

有些赶。但宋亦霖只想让自己忙起来,才好无暇去多想。

好在是工作日,又避开假期,飞机航班可选空间很大。她买了深夜的机票,订好平价民宿,将行李收拾得差不多,便打车去往机场。

……又免不了触景生情。

情绪实在低迷,宋亦霖登机后,便吃了半粒安眠药,强迫自己睡觉休息。

而相比飞机上的沉沉迷茫,待落地A市后,她很快就忙碌起来。

入住、会见老师,挑选比赛曲目,上课,练习,不知不觉就是一整天过去,她入夜才算彻底能休息。

上课的日子千篇一律,宋亦霖也不贪图玩乐,到A市后只在住处、琴房两边跑。

就这么到了三月底，比赛初试结果公示，她与许希都成功入选。

许希当即迫不及待地飞来A市，她第一次参加这种大型赛事，能进一轮都是攒经验，也开始全力以赴地跟着汪教授学习。

毕竟是音协举办的赛事，全国性质，初赛只是海选，接下来还有复赛和预决赛，最终才是真正定乾坤的决赛。

战线拉得长，但统共算下来，还不足两个月，因此练习时间更加紧张，尤其比赛要求同曲目不得二次弹奏，意思是选手需要拿出四首大曲。

即使是勤奋如宋亦霖也有些吃力，人在高压之下总容易心情差劲，但许希却是个欢乐豆，成天变着花样拉她去搜罗美食，宋亦霖被她带得也笑容多了些许。

"——唉，师姐，看你放松一回可真不容易。"

这天晚上下课，许希拉她来吃一家小众西餐，此时正铲着桌上热腾腾的比萨，嘟囔："别那么紧绷嘛，你肯定能进决赛的。看我这心态多好，能游几轮是几轮，尽力就行。"

宋亦霖被她逗乐，忍俊不禁道："我第一次参加这个比赛的时候，也跟你一个心态。"

"那是三年前？"许希算了算，"我记得顾老师跟我说，你只比我大两个月，那你第一次参赛就是……十四岁？"

宋亦霖"嗯"了声，无奈地耸肩："那时以为自己特厉害，就被老师丢去比赛磨炼了，结果二轮游，给我打击得不轻。"

"十四岁，全国专业比赛二轮游。"许希苦着脸，"你们这些天才真是杀疯了，神仙打架啊。"

"没办法。"宋亦霖也铲了块比萨，"天才也照样内卷。"

许希被逗笑，险些呛住，连忙喝饮料压下，感慨："的确，话说回来，师姐你是不是在一中上学啊？"

宋亦霖正跟剪不断理还乱的芝士较劲，闻言"嗯"了声，随口问："怎么了？"

"你关注游泳赛事吗？有个叫谢逐的选手，跟我们同岁，破过纪录拿过奖，特别厉害，他就在一中上学！"

餐刀倏地顿住，一偏差，磕在盘子边缘，刮出道略显刺耳的响。

知道。不仅知道，我还是他的同桌，见过他在赛场上意气风发，也见过他坐在深夜的楼道。

——她很想这么说。

但宋亦霖只是面色如常地笑了笑，敛目，道："知道。谁不知道他啊？"

那样优秀的一个人，天之骄子，众望所归。她也只是仰望的众人之一，而已。

"他是真的厉害。"许希叹了口气，语气感慨，"我本来不关注体育赛事的，但周围好多同学都在聊，我就去搜了下，结果发现居然是个酷哥，专业素质还过硬，不粉他粉谁？"

宋亦霖抿了口奶茶，想，似乎不该点去糖的，有些苦了。

"确实。"她低声说，"他很……特别。"

优秀、出色、受人瞩目，都不能很好地用来描述他，她也只能说，特别。

"听说下周，体育总局会有场公开练习赛，谢逐今年会参加洲际赛，练习赛估计也会露面。"

许希兴致勃勃地分享着消息，询问道："总局正好就在A市，怎么样师姐，要不要一起去？"

体育总局，练习赛。

思绪瞬间倒回去年十月，C市短暂四日历历在目，帧帧清晰。宋亦霖轻哂一声，喃喃："……我怎么敢去。"

许希茫然地眨眨眼："为什么？"

宋亦霖闻言，这才回过神，神色瞬间恢复如常，似笑非笑地反问："你说呢？汪老师布置的四首大曲，你都准备齐全了？"

实在是一盆冷水浇下。

许希登时就蔫了，显然也记起此行正事："好吧，只能等有机会了。"

"时间还长，以后机会多的是。"宋亦霖无所谓地笑了笑，"他才十七，又刚进国家队，路还长着呢。"

许希一想也是，便释然不少，又换了个话题，两人有说有笑地吃完晚餐。

待回到民宿，已经八点过半。

A市的夜晚很热闹，灯火绚烂，民宿又在商圈附近，可以望见高楼林立，都市繁华尽收眼底。

没开灯，宋亦霖脱掉鞋，在门口站了会儿，才缓步走到里间。

行李箱敞着，安静地躺在墙边，她蹲下翻了翻，指尖触碰到内袋拉链，迟疑了片刻，她才慢慢拉开，拿出里面的物品。

卡片状，带挂绳。

谢逐曾经亲手为她戴上的，上面有他的照片、姓名、竞赛编号，是他专属的选手证件。

四下静谧，房间光线昏暗，宋亦霖垂着脸，将它攥得紧了又紧。

之后的日子如流水，转瞬即逝。

许希最终二轮游，走了自家师姐的老路，但于她来说已经是一次难得的经历，临行前不忘约宋亦霖吃最后一顿饭，这才恋恋不舍地打道回府。

比赛到后期，时间相当紧，每天不是听原曲找感觉，就是反复练习，宋亦霖还没什么实感，就这么顺利赢下预决赛，杀进决赛圈。

待比赛彻底尘埃落定，已经是五月初。

所有人都松了口气，汪教授笑吟吟地让她等好消息，顾舒也打电话喊她回来，要给她接风洗尘，好好犒劳她。

宋亦霖也松了口气，虽然不是因为比赛结束。

按照比赛章程，决赛结束三日后，将会公布正式分数与排名，并择日举行颁奖典礼。

与此同时，宋亦霖也收到了班级群消息：周三早八点，高二部全体艺术生，统一去艺术楼领取集训假条。

时隔两个月，她乘上航班，终于再次回到暨城。

艺术楼坐落在一中校园西北角，只有学校举办文艺会演时才会偶尔开放，平时鲜有人踏足。

春末银杏嫩绿，日光像铺着层碎金，粲然树影堆叠，随风晃进眼底。

今天立夏，万物晴朗。阳光是暖调的金色，探过空中细微浮尘，填满每个角落。宋亦霖抬头望，微闭了闭眼。

现场人满为患，走完流程拿到假条，她在确认表上签下名字，顿了顿，随后搁下笔。

似乎也没什么未尽之事了。

她转身正准备离开这里，就听旁边传来一道试探的女声："宋……亦霖？"

宋亦霖侧目，发现是当初元旦会演时，同节目负责二胡的女孩子，便温和地笑了笑："好久不见。"

"是啊。"女孩子腼腆地颔首，又欣喜道，"我在国乐大赛展播看到你了！恭喜进入决赛，你真的好厉害。"

赛后，频道官网会进行优秀作品展播，宋亦霖还没去看，暂且谦虚应下，两人边聊边向外走去。

迎面对上一行人，正谈笑风生地朝这边来，是校体队的男生们。

许久未见，谢逐仍是副疏冷模样。旁边几人插科打诨，他兴致索然，眉目冷感比以前更甚。

似有所觉，他漫不经心地掀起眼帘，两人目光猝然相撞。

宋亦霖愣怔半秒，随后若无其事地偏过脸，同身边人有说有笑，彼此擦肩而过。

云淡风轻，除了一瞬对视，无事发生。

谢逐神色未变分毫，敛目迈入教室，到底也没有回头。

假条领取流程简单，排队签名确认，便可以自行离校。校队几人商量着去吃饭，谢逐说随意，举步朝门口走去。

正见一名女生从走廊回来，他淡淡扫过一眼，随后步履止住。

"逐哥？"后面的朋友纳闷，"怎么不走了？"

谢逐并未理会，只问女生："宋亦霖呢？"

少年眉目英挺，眼瞳深黑，不带情绪时显得格外冷然。女生下意识愣住，才忙不迭回答："啊……她有朋友来找，就先走了。"

朋友？

"是个男生，好像有急事的样子。"她又补充，"应该也是今天来领假条的，我看他没穿校服。"

——不对。

心底一沉,没来由地生出不妙的预感,似乎有什么猜测转瞬即逝,谢逐蹙眉,没能捕捉清楚。

不安感滋生得毫无道理,他语气微沉,问:"他们去哪儿了?"

顶层有间储物室,用来放置各种陈旧乐器,随年岁久远,鲜有人踏入这里。宋亦霖被推搡进来,视野还没适应昏暗光线,便被人按着肩头扣下。

"托你的福,我最近不太好过。"宁念楚说着,不徐不疾地走到她跟前,垂眼睨她。

宋亦霖被人从后压制着,分明狼狈至极,闻言却忍不住失笑。

"你这就受不了了?"她说,"这只是我受过的千分之一而已。"

她掀起眼帘,似笑非笑地盯住宁念楚,眼底是鲜明刺目的戏谑与恨意。

"——我比你,问心无愧得多。"

每个字都像牙缝咬血,不折骨气。

宁念楚最厌恶她这副轻飘飘的态度,登时冷下脸来,推了她一把。

宋亦霖猝不及防,当即跌撞在置物柜上,她疼得额角一跳,眼前瞬间昏黑一片。

耳鸣与眩晕一并袭来,有温热液体淌过她眼睫,又落入嘴角,是铁锈味。

"哦对。"宁念楚屈膝蹲在她面前,"这两个月没见你,听说是去外地参加比赛了,挺风光嘛。"

头还在疼,宋亦霖没什么力气,神色淡然地抬头看向她。

"年底就要艺考了,我们宋亦霖也是准高三生了,这半年过得可真快。唉,你专业这么厉害,肯定能上个不错的大学,跑得很远吧?"

宁念楚语气温和,笑得明艳。宋亦霖定定地望住她,眼底是深不见底的暗。

下一瞬,肩头陡然落下一股力道,她重心不稳,下意识地伸手撑在地面,随后被宁念楚牢牢扣住。

"虽然不知道我爸给了你家多少封口费……但不论什么事,都能花钱摆平,是吧?"

——是吗?

像被困在玻璃中,而水线越来越低,鱼已经彻底没机会跳出这块死地。

她终于可以将它打碎了。

宋亦霖很低地笑了,抬起脸,眼底炯炯清亮。

仿佛如愿以偿。

…………

笑声、尖叫声、惊慌的骂声,以及凌乱的脚步声,全部自耳边飞掠而过。

宋亦霖被推倒在地,此刻听觉被滔天的耳鸣覆盖,她感知不到更多。她勉力掀起眼帘，在黑与白交织的视野中，她看到他们惶然无措地逃离现场，无人再敢停留于此。

大门被摔上，发出沉重的闷响，激起空中一片细尘。

时间不知过去多久。

失血的晕眩感覆盖了痛感，宋亦霖浑身发冷，很慢地在地面蜷缩起来。

远方有飞鸟清脆的啼鸣，她偏过脸，困倦地望向高处。

储物间有扇小窗，很高，那里有光透进来，落在她前方，难以触及。

光很亮，应该是暖的。她依稀能记起进校时，到处都是金灿灿的，有温暖的风拂面而过。

今天天气很好。

她在想，其实自己什么都没搞明白过。

痛苦也好爱也好，她这十七年独自摸索，好像还是比常人迟钝，无法感知所有，也做不到善始善终。

可细细想，倒也没什么非称之为磨难的东西，这只是略有苦涩的、平凡的一生而已，不值得惦记怀念。

外面的草木已经郁郁葱葱，到处都生机盎然，夏天是真的来了。

就到这里吧。宋亦霖笑了笑，缓慢合上眼。

这条路到此，已经足够精彩了。

她不恨了。


那抹光渐渐地黯淡了。

意识朦胧中，宋亦霖又冷又累，浑身只有伤口是热的。她昏昏欲睡，眼前只剩一片昏黑。

彻底熄灭前，"哐当"震响传来，似乎是门被踹开，随后便是纷至沓来的人声、脚步声，嘈杂凌乱。

有人惊呼，有人叫喊，宋亦霖辨不太清晰。呼吸微弱，她快听不见心跳，只感觉有人抚上自己的侧脸，像被她凉薄体温冰到，指尖颤得厉害。

"警车……"她听见谢逐低喊，"不，救护车，喊救护车！"

嗓音也是颤的。

好难过。意识恍惚间，宋亦霖想：谢逐，你会不会比我更难过？

…………

听说人在死时，最后丧失的是听力。

——我最后听见的声音，是你在唤我的名字。

所以我想，我得睁开眼。


今天立夏，万物晴朗。

谁都没想到，当储物室的门打开，看到的会是这番场面。

走廊光线灿然明亮，裹着春末夏初的暖意，从大门缝隙渗入，转瞬铺满阴冷的房间，令尘埃无所遁形。

宋亦霖就掩在最深暗处，小窗有光，洒在她身旁，也不肯匀她半分亮，只映着一片刺目血迹。

"……这，"乔觉瞠目结舌，"怎么……"

刚才本来打算离校，谢逐突然说要找人，他们几个感觉事情不对，于是也跟着一起，快把楼里所有教室都翻遍，才终于找到这儿。

结果触目惊心。

"——逐哥！"

万籁俱寂里，谢逐如坠冰窖，一瞬间大脑空白，待反应过来时，自己已经闯入房间，俯身去探宋亦霖的呼吸。

手好像在颤，他注意不到，只感知到她冰冷的身体，仅剩一点微乎其微的温热，呼吸也低弱，但好在还续着。

活着，还活着。

"逐哥！"魏余谌也连忙跟过来，"情况怎么……"

话还没说完，只见众目睽睽下，谢逐身形一晃，就这么跪了下去，那宁折不屈的背脊竟然弯出一个脆弱狼狈的弧度。

分明是个意气风发的少年人，此刻却是副失魂落魄、快要哭出来的模样。

魏余谌瞬间失声。

他不敢出声，他怕一开口，谢逐抬起头来，脸上的神情是他无法想象的。

幸好，这片令人心惊的死寂没能持续太久，只短暂瞬间后，谢逐便低声开口："……喊人。"

嗓音很哑，但声线平稳，没什么情绪，或者说已经被他藏好。

"喊了喊了！已经去叫人了，救护车马上就到！"一名男生匆忙应道，话音未落，纷乱脚步声已经响彻楼梯间，几名老师和主任匆忙赶来，查看现场情况。

消息传得太快，才几分钟时间，众多学生便闻讯而来，整个校园闹作一团。

高二（16）班正上着自习，门也被匆忙推开，一名学生气喘吁吁地道："宋……宋亦霖是你们班的吧？"

变故太突然，众人都愣了下，还是梁泽川反应快，接话："是，怎么了？"

"她、她好像情况不太好！"

这消息无异于晴天霹雳，十六班集体愣怔几秒，还没来得及消化，救护车的鸣笛声便响彻整个学校。

刺耳冰冷，砸在所有人心头。

下一瞬，路予淇神色苍白地扔下笔，不顾沉入死寂的众人，夺门而出。

她跑得急，衣摆都被风掀起。该是热的，她却感到前所未有的冷，大脑空白一片。

楼梯有这么长吗？

她近乎是机械性地迈过台阶,好几次险些摔倒,也全不在意,惶然地朝着鸣笛方向奔去。

校门卫处,大爷目送救护车疾驰驶入,感慨地收回目光。

"怎么回事,我听你那边有救护车?"电话中,老伴好奇地询问,"一中出事了吗?"

"听说有个学生受伤了。"他叹了口气,"也不清楚具体情况。"

"造孽哟……哪有解不开的矛盾,这群小孩儿真是。"老伴感叹了几句,随后又自然地道,"欸,刚才正好聊着老刘,他儿子不也在一中上学吗?今年都高三了,你说时间过得可快。"

"还真是。"大爷"啧"了声,边伸手关窗,边笑,"当初见还是个小屁孩呢,不知不觉就长这么大了——"

窗户彻底闭合,隔绝过于吵闹的鸣笛,也隔绝谈笑风生。

人们置之一叹后,回归各自生活。


医院急诊。

病床的滑轮在地板上划出刺耳的声音,输液架"当啷"作响,无数脚步声混杂在一起,人声焦急忙乱。

"准备急救!快快快!"

"不行……血压太低了!医生都到了吗?"

有人推出,有人接过,紧急转送过几轮,任凭外界一团乱麻,宋亦霖也只安静地躺在床上,不曾有任何动静。

只有她被血染红的衣衫色彩鲜明,晃人眼。

惶恐笼罩而下,直到手术室大门紧闭,黑色显示屏亮起红字,空落落地显示着"手术中"。

麻木追随一路的脚步倏然歇止,谢逐站定在门前,仿佛也空落着,不知还能做什么。

"家属签字!"护士焦急唤道,"家属在吗?"

"家属在路上,正往这边赶了。"唐筱到底是成年人,冷静得比这帮孩子快,她快步走到护士跟前,"我是她班主任,家属来之前先负责沟通。"

护士点头,随后便迅速交代入院相关事宜,语气急促利落。唐筱努力听着,时不时点头应好。

待听完流程,她正想问宋亦霖情况如何,结果急诊门口再度响起动静,护士顾不得多留,匆忙赶去查看。

"之前……明明之前还好好的。"路予淇神色惶恐,脱力到扶着墙才能站稳,"怎么突然就这样了?"

为什么?谁干的?伤势重不重?为什么宋亦霖就像,就像……

不等她多想,眼泪已经噼里啪啦往下落。梁泽川望着手术室的红灯,也满心茫然，最终只能哑声安慰一句："会没事的。"

会吗？没人知道，连正在进行手术的医生都不知道。

一中目前已经封校，禁止学生外出，因此在场只有寥寥数人。乔觉去急诊门口给留校的校队朋友打电话，简单告知事态进展，顺便打听学校目前什么情况。

现在除了等，就没更多能做的了。

魏余谌见谢逐站在手术室外，从始至终都沉默，不由得想起当时在储物间看到的情形，犹豫少顷，还是走上前，抬手拍了拍他的肩膀。

讲什么安慰都是空的，但总得说点什么，于是魏余谌道："咱们发现得不晚，没事，人的求生欲都很强的，宋亦霖肯定能挺过去。"

谢逐好似这才回神，闻言没有看他，只是怔了怔，然后很低地笑了。

"如果她没有呢？"他问，"怎么办？"

正常人多少都有这东西吧。魏余谌正要反驳，然而想起什么，喉间瞬间被堵住。

……宋亦霖，真的希望这样吗？

她总是这样，平日笑容很多，和朋友一起打趣热闹，目光看向他们时很近，落向窗外时很远。

是能察觉到的。她对生活兴致缺缺，仿佛早已疲惫厌倦。

但只有谢逐见过她绝望，擦过她的眼泪，听过她亲口讲，她无时无刻不想挣脱，所以他比任何人都清楚。

清楚的代价是痛苦。

几分钟后，迟敏跟宋景洲也匆忙赶到现场。

了解详情后，迟敏脸色瞬间苍白，险些要瘫软在地，好在被唐筱及时扶住。

也不知该如何安慰，唐筱张了张嘴，只得道出一句干涩的"人现在在手术室"。

事情最开始时，没人想到会这样严重。

又或者，只有在造成无法挽回的后果时，才能让人们明白，有多严重。

偏偏此时，乔觉打完电话回来，边跑边气喘吁吁地说："警察已经在现场了！楼层监控都拍下来了！是宁……"

话说一半戛然而止，他尴尬地停下脚步，看那对疑似宋亦霖父母的男女紧盯着自己，满脸悲戚。

迟敏的手颤了颤，试着开口，但没能出声。

"……让你报警，让你报警。"她喃喃，随后陡然爆发，不管不顾地推搡起身旁的宋景洲，"那是我的孩子啊，我的！是我辛辛苦苦生养大的女儿！"

她哭得声嘶力竭："霖霖走了，我也不活了，你现在满意了吗？"

宋景洲僵在原地，仿佛还没能从这场变故中回神，直到被最后一句刺中，他才怒不可遏道："胡说什么！她怎么可能……你给我闭嘴！"

"你骂她还少吗？哪句不难听？你以为霖霖躺在里面没你的份？她也是被你逼的啊！"

三言两语已经足够道破宋亦霖家庭氛围的一角。

谢逐冷漠看过一瞬，此后不再给予半分目光。

唐筱不忍再看，正要去找护士询问情况，手机便响了起来，是学校那边的电话。

她连忙接起，然而随着对方说话，神色逐渐茫然，直到通话结束，也没能回过神来。

梁泽川心神不安，连忙问："唐姐，怎么了？"

"学校那边……有记者和媒体来了。"唐筱怔怔地道，"宋亦霖比赛拿了特等奖，明天就是颁奖典礼，举办方联系不到人，然后这事……已经发酵到网上了。"

全场寂静。

出事遇险，生死一线，举办方始终无法取得联系，颁奖典礼又刚好在明天。

距今为止所有异常，此刻都串成明晰的线，环环相扣。万籁俱寂里，谢逐哑然失笑，彻底明白了真相。

宋亦霖……

你心真硬。

## 第十六章·一风吹

抢救直到下午才结束。

原本不该这么久,医生从手术室出来时,神色难掩疲惫,欲言又止地看了眼在场几人。

"医生!"迟敏连忙迎上前,颤着手攥住他的衣襟,"我女儿、我女儿怎么样?"

"救回来了,需要送ICU(重症监护室)再观察,防止肺部感染。"医生顿了顿,念及这是病患的母亲,便道,"病人求生意志很强,手术时监测指标好几次异常,刀只差一点就要刺穿肺,接下来感染才是一道大关。"

迟敏近乎站不稳,宋景洲闻言也失神一瞬,沉默地将她扶住,对医生张口,却不知还能说什么。

宋亦霖被从手术室推出,脸色苍白依旧,如果不是监测器显示体征正常,几乎要让人以为是手术失败。

然而没停留多久,她就被迅速转移到ICU,进行医学隔离观察,暂时禁止探视。

迟敏跟宋景洲去办理缴费手续,余下几人心有余悸,这才给兵荒马乱的一天画上句号。

谢逐起身,拿出手机便朝外走。魏余谌愣了下,忙不迭将人喊住:"逐哥,你干吗去?"

"打电话。"他简短撂下两个字,太久不开口,嗓音低哑异常,"都回去吧。"

听不出他语气情绪有什么波动,魏余谌这才稍稍放心,又去喊梁泽川跟路予淇,打算暂时先跟唐筱回学校。

急诊忙碌依旧,紧张氛围与最初来时并无不同,这世上最不缺生离死别,在这里更是寻常事。

走到室外,仍能见四处奔忙的医护人员,救护车一上午不知来过几趟,谢逐寻了处安静些的角落,才拨出电话。

没响过几声,就被对方接起,不待对方开口,他直截了当地道:"手里能搭上线的媒体,发给我。"

邵承致本以为他要说训练的事,没想到会是这个,不由得愣住:"啊?你找他们干什么?"

谢逐却不答,又给他下通知:"我晚几天去A市,训练先往后推。"

敏感察觉到事情不对,邵承致谨慎起来,认真追问:"请假可以,你跟我说清楚,找媒体是干吗,出什么事了?"

"宋亦霖刚从手术室出来。"

平静叙述的一句话,落在邵承致耳边,他怔住。

"暂时还活着。"谢逐顿了顿,道,"之后不确定,但不论结果如何,我都得做。"

人能活,就算替她完成心愿;如果不能,就算遗愿。

不论结局如何,只要她想,他都会去做。

邵承致语气震惊:"我才看见推送,暨城一中……是、是这事吗?"

他没敢将详细文字念出,而听筒中的沉默就已经是答案。

到底是成年人,邵承致迅速整理好情绪,便冷静分析:"听我说,媒体这边我帮你施压,还有件事,刘昭是暨城人,人脉挺广,你可以……"

"我正要给他打电话。"谢逐淡声道,"谢了。"

说完,不待邵承致回应,便利落挂断。

邵承致原本还想再嘱咐两句,结果耳畔只剩通话结束的冰冷声响,他不由得无奈地摇摇头。

……还是头一回听这小子跟人道谢。

谢逐秉性使然,又冷又独,向来最不耐烦欠人情,难得见他这么着急,看来是真慌了。

邵承致思索少顷,还是决定待会儿给刘昭打电话,了解具体情况。

翌日,宋亦霖这边开放了探视权。

路予淇站在窗前,看病房内无数大小机器林立,有的她能认出,更多是认不出的,液晶屏显示花花绿绿的数值,辨不清晰。

只觉得,仪器太多了,都快要将病床上那道身影挡住。

薄酩昨夜才得知消息,也风尘仆仆地赶来,疲惫地透过监护室的玻璃窗看着里面沉睡不醒的宋亦霖。

"怎么……怎么这样啊?"ICU前不许喧哗,路予淇只得压低哭腔,"那么好的人,恨不得把所有好东西都给她,疼她还来不及,那群人凭什么?"

她狠狠地抹着眼泪:"宋亦霖也是,就为了那些垃圾,值得吗?"

薄酩听着她低声抽噎,才将视线从病房内收回,从口袋中拿了包纸,递过去。

沉默半晌,直到路予淇情绪稳定些,她才低声道:"你可以说她做法太偏激,但你……不能劝人就这么算了。"

苦难不该被同情,而该被尊重,尊重她经历过的痛苦,敬她敢置身死地的决然。

只是……太过勇敢,总有人会因此难过。

"宋亦霖,"薄酩有些无奈地唤,喃喃,"你还真狠心。"

狠心的人在ICU躺过四天,才成功转移到普通病房。

期间，宋亦霖陆续苏醒过几回，但正如当初在手术室前，医生所说的"求生意志很弱"，她始终拒绝进食。

整整一周。

先后经历失血性休克，张力性气胸，低氧血症，又熬过肺部感染的鬼门关，所有人都庆幸她劫后余生，那么高兴。

"——不能插胃管吗？"

楼层护士台，宋景洲满脸疲惫，问医生："不能就这么下去，她伤都还没好，身体怎么撑得住？"

医生摇头："她这是神经性厌食，我们是做手术的，没法解决根本问题。"

旁边迟敏沉默良久，忽然哑声："其实我家孩子，有很严重的双相障碍。"

"……这就找到原因了。"医生按了按眉心，道，"我的建议是转科，或者转到相关精神病防治院，不然也没其他更好的解决办法了。"

宋景洲仍旧不愿放弃，再次征询许可："就不能插胃管吗？孩子还年轻，以后要让人知道进过精神病院，那……"

"插管可以，不管孩子想不想活，你都能吊着她的命。"医生见道理讲不通，语气不禁带了几分急促，"但你能一辈子都这样吗？你也说了孩子还年轻，才十七岁，人生刚开始——"

他儿子跟这小姑娘同龄，因此共情更深，情绪自然也没能控制太好，本想质问是孩子怕被人知道自己住过精神病院，还是你这做家长的怕被人知道，但到底还是没说。

医生稳了稳语气，尽量平和地劝道："你要让她自己愿意进食，自己想活，否则治标不治本。病人趁陪护不在，自己强行拔管的也不是没有，家长要考虑清楚。"

宋景洲仿佛一瞬间苍老许多，扶着额头，久久没有说话。

"我们会先给她输点液。"医生叹了口气，"之后的……你们想清楚，再沟通吧。"

房门被人小心翼翼地推开。

即使响动轻微，宋亦霖也瞬间惊醒，冷冷朝门口投去一眼。

"霖霖，妈妈给你带了水果。"迟敏将果篮放下，轻声问她，"不想吃饭，这个可以吗？"

宋亦霖不予回应。

宋景洲见她面色苍白，输液的手俨然消瘦到病态，也于心不忍，开口道："你吃点吧，不然怎么出院？"

出院？她是想出院，因为她原本不该躺在这里，更不该被一堆续命仪器包围。

"……滚。"宋亦霖疲惫地合眼，太久未进食，她连开口都费劲，"我让你们都滚，听不见吗？"

病人情绪不稳定，护士终究出面，委婉地将迟敏和宋景洲劝走。

病床上，宋亦霖偏过脸，眼眶酸涩得发痛，她难过得想攥紧什么，却没分毫力气。

宋亦霖记得很小的时候，她跟在妈妈身后撒娇，会被笑着抱起；跌倒在地，她会哭着喊爸爸；生日有漂亮的蛋糕，阳台架着秋千，还有父母陪她去公园抓的蝴蝶，总是很漂亮。

现在都不见踪迹了。

妈妈的眼泪比笑容更多，以前跌倒会喊的爸爸声嘶力竭地让她滚，生日蛋糕没了，秋千早被拆去卖掉，公园改造成商用地，蝴蝶也飞走了。

她哭得累了。

眼睛痛头也痛，伤口也痛，宋亦霖疲惫地合上眼，重新坠入一场或许噩梦连篇的睡眠。

她再醒来时，目之所及一片深黑夜色，也不知是什么时辰。

针还埋在手背，输液没断，淌入体内的感觉却微妙不同，宋亦霖麻木地想，大概是另一种营养剂。

刚醒来，感官迟缓恢复运作，她似有所觉，毫无焦距的目光倏然凝滞。

病房里，不是只有她自己。

直觉清晰，宋亦霖僵硬许久，才缓缓偏过脸，看向床边的座椅。

谢逐坐在那儿，脸上神情很淡，眉目低垂，不知已经望了她多久，像一道静默的影子。

"……宋亦霖。"许久，他低唤，嗓音有些哑，"你还是信不过我。"

夜沉如水。

宋亦霖想清醒一点，但夜晚所有感官都像被放大，谢逐眉目锋利冷淡，带几分不易察觉的倦怠，看得她心颤。

宋亦霖不敢多想，自己这样，有人会比她更难过。

说不出话，她感到难堪，心尖酸涩得一塌糊涂，眼圈也湿热起来，她狼狈地垂眸。

"我，只是……"她艰涩地开口，"我这种人——"

我这种人，偏激自负，缺爱而惶恐爱，擅长将人推开，无法建立亲密关系。为数不多能回馈给周围的，只有持续性的负能量，以及间接性的恶意。

我是个需要别人无条件为我赴汤蹈火的坏种，总能轻易让他们为我难过，但我却很难为他们难过。

我是这种卑劣又可笑的人。

……所以，不要救我。

像是明白她未尽之话，谢逐低哂一声，似笑非笑地望着她，神情掩在夜色里，看不分明。

他逐字逐句：“宋亦霖，你心真硬。”

眼睫轻颤，宋亦霖偏开脸，下唇咬得死紧。从设局至今，她第一次想问自己，究竟后不后悔。

"好好活着。"他忽然说。

宋亦霖微怔，表情空白地看向他，像是没听清："什么？"

"我别的都不求了。"谢逐望着她，一错不错，"你一定好好活着。"

从宋亦霖出了手术室后，他就从未停止过思索关于她的问题。

如今他得到答案，不论几次，不论她究竟想坠落与否，在生或死的抉择里，他只会选前者。

即使偏要勉强。

少年眉目深邃，像要与浓厚夜色融为一体，眼底坦荡盛着她，执着且不容置喙。

宋亦霖默了默："我……"

"我要走了。"谢逐淡声打断她，道，"去 A 市，九月开始比赛。"

她愣住，才想起如今已经五月，时间的确紧，如果不是自己这场意外，他估计早就已经开始归队训练。

谢逐起身，似乎打算离开，宋亦霖这才看见，他是带着行李箱来的。

她微怔："你今晚的飞机？"

"是。"

谢逐扯过箱子拉杆，临走之际，他看向她，眼底默然转瞬即逝。

你来吗？你在的话，我能超常发挥。

但他最终没有开口。

"休息吧。"谢逐淡淡撂下几个字，便转身推开房门，身影被夜色淹没，很慢地消失在她的视野中。

门被关合的前一刻，宋亦霖看到他微一侧首，神情望不分明，只依稀可见微抿的嘴角。

"……真觉得欠我，就好好吃饭。"随话音落下，房门也彻底将彼此隔绝于两地。

宋亦霖在想，自己会好吗？

倘若那个雨夜，她没有看向他，也没有停驻，是否他就不会承受那些由她带来的，不必要的难过。

她什么都搞不懂。

太久没进食，身体虚弱至极，宋亦霖掌心用力，一点一点努力将自己撑起，最后成功地倚在床头时，已经冷汗淋漓。

有些气喘，身体状态比她想象中更差，宋亦霖缓了会儿，疲惫地朝旁边的矮柜摸索，想把头发扎起来。

……发绳呢？

她蹙眉，又强打起精神仔细翻了翻，明明白天才刚摘下来搁好，怎么睡醒就不见了？

实在找不到，她索性放弃，目光落在迟敏带来的果篮上，默了默，最终端起一盒洗净的草莓，慢吞吞地吃起来。

这次没有再生理性反胃，身体似乎也委屈极了，想留住她。

梗已经被迟敏去掉，她吃起来很方便。唇齿间满溢酸甜果香，她吃了几颗，伸手再去拿时，没来由地尝到了咸涩味。

宋亦霖怔住，指尖很轻地碰了碰脸颊，湿热一片。

她不知何时泪流满面。

自从开始尝试进食后，宋亦霖的状态便持续好转。

又住了三天院，也不知道宋景洲是怎么想开的，居然同意将她转送到精神病防治院，进行系统治疗。

经过重重检查，宋亦霖最终被分到重症区，四人间，其余三人都是被家属强制扭送，只有她算自主入院。

重症区禁止家属全程陪护，楼层有众多医护严防死守，禁用电子设备，窗外也被铁栏封得严密。

正常人看了只觉压抑恐怖，但宋亦霖不是第一次来，待在这儿远比待在外面更舒服。

精神病院是个很微妙的地方，怪人有千百种怪法，家属态度也各有不同。多数时间，宋亦霖所住病房的氛围都不错，大家精神时可以唠嗑开玩笑，萎靡时都沉默，睡觉或发呆，如此循环往复。

护士早晚统一分发药物，患者要当场服下才能回房。主治医生每十分钟就来查房，以防病人发作。每人都有固定的康复治疗单，上面清晰标注日期和具体时间，以及需要完成的项目。

脑反射治疗很晕，认知矫正很无聊，只有重复经颅磁还好，电流拂过的频率像催眠，能让她不吃药就睡个安稳觉。

虽然期间有过几次发作，但都控制得不错，次数也相比其他人少很多。治疗到中期，自由度高了不少，在护士陪同下，宋亦霖也可以在医院小范围闲逛，偶尔会去花园晒太阳，或去医院门口，遥遥望一眼井然有序的外界。

步入六月，天气逐渐升起热度。

宋亦霖还是不喜欢夏天，但不再像以前那样排斥阳光。可能是因为过去十几年里，从未有过这样清闲安逸的日子，她现在偶尔也愿意去晒晒太阳。

随着状态日渐稳定，她已经转到普通监护区，出来闲逛也不需要再有护士陪同，相当悠闲。

又是一个晴天，宋亦霖吃过药，去找主治医生商量完出院事宜，便如往常一样打算去花园坐坐。

刚走到住院楼门口，便看到一对夫妇领着孩子，小孩大概四五岁，估计是一家三口来探望病人的。

他们对面站着位穿病号服的老太太，不清楚是小孩的奶奶还是姥姥，因为刚好站在大门前，因此她多看了一眼。

来往人并不多，但老太太赖着不肯走，扯也扯不动，只执拗地握着小孩的手，也不讲话，只是不肯松。

男人神色略显为难，小孩倒是乖巧，看看老太太，又看看自己父母，有些不知该选哪边。

最后还是女人发了脾气，边抹着泪，边去扯老太太："你到底要干吗？你说想孩子了，我就带她来看你，你怎么又这样！"

语气其实也不重，但老太太就是愧疚地低下头，嘴里嗫嚅几句，最终还是不情愿地松开手，很委屈地跟着女人往楼里走。

她一步三回头，回头看她的孙女。

直到快转过楼层拐角，她不肯再走，就这么在风口处站着，又不动了。

女人眼泪掉得更凶，抬手狼狈地抹了抹，扬声喊她："他们走了！别看了，走了。"

老太太摇头，唯唯诺诺地道："没有呀，这还没走呢。我不过去，我就送送她……"

声音那样轻，似乎真的在谨小慎微地爱着那孩子。

宋亦霖脚步顿住，一瞬间心情很难描述，她怔怔地望着住院楼大门，男人和小孩的身影已经远了，缩成很小的、模糊的点。

天气很好，阳光灿烂，洒过楼外层层阶梯，金色晕染开来，最终停在门外几寸之外。

是太刺眼了吗？她将眼帘压低，不自觉地颤了颤。

大概是因为之前又断食又求死，话也说得狠了，从转院至今，宋景洲和迟敏始终没有露面。

但这不代表他们没来探望。

有好几次，她在病房或治疗室，通过门缝清楚地瞥见他们的身影，小心翼翼，像想走近，又怕近了会失去。

她有好多为什么，至今也都没能解开，最终堆得久了，就在心底淌成酸涩。

谈不上原谅，她也从未打算原谅，但她疲于再恨什么，第一次做父母和第一次做儿女，谁都不好说谁。

……都还有很长的路要走。

活好当下吧。

A市，国家体育总局，训练局。

吊顶灯光明亮，池水深蓝，在墙面漾出波澜光泽，视野被满目蓝白铺满，清澈干净。

岸边的白板上赫然写着今日训练任务，已经画过两轮，泳池中各个泳道都是正在训练的专项队员，水声在旷然的空间内回荡。

刘昭清早来过一趟，中途有事又离开半天，结果回来，就又从池中看到那抹熟悉的身影。

"……这小子。"他指了指对应的泳道，"今天上午休息了吗？"

邵承致手中掂着白板笔，闻言，神色微妙地摇摇头。

"不是，这能行吗？"刘昭牙疼地皱起眉，"虽然我还没见过把自己练垮的，但谢逐这绝对是超负荷了。"

邵承致却默了默，没急着附和他，而是问："前两天我问他，想好比赛报什么项目了没，你猜他要报什么？"

"还能是什么？"刘昭奇怪地看他一眼，"这小子主攻自由泳，顶多再报个接力呗。"

"亏你还当过他教练。"邵承致险些就要骂人，递去个白眼，"他蝶泳那么厉害，不报比赛就真当他不会了？"

刘昭瞬间被呛住，连连咳嗽几声，见有下楼的队员朝自己投来关怀目光，才勉强若无其事地摆摆手。

"蝶、蝶泳？"他压低声音，"百米蝶泳？"

邵承致点头："九月的亚运会就报，而且还有个100米自由泳。"

刘昭感觉头都大了，一时想法太多，反而不知从何说起，只得纳闷地问："不是……他是这么急功近利的人吗？不是吧？"

——在去年之前还不是。

谢逐天生水感好，独具天赋也认练，参赛必拿奖，但并不是那种急于证明自己的性子。

邵承致不由得想起过年假期那两天，谢逐跟自己通过的电话，心道他说不准明年都要冲击国际赛，二十岁之前就踩下谢逾岸，捧个金满贯回来。

年轻真好。

"就算报，也得报十一月的亚锦赛啊。"刘昭"啧"了声，还在凝眉思索，"训练时间充足，赛事也更大，他怎么想的？"

"还能怎么想。"邵承致随口道，"一个举办地在国内，一个在国外，方便……"

话说一半，他忽然顿住，扭头跟刘昭对视一眼，果然彼此神情都相当微妙。

——确实方便，方便某人买票来看啊。

话题忽然转移到某些不太好提起的方面，刘昭抹了把脸，强行把注意力挪开，随后目光落向谢逐搁在岸边的背包上。

拉链处坠着个小人挂件，棒球帽，酷哥脸，黑白灰冷淡穿搭，既视感很强。

刘昭愣了下，示意："他还会挂这种小东西？"

邵承致顺势看过去，表情当时就木了："是啊，一看就不是他买的。"

刘昭："你别跟我儿这阴阳怪气。"

邵承致撇撇嘴，刚好耳畔水声激荡，他似有所觉，扭头一看，是谢逐终于扯掉泳镜，撑身上岸。

眉清目冷的，眼潭深黑漠然，他来参训前重新剃回短寸，更衬得整个人英挺锋利，相当不好惹。

谢逐随手拿过一瓶水，也来一眼："有事？"

更冷了。邵承致扶额："……没事。"

待人重新下池，他才牙疼地转回来。刘昭看起来也颇有感慨，压低声音道："不是，这气压够低啊。"

"小姑娘不都出院了吗，那事儿也处理得差不多了，他怎么还……"

邵承致心想，处理归处理，人虽然活着，但事还没完，都是需要时间沉淀才能解决的问题。

刘昭显然也明白这点，因此感慨一句，便没再多说。两人交换了个眼神，都无可奈何。

日子就这样一天天过。

出院日子将近，宋亦霖手机也拿了回来，久违地触碰屏幕，不由得有些陌生。

似乎真的跟外界断联太久了。

充电开机，她连上医院的网络，果不其然，通知栏瞬间被一堆消息推送霸屏，半响才停歇。

有朱然发给她的消息，带着警方通报截图，告诉她证据确凿，警方介入调查，案件一直在顺利推进。

由于网络大肆报道，一中校方也就此事公开道歉。

最后，朱然说：

——他们都罪有应得，是我们赢了。

——霖霖，你呢？我们都很想你。

……真的，都结束了。

宋亦霖指尖微颤，继续滑动屏幕，将消息列表的 99+ 挨个仔细看过。

十六班的、十七班的、民乐社的，还有许多与她有过交集的人。

朋友们每天都在给她发消息，吃的喝的，玩的学习的，开心的抱怨的，将生活事无巨细地分享给她。

也不要她回复，即使她这么久都没动静，也坚持每天都在发，说今天天气很好，唐姐出的卷子好难，李主任又被他们气笑，期末考连夜抱佛脚。

最新一条，是路予淇昨天深夜，发给她的一个视频。

视频中夜空沉静，月亮高悬，天际不见半缕云，只剩月光明澈清亮。

路予淇掉转镜头，笑着对她讲："你看，这里的月亮很干净。"

视频下方,聊天气泡安静地躺在那里。
——所以霖霖,不要找不到回来的路。
事情过去这么久。
宋亦霖将手机握在掌心,垂下头,终于掉了眼泪。

从五月初到六月中,立夏到芒种。
宋亦霖终于办理出院手续,准备重新投入自己的生活当中去。
虽说耽误了段时间,但好在影响不大,时间还算充裕,足够她开始集训备考年底的艺考。
夏天真的开始了。艳阳高照,万物晴朗,人们穿起短袖,到处都生机勃勃,色彩鲜亮。
出院前,宋亦霖收拾物品,发现自己并没有什么要带走的东西,毕竟来时干干净净,走时自然也利落。
只有一本书,是她当初带来用以消磨时间,从头到尾不知翻看几遍,连自己勾画的段落页码都快记清。
简单掠过书页,她目光微凝,落向文字下方那道深线,正标着:
——重要的不是治愈,而是带着痛痛活下去。
想了想,宋亦霖提笔,将这本书翻至末页,一笔一画地落字:
——我做不到与痛苦和解,我尚且年轻,还有许多困惑与不甘。
——正因我活着,才无法停止斗争。
将书合上,她来到医院的心理治疗室,将这本书放进书架,摆正。
之后也没其他要做的,宋亦霖便收回手,踏过满地粲然,离开了这里。
房间空荡,只剩阳光透过窗,坠在书脊,熠熠闪着光。

再见到顾舒,是尘埃落定的第二天。
虽然早就在电话里沟通过,但当真的见到本人,顾舒还是忍不住红了眼眶。
暨城一中的事闹得沸沸扬扬,网上都有那么多人关注,更不必说本地人。顾舒当即握住宋亦霖的肩膀,将人仔仔细细从头到脚打量一番,确认她真的健健康康,这才松了口气。
"你……"顾舒声线有些颤,开口也不知该说什么,最终只摇摇头,"唉,没事就好,没事就好。"
宋亦霖晃了晃手臂,示意:"这不好好的吗?还能动弹。"
"你还开玩笑。"顾舒没好气道,"伤口没事了吧?真不用再歇歇?"
"再歇就躺废了,而且,我赶着来拿我的东西呢。"宋亦霖眨了眨眼,摊开手,"顾老师,东西应该在你这儿吧?"
顾舒愣了会儿,才蓦地反应过来,当即哭笑不得地戳戳她的额头:"你呀。"
东西自然在顾舒这里,毕竟选手本人因意外未能到场,参赛报名时又挂在顾舒名下，音协那边只得转寄给她。

——一本装裱精致的获奖荣誉证书，以及一个金灿灿的奖杯。

"恭喜你啊。"顾舒将它们递给拥有者，笑着祝贺，"国乐大赛特等奖。"

宋亦霖伸手接过，弯唇打量一番，闻言挑眉，不怎么谦虚地回应："我该得的。"

这话可够年少轻狂。顾舒被她逗乐，摇摇头道："以后上了颁奖典礼可不能这么说。"

"台上台下哪能一样，要是对着摄像机，我也只能说自己运气好啊。"

还有心思打趣，看来状态的确是没什么问题，顾舒拍拍她："成，那从今天开始好好练，下一步给我拿个联考省前三回来。"

要求还挺高。宋亦霖失笑："没问题。"

艺考在即，除了作为主项的古筝需要集训，副项声乐以及小三门也都排课排得很满。

集训节奏不同于以前，每天八小时起步的训练时长，从早坐到晚。声乐练到歌词唱腻，乐理刷到题库更新，调式调性分析得头疼，视唱练耳也整天戴着耳机在听。

大家都在努力。

许希也离校开始上课，仍旧每天饭点拉宋亦霖去吃饭，致力于补回她养病这段时间掉的秤。

宋亦霖没再回过市区那边的家里，家庭关系的裂缝不是一两天就能缝补好的，她如今有自己想做的事，也正为之努力。迟敏跟宋景洲明白这个道理，没有再贸然来打扰。

虽然每天上课都在市区，晚上又要回老远的北郊住，但她也没觉得多累。只是偶尔入夜回到住处，看满室空荡静默，也会想起曾有个小边牧会蹦蹦跳跳地来迎接自己。

药在好好吃，觉在好好睡，人真的忙起来，时间就这么日复一日地过。

九月份，亚运会开票，举办地在S市。

赛程表和参赛名单都已经公布，宋亦霖在开票前一晚辗转反侧，最终想法还是很乱，但依旧蹲点抢了票。

S市并不算很近，再加上观赛时间，飞机当天去当天回基本不可能，于是她只得跟专业老师请了两天假。

宋亦霏正好在S市读研，似乎还在校外租房独居。宋亦霖想了想，觉得姐姐就是用来求助的，所以给她打了通电话，确认情况。

"来S市两天？"宋亦霏欣然答应，"行啊！咱们也好久没见了，我这儿正好是两室的房子，你尽管来，行李都不用带。"

食宿问题轻易解决，开销好歹能少一点，宋亦霖当即订了票，在比赛前一天飞去目的地。

宋亦霏正好没什么课，便亲自去了趟机场，将人给接回家里。

宋亦霖也的确没客气，这趟来半件行李没带。她简单环顾四周，松了口气："还是得有个姐姐。"

"有事喊姐姐，没事喊全名。"宋亦霏搁下包，"啧"了声，"你现在不应该正集训吗？突然来我这儿……说吧，是不是去看亚运会？"

这事的确不好瞒，也没必要瞒，宋亦霖干巴巴地笑了声："不然呢，来回机票两三千，我就为了来玩两天啊？"

听出她语气不太对，宋亦霏顿了顿，犹豫少顷，还是问："……没事吧？"

问得很宽泛，她最开始故作轻松的语气，此时也忍不住带了酸涩。

五月到现在，宋亦霖身上发生了太多事，都令人难以想象，她究竟是怎么一路承受下来，又是怎么重新站起的。

"伤筋动骨一百天，都九月了，也该没事了。"宋亦霖半开玩笑地道，"要不给你看看刀疤？"

"急诊跟 ICU 都进过了，还跟我说没事，你知不知道我当时听说这事——"

伤的确是没事了，有事的另有其他。宋亦霖默了默，才苦笑了声："……姐。"

宋亦霏眼眶瞬间就酸了。

"我还是有好多事想不通，也很排斥回家，不敢去见朋友。"宋亦霖低声道，"我当初……真的不想活了,刚醒那会儿觉得自己像个笑话，要不是谢逐发现我，我就死了。"

很难说什么，宋亦霏哑然半晌，换位思考了下："你怪他？"

目光没有聚焦，宋亦霖想，其实自己也思考过无数遍这个问题的答案。

最终也想明白了。

"我怪我自己。"她喃喃，"不该让他再遇见我的。"

应该很失望吧，人生那么长，他很快就会忘记的。该忘记的。

"……但你还是来这儿了。"宋亦霏说，"我猜你没告诉他。"

的确。她还是难改劣根性，贪心不足。

"他报了蝶泳和 100 米自由泳。"宋亦霖却突然道，"姐，上次比赛他破了纪录，我听到许多人不承认，这次我想听听别的。"

亚运会后是亚锦赛，他在这里，是为了谁，又想证明给谁看吗？

……宋亦霖不敢多想。

比赛在 S 市奥体中心举办。

场馆建得恢宏大气，钢制结构的网壳笼罩在头顶，相当现代感的设计风格。

到底是洲际赛事，观众席容量多达六千，即使宋亦霖特意提前打车前往，也挤了半天才坐到位置上。

她没敢买太好的位置，但也不想离得太远，于是她选了个中间差强人意的，安静等待比赛开场。

观众席陆续被填满,耳畔充斥着纷杂人声,宋亦霖在陌生城市,处在陌生人群里,听着陌生的交谈,却没太多不安。

可能是因为知道谢逐在这里。

宋亦霖耐心等着,忽然听到身旁传来道熟悉的男声。她愣了下,转过头,见刘昭正跟对方沟通,要拿 A 档的位置跟他换一换。

有这种好事,那名观众自然连忙应下,生怕他再反悔,当即就起身迅速前往对应座位。

事情太突然,宋亦霖还没来得及想好该做出怎样的表情,刘昭就已经若无其事地坐到她旁边,优哉游哉地跷起腿。

不等她开口,比赛开场的播报声便响起,播报员逐一介绍各位出场选手,接着,观众席倏然爆发出比刚才更热烈的呼声。

宋亦霖眼帘轻颤,侧目望去,果然是谢逐。

头发短了,眉眼更锋利了,给人的感觉更冷然,身形肃立挺拔,少年人仅一露面,就足够吸引所有人的目光。

他落座,随意脱掉队服外套,然而就在此时,宋亦霖蓦地愣住,下意识地倾身去看,像是想要确认什么。

那样简明利落的一个人,手腕上却戴着圈颜色鲜亮的饰物,摘下的动作也轻微,像是怕碰坏了似的。

——一望而知,那是女孩子的发绳。

难怪找不到了。宋亦霖想,难怪。

病房床头柜上不翼而飞的发绳……原来是被他拿走了。

这人怎么这样啊。

眼眶瞬间酸涩起来,她近乎狼狈地坐回位置,低头按了按眼尾,指尖颤得厉害。每一下心跳都扯着呼吸,酸痛到无以复加,宋亦霖闭上眼,唇抿得很紧。

刘昭坐在旁边,欲言又止地看着她,最终复杂地叹了口气。

"小姑娘。"他喃喃,嗓音很低。

"……他在很勇敢地留住你。"

他一直都在沉默地告诉她,不用你追。

做我的方向。我会一直奔向你。

男子 100 米蝶泳和 100 米自由泳,刚好安排在了同一天。

大赛当前,央视的转播车早已就位。这是全国直播,真正的观众远不止在场的六千人,无数双眼睛都在注视着这片赛场。

电笛声响起的瞬间,观众席人声鼎沸,紧张氛围迅速蔓延全场,所有人都紧盯着泳道赛况。

100 米蝶泳赛程短,解说员语速也很快,不论选手还是观众都没有从容的时间,在场的参赛者都是国家队精英,说是神仙打架也不为过。

宋亦霖看得紧张,无意识地攥紧掌心。身旁刘昭职业病作祟,蹙眉喃喃:"这小子怎么游法这么凶……不保存体力?"

原本看谢逐始终位居第一,她还没多大担忧,结果被这么一说,瞬间惊得提高注意力,全程紧盯位置变动。

选手们转身后,最后五十米,位次重新洗牌,唯一不变的是谢逐的首位,他与第二名的差距已经明显拉开不少。

然而事实证明,刘昭的担忧是多虑,最后二十五米冲刺阶段,谢逐速度分毫不见缓,迅速逼近终点。

"时间、时间……"刘昭掐了这么多年计时器,这时不用看,心底都有大概预计,因此神情才更惊诧。

下一瞬,触壁拍岸声响起,全场震撼失语。

谢逐从池底抬身,水声清脆,他举目望向荧幕,上面已然在首位亮起他的姓名与成绩,以及,象征着纪录刷新的标志。

——49 秒 26。

被谢逾岸尘封多年的至高纪录,终于被打破。

"绝了!"刘昭狂拍大腿,险些老泪纵横,"真的破了!谢逐你小子!"

他的喊声随后便被淹没在诸多激昂呐喊声中,无数人激动起身,场馆内盛况空前。

宋亦霖也怔怔地望着大赛荧幕,好似要看很久才敢确信,原来人情绪到极致,什么话都讲不出。

而泳坛的颠覆远不止如此。

当晚的男子 100 米自由泳决赛,谢逐再次轰动全场,以 47 秒 58 的成绩,破纪录,攀高峰。

观众席凝滞一瞬,在大荧幕依次亮起成绩的那一刻,瞬间爆发出前所未有的高呼。

无数人震声喝彩,声音近乎冲破整座场馆,那么多人都在喊,喊谢逐,喊好样的,声嘶力竭。

有人在哭,有人颤抖着手去拍荧幕,有人激动地对朋友说:"等待这一刻真的太久。"

全场沸反盈天,时代彻底更迭。

刘昭到底没忍住激动的情绪,边笑边低着头擦眼睛,说谢逐这小子厉害,比他爹强千倍万倍,该让所有眼瞎的都看清楚。

汹涌人声中,宋亦霖反应过来时,已经泪流满面。

她一错不错地望着池中那抹身影。周围声音那样多,那样闹,可眼泪毫无征兆地往下掉,她抿唇哽咽出声。

光是什么,她从十七年人生中挑挑拣拣。

是夜幕低垂，晚风晦涩，云烟缭散中指端被牵扯。是苦雨困夏，昏暗街巷，凉薄雨夜里一瞬视线相撞。

还是静谧楼道，长阶尽头，光影错落间，少年对她抬头望。

光是什么？

宋亦霖不会说。

但当她唤出谢逐的名字，那就是答案。

——谢逐，恭喜夺冠。

少年似有所觉，眼帘轻颤，倏然抬首朝这边看。

可宋亦霖早就淹没在无数站起欢呼的人群之中，人真的太多了，他毫不关心，只是想见的人不见踪迹。

望着少女仓促离开的背影，刘昭本想将人留下来，想了想，还是叹了口气。

场下，无数记者蜂拥而上，人群最中央，谢逐没什么情绪地抬眼，望向观众席那个空落的座位。

邵承致熟练地上前跟记者打官腔，注意到谢逐的目光，便也下意识地投去一眼，见位置干干净净，在座无虚席的场馆内更显突兀。

刘昭就站在空位旁，无奈地对他笑。

邵承致欲言又止，想问是不是小姑娘来了，但又没太敢开口。

好不容易脱离记者围堵，二人一同回到后台，在空荡安静的走道，他才忍不住道："你难道还……"

问法不对，似乎有些歧义，邵承致后悔地闭嘴，恨不得抽死刚才贸然出声的自己。

谢逐随意套上队服，闻言只淡淡扫他一眼，没搭理。

直到行至休息室，邵承致默然止步于屋外，才见少年微一侧首，嗓音沉冽——

"我喜欢她，不是歧途。"

预料之中的，十一月的亚锦赛，谢逐成绩斐然，满金回国。

天才不论领域，永远引人追慕。他的名字再度在全网掀起波澜，一时热议不断，无论关注体育赛事与否，人们都收到无数相关推送。

许希也激动得跟宋亦霖念了好久，讲比赛如何精彩，谢逐如何出挑，又如何成为国内泳坛新的希望。

宋亦霖当然知道，亚锦赛的直播她全程看完，那期间还是谢逐十八岁生日。

他站在顶峰，那样多的人都在祝贺。

宋亦霖笑了笑，望着自己背包上的那个小人挂件，轻声说："他还能走得更高。"

不知不觉已经入冬，寒风肆虐，人们都换上厚衣，而距离十二月底的艺考，仅剩一个月。

三十天过得很快。

上课，回课，不知晨昏地备考练习，等人反应过来，居然就这么到了开考的日子。

笔试前一晚，宋亦霖将考试袋最后检查一遍，便吃药上了床。

安眠药药效发作很快，不多久，她就沉入梦境，却久违地梦到许多，好的坏的，都是她的过去。

有迟敏，有宋景洲，有那些曾让她恨之入骨的人，还有老师和同学，最后是……谢逐。

睡得不算安稳，她梦梦醒醒好多回，也掉过几次泪，那么多的人和事，唯独梦到谢逐就一定会哭。

梦境最后，是她久久蜷缩在陈旧阴影中，犹豫着撑地站起，走向他。

"……好刺眼啊，谢逐。"

其实真的很害怕，但她听见少年答——

"那就闭上眼，我带你走。"

艺考共两天，分笔试和面试。

笔试在当地高中设立考点，练耳和乐理都是之前练习过无数遍的内容，考试时间也并不长，一小时四十分钟，去搏一个未来。

笔试过后，翌日就是面试，需要去本省就近设为考点的大学。宋亦霖早早订了高铁列车票，收拾好古筝琴盒，一切就绪。

清晨开始飘雪，待被闹钟唤醒时，她拉开窗帘，外面已经满目银装素裹。

冬至刚过，是今年初雪，兆头不错。

记忆翻篇到去年十二月，宋亦霖望着跌在玻璃上的雪花，忽然想，不知道他在哪儿，看没看见。

将冗长繁复的礼裙换好，她化好妆，随意盘起长发，又裹了件加厚的长款羽绒服，便拎着琴盒出门。

车票订得早，这趟车里有不少考生，都忙着温谱，宋亦霖到底经历过大小赛事，不觉得有多紧张，便戴上耳机闭目养神。

抵达站点时刚过七点，高铁站外不缺程车，她随意拦下一辆，便跟司机师傅道明目的地，将琴盒放进后备箱。

雪还在下，车前雨刷窸窣晃着，司机一听地点，就知道她是去做什么："嚯，小姑娘你是今年的考生啊？怎么自己来的？"

宋亦霖想了想，结合在高铁列车上的所见所感，道："没让家里送，好像更容易紧张。"

"也是，放平心态好好考，加油！"

她弯唇笑笑，颔首应下。

考点八点半开放，宋亦霖不到八点就抵达现场，却已经人满为患。

放眼望去尽是重重叠叠的身影，有来考试的学生，也有陪同的家长，她收回视线，拎着琴盒安静地走到队伍末端，等待大门敞开。

雪下得很大，棱角分明的冰晶落在衣襟上，还没能融化，就被新的覆上。

不少人早有准备，给自家孩子撑了伞。宋亦霖出门前忘记这事，也不以为意，插兜站在原地数雪花。

然而就在此时，一名学生家长突然走到旁边，很轻地喊了声她："小姑娘，这把伞你用吧。"

宋亦霖微愣，侧首去看，怀里便被对方塞了柄黑色的伞，崭新干净。

"这伞是多备的。"家长对她笑笑，"这么冷的天别着凉，撑着吧。"

他应该是有个女儿。宋亦霖望着他手中正用的那把伞，花纹清新，显然是自家孩子买的。

这才更显得这柄黑伞风格迥然不同。

心底生出几分疑惑，但不等她多问，对方就匆忙同她道别，回到孩子那边。她看了眼，果然是个女孩子。

微妙的直觉转瞬即逝，宋亦霖没能捕捉清晰，索性不再想，将伞撑开，刚好挡了不少风，也自然没能察觉，人群中那道落向她的视线。

人声嘈杂，队伍密密麻麻，宋亦霖裹着羽绒服，衣摆下裙裾艳红，腿边抵着琴盒，周围尽是考生与嘘寒问暖的家长。

她眉清目冷，五官带了妆，精致漂亮，孤零零地站在雪色间，深黑伞面下，神色从容坦荡。

下一瞬，大门徐徐敞开。

她抬头望，眼底盛着清亮。

风雪连天，快要遮蔽视野。人们候在场外，或紧张或欣慰地站定原地，目送考生有序进入考场，去奔赴一场他们的未来。

人群角落，谢逐撑着一柄黑伞，眉目冷感清厉，安静地望着少女背影渐远，直至彻底不见。

"宋亦霖，"他无声唤，"——考试顺利。"

## 第十七章·明日歌

寒风吹了几日，朝阳初升时，日光落在雪上，像铺着层碎金，熠熠发亮。

隔夜白雪覆满树干枝丫，沉甸甸，不经碰。人抵了下，一团雪就从树杈坠落，散得满身都是。

宋亦霖拂去肩头碎雪，拎了拎围巾，将半张脸埋进其中，才能偷得半分温热。

一月了，年关将近，学校陆续放假，大街小巷也都热闹起来，暨城一派盎然喜意。

雪堆得厚，脚步踏过地面，有细微的响，她走出段路，想起什么似的回头望了望，见一串脚印自雪地延伸，向着自己。

她以前向来是懒得关注这些的，现在从紧绷状态中抽身，倒也开始留意起这些琐碎的有趣。

生活总归是这样，由丁点浅薄碎片，拼凑出同样浅薄的快乐。

积攒得多了，人也就能走下去了。

距离统考结束已经过了大半个月，具体的分数与全省位次会在年后，也就是二月初放榜，但目前只能算告一段落，毕竟还有更重要的校考在等着。

待统考放榜，她拿到合格证，也就要去报名各大院校的校考，在那之后又是每场考试两试起步，还有得忙。

今天是年前最后一堂课，下课后，宋亦霖正收拾书包，顾舒忍不住道："你上课不这么勤也行，都快过年了，也给自己放个假嘛。"

宋亦霖顿了顿，这才想起，似乎今年不再有烦人的亲戚喊自己回家过年。

"那等考试院放榜再上课？"她问。

"我觉得可以。"顾舒应得很利索，"给你老师放个假吧，带集训的孩子也太累了。"

看来是早就想说了。宋亦霖失笑，背着包朝门口走去："成，那你就等好消息吧。"

这话说得不谦虚，顾舒挑眉："省前三？"

宋亦霖遥遥比了个OK的手势。

从顾舒家出来，她思忖少顷，还是给迟敏发去条消息：过年我不回去了，忙校考。

虽然没什么必要，但她依旧找了个借口，也算给彼此一个台阶下。

尽管都明白，短时间内，她并不想见他们任何一个人。

很快，聊天框上方就浮现"正在输入"的提示，宋亦霖等了几分钟，还以为是什么长篇大论，没想到迟敏就回了简单的一句：好的，照顾好自己。

宋亦霖垂眸，最终只回个"嗯"，便收起手机。

过年期间，商家都休息，人们也都各自忙着采购，迎除夕，宋亦霖倒被衬得格外清闲，难得放松一回，索性在家里躺过了整个年。

省考试院的通告，于二月三日正式下发。

——统考总分排名全省第二，古筝专业全省排名第一。

虽然不打算走统考，但这仍是个相当不错的成绩。宋亦霖截图退出网站，刚要发给顾舒，那边许希就欢天喜地地来跟她分享成绩：师姐！我居然排省十四！

宋亦霖看了看附带图片，主项专业考得不错：可以啊，基本上学校随便挑了。

许希：嘿嘿，还行还行，不枉我这么努力练琴。师姐你呢？怎么样？

她将截图发过去：还可以。

对面沉默了会儿，才发来一串问号。

许希：这才是学校随便挑啊！呜呜，果然你姐还是你姐，我去跟顾老师报喜！

许希风风火火地来，跑得也快。宋亦霖被她一提醒，这才将截图发给顾舒，顺道约了明晚七点的专业课。

顾舒回得相当快，一段消息分成好几句发，不难看出激动的心情：

——好家伙啊宋亦霖。

——我当年都没考这么好过！

——上课！想怎么上怎么上！

宋亦霖揶揄：不嫌带集训生累了？

顾舒：你校考赶紧给我拿十个八个证回来，我要在他们跟前吹，还累什么累！

宋亦霖哑然失笑。

翌日，天从清早开始就不见光，云雾暗沉，偶尔零星落两三滴雨。

约的课在晚上七点，宋亦霖到顾舒那儿时，雨丝已经连成线，簌簌往下跌得密集。

跟顾舒简单商量过校考的相关事宜，最终还是决定求质量不求数量。宋亦霖文化课成绩稳定，统考已经足够保底，剩余时间只需要忙碌那两三所高校的校考。

她的目标始终是A市师大，如今出了成绩，后天就能凭准考证报考，共三试，需要准备三首大曲。

参加过民乐大赛，作品上压力就没那么大，顾舒简单给宋亦霖过了遍曲子，便迅速敲定作品报名顺序。

"对了，今天是不是你生日？"正整理谱子，顾舒突然想起某事，"都十八了啊，你刚跟我上课那会儿，还是个小不点。"

宋亦霖闻言微怔，经提醒，才想起来今天是自己的生日。

从很久以前就是没蛋糕没祝福的日子，二月四日这天太过平常，导致她总是遗忘，即使是成年这样特殊的节点，也并不例外。

她都十八岁了。

从未想过自己能活到这岁数，宋亦霖顿了顿，心底没来由地闪过一瞬悸动，像某种直觉。

看向时间，刚过八点，她倏地拎包站起身，边走边匆忙撂下句："那我就先回去了。"

窗外大雨倾盆，顾舒见她伞也不拿，忙不迭喊："等等！你带着……"

话还没说完，就已然被关门声打断。

顾舒："……这是在急什么？"

宋亦霖急着回家。

天色已晚，整个暨城笼罩在阴云之下，雷鸣遥遥响起，风裹着骤雨，冲刷这座城市。

车窗满是蜿蜒水痕，折着光，斑驳陆离。路上车流堵塞，近一个小时，宋亦霖才抵达北郊。

情绪被毫无道理的急切支配，她付过款，拎起包便匆忙下车，也不顾大雨将自己淋得透彻。

街道四下空旷，只剩浓沉夜色翻涌，宋亦霖仓皇一抬眼，便望见那道挺拔的身影。

长阶尽头，少年撑伞站定原地，雨幕层叠之下，他微一偏首，眉目深邃。

风凉薄，将他们的视线吹在一起。

太久不见了。宋亦霖模糊地想，原来自己这样想他。

仿佛短暂失语，她怔怔地看着他，半晌，视线又下落，凝在他手中包装精致的盒子上。

里面装着什么，不言而喻。

心口瞬间被酸胀感填满，被抑制太久的情感汹涌而出，像是不论再有多少难过，只望向他一眼，就尽数消融瓦解。

仿佛她来这一趟，只为了遇见这场雨。

发丝湿透，不断朝下坠着水，视野也像蒙了层雾。宋亦霖狼狈地闭了闭眼，思绪乱作一团，急切的心跳还没能完全静下，她犹豫半秒，到底还是主动走向他。

步伐迈得滞涩，却是从未有过的坚定。

谢逐眸色微沉，等不到人彻底走到跟前，手中的伞便已经倾过去，遮挡那些落在她身上的雨。

他敛目，淡淡开口："……怎么不带伞？"

宋亦霖垂眼，像难承雨滴重量，闻言睫毛很轻地颤了颤。

"忘了。"她轻声回。

对话很熟悉。她眼眶酸热,还没来得及调整情绪,目光就扫过他手中那柄伞,蓦地顿住。

深黑简洁,似乎才在不久前见过,但那时落的是无声的雪,现在是淅沥的雨。

"你……"宋亦霖嗓音微颤,哑得厉害,"你去送我了?"

难怪,难怪她那时有所察觉,却没能想清楚。

眼泪毫无征兆地落下,视野顿时昏茫一片。宋亦霖垂着脸,不懂自己有什么可委屈,却哽咽到快讲不出话:"我艺考那天,你在,是不是?"

她眉眼被雨淋得濡湿,水珠串成线,从哭得烫红的眼尾滴落,眼底快被水溢满,眸光明亮,分不清是映着雨还是盛着泪。

怎么越来越爱哭了,以前也没见这样。

谢逐耐性差,但唯一确信的擅长,是对宋亦霖妥协。

反正已经输过一次,再输一次也没什么。

像无可奈何,他将手中物品搁到旁边的石阶上,抬手替她擦眼泪,哑声说:"是。别哭了。"

……这人怎么这样。

宋亦霖不知问过自己多少回,回得不到答案。她哭得厉害,眼泪簌簌往下掉,像止不住,被尽数接在他指间,浸得温热。

胸腔被酸涩覆满,她抽泣着摇摇头,狼狈地将脸埋低。

她颤声说:"别再让我这样了好不好,你真的……"

"我不知道。"

滂沱大雨里,她听到少年开口,嗓音低沉。

"宋亦霖,我不知道。"谢逐重复自己的答案。

"——但就是在意你。"


"……蛋糕都丑了。"

拆开满是水痕的包装盒,宋亦霖望着略微歪斜的蛋糕,有些遗憾。

该是块模样很精致的生日蛋糕,但因为刚才不太可控的局面,它还是受到外力作用,塌了几分。

倒是不至于惨不忍睹,她左右端详片刻,便将它从托底取出,摆到桌子上。

谢逐扫了眼蛋糕,道:"明年给你补。"

宋亦霖微愣,垂眼很轻地笑了:"行啊,你说的。"

原来承诺未来也并非全是压力,还会有满心期待。

她随意切了一小块,端进纸盘,正要开吃,冷不丁听谢逐问:"不点蜡烛?"

宋亦霖"嗯"了声,插起蛋糕往嘴里送,模糊不清地回话:"愿望已经实现了。"

倒也没说具体的,但似乎也不必说太明白。

闻言,谢逐眉梢轻抬,意味不明地望向她。他眼底盛了半分笑意,很淡,宋亦霖却在察觉的一瞬间烧红了耳朵。

她轻咳一声，抬脚就要往里屋去，边走边头也不回地撂话："行了，雨也淋了蛋糕也吃了，你快回去。"

谢逐闻言却动也未动，散漫地坐在沙发上，只掀起眼帘看她一眼，懒声说："这么快就赶我走。"

宋亦霖步履微滞："你不要卖惨。"

"我淋了雨。"

"伞是你自己扔的。"她温馨提示，"而且，你家就在我隔壁。"

"没带钥匙。"

她快给气笑，方才那点儿窘迫也荡然无存，匪夷所思地转回头："你原来这么黏人吗？"

谢逐仿佛没听见，神色未变分毫，面无表情地低头刷手机。

宋亦霖拿他没辙，想留就留，倒也没什么问题，只得无奈作罢，径自拿了衣服去浴室。

二月初，天气还未完全回温，她又头脑发热淋了一路雨，这会儿浑身发冷，冲过热水澡后才从濡湿寒意中缓过来。

热气氤氲，她边拿干发帽擦头发，边安稳地坐到了沙发上。谢逐也淋了雨，这人如今身价高得很，她怕他着凉，但家里也确实没有他能换的衣服，只得指使人去用空调烘干。

一晚没看手机，这会儿已经堆了不少未读消息，宋亦霖依次看过，发现有两通未接来电，是顾舒的。

时间在她下课后，但那时她忙着赶路，就没注意，想来是提醒自己回去拿伞。

微信还有红点提示，她正准备点进去，就听谢逐懒声问："吹风机在哪儿？"

"后面柜子第二层。"她随口答，说完就意识到什么，眨眨眼，偏过头看他。

谢逐自然得如同在自己家，按她所说拿了东西，便随手将插头插上，垂眸就见人仰脸望着自己，眼底还蒙着未散净的水雾，潋滟光泽。

只一眼，他便错开视线，淡声说："看你手机。"

宋亦霖闻言，更觉得饶有兴致，甚至侧身靠着椅背，故意道："手机有什么好看的。"

多少有点儿影射他之前行为的意思。

谢逐挑眉，情绪莫辨地看了她几秒，藏匿些许意味不清的侵略性。宋亦霖迎上他的目光，当即颇为警觉地直起身，装作自己方才什么都没说过，若无其事地拿起手机查看消息。

是许希发来的音乐统考一分一段表，有两份，分别是省内总分排名，以及单项专业排名。

看来是刚公布不久，她瞬间打起精神，点进表格仔细查看分段差距，没想到刚扫过第一行，目光就不由得一滞。

……她的总分，跟第一名居然只差0.3。

这分差实在尴尬，宋亦霖自认不是什么好强的性子，但看了也有些哭笑不得，按着额角退出页面。

许希发来个哭泣的表情：0.3啊，谁看了不心梗？

之后她似乎又觉得不能这么减损士气，还补充道：没事师姐，你校考得意一下！全国前三拿下！

还挺敢说。宋亦霖挑眉，回她：你替顾老师来施压呢？我努力努力。

谢逐垂眸，见她正低头回消息，不知看到什么，很轻地笑，湿发坠在肩侧，还泛着濡湿水汽。

她领口有些低，袒露出小半截后颈，白皙纤薄的一片，还有沐浴后温热柔软的香气，乖顺且安谧。

屋内光线昏暗，窗外雨声嘈杂，那些风与冷在此刻都被隔得很远，只剩困倦的热度蔓延，温柔地将人笼罩。

宋亦霖吹完头发，微微闭眼，抱着靠枕倚在沙发里，眼皮逐渐有些发沉。

突然想起某事，她顿了顿，才犹豫着问："'一二'怎么样？"

"在家。"谢逐淡声说，"每天都在屋里找你。"

语气很平静，像只是单纯陈述事实，但宋亦霖总觉得隐约听出些许其他意味。

又想起最后那一面，雨水沉密，牵引绳被递出，"一二"懵懂地抬头看她，而那时她以为是永别。

宋亦霖垂眸，捏了两下抱枕边角："……明天把它接回来，听着委屈死了。"

"你什么时候回来？"

宋亦霖一怔，闻言有些恍惚地顿住。

多久了？

从立夏到翌年立春，太久了，她不敢回消息，不敢面对那些善意，无法接受在这样无法挽回的局面后，如果他们投向自己的目光变得与以往不同，她该怎么办。

其实从被在储物间发现，到躺进救护车，最后被医护人员匆忙推入医院，她并非全无意识，只是无力给出反应，却能清晰感知他们的恐慌。

尤其在ICU的那四天，她醒醒睡睡，求生欲渺茫，即使偶尔能从窗户望见熟悉身影，也不愿与之对视，回避到底。

可那段日子里，手机中的消息始终没有断过，她似乎从来没有被放弃，就像她真的值得他们这么做。

宋亦霖不敢相信爱，不敢相信善意，即使清楚它们真的存在，也从未指望会落在自己身上。

可谢逐对她讲："他们都在等你。"

"但我……"宋亦霖难得踌躇，"我还能回去吗？尤其是学校那边……"

"决定权在你。"他视线从一而终,只望着她,"想还是不想?"

问得利落明了,根本不给她模棱两可回答的余地,宋亦霖默了默,无奈地承认:"想。"

怎么能不想,翻过她十八年人生,最明亮的日子,居然是复学后在十六班的短暂半年。

有关心自己的老师,有热闹的朋友,有信任,有鼓励,有那么多想把她拉进光里的人。

"我之后问问唐姐吧。"她抿唇,想起路予淇之前发给自己的视频,还在收藏夹里躺着,"……确实想他们了。"

话音刚落,谢逐不知出于什么原因,沉默了少顷,才言简意赅撂下一个字:"行。"

宋亦霖感觉不对劲,疑惑地扭头看人面无情绪地收起吹风机,转身朝收纳柜走去。她迟钝反应几秒,才恍然大悟。

有些好笑,她按了按额角,这才轻声唤他:"谢逐。"

步履稍滞,谢逐偏过头看她,昏暗光影落在他锋利的五官上,眉目清冷深邃,望向她的一瞬只剩专注。

他低敛的眼尾温柔。

宋亦霖仰起脸,望着他的眸光清亮,带了笑。

已经告知——有关她一切的思念与依赖,究竟属于谁。

开学还有一周,翌日白天,宋亦霖便联系了唐筱,问自己现在还可不可以返校。

"这话问得。"唐筱佯装不满,道,"这段时间发的学习资料可都还给你留着呢。"

宋亦霖略显迟疑:"学校那边……应该要走什么程序吧?"

"那倒没什么,就要求咱们全班都在同意书上签字。"唐筱"嘁"了声,"也不知道上面怎么想的。要不是同意书仅限十六班签字,我看咱们这层楼都能给签满。"

宋亦霖被逗笑,原本还有些犹豫不决,这会儿也被她三言两语彻底打消:"唐姐,谢谢你。"

"谢什么,我不是说过吗,"唐筱也笑了,"你是我的学生啊。我带的第一届毕业班,我当然希望你们所有人都好好的,在高中时代多留点开心的回忆。

"没特殊情况这一说,其他的我管不到,但高考前最后几个月,你们这群孩子一定要健健康康的。"

说着,唐筱又像想起某事,问她:"对了,艺考成绩都出来了吧,叶嘉瑜考得不错,你这边呢?"

宋亦霖"嗯"了声:"还行,考了省二。"

"省二?"唐筱被震住,欣喜道,"不错啊!我这班带得可真是……一个谢逐一个你,我以后的履历书得多好看?"

这成绩犯不着谦虚,宋亦霖实诚道:"毕竟闭关训了半年,比学文化课都累。"

"那确实不轻松。"唐筱应声,又认真叮嘱她,"不过艺考这才算半个门槛,文化课也不能放松啊,尤其是你的数学,这么久不得看都没看一眼?正好开学有收心考,我看看你情况。"

"……我能等考完再返校吗?"

唐筱语气温和:"你说呢?"

好吧。宋亦霖头疼地给她打预防针:"我努力……及格。"

"及格"两个字她说得心虚无比,唐筱显然也看得通透,凉凉道:"你可别给我画饼,过六十都算你还没全丢了。"

"那五十吧。"宋亦霖弱声道,"我务实一点。"

唐筱心想,得寸进尺算是被这小姑娘玩明白了,敢情这半年真是一点没学。

她无奈道:"考完我给你好好分析分析,这关头千万不能放松。"

道理都明白,宋亦霖心虚地应下,临挂电话前,听唐筱笑着对她道:"开学见。"

她顿了顿,也弯唇:"嗯,开学见。"

雨下过整夜,今天放晴,阳光正是好时候。

宋亦霖跟顾舒约的课在下午,刚好跟许希是先后顺序,到顾舒家时,两人打了个照面。

"师姐!"许希兴致勃勃地跟她打招呼,"恭喜省二!"

宋亦霖将包放下:"恭喜省十四?"

"那是,我恨不得把我成绩贴在脑门上。"许希理直气壮地道,口袋里的手机突然响起,她看了眼,连忙跟她道别,"我约了朋友,就先走啦,师姐回见啊!"

宋亦霖比了个OK,就见小姑娘风风火火地推门而出,估计是被催得急了。

顾舒给她上完课,又按惯例查缺补漏了些曲子的弱项,一个多小时就这么过去。集训到了后期,除了反复练习已经没其他所需。

"你们该开学了吧?"顾舒画考勤表时,看了眼日期,问,"许希下周就要返校,可够赶的,过完年才几天。"

"毕竟毕业班,我们也差不多那时候。"宋亦霖说着,边收拾拎包,边解锁手机,也不知看到什么,眉眼都漾起清亮笑意。

顾舒难得见小姑娘这副神情,心想这才是十七八岁该有的模样,多生动漂亮。

失笑着收回视线,顾舒道:"对了,许希跟我说承安寺挺热闹的,好多人都去挂笺,高考前可以去看看。"

承安寺算是暨城当地比较有名的一处景点,历史悠久,香火不断,每年都有不少人前去祈福,知名度相当高。

宋亦霖去过不少次,骨子里虔诚,但从未许过什么愿,每次前往也只是喜欢承安寺安谧沉静的氛围。

顾舒这么一说，她心思微动，左思右想后，觉得待会儿也没其他事，不如就去那里逛逛。

这样打算着，她匆忙与顾舒道别，三步并作两步就朝玄关走去。顾舒见她走得急，无奈地提醒："慢点！"

"我有人接！"宋亦霖笑着回道，随后朝顾舒遥遥一摆手，便步伐雀跃地推门而出，落下一道轻巧声响。

年轻真好。顾舒敲了敲额角，笑叹一声。

也不知道底下楼层在做什么，宋亦霖在电梯门口等了几分钟，也不见显示屏数字有变动。

她略显急促地抿唇，低头看手机，谢逐那条言简意赅的"到了"正安静地躺在聊天框，发送时间是二十分钟前。

二十分钟，太久了。

宋亦霖看了眼电梯显示屏，用最后耐性等完五秒，随后毅然抓住挎包背带，扭头朝楼梯间走去。

一步跨过两级台阶，顾舒家在十二楼，她沿着楼梯顺阶而下，步履匆忙，鞋底踩向地面的声响回荡，她逐层倒数，从双数到单数。

心跳得很快，不知道是因为赶路，还是因为即将见到喜欢的少年，宋亦霖跃下最后一级台阶，毫不犹豫地小跑出楼道。

下午阳光正好，带着些许松散慵懒，暖橙的光洒落，她一抬眼，就望见少年插兜站定在几步外，光落在他的肩膀。

嘴角不受控地轻扬起弧度，她从来不知道自己居然这样爱笑，不带分毫敷衍与勉强。

早春清寒，谢逐穿着深黑色冲锋衣，枪灰色卫裤，踩着双黑白球鞋，身形肃立挺拔，仅是站在那儿，就足够吸引所有人的目光。

到底已经是公众人物，他戴着口罩，只露出一双英挺锋利的眉目，配着利落短寸，更显凛厉不驯。

有路人觉得他眼熟，犹豫着想上前搭话，又被少年人过冷的压迫感劝退，没敢靠近。

直到宋亦霖的身影从楼道口出现，他才眼帘微掀，显露半分极其难得的温和。

宋亦霖从十二楼跑下来，气息喘得不稳，停在他跟前，断断续续地道："你怎么……来这么早？我不是说三点吗？"

她跑得急，额角还带着些微湿意，睫毛泛着层薄红，眼底盈着剔透水色，生动漂亮。

谢逐无比自然地拎起她的包，随意搭到肩上，敛目淡声说："感觉很久不见了。"

分明不久前才见过，宋亦霖心想，却没有开口揭穿。她眼尾那点儿绯色烧得更厉害，别扭地挪开视线，嗫嚅："……噢。"

噢？谢逐轻一抬眉："没别的？"

"什、什么别的？"

"跑这么急，你问我？"

这人……宋亦霖蓦地一噎，索性自暴自弃地目视前方沉着道："还能为什么？就——因为很久不见了。"

"队里现在不忙吗？"她仰起脸，"赢了亚锦赛，世界赛是不是也不远了？"

"先高考。"谢逐漫不经心地道，"其他之后再说，二十岁前都不晚。"

二十岁？

宋亦霖正想问是不是太急，电光石火间却突然想起什么，记忆翻涌，回到他们捡到"一二"的那晚。

画面帧帧清晰，她记着自己那时的承诺，不由得心虚："我……我当时随口讲的。"

"我说过，我答应你就是绝对。"

闻言，宋亦霖微怔，垂眸很轻地笑了。

有枝可依是这种感觉吗？是憧憬与希望，就像光已经被清晰地触碰，她的世界尽数敞亮。

原来也可以这样好。宋亦霖想。

只要有他在，她就可以永远期待明天。


正值立春，午时风温柔，光也清亮。

因为是假期，街上人很多，来来往往都成群结伴，他们陷在人潮中，也只是其中平凡普通的一员。

谢逐问道："去哪儿？"

"承安寺。据说那儿挺灵的，正好快高考了，去看看。"

刚才跑得太急，她这会儿还没缓过来，气息不怎么稳，就显得话音有些弱。按以前不会这样的，即使没经常运动，也不该反应这么大。

宋亦霖意识到声音不对，当即微垂目光，呼吸间还不太舒服，但心虚地不敢表现出来。

谢逐却察觉到她的异样，很轻地蹙起眉："后遗症？"

主要问题果然避不过，宋亦霖只得无奈地承认："有点……不严重，避免剧烈运动就行。"

事实上相当严重，当时刀刺进了肺部，只差一点就要穿透，再加上术后几天她不配合治疗，因此遗留问题并不小。

创伤留下的远不止永久性的疤痕，还有漫长的后遗症。

终究是苦难过后，难以消除的痕迹。

"慢慢来吧。"她轻声说，"……还有很久呢。"

你得陪着我。像是在这样说。

谢逐眼帘压低，目光落向她，注视少顷，忽然问："你之后还有校考？"

话题转得突然，宋亦霖愣了下，反应过来才说："应该要到四月才能彻底结束。"

"目标学校？"

她点头。

谢逐神色未变分毫，只言简意赅地"嗯"了声，之后没再说什么，径自用手机约了辆车，定位目的地。

这附近是商圈，车水马龙，相当热闹，宋亦霖被开业商家的广告声吸引注意力，朝那边投去一眼。

就在此时，头顶传来少年低沉的嗓音："大学跟你考一个城市，可以吗？"语气很淡，像说什么普通寻常的事，分明是这样重大的抉择，却被用来询问。

话音刚落，宋亦霖眸光微动，抬首看向他。

"我跟你走。"

他这样对她说。

网约车就在附近，没两分钟，就停到路边等候。

承安寺离市区有段距离，但一路没怎么堵车，不多久便抵达目的地，遥遥能望见寺庙门口来往进出的香客。

临近郊区，风有些冷了，宋亦霖从车上下来，便被一阵沉静的香火气息包围，带着几分凉意，清冷干净。

承安寺挺热闹，期间听见不少路人谈论还愿，数量还不少，将她注意力吸引去些许，心中隐约生出念头。

来寺庙多数是要上香的，见有许多同龄模样的学生都去拜文殊菩萨，宋亦霖便也去拜，并上了三支香，之后才拉着谢逐朝此行目的地走去。

穿过光影沉浮的祠堂，后院宽阔敞亮，尽是来往的香客，与此同时，满目笔笺映入眼帘。

笺纸轻飘，有的陈旧泛黄，有的还崭新，风一掠，便被窸窸窣窣地拂起，晃出柔和波澜。

人很多，有的正虔诚上香，有的正执笔写笺。宋亦霖走到近处，看那些纸页飘浮，承载无数或大或小的心愿，等待神佛低眸聆听。

想起先前路过的那些还愿香客，她思忖少顷，还是去找寺庙僧人要了两张笔笺，将其中一张递给谢逐。

"你要不要写？"她问，"我看还愿的人好多。"

原本以为谢逐对这些不感兴趣，但没想到他真的伸手接过，正反打量少顷，淡声问："写完挂上？"

香刚才已经上过，似乎也没其他需要注意的，宋亦霖点点头，便将笔笺铺到案台上，思索该写什么。

愿望这种东西，许小了觉得可惜，许大了又太贪心，她思来想去，提笔瞬间脑海中闪过无数想法，最终也没能有一个落在实处。

高考顺利太宽泛，身体健康太抽象，宋亦霖斟酌片刻，最终写：一切值得。

似乎还是个大愿。落下最后一笔，她侧目，却见谢逐不知何时已经将笺写好，便随口问："你许的什么愿？"

谢逐却扫她一眼，没答，只将两人的纸笺拿起，去绳子前寻了处稍显空落的地方挂好。

宋亦霖原本还没觉得有什么，见他这样，瞬间就被勾起好奇心，凑近了想看，却被他漫不经心地给拦回去，直接用身高优势隔绝她试图窥探的视线。

"你挡什么。"她不满地歪过脑袋，想绕开他，"我就看一眼，你写什么了？"

谢逐见她贼心不死，干脆将人半扣进怀里，边朝外走边懒声说："看了就不灵了。"

这哪儿来的说法？她哭笑不得，见这事没什么可能，索性也就作罢，反正基本能猜出内容是关于什么。

"不看我也知道。"她揪了揪他的袖口，笃定道，"你真的别扭，当初要我微信也是，早在食堂怎么不说？"

谢逐听她翻起旧账，视线随意朝别处一落，懒得搭理："是你不问。"

"你那会儿凶得要死，还不会聊天，我哪看得出来你想什么啊？"宋亦霖说完，更觉得自己占理，又言之凿凿地补充，"而且你还拿净身高内涵我。"

"186"跟"168"是过不去了，谢逐闻言挑眉，忽地俯身逼近几分，眼底盛住她。

说起身高问题，她应该是165cm左右，至于谢逐——宋亦霖抬头目测了下，神色有些微妙。

之前平视还能到他锁骨位置，怎么现在又往下掉了？

"等等。"她狐疑地比了比两人肩膀的高度，匪夷所思，"你是不是又高了？"

"上次赛前体检是高了点。"他懒声道，随即指了指她的嘴角，"涂口红了。"

话题转得突然，宋亦霖愣了下，点头承认："懒得化妆了，这样素颜气色会好点。"

"还是巧克力味的。"她顺嘴补充一句。

本意只是觉得男生对化妆品不了解，所以多科普些，谁知话音刚落，谢逐眸色便略微一沉，情绪莫辨地望了眼她。

"是吗？"他嗓音很低，"这我就不知道了。"

宋亦霖反应过半秒，倏然意识到什么，耳尖顿时有些发烫。

"……走了！"她径自往寺庙外走去。谢逐抬眼打量她的背影，轻哂一声。

一周时间转瞬即逝。

由于宋亦霖情况特殊，一中校方虽然不愿意再承担责任，更不想她再复学，但明面上又不好操作，只得要求全班签同意书，才能通过复学申请。

说是"同意书"，倒不如说是"责任转让书"，但上午下发的文件，当天中午就签满名字被扔到领导的办公桌上，从代课老师到全班学生，一个不差。

学校还能说什么，仿佛被明晃晃抽了一记耳光，只能灰溜溜地批准。

高三下半学期报到的那天，宋亦霖天还没亮就自然醒，之后紧张到没能再入睡。

她垂眸，见床尾的"一二"睡得正熟，缩成毛茸茸的一团，脊背随呼吸轻微起伏。

当初捡来巴掌大的小狗，如今已经抱得费劲，以前蹲门口等她回家，顶多扑到她小腿，现在都能扒到她腰间。

……好像时间真的过得挺快。

从去年八月底重返学校，历经种种，好的坏的，直至今日，她从未想过，拥有的会比失去的更多。

宋亦霖微一侧首，见外面天光渐亮，日出安静无声，天际暗色由浓减淡，最后有光透过窗，跌入她眼底。

恍惚间想起，去年复学那天，她也曾见证过一场日出。

——该动身了。

轻呼出一口气，宋亦霖终于起身，余光见"一二"听闻动静，睡眼惺忪地抬起脑袋看过来，她便俯身拿额头抵了抵它的，笑着轻声说："姐姐去上学了，你好好看家。"

"一二"仿佛听懂，亲昵地蹭蹭她，像是允诺，随后又温顺地趴了回去。

拎起早早搭在椅背的校服，太久没穿，她望着左胸处的校徽，指腹很轻地摩挲过，质感熟悉。

这个时间谢逐应该在晨训了，宋亦霖洗漱过后，拿起手机扫了眼时间，便拎上书包出门。

清晨簇新，正是朝阳初升时，春将至，草木已经开始覆上新绿，到处都生机盎然。

目之所及被深蓝校服填满，校门口人潮汹涌，学生们谈笑风生，成群结伴地朝里走，笑闹声在风与光里传得很远。

快一年没回来，宋亦霖多少还是生出些拘谨，她紧张地攥了攥掌心，才刷脸打卡入校，走向高三部所在的教学楼。

十六班楼层不变，她来得早，这个时间来报到的学生并不多，两层楼梯拾级而上，迈过最后一级时，居然有种近乡情怯的微妙感觉。

心跳得有些快，宋亦霖按了按额角，索性不给自己犹豫的机会，径直三步并作两步，走到十六班前，推门而入。

几乎在她抬脚踏进的瞬间，耳畔便传来相当盛大的彩带筒喷响声，宋亦霖反应不及,当即被无数缤纷彩片兜了满身。

她还茫然着,视野就被绚烂的彩色填满,又逐渐清晰,望见一张张熟悉至极的面孔,都笑着拥向她。

无人缺席这场迎接。

"咳咳。"叶嘉瑜清了清嗓,大声说,"宋亦霖!"

话音未落,全班齐声喊——

"欢——迎——回——家!"

欢迎回家。

原来情绪溢满,人会什么话都说不出。宋亦霖怔怔地望着他们,眸光轻颤。

她忽然觉得,或许有那么一种可能,自己并没有那么糟糕。

路予淇第一个冲上来抱住她,叶嘉瑜也揽过来,故作感慨地叹息:"唉,终于把你给等回来喽。"

"可不是,签名那会儿就盼着了,幸好校长没再整幺蛾子。"

"还整什么同意书,我直接拉着咱年级写倡议书!"

"团宠归位团宠归位,今儿过年了!"

被熟悉的笑闹声包围,宋亦霖眼眶酸热,终于哑然失笑。

"——嗯,回来了。"

她想,她会永远记得。

在春天伊始,在高中的最后半个学期,年少时代的尾声,她没有被排斥,也没有被厌弃。

她的青春有他们,熠熠闪光。


近一年未见,却似乎什么都不曾变过。

干净敞亮的教室,桌面摞成小山的课本试卷,讲台散落的半截粉笔,还有黑板最右端的值日表,以及始终替她保留、崭新如初的位置。

仍旧是那个缺一不可的十六班。

报到日,又是宋亦霖回来的日子,唐筱自然也来了个大早,推开教室门时,就望见被人群簇拥的少女,正是今天的主角。

一群小孩笑得开心,情绪总是有感染力,她眼底也漾起几分笑意,抬手随意叩了叩门框:"这么热闹啊?"

"还没到七点,这么久了还是头一回见你们这么早凑齐。"她轻"啧"了声,稍显意外地将众人挨个打量过,"过年了这是?"

"对对!"有人应和,对她打招呼,"唐姐过年好啊!"

高三生的寒假刚结束,开学开得早,年味儿都还没彻底散干净,这问候说迟也不算迟,唐筱应得也自然。

"行了啊,待会儿就该早自习了,下课再继续热闹。"她拍了拍手,目光扫过满地彩色纸片,无奈道,"又整这出……我是不是该谢你们没扯横幅?"

"其实本来要扯的。"班长默默举手,坦白,"想挂条特大号的来着,就搁校长室门口。李哥睁只眼闭只眼了,但唐姐你还是要饭碗的,所以就算了。"

"我真是谢谢你们为我的工作添砖加瓦。"她表情都木了,"记得把这些打扫干净!"

"好嘞,姐!"

应得快,行动也快,唐筱满意地见他们行动起来,便招呼宋亦霖:"走,教材都在我办公室里,去收拾下。"

宋亦霖应声,原本还想先将包搁到自己座位上,结果梁泽川顺手就给拿走了,还满不在乎地道:"快去快回,等你回来唠嗑。"

"我还在这儿呢!"唐筱不轻不重地拍了下他,"你小子早读给我老实学习,还有你们,明天就是检测考,高考前最后几个月了都打起精神!"

"啊……检什么考?什么测考?"

"就不能学半个月再考吗?几天没学我感觉自己去中考都要落榜了。"

唐筱听他们在这儿没个正形地胡扯,表情直接麻了,懒得搭理,径自领着宋亦霖去办公室拿书。

到底近一年没回学校,资料费她一直交着,学校发的东西都完好无损地保留在唐筱这儿,有用的没用的,都分类得清楚。

"就这些了。"唐筱仔细地在单子上挨个打过钩,拍拍手边那摞书,"我昨天特意来学校重新整理的,这又检查一遍,估计是不会缺了,有漏的再来找我就行。"

一堆教材和知识点汇总,摞成小山似的,怎么看都至少得运两趟。宋亦霖粗略翻看了一遍,心知整理这些要费不少工夫,便诚恳地道:"谢谢唐姐。"

"这就不用了。"唐筱语气也同样诚恳,"这次的检测考数学过六十就行。"

"唉,这书还挺多的。"宋亦霖当即装没听清,神色自若地说着,挽起袖子就要开始搬书。

唐筱被她逗乐,没辙地按住额头:"你也被他们带歪了?净会扯开话题……行了,这回努力考就行,还剩三个月,也算来得及。"

宋亦霖这才神情一松,笑吟吟地应:"好说好说,我努力。"

唐筱打量着她,见小姑娘这会儿笑容漂亮,眉梢眼尾都生动,是与从前全然不同的真实。

是真的有在变好。

记忆倏然翻涌,回到与宋亦霖初见那天。密雨潮湿的热夏,少女孤身来办复学手续,五官精致,眸光比窗外阴云更疏冷。

那时宋亦霖的过往与病历被人视如前科,几乎所有班主任都不愿接这个烫手山芋,唯独唐筱,只在想这么漂亮的女孩子,人生才刚开始,还有太多不该被否定的可能性。

去年办交接手续时,她心底仍有些踌躇,但现在,她确信自己做出了正确的决定。

"宋亦霖,"她忽然很轻地笑了,像有些感慨,"其实咱们班这群孩子,我之前最不放心你跟谢逐。"

都是出挑的少年人,与同龄人相比,所承担的压力远不只有学业上的。

宋亦霖表面乖顺,实际是个疏冷性子,凡事都习惯闷着,对外界过于警惕;而谢逐目标明确,对自身要求却过分苛刻,揽下太多来自外人不必要的压力,性子使然又难劝。

两个人都太独立,实在是让长辈头疼的类型,起先让他们做同桌,她也有想过会不会起什么化学反应。

现在看来结果不错,他们都在各自的领域发光发热。

"十八岁了。"唐筱拍了拍宋亦霖,道,"也才成年,人生刚开始,未来多的是机遇。

"——你能成为任何你想成为的人,包括你自己。"

多年轻的一代人,青涩热忱,伸手摘星,肩头担着草长莺飞与烈阳。

存在即希望。

宋亦霖想,的确。

唐筱说得对。他们,她和谢逐,都该善待自己。

要迷迷糊糊地难过,清清楚楚地开心。

"是啊。"她轻声道,"还有很远的路要走。"

从前觉得这个世界糟糕透顶,人们习惯独善其身,经历苦难而回避苦难,冷漠至极。

但暗影之外,还有另一种可能。是逆光的背面,她真切能触碰到的温暖与善意。被听到、被在意、被重视,在十八岁这一年,她终于也能被人坚定地选择。

"我打算去A市师大。"宋亦霖对唐筱笑了笑,"我会考上的。"

话说得自信,偏偏当事人就是有笃定结果的资本。唐筱自然也信她能得偿所愿,欣慰地颔首:"有目标就很好,加油。"

宋亦霖搬起一摞书,原本都要朝办公室门口去了,临走又像突然想起什么,补充道:"对了,谢逐也是报师大。"

"这不挺好的。"唐筱没反应过来,摆手,"你们同桌俩关系不错啊,他居然……"

话说半截,她脑海中突然闪过什么,顿时愣在原地。

关系不错?等等,他们报同一所大学?

唐筱当即一个激灵,正要把人喊住问清楚,结果宋亦霖仿佛似有所觉,三步并作两步迅速逃离现场。

小妮子跑得倒快。她只得啼笑皆非地坐回去,仔细回忆这两人以前相处的点滴,这才后知后觉感到果然如此。

算了,这还能说什么,唐筱喝了口茶,无奈地笑着摇摇头:"年轻可真好。"

不愧是高三毕业班，书之多，一桌装不下。

好在宋亦霖有先见之明，带了两个书立，愣是窗台跟课桌共用，才艰难地将这堆有的没的整理利索。

翻笔记本的时候，宋亦霖倏然想起什么，侧首正要问，结果就见谢逐像往常一样将书倒扣，开启免打扰模式，准备补觉。

她下意识想作罢，但转念一想，这人跟自己说过比赛的事高考后再谈，也就是说现在除了日常晨训，他不需要再 A 市、暨城两边赶。

高考前最后一百来天，这补觉半个上午的生物钟实在不怎么样。

宋亦霖琢磨着，目光不经意地扫过少年的短寸，思绪便中途偏了轨，又在想网吧初见那会儿，这人就是副冷厉模样，还蛮凶。

有一搭没一搭地回忆着过去，她手也探出去，试探性地揉了两下。

有些扎，触感还挺新鲜，宋亦霖没忍住，继续在酷哥头上捣乱，结果就被攥住手腕，朝前扯去。

她抬起脸，就见谢逐眼帘微掀，没什么情绪地看向她："怎么？"

宋亦霖实话实说："有点好摸。"

未置一词，谢逐只淡淡扫了眼，随后将她的手重新搁回自己头上，合眼继续闭目养神。

——意思是随便她。

没脾气似的，也就宋亦霖这一个特例。

而特例见他又要睡，这才后知后觉想起正经事，赶紧把人喊醒："别睡了，高三哪来那么多觉，语文模板都背了吗？"

"我语文七十也能上五百。"他懒声道。

"哦。"宋亦霖说，"我不考数学都能上。"

……倒也没必要这么比。

觉是不用补了，谢逐索性把书撂下，简短道："打个赌。"

宋亦霖挑眉："什么？"

"高考，如果我语文及格，你暑假归我。"

其实本来就打算假期全用来谈恋爱，但她没这么说，只反问："那要是我数学及格呢？"

谢逐神色未变分毫："我归你。"

就省略了个名词，好像真有什么差别似的。

"行啊。"宋亦霖托着脸，"那如果都及格了，我们两个就互抄志愿表。"

谢逐眉梢轻抬，简短撂下一字："行。"


一节课统共就四十五分钟，早自习刚结束，魏余谌就眉飞色舞地将谢逐喊走，也不知是有什么事要谈。

而宋亦霖还没来得及思索，刚把笔放下，跟前就"唰唰"拥来一堆人——

"宋亦霖你是艺考省一？"

"出息了出息了，咱班明天就挂个德艺双馨牌！"

"省一？"路予淇闻言当即眼底一亮，"霖霖你行啊！"

"总分排省二。"宋亦霖被众多称赞声淹没，哭笑不得地纠正，"只是专业省一而已……不过一分一段表是匿名的啊，你们消息怎么这么灵通？"

"嘻，我老师也在音协嘛，跟顾老师认识。"叶嘉瑜凑上来解释，"我老师说顾老师逢人就说学生考得好，他刚开始还以为是省前五十，结果好家伙，一个省一，一个省十四。"

"咱教室后排是什么风水宝地。"梁泽川愁眉苦脸地问，"你跟逐哥怎么一个比一个厉害，服了，快高考了能换个座位不？"

宋亦霖有些忍俊不禁："待会儿你问问他。"

"那还用问？你要同意了，他不跟你走，我就跟路予淇姓。"

路予淇险些没绷住，抬手拍了他一下："便宜儿子和便宜弟弟我都不想要，正经点！"

"唉，反正不论如何，人可算是回来了。"副班长拍拍宋亦霖的肩膀，想起去年立夏发生的事，不由得有些鼻酸，"……幸好没事，等你太久啦。"

那场立夏是所有人的心有余悸，暗与血织染一场盛夏开端，兵荒马乱，万幸最后没酿成遗憾。

"你这个小妮子厉害啊，可别有下次了。"有人装没好气地训她，语气难掩后怕，"我们都在这儿，用得着你自己承担那些？"

"以后谁敢欺负你就给我们说，咱班四五十个人，还能让你在外面吃亏？"

"就是！"旁边的男生深以为然地附和，"十六班一个不能缺，校长都能被我们给整没辙，怕他们干吗？"

当初事情闹得那样大，连锁事件接连频发，后来尘埃落定，他们或许都已经明白，那是她精心策划的死局。

可即便如此，分明都看清她阴暗的本性，却还是……

"哎，哭什么。"路予淇无奈地轻捏她的脸颊，"这么感动，都要掉小珍珠啦？可不能给谢逐看见，不然大伙都要被连坐。"

宋亦霖这时才发觉，自己不知何时红了眼眶。

然而那点儿泪意还没能酝酿出来，就被路予淇给逗了回去，她无奈地破涕为笑："别坏气氛，煽情着呢。"

"我们疼你嘛。"路予淇挑眉，"应该的，不用谢啊。"

那么多人都坚定地拉住她。

宋亦霖想，自己或许终将不再厌恶人群与集体。

正因过去一无所有，所以始终格外好奇，好奇爱，好奇光，好奇一切美好。而现在，她终于收到了世界给予自己的，迟到的礼物。

人有向光性,她到底还是渴望拥有朋友的,想学着给出爱,然后被爱,能像他们一样认真去快乐。

她人生的真实感,是他们给的。

那是她终于敢从过去走出来,与世界面对面的触感。

上午最后一节是体育课,虽说已经是毕业班,但秉承劳逸结合的宗旨,唐筱还是决定每隔一周给自家学生一次休息的机会。

说是体育课,其实老师也不管他们,自由活动和回教室补觉任选,到底都是高三生,个人状态最重要。

十六班和十七班同是体育课,篮球场热闹得很,宋亦霖便也跟路予淇去凑热闹,坐看台上观战。

人到高三,可谓是深居简出,但关于小伙伴们的消息她们也都没错过。谢逐自然不必说,已经是三番两次热搜常客的公众人物,魏余谌和乔觉在各大赛事也成绩斐然,是国家队准预备役,外界的关注度也水涨船高。

年轻一代出挑的少年人,人们总难免给予更多好奇,他们平凡的校园生活更加难得一见,因此有不少人守在球场外拍照。

宋亦霖的目光扫过部分学生的校服后领,见标识是去年的,就明白了这些人是高一新生,他们甚至占据了观众的大多数。

走了这届高二的老路啊。宋亦霖如今身为高三学姐,感慨万分地回想起从前球场也被新生们挤得水泄不通的样子。

一中虽说是省重点的百年名校,但放眼这些年,也就他们这届最大放异彩,此后名声彻底打出去,引得分数线越提越高,校方倒是白占了不小的便宜。

青春值得怀念不舍的,永远是朝夕相处的同窗与老师。

宋亦霖没什么母校情怀,但有这群人在,便也不后悔自己当初选择了一中。

球场上少年人意气风发,午时风惬意,光也明亮。看台后方种着几棵玉兰树,雪白花瓣零星飘落。她微眯起眼,望见球场赛况胶着,谢逐利落地接下传球,顺势随性一抛,便是三分入篮。

动作间,少年的衣摆被风掀起,袒露劲瘦有力的腰腹,腹肌线条紧实。她不由得恍了下神,想这人蝶泳那么厉害,核心力量应该挺强。

刚收起这无关紧要的想法,就见几人朝场外走去,似乎是比赛结束了。

路予淇拍拍裤脚的灰尘,起身下去给梁泽川扔水,宋亦霖原本也准备动作,结果却见目标对象朝看台这儿投来一眼,随后就丢下众多队友,径自朝她而来。

阳光太好,宋亦霖被晒得犯懒,索性也就坐在原处,低头看他拾级而上。少年身高腿长,稀松几步就走到她面前。

顺手抄起旁边的矿泉水,抛给他后,她撑着膝盖起身:"不打了?还那么多人守着呢。"

掂了掂那瓶水,谢逐闻言眉梢略抬,目光落向台下场外密密麻麻的人群,散漫一瞥便收回:"吃醋?"

"我醋什么。"宋亦霖面不改色,"人家大学都跟着我走,我有什么好醋的。"

话说得坦然,语气却怎么听怎么不对味。

别扭得跟撒娇没差,谢逐轻哂一声,俯身:"你以为,我为什么每次都能找到你。"

不论何时何地,即使人潮再拥挤,他也总能一眼定格她的方向。

只因为他余光都有所归属。

话音刚落,风卷着光拂过,满枝玉兰飘晃,细雪般纷扬着洒落,盈盈雪色随之撞入眼底。

花香清浅,宋亦霖睫毛很轻地颤了颤,恍惚间想,又是一年春了。

一簇莹白玉兰落在发间,她微微顿住,正要伸手摘下,谢逐却敛目,漫不经心地将它别在她耳畔。

似有所觉,宋亦霖掀起眼帘,眸底映着的光被笼罩,是少年低身靠近。

下一瞬。

温热气息拂过耳畔,比风柔,痒意酥麻,转瞬即逝。

——是他吻过那簇花。

## 第十八章 · 少年无价

六月高考,所剩时间寥寥无几,各班都挂上了硕大醒目的倒计时。

今天却有些特殊。

平静了大半年的暨城警方账号全网发出通告,终于为去年五月暨城一中的事件画上了句号。

由于这场事故牵扯人数众多,时间线又过长,单是从立案到开庭,就用了近四个月的时间。初次判决结果出来后,宁念楚父母选择上诉,然而协调多方也没能成事,二审依旧维持原判。

对宋亦霖而言,这些事自她出院那一刻起,就已经算尘埃落定,她不想再回头审视过去,但如今的结局的确也算让人满意。

宁念楚父母皆从政,自家女儿的丑闻闹得全网皆知,当初宁母在校长办公室的言论也被学生拱出,影响恶劣,两人仕途从此一落千丈,都愁得焦头烂额,更没多余心力再挣扎。

暨城警方这条通告一出,即使事件已经过去近一年,热度也仍旧留存着,宋亦霖这边当即就接到不少记者的电话,想探她口风。

娱乐至死的年代,其实没谁真正关心人命,数据与流量才是硬道理。宋亦霖当初事发时拒绝采访,现在更不例外。

如今是真正意义上的尘埃落定,宋亦霖想,她终于亲手斩断了自己的过去。

距离彻底走出来,或许还需要很久的时间,但她什么都不怕了,她不必再孤军奋战。

她现在拥有许多爱,无条件,向着世界的光与热。

是这样多的人在对她讲,其实她一直都值得。

二月底,师大校考一轮初试的审核结果公布,宋亦霖不负众望,顺利入选。

之后还有两试,复试将采用提交视频的形式,终试则是去学校面试。到底是全国范围的筛选,又是名校,自然竞争激烈,她备考比统考那会儿还认真,隔天便去找顾舒上次课。

都是挑前两节晚自习,下课正好回学校写作业。刚入夜的时间,到北郊也不至于太晚,但谢晏仍旧坚持每次都来接她下课。

顾舒起初还不知情,直到这晚有事出门,跟宋亦霖一起下楼,抬眼便望见抹高大挺拔的身影。

少年眉清目冷，短寸，个子很高，显得有些不好相与。虽然站在路灯下，但他没戴口罩，锋利英挺的眉目被她尽收眼底，可谓是相当眼熟。

谢逐近年参加的几场赛事，每场都出乎众人意料，身材相貌又出挑，早就火出了圈，饶是顾舒不怎么关注体育竞技，也对他颇有印象。

——但也没想到会在这种情况下遇见本人。

她当即匪夷所思地愣在原地。宋亦霖倒从容，走到谢逐跟前，跟他介绍这是自己的专业老师。

谢逐接过她的书包，随意地搭在肩上，闻言眼帘微掀，视线落向顾舒，礼貌地微一颔首。

理应是小辈先问候。

宋亦霖这才转向顾舒，反倒有些难为情，摸了摸耳尖，跟她介绍："嗯……这是谢逐。"

顾舒脑海空空，愣怔着回应了下，看着少年走到宋亦霖身旁，宋亦霖则偏过脸，对她说后天见，眉眼笑意羞赧，是青涩的漂亮。

顾舒被那抹生动笑容晃住，目送两人渐行渐远，两道身影被路灯映得很近，好似并肩了许久的模样。

像他们就该在彼此身旁，走在光里。

直到视野彻底恢复空荡，顾舒才稍稍回神，好半晌，很轻地笑了。

真好。


另一边。

天彻底黑了。路灯与车流是汇往人间的银河，在夜色弥漫中缓缓流淌。

刚过八九，春意还料峭，晚风裹挟些微寒意，宋亦霖小声打了个喷嚏。

她毛衣的领口有些低，寒风一掠，冷意便簌簌朝衣领里灌，正闷头揉了揉鼻尖，身边的人却倏地止步，她疑惑地掀起眼帘。

下一瞬，耳畔传来拉链声响，她似有所觉，当即道："不——"

谢逐懒得搭理，利落地将外套脱下搭在她肩头，将人严丝合缝地包裹严实。

"……用。"宋亦霖这才把话说完。

动作怎么这么快。她默然无语，心想总不能再脱下来给他穿上，那场面未免太搞笑了些，索性就这么着了。

她低头去找拉链，正要往上扯，脖颈右侧却冷不丁落了股温热，不轻不重地摩挲而过。

宋亦霖当即滞了滞："怎么了？"

宋亦霖皮肤白，一点异于白皙的颜色都会被衬得明显。之前没怎么注意过，她脖颈右侧有颗棕色小痣，缀在干净肌肤间，格外抓人眼。

位置落得不错。

他垂眸，淡声地陈述："你这里有颗痣。"

宋亦霖微怔，后知后觉反应过来，以为他是单纯出于新发现，便颔首道："以前高领穿得多，你大概没注意过。"

"挺漂亮。"

谢逐收回目光，只漫不经心地撂下这三个字。

这有什么漂不漂亮的？

宋亦霖正疑惑，还不等她出声询问，结果网约车就已经停在街边，打灯跟他们示意。她只得暂且把话咽回去，忙不迭抬脚跟着谢逐上车。

天色已晚，这时间搭车，到学校正好赶上最后两节自习，还能努力刷点试卷和作业。

而宋亦霖原以为，上车前的这段插曲会就此揭过，没想到晚自习课间时，路予淇扭头找她唠嗑，视线也锁定在她右边颈侧。

"霖霖，"她仿佛发现了新大陆，示意了一下位置，"你这儿有颗痣哎，之前都没注意过。"

今晚被第二次提醒，宋亦霖下意识地抬手摸了摸那处，"嗯"了声。

路予淇端详两秒，认真地评价："就是这位置还挺暧昧的。"

听她这一讲，宋亦霖眸光微动，总算迟钝地反应过来，当时谢逐突然移开目光是因为什么。

若有所悟地朝身边瞥去一眼，当事人正散漫地刷着手机，相当从容，仿佛无事发生。

跟什么都没听见似的。

"……是吗？"宋亦霖默默收回视线，道，"刚还有人夸了漂亮。"

路予淇的护崽警笛倏然拉响，她大惊失色，吓得瞬间拍桌而起："男的女的？你没遇见变态吧？"

一旁的谢逐面无表情地扣下了手机。

三月，晴空烈阳，春草繁茂。

上午七点，一中2021届学生的成人礼、高考百日誓师大会，在校田径场拉开序幕。

十八而志，未来可期，该成人立事。二三十个班的师生，共一千多人，陆续入场，根据学校事先安排的位置站好，列队整齐。

全体学生都被发了一条绶带，红底黄字，标着暨城一中的校徽与贺词，搭在每个人的肩头，猎猎飘扬。

主席台上，学校各位领导与年级主任已经落座，高三全体班主任也无一落下，还有几名优秀家长代表准备发言。

天气晴朗，日光明媚，广阔操场被满目深蓝的校服填满。宋亦霖稀松地朝四周望了望，见本该是疲惫倦怠的高三生们，此刻脸上或多或少都洋溢着笑容。

她向来对这种集体活动无感，这时望着一张张尚且青涩的面孔，才后知后觉模糊地想，现在开始，或将进入人生中某一段时期的尾声。

不是所有人的青春都值得怀念，也不是所有人都想重回十七八岁，但此刻，被笑闹声与同窗包围的晴朗日子，她知道，往后人生都不会再有。

"别的不说，一中百日誓师倒是挺舍得下本。"路予淇打量着刚被发到手上的绶带，布料居然还不错，边角也印着自己的姓名，"还不错嘛。"

宋亦霖拨了拨绶带上的流苏，余光见路予淇的臂弯处还搭着一条，不由得顿了顿："……那是薄酩的？"

路予淇颔首，神色有些怅然："嗯……我给她发了消息，也不知道看没看见。"

从去年年中起，薄酩就彻底杳无音讯，原先的住所换了居住人，那么多认识的朋友，却没谁知道薄家究竟发生了什么，如今又是什么情况。

她消失得太突然，手机停机，联系不上，社交账号也许久没动静，暨城说大不大，但一个人失踪，想寻找宛如大海捞针。

宋亦霖跟薄酩接触的时间并不算长，感情深浅难以界定，一句"朋友"足够概括。当初宁念楚说过的话还言犹在耳，她不放心，于是之前托谢逐去向刘昭那边顺了个人情，这才打听到些许风声。

薄家陷入经济大案，公司执行人，也就是薄酩的父亲，在去年因癌病故，只留下众多棘手难题，至今没一个确切结果。

宋亦霖望向那条没能被佩戴的绶带，心里空落落的，金色字体被阳光映得熠熠生辉，却不知它的主人是否还能见到。

像看出她情绪低落，谢逐抬手揉了揉她的脑袋，低声说："她能处理好。"

不像安慰，像是提醒。

宋亦霖似有所觉，抬眼看向他，果真听少年淡声继续道："你在 ICU 的时候，她最后来见过我一面。"

现在回想，那时应该是薄酩的父亲刚逝世不久。医院外夜深人静，路灯昏黄，她松散地倚在那儿，像一片凝固的影子。

"我还是希望她活着。"许久，她才开口。

"死了就什么可能性都没了。"她轻声说，语气像多有感慨，又像并无他意，"谢逐，这次别顺着她来。"

谢逐闻言只淡淡一抬眼梢，不置可否："准备走了？"

薄酩并不意外他清楚内情，"嗯"了声，散漫地伸个懒腰："暨城我待不下去了，这两年得避避风头。"

没问什么时候走，也没问去哪儿，因为她的语气仿佛在说，她一定会回来。

"你们好好高考啊，前程似锦这种老话我就不讲了。"临走前，她轻一摆手，眉眼恣意清亮，"等宋亦霖醒了，告诉她——

"都好好生活，我们未来见。"

那就是年少时代的最后一面。

他们都在路上，未来再见。

宋亦霖微微怔住，恰逢主持人结束开幕演讲，冠礼仪式正式开始。遥遥传来轰响声，她望着漫天飘扬的彩带，光从缝隙间洒落，有些晃眼。

青春或许本来就是遗憾与鲜活本身。她想，才十八岁，大家都还有很长的路要走。

或许荆棘遍布，或许前途敞亮，他们总归要踏上路途。

"——自尊自信自强，成人成才成栋梁！"

耳畔回荡着庄重嘹亮的誓词，所有人异口同声，宣誓响彻全场，惊得停落在枝丫上的鸟雀都远飞天际。

早晨八九点钟的太阳，干净清亮，风猎猎，拂过艳红的绶带，又吹起校服衣摆，在空中荡出飒然弧度。

晴空蓝天，鲜绿草坪。少年人喊着笑着，牵手勾肩，一并蜂拥着奔向成人门，是那么多人的十八岁。

永远有人年少，满怀热望，去奔赴光。

这个世界是属于他们的。

"——高考加油！"

百日誓师过后，教室内硕大的倒计时进入两位数，时间流逝得飞快。

三月中旬，师大终试过审的名单终于公布，到底是目标院校，宋亦霖在官网查成绩时，对着填写考号和身份证号的输入框，才后知后觉感到紧张。

她是在教室查的，路予淇看不下去她继续纠结，索性将手机拿过来，帮她输入相关信息。

"等等！"宋亦霖见她动作快，忙不迭将人给按住，"你先让我做好心理准——"

"你心理准备都做了快十分钟了。"旁边梁泽川突然凑过来，边说着，边毫无负担地伸出手，"啪"地点击"查询"键。

宋亦霖快昏了，就这么眼睁睁地看着页面自动跳转，下一刻，白底黑字的成绩单映入眼帘。

一堆数字不足以吸引她的注意力，目光紧张地挪到页面右下方，那儿赫然写着：合格。

"合格！"宋亦霖还没反应过来，身后就传来叶嘉瑜兴奋的喊声，"宋亦霖你进终试了！"

语气相当激动，也不知道她从什么时候开始暗中观察的。

宋亦霖不由得松了口气，这才有闲心看各项分数，算正常发挥，都挺好看的。

于是当即截图发给顾舒，又大剌剌地向身旁的谢逐示意自己的成绩，俨然一副美滋滋炫耀的模样。

谢逐目光扫过她的手机屏幕，眉梢轻抬，语气带着稍纵即逝的玩味："我的合格证已经下来了。"

体考流程短,还比音乐生早,合格证早就在月初下发完毕。而继续考满分后,谢逐不出众人所料,最终以师大校考全国第一的成绩,为此次考试画上句号。

宋亦霖佯装没好气地哼了声,这就要将手机收回,不忘嘟囔道:"你们考试早好不好?我的也快了。"

谢逐却先一步按住她,手腕一翻,就制住她的动作,顺势把屏幕调正,逐个看她的单项成绩。

考试是百分制,她的分数都相当出色。

他简略看过就知道:"进小圈没问题。"

校考合格证按一定比例发放,比录取名额要多,因此合格又分为大圈与小圈,前者有概率落榜,后者则能安稳过线。

"考都考了,进小圈多没意思。"宋亦霖挑眉,指尖轻钩了钩他的,笑,"不就是全国第一,我又不是没拿过。既然都考师大,那我怎么着也得跟你排名一样吧。"

语气从容自信,少女眼底盈着熠亮的光,鲜明生动,是对未来的势在必得。

"行。"谢逐轻哂一声。

"——要是拿了第一,我送你件东西。"

一周后,宋亦霖独自登上前往A市的航班,前去师大参加终试。

终试分为笔试与面试,考试大纲早就给出,还是那些东西,她早就把题库刷熟,弱项听音也被顾舒摁着训练了一番,准备得相当充分。

这趟要在A市待三天,她走的时候正是工作日,都快三月尾声,学校看得紧,于是她也就没跟旁人说,免得他们再来机场送。

三天不长,宋亦霖无人陪同,顾舒原本想跟她一道,但念及A市有汪教授可以照看着,便提前打过招呼,放心让人去了。

考前抱佛脚这招对艺考没什么用,宋亦霖在A市待得倒是安逸,临考前心态最重要,就没整天泡在琴房,偶尔四处逛逛。

路予淇先前特意叮嘱她多拍点日常发群里,美其名曰培养她的分享欲,宋亦霖照做了,结果一堆好吃好玩的图丢进小群,惹得在校学习的几人叫苦连天。

笔试结束后,面试的前一晚,她正跟顾舒开语音聊笔试感想,手机便弹出条来电提醒,她瞥了眼,不由得顿了顿。

顾舒听她没动静了,便疑惑地问:"怎么了?"

"先挂了啊。"宋亦霖"嗯"了声,给出模棱两可的回答,"有人给我打电话。"

顾舒反应半秒,明白"有人"指的是谁,当即意味不明地"啧"了声:"你这才从暨城走两天,明后天考完不就回去了?"

宋亦霖注意力早就转移,随口接了句,也不等顾舒再说什么,就挂断语音,将电话接起。

"现在不是晚自习时间吗？"她看了看时间，"你在学校？"

谢逐简短地"嗯"了声，问她："笔试考完了？"

"考完了。最后还剩半小时，题难度不大，我感觉应该能得满分。"

语气轻快得意，俨然一副等夸的模样，小孩儿似的。谢逐轻哂一声："挺厉害。"

宋亦霖语气谦虚："应该的。哦对……我终试在下午，应该明后天就回。"

谢逐很低地笑了声，顺着话题道："明天回，我去接你。"

"那只有晚上的航班了。"宋亦霖早就看过机票，撑着下巴回话，"我深夜落地，再打车回北郊也太久了吧。"

话说得像有其他深意。

"睡我家这边的房子。"谢逐言简意赅。

对答案早有预料，她不由得轻笑。

偏在此时，铃声打响，透过微弱电流声传入她耳畔，是熟悉的预备铃。

"要上课了。"宋亦霖当即道，"那我待会儿买机票，把航班号发你，要记得来接我。"

语速飞快地说完，短暂停顿半秒，宋亦霖又轻声说："那……明晚见？"

谢逐简短"嗯"了声。

然而待通话重新归于沉默，计时单位却仍在增长。她轻捏着手机，夜晚太静，听筒内低微的呼吸被放大，仿佛就拂在耳畔。

不知怎的，指尖悬在挂断键上，迟迟落不下去。

宋亦霖环住膝盖，手机挨在耳边，哑然少顷，才语气模糊地问："……你怎么不挂电话啊？"

"你不也没挂？"谢逐道。

问题被模棱两可地抛回来，她"啧"了声，嘟囔："我在等你先挂。"

话讲得咕咕哝哝，带着几分本人不自知的软意，撒娇似的。谢逐眼帘压低，很轻地笑了声。

"宋亦霖，"他低声唤她，"我很想你。"

从前就觉得这人嗓音好听，讲这种话更是杀伤力加倍，宋亦霖捻了捻自己的耳郭，有些发烫。

"要是考试排在早上就好了。"她略有不满地喃喃，"怎么还有这么久……我一定要买最早的航班。"

"看微信。"

宋亦霖疑惑地怔了下，似有所觉，当即点进聊天框，果然看见谢逐给自己发来一张截图。

上面俨然是以她的身份信息购买的机票，时间就在明晚八点，是夜间第一班飞往暨城的航班。

只不过这截图时间……她确认过两遍，才敢相信居然是今天下午买的，明明自己刚才接到电话都已经入夜。

瞬间明白过来，宋亦霖好笑地道："你先斩后奏？是不是就等我答应了啊？"

谢逐不置可否，散漫地将问题丢回去："你还想待到后天？"

"我还没玩够呢。"她佯装遗憾，"A市那么多好吃好玩的……"

好像刚才抱怨考试排得晚的人不是她。

"明后天双休。"谢逐语气淡淡，"我去把你逮回来也不是不行。"

这个选项实在有点危险，宋亦霖清清嗓，若无其事地认怂："开玩笑的，吃喝玩乐有什么，见你才是排第一位嘛——那明晚见啦。"

上课铃早就响过，不好再多聊，她便催人快回教室，这才满意地将通话结束。

明早要去找汪教授排一次模拟考试，宋亦霖事先将需要带的东西准备好，早早关灯歇息，为面试养精蓄锐。

翌日早晨，被汪教授从各处细节指导过后，她便去礼服店收拾一番，待准备就绪，也到了该前往考点的时间。

已经经过了两轮筛选，最后进入终试的人并不算多，宋亦霖抵达现场时，队伍已经粗略排了起来。

不同于统考的漫长等待，终试现场人数寥寥，面试内容分为演奏和视唱，整个流程下来，也不过十分钟而已，因此进展得很快。

大小赛事参加得多，她倒是不怎么紧张，戴好义甲，又检查一遍琴有无问题，就听到工作人员叫了自己的号码。

过程短暂，曲子熟悉到有了肢体记忆，视唱的五线谱也并不长，一切顺利进行。唱完谱子最后一小节，她很轻地舒了口气，最后对评委鞠躬，利落转身离场。

艺考彻底落下帷幕。

总算给这条过长的战线画上句号，宋亦霖如释重负，从工作人员手中取走自己的琴，她笑着道过谢，一身轻快地离开此处。

来时没什么闲暇观察，这时考试尘埃落定，她便腾出空当在师大闲逛。

这里建筑多是冷色调，带些素净的书卷气。阳春三月，梨花开得正盛，风飒然拂过，裹起一片莹白，纷扬着坠落。

日光清亮，天湛蓝，校道上偶尔有来往学生，谈笑声遥遥传来，都轻松自在。

师大校碑昭然屹立，被时间淘洗，过客无数，字迹仍熠熠生辉。

宋亦霖想，这就是她多年梦想的地方。

——师大，九月见。


回到酒店已经是下午五点多，迅速收拾好行李，宋亦霖便打车赶去机场。

A市的机场不论旅游淡旺季，永远人山人海，艰难地领了登机牌，又办理完托运手续，她才得以过安检去候机厅休息。

这时间似乎该去吃晚饭。宋亦霖有一搭没一搭地想着，思绪不知怎么又急转，想怎么飞机还不来。

今天是第三天。她算着日期，垂眸捏紧手机。
……怎么这么久，好想见谢逐。
而直到登上飞机，她迟来的清醒才回归，蓦地记起，自己起先似乎是打算去吃晚饭的。
其实也不饿，心底那份迫不及待早就远盖过其他需求，宋亦霖坐在位置上也不安分，来回摆弄着手机，怎么都觉得时间好慢好慢。
原本想睡一觉睁眼就落地，结果闭上眼自我感觉已经过了半小时，最后按亮锁屏一看，才五分钟。
原来可以这样期待一场见面。
从前也不觉得两个小时这么难熬啊。宋亦霖好笑地按了按额角，数羊数得乱七八糟，终于才挨到飞机落地。
她顿时支棱起来，待停靠稳定后，第一时间就将背包搭好，随时准备动身。
谢逐订的是前排位置，舱门刚打开，她几乎瞬间起身，连乘务员的告别语都没听完，就飞奔而出。
从行李转盘取了箱子，宋亦霖一路小跑，边将手机飞行模式关闭，边拖着行李箱过减震带。
离接机口越近，心跳得越快，迫切感像要呼之欲出。
过往乘客们各自忙碌，无数人与她擦肩，有赶去转机的，有打着电话的，而宋亦霖忙着去坠入爱河，争取尽快把自己溺死。
十几分钟的路她硬是只用几分钟跑完，气喘吁吁地停在出口处。手机刚点出通讯录界面，她微一抬头，目光倏地凝住。
机场大厅人头攒动，而朝思暮想的少年就在其中，周围重叠的身影密密麻麻，声音也吵闹，她却在抬起视线的瞬间，就落进他眼底。
像早就从茫茫人海中将她找到。
宋亦霖愣怔半秒，眼眶陡然一热，随意将手机插进兜里，当即三步并作两步，奔向谢逐。
越跑越近，越跑越近。
春天第一滴融化的冰水，盛夏第一声响起的蝉鸣，树梢第一朵拂落的花瓣。
——像我望向你的第一眼。
"谢逐，我好想你。"

从机场打车回市区，待抵达谢逐家里，已经近十一点半。
一整天行程塞得满满当当，从早忙到晚，宋亦霖终于得到休息时间，进门后抱着"一二"又撸又吸，这才感觉彻底安顿下来。
洗过澡后，她吹干头发，满身轻快地在沙发上盘腿一坐，见旁边谢逐似乎正在回消息，便问："谁啊？"
"邵承致。"

"嗯？"她愣了下，"这么晚？"

"七点多发的。"谢逐淡声说，"才看见。"

宋亦霖想起，自己是八点的飞机来着。

有些对不起被无视了这么久的邵大教练，但她很快将其抛之脑后，稍微动了动，将靠枕抵在背后，换了个舒服的坐姿。

回完消息，谢逐随意退出 APP，从宋亦霖的角度刚好能望见他的手机主页，目光无意间扫过壁纸，不由得怔住。

只短暂半秒，还没能看清楚，就已经锁屏，她忙不迭撑起身："等……"

谢逐似有所觉，先一步将手机拿到身侧，脱离她的行动范围，从容不迫地反问："什么？"

宋亦霖刚才还不确定，现在确定了。

"怎么放那么远？"她不甘心地道，"我都看到了，那个就是在音乐楼的演奏厅。让我再看看嘛。"

然而撒娇对谢逐来说完全无用，宋亦霖只好看着他面不改色地起身，将手机一并带离她的活动范围，堪称谨慎。

"不看就不看。"她有些好笑，望着少年的背影，扬声询问，"你去哪儿？"

谢逐步履未停，懒散地撂下两个字："浴室。"

幼稚鬼，说不过她就跑。

宋亦霖忍俊不禁地起身，见窗外夜色已沉，索性也回去睡下。

宋亦霖在凌晨一点醒来。

微妙的不安感陡然而至，她原本睡得安稳，却毫无缘由地苏醒，惺忪睁开了眼。

从茫然状态中缓过半晌，几乎出于某种直觉，她摸过枕边手机，刚滑开锁屏，指尖就滞了滞。

通知栏赫然挂着两通未接来电，一通是在近零点，一通则是在二十分钟前。

来电人——迟敏。

宋亦霖盯着那串号码，许久才没什么情绪地垂下眼帘，轻手轻脚地下了床，虚掩上卧室门，朝客厅走去。

"一二"在沙发上睡得正香，听到动静敏感地晃了晃耳朵，迷迷瞪瞪地抬起脑袋看她，还不太清醒的模样。

宋亦霖朝它做出噤声的手势，"一二"似乎懂了，乖巧地埋低头继续打盹。

站定在原地，她望着那两通红色的未接提醒，实在太久没联系，分明是血缘关系最近的亲人，此时却有种恍若隔世的感觉。

犹豫片刻，宋亦霖终究还是回拨了过去。响过两声，就被对方接起。

她下意识地掐紧指尖。

迟敏似乎没想到会在这时接到回电，唤她的语气带着几分踌躇："霖霖？"

从她口中听见自己的小名，宋亦霖心底微涩，五味杂陈说不出究竟是哪种感受,喉间像被堵塞,难以开口。

沉默半晌,她才简短地应声,问:"刚才睡了,有什么事吗?"

"啊,也没什么。"迟敏略显迟疑地道,"师大的校考,是刚结束了吧?怎么样?"

……她倒还记得自己的目标院校。

宋亦霖敛目,淡声说:"能过。四月发证,之后准备文化课就可以了。"

"你肯定可以的,统考都那么厉害。"闻言,迟敏像松了口气,语气也不似之前僵硬,"高考就剩两个月了,现在身体是第一位,照顾好自己。你爸也让我跟你说,饭要记得及时吃,你胃又不好,天开始热了少喝点凉……"

到底是做母亲习惯了,叮嘱的话匣子一打开就止不住。宋亦霖安静地听着她事无巨细地嘱咐自己,似曾相识,她在过去听过无数遍。

这么多年,她从小不点长到成年,那些话好像也没变过。

过去的种种好坏似乎都已经很远,模糊不清,感觉有些东西从未失去,有些却也的确无法再找回。

宋亦霖会怀念,但也只是怀念了。

"……好。"她艰涩地开口,应得生疏,"我知道了。"

迟敏似乎也有些讪然,又默了默,才疲惫地说:"霖霖……是爸妈对不起你。"

究竟是怎么走到这一步的?

十几年里无数微小矛盾的积累,在他们与她之间竖起沉默的高墙,而最可悲的,是他们现在才迟迟察觉。

早就为时已晚。

"我现在还说不出'没关系'。"宋亦霖闭了闭眼,道,"……你们健康就行,我现在活得还可以。

"很晚了,睡觉吧。"

她没再多说,只安静地听迟敏哑声答应,终于挂断电话。

凌晨很静,宋亦霖站在原地,表情被夜色遮挡着,她垂眸看手机屏幕自然熄屏,冷白的光泯灭在掌心。

心底空落落的,或许还是年纪阅历不够,面对这些仍会感到委屈,她抬手,揉了揉酸涩的眼眶。

四月中旬,师大的校考成绩终于在官网公示。

仿佛重复了当初查终试资格时的场景,公示时间安排在上午十点,正好是在大课间,宋亦霖提前几分钟就开始抱着手机,等成绩查询通道开通。

该说不说,她虽然自我感觉发挥正常,但临到查成绩还是有些紧张。毕竟豪言壮语也放过几次,如果再跟统考一样差个零点几分,那也太憋屈了。

而显然不止她一人焦虑,路予淇在第二节下课铃打响后,就严阵以待地守在她桌前,紧张得像要查自己的成绩,祈祷分数稳过。

"都守在这儿干吗呢？"叶嘉瑜也过来凑热闹，"咱霖霖肯定稳过啊，不就是等着看看全国前几吗？"

"这可不兴'毒奶'啊。"乔觉道，"快收回去，万一就邪门了呢！"

"也是也是，呸呸……"还没呸完，叶嘉瑜愣了下，"不是，你们十七班的来干吗啊！"

乔觉还没开口，旁边的魏余谌就不可置信道："什么你们我们，咱们两个班还分起彼此了？"

宋亦霖原本还挺紧张的，被他们这么一打岔，不由得有些失笑，连带着那些不安的情绪也散去不少。

事先定好的闹钟响起，终于到了十点整。

之前终试资格是别人给点出来的，现在最终成绩还是要有些仪式感，宋亦霖重新刷新一遍网页，输入自己的考生信息，毫不犹豫地按下"查询"。

页面缓冲了两秒，加载条蓄满，下一瞬，简洁明了的红字出现在屏幕——您的专业合格情况：恭喜您报考的专业合格！

这句通告下方，则依次是姓名、身份证号、准考证号、报考专业与总分，以及——专业排名：1。

过了。是第一。

宋亦霖握着手机的指尖有些发麻，心跳得很快，她望着那个数字怔神，连截图都忘记了。

梁泽川一拍桌子："霖姐厉害啊！"

"咱班出了两个师大的全国第一！"

"我就知道能行！"路予淇激动得一把抱住她，笑得开心，"不愧是我们霖霖，有出息！"

继统考的出色排名后，她又以第一名的成绩拿到了师大的合格证，艺考的起点可以说是很高了。

宋亦霖也笑了，生动清亮。

谢逐眼皮轻抬，就见少女被朋友们与欢笑声包围，漂亮的眉眼弯起，勾勒出柔软弧度，粲然明艳，像故事最开始的鲜明模样。

趁大伙都奔走相告这好消息，宋亦霖凑近谢逐，悄声问他："当初说好的贺礼呢？什么时候给我？"

尾音轻扬，看来是真的开心，她微抬起脸，眼底晶亮地望过来，眼里只盛着一个他。

可惜现在是在学校，谢逐漫不经心地想。

"还在办手续。"他道，"暑假就给你。"

办手续？宋亦霖思考了一会儿，但可能性太多，就猜测："不会是过海关吧？你买了什么？"

但谢逐半点风声都不透露，只言简意赅："到时你就知道了。"

还挺神秘。她撑着下巴"嗯"了声,距离暑假横竖不过一两个月,也不知究竟是个怎样的礼物。

"行吧。"她挑眉,"最好够惊喜。"

谢逐低笑一声,散漫地揉了把她的脑袋,懒散应下:"等着。"

高考将近,日子也过得飞快。

最后一个月是最难熬的阶段,每天重复着刷题、考试、背书,反复灌输知识点,一轮又一轮。原本七点十五的早自习也被提前,六点四十班里就已经坐得齐全,大家纷纷埋头安静学习。

各科的提纲和答题模板几乎每天都在发,不知不觉就摞出相当可观的高度,以前觉得宽敞的课桌也变得狭窄,收纳费劲起来,学习资料永远放不够似的,旧的刚整理好,新的就压了上来。

过去宽敞的走道被各色收纳箱和课本占领,走路都费劲,生怕哪一步就踢到谁的东西,毕业班的教室实在跟"整洁"二字毫不挂钩。

醒目的高考倒计时逐日递减,时间就在无数空掉的笔芯、用完的笔记本中流逝,快得捕不到踪迹。

五月中旬,高三生们难得迎来半天"小假"——拍摄毕业照。

五月十五日,立夏刚过,天气晴朗,高考倒计时已经仅剩二十二天。

日光干净敞亮,校园内草木葱绿蓊郁,被太阳炙烤得发烫,生机勃勃的鲜明色彩中,操场汇出一片湛蓝海洋。

今天日子特殊,难得所有人都整整齐齐地穿了校服,高一高二在上课,高三生们簇拥在草坪中央,谈笑打趣都热闹。

女孩们都化了妆,精心扮上镜最美好的模样,组团拉着去拍合照。晴空烈阳之下,遍地都是喧闹的笑声,清澈敞亮。

宋亦霖也被人群簇拥,手机里多出许多照片,没有哪张是不带着笑的。天气真的太好,所有人都光彩熠熠,无忧无虑地快乐。

拍毕业照的顺序是按照班级来定,不多久,唐筱就收到工作人员通知,招呼他们赶快集合。

宋亦霖跟民乐社的朋友们合过影,又被校体队的众人喊着和谢逐去拍照,去得稍晚,十六班已经开始排位置。

操场中央,三层站台搭得稳固。第一排坐着各科老师,前两排站女生,最上方则是男生,划分得明确。

"霖霖!"路予淇站在第二排,冲她招手,"过来拍照啦!"

梁泽川也大声说:"快快,C位给你们留着呢!"

"逐哥、霖姐可算来了,咱们十六班排面不能少,要做这届最靓的毕业班,起码传三届!"

"就是!"

平时没少被调侃，宋亦霖习以为常，失笑着叹了口气。谢逐也敛目轻哂，拍了拍她的肩膀："走了。"

　　两人站上班里早就腾出的 C 位，全班终于聚齐，最后又忙不迭整理起各自的发型和衣服，以确保上镜完美。

　　"刚才就听他们说你们是这届的'颜值班'。"摄影师调试着相机参数，打趣道，"还真是，怎么都这么上镜。"

　　"那当然了，论风光还得是我们班？"

　　"大哥，麻烦多拍几张啊，拍好看点！辛苦了！"

　　十六班的人都嘴甜，摄影师被逗乐，连连应好，将相机架稳。

　　阳光明艳，天际湛蓝广阔，灿色的光点洒落，跃在葱郁草坪间，晃出盈亮色彩。

　　欢声笑闹里，有初夏的风拂过，带着盎然生机，掬起一束光，落入所有人眼底，熠熠生辉。

　　天晴朗，风自由，宋亦霖在敞亮的光里怔神少顷，很轻地笑了。

　　她这一生都太模糊了。

　　风吹过，才拨云见日。

　　摄影师打出手势，扬声喊："一、二、三——"

　　"咔嚓"一声，翻过青春最后一页。

　　定格的最终，是碧蓝天空澄澈日光，所有人都带着笑，对镜头落笔未完待续的新篇章。


　　二十二天转瞬即逝。

　　用空的笔芯已经够握满掌心，教室后排的倒计时由两位数变成个位数，终究也到了清零的时刻。

　　高考前一天，也是离校当天，日复一日的枯燥学习没再重复，下午四节课改为自习，交给各班班主任作最后高考动员。

　　午休时，十六班众人就商量好要给唐筱一个惊喜，于是齐心协力在黑板签了名，又在右下角写——以上，申请毕业。

　　最后一个签名的空位，留给唐筱。

　　等唐筱来到班里后，迎面就被班长塞来一捧鲜花，她怔了怔，视线又落向全员集合的黑板，眼眶一酸。

　　进门前，她想说的话瞬间就忘了。

　　一帮小屁孩，过去让她头疼的日子不少，到了最后时刻，居然还搞得挺煽情。

　　"你们真是……"唐筱抱着捧花，有些哭笑不得，"我本来都调整好情绪，想体面点送你们走呢。"

　　"欸，煽情下嘛，都这时候了。"班长迎上来，没正形地道，"来来，唐姐发言！"

　　唐筱无奈地笑笑，拿起粉笔在黑板上签名，终于补齐了十六班最后一块拼图。

"明天就是高考了。"她环视全场，语气有些怅然，"日子过得还挺快，刚接你们那会儿才进学校，这都要送你们去考场了。"

高中本就是人生中转瞬即逝的一个阶段，而她作为老师，往后会送走一批又一批学生。

但十六班，她想，这群孩子会成为自己教师生涯中最浓墨重彩的一笔。

"十八岁，是个一切都刚刚好的年纪。你们的人生才开始，将来也会有无限可能，或许想要出类拔萃，要优秀端正，要不平凡。"她说，"但无论如何——去成为你自己。

"这个世界是你们的。"

永远鲜活是少年，前人仍在开辟道路，他们已经踏上征途。

唐筱缓了缓，对他们笑："祝大家金榜题名，前程似锦，迄今为止所有努力，都能得到最好的回报。"

最后，她走到班务墙的课堂板块前，在"布置作业"处落笔——

各自考取理想大学！

未来终于在这一刻，完整地铺展在脚下。

这个世界没什么好畏惧的，反正我们只来一次。宋亦霖终于想清楚这个道理。

她失去许多，得到的却未必少。在离校的这天下午，十八岁的宋亦霖想，如果能回到灰暗无光的十六岁，她一定要告诉自己——

你会长大，懂得收敛棱角，有思想，以知识、阅历为底气，而非戾气与决绝。

你会拥有许多爱，朋友、恋人、梦想，都触手可及。经历的那些苦难并不值得，但你值得，去赢一场光明敞亮的未来。

正午已过，日头西移，窗外树影窸窣堆叠，随风晃进她眼底。

带着暖调的金色跃入窗内，洒在印着"高三（16）班"的班牌上，映亮写满姓名的黑板。

光落在他们的名字上。

"——十六班，高考加油！"

唐筱怀抱鲜花，低头笑着抹泪。路予淇将脸埋到梁泽川肩上，很轻地哽咽。叶嘉瑜拍摄写满姓名的黑板，一人不差。班长跟体育委员之前还打闹吵嘴，此时也搭起肩膀，无声地红了眼眶。

然后她发现，她也在哭泣。

是最好的十六班，独一无二。

分明以后多的是机会再见，可毕业就是毕业，高中三年太短暂，时间那样快，叫人没有不舍的机会。

天下没有不散的筵席。宋亦霖垂下脸，将额头抵在谢逐颈侧，藏起自己泛红的眼尾。

察觉她情绪低落，谢逐抬手揉两下她的脑袋："哭了？"

"舍不得。"宋亦霖闷声道，"虽然以后还能聚……但十六班就这一个。"

谢逐敛目:"你也就这一个。"

这话说得。宋亦霖有些哭笑不得,那点消沉与难过也消退些许,回他:"谢逐也就这一个。"

十六班和谢逐,世界上都仅此一个。

一中成功给众多高考生们申请到了本校考点。

"别的不说,这事办得还行。"梁泽川撑着下巴,"人文关怀啊,你是不知道今早我进考场,清一色的一中校服,那感觉跟期末考似的。"

"期末可不会给你三道检。"路予淇头也不抬地道,转过脸问,"欸,乔觉,文言文那个常识题你搜没?咱俩选的不一样。"

"语文那还得看霖姐啊。"旁边魏余谌插话,说着就喊人,"霖……"

结果扭头就见宋亦霖拿着谢逐的数学答案,正沉浸式对题。

高考第一天刚落幕,语文和数学考完当晚,几人约好来老地方吃饭。起初还信誓旦旦说绝对不提考试的事儿,结果没聊几句,莫名其妙就发展成了互看答案。

因为是3+3,所以高考拆成四天,除了前两天的语数外,几人选科各不相同,被拆得七零八落,也就这天能抽空见个面。

"文言文常识?"宋亦霖闻声抬头,大概回想了下,"C吧,我背过这个知识点。"

宋亦霖语文选择鲜少出错,基本次次全对,拿来当标准答案问题不大,路予淇一听跟自己选的一样,当即就拍桌子欢呼出声。

乔觉听到是被自己当成错误答案首先排除的C,抹了把脸,心平气和地将准考证收了起来。

还是别对了,之后三天还有考试,对精神状态不太好。

宋亦霖还忙着对数学,选择跟填空的重复率还挺高,至于大题……她做得零零散散,答案自然也对得零零散散。

亏她之前还挺自信地打赌,说要数学及格。

宋亦霖正暗自觉得心虚,手边桌面就被人不轻不重地叩了下,只听谢逐懒声问话:"数学能及格?"

"怎么。"宋亦霖面无表情,"你以为我没看见你刚才翻我语文选择?"

意思是大家都心虚,别互戳痛处了。

"停,你们两个偏科大佬别打情骂俏了!"梁泽川欲哭无泪地对着数学选择,"这题选A?真的假的,什么原理啊?"

"公式写边上了。"谢逐道。

梁泽川:"服了!"

路予淇借机在旁边笑他平时不写数学作业,魏余谌和乔觉争论着作文主题离谱,室内温暖的光洒落,窗外深蓝夜色流淌,行人寥落。

宋亦霖不自觉也带了笑。

到底是最后朝夕相处的日子了，以前总觉得时间太慢，真到了最后时刻，却又希望再慢点。

"哎，咱们考完出去旅游吧？"魏余谌突发奇想地提议，"高中忙了三年，都好久没出过远门了。"

"行啊！"乔觉第一个附和，愤愤拍桌，"不是考试就是比赛，我三年来除了训练都没去过外地！"

梁泽川更是直接从做错题的懊恼中抽身，连连赞同这个提议，路予淇也被勾起兴致，说考完当晚就开始定计划，多去几个地方。

宋亦霖太多年没以游玩为目的出行，这会儿也有些跃跃欲试，便碰了碰谢逐："你呢？国家队那边有安排吗？"

"有就往后推。"谢逐眼也不抬，干脆利落地撂话，"我跟你走。"

话音刚落，宋亦霖还没做出回应，那边几人就已经纷纷牙酸地倒抽冷气，动静相当夸张。

高考四日转瞬即逝。

随着最后一场考试结束的铃声响起，教室内窸窣的书写声戛然而止，随后便是稀稀拉拉的搁笔声响。

像多少人瞬间的如释重负。

监考老师开始收卷，宋亦霖又检查了一遍答题卡和草稿纸，确认都写了姓名考号，就铺平在桌面，安静地等待宣布离场。

那些头疼的答题模板以后再也用不到，总捋不清的历史时间线也不必再记，过去所经历的那些日夜到此归零，彻底重启。

青春与高考一同落下帷幕。

等监考老师检查完答题卡，宣布考生可以离场后，宋亦霖想，这次是真的结束了。

她的前十八年。

在场众人纷纷迫不及待地起身，拿了考务袋就朝教室外冲去，都赶着去迎接有史以来最长的暑假。

他们考场算收卷慢的，等宋亦霖回到第一安检口拿上书包后，打开手机，才发现大家都张罗着待会儿去哪通宵了。

路予淇：结束了结束了！今晚请你们喝酒！

梁泽川：路老板大气！［玫瑰］

魏余谌：梁泽川你上午就考完了，还好意思发消息？

乔觉：解放了！兄弟们雄起！今晚不醉不归！

小窗聊天框内，是谢逐言简意赅问她在哪儿。

发了共享位置过去，她背上包起身，抬头望，见满目湛蓝校服簇拥着朝操场去，欢呼声被风吹得很远。

而校门口还有许多人。有哭的，笑的，拍照的，在校服上签名的。

恍惚间，宋亦霖看到了操场上奔跑嬉闹的同学，看到了十六班高高摞起的书，光就落在黑板上，上面写满了他们的名字。

六月初，又一年盛夏伊始，是告别的季节。

天际碧蓝如洗，草木生机盎然，日光也清亮，耳畔有温热的风拂过，带着无数人的笑声吹向远方。

去追更亮的光。

她笑了笑，低头才发现屏幕上两个头像不知何时已经这样近，她正要朝四周打量，肩上的包就被人无比自然地拎起。

宋亦霖抬起脸，正对上谢逐压低的目光，少年眼神沉静，从来都很好看懂，只有她一个人。

"走？"他问。

她"嗯"了声，打量少顷这座校园，还是举起手机，道："等下，我拍几张照。"

尽管回忆好坏参半，但到底是珍贵鲜活的三年，在她生命中留下或深或浅的痕迹。

这里是她的高中，有欢笑，有眼泪，记载年少青涩，也记载稚嫩软弱，会傻乎乎地弄巧成拙，会有许多错过。

高中三年弹指一挥间，回头再看，不过是漫长人生中微不足道的一小段时光，却也弥足珍贵。

暨城一中，宋亦霖默念，再见。

而她也终于能给自己一个确切的答复。

——倘若能再回到过去，她想，自己还是愿意跨过那个夏天。

即使那些确实，是她不能封存在玻璃柜里的，全部的青春。

快门键按下，定格篇章最后一页。宋亦霖放下手机，打量屏幕中的照片，没特意选取角度，但少年人们意气风发，似乎就已经是最好的构图。

迟来的怅然这才浮现心头，她最后抚过那张照片，随后将手机收起。

就在此时，耳畔忽然传来谢逐低沉朗润的嗓音："宋亦霖。"

她闻声抬眸："嗯？"

"那天晚上，如果你没有看向我，我会喊住你。"谢逐望着她，从一而终地认真专注。

"——十次、百次、千万次都一样。"

爱应该充满希望，应该向着光。

愣怔少顷，宋亦霖眼底很轻地亮起，笑了。

两个月前的深夜，她曾随口提起一句"如果"，时至今日，终于得到清晰的答案。

——翻过篇章尾声，该是她带着一身破碎的骨，落入他怀里。

十八岁这年，在高考落幕的盛夏，宋亦霖想，自己终于可以去重新认识这个世界，放弃向一切追问。

　　别找最优解了，哪儿来那么多为什么呢。

　　校门口远远传来熟悉的喊声，是路予淇兴高采烈地朝这边示意，其余几人也都在，梁泽川正吹着口哨调侃，叫他们快过来。

　　谢逐轻扬眉，朝她伸出手。

　　"不用回头了。"他说，"宋亦霖，往前走。"

　　往前走。

　　阳光洒下，已经没有任何杂质与阻隔，真切地被她所触碰。

　　宋亦霖抬起脸，视野被映得熠熠，见错落光影里，谢逐将眼帘压低，目光盛住她，坚定专注一如最初。

　　光就在他身后，望不尽的敞亮，光点跳跃着映入她眼底，烫得她想落泪。

　　有他出现，才不算辜负这个夏天。

　　朋友们都在校门口等着她，雀跃地招手呼唤，宋亦霖揉了揉酸热的眼眶，伸手搭在少年掌心，坚定地十指相扣。

　　然后她笑着，扬声喊："来了！"

　　——那是她的全部青春。

　- 正文完 -

## 番外一·千百遍

二〇二一年，秋。

第一遍。

冷雨湿寒，空旷的学校天台，谢逐第一次见到宋亦霖。

夜幕四合，远方灯火璀璨，光影错落。少女坐在护栏上，脚悬空轻荡，与晚风触之可及。

晚风呼啸不绝，掀起校服衣摆猎猎飞扬，城市灯火明灭闪烁，凉薄月光也碎在风里。

她散漫抬眸，一错不错地望向他。

那是初遇，谢逐得到了一场静谧的雨，以及一罐已启封的汽水。

第二遍。

再见是个晴朗天气。目送少女跟朋友从艺术楼走出，谈笑风生着渐行渐远，谢逐收回目光，将矿泉水瓶抛回架子。

朋友挺多，看起来人缘不错，是不是艺术生还有待确定。

无意识地就给她新加了几个印象，尽管他也不知道自己为什么要在意这些。

正好是午休时间，谢逐在更衣室换过衣服，原本打算离开游泳馆，就见刚才训练中途偷偷溜走的队友回来了。

"回来了？"后面的人揶揄道，"艺术楼离这儿不远吧，你朋友怎么没一起来？"

"可别提了。"队友没好气地回，"本来还想找她吃顿饭，结果高一的排练组被留下开会了。"

"那你白跑一趟啊？"

"怎么就白跑一趟，我见着人就够了。"

听到"艺术楼"，谢逐步履一顿，停下来问："今天排练有高二的？"

队友没想到他会问起这个，闻言愣了半秒，才忙不迭应声："对，这次活动虽然是高一的场，但高二部拨了几个学生过来指导。"

"艺术生？"

队友点头，犹豫中又带点小兴奋："逐哥，有情况啊？"

"随口一问。"谢逐漫不经心地撂下两个字，"走了。"

又确定了她的新信息,是艺术生。

第三遍。
食堂人满为患,餐口都排着长队,并不宽敞的空间一时充满喧哗。
梁泽川刚开始打算挑个人少的队伍,结果发现哪里都人多,选择恐惧症就犯了,索性朝左边转头:"逐哥,你吃什么?"
"随便。"被提问的人言简意赅。
梁泽川于是朝右边转头:"路老板今天打算进什么膳?"
路予淇一脸正色:"要不泡面吧?"
梁泽川无话可说,就这么浪费了半分钟,干脆随机挑了个队伍排。
而谢逐也的确如他所说的"随便",连招牌都懒得看,就利落地站到队末。
路予淇要去买奶茶,让梁泽川排队帮忙点一份,随后就跑得没影。旁边是食堂指定小炒的窗口,由于等待时间长,人也不怎么多。
谢逐正无聊地刷着手机,耳畔就传来一道女声:"叔,菜单上的都还有吗?"
环境太嘈杂,连带对话声也不怎么清晰,但他还是听出几分熟悉感,抬眼朝声源处看去。
果然熟悉。
少女今天老实穿了校服,尺码似乎偏大,衬得她整个人更显小。暖色的光落下来,她眉眼笑意清亮。
大概是得到了肯定答复,她笑着应了声"好",又朝窗口说:"一份辣子鸡!"
"行!"掌厨正忙着手里的活,头也不抬地问,"有什么要求没?"
"不要葱姜蒜、花椒,不要香菜不要辣。"她顿了顿,又补充,"彩椒可以,不辣就行。"
话音刚落,谢逐微微一顿。
……看不出来还挺挑食。
掌厨显然也这么认为,听完差点儿把铲子给撅了:"你直接说全不要算了。"
"辣子鸡不要辣,葱油面不要葱,麻辣拌不要麻辣。"旁边的女生好笑地打趣她,"这吃法也就你了。"
她也挺有自觉,闻言不好意思地咳了声,承认:"是有点挑食……别奚落我了,你不是说要去超市吗?"
"行吧,放你一马。"朋友忍俊不禁,伸手将她揽过去,笑着拍了拍,"走,正好买完东西回来取餐。"
正说着,两人在窗口付过款,便准备离开这里。
在她转身的前一秒,谢逐漫不经心地压下眼帘。
他们擦肩而过。

第四遍。

暨城一中的秋季运动会如期而至，举办三天，限高一高二参加。

这种活动向来分工明确，快乐和自由是多数学生的，报名和项目则是各班体育生的。

谢逐自然不例外，态度也随意，报名表下来时，只叫他们先填，最后剩几项他报几项。

正所谓辛苦一人造福全班，众人一片热泪盈眶，就差要颁个"十六班英雄人物"的奖给他，然后很干脆地剩了一堆高难度项目。

已经不知道第几次在检录处碰见谢逐，队友十分崩溃地问："哥，校级运动会大满贯是没奖金的，你能给别人点机会吗？"

谢逐正在名单上签到，闻言头也不抬，淡声说："待会儿我放水？"

队友纠结少顷，暗戳戳道："为了兄弟，放一点儿就行，我朋友得来看呢。"

谢逐眉梢轻抬，算是答应了。

就在此时，一道女声遥遥传来，像在喊谁的名字。队友瞬间大变脸，喜笑颜开地朝对方招手示意，随后就跑了过去。

谢逐漫不经心地朝那边扫去一眼，见是几名女生，自家队友正跟其中一名有说有笑，想来就是他朋友。

值得一提的是，又看见了她。

天转冷了，暨城从秋装过渡到冬装不过半个月，少女穿着件浅灰色毛衣，绒感绵密，掌心还捧着杯热气氤氲的奶茶，似乎不怎么抗冷。

指尖冻得发白，她攥了攥袖口，跟身旁朋友聊着天，很轻地笑。清亮日光落在她眉眼，鲜明漂亮。

他听见有人喊她"霖霖"。

距离不算近，谈话声有些模糊，谢逐从中听到自己的名字，于是掀起眼帘，淡淡扫过那边。

也不知提起什么，少女挑了挑眉，侧目朝他望来一眼，蜻蜓点水似的又收回，是礼貌到近乎不在意的时长。

"谢逐？"

他听见她说："有点眼熟。"

心跳毫无缘由地停顿半拍，又坠下，砸出沉沉的响。

来自心脏，前所未有的不适感，是他第一次从她口中听到自己的名字。

停滞时间过久，笔尖在白纸上洇出痕迹，像此时厘不清的陌生情感，谢逐没什么情绪地垂眸，将笔搁下。

离开赛所剩时间不多，最后依依不舍地跟朋友聊过两句，队友就重新回到检录处，赶着在名单上签到。

"穿灰毛衣那个。"谢逐语气很淡，仿佛随口一提，"你认识？"

"嗯？"队友愣了下，回头打量几眼，"灰毛衣……你说宋亦霖？"

宋亦霖。他默念。

"她啊，挺厉害一人，算咱们学校音乐生的天花板了。"队友感慨道，不忘补充，"是高二的学姐。"

闻言，谢逐眉梢轻挑，显然想起什么。

"——学姐。"他低声道。

第五遍，第六遍，一直到数不清多少遍。

宋亦霖性子散漫，不怎么受教条管束，行事准则定位清晰，是个非传统意义的好学生。

专业素质强，人缘也好，周围总不缺朋友，跟老师相处也不错，被很多人喜欢。

谢逐见过她许多次。

知道她漂亮，知道她挑食，还知道似乎比起集体活动，她更喜欢单独行动。逐一数过，多是些细节。

而发现细节的前提是在意。

他们只有过几句简短对话，他对她而言只是路人，却毫无自觉地在有意无意间，了解她过多。

在人群中寻找她的身影，成了谢逐潜移默化的习惯，尽管这习惯没有任何道理。

直到后来，他越来越难从人群中找到她。

最后一遍。

十二月，寒风料峭，暨城落了这场冬天的初雪。

雪从凌晨开始下，在晚间转盛，纷纷扬扬像要埋没整座城市，色彩单一静默。

晚自习就快开始，离校吃饭的学生们一窝蜂回到学校，都兴致勃勃，你追我赶地玩着雪，一路热闹。

梁泽川跟路予淇在拌嘴，魏余谌和乔觉讨论着明年的全国锦标赛，谢逐低头回完教练的消息，掀起眼帘，却捕捉到一抹熟悉的身影。

校园里充斥着晚休回班的学生，遍地都是笑闹声，而宋亦霖与前行的人潮相背离，清瘦身影掩在里面，更显得孑然突兀。

她只穿着件简单的连帽卫衣，跟周围那些羽绒服、棉服相比，仿佛不在一个季节。谢逐不着痕迹地蹙眉，停下脚步。

帽檐松散，露出宋亦霖小半张侧脸，她嘴角挂着青紫伤痕，人比雪白，神色比雪淡。她拎着书包，眉眼不带一丝情绪，平时总噙着笑意的眼尾也压低，浓厚夜色降下来，漠然凉薄。

她在一场雪里，与所有人擦肩而过。

——包括他。

正是凛冬，寒风挟着雪呼啸而至，学生们裹紧外套，语气夸张地喊冷，又嬉笑着拥作一团，钻进明亮温暖的教学楼。

确实有些冷了，谢逐想，所以她穿这么少，究竟是要去哪儿。

脸上的伤又是哪来的，那群朋友呢，怎么也没人管管她？

可宋亦霖就是穿着那件过于单薄的卫衣，带着伤，垂眸穿过重重人群，直到彻底孤身踏入寒夜，也没人在旁边陪她，更没人留住她。

夜幕四合，校外一片冷沉暗色，是与人群抵牾的寥寂。雪下得大，她没撑伞，不知道要走去多远的地方。

谢逐轻蹙起眉，鞋尖微动，毫无道理地朝她的方向迈出脚步。

"——逐哥！"

下一瞬，梁泽川的声音响起，扬声催促他："咱们晚自习还得小测呢！有事之后再说！"

步履一滞，他站定在原地，望着宋亦霖的背影模糊在夜雪里，最终不再清晰。

月光摇摇欲坠，莹白冷透，谢逐收回视线，抬脚与她离去的方向背道而行。

他没想过，那会是自己最后一次见她。

也再没有什么"之后"。

你去哪儿，不冷吗，怎么就你自己——为什么看起来不开心？这些问题也随之被埋在那场雪里。

后来谢逐想，其实自己没立场去问那些，只是他单方面的在意。

而他们从未真正有过一次对视。

错过与遗憾都毫无征兆，那些还没能厘清的陌生情愫也被迫终止，而他只是想——

如果能再见一面，他会喊住她。

…………

2022年8月25日。

落在地面的雨声，空气中令人不适的湿润感，低沉的天色，灰蒙的水汽。

一阵未知来处的风，将他们的视线吹在一起。

——那天，宋亦霖第一次认识他。

## 番外二·轻轻

高考结束，正是全国高三生的解放日。

手机推送消息全都是与高考相关，大街小巷也都是考完放纵的高三学生，喜气洋洋的，仿佛提前过年。

校门口挤满了来接考生的家长，车堵得马路水泄不通，几人走到十字路口处，视野才算开阔起来。

路予淇早就与家里人说好让人来接，一通电话过去，一辆商务车就行驶过来，缓缓停在他们跟前。

路予淇跟司机打了声招呼，便转过头笑着招招手："上车，老地方。"

车里内饰简约商务，却不难看出价格不菲。宋亦霖落座后，听司机温声喊"路小姐"，才后知后觉地记起路予淇富家千金的身份。

平时玩得好，没什么距离感，也就忘了这茬。

"还得是路老板。"魏余谌心满意足地喟叹一声，啧道，"梁泽川你小子好福气啊。"

梁泽川又想起自己过去十几年的辛劳史，抹了把脸："羡慕吗？拿命换的，你跟她逛次街试试。"

闻言，宋亦霖指尖敲了敲，心思微动，漫不经心地问道："你们两个青梅竹马啊？"

"是啊，出生那会儿就认识了。"路予淇从副驾侧过脸，"也有十八年了吧。"

"严谨点。"梁泽川道，"算上咱妈怀孕的几个月 OK？论那个你还得喊我声哥。"

"谁叫你没出息，比我晚出生？"路予淇语气不满，"喊姐！"

乔觉："……重点不是'咱妈'吗？"

魏余谌："可能是青梅竹马的友谊。"

然而两名当事人正忙着争论辈分问题，这个被模糊的重点也就无疾而终。

宋亦霖怎么看怎么微妙，跟身旁的谢逐悄声说："我怀疑梁泽川在试探。"

"不用怀疑。"谢逐神色未变分毫，仿佛习以为常，"他探了两年了。"

……探了两年还能毫无进展，这哥厉害。

宋亦霖正要开口，谢逐的手机便振动起来，是有人来电。他扫了眼屏幕，看清楚备注后，挑了下眉。

"邵教练？"宋亦霖狐疑地蹙眉，嘟囔道，"刚高考结束，这么快就来催你训练啊？"

"——听见了吗？"谢逐轻叩手机背面，懒声说，"暂时没空。"

宋亦霖没想到他接得这么快，闻言差点儿被呛着，很崩溃地往旁边挪了挪，试图跟电话对面的人解释："不是，我说着玩的，还是队里训练要紧，邵教练您随意安排！"

邵承致那边一片死寂，似乎正在挂断电话和开口之间纠结，到底还是语气虚弱地道："我就知道你小子……"

算了，年轻真好，年轻真好。他努力催眠自己两遍，心平气和地问："行，三个月假想都别想，你打算歇多久？我可先告诉你，明年五月就是全国冠军赛了。"

亚运会是世界锦标赛的选拔赛，但在世锦赛前，还有体育竞技的最高赛场——奥运会。

先后在亚运会与亚锦赛上锋芒毕露，谢逐如今已经是国际运动健将的水准，网上呼声正热，明年奥运会也将成为他成年后的首秀。

四年一度，谁看了这时机都得感慨一声赶得正巧，邵承致更是不会让他放过这次机会，高考备考小半年缺训已经够夸张，没多少时间再耗。

谢逐自然也清楚这点，略显烦躁地蹙了下眉，勉强压缩自己的假期，道："一个月。"

这个还行。邵承致满意地应声："没问题，不过你最近得腾出来三天，先回队里开个会，确定完接下来的训练安排就随你休息了。"

"可以。"

除此之外也没其他事了，邵承致琢磨了会儿，又突然想起某事，连忙问："等等，都忘了问你，大学想好去哪儿了没？"

"师大。"

"师大？我还以为你会去体大，不过师大也不错，退役后直接留队任教。"他纳闷了两秒，蓦地反应过来，"宋亦霖打算报哪儿？"

"师大。"谢逐语气散漫，给出相同答案，"没事我挂了，忙。"

邵承致已经不知道该抓什么重点了，闻言只能略显崩溃地问："不是，你都考完了还忙什么？"

谢逐语气不耐烦地撂下几个字："谈恋爱，挂了。"

实在是相当雷厉风行，话音未落就结束了通话，邵承致猝不及防。

比特立独行的谢逐更难沟通的是什么？邵承致心力交瘁地想，是恋爱中的谢逐。

长着张酷哥脸怎么居然是个恋爱脑啊！

然而，恋爱脑酷哥已经干脆利落地收起手机，转而问身边人："陪我去趟A市？"还是相当有耐心的询问语气。

"邵承致听了都得掉眼泪。"魏余谌"啧啧"道，热衷于拱火，"咱逐哥的耐性独一份啊。"

宋亦霖倒是早就习惯这份特殊对待，拒绝更是不可能，没怎么思考就答应下来："队里有事？训练推迟一个月会不会太久了？"

"去开个会。"谢逐道，"下个月开训，九月开学，到时肯定要整天待体育局里。"

意思就是无论推不推迟以后都有得忙，还不如好好休息一个月。

有理有据。宋亦霖没再担心，刚点了头，旁边的梁泽川就迫不及待地问："逐哥是不是要准备明年的冠军赛了？"

"冠军赛后就是奥运会了啊。"路予淇也反应过来，双眼晶亮地转过头，"我记得这届奥运会在国外举办？"

"F国。"乔觉适时补充道，整个人欲哭无泪，"但凡再晚一年也行啊，明年我跟谌子就差不多能进国家队了，还得再等四年。"

"时不我待。"魏余谌也感慨，"早知道去年就跟省队训练了，那样的话现在都走完入队流程了。"

"去年还忙着文化课一轮。"梁泽川补刀，拍了拍自己好兄弟的肩膀，"咱们学渣还是得对自己善良点，你要去参加比赛，今年可就没学上了。"

魏余谌：……更生气了。

特长生最恨的就是文化课，然而在场就有两个专业文化双强的人，还是情侣，简直哽得人无语凝噎。

"我现在就祈求让我冲够综合分。"魏余谌叹了口气，"我第一志愿还想报体大呢。"

乔觉一听也支棱起来："我也是！我考前都烧香拜佛去了，让我上体大吧！"

"敢情都要往A市跑啊。"梁泽川撑着下巴，佯装随意地问道，"路老板，你打算报哪儿？"

"A大，我爸的母校嘛。"

梁泽川的表情好像凝固了两秒，转瞬即逝的纠结，随后就把这个话题给稀松带过，插科打诨起来。

从北郊到市区，车程称得上漫长，但一路上谈笑风生，聊着之后的暑假计划，时间就过得很快。

抵达"老地方"后，路予淇第一件事就是去通知店员，今晚所有高考生可凭准考证免费换全场酒水，美其名曰出分前攒人品。

毕竟是路老板。

"今晚随便吃，再开个可乐桶。"她望着酒单思索片刻，扭头问几人，"伏特加做基酒没问题吧？"

梁泽川"啧"了声："我肯定没问题，你们放心喝，最后我挨个送你们回家。"

宋亦霖闻言饶有兴致地抬眸："你酒量可以？"

"那当然，在场除了逐哥，我哪个没送上过车？"他大言不惭，"没事，喝醉了也有我们两个善后呢。"

这个信息倒是让人始料未及。

"没见过你喝酒啊。"她微微偏过脸，望向身旁，"原来挺能喝的？"

谢逐垂眸对上她，稍顿了顿，才没什么情绪地应声："都行。"

"行啊。"她冲梁泽川比了个OK，笑吟吟地说，"那今晚我可放心喝了。"

"成了。"魏余谌道，"不过宋亦霖你悠着点啊，基酒加伏特加的话度数挺高，意思两口就行。"

乔觉也积极附和："是啊，你们毕竟是两个女孩子，记得把握酒量。"

路予淇这会儿已经利索地点完单，揽着宋亦霖往楼上包间去，闻言挥挥手道："知道知道，好不容易考完了不得放纵一回？"

"得。"梁泽川哭笑不得，"今晚给两个姑娘兜底——呃，逐哥你怎么这么看我？"

梁泽川很快就明白，谢逐那个眼神的意思了。

"不是，宋亦霖你怎么都喝不醉的啊！"

梁泽川望着对面神情坦然的人，十分崩溃："你酒量居然这么好？"

在场六个人，一个可乐桶，其中三分之一是宋亦霖喝的。起先她换成啤酒杯时，魏余谌跟乔觉还苦口婆心地拦了拦，结果很快就发现人家是真拿酒当饮料喝。

酒过三巡，路予淇喝得微醺就自觉地停下；梁泽川喝慢酒会上脸，但人还是清醒的；谢逐更是神色一如既往的淡然，根本看不出已经喝了不少。

另外两个不必说，平时训练禁酒，几杯过后觉得太烈就忙不迭收住，但还是明显有些上头，话都多了起来。

"我感觉我被骗了。"魏余谌喃喃道，"宋亦霖，你是不知道，当初高二开学时，第一次见你我还寻思怎么这么乖，结果转头你就把我给喝趴了？"

乔觉没兜住量，已经晕得趴在桌上迷糊。路予淇在旁边戳戳他，只收到几句语义不明的咕哝。

宋亦霖面色如常，闻言像有些不好意思，道："我以为你们有能喝的……"

梁泽川、魏余谌双双沉默。

真诚果然是必杀技，杀得他们连尊严带脸面都片甲不留。

梁泽川的表情像在后悔自己几个小时前撂的话，干脆利落地退场："不行不行，我真陪不了了，你这酒量也就酷姐能来会会，逐哥还是你来吧。"

可乐桶已经见底，宋亦霖打量一眼，觉得今晚确实喝了不少，虽然感觉距离微醺还欠点，但估计过会儿酒意上来就差不多了。

她酒量算是天赋，没特意练过，"能喝"的标签从小跟到大，没想到对上这几个人也照样生效。

除了谢逐。

想着，她转头将人仔细打量一番，见少年眉清目冷的，喝酒像是在喝水，也不见上脸,相当从容冷淡。

看不出来酒量还挺好,宋亦霖由衷地想。

直到酒局结束,各回各家——

刚踏进玄关,她连灯都还没来得及开,就被谢逐反手摁在门上。

……原来这人只是酒品好啊?

宋亦霖酒量天生就好,伏特加兑的可乐桶,喝到现在也只能算微醺,除了困没别的感觉。

倒是才知道,原来谢逐是那种酒量平平还硬喝,结果酒品很好众人都看不出他喝醉的人。

……也是某种意义上的厉害了,以及,麻烦。

至于是何种"麻烦"——翌日,宋亦霖头疼地打量着镜中自己红肿的唇瓣,迫不得已决定戴口罩出门。

另一边,旅游计划也敲定得迅速,一路北上多玩几个地方,首选就是 A 市。

谢逐要回体育总局开会,宋亦霖一起,两人就先行出发,到时处理好队里的事,众人直接在 A 市碰面。

干脆利落地订了当天下午的机票,宋亦霖简单收拾好行李,一股脑交给谢逐,然后送"一二"去宠物店,办理托管手续。

毕竟拖家带口的,说走就走的旅行没那么轻松。

事先约好在机场碰面,雷厉风行地处理完手头的事情,宋亦霖就打车前往目的地,又取了机票过安检,这才算一身轻松。

她拿出手机,正准备给谢逐打电话,谁知刚一抬眼,她就在茫茫人海中精准地发现目标。

谢逐一身黑白冷调,修长身形向来显眼,即使戴着帽子口罩,也引得无数路人注目。他跟前站着一个女孩子,正欣欣然说着什么。宋亦霖简略扫了眼,见她手机屏幕是微信界面,便猜是在要联系方式。

想都没想,宋亦霖三步并作两步走近,自然地搭住谢逐的臂弯,唤人:"久等了,宝贝。"

女孩子见对方有主了,也相当有眼力见地放弃,朝两人不好意思地笑了笑,没再打扰。

倒也不是警惕,纯粹是占有欲作祟,见搭讪的人离开,宋亦霖也就将手收了回来。

结果她还没能动作,就被谢逐从容地牵起,随后十指相扣。

他眼帘压低,问:"宝贝?"

刚才随口胡诌出来的称呼,宋亦霖哪好意思再喊,当即有些耳热,装着若无其事地撇开视线。

"那什么……"她生硬地转移话题,"我们在几号口来着?"

扫过少女耳尖那抹绯色，谢逐眼底闪过一丝兴味，懒声说："A2，宝贝。"

宋亦霖听得大脑险些宕机。

脸烧得更热了，她简直想把这人的帽子抢过来戴，只能低着头边朝前走边胡乱催促："行行行，快走快走。"

谢逐眼皮轻抬，扫过指示牌，漫不经心地唤："宝贝，你走错了。"

宋亦霖：服了！

暨城到 A 市里程不远，约莫两个小时就能落地。

机舱内冷风开得足，谢逐记得宋亦霖怕冷，就让空乘拿了毯子来。宋亦霖忙了整个上午，这时才真正能休息，裹着柔软的毛毯窝在位置里，很快就有些昏昏欲睡。

宋亦霖的精力本就比普通人更差些，谢逐没打扰她，见她困得摇头晃脑，便把人揽了过来，调整一个她枕着舒服的坐姿。

"到了喊你。"他低声道。

宋亦霖迷糊着应下，困劲一发不可收，她从上飞机开始一路睡到抵达体育总局，基本是黏着谢逐走的，直到听见邵承致的声音，才勉强稍微清醒过来。

"宋亦霖？好久不见啊。"邵承致见到她，当即挑眉笑了，"怎么困成这样？"

谢逐垂眸，看宋亦霖还一副惺忪模样，揽在她肩头的手微移，碰了碰她耳侧："没睡醒？"

宋亦霖反应慢半拍地摇摇头，缓过困劲，揉着眼睛冲邵承致打招呼："邵教练。"

她说这话时还有些迷糊，人也半靠着谢逐，相当自然地将对方当作支撑点，更别提谢逐，那看人的眼神简直前所未见。

无孔不入地散发着热恋期的黏糊劲。邵承致的表情破碎了一瞬，扶额喃喃："在电话里秀还不够，高低还是秀到我跟前来了。"

宋亦霖这回算是彻底清醒了，当即反应过来是在长辈跟前，忙不迭地往旁边挪了挪，还紧张得有些同手同脚。

邵承致瞧得哑然失笑："啧，我就感慨一句，你们俩能成也不容易，可算是让我见到了。"

"我算谢逐一半……算了，三分之一娘家人吧。"他道，"这小子脾气臭，你多担待，受了委屈找我或者刘昭都成，不用惯他。"

似曾相识的对话，宋亦霖仿佛被重新拉回两年前，她认真地回想了下："没事，好像都是他惯着我。"

邵承致腹诽：还是别聊了，年轻真好。

感慨万千的邵教练心力交瘁，也没再耽搁时间，让宋亦霖在局里逛逛，随后便喊谢逐前往会议室。

国家队已经有部分运动员在训练，她从看台上观望，瞧见好几个以前在电视里见过的熟面孔，果真人才济济。

泳队日常的训练都是单项加强，宋亦霖饶有兴致地观察了会儿，虽说她是旱鸭子一个，但看着还挺有意思。

会议并没有开多久，本来就是为了跟谢逐确认下一步训练与参赛安排，她还没看够，就耳尖地听到有渐近的脚步声传来。

偏过脸，见来人果然是谢逐。

一起来的还有几名泳队成员，想来都是准备参加明年冠军赛的，见了她纷纷一愣，随后就是熟悉的八卦目光。

"小女朋友？"一人好奇地打听，"难怪教练说你着急走，还要休一个月的假。"

"嗯。"谢逐散漫地应，"休假谈恋爱。"

宋亦霖乖巧地跟几人打过招呼，她向来机灵，几句话就将双方初见的距离感拉近，跟队友们谈笑风生。

谢逐倒是惜字如金，将人揽到身旁，便言简意赅地跟众人道别，径自朝外面走去。

听着后方传来的揶揄声，宋亦霖好笑地抬头看他："我才刚跟你队友打了个招呼。"

"先晾着。"谢逐漫不经心地道，"假请完了，该办正事了。"

她挑眉，故意问："什么正事？"

"私奔。"

宋亦霖闻言微怔，随后轻笑出声："行啊，那接下来去哪儿？"

谢逐没看她，抬手按下电梯按键，语气淡然："我订了餐厅和酒店。"

哦，餐厅和——

宋亦霖倏地停下脚步。

"……餐厅和什么？"她问。

谢逐微一侧首，目光落向她，眉梢轻抬："酒店。"

有酒店这个先决条件，吃什么反而不重要了。

天色渐晚，抵达酒店时已经八点过半，行李箱早在落地后就被专人送达，宋亦霖刷卡进房，回头正要从谢逐那儿接过箱子，却见对方反手将门带上。

屋里还没开灯，只剩外界飘晃的碎光，越过整扇清透的落地窗，浅淡映亮视野。

若有所觉，宋亦霖抬手想将灯打开，指尖都碰到按键了，却被谢逐一句话止住动作——

"你想开灯？"他语调散漫。

宋亦霖一噎，心虚地将手缩了回去。

脸颊烧起热度，她借着微弱的光线朝屋里走，支支吾吾地转移话题："浴室在哪儿？"

话音未落，手臂就被人攥住，以不容置喙的力道扯近，她反应不及，就这么撞进他怀里。谢逐握着她的腰，俯身道："先去卧室。"

宋亦霖还试图拖延时间以做好心理建设，结果还没开口，那些没意义的话就尽数淹没在一个吻里。

一夜过后，宋亦霖最终都分不清，自己究竟是睡过去还是昏过去了。

再睁眼已经天光大亮，她迟钝地反应了半晌，才缓过劲来，同时也听到室内传来另一道声音："醒了？"

几乎是下意识，宋亦霖毫不犹豫地闭眼，坚定地装睡，蜷在被窝里连动都没动一下。

谢逐望着那团纹丝不动的被子，眉梢轻挑，几不可闻地低哂一声。

"队里有事，我出去一趟，"她听他淡声道，"待会儿回来。"

话音未落，耳畔就传来关门的动静，以及渐行渐远的脚步声。

宋亦霖这才顶着张红透的脸，艰难地掀开被子，坐了起来。

腰疼腿酸，浑身仿佛被拆了重装似的，宋亦霖没多余精力找衣服，瞥见床边的衣架上挂着一件谢逐的T恤，就直接拿来套上。

缓慢地挪到门口，她估摸着时间也有一会儿了，于是放心地推开门，结果刚抬眼，就见谢逐神色淡淡地坐在沙发上望着她。

这人不是说有事离开了吗？

意识到自己被骗了，宋亦霖陷入短暂崩溃，但扭头钻回卧室好像也不像那么回事，于是只能佯装从容，问候："早。"

嗓音哑得不成样，她话音未落就先顿住，成功捕捉到谢逐眼底转瞬即逝的戏谑，她勉强绷住表情，若无其事地走到餐桌旁喝水。

杯子里是热水，某人还挺贴心。

然而这个想法刚冒出来，她就见贴心的某人开口，语气不疾不徐："宋亦霖，你该锻炼了。"

明白他的言下之意，宋亦霖险些被呛着。

略显不满地侧过身，她正打算同他理论，客房的门铃却在此刻响起，是订的早餐到了。

宋亦霖衣服没好好穿，不方便见人，干脆就坐在餐桌前等着。谢逐没让服务员进来布菜，端了早餐放在桌面上，也在她旁边落座。

简单的西式轻食餐，宋亦霖虽然没吃早饭的习惯，但昨夜体力消耗过大，这会儿的确饿了，拿起餐具就开始埋头扫荡。

星级酒店的后厨的确有点东西，可颂甜度刚好，她短暂一出神，叉子上的沙拉酱便滴落到大腿上，下滑的凉意瞬间将她思绪拉回。

宋亦霖轻"啧"了声："纸在……"

"哪"字还没出口，就见身旁的谢逐不疾不徐地伸手，指腹抹起那点酱汁，漫不经心地送到嘴边。

宋亦霖觉得自己浑身都快炸了。

"你如果不想继续吃,"谢逐没看她,淡声,"就回卧室。"

……怎么会有这种人?

等吃过饭,宋亦霖困倦地打了个哈欠,裹着空调毯懒散地窝进沙发,就拿起手机看小群里的未读消息,看另外几人打算什么时候过来。

路予淇:@10,怎么样了?你们俩那边的事情处理好了没?

梁泽川:半小时过去了,不对劲啊。

谢逐:人还没醒。处理完了。

魏余谌:?

乔觉:是我想的那样吗?

梁泽川:啊?宋亦霖睡懒觉呢?

路予淇:懂了,不打扰了。[玫瑰]

画风还真是乱七八糟。

有些好笑地按了熄屏,宋亦霖抬起脸,却见谢逐已经换好衣服,似乎是真的准备出门,不由得一愣:"队里还真有事啊?"

"没。"谢逐问她,"还能走?"

怎么不能走。宋亦霖觉得自尊有被挑战,闻言当即直起身来,虽说动作并没那么流畅就是了。

"要出门?"她疑惑,"A市夏天太热了,晚点也行吧。"

"也可以,你不急的话。"

宋亦霖的好奇心瞬间被勾起,连忙追问:"你这趟还有特殊准备?"

"当初不是说了,"谢逐漫不经心地道,"校考第一,送你一件东西。"

这件神秘礼物的等待期可太长了,宋亦霖立刻来了精神,这就去洗漱间收拾一番。临出门前照过镜子,才发现自己不能就这么出门,只好憋屈地又穿了件防晒服。

谢逐约的车在楼底等候多时,她回到客厅时,正见服务生将两人的行李箱拎走,不由得茫然了会儿:"这就退房了?"

谢逐言简意赅:"换个地方住。"

心底隐约多出个猜想,但由于太离谱,宋亦霖就掐断苗头,乖乖地跟着他乘电梯下楼,上了车。

关门时隐约听见谢逐跟司机说了个地名,有些耳熟,但没能听清楚,不过看导航似乎并不远。

暑假期间的A市交通实在拥堵不堪,但酒店位置不错,距离A市核心地段近,中途还路过了A大和师大,俨然已经深入主城繁华区。

宋亦霖再次怀疑,自己那个离谱的猜想或许是真的。

抱着最后一丝不确定,她迟疑地问谢逐:"你之前不是说,那个礼物还在办手续?"

"流程有点长。"他"嗯"了声,"现在都处理好了。"

宋亦霖正想追问,结果就听司机说已经抵达目的地,她透过车窗朝外望,见是一片高档住宅区。

她匪夷所思,都不知道自己是怎么下车的,直到乘电梯上楼,被谢逐领到一户跟前,才回归几分清醒。

门是指纹解锁,踏入玄关,温暖日光便盈满视野,光点在空中沉浮飘晃,安和静谧。

装修风格是现代复式,穹顶挑高,厅堂宽阔明亮,有扇敞亮的落地窗向阳而展,高度足以俯瞰A市多数繁华地标。

"装修还没看,等你参考。"谢逐随手将行李箱放在一旁,淡声说,"暑假三个月,开学前应该能结束。"

那个猜想终于被证实。

宋亦霖愣怔半晌,语言系统仿佛才重组成功,有太多问题想问,她顿了顿:"你……你真的确定吗?"

谢逐压低眼帘,眼底盛着她:"你说呢?"

"我很糟糕,甚至照顾不好自己。"宋亦霖没敢看他,结结巴巴地道,"我、我有时候会整天都不说话,情绪时好时坏,跟我相处真的很麻烦,你要想清楚。"

"我知道,也想得很清楚。"他望着她,"你可以先不负责,以后再决定。"

怎么会有这样的人,无视原则一退再退,好像就只为了留住她。宋亦霖眼眶酸热起来,有些仓皇地偏开脸。

"……如果最后真的结婚。"她哑声道,"谢逐,将来你想要小孩,我是不会生的。"

她习惯凡事都办得有退路,生活是,感情也是。但恋爱与婚姻是两码事,原生家庭的阴影是终生伴随的,她也只有一场随时可能结束的人生。

是很自私,可她分明连自己都照顾不好。

但那人总会把她所有踌躇都扫清,正如此时。

"我只喜欢你。"谢逐低声说,"其他的,我都不管。"

他缺席她的过往,缝补不了她的创伤,更无法彻底将她从深渊中救出来。他能做的只有陪她成长,一遍遍不厌其烦地告诉她,她的一切都有意义。

经历那些痛苦与磨难,她还有机会去重新认识这个世界。

他想让她知道这个世界固然糟糕,却也值得;他想让她明白人生短暂,但总有人愿意握紧她的手。

——他还想告诉她,他会给她一个家,把那些错失的爱都补给她。

"房子是全款付清,我写了我们两个人的名字。"谢逐将钥匙递给她,"以后可以住在这里,带着'一二'。"

眉眼闪过半分罕见的迟疑，他顿了顿，才道："如果你愿意。"

上次他给的钥匙，她离开前已物归原主，这一次，宋亦霖想，自己一定要拿好，要认真收好。

该相信的，他能给她一个真正的家。

眼泪夺眶而出的一瞬间，宋亦霖才发觉，自己原来真的委屈太久了。

太久了，短短十八年，怎么会攒出这样多的委屈与难过。她哭得狼狈，紧紧地攥着谢逐的手，额头抵在他胸前，眼泪不受控地往下掉。

她有太多无处安放的情感，世界空旷偌大，爱恨都落不到实处，只有将自己割得支离破碎。她曾在夜里沉默崩溃，也曾在汹涌人潮中流泪，得不到半分在意和理会。

到最后，也终于有人愿意将她仔细收放好，给她一个可以安心躲藏的地方。

宋亦霖有些狼狈地擦眼泪，却越擦越多。她哽咽到讲不出话，眸光掩在濡湿的眼睫里，颤动易碎。

谢逐低下头，抬手蹭过她眼角，力度很轻，温热泪水打湿指尖，睫毛也脆弱地轻颤。

分明是件易碎品，却像从来没有被人好好爱护过。

"好了。"他嗓音有些哑，"不哭了。"

以后都不要再哭了。

从A市离开后，整个六月仿佛转瞬即逝，轻飘飘地翻篇而过。

宋亦霖度过了最好的夏天。

几人一路北上，从城市去往高原，看过盛夏夜晚烟火繁华，见过巍峨雪山辽阔草原，一场旅行直到高考成绩公布前夜，才正式画上句号。

抱了堆纪念品和相机底片回来，宋亦霖跟谢逐去接了"一二"，这才算从忙碌行程中停歇，只等成绩公布。

各种群聊都炸了锅，朋友圈也全是各种转发锦鲤，她一目十行地扫过，完全没什么紧张情绪，甚至困得打了个哈欠。

"明早就出成绩了。"她抱着靠枕窝在沙发里，朝正给一二梳毛的谢逐道，"你觉得你语文能不能及格？"

谢逐头也不抬，淡声回敬："你数学能不能及格？"

宋亦霖想起他们之前还就暑假安排，打过成绩的赌，但现在谢逐队里有训练安排，她实在是亏了。

撑着下巴思索片刻，她决定换个赌注："这样吧，要是我数学及格了，下次只做一次。"

谢逐闻言挑眉："行，我赢了就随我弄。"

……这人可真敢说。

高考结束这久久，各路答案都出得差不多，宋亦霖对自己的分数还挺有信心，便干脆地答应："随你就随你。"

——虽然话撂得利落，但第二天查成绩时，她才感受到迟来的紧张感。

主要是大群小群的消息太多，宋亦霖一路刷下去，也被带得心神不宁，提前半小时就坐在电脑前刷新，心跳速度都快与时间流逝成正比。

谢逐倒是真从容，照常晨跑顺便遛狗，大概是常年考五百多分的底气，相比之下她简直憋屈。

好在煎熬时间没持续太久，她刷新键都快按成习惯动作，一手正翻着群聊消息，余光就瞥见页面弹了出来。

手机都差点没拿稳，群聊内容也从众多祈祷变成一片混乱，有人成功刷新出页面，有人加载失败，崩溃地骂教育厅是水果服务器。

宋亦霖紧张了两秒，没给自己犹豫的机会，迅速输入个人信息，就点击了查询键。

页面缓冲过几秒，一行数字清晰地映入眼帘，她没敢多看，视线第一时间落到最后的总分上——竟然压线过了五百。

心跳快得厉害，宋亦霖愣了两秒，有些难以置信地又确认了几遍，的确没错，甚至数学都及格了。

她居然在高考考出了高中三年最高分？

当即从沙发上弹起来，她想都没想就点开小群聊天框，对着语音一通输入："过年了过年了！我居然有五百分！"

话音未落，玄关就传来开门的动静，宋亦霖当即扔了手机，拖鞋都不穿就扑过去，笑着唤人："谢逐！"

谢逐早有预判，将"一二"的牵引绳挂在腕间，抬手轻松接住飞扑而来的宋亦霖，又顺势向上托了把，好让她坐稳。

宋亦霖环住他，眉眼笑意清亮，眸光也熠然，兴高采烈地宣布好消息——

"我数学及格了！"

"我及格了。"

几乎异口同声。

双方话音落下，谢逐眉梢轻挑："你多少分？"

"90分。"她得意扬扬道，"正正好好，怎么样？"

"我91分。"他散漫地倚着门框，让怀里的人更倚向自己，抬眸懒声道，"算我赢？"

"不行，怎么就算你赢了？"宋亦霖瞬间心中警铃大作，就要从他身上下来，哪知谢逐却更快一步掐住她腰身，牢牢扣下。

随意将手腕上的牵引绳甩下，他抱着她迈步朝室内走去，目的相当明确，宋亦霖哪想到还能这么耍赖，简直恨不得咬他一口。

待会儿得多咬这人几口，宋亦霖愤愤地想。

## 番外三·向一切追问

随着高考成绩公布，有人欢喜有人忧。

不过宋亦霖周围倒是没有忧的，路予淇稳过 A 大线，梁泽川超常发挥，魏余谌和乔觉也得偿所愿过了线，具体还要等月底的志愿填报。

成绩公布第二天，一切尘埃落定，宋亦霖在清晨看到了迟敏的来电，犹豫片刻，还是接了起来。

太久没联系，问候也显得生疏，宋亦霖不知道还能说些什么，索性就将自己的高考成绩告诉她。

迟敏显然很高兴，又追问分数是不是够报考师大，是不是能放到第一志愿，语气欣喜雀跃。宋亦霖听得有些恍神，好像又回到很久以前的日子。

"……嗯。"再开口时，她嗓音有些哑，"可以去师大了，现在就等报考，然后等着录取通知书。"

"好好。"迟敏笑着道，"不知不觉，我们霖霖也是大学生了，时间过得可真快。感觉还没看你多久，怎么一眨眼就成大人了呢……你小学那会儿跟我说，将来想去师大上学，现在终于实现了，能去更好的地方发展。"

是为人母亲的欣慰与满足，宋亦霖听着她感慨，察觉到话音里掺了哭腔，不由得眸光轻颤。

"霖霖，以后走你想走的路吧。"迟敏轻声说，压不住哽咽，"爸妈老了……也想明白了，不怨你要走远，以后去做你想做的事吧，学习也好生活也好，一定要开心。"

喉咙发堵，宋亦霖哑然半晌，才讷讷回应："我知道的。"

"你爸……想跟你说几句，可以吗？"

宋亦霖很轻地"嗯"了声。

听筒内传来短暂噪声，想来是换了人，她听见宋景洲"喂"了声，语气似乎有些严阵以待的意味，难掩紧张。

"准备报师大了？"他问。

"嗯，校考过了，打算放第一志愿。"

"那就是去 A 市上学了。A 市挺好，在那边照顾好自己，早饭记得吃，把胃养好，也别光忙着学专业，记得休息。"宋景洲顿了顿，又道，"……你长大了，我那些嘱咐也不用再说了。你比我更知道怎么对自己才算好，以后的日子，开开心心的就行。"

他最后说,如果有空的话,就回来看看吧。

——时间总能冲刷许多东西。

隔阂注定永远会立在那儿,但旧的关系破碎,也意味着新的关系将缓慢搭建,不论过程漫长,总归是崭新起点,好过固步自封。

人都是在不断试错中朝前走的。

那些过于久远的复杂情感,那些对父母无处安放的爱与恨,或许在许多年后,也能被自己轻拿轻放,若无其事地一笔带过。

或许。

"好。"宋亦霖轻声应,"会回的。"

那就是通话的最后了。

出分和报考时间离得近,众人都忙着模排志愿顺序,宋亦霖倒是悠闲,吃好睡好休息好,难得过个悠哉的夏天。

年级群聊弹出消息:兄弟们,几号报考学校?

底下有人回:明年六月底。[心碎]

今年高考题出得偏,准备复读的也不在少数,而忙乱的整理阶段过后,浏览过几天各大公众号推送的学校数据,就到了开通报考通道的时刻。

宋亦霖没必要看那些,跟谢逐一起报了提前批,最后结果也在意料之内,被成功录取。

只等着七月通知书送到。

值得一提的是梁泽川和路予淇,谁都没想到前者会随了后者的志愿表,还都成功考入 A 大。事情办到这份上,意思也已经相当明朗,宋亦霖还蛮有兴趣看他们怎么发展。

而谢逐的短暂假期也随录取结果而结束,当天就要乘飞机回体育总局训练。但宋亦霖在暨城另有安排,她早就跟顾舒约好帮忙带一个月的课,意思就是两人要异地一个月。

宋亦霖倒没什么,横竖之后相处的时间多的是,但有点轻微分离焦虑的谢逐就不怎么好了。

谢逐只是低头咬她耳尖,潮热的呼吸落在颈侧,他哑声道:"我一个月见不到你。"

这么一句话,令宋亦霖瞬间失去理智。

随便吧。她无奈地想,谁受得住他这么示弱?

然而眼看即将进入主题,手机振动声却响起,勉强腾出几分清醒出来,宋亦霖朝声源处望了眼,是谢逐的。

见来电人是邵承致,她瞬间冷静不少,伸手抵着他胸膛,示意先稍微暂停一下:"有电话来了。"

谢逐烦躁地闭了闭眼,接起那通电话:"有事?"

"有事,你飞机需要改签下。"邵承致认真道,"有商务合作需要面谈,你得改成最早那班。"

那就是凌晨了,四舍五入现在就要收拾行李准备走人。

距离近,宋亦霖将通话内容听得清晰,闻言没绷住,失笑地轻咳了一声,多少有些看热闹不嫌事大。

谢逐脾气都快没了,俯首抵在她颈侧,神色不太分明,呼吸尚未平复。

良久,他很低地骂了声。

难得见他这么懊恼的模样,觉得新奇之余,宋亦霖还有些好笑,无奈地承诺:"好吧,那我早点过去找你,这样行了吧?"

谢逐眼梢略抬,额头抵着她的,一语不发地将人望了片刻,才妥协般垂下脸,埋在她颈间。

"你快点来。"他语气有些不清晰。

酷哥黏人谁顶得住?宋亦霖恨不得直接答应跟人走,但自己又不能爽约,再说还得攒点存款,只好努力缩减彼此分开的时长。

"在那边好好训练,随时联系。"她轻声说,"等我回家。"

这个夏天才刚刚开始。

七月,宋亦霖成为第一批收到师大录取通知书的新生。

由于留的地址是同一处,因此谢逐的通知书被快递员一起派送过来,但当事人正远在 A 市,走非本人签收流程又费了宋亦霖不少工夫。

不知道是怎么走漏的风声,谢逐被师大体育系录取的消息在网上大肆传开,随之传开的还有录取通知书非本人签收的事。广大网友顺藤摸瓜,又将之前发绳的事重新翻出来讲,更加确信有猫腻。

宋亦霖正忙着现实生活,也没怎么关心网上的事,如果不是这天下课发现自己被小群疯狂艾特,都不知道热搜赫然挂着"谢逐恋情"的词条。

谢逐当初在省队时,刘昭就应了广大粉丝号召喊他注册了微博。如今已经有几百万粉丝,只不过谢逐很少营业。今年十八岁算是商务解禁,他才偶尔上线公事公办地转发官微。

而他也发了第一条原创微博——

是师大。有女朋友。

反正原本也没打算藏着掖着,宋亦霖没什么想法,也不再管网上炸了锅的议论,一如既往地忙着学习和上课。谢逐在 A 市的训练任务也重,闲暇时间才能打视频或电话,两人都在各自领域不断提升。

时间就这么推到八月。

宋亦霖收拾好行李,给"一二"办理了商务车托运,正式告别过顾舒,就登上了前往 A 市的飞机。

等待起飞时,她百无聊赖地清理未读消息,见许久不曾点开的订阅号推送成堆,数不清多少条。

高考刚结束那会儿,或被动或主动地关注了许多数据分析的公众号,现在一切早已尘埃落定,宋亦霖才恍惚想起,原来已经过去这么久。

十八岁这年的夏天,她终于得偿所愿,彻底走出暨城,去奔向自己的未来。

报到所需的材料就在手边,宋亦霖垂眸,指尖轻抚过录取通知书,师大的校徽镀着金层,在光下熠熠生辉。

这不再是她梦想的大学了。

——这是她的大学。

九月开学季,在师大的学习生活也正式拉开序幕。

大学跟高中的落差有些大,稀里糊涂结束了开学专业检测,宋亦霖就对着几乎满课的课表相当崩溃。

她在小群里吐苦水:我还要学芭蕾和形体。我是音乐生,又不是舞蹈和服表。

路予淇往群里丢了张自己的课表:你这还算好的了,就一天早八。都说大一不做人,我这周末还有课,什么东西啊!

宋亦霖:那还是你更崩溃点。

由于四舍五入也算在A市有房了,因此她开学就办理了走读,审批也很利索,没什么复杂程序,由此开启了跟谢逐的同居生活。

这事儿被另外几人知晓后,调侃了好久,说谢逐是成年解禁,一分一秒都不打算再藏,买个房可不容易,怕不是早有预谋。

而这点也根本不需要当事人回应,谢逐本身已经是师大行走的标志人物,生怕没人知道他跟宋亦霖的关系似的,毫无公众人物的自觉,但凡课不重复,就会来她教室接人,一天课程结束后两人也一起离校,同居事实不必说都相当昭然。

正主都不避讳,各种路透照也就层出不穷,后来更是被扒出两人高中就是同桌,网上瞬间就炸了锅。

△ CP嗑晚了,所以果然当初的发绳事件就是在公开了吗?

△ 不,全国锦标赛那会儿就有苗头了,找糖分还是得靠我们显微镜。

△ 来个具体场次和分秒,路人也来嗑了。

但网络讨论得再盛,也没打扰到当事人的现实生活。

宋亦霖学业繁忙,音乐专业钢琴是必修,每天要泡琴房练两个乐器不提,还要兼顾其他专业和基础课的作业。

而谢逐在完成课业同时还要去总局训练,两人各有各的忙碌,直到临近期末周,才算真正得空。

A市冬天来得太快,还没能察觉几分秋意,风就变得刺骨起来。宋亦霖终于结了两门课,难得浑身轻松的双休日,打算带"一二"去做趟洗剪吹。

谢逐就没那么悠闲了,赛事将近,国家队训练也排得更紧,更别提学校里烦琐事务成堆,鲜能有空当。

正午日光温和,宋亦霖睡眼惺忪间,听到室内传来窸窣响动,便含混着喊人:"……谢逐?"

昨夜折腾到近乎凌晨才睡,眼睛一睁一闭的工夫,不知怎么就到了中午,她稀松翻过身,感觉有人很轻地吻在她额头。

"一二"也听见声音,当即脚步轻快地从客厅小跑过来,扒在床边眼巴巴地望着她。

宋亦霖失笑一声,懒散地掀了掀眼帘,伸手钩住谢逐的脖颈,发梢在他下颌柔软地蹭过,撒娇似的。

谢逐顺着她的动作微俯低身,好让她能更轻易地碰到自己。宋亦霖就揽着他蹭蹭脑袋,困得话音都模糊:"你们六点能下训吧?今天平安夜,我晚上要接你去约会,有档期没?"

谢逐闻言低哂,在她的眼尾亲了亲:"可以。那待会儿见。"说着,又在人嘴角落下一吻,这才起身离开。

宋亦霖于是心满意足地闭上眼,打算休息会儿再起床,谁知脚步声刚响起一阵就再次折返,随即她就被少年从床里捞起来,认真接了个吻。

还挺黏人的。宋亦霖忍俊不禁:"行了,待会儿见。"

谢逐"嗯"了声,又按着人深吻半晌,见所剩时间实在不多,这才出门去往体育总局。

宋亦霖则自在地刷了会儿手机,随后下床洗漱更衣,又粗略算了算时间,便领着"一二"出了门。


晚上六点,训练准时结束。谢逐撑身上岸,从邵承致那儿勾过任务完成,便拿出手机来。

十几条未读消息,但没有一条来自宋亦霖。

没什么情绪地挑眉,他随意地将泳镜丢进包里,不假思索地拨出电话,随后就在不远处听到铃声。

谢逐抬头,与站在看台处的宋亦霖视线相接。

少女漫不经心地倚在护栏上,手撑着下巴,正笑吟吟地望着他,见彼此对上目光,便招了招手。

随后她摸出手机,指尖在屏幕上敲过几下,又探了探身,示意他查看消息。

谢逐眼梢低敛,正望见崭新弹窗浮现屏幕:来接我男朋友约会了,男朋友呢?

队友收拾好东西,正准备往更衣室去,见谢逐还在原地,便拍了拍他的肩膀:"走走走,今儿平安夜,邵教练请客呢。"

"你去吧。"谢逐收起手机,眼底还带着几分轻浅笑意,懒声道,"我有人接。"

队友当即似有所觉地抬起头,果不其然,望见宋亦霖站在二楼看台处,无辜地朝这边眨了眨眼。

……这对真是平等地伤害每个单身狗啊。

大一上学期弹指一挥间，不知不觉就到了寒假，A市也落下第一场雪。

跟谢逐约好寒假要去旅游，在A市逗留的最后一天，宋亦霖照常去给学生上课，做年终总结。

学生是应届中考生，明年艺考，本身底子就不错，是宋亦霖的专业老师介绍的，给的课时费也很可观，不是什么让人头疼的教学对象。

一堂课结束已经日暮西山，学生家长热情地留她吃饭。宋亦霖笑着婉拒，拎起包正要起身，就见屋门口跑进来一个小女孩。

"姐姐姐姐！"女孩捧着笔记本，苦着脸问，"能不能替我写周记啊？"

"让人代写作业还这么理直气壮？"学生好笑地戳戳自家妹妹的脑袋，"不行，就算是周记也得认真完成。"

"可这周我都没怎么出门呀，爸妈上班你上课，我有什么好写的……"女孩委屈地嘀咕，随后就将殷切的目光转向旁边的宋亦霖，"姐姐，你能帮我写吗？"

眼神还挺可怜的，她感觉自己拒绝的话，女孩就要哭出来了。

宋亦霖于是想了想，道："代写不行，提供素材还是可以的。"

女孩闻言立刻两眼放光，搬了凳子乖巧地坐到她对面，满是期待地望着她。

"你真是……这可是我老师。"学生哭笑不得，抱歉地对宋亦霖道，"她就是小孩儿任性，不耽误你时间吧？"

"没事，正好我也不着急走。"

倒也没其他原因，只是宋亦霖恍惚间想起，自己小学时也有过这样的周记作业。

不过那时父母工作忙，即使偶尔家里有人，也多数是在吵架，而周记又是固定作业，每次她都要靠看书或者听同学聊天，才能勉强编出来。

但现在不同了。

C市高楼的繁华夜景，盛大的全国锦标赛场，S市的鼎沸热闹，满座喧嚣里真切触碰的光，以及去年热夏，去见群山与万水，与世界的正面握手言和。

这才发现原来短短三年，她过去人生所有的缺憾几乎都已经被填补。

"完成啦！"女孩兴高采烈地放下笔，合上了内容丰富多彩的周记本，"谢谢姐姐！你去过好多地方噢。"

宋亦霖揉揉她的脑袋："等你长大，也有机会去更多的地方。"

话音未落，手机响起消息提示，她拿起看了眼，嘴角很轻地弯起。

女孩见她起身，不由得追问："你要走了吗？"

"嗯。"宋亦霖笑笑，"我男朋友来接我。"

她也要奔赴下一程山水，去见她的希望了。

## 番外四·更远的梦

寒假过后，不多久就迎来了全国游泳冠军赛。

谢逐自然不负众望，多项个人项目夺得魁首，稳步踏入奥运会参赛名单。而乔觉和魏余谌上半年参赛成绩出色，也已经在走入队流程，只等最后审批。

今年奥运会地点定在海外，即便如此，依旧一票难求。好在邵承致和刘昭有点人脉，手里剩了几张前排 A 档票，索性就直接将电子凭证给他们几人了。

奥运会举办时间在八月，正好是暑假，谢逐两个月前就随队进行封闭特训，比以往都要忙，偶尔入夜才有时间打视频电话，平时大多只能靠微信了解现状。

宋亦霖就这么百无聊赖地在 A 市独守空房。谢逐一走，遛狗的任务就落到她头上，假期还每天早起的生活实在痛苦，她左盼右盼，总算是到了八月份。

路予淇在 F 国有定居亲戚，因此衣食住行不是问题，护照和签证也早就办好，几人在 A 市会面后，就利落地坐上了直飞的航班。

倒时差自然不必说，下了飞机就是安放行李和入住酒店，宋亦霖英语勉强够用，当地语言却一窍不通，靠着路予淇那位亲戚，一行五人才顺利安顿下来。

"明天就是比赛了。"深夜洗漱过后，路予淇躺倒在床，感慨道，"我真是好久没出国了，这一出就是为了大事，我都睡不着觉了。"

宋亦霖困得抱着枕头打瞌睡，闻言"嗯"了声："平常心……我明天就能见到谢逐了。"

谁问这个了？

看来是真困得不行。路予淇想了想，故意逗她："你不给谢逐打个电话？问问状态怎么样？"

"都几点了。"宋亦霖眼睛都快睁不开，闻言仍旧坚定地咕哝，"什么状态……他第几在我这儿都是冠军。"

路予淇无力地想，还是睡觉吧。

翌日清早，宋亦霖被闹钟准时唤醒。

天光大亮，虽说睡眠时长距离自然醒还差得远，但毕竟日子特殊，她睁眼后就再无半分困意。

路予淇也醒得早，另外三人就更不必说，看起来像是比参赛运动员都紧张，早饭都没吃几口。

大赛当前，宋亦霖不确定谢逐有没有时间看手机，但还是给他发去消息：奥运村怎么样？休息得好吗？

秒回自然是不可能的，她原本都没指望能得到回应，结果当她收拾妥当临出门前，却意外收到了谢逐的回复：没你都一样。

望着这条消息，她有些哭笑不得，心底酸甜参半，更多是期待稍后要前往的比赛现场。

毕竟两个月不见，她是真的有些想他了。

又发了条"奥体中心见"的消息，但这次没再等来回复，大概是赛前队里事务繁忙，宋亦霖便收起手机，跟几人一同坐上前往举办地的出租车。

场馆外人满为患，各国面孔都有，语言也各有不同。刘昭不放心他们几个刚成年的小孩，还没入场就打电话过来接应，将人都放在眼皮子底下才安心。

现场有央视的转播车，不少国人都带了自家的应援物品，这种仪式感自然不可缺，魏余谌早就准备好，人手一面国旗。

谢逐首战是男子100米自由泳，上午预赛，下午半决赛，当晚则是决赛，一天内三个时段都安排充分。

谢逐各大赛事已经参加过不少，世界赛场还是首次露面，预赛与半决赛赢得毫无悬念，顺利挺进决赛。

容纳几千人的奥体中心座无虚席，各国观众都带着本国的国旗应援，现场的加油呐喊声在决赛更是抵达峰值，一派激昂。

很快就是运动员入场，熟悉的红色队服被镜头锁定，现身台下。少年人身形挺拔，眉目英挺深邃，一露面就掀起观众激越的呼喊，声浪层叠而起，不绝于耳。

在场无数目光投向他，宋亦霖也只是其中平凡的一个。她在汹涌人海中望着他，什么也不必说，信任就已经胜过一切交流。

众目睽睽下，谢逐抬眸，朝她的方向望来。四目相对间，宋亦霖示意手里的国旗应援，随后笑着对他招手，眉眼清亮。

他眼底也浮现浅淡笑意。

现场瞬间引起轰动，摄像师也相当有眼力见，镜头迅速对准宋亦霖，高清画面直接被实时投映到荧幕。

从荧幕上望见自己，宋亦霖怔了怔，随后反应过来这可是全球直播，当即就有些耳热，不怎么好意思地拿应援物挡脸。

估计用不了多久，截图就要在网上传开了。想到这儿，她有些哭笑不得，好在镜头切换得快，重新聚焦回赛场。

各位选手有序入场后，便登上各自泳道，做赛前的最后准备。大屏幕上，随着哨声落下，谢逐踏上起跳台，嘴角弧度冷肃，俯身就绪。

下一瞬，电笛声响起。

入水声与观众呐喊声同时迸发，100米自由泳赛程短暂，解说员语速很快，介绍着目前各泳道的位次情况，随时都有新的变动。

到底是奥运会，世界级赛事，参赛者都是各国体育竞技领域的佼佼者，前五十米几乎不分伯仲，距离难以拉开，直到转身后才初具明显的位次划分。

"目前我们可以看到，处于第一位的是位于第五道的——"解说员倏然顿住，随后惊讶地扬声喊道，"谢逐开始提速了！领先成为第一！"

宋亦霖心底一紧，刚才的前半段完全分不出胜负，好在转身后终于初定局势，谢逐俨然已经超越后一名选手半个身位，处于领游位置。

——最后的二十五米冲刺阶段。

众选手都开始起速，前排观众们已经高举国旗大声呐喊，无关主场与否，熟悉的中文从观众席层叠而起，声浪险些就要压过解说员。

终点近在眼前，谢逐与第五道选手近乎并驾齐驱，肉眼难分胜负，看得众人心脏狂跳，最后几秒全场屏息凝神。

下一瞬，谢逐拍岸起身，喘息着摘下泳镜，他随意抹掉眉眼的水痕，抬首朝屏幕望去。

荧幕上，五星红旗位列第一，上面是他的名字。

——赢了。

"第一！"解说员欣然道，"恭喜谢逐！为中国队拿下一枚金牌！"

热烈的欢呼声此起彼伏，谢逐收回目光，撑臂上岸。他接过从观众席递来的国旗，反手利落地披在肩头。

少年肩披国旗，意气风发，在蓝白组构而成的宽阔场地，一抹綮然鲜红便映入所有人眼底。

是中国的冠军。

周遭充斥着喧嚣的祝贺声，无数人起身欢呼，宋亦霖从看台朝下望，与他相视而笑。

——是她的冠军。

当晚，男子100米自由泳的颁奖典礼如期举行。

升旗仪式过后，国歌尾音缓缓落下，三名奖牌得主合过影，便从颁奖台走下，瞬间被各路媒体堵个水泄不通。

而鼎沸的欢呼声中，谢逐婉拒记者采访，无视身后的直播摄像，径自走向了距离最近的首排观众席。

最终，站定在一名少女身前。

附近的观众们察觉到什么，当即纷纷开始起哄，台下摄影师的八卦嗅觉也相当敏锐，扛着设备就拔腿迅速朝这边奔来。

乔觉还傻在原地，另外几人忙不迭将他拉走。以宋亦霖为圆心，周围瞬间自觉形成小圈，将女主角簇拥在中央。

宋亦霖站在围栏内，根本无暇在意其他，心跳快得乱七八糟，她怔怔地望着谢逐，听不见外界的热闹与嘈杂，眼底也只够盛住他一人身影。

谢逐见她这副神色，很低地笑了声，随后便从容地抬手，将这场比赛的最高荣誉摘下，俯身挂在她颈间。

金牌熠熠生辉，而他眉梢轻扬，少年意气——

"金牌和冠军，都归你。"

全场凝滞少顷，倏然爆发出比方才夺冠时刻更热烈的呼声！

接连而起的声浪近乎掀翻整座场馆，旁边目瞪口呆的梁泽川也终于回过神来："有点东西啊，谢逐。"

"快给个话筒啊！"路予淇急得直拍栏杆，"导播都跟上了，话筒呢？"

"记者呢记者呢，怎么……"魏余谌边说边满场寻找目标，结果在下方记者席望见了邵承致，对方正震惊地盯着这边，神色好像差半步就能原地升天。

现场口哨声和起哄声不绝于耳，宋亦霖眼热心热，泪意也一并泛起，牵连胸腔柔软情愫满溢。

从未想过会这样热泪盈眶，她攥紧那枚金牌，轻声抱怨道："你这公开方式也太夸张了。"

话虽这么说，眉眼却是带着笑的，鲜明坦然，生动且漂亮。

像已经站在光里很久的模样。

谢逐漫不经心地抬眉，指尖勾起少女颈侧的缎带，仿佛除她之外，全然没什么可在意。

他说："我喜欢一个人，就该让全世界知道，我是她的。"

宋亦霖闻言微愣，随后眸光轻晃，很轻地笑了。

再也顾不得什么直播采访，在万千目光注视下，她握着那枚金牌，紧紧拥住了谢逐。

"恭喜。"她笑着唤，"——我的冠军。"

实至名归。

## 番外五·霖霖

"我不知道还该向谁道别。"

算了。

"我好像没什么东西剩下,我对不起很多人,从他们那里偷走许多情绪,也还不回去。"

算了。

"我终于可以死掉了。"

一份遗书边写边涂,像是无意义的废纸,感谢与抱歉都廉价,爱恨更不值一提,而宋亦霖写完最后一句,就将这张废纸点燃烧尽。

飞灰被随手洒风里了,跟月光融在一起,也不知能吹多远。

能飘去月亮那儿吗,落海里也不错,泥泞也可以。

或许会有人听见。

宋亦霖缓缓睁开眼,视野一片昏黑,分不清是深夜几点。她冷汗淋漓,眼梢脸颊都是湿的,嘴角抿到咸涩,似乎都是眼泪。

还浸在冷意里不能脱身,心跳失衡得厉害,像劫后余生,那股时隔久远的痛楚似乎终于在今天落到实处,她喘不过气。

下一瞬,她被人很轻地揽入怀中,冰凉的手也被牵住,那些刺骨的冷与怕都被隔绝在外,宋亦霖睫毛轻颤,无声地舒出一口气。

她转过身,将自己整个藏进他怀里。

察觉到她的不安,谢逐轻吻她额头,嗓音带几分刚醒的低哑:"做噩梦了?"

宋亦霖张了张嘴,听到少年熟悉的声音,分明只是经历一场梦境,却有种恍若隔世的难过。

眼泪比话语更快地落下,她局促地眨了眨眼,脸偏开,没让他发现,然后笑着说:"……现在醒了,是场好梦。"

宋亦霖决定忘记那场梦。

梦里她望见少年发红的眼眶,背影茕茕颓然,她听见他低声问,怎么一句话也没留下,可无人能回答他。

她看见自己的手机,电量已然见底,却满是未读消息。

——亚运会和亚锦赛结束了,我破了纪录,不知道你能不能看到。

——今天去师大报到，本来该和你一起的。这里学风很好，氛围自由，我见过你的梦想了。

——我拿了奥运金牌，颁奖后有记者采访，好像问了很多，我只觉得，你该看见的。

——宋亦霖，你又骗我。

——"一二"在我这里，它每天在门口等，很安静，不知道什么时候养成的习惯。

——我不知道，可能只是太想你了。

............

消息的最后，他喊，宋亦霖。

——你回我一下，好不好。

可手机总会关机，机主死亡后号码也会重置，那只是些永远得不到回应的未读消息。

宋亦霖决定忘记。

"我梦见自己去了很远的地方。"她喃喃，"还梦见你了。"

都是假的。她对自己说，没有如果，谢逐不会再承担那些由她而起的、不必要的痛苦。

可是好奇怪，那不是梦吗，假象而已，怎么眼泪还是不停往下掉。

谢逐顿了顿，擦掉她眼尾的泪水，低声问："怎么哭了？"

宋亦霖低下头，脸埋在他颈侧，很轻地蹭了蹭："……因为梦里我喊不住你。"

喊不住你，不能回复你，也后悔烧了那封遗书。最庆幸一切的一切，你并不知道这些。

都过去了。她想，那只是梦而已。

泪水滴落就失温，触碰却像在发烫，谢逐沉默少顷，似乎察觉到什么，却并没有提起。

他只是将她抱紧，哑声说："我就在这里，你哪儿也别去。"

宋亦霖合上眼，混乱的心跳终于被拥抱缓慢平复。她安静下来，蜷进谢逐怀里，哪儿也不去。

"没骗你。"她笑笑，吻在他嘴角，"现在醒了，就不是噩梦了。"

梦里有好多好多疼，有好多难过，好多后悔与来不及。

可当她睁眼醒来时，就在他怀里。

于是她想，怎么会有这样好的梦。


奥运会后，谢逐成为这届赛事实至名归的金牌收割机，满金回国。

登顶游泳竞技圈的身价榜首不提，在那场男子百米自由泳颁奖仪式后，他恋情公开的方式也相当……体现出了选手的个人风格。

以至于直到这届奥运会收尾，热搜还持续挂了几天相关词条。除此之外也要归功于现场的摄像老师,八卦嗅觉实在敏锐,超清镜头直接怼近,愣是把比赛现场拍得像求婚现场,拿捏得十足到位。

"金牌和冠军,都归你。"

"我喜欢一个人,就该让全世界知道,我是她的。"

——以上两句名言,更是在人声喧嚷的奥运赛场被放大突出,咬字语气都相当清晰,一度入选最佳视频素材。

而这届奥运会也因为这场临时"意外",收获了无数全方位多角度的不同网剪,花样百出,横竖中心主题都围绕谢逐和宋亦霖。

虽说先前就有迹可循,两名当事人也从没藏着掖着,但谁也没想到,这段恋情会以这种方式公开。

——别人公开顶多是全国范围,到谢逐这儿直接变成全球范围。

回国后的个人专访,被问起感情状况,谢逐也只言简意赅地撂下一句:"毕业就结婚。"

应广大网友的呼声,主持人自然没错过这次千载难逢的机会,追问道:"请问对于这次恋情公开,女主角是什么想法呢?"

"她之前说过。"谢逐淡声,"她跟我很好,该让全世界知道。"

……她原话分明不是这么说的啊!"让所有人知道"和"让全世界知道"概念能一样吗?

眉清目冷一酷哥,看不出秀起恩爱来还挺有一手。宋亦霖听到这儿就把直播关了,实在不好意思再看,也想象到专访结束后肯定又是热搜套餐。

但谢逐那句"毕业就结婚",最终还是稍有提前。

在谢逐二十二岁生日这天,宋亦霖特意定好闹钟,起了个大早。

虽说早就习惯每天从他怀里醒来,但每当想起,自己是枕着几百万的手臂入睡,多少还是感觉心情微妙。

但微妙没几秒,她就坐起身来,直奔主题:"我要送你生日礼物。"

时间太早,晨跑的时间都还不到,谢逐眼也不睁地将人扯回来,搁被子里裹好:"别受凉。"

这人抓重点还是那么偏。宋亦霖这么想着,却听话地没再乱动。

她微微仰起脸,唤他:"谢逐,今天是小雪。"

"嗯。"

她不安分地探出手,又牵起他的,十指相扣,彼此无名指处的对戒相抵,光泽清亮。

戒指是自去年开始戴的,是谢逐送她的生日礼物,而今年,她也打算还一份同等分量的礼。

"小雪是个好节气。"宋亦霖说,"宜扯证结婚。"

谢逐这回终于掀起眼帘。

"我的生日是订婚纪念日,你的生日是结婚纪念日。"她认真分析着,"多好，我们两个不过生日的人，以后可以直接当纪念日来约会了。"

倒是有理有据。

谢逐低哂一声："决定对我负责了？"

宋亦霖眨了眨眼："难道可以不负责吗？"

"你想都别想。"

她哑然失笑，撑起身和他接吻，手臂环在他颈间，很小声地唤："谢逐。

"——我们现在这样，就是我所有的梦想了。"

至于后来"谢逐英年早婚"的词条在热搜悬挂榜首，转发祝贺无数，就是些琐碎小事了。

茫茫人海中，他们也只是平凡且般配的一双爱人。

随着大四上半学期结束，接下来要走的路也清晰起来。

宋亦霖和谢逐都决定继续考研深造，路予淇开始着手管理家业，梁泽川父母从政，他自然也走上这条道路，魏余谌和乔觉正处于运动员黄金时期，继续为国家队效力。

每个人都在自己的领域越走越远。

值得一提的是，梁泽川漫漫三年追妻路，也终于有所回响，和路予淇正式确认了交往关系，整天在朋友圈明秀暗秀，被一众好友连骂恋爱脑。

总归都是好结局。

这年小年，宋亦霖给迟敏打去电话，和谢逐一起回到暨城，久违地见了父母一面。

这些年双方联系不多，虽然关系仍旧不冷不热，但比最初僵持状态改善许多。而那些过于浓烈的情感，也在时间与生活的消磨下，冲淡得只剩浅薄痕迹。

算不上放下，只是年龄渐长，慢慢也学会与自我和解。

大抵子女与父母的关系向来与距离成反比，饭桌氛围温馨平淡，多是些生活关怀，与世间无数寻常家庭并无区别。

回 A 市的飞机定在当晚，从家里离开时，才刚下午，时间还充裕得很。

小年热闹，商铺都挂上喜庆的红，四处可见去采买年货的男女老少，多是一家出行，都谈笑风生其乐融融。

与暨城阔别已久，此时望着依旧喧嚷热闹的街巷，宋亦霖站定在路口，有过片刻恍神。

恍惚间，她看到当年人潮汹涌的车站，少女蹲在地上哭，却无人向她递一张纸。

而她现在终于敢对自己说：宋亦霖，恭喜。

你彻底走出来了。

"时间还早。"谢逐牵起她的手，自然地十指相扣，"去哪儿？"

无名指处婚戒相抵，宋亦霖望了望，思索少顷，像忽然想起什么，抬起脸道："去趟承安寺吧，我要还愿。"

350

闻言，谢逐眉梢轻抬："哪个愿望成真了？"

"都成真了。"她笑容狡黠，晃了晃彼此紧握的手，"大概是心诚则灵，我一路顺风顺水到现在，前途和爱情都有了。"

谢逐不置可否，从路边拦了辆车，两人便前往目的地。

承安寺热闹不减当年，除夕将至，香火更是兴旺，寺庙门口尽是进出来往的香客。

二人上过香后，还迎来了一段小插曲，是一名高中生跑来问谢逐，能不能拍张合照。并不是什么耽搁时间的事，宋亦霖正打算充当摄影师，没想到对方不好意思地补充，是想拍他们的合照。

"我要拿给我同学看。"他解释道，"我也是暨城一中的，你们可是学校里的传奇人物，没想到我今天居然能碰见本人。"

少年笑容青涩坦然，眼神清亮，正是这年纪特有的鲜明恣意。宋亦霖看得怔了怔，笑着答应："行啊。"

拍完照后，少年也没多打扰，眉开眼笑地送上新年祝福，便拿着手机跑回朋友那边，兴高采烈的炫耀声隔很远都能听到。

"十六七岁啊。"宋亦霖望着那群少男少女，不由得感慨，"真是好时候。"

谢逐低眸看了她一眼，不怎么认可："我们也是好时候。"

宋亦霖被这话一噎，认真地点头："也是。"

只要是"我们"，就一直都算好时候。

穿过祠堂，来到熟悉的后院，视野陡然宽敞明亮，随风飘扬的纸笺也随之盈了满目，像与高三那年寒假的场景重叠。

谢逐去找僧人拿笔笺，宋亦霖百无聊赖地闲逛，脑中灵光一现，就循着记忆中的位置，在无数纸笺中找寻起来。

毕竟已经时隔多年，她原本不抱什么希望，结果翻着翻着，还真找到了当年二人留下的笺纸。

纸已经有些泛黄，满是岁月打磨的痕迹，好在内容清晰依旧，这才让她轻松辨认出来。

宋亦霖挑眉，趁当事人不在，就拾起那张笺，将它翻转过来。

目光落在上面，她微微一滞。

笺面字迹苍劲洒脱，只寥寥数语，写着彼时少年的心愿——

我要她一生得偿所愿，苦尽甘来。

宋亦霖凝在原地。

许久，她才指尖轻颤，任凭那张陈旧纸笺滑落原处，被风无声拂起。

心底一时涌现出酸涩，她眼热心热，哑然失笑地垂下脸："……哪有这样的。"

怎么还给别人许愿啊。

得偿所愿，苦尽甘来。她这一生行至今日，似乎还有许多困惑，也什么都没真正弄明白过。

　　唯一确信，是他始终陪在她身旁，不厌其烦地告诉她，宋亦霖值得最好的。值得去笑、去爱、去见更远的光。

　　她的人生值得平安喜乐。

　　"给。"谢逐递给她笺纸，又漫不经心地问，"这次打算许什么愿？"

　　宋亦霖"嗯"了声，半开玩笑似的："佛祖不搭理我的话，你要替我实现吗？"

　　"不是不行。"

　　她哑然失笑。

　　捏着纸笺，宋亦霖仰起脸，牵住身旁人的手，笑意盈盈地唤他："谢逐。"

　　"——谢谢你爱我。"

　　闻言，谢逐眉梢轻挑，从善如流地与她十指相扣，俯首吻在她指尖。

　　"应该的。"他道。

　　这似乎才是故事的所有。

　　尘世广阔，爱恨都显得偏狭，倘若世间真的有神佛聆听心愿，宋亦霖想，那请低眸望她一眼。

　　她许愿能长命百岁，与他一起。

　　——这就是她更远的梦了。

## 番外六·在这里

一月尾声，北城初雪方至，年关将近。

A市，师大演奏厅。

民乐协会副主席夺门而入，撑着墙，气还没喘匀："宋亦霖人呢？"

众人你看我我看你，最终是一名负责管弦的女孩子举起手，示意旁边台上孤零零的琴盒："已经跑了，这时候估计人都到机场了。"

被这噩耗砸了一脸，副主席噎了下："她琴都没带就跑了？"

"嗐，这不是要去接家属嘛。"有人试探着附和，"都快过年了，冠军回国咱们还扣着人家女朋友，多不合适啊。"

有理有据，实在找不出什么能反驳的点。

师大原本已经要放假，但赶在期末周前，上头突然要安排场大型演出，排练日程很紧凑。宋亦霖作为学院代表人物，自然要配合参演。众人从寒假拎出一周来扒谱训练，赶在月底结束，刚好都能回去过小年，但问题就出在这个微妙的时间节点。

众所周知，谢逐十月随队出征国际赛事，进行赛前封闭式特训。而大伙都清楚宋亦霖跟谢逐的关系，如今已经是一月，宋亦霖在学期末可以说是肉眼可见地趋于自闭，好不容易等到人夺冠回国，又被安排了排练，基本每天都在撂挑子的边缘试探。这次难说是疏忽还是有人打掩护，到底还是让她给跑了。

今日是排练的最后一天，倒也不差这一时半刻，副主席无奈作罢，摆了摆手："主角都翘班了，咱们还排什么？得了，替她把琴给收起来吧。"

一群人瞬间精神起来："那意思是？"

"还能什么意思？"他失笑，"当我看不出你们的心思啊？提前收工，回家过年了！"

与此同时，机场。

"你今天就回来？"

路予淇显然刚醒不久，接到电话立刻精神了："这么突然？几点到暨城啊？你们不是还在排练吗？"

宋亦霖拖着行李箱往闸口挤，边办理值机边回她："我提前跑了，一人撂挑子幸福千万家，叫他们都提前回去过年。"

"好好好，航班发过来，我接你吃饭！"

"落地应该六点多。"宋亦霖顿了顿，"不过我要先在机场待一会儿，约饭要明天了。"

"啊？"路予淇没反应过来，"大冷天你在那儿待着做什么？"

"接谢逐。"

路予淇那边安静了会儿，像是回小群确认消息，才疑惑道："他没说航班啊？"

宋亦霖没应，低头看了眼手机屏幕，正显示着聊天界面，记录还停在几小时前。

谢逐：我今天回国。

宋亦霖：什么时候？我还在排练，要明天才能回暨城。

谢逐：晚上到，从 A 市中转。

她那时故意装没看懂，回他：好，那你和"一二"在家等我。

谢逐：。

怎么感觉还赌上气了。宋亦霖有些好笑，将注意力收回，低声道："他刚才给我发消息来着。"

路予淇恍然大悟，拖长尾音"哦"了声："那就是你看出他想你了呗。"

宋亦霖被她打趣得脸热，忙不迭转移话题，拿快要登机作理由，在对方的揶揄中结束通话。

其实也不假，她当天才紧急订的机票，行程相当匆忙。

两人已经三个月没见，谢逐训练安排紧密，没太多时间看手机，她又忙于学业和各类赛事，再加上双方有时差，偶尔连每天一通电话都难以保证，顶多睡醒后看到对方发来的晚安。

久而久之，宋亦霖的分离焦虑初现雏形，表现为拒绝团建、回避社交，每天结束排练就回宿舍闷着自闭。乐团众人实在看不过去，干脆就提议给她打掩护，正好也遂了大伙早日放假的意，一举两得。

航班时间紧，宋亦霖没多少休整时间，刚过完安检抵达候机厅，便被人群裹挟着登了机。

趁着还没起飞，她心虚地点开副主席的聊天框，发了句：新年快乐！［庆祝］

对方也很快回复：新年快乐，小情侣除外。［玫瑰］

宋亦霖于是放心地开启飞行模式。

这趟行程短，不足两个小时，人在机舱里刚暖热乎，就要落地重新迎接寒风洗礼。她先去转盘取了行李，又去看过今晚的航班时刻表，大概确认了时间和出站口，便去对应位置蹲守。

这时段正是寒假热潮，机场人来人往。宋亦霖找不到位置坐，只好扒在行李箱上，时不时抬眼观望，不敢错过每张出站的面孔。

北方深冬凛然，冷风从站口涌入，她本来就畏寒，局促地将围巾拢了拢。手机在此时振动了一下，她低头看，是谢逐发来的新消息：到 A 市了。

她正琢磨该怎么回，没多久，就见他又发来一条：真不要见面？

宋亦霖眨眨眼，将这两行字看了少顷，才费劲地将弯起的嘴角压下，故作认真：我还在彩排呢，今晚应该没时间了，你落地和我说一声。

聊天框沉寂几秒，谢逐才回：行，登机了。

尽量忽视对方字里行间的不情愿，她看了眼时间，六点二十，大概要再等一个多小时。

心底有了数，也不觉得很冷了。宋亦霖坐在行李箱上，边挨个回复之前的未读消息，边留意着时间，间或抬头望一眼人群。

八点整。

像某种奇妙的生理反应，心跳频率逐渐加快，宋亦霖站起身来，捏着手机朝闸口的方向看，视线一转不转。

不多久，一道熟悉的身影从人潮中出现。黑色冲锋衣，工装裤，黑白球鞋，少年身形挺拔修长，何时都不会被淹没，天然吸引无数路人的余光。

大抵是比赛需要，谢逐的头发比两人分别时短了些，回到从前利落的短寸。人影憧憧，他目不斜视地大步出站，光影错落下眉眼冷感清厉，格外出挑。宋亦霖望着他，后知后觉，少年人也有了沉稳成熟的棱角。

真到了惊喜时刻，她反而不知该做什么，然而原地思忖的间隙，谢逐已经走出闸口，似有所觉般掀起眼帘，正和她对上。

宋亦霖下意识地招了招手，谢逐显然有一瞬愣住，视线在她身上停留半响，才迈步走近。

原本想要说什么来着，宋亦霖模糊地回想，但不得结果。她等人走到自己面前，才仰起头看他，开口也有些语塞，只会磕磕绊绊地讲一句"新年快乐"。

然而话音未落，手先被牵起。谢逐捏了捏她的指尖，意料之中的冰凉，他淡声问："等了多久？"

"不久。"宋亦霖信口胡诌，答得飞快，"我刚下飞机，你说巧不巧。"

谢逐神色淡然，听她在这儿胡言乱语，只垂眸望着她，少顷很轻地笑了。

然后他低头，用力吻住她。

宋亦霖始料未及，好久才反应过来，又想起这是在人来人往的机场，吓得连忙去推他。谢逐不为所动，抱着人狠狠亲了一阵，才算暂时餍足，顺着她将力道松开几分。

宋亦霖耳根发热，嘴唇也被咬红，只好拎高围巾去挡。没什么威慑力地瞪了一眼始作俑者，她又心虚地去瞧四周。谢逐近两年正处黄金时期，名声可谓家喻户晓，显然已经有路人认出他，光明正大地拿出手机在拍，也不知道录进去多少。

她脸皮薄，当即就抓着人遁走，迅速拦了辆车回家。

过年少不了"一二"，路予淇已经将它从 A 市接来，受宋亦霖所托送回家中。它眼巴巴地等了半天，好不容易等到家门再次打开，嗅到了主人的气息，立刻就欢天喜地窜过来迎接。但很快它发现两位主人都无暇顾及自己，只好默默回到窝里去躲清静。

宋亦霖也的确很忙，各种意义上的。

刚一进屋，她才将行李箱放下，连灯都没来得及开，就被谢逐拦腰抱起抵在墙上亲。他吻法很凶，掐着她的腰不让人挣住。她喘不上气，脚尖踮得发软，忍不住地伸手去推他的肩膀，却反被抓住手腕锁到身后，半分退的余地都没有。

不知怎么就来到卧室，围巾和外套被扯下扔在地板上，谢逐按着宋亦霖，低头咬她脖颈，她这才找到机会将脸偏开，攥着他衣襟艰难地吐字："先……先洗澡！"

也没什么用，只是场地从卧室转到浴室而已。

窗帘再次被拉开时，城市灯火已经通明。细细的雪花飘落，静谧笼罩着暨城。谢逐收回目光，道："下雪了。"

宋亦霖陷在被窝里没动，半晌才抬了抬脸，露出一双泛红的眼尾，嗓音还哑着："我再也不要接你了。"

谢逐恍若未闻，将人从绵软的被子里拎出一点，吻了吻她的额头："想你了。"

宋亦霖原本还闹别扭要缩回去，闻言直接停住了。她探出脑袋，很慢地眨了眨眼，看谢逐牵起她的手，一点点从指尖吻到指根，最终落在那枚戒指上。

他低声说："宋亦霖，我想你了。"

于是她想，这或许就是最佳答案。

他一说想她，她就什么话都讲不出了。

天光乍现时，暨城已是一片银装素裹。

原本跟路予淇约好的见面，由于昨夜某些不可控因素，也不得不暂时推迟。

路予淇体谅小情侣小别胜新婚，给他俩时间过二人世界，只提了一嘴别忘记小年的同学聚会，喊他们记得出席。

毕业多年，十六班仍保持着过节一聚的传统。去年因着考研季没能凑齐，今年大伙都稳定下来，才张罗着见一面。

小年当天，一行人在饭店齐聚一堂，热闹熟稔好似当初。即使毕业后各奔东西，天南海北也总有联系，从年少到今朝，聊不完的趣事与话题。

唐筱又带了新的毕业班，问起时神色无奈，永远都是那句"最难带的一届学生"，眉眼笑意却温和，难藏为人师表的欣慰。

叶嘉瑜如今已是知名艺术院校的老师，多少有些体会，揶揄打趣她："唐姐，我们那会儿你也是这么说的。"

"论显眼包，那还是你们这届啊。"唐筱哑然失笑，"当年红榜上多少十六班的名字呢，后来好多学生还跟我打听，有什么好讲的，在我这儿都是群孩子。"

如今少年不复，他们却仍都在路上，在各自的领域发光发热。再回头看那短暂三年，眼泪也多欢乐也多，都只轻易地付之一笑。

班长跟体育委员依旧吵嘴，读了研也不见稳重，依稀还有年少时的影子。路予淇和梁泽川也还是欢喜冤家，这些年稳定交往，从前的斗嘴如今成为打情骂俏，看得众人牙酸。

酒桌上觥筹交错，宋亦霖还是喜静的性子，往常还避一避热闹，和这群熟悉的同窗共处，却不嫌吵闹，谈笑打趣从容自在。谢逐在一旁看向她，眼底带着笑。

于是话锋一转，班长视线落在他们无名指处的对戒上，"啧啧"感慨："唉，还得是霖霖和逐哥，这动作多快。"

"那可不，考到同校就算了，刚到法定年龄就结婚，咱们就说酸不酸吧。"

"哈哈，当初是真热闹，热搜'唰唰'给我推送，都在喊谢逐英年早婚。"

"唉，大家伙都过年好，除了在座有对象的。"

宋亦霖被他们调侃得脸热，连忙拿酒杯挡："好好，祝福我收到了，都喝酒。"

这些年也聚过几次，大伙都清楚她的酒量。叶嘉瑜苦着脸讪讪道："嘶……霖霖你捂嘴的技术越来越高超了，深藏不露啊。"

"什么霖霖？霖姐！"梁泽川扼腕，"你们是不知道，当初高考完她喝趴我们一桌，脸色都不带变的。"

宋亦霖无奈地笑，众人从日上中天热闹到日暮西山，都尽了兴，最后临别前张罗着拍合照，大伙嚷嚷着矫情，却还是自觉默契配合。

欢声笑闹里，当年盛夏的风好似又吹拂而过，定格在所有人笑意熠然的眼底。

时光流转，他们好像从未变过。

"——大家都回去好好生活，下次见面，要说更多有趣的事！"

青春好像已经是很久以前的故事了。

但宋亦霖望着他们，由衷地笑出来时，她想，其实他们都还年轻着。

都要朝前走，也都偶尔回个头。


年关将近，暨城大街小巷也都热闹起来，各家都忙着置办年货，阖家团圆，总是非常热闹。

每年这时候，宋亦霖和谢逐都是最清闲的，毕竟不用回家也不用走亲戚，往常都是跟朋友聚餐一顿，就算是这一年伊始的庆祝。

除夕当晚，"老地方"。

大街小巷营业寥寥，工作人员都各自回家过年，路予淇作为老板总领全局，各类食材都准备得齐全，只等年夜饭开饭。

几年时间，城市面貌翻覆几回，人走了一批又一批，"老地方"仍是"老地方"，安静地坐落在街角一处，等待新人旧人的光顾。

暨城落满了雪，纷纷扬扬随风飘荡。宋亦霖和谢逐领着"一二"过来时，在门口跟提着大包小包的魏余谌打上照面。乔觉在后面停车，大老远就朝他们这边笑着挥手。梁泽川在室内招呼他们，喊几人别傻乎乎地站冷风里聊天，快点进来热闹。

"一二"跟他们都很熟，松开链子后亲昵地往每个人身上都贴了一遍，又乐呵呵去嗅魏余谌的袋子,也不知闻到了什么好吃的,追了一路都不肯罢休。

"我说怎么这么黏我。"魏余谌拎着满兜熟食,好笑地低头看它,"看人下菜是吧?"

"哎,我干闺女来了。"梁泽川过来迎接,笑吟吟地揉了把"一二",又从魏余谌的袋子里摸出根火腿,递给它,"过年就该吃好喝好,苦哥们儿都不能苦你。"

魏余谌无语:"你小子借花献佛还挺麻利啊?"

"唉,理解一下。"乔觉拍拍他的肩膀,语重心长,"老板娘嘛,上嘴脸了,给他嘚瑟一下。"

"还得是乔觉。"梁泽川深以为然,熟稔地倚进沙发,"有道理,我今天就是老板娘,做饭的活儿就交给哥几个了。"

路予淇在后厨收拾东西,闻言朝这边瞥来一眼,悠悠道:"我这沙发世袭制。"

琢磨半秒,梁泽川后知后觉地笑了,索性搭起腿,干脆利落地扬声回她:"哪敢啊,你是我祖宗。"

这回轮到路予淇语塞了,红着耳尖瞪他一眼,几人都被逗笑,纷纷调侃。

都早已熟悉流程,包水饺备年夜饭,几人过年也过得有模有样。梁泽川嘴上说着不干活,其实和路予淇在一起这几年苦修厨艺,路予淇公司事忙,他自觉担起主内职责。魏余谌时常调侃他未来退休可以跨界去当大厨,梁泽川满不在乎地摆手,说做饭是为谁学的就只做给谁吃,又把人给秀得酸倒了牙。

宋亦霖坐在吧台的高脚凳上,和路予淇一起包饺子,两人有一搭没一搭地聊天谈笑。路予淇抱怨起职场的种种麻烦,丢弃那些在外的干练利落,这时才有些女孩模样,向朋友发着撒娇意味的牢骚。宋亦霖听得认真,失笑宽慰:"你这也很厉害了,前两年还在基层呢,现在都到 VP(副总)了,小路总指日可待啊。"

路予淇被夸得有些不好意思,倒也大言不惭地道:"小路总可不是白喊的,等姐姐继承家业带你们吃香喝辣!"

乔觉老远就听见这话,第一时间应声:"说好了啊路总!记得打压一下梁泽川的威风,都恃宠生骄了!"

梁泽川没好气地骂:"你小子找死啊!我对象优秀怎么你了?"

众人笑作一团,温馨热闹。

等到收工,宋亦霖也坐得腰酸,习惯性想找个搭脚的地方,鞋尖朝前方探了探,结果没能够到。

有点尴尬,她神色自若地装作无事发生,然而身旁谢逐却有所动作,稀松地将桌对面的空椅子钩近,正摆在她跟前。

宋亦霖从善如流地搭上去,侧目看他一眼,果然在对方眼底捕捉到转瞬即逝的笑意。不用猜都明白是笑她矮,她没好气地在桌下捏了捏他的指尖,反被人握在掌心,很轻地勾了下。

路予淇只能装瞎,催眠自己看不懂这两人偷摸调情,去后厨帮忙布菜去了。

"一二"每年这时候都最开心，埋头只顾着一顿吃，压根懒得搭理他们，吃饱喝足就跑去后院雪地撒欢，玩得不亦乐乎。

　　酒足饭饱后，窗外大雪还纷纷扬扬往下落，草坪已经积起银白的一层，散落着"一二"的爪印。乔觉来时在路边遇到小摊贩，顺手买了几盒仙女棒，毕竟过年的仪式感还是要有的。

　　路予淇拆出一盒，掂在掌心打量了一下，"哎"了声："你们谁身上有火机？"

　　梁泽川距离最近，顺手就从兜里摸出火机递给她。

　　"新一年新开始，过完年不久我们几个又要归队了。"乔觉晃了晃手中的烟花，"宋亦霖呢？研究生毕业后继续深造？"

　　"不考了，卷得没意思。"宋亦霖耸肩，"看情况留校任教？不好说，未来还长着呢。"

　　"就是，未来还长着呢。"梁泽川积极附和，见缝插针地撺掇，"还不如盼点好实现的，比如我跟路总的领证趁早提上日程。"

　　路予淇冷不丁被提及，有些脸热，嘟囔着堵他："这许愿就有用了？"

　　倒也没拒绝。梁泽川挑眉笑了，将人抱着蹭了蹭她头顶，像只大型犬："难说，我真情可鉴，就看路总愿不愿意要了。"

　　两人从大学走到社会，如今一商一政，路予淇事业已有起色，梁泽川做检察官也如日中天，再稳定段时间，大概真的要将喜事安排上。

　　魏余谌无话可说，跟旁边的乔觉勾肩搭背，哀叹连天："得，到头来还是咱哥俩单身。"

　　"谁说不是。"乔觉做捧心状，"没事，咱们继续为国争光，总有一天国家会发女朋友的。"

　　焰火热烈明艳，烫得雪夜都发亮，几人目光相撞，都相视而笑。

　　新年新愿景，他们都怀揣热望，总不该惧前路长。

　　满城落雪，灯火万家。同一时刻的另一端，迟敏刷新朋友圈，目光很轻地颤了颤。

　　备注为"女儿"的微信用户，刚刚发布了两张图片：一张是丰盛的年夜饭，一张是集体合照。

　　瞧着像同学聚会，年轻人过了个圆满的年，眉眼大多陌生，却都恣意风光。宋亦霖坐在最中间，她笑得很开心，朝镜头比着耶，无名指上的对戒熠熠闪光。而谢逐在她身旁，望向她的目光温柔带笑。

　　女孩处在人群中央，一切都像她被爱了很久的模样。

　　她从未见宋亦霖这样笑过。

　　太迟了。迟敏摩挲着这张照片，才后知后觉多年过去，自己居然连孩子的同窗都毫无印象，对宋亦霖的青春一无所知。

　　出神良久，她鼓足了勇气，删删改改，才小心地在评论区留下一句：新年快乐，开心健康！［拥抱］

不敢期待其他，迟敏刚要将手机熄屏，就有一个新的弹窗，是一条回复——
新年快乐，妈。

她顿了顿，有一瞬仿佛被扼紧喉咙，颤着指尖去点那条回复，眼泪却先一步砸在屏幕上。

视线太模糊，迟敏想要看得更加清楚，泪水却不断夺眶而出，她用了很久才确信这条回复没有被删除，始终安安静静躺在原处。

像是很多很多年前，小女孩安静地跟在她身后，紧抓着她的衣摆不肯松，小声喊着妈妈，对她稚嫩地讲过爱，也生涩地提过痛。

可后来走了太远，她不在意也想当然，从未注意到那只手被自己推开，将女孩独自落在原地留了很久很久。

……幸福就好，幸福就好。那些沉默和被忽视的爱，现在已经有别人补给她。迟敏攥紧手机，像徒劳回忆自己也曾被谁紧握，她垂下头，泣不成声。

是隔了那么多年，终于恍然的悔悟。


除夕夜，万家灯火明亮，将落地窗映得光影斑驳。

宋亦霖收回落在窗外的视线，盯着手机屏幕出神片刻，便将它随意抛到角落。一同被抛开的似乎有更多，但她如今已经不再过度追问自己。

"一二"今天吃饱喝足，懒洋洋地趴在床尾打盹，她也蜷在被窝里，倚在床头端着游戏机消磨时光，安谧静好。

成年后，宋亦霖再也没有回家过年，平日也很少回到暨城。人都有最脆弱的那部分，她脱敏失败，于是聪明地回避。习惯过着没有家人的年，也没有吵闹烦躁，她以为自己已经成功将亲情从人生中摘除，可今晚突然发觉，这场手术注定鲜血淋漓，没人能完好无损的全身而退。

宋亦霖捏着手柄，思绪漫无目的地晃，直到身上的被子被人抽走，她才回过神来，将头抬起。

谢逐垂眸望她一眼，眉梢还带着沐浴后的湿意，他反手将被子披到自己肩头，然后趴到她怀里。

安心的暖意缓缓地将她包围，宋亦霖揉了揉他的发茬，分明是眉清目冷的酷哥，这时倒像是黏人小狗。

"哭了？"谢逐嗓音很淡，揉捏着她的耳垂，由凉到温热。

"没有。"她低声道，"现在不想了。"

谢逐眼帘微掀，看了她少顷，才撑身按在她后颈，同她接一个温和安静的吻。

等到彼此分离，宋亦霖眼梢有些泛红，不知缘故。谢逐没有问，只是很轻地吻过她眼尾，像替她拭去那滴没有落下的泪。

"我妈祝我新年快乐来着。"宋亦霖笑了笑，"心情有些奇怪。"

好像有别的话要说，可到了嘴边，她也不知该如何讲。

"可能我还是个胆小鬼，也不够成熟。"她喃喃，"我忘不掉他们给过我的好，但也和解不了，只是……没从前那么恨了。"

时间真的能抹平那些吗？她放弃过追问，却偶尔还是会想，原生家庭的痛苦是否有最优解。

"和解是你的权利，不是答案。"谢逐拍拍她，"宋亦霖，不是非要这么选才算成熟。"

也是。她低头看他，也有样学样地捏捏他的耳垂，笑："那就未来再说吧。"

"不过。"她顿了顿，"每年除夕别人都热热闹闹，就我们在家里窝着，你真的不感觉无聊？"

谢逐散漫地"嗯"了声："我喜欢这样。"

宋亦霖无奈："……行吧，新年新气象，逐哥记得继续为国争光。"

似乎是迟到的交换愿望环节。谢逐将她手中的游戏机抽走，随意放在一旁，好方便将她连人带被子揽进怀里。

宋亦霖正要笑他黏人，下一瞬却听他淡声开口，嗓音沉沉落在耳畔——

"我希望你以后只看到好的景色，只想到好的事情。"

语气认真，像过去的许多次承诺那样，仿佛只要说出口，他就一定能做到。

宋亦霖顿住，眼眶有些酸涩，故意道："好像很难啊。"

"不难。"谢逐揉了揉她，对她讲，"我在这里。"

她睫羽微颤，仰起脸，对上他始终专注的视线，认真执着一如少年。

是许多年前，她就沦陷过的一双眼。

宋亦霖很轻地"嗯"了声，低头窝进他怀里，笑着重复。

"你在这里。"

你在这里，就是我所有的勇敢与底气。

那天晚上，宋亦霖做了一场梦，梦到久远的青葱岁月。

"霖霖！你怎么愣在那儿？"朋友挽过她，喊她回神，"快走啦，主任催着去礼堂排练。"

宋亦霖反应慢了半拍，想说什么又住口，直到走出一段距离，才道："刚才，好像有人看了我一眼。"

"看你的人多了去了。"朋友毫不在意，顺便打趣，"说不定又是哪个暗恋你的小学弟呢？"

可是很熟悉。宋亦霖想，那道视线好像已经与自己失之交臂过无数次。

是错觉吗？似乎他也从未提起过这些，宋亦霖在梦境中停下，回头望。目光越过穿堂而过的风，和少时的影像重叠，她与光一同落在少年眼底。

风卷着岁月翻过几载，从苦雨到热夏，哪怕重来十次百次千万次，他也会走向她。

——原来是这样。时至今日，宋亦霖终于明白。

时光洪流里，在那些不经意错过的瞬间，他早已为她侧目驻足，千百遍。

## 后记

少年正当时,不惧前程远。跨过那个夏天,霖霖和谢逐也要去他们的未来了。

《野风》(本书原名)完结后,出于一些逃避心理,我始终没有回头看,在修出版稿的过程中,才认真把它重新读过。

起初是因为太难受,我与现实的关系紧张,却不是个熟练的倾诉者。朋友建议我把它们写出来,包括医生也无数次提议动手写、跟人讲,所以就有了这部作品。

我表达得生涩,也只能写一个勉强合格的故事。《野风》的创作过程并不顺利,我会应激,会失眠焦虑到整日写不出一个字,身心状态都糟糕至极。朋友没想到会适得其反,几次劝我放弃,但它太重了,它是我给过去的自己的一个交代,是我必须亲手画上的那枚句号。

连载期间,我陆续收到过许多私信,大多是来自对霖霖感同身受的女孩子。她们有的已经成功脱离,有的还在抗争。我提供过帮助,也被传授过经验,收获了许多意料外的关心。我侥幸凭借一部作品,第一次成为一个幸运的人。

《野风》对我有特殊意义,但落笔后,你们让我知道它对更多人有了意义。我所有想表达的都在文字里,也释然了许多,希望在读这段话的你也是。

写作大概是出于探索心理,文字有独特的力量,而我始终认为这份力量只要存在过,就有它的价值。我们素未谋面,但在那些落笔的短暂瞬间里,我将想法付诸笔端,就是隔着白纸黑字,作者与读者之间的一次对视。

在表达过程中,我往往会写出许多超出掌控范围的东西,而这些就是读者教会我的。

比如善意,比如勇气。

我想,写东西这么艰难,我坚持至今,或许你们就是我的奖励。

"我在很努力地爱你,希望你也不要放弃。"——这句话是《野风》最初的作品立意,没能在文中找到合适的地方,所以放在这里,送给大家。

原生家庭也好,年少时期的阴影也好,人生再怎样丈量也只有几十年。在有限的时间里,我们都该善待自己,要模糊地难过,清楚地快乐。

跨过那些磨难,希望你一切值得,所有爱都不被辜负,往后披着光,走向更远的地方。

得偿所愿,苦尽甘来。

从羡